Le poids de l'oubli

*

Une femme aux abois

TYLER ANNE SNELL

Le poids de l'oubli

Traduction française de
DOMINIQUE TRUFFANDIER

BLACK ROSE

HARLEQUIN

Collection : BLACK ROSE

Ce roman a déjà été publié en 2019

Titre original :
THE DEPUTY'S BABY

HARPERCOLLINS FRANCE
83-85, boulevard Vincent-Auriol, 75646 PARIS CEDEX 13
Service Clients — www.harlequin.fr
ISBN 978-2-2805-1473-6 — ISSN 1950-2753

Édité par HarperCollins France.
Composition et mise en pages Nord Compo.
Imprimé en décembre 2024 par CPI Black Print (Barcelone)
en utilisant 100% d'électricité renouvelable.
Dépôt légal : janvier 2025.

FSC
www.fsc.org
MIXTE
Papier issu de sources responsables
FSC® C159065

Pour limiter l'empreinte environnementale de ses livres, HarperCollins France s'engage à n'utiliser que du papier fabriqué à partir de bois provenant de forêts gérées durablement et de manière responsable.

Prologue

— Est-ce que je peux vous demander de m'offrir un verre ?

Henry Ward reposa sa bouteille de bière sur le comptoir et s'intéressa au couple, à côté de lui. Enfin... Vu ce que la femme venait de dire à l'homme, il doutait qu'il s'agisse bien d'un couple. L'après-midi touchait à sa fin, mais le bar n'était pas encore plein. S'il n'avait pas été aussi occupé à se préparer mentalement pour ce qu'il devait faire le lendemain, il se serait sans doute aperçu plus tôt que son voisin de comptoir et lui avaient de la compagnie.

— Quoi ? demanda l'homme assis à côté de Henry.

Il parlait d'une voix traînante, comme s'il avait la bouche pleine de sirop. Henry n'en fut pas surpris. Au cours de la dernière heure, il l'avait vu vider quatre verres d'un alcool brun foncé, dont l'odeur pouvait se sentir à deux mètres. La femme ne devait pas encore avoir remarqué ces effluves, ni son élocution laborieuse. À moins qu'elle ne s'en moque, tout simplement. Quoi qu'il en soit, ça ne le regardait pas.

Et pourtant, il ne put s'empêcher de tendre l'oreille pour suivre la conversation.

— Je devrais plutôt vous demander de faire semblant de m'offrir un verre, se hâta-t-elle d'ajouter d'une voix légèrement hésitante.

Elle se jucha sur un tabouret de l'autre côté de l'homme, à trois sièges de Henry.

Il tourna légèrement la tête mais ne vit que ses cheveux

blonds bouclés qui lui retombaient jusqu'au bas du dos. Il ne parvint pas à distinguer clairement son visage. Alors, il reposa les yeux sur la télé accrochée au-dessus du comptoir tout en caressant distraitement du doigt l'étiquette de sa bouteille.

— Ma, euh... Ma sœur Kristen vient de me dire qu'elle arrivait avec un de ses collègues qu'elle veut me présenter. Il y a un moment qu'elle essaie de nous mettre ensemble et... j'ai beau lui dire non, elle n'en tient pas compte. Alors, j'ai décidé de lui faire comprendre une bonne fois pour toutes qu'il ne m'intéressait pas.

Elle attendit que l'homme réponde. Comme il n'en faisait rien, elle lança carrément :

— Est-ce que je peux seulement rester assise ici et vous parler pendant quelques minutes ? En riant aux éclats de temps en temps, pour faire illusion ?

Henry eut un petit reniflement de dédain, qu'il masqua en prenant une autre rasade de bière. Même s'il était arrivé à l'Eagle avant l'homme qu'un tabouret séparait de lui, cette bière était sa première. Il n'était pas venu ici pour boire, mais parce qu'il était trop nerveux pour rester dans sa chambre d'hôtel.

Le lendemain, il devait passer un entretien d'embauche d'une importance capitale.

— Bien sûr, chérie, répondit enfin l'homme.

Sa voix était maintenant carrément pâteuse.

— Tu peux reposer ta tête sur mon épaule pour tout le reste de la nuit. Tu es tellement jolie.

Henry se tourna de nouveau vers eux, juste à temps pour voir la femme, qui avait levé la main pour attirer l'attention du barman, interrompre brutalement son geste. Elle avait enfin remarqué que son voisin de comptoir était ivre, et elle n'aimait pas ça.

— Oh... Je vous remercie, dit-elle précipitamment.

Elle avait déjà reposé sa main sur le comptoir.

— C'est très gentil à vous, vraiment. Mais je... Vous voyez, je viens de me rendre compte que ce serait vraiment grossier de ma part de mentir à ma sœur. C'est une vraie casse-pieds, mais je devrais être franche avec elle. Alors... Merci encore, mais je pense que mon idée n'était pas très bonne.

Elle descendit du tabouret, sans doute trop vivement pour que l'homme comprenne ce qu'elle faisait.

— Je suis désolée de vous avoir dérangé. Passez une bonne soirée !

— Attends un peu, chérie, parvint à bredouiller l'homme.

Henry se tendit en le voyant pivoter sur son siège.

— Tu ne peux pas me laisser tomber comme ça. Ce n'est pas gentil.

Henry s'apprêtait à attirer son attention par quelques paroles sans aménité, mais la femme le prit de vitesse. Sa voix, jusqu'ici aussi douce que du miel, se fit cassante.

— Si vous trouvez que je ne suis pas gentille, vous n'aimerez sans doute pas mon Taser, rétorqua-t-elle.

Cette phrase suffit pour que l'homme se tourne vers son verre vide en grommelant quelques mots indistincts.

Henry se fendit d'un sourire narquois tandis que la femme s'éloignait. Il ne la suivit pas des yeux. Maintenant, il pouvait tout à loisir s'inquiéter pour son entretien. Pourtant, il aurait bien aimé que quelqu'un prenne son voisin de comptoir en charge. Une fois de plus, au lieu de s'occuper de ses affaires, il fit signe au barman. Quand l'homme approcha, il désigna du pouce l'homme qui maudissait maintenant toutes les femmes de la terre à mi-voix.

— Je pense qu'il faudrait appeler un taxi pour ce type, dit-il.

Le barman avait une cinquantaine d'années. Son crâne était lisse, mais son menton s'ornait d'une barbe tellement luxuriante qu'aucun rasoir ne devait l'avoir touché depuis un an. Sans même regarder l'homme en question, il soupira.

— J'en ai déjà appelé un, répondit-il. Gary devient assez odieux après quatre verres. Si je ne le mets pas à la porte maintenant, il refusera de payer le taxi en arrivant chez lui.

— Bien vu, commenta Henry, impressionné.

L'homme, qui se nommait donc Gary, leur adressa quelques paroles sans queue ni tête, qui devaient être des insultes.

— Si vous le mettez dans le taxi à ma place, je vous offre votre prochaine consommation, ajouta le barman sans dissimuler son irritation. Ce soir, j'aimerais mieux ne pas avoir affaire à lui.

La bière que Henry tenait entre ses mains était maintenant à température ambiante. Une bière fraîche serait la bienvenue.

— Marché conclu.

Il passa les cinq minutes suivantes à essayer d'apaiser Gary. Même si cette femme ne l'avait pas abordé, Henry était sûr qu'il aurait quand même trouvé une raison de s'énerver tout seul.

Au cours des deux années précédentes, Henry avait travaillé aux côtés d'hommes qui ressemblaient à celui-ci. Il les connaissait aussi bien qu'il se connaissait lui-même. Quelle que soit la boisson qu'ils tenaient dans leurs mains ou les personnes qui les entouraient, ces hommes étaient en colère. À la façon dont ils se comportaient, dont ils s'habillaient, parlaient et même tenaient leur verre ou leur bouteille, Henry voyait qu'ils étaient malheureux et que, pour une raison quelconque, ils voulaient le rester.

Plus encore qu'un métier, côtoyer ces hommes avait été un véritable mode de vie, qui l'avait usé au point de l'épuiser.

Et c'était pour cela que son entretien du lendemain était tellement important.

Il lui fallait un changement de vie radical.

Mais Gary, pour sa part, semblait tenir à son état d'esprit du moment. Il ne cessa de ronchonner et de jurer pendant que Henry l'accompagnait jusqu'à son taxi. Quand le véhicule repartit enfin, Henry le suivit des yeux pendant quelques instants, debout sur le trottoir dans l'air frais de la nuit — qui, d'après le réceptionniste de son hôtel, avait des vertus spéciales. Il envisagea de retourner dans sa chambre pour une bonne nuit de sommeil, mais se rendit aussitôt compte qu'il n'en ferait rien. Il avait trop de choses en tête. Sans parler de la bière gratuite qui l'attendait dans le bar.

Ce ne fut que quand il tint cette bière gratuite entre ses mains et qu'un petit groupe de clients s'engouffra dans le bar, accompagné d'une bouffée d'air nocturne, que Henry repensa à la femme blonde.

On était peut-être un mercredi, mais cela ne semblait

diminuer en rien la popularité du bar. Une dizaine de clients étaient arrivés. Ceux qui ne jouaient pas au billard étaient assis en petits groupes, leurs verres à la main. Les discussions allaient bon train. Henry n'eut aucun mal à trouver la seule personne qui ne soit pas accompagnée.

Et il regretta aussitôt de ne pas l'avoir cherchée plus tôt du regard.

Cette femme était décidément l'une des plus belles qu'il ait jamais vues. Elle avait réquisitionné un box, dans le coin de la salle, et agitait la main à l'intention du groupe qui venait tout juste d'entrer. Les longs cheveux blonds bouclés qu'il avait déjà remarqués étaient emprisonnés dans une pince, dégageant un visage avenant aux pommettes hautes et au long nez fin. Ses lèvres étaient peintes en rose. Même de là où il était, il distingua le vert de ses yeux quand elle déplaça son regard de la femme, qui devait être sa sœur Kristen, vers un homme — sans doute son rendez-vous arrangé. Malgré tout ce que Henry l'avait entendue dire sur l'homme, son expression ne trahissait aucune répugnance. Au contraire, elle n'exprimait que politesse et enthousiasme. Henry en fut impressionné.

Avant d'avoir eu le temps d'être surpris par son initiative, il fit une chose à laquelle il ne s'attendait pas. Il jeta un regard à la seconde table de billard, qui était libre, lissa sa chemise, se passa une main dans les cheveux et avança vers le petit groupe, le regard rivé à la femme aux yeux verts.

Il n'était plus qu'à quelques pas quand la sœur le repéra. Mais Henry ne s'arrêta pas pour autant. Il sentit un sourire étirer ses lèvres et espéra qu'il était assez plaisant.

Il espéra aussi que la blonde ne s'était pas encore engagée avec son rendez-vous arrangé. Sinon, la situation allait devenir embarrassante.

— Hé ! lança-t-il, les yeux rivés sur sa cible. Je suis désolé. C'était un coup de fil professionnel. Il fallait que je réponde.

Il tendit le bras vers les tables de billard et poursuivit :

— Mais si vous voulez une revanche, cette table est libre, maintenant.

Les membres du petit groupe se tournèrent vers lui d'un

seul mouvement, mais la blonde n'hésita pas une seconde. Elle sourit et répliqua :

— Pourquoi est-ce que je vous priverais du plaisir de perdre une fois de plus ?

Henry n'eut pas à feindre le sourire qui tirait un coin de sa bouche vers le haut.

— Attendez, intervint la sœur.

Pendant un instant, Henry craignit d'avoir été démasqué, mais la sœur éclata de rire et demanda :

— Elle a vraiment battu quelqu'un au billard ?

Henry haussa les épaules.

— Et je n'en suis pas fier, vous pouvez me croire, répondit-il. D'ailleurs, nous avions parié un verre, et je ne le lui ai toujours pas offert.

La blonde entra une fois encore dans son jeu.

— Si nous allions tout de suite remédier à cet oubli ?

Elle sourit à sa sœur, s'excusa rapidement auprès de ses amis et suivit Henry jusqu'au comptoir. Sans qu'une seule autre parole soit échangée entre eux, elle commanda une boisson. Ce ne fut que quand le groupe qu'elle avait laissé derrière elle s'installa dans le box qu'elle parla.

— Je suppose que vous avez entendu ma conversation avec cet homme, tout à l'heure.

Sa voix était redevenue aussi douce que du miel.

— Oui, confirma-t-il.

Son sourire réapparut.

— Merci de m'être venu en aide, dit-elle. Pour reprendre les termes de ma sœur, en tant que bébé de la famille, je ne sais pas ce qui est bon pour moi. Elle, elle pense que c'est Stanley qu'il me faut. Et elle pense aussi que j'ai trop de temps libre.

Henry renifla.

— Je compatis. Mon frère aussi joue la carte de l'âge avec moi, de temps en temps.

La femme éclata de rire. C'était un son très attirant, émis par une femme très attirante.

— Au fait, je m'appelle Cassie. Merci encore d'avoir été aussi réactif. Vous avez sauvé ma soirée.

— Et moi, je suis Henry. Mais vous devriez attendre avant de me remercier.

Porté par une réelle vague d'excitation, il se pencha vers elle, juste assez pour percevoir son parfum, mais sans empiéter sur son espace personnel. Il sentit un nouveau sourire naître sur ses lèvres, quelques secondes avant de l'entendre dans sa voix.

— En réalité, je suis un as au billard.

1

Henry regardait l'Eagle par la vitre de sa portière, en essayant de se persuader qu'il ne pensait pas à une certaine jolie femme. Son chauffeur et guide touristique temporaire, le shérif Billy Reed, expliqua :

— L'Eagle est l'un des trois bars dignes de ce nom dans le comté de Riker.

Il avait posé son chapeau de cow-boy sur la console qui séparait les deux sièges. Ce chapeau rappelait à Henry qu'il était maintenant dans le Sud profond, là où le chapeau de cow-boy était un accessoire normal — même si les cow-boys étaient rares dans l'Alabama.

— C'est le propriétaire lui-même qui tient le bar, et il le fait bien. On y boit bien, et il ne tolère pas qu'on y fasse n'importe quoi. On le surnomme Hawk, le faucon, parce que rien ne lui échappe. Il a aussi une mémoire d'éléphant. Allez chez lui une fois ou deux et il n'oubliera jamais ce que vous buvez. Et il saura quand le moment est venu d'arrêter de vous servir et de vous mettre à la porte.

Le shérif se fendit d'un sourire.

— Mais je vous conseille de ne pas aller jusque-là. Si vous voulez vous intégrer parmi nous, mieux vaut ne pas vous mettre Hawk à dos. Ce bar est l'un des repaires préférés des policiers de la ville.

Henry sourit et décida de ne pas avouer au shérif qu'il était certain d'avoir déjà rencontré le célèbre Hawk et observé ses méthodes. C'était dans ce même bar qu'il se trouvait sept mois plus tôt, à la veille de son entretien d'embauche au poste d'adjoint du shérif du comté de Riker. Un poste qu'il occupait depuis maintenant une semaine.

Il avait quitté la ville aussitôt après l'entretien, et n'y était pas revenu pendant sept mois. Mais ces derniers jours avaient suffi pour qu'il puisse cataloguer l'homme qui se trouvait à ses côtés : le shérif Reed était un homme de valeur. Il avait le rire facile, était bon pédagogue, et il lui suffisait de regarder l'un des bars de sa juridiction pour montrer plus de fierté que la plupart des hommes n'en montraient au cours de leur vie tout entière. Aucun doute : le shérif Reed adorait son métier, sa ville et les gens qu'il avait juré de protéger.

Le seul de ses traits de caractère que Henry n'avait pas encore vu était la rapidité avec laquelle Billy pouvait passer de la légèreté au sérieux quand un événement grave survenait. Il avait vu des reportages et lu des articles traitant d'affaires dans lesquelles le shérif et son équipe avaient agi avec la promptitude nécessaire, mais il était de ces hommes qui préfèrent voir les choses de leurs propres yeux. Heureusement, aucune affaire n'était survenue cette semaine ayant nécessité d'efforts particuliers de la part du shérif ou de ses adjoints.

Néanmoins, il savait que ce n'était qu'une question de temps.

Les méchants ne se reposaient jamais très longtemps.

Le shérif mit son Tahoe en marche arrière, sortit de la place de parking et s'engagea sur la deux voies. Il était à peine 9 heures du matin, et la petite ville de Carpenter était encore endormie — surtout dans ce quartier, dont les établissements accueillaient une clientèle essentiellement nocturne. Mais Henry n'en resta pas moins vigilant, et chercha à recenser tout ce qu'il savait sur Carpenter pendant qu'ils roulaient.

À moins qu'il ne cherche seulement à penser à tout, sauf à ce bar. Même s'il n'y était allé qu'une fois, ses pensées revenaient sans cesse depuis des mois à cet endroit, et au soir où il avait rencontré une femme avec du miel dans la voix et un sourire dans les yeux.

Cette soirée où ils avaient joué au billard et beaucoup ri, cette soirée qui avait été tout sauf endormie.

Une pointe de regret lui noua le ventre. À part ses souvenirs, tout ce qui lui restait de ces moments était le petit morceau de papier glissé dans son portefeuille, qui lui rappelait constamment l'une des plus belles nuits qu'il ait jamais passées.

Mais il savait aussi qu'un homme tel que lui ne devait rien espérer de plus.

— Maintenant que nous avons vu les lieux où se déroule la vie nocturne de Carpenter, dit le shérif, je veux vous montrer quelques-uns des endroits les plus intéressants en journée.

Il se tut et réfléchit quelques instants avant de reprendre :

— Écoutez, Henry... Je sais que vous êtes habitué à travailler sur le terrain. Cette petite visite guidée du comté doit vous rendre fou. Rester assis dans cette voiture pendant que je vous montre des trucs n'a rien de bien palpitant, mais il est difficile de servir un comté si on s'y dirige à l'aveuglette.

Henry ne pouvait pas le contredire.

Il avait passé les cinq dernières années dans le Tennessee, en se déplaçant au gré des exigences de son travail. Le sud de l'Alabama ressemblait assez au Tennessee, mais il y avait toutefois trop de différences pour qu'il puisse prétendre saisir ce qui faisait l'essence de ce comté.

Il arracha son esprit au souvenir de la beauté blonde qu'il avait secourue d'un rendez-vous à l'aveugle et essaya de se reconcentrer sur sa tâche du moment. C'était la première journée qu'il passait hors du bureau du shérif. Il allait durant plusieurs jours visiter ainsi la région, accompagné du shérif ou de sa première adjointe. Ensuite, on lui attribuerait un autre adjoint comme partenaire. Et, après quelque temps, il aurait enfin sa propre voiture de patrouille et pourrait recommencer à travailler seul.

Du moins l'espérait-il. Cela faisait longtemps qu'il n'avait pas eu de coéquipier, et il n'était pas pressé de redevenir la moitié d'un duo.

La visite guidée du shérif Reed leur fit traverser la totalité de Carpenter, l'une des trois petites villes du comté. Mais, à en croire Reed, ils ne faisaient qu'effleurer la surface de sa ville.

— Carpenter a connu pas mal d'événements traumatisants au cours des dix dernières années. Bon sang, tout le comté en a vécu beaucoup, ajouta-t-il plus tard.

Ils entraient dans le parking d'un petit restaurant situé en face du bureau du shérif, et qui semblait être lui aussi l'un des repaires favoris des policiers.

— La communauté en est devenue plus forte, mais les malfaiteurs sont également devenus plus intelligents, reprit le shérif Reed. Plus rusés. Comme dans tout le comté de Riker, on trouve à Carpenter beaucoup de coins et de recoins, de routes de campagne et de vastes plaines, ainsi que bon nombre de propriétés abandonnées, tant dans les villages qu'en ville. Notre tâche, qui est d'assurer la sécurité de la communauté et d'empêcher les méchants de prendre le dessus, en est d'autant plus difficile à accomplir. Autrement dit, nous devons travailler dur et nous adapter sans cesse.

Quand il coupa le moteur, Henry remarqua que le thermomètre du tableau de bord indiquait 32 °C. Mais la température ressentie devait être plus élevée, à cause de l'humidité.

Billy regarda le thermomètre, lui aussi, et eut un sourire narquois.

— Après le déjeuner, je vous montrerai des trucs plus croustillants. Mais pour le moment, vous allez faire connaissance avec l'un des meilleurs hamburgers et l'une des climatisations les plus puissantes de la ville.

— Et je ne vais pas refuser l'invitation, se hâta de répondre Henry.

Ils n'étaient pas autorisés à porter un short dans l'exercice de leurs fonctions, même en cas de grosse chaleur. En plus, cela faisait un moment qu'il n'avait pas mangé un bon hamburger.

Ils descendirent de la Tahoe et traversèrent le parking dans l'air brûlant et moite, qui pesait impitoyablement sur son uniforme. Le climat du Tennessee pouvait être inconfortable, mais une semaine dans le comté de Riker avait suffi pour qu'il pense comprendre la vraie signification du mot « fondre ».

Henry observa les alentours afin de les mémoriser, et commenta :

— Vous ne plaisantiez pas en disant que cet endroit est apprécié des policiers.

Il voyait deux voitures de patrouille au coin du bâtiment, ainsi que la voiture personnelle de la première adjointe, Suzy Simmons, garée devant l'entrée.

— Dans une petite ville, rien n'exerce autant d'attrait qu'un bon restaurant, répondit le shérif, qui ne semblait pas étonné par l'affluence. Mais aujourd'hui, les hommes ne sont pas venus pour un déjeuner, mais pour une petite fête.

Billy ouvrit la porte et s'arrêta, le temps de préciser par-dessus son épaule :

— L'une de nos régulatrices est enfin de retour de vacances prolongées. Nous aimons toutes les personnes qui travaillent avec nous, mais je ne pense pas me montrer trop sentimental en disant que si notre bureau a un cœur, c'est elle qui s'y trouve.

Henry avait entendu dire que l'un des régulateurs — ces hommes et femmes qui assuraient le relais entre les policiers de terrain et le commissariat — était absent, mais sans attacher beaucoup d'importance à cette information. Carpenter était une petite ville, mais le bureau du comté de Riker supervisait deux autres bourgades ainsi qu'une ville plus importante. Il n'avait pas encore eu l'occasion de rencontrer tous les adjoints que comptait le bureau, ni le reste des employés — pas plus d'ailleurs que les régulateurs qui travaillaient en ce moment.

— En plus, ajouta Billy avec un sourire narquois, j'ai beau être shérif, je ne suis pas du genre à refuser une part de gâteau.

Henry éclata de rire et le suivit dans une salle qui était petite, mais bien agencée. Le long du mur de droite, des box s'alignaient sous les fenêtres, en face d'un long comptoir agrémenté de tabourets. Il vit que les banquettes du fond étaient occupées par des adjoints, auxquels s'étaient joints mêlés Simmons, et même l'un des inspecteurs, Matt Walker. Certains étaient en uniforme, d'autres en civil, et tous semblaient d'excellente humeur.

Henry repéra le gâteau, auquel il manquait la moitié, sur

la table du second box. Cependant, l'héroïne du jour n'était pas assise face à lui. Même s'il n'avait pas su que c'était en son honneur que la petite fête avait été organisée, Henry l'aurait deviné aisément. Tout le monde semblait se pencher vers la femme qui se tenait au bout de la table la plus proche de lui, une pochette cadeau dans une main et un mouchoir en papier dans l'autre. Il ne pouvait pas distinguer son visage, mais il voyait parfaitement ses cheveux.

De longs cheveux blonds et bouclés qu'il reconnut aussitôt.

Dès qu'ils furent assez près du petit groupe, le shérif Reed annonça :

— Adjoint Ward.

Tout le monde se tut et se tourna vers le chef, y compris l'héroïne du jour.

— J'aimerais vous présenter à notre Cassie Gates.

Deux magnifiques yeux verts trouvèrent ceux de Henry et s'écarquillèrent.

La femme que Henry avait passé des mois à essayer d'oublier n'était donc pas seulement régulatrice au bureau du shérif. D'après Billy, elle en était le cœur.

Ce ne fut que par pur réflexe qu'il tendit la main.

— Ravi de faire votre connaissance, dit-il.

Sa voix lui sembla distante, comme peut l'être celle d'un homme qui vient d'être pris de court… Ce qui était exactement ce qui venait de se produire.

Cassie cligna des yeux, mais se ressaisit vite.

— Ravie de faire votre connaissance, répéta-t-elle.

Sa voix aussi était terne, vide de toute émotion. Au moins, il n'était pas le seul à avoir été pris complètement au dépourvu.

Leur brusque changement d'attitude ne passa pas inaperçu. Le shérif haussa un sourcil, mais ne fit aucun commentaire. Il n'en eut pas le temps.

Le fracas du verre brisé emplit l'air.

Et, juste sous les yeux de Henry, le shérif prit une balle dans le ventre.

En l'espace d'une respiration, le restaurant se transforma en une véritable scène de chaos.

Cassie se laissa tomber par terre, un cri coincé dans la gorge. Presque simultanément, le poids d'un corps s'abattit sur elle, la plaquant étroitement sur le sol carrelé.

Des cris, suivis par d'autres bruits de verre brisé, maintenaient le niveau sonore au maximum. Leur petite fête avait basculé dans la terreur, comme si quelqu'un avait actionné un interrupteur invisible pour les plonger dans les ténèbres, une fois de plus. Le corps qui la couvrait se resserra autour d'elle, formant une sorte de cage.

D'autres coups de feu résonnèrent, tellement proches que ses oreilles tintèrent. Ses collègues, ses *amis*, ripostaient.

Elle s'était déjà trouvée dans une situation similaire, des années plus tôt. Les souvenirs assaillirent son esprit.

Oui, cela lui était déjà arrivé de se trouver là, dans la ligne de tir...

Alors qu'elle pensait être en sécurité.

Elle inspira vivement, gagnée par une panique brute. Si elle avait pu bouger les mains, elle les aurait portées à son cou, en un geste instinctif qu'elle avait perfectionné au cours des deux dernières années. Ses doigts auraient suivi la cicatrice qui marquait le côté de son cou et elle se serait rappelé le sang, la terreur... Mais elle ne pouvait pas se livrer à cette routine, maintenue au sol comme elle l'était par le poids d'une personne qu'elle n'avait pas identifiée.

Alors, elle se contenta de fermer les yeux et d'attendre.

Une éternité lui sembla s'écouler avant que le chaos cède la place au silence. Il fut bref mais intense, comme si le restaurant tout entier avait besoin de reprendre son souffle. Son cœur ne devait pas être le seul à battre follement, comme s'il cherchait à jaillir de sa poitrine.

Le corps étendu sur le sien ne bougeait pas.

Ensuite, aussi rapidement que le coup de feu avait envahi le restaurant, les cris reprirent. La salle s'emplit d'un brouhaha confus de voix qui s'élevaient toutes en même temps, se couvrant mutuellement sans atteindre de résultat notoire.

Ce ne fut que quand une voix prit le dessus sur celles des clients et des employés que le chaos fut jugulé.

— Billy ! Billy a été touché !

La cage personnelle de Cassie se relâcha autour d'elle, assez pour qu'elle puisse tourner la tête et voir la première adjointe se laisser tomber à quatre pattes auprès du shérif et comprimer sa blessure au ventre des deux mains. Quand le sang commença à ruisseler sur les mains brunes de Suzy, elle fut incapable de détourner les yeux, comme si elle avait été hypnotisée.

Billy ne laissa pas échapper la moindre plainte.

Il ne bougea même pas.

— Ça va ? demanda une voix, tout contre son oreille.

Le poids qui l'écrasait se retira et le visage inquiet d'un homme apparut devant ses yeux. Mais elle ne pouvait toujours pas arracher son regard du shérif. Elle pouvait presque sentir l'odeur du sang.

— Ça va ? répéta l'homme. Cassie ?

Deux mains chaudes encadrèrent son menton et la forcèrent doucement à détourner les yeux du spectacle angoissant qui se déroulait à moins d'un mètre d'eux. Son patron. Son ami.

— Vous êtes blessée ?

Elle fut aussi saisie que s'il l'avait giflée. Le choc, la peur, la panique devinrent rationnels. Cassie se concentra sur son corps, gagnée par une nouvelle forme d'inquiétude.

Avaient-ils été blessés ?

Mais rien ne lui semblait différent, sinon son cœur qui battait la chamade.

— Cassie ?

Des yeux clairs posaient sur elle un regard implorant. Enfin, elle les reconnut : c'étaient les yeux de Henry. S'ils s'étaient trouvés dans une autre situation, elle aurait dû combattre une tempête d'émotions à la seule vue de cet homme. Mais elle répondit simplement :

— Je crois que ça va.

Henry ôta les mains de son visage pour les poser sur ses épaules. Il l'aida à se relever et elle se laissa entraîner, courbée en deux, derrière le comptoir qui faisait toute la longueur de la salle. Deux serveuses s'y pelotonnaient déjà, le visage marqué par la peur.

— Restez ici, ordonna Henry. Il pourrait y avoir un autre tireur.

Elle acquiesça et le regarda disparaître. Maintenant que son poids ne plaquait plus ses bras au sol, elle put lever la main et toucher la cicatrice de son cou.

Ensuite, elle laissa retomber la main sur son ventre.

La voix de Henry se joignit au chœur de celles des membres des forces de l'ordre qui emplissaient le restaurant. Cela faisait longtemps qu'elle n'avait pas entendu les voix de ses collègues vibrer de ce mélange d'émotions : la panique et la détermination, la peur et la colère, l'incertitude et l'urgence.

Et voilà que Henry était là, parmi eux, grossissant les rangs du groupe. Cela faisait plus de sept mois qu'elle ne l'avait pas vu, sept mois pendant lesquels il n'avait pas cherché à reprendre contact avec elle.

Et pourtant, il avait essayé de la protéger.

Cassie posa une main sur son chemisier ample et caressa son ventre arrondi.

Henry Ward ne se doutait pas qu'il venait aussi de protéger son enfant à naître.

2

L'homme qui avait tiré sur le shérif Reed avait été abattu par Suzy Simmons, la première adjointe. Elle n'avait même pas eu besoin de sortir du restaurant : elle avait tiré à travers le trou béant laissé par la fenêtre brisée, depuis le box où elle se tenait. Mais l'adjoint Dante Mills et l'inspecteur Walker avaient eux aussi logé une balle ou deux dans le corps de l'homme.

L'identité du tireur ne fut connue que dans la soirée alors que tous les agents, qu'ils soient en service ou non, se pressaient dans les bureaux. Suzy se redressa pour s'adresser à eux. Maintenant que le shérif ne pouvait plus assurer ses fonctions, elle était la première à pouvoir le remplacer — et, d'après ce que Henry avait vu d'elle jusqu'ici, il était plus que certain qu'elle saurait assumer cette responsabilité.

— J'étais au téléphone avec Mara, annonça-t-elle.

Henry savait qu'elle parlait de la femme du shérif Reed. L'amour que cet homme portait à sa femme et à ses deux enfants n'était un secret pour personne, à tel point que Henry avait ressenti une pointe de jalousie quand Billy lui avait parlé de sa famille pour la première fois. Mais maintenant, il n'en était que plus triste pour lui, et il savait qu'il n'était pas le seul.

— D'après les médecins, Billy n'est pas encore tiré d'affaire. La balle a évité tous les organes vitaux, mais il a perdu beaucoup de sang.

Suzy s'interrompit, et son visage refléta une douleur qu'elle ne put réprimer. Billy ne cachait pas non plus que sa première adjointe était également sa meilleure amie, depuis des années. Ils étaient même parrain et marraine de leurs enfants respectifs. Suzy faisait partie de la famille de Billy, comme d'ailleurs tous les autres membres du bureau. L'attention avec laquelle tous les hommes qui occupaient la pièce écoutaient chacune des paroles de Suzy était révélatrice de la force des liens qui les unissaient tous.

Henry ne pouvait nier que cette atmosphère de camaraderie doublée de fraternité lui manquait.

— Mais le médecin a aussi dit qu'il était optimiste, reprit-elle, un petit sourire aux lèvres. Et nous savons tous que Billy est une vraie tête de mule. Tel que je le connais, il va réclamer son chapeau de cow-boy et nous donner des ordres depuis son lit d'hôpital d'ici la fin de la semaine.

La boutade fut accueillie par des rires et des murmures d'approbation.

Mais ils s'éteignirent vite, ainsi que le sourire de Suzy.

— Si nous sommes tous rassemblés ici, c'est à cause d'un homme du nom de Darrel Connelly, reprit-elle sur un ton grave et tranchant. Il n'avait pas de pièce d'identité sur lui, mais un agent de la police locale l'a reconnu. Nous avons fait quelques recherches à son sujet. Il n'a jamais été interpellé mais son frère, Tanner, a été arrêté pour tentative de meurtre sur sa petite amie. C'est le témoignage de Billy qui a envoyé Tanner en prison, où il a été tué au cours d'une mutinerie. Darrel n'avait pas d'autre famille que lui. Je pense donc ne pas prendre de gros risques en déduisant que Billy a été victime d'une vengeance.

Cette fois, ce fut un chœur de jurons qui s'éleva du groupe.

Henry se joignit à eux.

— Mais quoi qu'il en soit, personne dans ce bureau ne doit s'adresser à la presse avant que l'enquête officielle ait été menée à bien. Compris ?

Sans attendre de réponse, Suzy inspira vivement et hocha sèchement la tête.

— Pendant que Billy est sur la touche, nous allons continuer à accomplir notre devoir au mieux de nos capacités. Pour toute question, vous pouvez vous adresser soit à moi, soit au capitaine Jones. Dès que j'aurai plus de nouvelles de Billy, je vous les transmettrai. Entre-temps, continuons à faire en sorte qu'il soit fier de nous.

L'atmosphère de la pièce changea de nouveau. Les hommes se lancèrent des encouragements avant de se diriger vers la sortie. Seule Suzy resta là où elle se trouvait, pour échanger quelques mots avec ceux qui s'arrêtaient devant elle. Presque comme une veuve après un enterrement. Henry ne pouvait qu'espérer que cela ne deviendrait pas une réalité.

Tandis que les autres quittaient les lieux un à un, il resta à l'écart et scruta la foule dans l'espoir de repérer la femme qu'il n'avait jamais pensé revoir un jour.

Cassie Gates.

Qui était donc l'une des régulatrices du bureau du shérif du comté de Riker.

Henry n'avait même pas eu l'occasion de parler avec elle depuis l'incident du restaurant. Une fois la zone sécurisée, elle était partie avec l'un des adjoints et sa femme. Elle avait l'air secouée. Mais pour être franc, ils l'avaient tous été.

— Hé, Ward !

Henry se retourna et vit l'inspecteur Walker venir vers lui. Il passa une main dans ses cheveux blonds et poussa un soupir de lassitude.

— Ce n'est pas comme ça que tu imaginais ta première semaine, dit-il. Et à vrai dire, moi non plus.

Henry acquiesça.

— Les méchants ne se reposent jamais très longtemps, répondit-il. C'est ce que disait toujours mon coéquipier.

— Et malheureusement, c'est la vérité.

Matt se passa de nouveau la main dans les cheveux. C'était lui qui avait fait les recherches sur Darrel quand ils étaient arrivés au bureau. Henry soupçonnait que sa journée du lendemain serait tout aussi remplie et épuisante.

— On était en train de manger du gâteau et l'instant d'après...

L'inspecteur s'arrêta net, et la colère tendit ses traits.

Henry garda le silence. Matt prit une nouvelle inspiration pour recouvrer son calme avant de continuer :

— Je voulais seulement te remercier pour tout ce que tu as fait aujourd'hui.

Henry ne put s'empêcher de hausser un sourcil interrogateur.

— Tu as protégé Cassie, dit-il simplement. Tu t'es assuré qu'elle était en sécurité le temps que nous prenions le contrôle de la situation. Ce genre de réflexe ne s'apprend pas dans les écoles de police et mérite d'être félicité.

Henry fut surpris par ces paroles, pour deux raisons. D'abord, seul son instinct l'avait poussé à essayer de protéger Cassie. La réaction avait été initiée par son corps avant même que son esprit ait eu le temps de comprendre ce qu'il se passait et d'agir en conséquence. Dès qu'il avait entendu le coup de feu, la sécurité de Cassie avait été sa seule priorité. Il n'avait recherché ni félicitations ni remerciements, et s'étonnait de recevoir les deux.

Deuxièmement, ces remerciements lui semblaient encore plus étranges dans la bouche de l'inspecteur, et soulevaient quelques questions supplémentaires. La plus retentissante était : pourquoi Matt était-il tellement soucieux de la sécurité de Cassie ? Ou, plus précisément, son intérêt était-il plus que professionnel ou amical ? Tenait-il davantage à cette femme que ses collègues ?

Et pourquoi la seule pensée que ces deux-là soient liés par une relation qui dépassait le cadre du travail dérangeait-elle Henry à ce point ?

Il n'avait connu Cassie que l'espace d'une nuit, et de la matinée qui avait suivi cette nuit. Ensuite, leurs routes s'étaient séparées. Rien ne l'unissait à elle, sinon le morceau de papier glissé dans son portefeuille. Il était vain de penser que Cassie était toujours la même femme. Cela faisait plus de sept mois qu'il ne l'avait pas vue, et bien des choses avaient pu se passer depuis.

Il n'aurait pas dû être étonné qu'elle soit en couple, maintenant. Bon sang, ils n'avaient eu qu'une aventure d'une nuit !

— Je n'ai fait que mon boulot, dit-il consciencieusement, en verrouillant toutes les émotions conflictuelles qui auraient pu apparaître sur son visage. À ma place, vous auriez tous fait la même chose. Je suis seulement heureux que personne d'autre n'ait été blessé.

D'un hochement de la tête, Matt lui indiqua qu'il acceptait la réponse. Ensuite, il se détourna. Mais Henry ne put se retenir.

— En fait, j'aimerais beaucoup lui parler, lâcha-t-il, se surprenant lui-même. À Cassie, je veux dire. Je n'ai jamais eu l'occasion de lui être vraiment présenté.

C'était un mensonge, mais il n'allait pas avouer à l'inspecteur qu'il avait déjà rencontré cette femme dans un bar... Et qu'elle l'avait suivi jusqu'à sa chambre d'hôtel. Surtout s'ils étaient en couple.

— Est-ce que tu sais où elle est ? Je ne l'ai pas revue depuis que nous avons quitté le restaurant.

Matt plissa le front.

— Elle a été emmenée à l'hôpital mais maintenant, à moins que je me trompe, elle doit être chez moi. Je lui ai dit que ce n'était pas la peine qu'elle vienne au bureau ce soir. Elle ne reprend pas le travail avant la semaine prochaine.

Ces paroles confirmaient la théorie de Henry : Cassie et Matt étaient donc bien ensemble. Il fut plus déçu qu'il n'aurait dû l'être, et ses émotions certainement se reflétèrent en partie sur son visage, parce que Matt lui décocha un petit sourire et reprit :

— J'allais rentrer, et je cherchais justement quelqu'un pour me ramener chez moi. Si tu acceptes, je t'invite à dîner à la maison. Je n'ai pas encore mangé, et toi non plus, sans doute. En plus, Cassie voudra certainement te remercier pour ce que tu as fait tout à l'heure.

La proposition semblait sincère. Matt n'avait donc rien deviné des pensées de Henry.

Et même si celui-ci devait reconnaître qu'il n'aimait pas l'idée que Cassie fréquente un autre homme, il savait que c'était mieux ainsi.

Parce que les gens qui l'entouraient finissaient toujours par être blessés. C'était aussi simple que ça.

Il accepta néanmoins l'invitation parce qu'il voulait toujours voir Cassie, ne serait-ce que pour s'assurer qu'elle allait vraiment bien.

Ils prirent congé de Suzy après lui avoir demandé une dernière fois de les tenir au courant, et Henry prit la route de chez Matt en suivant les indications de l'inspecteur. Leur conversation demeurait légère. Henry aurait voulu en apprendre plus à son sujet, mais il finit par décider qu'il savait déjà tout ce qu'il avait besoin de savoir : l'inspecteur en chef travaillait bien, se montrait toujours agréable avec ses hommes, et faisait preuve d'une loyauté sans faille.

Autant de points sur lesquels il ressemblait à Calvin, son ancien coéquipier.

Matt Walker était un homme bien, un homme digne de Cassie.

Cette pensée jaillit dans son esprit si soudainement qu'il n'eut pas le temps de se préparer à l'accueillir.

Comment pouvait-il être à ce point troublé par une femme qu'il avait fréquentée pendant quelques heures à peine ? C'était non seulement insensé, mais aussi dangereux. Henry avait besoin de ce poste, qui représentait pour lui un nouveau départ. Il n'avait aucune envie de bannir de son esprit toute pensée de Cassie Gates qui ne soit pas strictement professionnelle, mais il fallait qu'il le fasse.

Reprends-toi, se dit-il.

Il relâcha les muscles de ses épaules et se plaqua un sourire poli sur le visage. Quand la voiture s'arrêta enfin devant la maison de l'inspecteur, il était prêt.

Matt sortit du véhicule et commenta :

— Que c'est bon d'être chez soi. Je ne sais pas si tu as faim, mais moi, je pourrais manger un cheval.

L'inspecteur habitait dans une grande maison, agrémentée d'un joli jardin. La propriété était simple et pittoresque. Deux voitures étaient garées dans l'allée. Henry reconnut la première comme étant le véhicule personnel de l'inspecteur, mais c'était la première fois qu'il voyait l'autre. La lumière était allumée dans la salle à manger. Les rideaux n'avaient pas été complètement tirés, ce qui lui permit de voir distinctement Cassie, assise à l'une des extrémités de la table.

Comme si elle avait senti sa présence, elle se tourna vers

la fenêtre. Leurs regards se rencontrèrent, mais elle ne sourit pas. Peut-être n'aurait-il pas dû venir.

Matt le précéda dans l'allée.

— Il faut sans doute que je te prévienne...

Il posa une main sur la poignée de la porte et poursuivit :

— Tu es sur le point de faire la connaissance d'une femme très bruyante et assez curieuse. Ne te méprends pas : je l'aime. Mais la première fois qu'on la rencontre, on peut la trouver un peu... envahissante.

Il y avait un sourire dans sa voix.

— Elle dit que ce n'est que de la curiosité, compléta-t-il.

Henry ne se souvenait pourtant pas que Cassie soit bruyante, et encore moins indiscrète. Quand il lui avait dit sept mois plus tôt qu'il ne pouvait rien lui dire sur son métier, elle n'avait pas insisté. D'ailleurs, elle lui avait posé très peu de questions personnelles — et il n'avait rien cherché à apprendre d'elle, lui non plus.

Mais il ne fallait pas qu'il oublie qu'il ne la connaissait pas. Il n'avait passé qu'une nuit avec elle, une nuit de passion.

Cette passion...

Les mois avaient passé, mais son corps ne l'avait pas oubliée. Et il en redemandait.

Il s'éclaircit la gorge et passa la porte sur les talons de Matt. Quand ils entrèrent dans la salle à manger, il était sur le point de se dire une fois encore qu'il aurait mieux fait de ne pas venir quand il vit le regard que Cassie posait sur eux. En voyant combien elle semblait éreintée, il comprit que leur passé commun avait bien peu d'importance en cet instant. L'un de ses amis avait failli mourir sous ses yeux.

— J'ai invité Henry à se joindre à nous pour le dîner, lança Matt. Puisque... la journée ne s'est pas déroulée comme elle l'aurait dû.

Cassie les regardait à tour de rôle, et Henry dut rassembler tout son courage pour parler.

— Je suis ravi de vous rencontrer officiellement, mentit-il de nouveau.

Si elle était en couple avec l'inspecteur, il ne voulait pas les projeter tous dans une situation embarrassante. Le bureau du shérif du comté de Riker lui offrait la chance de prendre un nouveau départ. Il ne voulait pas se faire d'ennemis alors qu'il y travaillait depuis moins d'une semaine.

Les yeux verts de Cassie se firent pensifs, comme si elle cherchait ce qu'elle allait lui répondre, mais elle n'eut pas le temps d'ouvrir la bouche. Un bruit se fit entendre dans la pièce voisine, et une véritable tornade déboula dans la salle à manger et s'abattit sur l'inspecteur. Tout le corps de Henry fut aussitôt en alerte, mais il se détendit en voyant Matt rire dans les cheveux de la femme qui l'étreignait avec force.

— Mon Dieu, Maggie ! dit-il en la serrant lui aussi dans ses bras. Est-ce que tu as déjà pensé à jouer au rugby ?

La femme lui plaqua un baiser rapide mais fougueux sur les lèvres. Quand elle s'écarta, elle ne souriait pas.

— Je suis seulement heureuse que tu n'aies rien, dit-elle. S'il t'était arrivé quelque chose, tu aurais eu affaire à moi.

— Je n'en doute pas.

Matt lui pressa l'épaule avant de se tourner vers Henry.

— Je te présente ma fiancée, Maggie Carson, qui occupe également le poste de troisième ligne. Maggie, voici Henry Ward, le nouvel adjoint dont je t'ai parlé.

Maggie le gratifia d'une poignée de main ferme en le regardant droit dans les yeux.

— Merci de l'avoir ramené, dit-elle. Comme ma voiture m'a lâchée, j'ai dû voler la sienne pour aller chercher Cassie à l'hôpital.

Henry haussa les sourcils et se tourna vers Cassie.

— Vous m'aviez pourtant dit que tout allait bien.

Sinon, jamais il ne l'aurait laissée seule.

Elle se fendit d'un sourire poli, tout comme le soir de leur première rencontre, et se leva de sa chaise.

Les yeux de Henry fusèrent vers le bas, jusqu'à son ventre où elle venait de poser la main en un geste protecteur.

— C'était le cas, dit-elle. Mais je voulais être sûre qu'il allait bien, lui aussi.

3

— Vous êtes enceinte.

Ce n'était ni une question ni une affirmation, mais une remarque confuse, quelque part entre les deux. Henry Ward était stupéfait et cherchait à reprendre ses esprits. Cassie aurait aimé l'y aider, mais elle se sentait tout aussi déboussolée que lui.

Après tout, le père de son enfant venait de surgir de nulle part, sept mois après la nuit qu'ils avaient passée ensemble. Il lui avait peut-être sauvé la vie et faisait semblant de ne jamais l'avoir rencontrée auparavant.

Il y avait de quoi être déstabilisée.

— Oui, je suis enceinte, confirma-t-elle, bien que ce soit inutile. De sept mois, plus ou moins.

Elle aurait parié que Henry se livrait à la séance de calcul mental la plus rapide de toute sa vie, les yeux toujours rivés sur son ventre arrondi. Sa grossesse se voyait peu, mais il était impossible de ne rien remarquer une fois qu'elle avait attiré l'attention sur son ventre.

Cet homme n'était pas un idiot. À moins d'être nul en calcul mental, il était forcé de deviner qu'il était le père. Pourtant, il ne lui posa aucune question. Elle n'en fut d'ailleurs pas étonnée, puisqu'il continuait à se comporter comme s'il ne l'avait jamais rencontrée auparavant.

Après tout, tu n'as rien dit, toi non plus, se rappela-t-elle.

Mais pour le moment, les événements tragiques de cette

journée prenaient le pas sur sa vie privée. Elle se passa une main sur le ventre et ajouta :

— Mais le toubib m'a dit que tout allait bien.

Si Matt ou Maggie, l'ex-journaliste, soupçonnaient quoi que ce soit au sujet de sa relation avec Henry, ils n'en dirent rien.

— Mais on n'est jamais trop prudent, conclut-elle. Et en plus, je voulais être aux côtés de Mara.

Henry cessa enfin de fixer son ventre et répondit simplement :

— C'est bien.

Matt posa une main sur l'épaule de Henry et l'entraîna vers la cuisine. Cassie se rassit sur sa chaise tandis que Maggie suivait les deux hommes. Elle revint bientôt avec le dîner qu'elles venaient tout juste de finir de préparer. Rien qui sorte de l'ordinaire, juste de quoi assouvir leur faim. Cassie pensait qu'aucun d'entre eux ne pourrait retirer de réel plaisir d'un repas avant que Billy le puisse lui aussi.

Comme mue par une volonté propre, sa main se leva une fois encore pour aller toucher la cicatrice, dans son cou. Maggie remarqua son geste. Elle vint s'asseoir auprès d'elle et lui tapota le dos.

— Tu vas bien, chuchota-t-elle. Vous allez bien, tous les deux. Tout va s'arranger. Aie confiance.

Cassie acquiesça par pur réflexe.

Dès que les hommes les eurent rejointes autour de la table, Maggie se mit à bombarder Matt et Henry de questions. Cassie aurait vraiment voulu écouter attentivement dans l'espoir d'apprendre plus de choses sur Henry, cet homme dont il lui était arrivé de se demander s'il était seulement réel. Mais sa poitrine s'emplissait d'une sensation croissante de vulnérabilité, qui lui nouait le ventre et faisait resurgir une partie de la peur et de la colère qu'elle avait éprouvées dans le restaurant.

Que ce soit à cause de sa grossesse, parce que l'homme dont elle avait espéré un coup de fil pendant des mois avait réapparu, ou parce qu'elle n'avait pas eu le temps de comprendre tout ce qui s'était passé, elle fut soudain incapable de rester assise.

— Si vous n'étiez pas tous venus à ma petite fête, tout ça ne se serait pas passé, lança-t-elle, coupant la parole à Matt.

Il se hâta de secouer la tête.

— Cassie, tu sais aussi bien que moi que toi et ta petite fête n'avez rien à voir avec tout ça, répliqua-t-il. Cet homme était en colère et voulait se venger. Quand quelqu'un est fermement décidé à s'en prendre à un membre des forces de l'ordre, il le fera quel que soit le lieu.

— Mais j'en ai fourni l'occasion à ce salaud ! lança-t-elle avec fougue.

Matt ouvrit de grands yeux, et elle aurait parié que ceux de Maggie étaient tout aussi écarquillés. Ce n'était pas tous les jours que Cassie Gates explosait ainsi. D'habitude, elle était la douceur même. En bonne fille du Sud, elle était toujours souriante et agréable et ne se départait jamais de son optimisme, même quand tout allait mal.

Une rougeur cuisante gagna ses joues, encore intensifiée par la présence de Henry et le regard pénétrant de ses yeux bleu acier — ces yeux qui avaient détaillé ses lèvres quelques secondes avant qu'il l'embrasse pour la première fois et qui, plus tard dans la soirée, avaient parcouru sa peau nue.

Elle s'en voulut de repenser à cette nuit-là en cet instant. Après la journée qu'ils venaient de vivre, elle ne semblait pas tellement importante.

Et pourtant, la douleur d'avoir été rejetée par cet homme lui fit monter les larmes aux yeux.

— Cassie..., commença Maggie.

Ce seul mot suffit à achever de briser la muraille qu'elle avait érigée tout autour d'elle pour ne pas perdre l'esprit après le drame qui s'était joué au restaurant.

Elle repoussa sa chaise, se leva et posa l'une de ses mains sur son ventre. En se gardant bien de croiser le regard de quiconque, elle dit :

— Je suis désolée, mais je suis fatiguée et mes hormones me jouent des tours. Sans vouloir être impolie, je pense que j'aimerais rentrer chez moi tout de suite.

Elle fut soulagée de voir que Maggie n'essayait pas de la retenir. Elle la rassura d'un sourire et répondit :

— D'accord. Mais laisse-moi au moins te préparer une

assiette, que tu emporteras. Tu es peut-être fatiguée, mais vous avez besoin de manger quelque chose, tous les deux.

Il y avait de la force dans ces paroles. La force d'une mère veillant sur une femme qui allait bientôt le devenir à son tour. L'essence même du Sud. Maggie avait raison.

Cassie hocha la tête et prit son assiette.

— Je vais t'aider, dit-elle.

Sans un regard pour les deux hommes, elle battit en retraite dans la cuisine, la poitrine agitée par une tempête d'émotions.

Les femmes avaient disparu avant que Henry ait pu trouver un prétexte pour attirer Cassie à l'écart, loin de Matt et Maggie. Mais même s'il en avait trouvé un, cela n'aurait rien changé. Cassie était tellement douée pour prendre la tangente que si la fuite avait été un sport olympique elle aurait décroché la médaille d'or haut la main.

Au lieu de lui poser la question à un million de dollars, il avait dû se contenter de la regarder monter dans la voiture de Maggie, par la fenêtre de la salle à manger.

Mais il ne lui en voulait pas.

Il avait brûlé tous les ponts qui auraient pu les réunir en déclarant qu'il ne l'avait jamais rencontrée auparavant devant ses collègues, qui étaient également ses amis.

Il dut prendre sur lui pour ne pas abattre son poing sur la table.

« Sept mois, plus ou moins. »

Ce « plus ou moins » pouvait faire toute la différence.

Avait-elle rencontré quelqu'un après lui, ou était-il le père de son enfant ?

Comment avait-il pu ne rien remarquer au restaurant ?

Pourquoi avait-il menti comme il l'avait fait ? Et pourquoi Cassie n'avait-elle pas rétabli la vérité ?

Beaucoup trop de questions se pressaient dans son esprit, et il n'avait personne à qui les poser. Pas pour le moment, du moins.

Ce fut Matt qui brisa le silence qui s'était instauré dans la pièce.

— Billy t'a sans doute dit que le bureau a connu beaucoup d'incidents, ces dernières années.

Il poussa le contenu de son assiette du bout de sa fourchette avant de la reposer pour prendre sa bière.

— Le genre d'incidents qui laissent des cicatrices. Mais vu le poste que tu occupais avant celui-là, tu dois mieux le comprendre que la plupart des gens.

Ce n'était pas une question. L'inspecteur ne faisait pas partie des rares personnes qui connaissaient son parcours dans ses moindres détails, mais Henry savait qu'il était loin d'être bête. Et tout le monde savait que son coéquipier, Calvin Fitzgerald, était mort lors d'une mission d'infiltration.

Henry prit une grande rasade de bière. Pour le moment, il ne pensait plus à Cassie, mais à cette partie de son passé qu'il avait été contraint de laisser derrière lui.

— Les cicatrices sont chose courante dans notre boulot, répondit-il. Tout le monde semble en récolter, quel que soit son camp. Et même s'il n'appartient à aucun camp, d'ailleurs. Si tu veux mon avis, je trouve que c'est sacrément injuste.

Matt prit sa bière et la heurta contre celle de Henry, avec un « ding » sonore.

— D'accord avec ça.

Il s'interrompit, sa bouteille en suspens, avant de reprendre :

— Mais certains d'entre nous ont des cicatrices physiques, récoltées dans des situations où ils ont frôlé le pire. Cassie fait partie de ces gens-là. Je suis sûr qu'elle se débat dans un océan de mauvais souvenirs en ce moment même. Quand le problème sera résolu et que Billy sera rétabli, tu nous verras tous sous un meilleur jour.

Avec un sourire narquois, il conclut :

— Jusque-là, essaie de ne pas te sentir personnellement visé par la mauvaise humeur générale.

— D'accord.

Henry n'eut pas le cœur de dire à cet homme que toute la rancune qu'il inspirait à Cassie était largement méritée.

Ils finirent leur dîner, et Maggie revint juste à temps pour les aider à débarrasser. La façon dont l'inspecteur et elle travaillaient en tandem sans même s'en rendre compte avait quelque chose de rafraîchissant. Depuis des années, toutes les relations que Henry avait nouées avaient été dangereuses, toxiques et marquées par l'incertitude, et finissaient presque toujours par lui attirer des ennuis.

Ce qui était précisément la raison qui l'avait poussé à venir dans le comté de Riker.

Pourtant, il ne cherchait ni la rédemption ni une seconde chance. Il ne voulait pas réécrire sa vie d'avant, ni réparer ses erreurs. Il avait aussi brûlé ce pont-ci.

Maintenant, il voulait du vide. Une page vierge.

Mais était-ce seulement possible ? N'avait-il pas été trop marqué par son dernier poste pour pouvoir tout recommencer ?

Quelques minutes plus tard, il prit congé du couple et s'assit lourdement au volant de sa voiture. Il agita une dernière fois la main à l'adresse de Matt et Maggie avant de démarrer.

Et Cassie ?

Et son fils à naître ?

La chaleur était lourde. Étouffante. Impitoyable.

Mais il s'en fichait.

— Qu'est-ce qui vous a pris ?

Il avait hurlé, mais il s'en fichait tout autant.

— Vous aviez une seule chose à faire. Une seule !

Il balaya le dessus de son bureau d'un grand geste du bras. Tout ce qui s'y trouvait alla s'écraser au sol. L'homme qui lui faisait face tressaillit, mais pas la femme qui lui tenait la main.

— Nous avons vu une occasion s'offrir à nous. Nous avons bondi dessus, répliqua-t-elle d'une voix pleine de venin.

— Vous auriez pu tout faire rater ! hurla-t-il.

Le clavier pendait sur le côté de son bureau, retenu par son câble. Cette fois, il mit plus de force dans son geste. Le clavier s'écrasa par terre, suivi par l'ordinateur.

L'homme tressaillit de nouveau, comme si c'était lui qu'il venait de frapper. Sa compagne demeura imperturbable.

— Cela fait des mois que nous attendons que vous mettiez votre plan à exécution, lança-t-elle d'une voix enflammée.

Avec détachement, il remarqua la tension qui raidissait tous ses muscles. Il aurait parié que la femme faisait tout son possible pour que son corps tout entier ne bascule pas dans la colère. La fureur. Dans d'autres circonstances, il aurait pu être impressionné par sa maîtrise d'elle-même.

Mais en ce moment, il ne l'était pas.

— Notre but, *mon* but, n'est pas d'organiser une balade en forêt ni de planifier une banale escroquerie, dit-il en ravalant une partie de sa frustration.

La mort de Darrell avait amputé son équipe de l'un de ses membres. Il ne voulait pas en perdre d'autres. Pas maintenant, alors qu'ils touchaient au but. Il rajusta sa cravate et se lissa les cheveux de la main.

— D'ailleurs, c'est bien plus qu'un plan. C'est une vision, qui ne prendra corps que si nous ne faisons pas tout ce qui nous passe par la tête.

Son calme vola en éclats en un instant. Il agrippa le rebord du bureau et le souleva brusquement. S'il s'était agi de son propre bureau, celui qui était chez lui, il n'aurait pas bougé. Mais ce bureau-ci était de mauvaise qualité, assez léger pour qu'il le renverse sans trop d'efforts.

Paula fut prompte à réagir. Elle se leva d'un bond gracieux et s'éloigna vivement, portée par ses longues jambes. Mais Jason, l'idiot qui lui servait de petit ami, ne fut pas aussi vif. Le bureau retomba sur son pied, lui arrachant un hurlement de douleur.

Il avait de la chance qu'il ne s'agisse pas de son bureau personnel : son poids lui aurait brisé le pied.

— Cette ville va basculer dans le chaos, poursuivit-il d'une voix pensive.

Il se demandait s'il devait continuer à laisser libre cours à sa colère.

— Et notre but, notre objectif final, est précisément ce chaos.

Paula ouvrit la bouche pour dire quelque chose, mais il la transperça du regard et elle se ravisa.

— Je veux que plus personne ne sorte du rang sous prétexte de se venger. Plus question de tirer parce que l'occasion se présente. Si vous êtes ici, c'est pour accomplir une œuvre bien plus vaste.

Paula croisa les bras, sans esquisser le moindre geste pour aider Jason à libérer son pied, qui était toujours coincé sous le bureau. Comme si elle avait déjà oublié son existence.

Ce qui était encore mieux.

— Qu'y a-t-il de plus important que la vengeance ? demanda-t-elle avec le plus grand calme. Qu'est-ce qui peut être meilleur que de faire souffrir les personnes qui nous ont fait du tort, à nous et aux nôtres ?

Il fut prompt à répondre :

— Le pouvoir de prolonger leurs souffrances.

Pour la première fois depuis que Paula et Jason étaient entrés dans son bureau de fortune, le visage de la femme se vida de toute expression. Ensuite, un sourire mauvais gagna lentement son visage.

— Allons donc créer un peu de chaos.

4

La soirée se termina sans nouvel incident. Cassie rentra chez elle, se doucha et alla chercher un peu de réconfort sous sa couette, mais pas avant d'avoir monté la climatisation. Jusqu'ici, elle avait une grossesse facile, sans la moindre nausée matinale, mais elle était toujours étonnée de voir à quel point elle pouvait avoir chaud.

Sa sœur Kristen disait qu'elle était une chaudière ambulante.

Le lendemain matin, elle se réveilla en nage. Elle se rendit dans la cuisine pour y boire un verre d'eau, et ce ne fut qu'à ce moment que les dernières brumes du sommeil se dissipèrent et qu'elle se rappela les événements de la veille.

Elle but la moitié du verre d'un trait et partit à la recherche de son téléphone portable, qu'elle retrouva enfin entortillé dans la couette. Autrement dit, elle ne l'avait pas rechargé. Une notification l'informa qu'il lui restait moins de quinze pour cent de batterie. Une autre, en dessous, signalait qu'elle avait deux nouveaux textos. Elle s'assit sur le bord du lit et ouvrit les deux messages, sans se laisser le temps de s'inquiéter au sujet de leur contenu.

Le premier texto émanait de Denise, identifiée sous le nom de « Mme Beadle », encadré de cœurs. Cassie ne put réprimer un sourire. Sa sœur aînée était tout aussi maternelle que leur mère. C'était d'ailleurs la première personne qu'elle avait appelée après avoir été rassurée sur l'état de santé de son bébé.

Kristen, auteur du second texto, en avait été vexée, parce

qu'elle habitait ici alors que Denise vivait dans le Colorado. Mais depuis qu'elle avait quitté la maison familiale, Cassie avait conservé l'habitude de se tourner vers l'aînée des enfants Gates. Denise avait un véritable don : elle savait s'inquiéter sincèrement pour une personne tout en la réconfortant, en y mettant tout son cœur. Et la veille, Cassie avait eu un besoin irrépressible que quelqu'un la réconforte et la soulage de la peur et de l'incertitude qui avaient fait un retour fracassant dans sa vie.

Les textos de Karen et de Denise disaient la même chose, chacun à sa façon : elle devait les appeler quand elle serait debout et bien réveillée.

Cassie soupira.

La nouvelle ne tarderait pas à parvenir au reste du clan Gates, et ses frères se mettraient eux aussi à remplir sa boîte de réception.

C'était le prix à payer quand on était la plus jeune d'une fratrie de six, autant dire le bébé. Elle était l'objet de l'inquiétude de ses frères et sœurs, qui lui accordaient de moins en moins leur confiance à mesure que les années passaient — et ce, bien qu'elle ait vingt-neuf ans, qu'elle ait souscrit un emprunt immobilier et qu'elle soit sur le point de devenir mère.

Elle posa une main sur son ventre arrondi, et sentit son cœur et son âme se consumer tout entiers sous la force d'un amour qu'elle n'aurait jamais cru possible. Le soulagement l'emplit, au point qu'elle eut envie de pleurer.

Les claquements de la fusillade résonnèrent dans son esprit.

S'il était arrivé quelque chose à son fils, dans ce restaurant...

Elle froissa les draps entre ses mains, soudain aussi furieuse qu'un nid de frelons.

Ensuite, son esprit s'emplit de la vision de deux yeux couleur d'acier, et de la chaleur d'un corps qui protégeait le sien.

Henry. Henry Ward.

La rage qui l'avait envahie à la pensée de la tragédie qui aurait pu frapper son fils laissa place à une autre forme de colère, moins violente celle-là, et qui prenait sa source dans son sentiment d'insécurité.

La force de l'intimité qu'elle avait partagée avec cet homme toute une nuit durant l'avait stupéfiée. Il lui avait promis de l'appeler dès qu'il serait rentré chez lui.

Mais il n'en avait rien fait. Elle n'avait eu ni coup de fil ni texto. Rien.

Et ce n'était pas tout.

Il lui avait dit s'appeler Henry Smith.

Comme toute cette histoire lui semblait ridicule, maintenant ! Le bel homme qu'elle avait rencontré dans un bar et avec lequel elle avait passé une nuit merveilleusement passionnée lui avait donné un faux nom. Il lui avait dit qu'il ne pouvait pas lui donner son numéro de téléphone parce qu'il n'en avait pas encore. Elle aurait pourtant dû deviner qu'il ne voulait pas la revoir. Mais bon sang ! Sur le moment, elle avait cru tout ce qu'il lui disait.

Elle s'était comportée comme un mouton, comme à son habitude. Et cet homme était un lion.

Elle se sentit rougir sous le coup de l'embarras. Aussitôt, elle secoua la tête et se morigéna à voix haute.

— Rien n'a changé. Ton bébé est là. Tu n'as pas besoin d'un menteur dans ta vie, même si c'est un menteur très séduisant.

Elle se tapota le ventre et conclut :

— Tu vas t'en sortir, petite maman.

C'était un joli petit sermon, qui eut l'effet escompté.

Ensuite, elle vaqua à ses occupations, dans l'espoir de retrouver un semblant de routine. Elle prit son petit déjeuner et fit le ménage et la cuisine, tout en appelant les membres de sa famille pour les rassurer, et ses amis pour essayer d'obtenir des nouvelles du shérif. Seule Maggie put lui fournir des informations concrètes : l'état de Billy était stable, mais il était toujours inconscient. Maintenant, il fallait attendre qu'il se réveille. La nouvelle était plutôt bonne, mais elle ne suffit pas à éradiquer la peur qui s'était enracinée en elle.

Peu avant midi, Cassie posa un plat recouvert de papier aluminium sur le siège passager de sa voiture. Ce ne fut qu'alors qu'elle comprit ce qu'elle essayait de faire : elle allait apporter un plat de lasagnes au bureau dans l'espoir de soulager une partie de l'inquiétude qu'elle ressentait pour ses amis. Juste à temps pour le déjeuner, comme la dame du Sud que sa mère lui avait appris à être. Ce n'était pas le plat le plus approprié pour le déjeuner, mais le bébé qui grandissait dans son ventre était le seul responsable : elle avait envie de fromage et de sauce tomate depuis des jours. Autrement dit, elle faisait d'une pierre deux coups.

Elle roula jusqu'au centre de Carpenter sans que le plat bouge. Comme elle était seule, elle s'autorisa à lâcher quelques jurons inspirés par la météo. Qu'elle soit ou non une chaudière ambulante, elle avait du mal à supporter la chaleur écrasante et l'humidité étouffante de la petite ville du sud de l'Alabama, et le bébé qu'elle portait n'améliorait pas la situation. Quand elle se gara enfin dans le parking du bureau du shérif, elle était toute prête à courir jusqu'à l'intérieur pour profiter de la climatisation.

La plus grande partie du parking était occupée par les voitures de l'équipe de jour, mais elle en remarqua une autre, qu'elle ne connaissait pas. C'était sans doute la voiture de Henry.

Le père de son enfant.

Rien ne pourrait atténuer le stress qu'elle ressentait à cette idée, pas plus les lasagnes que l'air conditionné. Malgré ses sentiments, ses doutes et ses insécurités, elle n'allait pas pouvoir éternellement éviter cet homme... Surtout s'il était officier.

Autrement dit, elle allait devoir prendre une décision tôt ou tard : lui dirait-elle la vérité ?

Une culpabilité croissante s'installa au creux de son ventre, mais les faits étaient là pour la combattre.

Elle pouvait se bercer d'illusions, croire que l'homme avec lequel elle avait eu une aventure sept mois plus tôt était merveilleux, mais elle ne pouvait nier la réalité : il lui avait donné un faux nom avant de disparaître de sa vie.

L'aventure avait été merveilleuse, mais c'est tout ce que cela avait été. Une aventure, qui n'avait duré qu'une nuit.

C'était bien peu pour envisager de lui accorder une place dans la vie de son enfant à naître.

Elle coupa le moteur et tapota son ventre.

— Quoi qu'il arrive, tout se passera bien, promit-elle à son fils.

Mais elle savait que c'était surtout elle-même qu'elle cherchait à rassurer. Avec un soupir tellement profond que son bébé dut le ressentir, elle descendit de voiture.

Mais elle n'avait pas fait deux pas qu'elle dut renoncer à son objectif d'échapper aussi vite que possible à la chaleur étouffante.

— Excusez-moi ?

Elle se retourna juste à temps pour voir un homme apparaître, entre deux voitures. Il s'empressa de lever les deux mains et de désigner un endroit, derrière lui.

— J'arrive du salon de thé, expliqua-t-il avec un rire contrit. Je n'avais pas pensé que vous pourriez être effrayée en me voyant surgir comme ça de l'arrière du parking.

L'homme devait avoir une trentaine d'années. Il était habillé avec goût, et ses épais cheveux d'un roux foncé étaient coupés court. Cassie ne l'avait jamais vu auparavant, mais rien chez lui ne semblait hostile. Le sourire qui perdura après son éclat de rire la mit à l'aise.

— Je suppose que vous travaillez au bureau du shérif ? reprit-il.

Elle y travaillait depuis des années, en effet, et le connaissait comme sa poche. Le bâtiment était niché entre le tribunal du comté et les studios de la chaîne de télé locale. C'était un édifice à un étage, en ciment et briques d'un orange délavé, plus large que les immeubles avoisinants, mais aussi plus bas. Le premier étage était vide, à l'exception d'une pièce qui servait de pièce de stockage, mais l'espace fourni par le rez-de-chaussée était utilisé au mieux. Cassie était particulièrement fière de l'agencement de son poste de régulatrice.

— Oui, en effet, répondit-elle en lui rendant son sourire. Je ne suis pas en service, mais je serais ravie de vous aider.

— J'apprécie votre gentillesse, mais j'ai peur que ma requête vous semble un peu bizarre.

Il sortit un sachet en plastique de sa poche et le lui tendit. Il y avait quelque chose à l'intérieur. Une bague.

— Le shérif Reed est passé au Carter Home hier, accompagné d'un adjoint qui a perdu ceci.

Cassie prit le sachet. Déjà, son cœur battait plus vite.

— Comme je n'ai pas saisi son nom, poursuivit l'homme, j'ai pensé que si je vous remettais cette bague, vous pourriez vous charger de la rendre à son propriétaire.

Cassie n'avait peut-être pas encore repris le travail, mais elle savait que Billy avait coutume d'organiser des visites du comté pour les nouvelles recrues. Dans ce cas précis, il s'agissait de Henry. En d'autres termes, le destin s'amusait à ses dépens. Il fallait vraiment qu'elle pense à avoir très bientôt une petite conversation avec Henry.

— Je le ferai, bien sûr, affirma-t-elle. Je sais même qui est l'adjoint en question. Pourquoi ne venez-vous pas avec moi ? Je suis sûre qu'il vous sera reconnaissant de lui avoir rapporté cette bague.

Elle pouvait peut-être se servir de l'homme en attendant d'avoir décidé de ce qu'elle allait faire.

Mais il secoua la tête et répondit :

— Pour tout vous dire, je suis pressé.

Il tendit de nouveau le bras vers le bâtiment qui jouxtait l'arrière du parking. C'était une galerie marchande dans laquelle on trouvait plusieurs magasins, dont le meilleur salon de thé de la ville.

— Est-ce que vous pourriez la lui donner pour moi ? J'ai un ami qui m'attend là-bas, sans parler d'une tasse de café avec mon nom inscrit dessus.

Cassie était la plus accommodante des femmes.

— Je peux le faire. Pas de problème.

Elle rajusta son sac. Déjà, la transpiration perlait à son front.

— Est-ce que vous pouvez me donner votre nom, pour qu'il sache qui remercier si l'occasion se présente ?

— Michael.

L'homme leva de nouveau les mains et lui adressa un regard d'excuse.

— Je dois vraiment y aller, maintenant. Je vous souhaite une excellente journée.

Avant que Cassie ait pu insister pour avoir son nom de famille, l'homme se retourna, mettant ainsi un terme à leur conversation.

Peut-être qu'elle n'était pas la seule à avoir hâte d'échapper à la chaleur.

— Ce n'est peut-être pas l'idéal, dit Suzy en pinçant les lèvres, mais c'est ce que j'ai décidé.

Henry regardait la femme assise derrière le bureau en essayant de masquer sa mauvaise humeur. Il ne voulait pas être mis sur la touche à cause du drame qui s'était déroulé dans le restaurant. La veille au soir, il s'était laissé gagner par l'excitation en pensant à ce que l'avenir pouvait lui réserver dans le comté de Riker. Beaucoup de choses allaient changer dans sa vie, c'était inévitable, mais il ne s'était pas attendu à ce que les changements se produisent aussi rapidement.

Il refusait de céder.

— Écoutez, dit-il. Je comprends, je vous assure. Je suis le petit nouveau. Il est parfaitement logique que vous jugiez plus important d'enquêter sur les événements d'hier que de continuer à me familiariser avec la ville. Mais il doit bien y avoir un moyen d'accélérer le processus ! Quelqu'un pourrait faire la liste des endroits que je dois connaître, par exemple, et j'irai les visiter quand je ne serai pas en service.

Suzy posa sur lui un regard dénué de toute expression. Elle semblait aussi fatiguée que lui.

— L'idée était justement de vous associer à des personnes qui ont grandi dans les différentes localités du comté de Riker. C'est un processus que Billy a mis en place quand il a été élu au poste de shérif, et je pense sincèrement qu'il a été bénéfique pour toutes nos nouvelles recrues. Même les membres de notre personnel administratif ont été associés à Billy, à moi ou à l'un de nos adjoints les plus expérimentés, le temps de se familiariser avec la région, pour reprendre vos termes.

Elle se désigna elle-même.

— Billy, moi et l'adjoint Mills devions être vos guides, mais... maintenant, nos priorités ont changé. J'en suis sincèrement désolée pour vous, mais vous allez devoir rester assis derrière votre bureau jusqu'à ce que la situation revienne à la normale.

Henry n'aimait pas ça. Pas du tout, même. Même si l'état de Billy s'était stabilisé, il se passerait des mois avant qu'il puisse reprendre le travail — des mois pendant lesquels Suzy le remplacerait au poste de shérif. En d'autres termes, il y aurait beaucoup de roulement au sein des adjoints, afin de détecter les éventuels dysfonctionnements provoqués par le changement de direction.

Et il risquait de se retrouver cloué à son bureau bien plus longtemps qu'il ne le souhaitait.

— Et Cassie ?

Seul le désespoir l'avait poussé à prononcer ces mots. Ce ne fut qu'en voyant l'expression qu'ils firent naître sur le visage de Suzy qu'il se rendit compte qu'il n'était pas particulièrement emballé par cette idée. Mais comme une situation désespérée entraînait des mesures désespérées, il plaida sa cause.

— Si j'ai bien compris, elle ne doit pas recommencer à travailler avant la semaine prochaine. Elle pourrait accepter de me faire visiter le comté. J'ai entendu dire qu'elle y avait grandi.

Henry se garda bien de dire que c'était Cassie elle-même qui lui avait fourni ce renseignement, des mois plus tôt, sous les draps de sa chambre d'hôtel. L'essentiel était que Suzy semblait réfléchir à la validité de son argument.

— Elle a vécu à Darby pendant quelques années mais... Vous avez raison, elle a passé la plus grande partie de son enfance près de là où Billy et moi avons grandi.

Suzy tapota pensivement deux de ses doigts l'un contre l'autre avant de reprendre.

— Pour être franche, j'aimerais que vous soyez sur le terrain dès que possible. Billy vous a sans doute déjà dit que votre CV est vraiment impressionnant. Je préférerais vous savoir dehors, en train d'essayer d'assurer la sécurité dans le comté, que coincé derrière un bureau.

Henry fut traversé par une pointe de culpabilité. Il était fier de sa carrière, bien sûr, mais pour lui, elle avait pris fin en même temps que la vie de son coéquipier. Maintenant, les félicitations le mettaient mal à l'aise. À quoi cela avait-il servi qu'il soit un fin psychologue, doublé d'un excellent tireur ? Ses compétences n'avaient pas suffi à sauver la vie de son ami.

Alors, comment pouvait-on le croire capable de sauver qui que ce soit d'autre ?

Cette pensée fusa dans son esprit avec une telle violence qu'il dut prendre sur lui pour ne pas se lever d'un bond dans l'espoir d'y échapper. Il fallait qu'il se reprenne. C'était précisément en doutant de ses compétences qu'il risquait de causer la perte de quelqu'un. Y compris la sienne.

Il devait être prêt à tout affronter.

Tout, y compris Cassie Gates.

— Je vais l'appeler pour lui soumettre votre idée, déclara Suzy.

Elle tendit la main vers le téléphone, mais interrompit son geste avant de décrocher.

— Mais si elle refuse, vous resterez assis derrière un bureau, sans discuter, jusqu'à ce que nous vous ayons trouvé un autre guide. Compris ?

La voix de Suzy était dénuée de toute méchanceté, de toute colère. C'était la voix d'un patron qui veut simplement s'assurer qu'il s'est bien fait comprendre de l'un de ses subalternes.

Et c'était le cas.

— Je n'insisterai pas, dit-il. Parole de scout.

En souriant à cette expression, elle composa le numéro de Cassie. Henry hésita à quitter la pièce quand de la musique retentit dans le couloir. Comme le bruit se rapprochait, ils se tournèrent vers la porte du bureau.

La tête de Cassie apparut, les surprenant tous deux.

— Vous m'avez appelée ? demanda-t-elle.

En voyant que Henry était présent, elle hésita un instant avant de rectifier :

— Ou plutôt, vous êtes en train de m'appeler.

Elle brandit son téléphone tandis que Suzy raccrochait le sien.

— Vous êtes là ? demanda la première adjointe. Est-ce que tout va bien ?

Cassie s'empressa d'acquiescer.

— Tout va bien, oui. Je me suis seulement dit que je pourrais vous apporter de quoi déjeuner.

Elle s'interrompit et poussa un petit gémissement. Ses joues avaient rosi.

— Et j'ai laissé le plat dans la voiture. Le syndrome du neurone unique chez la femme enceinte n'est pas un mythe.

Elle se tourna vers Henry et planta son regard dans le sien avant de poursuivre :

— J'ai également été distraite par une personne que j'ai rencontrée dans le parking, et qui vous cherchait.

— Moi ? demanda Henry, de nouveau étonné.

En dehors des personnes qui travaillaient au bureau du shérif, il ne s'était fait aucun ami dans le comté de Riker. D'ailleurs, il n'était même pas encore certain de pouvoir se targuer d'être ami avec ses collègues. Seules quelques-unes des personnes qu'il avait côtoyées dans le Tennessee savaient où il était parti, et aucune d'entre elles n'aurait pris la peine de lui rendre visite. Quant à son frère, il l'aurait averti de son arrivée.

— Qui était-ce ?

Cassie sortit un sachet en plastique de son sac et le lui tendit.

— Un certain Michael. Il se trouvait au Carter Home hier, quand vous y êtes allé avec Billy. Il ne connaissait pas votre nom, mais il savait que vous étiez le nouvel adjoint.

Elle haussa les épaules.

— Comme il était pressé, je lui ai promis de vous remettre ceci.

Sa voix trahissait une bonne dose de curiosité, mais ce n'était rien à côté de celle qu'il ressentait.

Il contempla le sachet qu'il tenait à la main, sans l'ouvrir. Il n'en avait pas besoin pour reconnaître cette bague. Une sensation déplacée de chaleur l'envahit, aussitôt remplacée par un froid glacial. Il leva les yeux vers Cassie et comprit qu'elle avait remarqué le changement qui s'était produit dans son attitude. Et elle n'était pas la seule.

— Adjoint Ward ? dit Suzy. Qu'est-ce qu'il y a ?

Henry se tourna vers son chef et espéra qu'elle ne déchiffrerait rien dans son regard. Il souleva le sachet et expliqua :

— La dernière fois que j'ai vu cette bague, c'était il y a un an.

La sensation glaciale commença à se propager dans son esprit tandis qu'il prenait quelques instants avant de conclure.

— Elle appartenait à Calvin Fitzgerald.

Cette fois, ce fut l'attitude de Suzy qui changea. Henry comprit qu'elle reconnaissait ce nom, et qu'elle savait pourquoi il était important.

— Il y a un an..., dit-elle, comme elle aurait lancé un hameçon.

Henry mordit volontiers à l'appât.

— Le jour de l'incendie, dit-il. Le jour de sa mort.

5

Henry et Suzy sortirent aussitôt sur le parking pour se mettre à la recherche de Michael, mais l'homme avait disparu. Pendant ce temps, Cassie alla visionner les bandes de vidéosurveillance en compagnie d'un adjoint. Quand elle eut repéré l'homme, elle lui demanda d'arrêter la bande et attendit le retour de Suzy et Henry.

— Est-ce que vous le reconnaissez ? demanda la première adjointe.

Le budget du bureau n'était pas assez conséquent pour qu'il soit équipé des caméras les plus performantes qui soient, mais elles fournissaient des images d'une qualité suffisante pour qu'on distingue assez nettement les traits de l'homme auquel elle avait parlé. Cheveux roux, corpulence moyenne, bien habillé.

Henry le regarda un moment avant de secouer la tête.

— Non. Je ne me souviens pas de l'avoir jamais vu, que ce soit dans le Tennessee ou ici. S'il était vraiment au Carter Home, je ne l'ai pas remarqué.

— Et vous êtes certain qu'il s'agit de la même bague ?

La question fut accueillie par un long silence. Cassie posa les yeux sur Henry, qui ne regardait ni le sachet ni la bague qu'il contenait.

— Il est possible que ce ne soit pas la même, dit-il enfin.

Il regarda Cassie dans les yeux mais détourna le regard presque aussitôt.

— Peut-être ce Michael s'est-il trompé en pensant que c'était moi qui l'avais perdue. Je peux essayer d'aller lui parler après mon service.

Suzy ouvrit la bouche. Cassie était certaine qu'elle s'apprêtait à demander à Henry pourquoi il semblait soudain beaucoup moins sûr de lui, mais elle n'en eut pas le temps. L'inspecteur Ryan Ansler apparut à la porte, l'air grave.

— Matt a besoin de vous voir, dit-il simplement, mais sur un ton qui sous-entendait que c'était urgent.

Aussitôt, toute l'attention de Suzy se porta sur lui.

— J'arrive, répondit-elle. Adjoint Ward, tenez-moi au courant si vous découvrez quoi que ce soit au sujet de cette bague.

Elle se tourna vers Cassie et ajouta :

— Et j'ai un service à vous demander. Est-ce que vous pouvez venir avec moi ?

Cassie hocha la tête sans accorder un seul regard à Henry. Une part d'elle voulait l'éviter afin de ne pas avoir à s'inquiéter de leur passé, de leur présent ou de leur avenir. Mais une autre part avait envie de lui demander pourquoi il venait de mentir à Suzy. Parce qu'il lui avait menti, elle en était certaine.

Il s'avéra que cette seconde part allait avoir une chance d'assouvir sa curiosité. Suzy voulait qu'elle fasse visiter le comté à Henry, et qu'elle commence le jour même.

— Mais rien ne m'autorise à vous y obliger, précisa Suzy.

Elles se tenaient dans le couloir, devant la porte de la salle de conférences où Matt et le capitaine Jones discutaient à mi-voix, penchés l'un vers l'autre. Ils semblaient inquiets, ce qui renforça le sentiment d'urgence qui la taraudait.

— Ce n'est qu'un service que je vous demande de me rendre. Je comprendrais très bien que vous refusiez.

Cassie se surprit elle-même en acceptant.

— Le bureau traverse des moments éprouvants, dit-elle, surtout pour se convaincre elle-même. Je suis partie en vacances pendant bien trop longtemps. Il est temps que j'apporte mon aide.

Le sourire par lequel Suzy accueillit sa réponse vacilla quand elle posa les yeux sur les deux hommes qui discutaient dans la salle de conférences. Elle carra les épaules, hocha sèchement la tête et dit :

— Merci, Cass.

Et elle s'éloigna, la laissant seule dans le couloir.

Cassie envisagea d'y rester pendant un moment, voire d'aller se cacher quelque part pour fuir la responsabilité qu'elle venait juste d'accepter — ou plutôt, l'homme avec lequel elle allait se retrouver coincée. Mais au lieu de fuir, elle tapota son ventre et retourna vers la salle principale, où elle trouva Henry assis derrière son bureau.

Il sembla tellement surpris de la voir que c'en était presque insultant.

— Si vous êtes prêt, je le suis aussi, annonça-t-elle.

Elle essayait de se montrer aussi aimable qu'à son habitude — ni plus ni moins. Puisqu'elle devait travailler avec Henry Ward, autant en prendre son parti.

— Comme vous n'avez pas encore de voiture de patrouille, nous pouvons prendre la mienne. Si vous êtes d'accord, bien sûr.

Henry sembla sur le point de répliquer, mais il se ravisa.

— Ça me va, dit-il en se levant.

Il ramassa le sachet en plastique qui contenait la bague et le fourra dans sa poche. Ensuite, il lui sourit. C'était ce sourire qui avait complètement envoûté Cassie, sept mois plus tôt, qui l'avait arrachée à un rendez-vous arrangé et convaincue de jouer au billard pendant des heures avec un parfait inconnu.

C'était aussi ce sourire qui l'avait menée jusqu'à son lit.

Elle sentit une chaleur intense naître dans son cou et gagner ses joues, et fit volte-face pour ne pas qu'il la voie rougir. Tant pis, elle allait devoir attendre de mieux contrôler ses émotions pour lui parler. Mais à peine eurent-ils passé la porte d'entrée, plongeant de nouveau dans la chaleur étouffante, qu'elle ne put se retenir de lancer son accusation, d'un ton calme et assuré.

— Vous avez menti à Suzy. Pourquoi ?

Elle sentit son regard se poser sur elle.

— Qu'est-ce que vous voulez dire ?

— Vous avez dit qu'il y avait une possibilité pour que cette bague ne soit pas celle de Calvin, expliqua-t-elle. Mais vous avez menti. Vous êtes certain que c'est bien la même. Pourquoi dire le contraire à Suzy ? Et d'ailleurs, comment pouvez-vous en être aussi sûr ?

Elle se tourna vers lui. L'une des rares choses qu'elle savait à son sujet était qu'il cernait rapidement les gens. Elle voulait qu'il voie son visage, et qu'il comprenne qu'elle ne lâcherait pas prise avant d'avoir obtenu une réponse.

Deux yeux gris et froids scrutèrent son visage. Deux lèvres incroyablement douces s'arquèrent en un petit sourire. Si elle n'avait pas porté le poids de son bébé en plus du sien, ses genoux auraient pu décider de la trahir à la vue de ces lèvres.

— Nous ne nous sommes pas vus depuis des mois, vous êtes chargée de me faire visiter le comté pour lequel nous travaillons tous deux, et à peine nous retrouvons-nous seuls que vous m'accusez de mentir.

Sa voix était impassible. Il ne niait pas.

— Je n'aurais jamais cru que notre première conversation débuterait ainsi.

— Il y a beaucoup d'autres choses que j'aurais préféré dire, reconnut-elle.

Elle commençait à s'échauffer, mais cette fois les souvenirs torrides n'y étaient pour rien.

— Mais c'est un point important, insista-t-elle. Les années que j'ai passées ici m'ont appris que quand votre passé vous rattrape il peut se produire des événements tragiques. J'aimerais ne pas être prise au dépourvu, pour la deuxième fois en deux jours. Et cette remarque vaut aussi pour tous ceux qui travaillent au bureau. Ce qui est arrivé à Billy…

Elle secoua la tête avant de conclure.

— Je préfère être prête, c'est tout.

Ils continuèrent à marcher en silence. Cassie sentait déjà des gouttes de transpiration perler dans son dos. Ce ne fut que quand ils eurent traversé la moitié du parking réservé aux visiteurs que Henry répondit.

— Avant que je l'offre à Calvin, cette bague était la mienne. Voilà pourquoi je suis aussi sûr de l'avoir reconnue. Mais je ne me serais jamais attendu à la revoir un jour.

— Parce qu'il est mort ?

Elle regrettait de ne pas avoir passé la matinée à essayer d'en savoir plus sur l'homme qui marchait à ses côtés. Maintenant qu'elle connaissait son vrai nom de famille, elle aurait pu rechercher des informations sur Internet. La veille encore, elle ne savait pas qui était Calvin ni pourquoi il était mort... D'ailleurs, elle ne savait strictement rien sur Henry non plus. Elle ne se trouvait pas devant un puzzle dont la dernière pièce manquait. Elle ne tenait qu'une seule et unique pièce, et c'était tout le reste de l'image qui n'était pas là. L'impression était très désagréable.

Henry acquiesça.

— Parce qu'il est mort, oui. Et que son corps n'a jamais été retrouvé.

À son ton de voix, elle comprit qu'il avait du mal à aborder le sujet.

— Et qui était Calvin pour vous ?

Elle devait poser cette question et, une fois encore, elle repoussa volontairement l'évidence : elle ne connaissait rien du passé de Henry.

Le regard fixé droit devant lui, il répondit :

— Nous travaillions ensemble, dans le Tennessee.

Cassie eut l'impression très nette qu'il passait volontairement beaucoup de détails sous silence, mais elle n'eut pas l'occasion de le lui dire. Quand ils atteignirent sa voiture, un mouvement attira leur attention, sur le trottoir qui les séparait de la galerie marchande.

— Hé ! hurla-t-elle. C'est le type !

Henry suivit son regard jusqu'à l'homme aux cheveux roux qui lui avait remis la bague. Il était adossé à un mur, mais s'en écarta quand il fut certain qu'ils l'avaient repéré. Il souriait.

— C'est lui qui m'a donné la bague, dit-elle pour être certaine de bien se faire comprendre. Michael.

Henry n'eut pas besoin qu'elle le lui répète une seconde fois.

— Attendez ici, dit-il.

Il effleura le creux de ses reins de la main et contourna la voiture. Ce contact inattendu dispersa les pensées de Cassie, juste assez pour qu'elle mette quelques instants à comprendre ce qui se passa ensuite.

— Hé, vous ! cria Henry. Est-ce qu'on pourrait discuter...

Sans lui laisser le temps de finir sa phrase, Michael fit volte-face et disparut sur le côté de la galerie marchande. L'adjoint lui emboîta le pas sans hésiter. Le bruit de ses lourdes chaussures résonna sur le ciment du parking et il disparut, lui aussi.

L'homme était rapide. Trop rapide.

Au début, seuls quelques mètres les séparaient. Mais le temps que Henry atteigne l'avant de la galerie marchande, l'écart s'était creusé. Michael profita de l'espace qui s'ouvrait devant lui pour accélérer. Il zigzagua pour éviter quelques piétons qui sortaient du salon de thé, puis un groupe de gens bien habillés qui entraient dans un bureau, un peu plus loin.

Il était peut-être rapide, mais ce n'était pas pour autant que Henry allait se laisser semer. Il s'était laissé distancer, mais il redoublait d'énergie. Et le quartier offrait peu d'endroits où Michael pouvait se cacher, ou lui échapper sans qu'il le voie.

Henry ne connaissait pas encore très bien le comté de Riker, mais il avait eu le temps de se familiariser avec les environs immédiats du bureau. La rue dans laquelle ils se trouvaient était bordée de quelques bureaux et commerces. Les rues adjacentes qui y débouchaient menaient soit vers la rue principale, qui passait devant le bureau du shérif, soit vers la mairie et le centre-ville. Le dénommé Michael sembla hésiter, comme s'il était en train de décider quelle direction emprunter. Quel que soit son choix, il allait encore devoir courir longtemps avant de semer Henry.

Ou peut-être pas.

Sans ralentir l'allure, Michael traversa la rue et tourna à droite, vers la mairie et le centre-ville. Henry fit de même, mais il dut s'arrêter net quand un automobiliste refusa de freiner pour le laisser passer. Quand la voiture passa à côté de lui, il résista à l'envie d'abattre son poing sur le capot. Il voulait seulement parler à Michael.

Pourquoi l'homme s'enfuyait-il ? Que savait-il ?

Henry jura à mi-voix et se remit à courir. Une fois de l'autre côté de la rue, il suivit le trottoir jusqu'à un immeuble de plusieurs étages qui abritait un petit ensemble de bureaux. La distance qui le séparait de l'homme avait encore augmenté.

L'inconnu s'arrêta soudain. Il respirait avec force, mais ce fut sans la moindre hésitation qu'il ouvrit la portière de droite d'une voiture stationnée le long du trottoir.

Avant de monter, l'homme mystère prit le temps de lui faire un petit discours d'adieu. Il planta son regard dans celui de Henry, agita la main et hurla :

— Retrouvez-moi si vous le pouvez !

La portière se referma et la voiture démarra avant que Henry ait pu la rattraper. Il s'arrêta si brusquement qu'il dérapa sur le bord du trottoir. L'excitation de la poursuite avait chargé son sang d'une telle quantité d'adrénaline qu'il eut le plus grand mal à ordonner à ses muscles de se relâcher. Jamais il ne pourrait rattraper cette voiture à pied. Et même s'il retournait jusqu'à la sienne, l'inconnu et son chauffeur auraient filé depuis longtemps avant qu'il ne revienne jusqu'ici.

— Espèce de...

— Montez !

Henry fit volte-face et vit une voiture arrêtée à quelques pas derrière lui. Et ce n'était pas n'importe quelle voiture, mais celle de Cassie, qui avait passé sa tête nimbée d'un nuage de cheveux blonds par la vitre.

— Montez ! hurla-t-elle. Sinon, nous allons les perdre !

Comme si son corps avait été dressé pour obéir à ses ordres, Henry bondit aussitôt sur le siège de droite, les yeux toujours rivés à la voiture dans laquelle l'inconnu avait pris la fuite. Elle était au bout de la rue maintenant, et tournait à gauche. S'ils ne se dépêchaient pas...

Cette pensée avait à peine eu le temps de germer dans son esprit que Cassie appuya sur l'accélérateur. La voiture bondit en avant dans un hurlement de pneus.

Mais l'attention de Henry fut abruptement attirée dans une

tout autre direction, vers la chose chaude et molle qu'il sentait sous ses fesses.

— Qu'est-ce que c'est que ça ? hurla-t-il.

Cassie doubla un camion en stationnement et se rabattit aussitôt sur la voie de droite.

— Quoi ? demanda-t-elle sur le même ton.

La chose sur laquelle Henry était assis bougea, et il la tâta du bout des doigts.

— Cassie, sur quoi est-ce que je suis assis ? demanda-t-il d'une voix aiguë. C'est chaud !

— Oh ! non ! Mme Moye !

— Mme Moye ?

Il souleva vivement ses fesses du siège et chercha maladroitement à se débarrasser de la sensation désagréable qui imprégnait le fond de son pantalon. Sa main heurta quelque chose de dur, qu'il devina être une espèce de récipient. Pendant un moment insensé, il imagina qu'il s'agissait d'une urne funéraire. Quand ses doigts frôlèrent une feuille de papier aluminium et qu'il vit qu'ils étaient couverts d'un épais liquide rouge, il faillit ouvrir sa portière et sauter en marche.

— Les lasagnes de ma voisine Chelsea !

Cassie tourna brusquement à gauche, ce qui le déséquilibra. Ses fesses s'enfoncèrent encore plus dans la matière spongieuse sur laquelle il était assis.

— Enfin, précisa-t-elle, c'est moi qui les ai faites, mais c'est sa recette. Je les ai apportées au bureau pour le déjeuner mais je les ai complètement oubliées parce que, encore une fois, le syndrome du neurone unique n'est pas une légende.

Elle lui jeta un regard.

— Apparemment, je n'ai plus pensé qu'elles étaient là. Désolée !

Henry parvint enfin à regarder ce sur quoi il était assis. Il s'agissait effectivement d'un plat à gratin. Le papier d'aluminium avait retenu une partie des lasagnes, mais pas toutes.

— J'espère que vous aimez les sièges de voiture couleur lasagnes, parce que je suis en train d'en mettre partout, marmonna-t-il.

Il sortit le plat de dessous ses fesses et le posa à ses pieds.

— Il faut que je la fasse nettoyer, de toute façon, répliqua-t-elle.

Sa voix rendue tranchante par la concentration rappela à Henry ce qu'ils étaient en train de faire. Il oublia ses fesses couvertes de lasagnes et releva la tête.

— Il n'y a pas de plaques sur la voiture, remarqua-t-il. Et je ne la reconnais pas plus que l'homme. Il n'a aucune raison de s'enfuir. Du moins, je n'en vois aucune.

Il attrapa son téléphone et composa le numéro du bureau.

— Pour des hommes que vous ne connaissez pas, ils ont l'air bien décidés à nous semer, remarqua Cassie.

Elle dut ralentir quand les quelques véhicules qui les séparaient de la voiture noire pénétrèrent dans une zone de travaux.

— Si vous signalez l'incident, dites à Myra que nous nous dirigeons vers la mairie… Non. Attendez, s'exclama-t-elle.

Henry leva les yeux juste à temps pour voir la voiture qu'ils suivaient tourner à droite.

— Où mène cette rue ?

Elle hésita, mais ne ralentit pas l'allure pour autant.

— Cassie ?

— C'est Keller Avenue, répondit-elle.

Il la regarda. Elle fronçait les sourcils d'un air pensif.

— Il n'y a que quelques vieilles maisons, un concessionnaire auto et après… plus rien. Ce n'est pas l'endroit idéal pour semer quelqu'un. Ils se débarrasseraient plus facilement de nous près de la mairie ou dans le centre-ville, surtout vers midi.

Ces mots, à moins que ce ne soit la façon dont elle les avait prononcés, éveillèrent l'instinct de Henry. Mais il ne dit rien. La dernière fois qu'il s'était fié à son instinct, Calvin était mort. Il refusait de commettre une nouvelle fois la même erreur.

6

Trois voitures, deux camions et un tracteur les précédaient sur Keller Avenue. Cassie dépassa tous les véhicules, rapidement mais prudemment. L'une des voitures la klaxonna. L'homme qui conduisait le tracteur agita le poing. Mais elle s'en fichait. Elle était tellement concentrée qu'elle ne voyait plus que la voiture noire qui filait devant eux. Si elle ne rattrapait pas une partie de son retard, la voiture pouvait prendre le virage de Keller et disparaître.

Il était hors de question qu'elle abandonne la poursuite.

Elle était gagnée par une sensation étonnante, qu'elle ressentait rarement à son poste de régulatrice. Bien sûr, il lui était arrivé de travailler sur des affaires dans lesquelles le monde semblait basculer dans le cauchemar, mais elle se trouvait toujours à l'autre bout du fil ou de l'autre côté de la radio. Dans ces moments, elle devait conserver son calme, parler d'une voix ferme et faire preuve d'autant de concentration que les plus expérimentés des hommes du shérif. Quand on était assis derrière un bureau, c'était facile. Mais maintenant qu'elle se trouvait au cœur de l'action, elle découvrait qu'elle n'avait pas seulement envie d'attraper cet homme pour obtenir des réponses : elle avait l'impression d'en avoir besoin.

Henry tenait tellement à comprendre ce qu'il se passait que ce besoin semblait s'être propagé jusqu'à elle. Peut-être que son inconscient lui soufflait qu'en découvrant ce qu'il recherchait sa situation lui semblerait moins incertaine.

À moins que ses hormones de grossesse n'aient envie d'autre chose que de fromage et de sauce tomate.

Du coin de l'œil, elle vit Henry se carrer dans son siège.

— Où va cette route ? demanda-t-il.

Il semblait encore un peu perturbé par l'incident des lasagnes. Il ouvrit la boîte à gants sans demander sa permission et trouva les serviettes en papier qu'elle y gardait en cas de besoin.

— Elle débouche sur une départementale qui va jusqu'à Kipsy. Mais s'ils tournent au prochain carrefour, ils arriveront dans un vieux lotissement appelé Westbridge.

Elle réfléchit un moment avant d'ajouter :

— Et honnêtement, aucune de ces deux options ne leur permettra de nous semer. La route de Kipsy est une route à deux voies, avec beaucoup de lignes droites. Quant à Westbridge, c'est un lotissement assez étendu, mais la rue s'y termine par un cul-de-sac. Il n'y a aucune autre sortie. Je ne sais pas qui sont ces deux hommes, mais s'ils cherchent vraiment à nous échapper, ils ne choisissent pas le meilleur itinéraire.

Cassie roulait toujours à vive allure. Si elle ne pouvait pas combler l'écart qui la séparait de la berline noire, elle voulait au moins la suivre d'assez près pour voir quelle option les deux hommes allaient choisir. Leur voiture était plus récente et plus rapide que sa Honda, qu'elle possédait depuis qu'elle avait quitté la maison de ses parents. La Honda n'était pas faite pour les poursuites à tombeau ouvert. D'ailleurs, à l'âge respectable qui était le sien, elle peinait même à rouler à une vitesse normale. Quand Cassie avait découvert qu'elle était enceinte, elle avait inscrit l'acquisition d'une voiture neuve sur sa liste de choses à faire. Après cet épisode, elle ne pourrait peut-être plus se permettre d'attendre. Il y avait un cliquetis bizarre quelque part derrière le tableau de bord, et elle était incapable de déterminer si c'était ou non un bruit normal pour une voiture aussi vieille que la sienne.

— L'entrée du lotissement se trouve juste après ce virage, dit-elle.

À cause des arbres qui la bordaient, elle ne pouvait voir que la route, droit devant eux. Elle se redressa en négociant le virage.

— S'ils entrent dans ce lotissement, je ne veux pas que vous les suiviez, lança Henry.

Ces mots la prirent par surprise.

— Attendez… Et pourquoi pas ? demanda-t-elle.

Ce fut d'une voix calme mais empreinte d'autorité que Henry répondit.

— Quand quelqu'un s'enfuit ainsi, c'est généralement parce qu'il a une bonne raison de ne pas vouloir se faire prendre. Ou du moins, parce qu'il pense en avoir une.

Cassie le regarda assez longtemps pour voir sa mâchoire se crisper.

— Et j'ai l'impression que ce Michael veut tout à la fois m'échapper et se laisser rattraper. Son comportement est contradictoire, et donc imprévisible. Alors, il est hors de question que je demande à une femme enceinte de foncer tête baissée dans ce qui pourrait être un traquenard.

Henry ignorait qu'il venait de bondir droit dans un orage de colère généré par les hormones de la femme enceinte en question. Cassie sentit ses joues devenir cuisantes de rage, comme si quelqu'un venait de monter son thermostat interne.

— Heureusement que cette femme enceinte n'a pas d'ordres à recevoir de vous, adjoint Ward, rétorqua-t-elle.

— Cassie, ce n'est pas ce que je voulais dire…, commença-t-il.

Il était trop distrait — ou peut-être trop intelligent — pour réagir à l'emphase avec lequel elle avait prononcé son nom. Un nom qui n'était pas celui qu'il lui avait donné sept mois plus tôt.

— C'est seulement que…

Mais Cassie ne se laissa pas avoir. Son thermostat avait atteint la puissance maximum.

— Tu me laisses sans nouvelles pendant sept mois avant de réapparaître, et tu penses avoir le droit de me donner des ordres parce que nous avons passé une nuit ensemble. Que je sois enceinte ou non, cela ne t'autorise pas à décider de ce que je devrais faire ou ne pas faire !

Elle finit de négocier le virage. Elle était tellement furieuse qu'elle faillit ne pas remarquer un détail flagrant… Ou plutôt, son absence. La berline noire avait disparu.

Henry contempla la rue déserte.

— Ils doivent être entrés dans le lotissement, dit-il.

Cassie savait que ce n'était pas le moment de poursuivre son explosion de colère, mais elle devait avouer qu'elle était vexée. Il ne reconnaissait même pas qu'il n'avait pas essayé de la joindre depuis leur première rencontre.

Elle reprendrait sa diatribe plus tard.

— Et nous n'allons pas les suivre, je sais, compléta-t-elle sur un ton légèrement exaspéré.

Henry acquiesça.

Il lui montra le bas-côté de la route, en face du panneau qui marquait l'entrée du lotissement. Cassie mit son clignotant et se gara, orientant la voiture de façon à pouvoir regagner immédiatement la route si besoin était. Des arbres s'alignaient sur sa gauche, à quelques mètres à peine. De l'autre côté de la rue, le lotissement semblait avoir été englouti par la forêt. C'était là que résidait toute la beauté du sud de l'Alabama : on n'y rencontrait pas que des fermes et des champs, mais aussi de vastes étendues boisées.

— Et maintenant, qu'est-ce qu'on fait ? On attend qu'ils ressortent ?

Elle mit la voiture au point mort, mais sans quitter l'entrée de Westbridge des yeux.

— Et s'ils ne ressortent pas ? poursuivit-elle. S'ils vont se planquer dans une maison, ou qu'ils abandonnent leur voiture pour partir à pied à travers bois ? Je crois qu'il y a une départementale pas trop loin d'ici, qu'ils pourraient facilement atteindre. À moins que...

Henry ouvrit sa portière. Le bruit la fit sursauter.

— Qu'est-ce que tu fais ? Tu avais dit que tu n'irais pas là-dedans !

Sans répondre, Henry referma sa portière et fit le tour de la voiture. Cassie baissa sa vitre quand il approcha. La chaleur moite qui frappa aussitôt son visage ne contribua pas à améliorer son humeur.

— Appelle la première adjointe et raconte-lui tout. Dis-lui que nous avons suivi l'homme qui t'a donné la bague tout à l'heure.

— Et toi ? demanda Cassie.

Cette nouvelle démonstration d'autorité ne lui plaisait pas du tout. Elle travaillait au bureau du shérif depuis des années. C'était lui, le nouveau.

— Je croyais que nous n'allions pas entrer là-dedans.

Henry fit alors la chose qu'il avait faite des mois plus tôt, cette chose qui laissait présager des ennuis pour Cassie. De gros ennuis.

Il eut un petit sourire en coin.

Comme si le corps de Cassie était relié à ses lèvres par une connexion invisible, elle sentit aussitôt les souvenirs réchauffer sa poitrine, le désir transpercer son bas-ventre d'une douleur délicieuse, et une peur irrationnelle gagner son esprit — celle d'être abandonnée une fois de plus par un parfait inconnu. Ces sensations se combinaient pour former une sorte de brouillard tellement épais qu'elle ne comprit pas les intentions de l'homme qui lui faisait face. Alors, il les exprima à voix haute.

— Tu n'entreras pas là-dedans, dit-il. Mais moi, si.

À première vue, le lotissement de Westbridge semblait tout ce qu'il y avait de plus normal. Henry posa une main sur la crosse de son arme de service et toucha de l'autre sa plaque d'officier, comme pour se conforter dans sa décision de suivre la piste jusqu'au bout. Ensuite, il se glissa prudemment d'une maison à l'autre. Ce ne fut qu'en atteignant la troisième qu'il comprit que sa première impression était fausse.

Un profond silence régnait dans le lotissement.

On était en semaine, les travailleurs qui vivaient ici ne rentreraient pas chez eux avant encore quelques heures, mais le quartier était quand même beaucoup trop calme. Et ce silence n'avait rien de délibéré. C'était le genre de silence qui ne naît que de l'abandon.

Cassie lui avait dit que ce lotissement était vieux, mais elle aurait aussi bien pu dire qu'il avait tout d'une ville fantôme.

Henry poursuivit sa progression entre des maisons dont les plus hautes comptaient un étage. Certaines étaient en briques délavées par le temps, d'autres en bardeaux couverts de moisissure.

La curiosité qui le poussait à continuer d'avancer perdit de sa force, supplantée par le hurlement presque irrésistible de son instinct.

« C'est forcément un piège ! » criait-il.

« Mais quel peut être leur but ? » répondait la partie moins rationnelle de son esprit.

Mais ces deux parties se focalisaient sur le même point : la raison qui l'avait incité à foncer tête baissée dans une situation qu'il aurait évitée en temps normal.

La bague.

Jamais elle n'aurait dû se trouver en Alabama, et encore moins dans le comté de Riker.

Et certainement pas dans sa poche.

Et pourtant elle y était, et semblait dotée d'un poids accablant qui l'attirait irrésistiblement vers le bas.

Henry ne voulait pas seulement trouver les réponses à ses questions pour satisfaire la curiosité innée de tout membre des forces de l'ordre.

Non. Il voulait les obtenir parce qu'il les avait méritées.

La rue décrivait un virage trop incurvé pour qu'il puisse voir si la berline qu'ils avaient suivie se trouvait plus loin devant lui. Mais d'après Cassie, il n'existait aucune autre voie qui permette à Michael et à son mystérieux chauffeur de ressortir du lotissement en voiture. Alors, plutôt que de rester à découvert sur le trottoir, Henry décida de se rapprocher des maisons afin de progresser plus discrètement.

Au loin, le tonnerre gronda.

Il aurait dû y voir un signe annonçant les conséquences de l'imprudence dont il avait fait preuve en se lançant ainsi à la poursuite de l'inconnu. Parce qu'il était pleinement conscient de l'imprudence de son initiative. Il ne pouvait compter ni sur des renforts ni même sur un vrai plan d'action. Il était juste décidé à comprendre comment la bague qu'il avait jadis donnée à son meilleur ami avait fini par revenir dans sa poche.

Mais il ne ralentit pas l'allure pour autant.

Il contourna la maison et arriva dans la cour de derrière, que l'herbe avait envahie. À cinq mètres de lui à peine se tenait un homme, qui le regardait.

C'était Michael, qui riait à gorge déployée, la tête rejetée en arrière. Henry dégaina son revolver, mais l'homme n'en sembla pas le moins du monde décontenancé.

— De toutes les maisons qu'il y a dans ce lotissement, c'est celle-là que vous avez choisie, dit Michael en reprenant en partie son sérieux.

Il souriait toujours.

— J'ai entendu dire que votre instinct était tellement sûr que c'en était presque surnaturel, mais le voir à l'œuvre de mes propres yeux ? C'est un vrai régal.

Henry balaya du regard le jardin dans lequel il se trouvait. De hautes herbes et une clôture délabrée dont tout un pan manquait, ce qui permettait de voir le jardin adjacent. Pour autant qu'il puisse dire, il n'y avait personne dans les environs. Où était donc le conducteur ?

— Qui êtes-vous ? demanda Henry.

Il pointa son arme sur l'homme. Même sans renforts, il n'hésiterait pas à se défendre si les choses tournaient mal.

— Je suis Michael, répondit-il, comme si l'explication était suffisante.

— Pourquoi me remettre une bague avant de vous enfuir ?

Michael sembla très amusé par cette question, pour des raisons que Henry ne put même pas entrevoir. Il fouilla sa mémoire, feuilleta le carnet d'adresses mental dans lequel étaient répertoriés les noms et les visages des personnes qu'il avait rencontrées au cours de son ancienne vie, mais en vain. Il n'arrivait décidément pas à situer cet homme, ce qui éveillait en lui une sensation inhabituelle, et très désagréable.

— Vous posez les mauvaises questions dans l'espoir d'obtenir les bonnes réponses, reprit l'inconnu d'une voix traînante. C'est une tactique intéressante, qui doit fonctionner à merveille sur les criminels ordinaires, surtout ceux dont l'intelligence est limitée. Mais il y a un détail que vous ignorez, adjoint Henry Ward.

Il écarta les bras et sourit largement.

— Je ne suis pas un criminel, mais un entremetteur. Et en plus, je suis futé.

Henry commençait à en avoir assez de cet homme. Il avança d'un pas, sans cesser de le tenir en respect.

— Un entremetteur, hein ? répéta-t-il d'un air narquois.

Il pouvait s'autoriser à renvoyer à cet homme un peu de l'impudence qu'il exsudait sans perdre sa concentration pour autant.

— C'est la première fois que j'entends ça. Et dans quel domaine exercez-vous ? Laissez-moi deviner… La réponse la plus banale serait… Quoi ? Les renseignements ?

Un muscle tressaillit dans la joue de l'homme et son sourire vacilla. Mais il se reprit vite.

— Parfois, reconnut-il. J'aime diversifier mes activités. Cela me donne un avantage certain sur mes concurrents. Comment dissuader un client d'aller faire ses courses dans plusieurs boutiques ? En lui proposant tout dans la vôtre.

Henry ne put se retenir. Même s'il faisait tout pour laisser son ancienne vie derrière lui, il y aurait toujours des moments où elle déteindrait sur l'actuelle, et il le savait.

— Qu'êtes-vous donc ? demanda-t-il avec un reniflement de dédain. Un publireportage ? Est-ce que je dois effectuer deux paiements de 19,99 dollars pour avoir une vraie réponse ?

Cette fois, ce fut l'attitude de Henry qui amena celle de son interlocuteur à changer. La remarque sembla lui hérisser le poil. Son sourire disparut et son corps se tendit.

Henry s'assura qu'il tenait fermement son arme — une précaution inutile, comme il n'allait pas tarder à s'en rendre compte.

— Ce que je fais de mieux, ce n'est pas transmettre des renseignements, dit l'homme d'une voix soudain cassante. C'est établir des connexions. En créer de nouvelles… et en rétablir d'anciennes.

Le regard de Michael se posa sur un point, derrière Henry. Le temps qu'il fasse volte-face, il était trop tard.

Henry se figea, et son sang se glaça dans ses veines.

Malgré des années d'entraînement, toute une vie passée

à affiner ses réflexes et à apprendre à écouter son instinct, il était comme paralysé.

— Je lui avais bien dit que tu serais surpris de me voir, dit l'homme en guise de salut. Ça fait un moment, pas vrai, partenaire ?

Le fantôme de Calvin Fitzgerald sourit. Mais c'était un fantôme qui semblait bien trop réel.

— Je sais, continua-t-il en avançant d'un pas. C'est assez perturbant, non ? Ne t'inquiète pas. Je t'expliquerai tout, mais plus tard. Pour le moment, j'ai seulement besoin que tu restes hors de mon chemin.

Des dizaines de questions se pressaient dans l'esprit de Henry, mais il ne dit mot.

Calvin tendit le bras et lui tapota l'épaule.

— Je ne peux pas les laisser te tuer, Henry, ajouta-t-il sur le ton de la réprimande.

Et soudain, comme sous l'effet d'un interrupteur invisible, le visage de l'ancien coéquipier et meilleur ami de Henry disparut pour être remplacé par un masque sombre et tordu par la haine.

— Parce que je veux te tuer moi-même.

Henry devait se dire plus tard, avec le recul, qu'il avait vu le coup arriver. Il avait vu Calvin serrer le poing, ajuster sa posture et prendre son élan. Il avait compris ce qui allait se produire, avec plusieurs secondes d'avance. Pourquoi ? Parce qu'il avait déjà vu cet homme en mettre un autre KO d'un seul coup de poing, parfaitement placé.

Oui, tous les signes annonciateurs étaient là, et il les avait vus. Mais ils avaient été comme oblitérés par l'apparition de ce fantôme.

7

Henry se rappelait encore sa première rencontre avec Calvin Fitzgerald. Calvin était une nouvelle recrue, tout comme lui et, d'après leur sergent, ils devaient tous deux acquérir de l'expérience avant de pouvoir prétendre à s'élever dans la hiérarchie du département de police. Henry avait mal pris cette remarque, comme si le sergent l'avait accusé de se situer en dessous de la moyenne. Mais il savait aussi que ce n'était qu'avec le temps qu'il gravirait les échelons.

« Baisse la tête, mets-y le temps, fais ton boulot. »

Alors, il s'était contenté d'écouter son sergent boucler son petit discours sur leur manque d'expérience avant de les congédier. Dès que la porte s'était refermée derrière eux, Calvin s'était tourné vers Henry, lui avait souri et s'était demandé à voix haute quelle était la longueur du manche à balai qui avait élu domicile dans l'arrière-train du sergent.

La remarque était inappropriée et pas du tout professionnelle, mais elle avait suffisamment détendu l'atmosphère pour qu'ils puissent parler d'autre chose.

Un an plus tard, Henry et Calvin étaient devenus copains comme cochons, inséparables, presque frères.

Une année encore avait passé avant qu'ils deviennent coéquipiers. Ensemble, ils s'étaient aventurés dans l'inconnu après s'être promis de toujours veiller l'un sur l'autre, quoi qu'il advienne.

Et douze mois plus tard, Calvin était mort.

Sauf qu'il ne l'était pas.

Cette pensée fut la première à transpercer les ténèbres qui emplissaient l'esprit de Henry. Ce ne fut que quand il se souvint du visage déformé par la haine de l'homme qui venait de faire son retour dans le monde des vivants que la douleur s'abattit sur lui. Il ouvrit les yeux en grimaçant. Il était prêt.

Ou peut-être pas, une fois encore.

— Henry ? chuchota une voix féminine.

Les yeux de Henry se firent lentement à la pénombre qui l'entourait. Il était allongé contre un mur, et un lambeau de papier peint taché pendait juste devant son visage. Il grimaça de nouveau et s'éloigna du mur, sans comprendre où il se trouvait. Ce fut alors que son attention fut attirée par un mouvement, à l'autre bout de la petite pièce.

Les stores cassés de l'unique fenêtre laissaient passer assez de lumière pour qu'il distingue l'inquiétude qui marquait les traits de Cassie. Elle vint s'accroupir près de lui, tendit la main et dit :

— Tu as une bosse derrière la tête.

Des doigts chauds touchèrent l'arrière de son crâne, faisant naître une douleur fulgurante. L'expression de Cassie s'adoucit.

— Calvin, lança Henry.

Son étonnement commençait à s'estomper, laissant place à la fureur.

Comment avait-il pu se laisser piéger ainsi ? Comment avait-il laissé cet homme prendre le dessus alors que c'était lui qui était armé ? Comment avait-il pu ?

— Tu veux dire Michael ? demanda Cassie en haussant les sourcils.

— Les deux.

Il lâcha un juron, mais Cassie le fit taire d'un geste impérieux.

— Je suis à peu près sûre qu'ils sont partis, mais j'aimerais que tu baisses le volume, lui dit-elle d'un ton sévère.

Ce fut à ce moment qu'il lut sur son visage une autre émotion, qui ne lui plut pas du tout.

De l'angoisse.

Il sentit sa colère refluer. Il fallait qu'il trouve ses repères.

— Est-ce que tu vas bien ?

Il posa les yeux sur son ventre avant de les planter dans les siens.

— Qu'est-ce qu'il s'est passé ? Et où sommes-nous ?

Il se redressa vivement et voulut saisir son revolver, mais il n'était plus là.

— Je suis morte de peur, mais ça va.

Cassie se releva avant de reprendre, à voix basse :

— Après que tu es parti, j'ai fait ce que tu m'avais demandé. J'ai appelé le département pour informer Suzy de ce qu'il se passait. Personne n'a répondu. La ligne était coupée.

— La ligne était coupée, répéta-t-il, à voix basse lui aussi.

— Elle ne sonnait même pas occupée. Elle était juste coupée.

Un grondement sonore retentit à la fin de sa phrase. Le tonnerre. Il semblait plus proche, cette fois. Henry se releva.

— Alors, j'ai appelé directement le poste de Suzy, reprit Cassie. C'était occupé. Il n'y a rien de vraiment anormal à ça, mais quand j'ai essayé d'appeler Matt Walker et l'officier Mills, soit leurs lignes aussi étaient occupées, soit je suis tombée directement sur la messagerie.

— Et ça, ce n'est pas normal, commenta-t-il en allant vers la fenêtre.

Cassie acquiesça et le suivit. Sans écarter les stores, il pouvait voir une partie de la maison voisine et ses bardeaux délavés. Ils étaient toujours à Westbridge.

— J'ai vu Michael ressortir du lotissement en voiture. Je me suis inquiétée et j'ai décidé de partir à ta recherche. Il m'a fallu un petit moment pour te retrouver allongé dans l'herbe, inconscient. Puisque je n'avais aucun moyen d'appeler des renforts, je t'ai traîné jusqu'à l'intérieur de la maison la plus proche pour que nous ne restions pas à découvert.

Henry laissa sa main en suspens à mi-chemin du store.

— Attends un peu. Non seulement tu es sortie de la voiture, mais en plus tu t'es sciemment engagée dans ce qui pouvait être un piège ?

Ses émotions se scindèrent en deux courants.

Il était furieux qu'elle se soit mise en danger, qu'elle ait mis le bébé en danger.

Mais il aimait l'idée qu'elle puisse penser qu'il valait la peine de courir ce risque.

Ces deux courants de pensée se fondirent aussitôt en une sensation de culpabilité presque accablante.

Non. Il n'en valait *pas* la peine.

Quoi qu'il en soit, un seul coup d'œil à Cassie lui apprit que sa question avait suscité son indignation — une fois de plus.

— Je te rappelle que c'est moi, la femme enceinte, qui ai hissé tes kilos de muscles sur une terrasse, qui ai forcé la porte d'une maison et qui t'ai allongé doucement à l'intérieur, répliqua-t-elle en posant les mains sur les hanches. J'aurais pu te téléphoner mais si je me souviens bien, tu m'as dit un jour que tu n'avais pas de numéro.

Henry se tourna de nouveau vers les stores, les dents serrées.

— Nous reparlerons de tout ça, je te le promets, dit-il d'une voix ferme. Mais pour le moment, nous avons d'autres chats à fouetter.

Il regarda le jardin qui séparait la maison où ils se trouvaient de celle de derrière. C'était le jardin dans lequel il s'était aventuré, et où Calvin avait tendu son piège. Calvin, l'homme qui avait pris trois balles dans la poitrine, juste sous ses yeux.

Henry secoua la tête dans l'espoir de chasser tous les détails inutiles de son esprit. Savoir par quel miracle Calvin était encore en vie n'avait aucune importance. Ce qui en avait, c'était qu'il l'était, et qu'il semblait souhaiter la mort de son ancien coéquipier.

— Tu as dit que Michael était reparti dans la voiture, remarqua-t-il. Tu es certaine qu'il était seul ?

Du coin de l'œil, il vit un nuage de cheveux blonds se balancer d'un côté sur l'autre.

— Oui, à moins que quelqu'un ait été allongé sur la banquette, répondit-elle. Et personne d'autre n'est entré dans le lotissement ni n'en est ressorti. C'est aussi pour cela que j'ai pensé qu'il valait mieux que je nous mette à couvert. Je ne sais pas où est parti le conducteur de la voiture. Comme je te l'ai dit, le chemin le plus facile pour sortir du lotissement est par la rue, et la plupart de ces maisons sont vides depuis des années.

Ils gardèrent le silence pendant un moment. Henry essaya de réfléchir.

Il n'avait plus de revolver.

Il plongea la main dans sa poche. Elle était vide.

Il n'avait plus de téléphone portable non plus.

Cassie en avait bien un, mais personne ne répondait à ses appels.

À moins que personne ne puisse y répondre.

L'instinct de Henry s'impatientait en le voyant tarder à comprendre les conclusions qu'il avait tirées des derniers événements. Mais le coup qu'il avait reçu à la tête, et qui devait avoir causé un traumatisme crânien, ralentissait son esprit.

Cassie revint à la charge.

— J'aimerais aussi te faire remarquer que c'est toi qui as foncé tête baissée dans un traquenard. Pas moi.

Surpris, il leva les yeux vers elle. Le regard toujours rivé à la fenêtre, elle haussa les épaules et conclut :

— Moi, je me suis seulement lancée dans une mission de sauvetage.

Henry ne put réprimer un petit sourire en coin.

Cassie se tourna enfin vers lui et lui rendit son sourire.

Il fut aussitôt ramené sept mois en arrière, jusqu'à cette soirée à l'Eagle, où Cassie et lui avaient partagé des verres et échangé regards et sourires par-dessus la table de billard. Ils s'étaient demandé ce que le reste de la soirée leur réservait, ce qu'ils ressentiraient en touchant, en goûtant le corps de l'autre...

Il y eut un nouveau coup de tonnerre. Cette fois, il semblait tout proche.

Le sourire de Cassie disparut.

— Je voulais aussi te retrouver avant qu'il se mette à pleuvoir, reprit-elle. Tous les réverbères sont en panne dans cette rue et il commence à faire tellement noir...

Elle secoua la tête et posa la main sur son ventre en un geste protecteur.

Henry carra de nouveau les épaules. Ce simple geste raviva la douleur qui lui vrillait le crâne. Il n'avait plus de revolver, les renforts étaient injoignables, et l'orage approchait.

Leur situation n'était pas particulièrement confortable, mais elle n'était pas non plus désespérée.

— Je veux que tu appelles toutes les personnes que tu connais et qui pourraient envoyer quelqu'un ici, ordonna-t-il. Y compris la police municipale.

Sans paraître offensée par cet ordre, elle attrapa son téléphone.

— Dis-leur d'être extrêmement prudents. L'homme qui se trouve peut-être encore dans le lotissement est intelligent, rapide et extrêmement dangereux. Il s'appelle Calvin Fitzgerald.

Cassie ouvrit de grands yeux.

— Et fais-leur bien comprendre qu'il n'est pas mort, comme nous le pensions tous. Il est vivant, bien vivant.

La pluie commença à tambouriner sur le toit de la vieille maison, produisant un bruit aussi insupportable pour Cassie qu'un crissement d'ongles sur un tableau noir. Il irritait ses nerfs, qui commençaient déjà à céder.

Ce qu'elle avait dit à Henry n'était que la vérité. Elle avait vu Michael partir seul et n'avait pu joindre personne pour donner l'alerte. Comme Henry ne revenait toujours pas, elle avait fini par se sentir incapable de rester dans la voiture une minute de plus. Quant à s'en aller, c'était hors de question. Alors, elle était descendue de voiture et s'était glissée entre les maisons du lotissement pour le retrouver.

Par contre, elle ne lui avait rien dit de la terreur qui l'avait habitée pendant ces longues minutes. Elle ne lui avait pas avoué qu'elle s'était imaginé le pire à chaque fois qu'elle contournait une maison ou une clôture. Quand elle l'avait enfin vu allongé dans l'herbe, inanimé, les larmes lui étaient montées aux yeux. Et pendant qu'elle le traînait péniblement vers un lieu qu'elle pensait sûr, elle avait été taraudée par la peur la plus intense qu'elle ait jamais ressentie.

Pendant ces quelques minutes, le monde tout entier s'était comme réduit à trois personnes : elle-même, le fils qu'elle protégeait de son corps, et Henry.

Elle chercha à joindre l'un de ses amis, mais tomba directement sur la messagerie, une fois de plus.

Maintenant, le monde commençait à reprendre corps lentement, en même temps qu'une incertitude croissante s'insinuait en elle, lui donnant envie d'étreindre tout à la fois son ventre et l'homme qui lui avait donné un fils.

— Il n'y a aucun mouvement dans les maisons les plus proches. Si Calvin est encore là, il fait profil bas.

Cassie se retourna, saisie, au moment où l'homme de ses pensées revenait dans la pièce qui avait jadis été une salle de séjour. Son visage était dur, son front plissé par l'inquiétude.

Et les nouvelles qu'elle s'apprêtait à délivrer n'allaient pas arranger les choses.

— À moins que tout le monde n'ait décidé d'éteindre son téléphone ou de passer des coups de fil qui durent des heures, je pense qu'il y a un problème de réseau à Carpenter, dit-elle. Je n'arrive même pas à joindre la police municipale, et je ne comprends pas comment ça se fait.

Le front de Henry se plissa encore plus.

— Est-ce que ce genre de choses est déjà arrivé ?

Cassie haussa les épaules.

— Oui et non. Quand j'étais stagiaire, nous avons essuyé une série de tornades qui ont causé une panne géante dans presque tout le comté. Les lignes téléphoniques étaient au sol et beaucoup de gens n'avaient plus de réseau sur leur portable.

Elle tendit le bras vers la fenêtre et compléta :

— Mais cet orage vient juste d'arriver. Il ne peut pas avoir déjà provoqué autant de dégâts, pas encore. Bon sang... Je pense que même maintenant il ne le pourrait pas.

Elle poussa un soupir de frustration.

— Alors, qu'est-ce qu'il se passe ?

Le visage de Henry se vida de toute expression et son corps se tendit imperceptiblement.

— Je n'en sais rien, mais il est inutile de rester ici. Je vais aller chercher la voiture.

Il leva la main pour la faire taire avant même qu'elle ait ouvert la bouche.

— Et cette fois, tu ne bouges pas d'ici.

— Tu as déjà oublié comment ça s'est fini la dernière fois ? Tu l'as dit toi-même : nous ne savons pas où est Calvin. Il pourrait tout simplement attendre que tu te montres de nouveau.

Henry garda la main levée, imperturbable.

— La dernière fois, c'était différent.

Il y avait quelque chose de dur dans sa voix. Il était furieux, mais elle n'aurait su dire contre quoi, ou contre qui.

— Maintenant, je sais qui est notre adversaire. Je ne laisserai pas Calvin l'emporter sur moi. Pas une seconde fois.

Il laissa retomber sa main et s'accroupit pour relever le bas de sa jambe de pantalon, dévoilant un couteau dans un étui fixé contre sa cheville.

— Calvin déteste les couteaux, expliqua-t-il en le détachant. Quand nous étions policiers patrouilleurs, il a été agressé par un malfaiteur armé d'un couteau. Il a été salement blessé. Depuis ce jour-là, il a toujours refusé d'en toucher un.

— Et c'est pour ça qu'il ne t'a pas pris le tien, compléta-t-elle.

Il se releva et lui tendit l'arme. Cassie n'aimait pas les couteaux, elle non plus, mais elle aimait encore moins se sentir démunie, sans aucun moyen de se défendre. Quand elle prit le couteau, Henry attrapa sa main. La chaleur de ses doigts sur sa peau se propagea à tout son corps, tel un feu de forêt.

Elle se rappela soudain la sensation de ces doigts sur sa peau nue.

Ils étaient agiles, forts et enivrants...

— Et ce coup-ci, je t'interdis de me suivre, dit-il avec force.

Sa voix de baryton avait quelque chose de réconfortant. S'il était assailli par les mêmes souvenirs qu'elle, il n'en laissait rien paraître. Son visage demeurait neutre.

— Je suis sérieux, Cassie.

Elle voulut protester, mais il jeta un rapide regard à son ventre et elle sut que cette fois elle lui obéirait.

Henry dut le deviner, parce qu'il relâcha sa main avant de se détourner.

— Je viendrai te chercher, dit-il par-dessus son épaule.

Cassie aurait voulu le retenir. Lui parler. Lui dire combien elle avait été blessée qu'il ne l'appelle pas et que, même si elle comprenait maintenant qu'il ne voulait pas d'elle, ils seraient pour toujours liés par leur enfant.

Mais ce n'était pas le moment de le faire.

D'ailleurs, ce moment se présenterait-il un jour ?

Et... voulait-elle vraiment qu'il se présente ?

Elle regarda le père de son enfant sortir de la maison par la porte de derrière et s'élancer sous la pluie battante. Quand il eut disparu, Cassie décida que ce n'était pas le moment d'analyser ses sentiments, mais de se concentrer sur le danger qui les guettait peut-être.

Alors, elle serra fermement le manche du couteau dans sa main et attendit.

8

Cette course sous une pluie battante avait au moins eu un effet positif : elle avait nettoyé le plus gros des lasagnes qui étaient encore collées au pantalon de Henry. Il monta dans la voiture, démarra et s'engagea dans le lotissement. Il se gara dans l'allée de la maison où se trouvait Cassie. Si Calvin était encore dans le coin, il avait décidé de ne pas se montrer — à moins qu'il ait compris que la pluie, qui s'abattait avec de plus en plus de force, pouvait tout autant le desservir que l'avantager.

Un soir, alors qu'ils étaient coéquipiers, Calvin et Henry avaient discuté de l'intérêt qu'il y avait à faire une descente par temps de pluie. Calvin était pour, mais pas Henry. Bien sûr, une visibilité réduite pouvait empêcher la cible de distinguer l'assaillant avant qu'il soit trop tard. Mais c'était une arme à double tranchant, qui pouvait se retourner contre l'assaillant. Chercher à prendre l'ascendant sur un ennemi à la nuit tombée présentait les mêmes inconvénients.

Il était difficile de garder des repères que l'on n'avait jamais complètement maîtrisés. Et quand on avait affaire à des malfaiteurs armés et bien entraînés, mieux valait contrôler autant que possible la situation.

Henry et Calvin avaient été en désaccord sur ce point, jusqu'au jour qui avait tout changé.

Les doigts de Henry se crispèrent sur le volant.

Maintenant, il n'aimait pas la pluie. Et il n'aimait pas non plus l'idée que Calvin pouvait s'y tapir.

Henry descendit de voiture et se dirigea vers la porte d'entrée, mais Cassie l'ouvrit avant qu'il l'ait atteinte. Il fut heureux de voir que le couteau ne tremblait pas dans sa main, et qu'elle semblait avoir retrouvé son calme.

— Je n'ai rien entendu, déclara-t-elle tandis qu'ils couraient vers la voiture.

Elle avait parlé d'une voix forte pour se faire entendre malgré le bruit de la pluie.

Elle monta à l'arrière, du côté gauche, et Henry se glissa derrière le volant. Il enclencha aussitôt la marche arrière pour ressortir de l'allée.

— Je n'aime pas ça. Est-ce qu'ils t'ont dit quelque chose avant que Calvin te frappe ?

Ce fut d'une voix douce qu'elle poursuivit :

— Je croyais que c'était ton coéquipier. Qu'est-ce qu'il fait ici ? Et comment se fait-il qu'il soit en vie ?

— Je ne peux répondre qu'à la moitié de tes questions, dut-il reconnaître.

— Alors, je m'en contenterai.

Henry ressortit du lotissement et prit la direction du bureau du shérif. Derrière eux, le ciel était presque noir, mais au loin, les nuages semblaient vouloir se disperser. La météo du Sud était toujours imprévisible.

— L'homme nommé Michael a dit qu'il était un entremetteur, qui établissait ou renouait des liens, commença-t-il.

Il ne quittait pas la route des yeux. Mieux valait qu'ils n'aient pas d'accident alors qu'ils étaient trempés et n'avaient aucun moyen de communication.

— C'est à ce moment-là que Calvin est arrivé. Oui, nous étions coéquipiers, mais il a été tué en accomplissant son devoir. C'est du moins ce que je croyais. Son corps n'a jamais été retrouvé, mais...

Henry s'interrompit et chercha les mots qui expliqueraient au mieux ce qui s'était passé. Ce n'était pas chose facile.

— Mais nous avons tous pensé qu'il avait été détruit dans l'incendie.

— L'incendie, répéta Cassie d'une voix légèrement hésitante.

Henry répondit à la question qu'elle n'avait pas vraiment posée.

— Il avait reçu trois balles dans la poitrine, et ne portait pas de gilet pare-balles. Comme nous n'avons pas retrouvé son corps et qu'il ne donnait aucun signe de vie...

Il abattit son poing sur le volant.

— J'ai recherché son corps pendant un mois après cette histoire. J'aurais dû continuer. Si j'avais su qu'il y avait une chance pour qu'il soit toujours parmi nous...

— À t'entendre, assena-t-elle, tu avais d'excellentes raisons pour supposer qu'il ne l'était pas. À ta place, n'importe qui aurait sans doute agi de même. Ce n'est pas en te faisant des reproches que tu vas nous aider à comprendre ce qui se passe maintenant.

Sa voix redevint aussitôt aussi douce et réconfortante que du miel.

— Est-ce qu'il t'a parlé avant que tu perdes connaissance ?

Henry refoula la honte suscitée par cette question et acquiesça. Sa mâchoire se crispa.

— Je ne sais pas de qui il parlait, mais il a dit qu'il ne voulait pas qu'ils me tuent...

Il serra les dents avec tant de force qu'il dut faire un effort pour conclure.

— Parce qu'il veut me tuer lui-même.

Le silence se fit dans la petite voiture.

Quelques instants plus tard, Henry s'engagea sur la nationale et s'inséra dans le trafic. La pluie tombait avec moins de violence, maintenant. Au loin, on pouvait même voir le soleil percer entre les nuages.

Ce ne fut que quand ils approchèrent du bureau du shérif que Cassie brisa le silence. Cette fois, il n'y avait pas une goutte de miel dans sa voix.

— Je m'inquiète pour mes amis et pour tous les gens du bureau, dit-elle. Je me demande pourquoi personne ne décroche. D'abord, nous allons nous assurer que tout va bien. Et ensuite... Nous aurons une petite conversation, tous les deux.

Aucun doute n'était permis : il ne s'agissait pas d'une requête, mais d'un ordre.

Il n'y avait qu'une réponse possible.

— Oui, m'dame.

Tout n'allait pas bien, loin de là.

Un petit groupe d'officiers était rassemblé au fond du parking. Malgré la pluie et la distance, Cassie lut la colère qui marquait leurs traits et raidissait leurs silhouettes. Mais elle n'allait pas continuer à braver la pluie pour les rejoindre afin de découvrir ce qui avait provoqué cette colère. Elle était l'une des deux seules personnes à savoir qu'un Calvin bien vivant et un homme mystérieux prénommé Michael rôdaient dans le comté de Riker, animés de mauvaises intentions.

Henry semblait tout aussi pressé qu'elle d'entrer dans le bureau. Il s'engagea dans le parking réservé aux visiteurs et se gara dans la première place libre qu'il trouva. Ensuite, il resta si près de Cassie qu'elle lui rentra deux fois dedans le temps d'arriver à la porte d'entrée. Si elle se basait sur son expérience de la journée, sa proximité aurait dû déclencher des souvenirs de la nuit qu'ils avaient passée ensemble. Mais maintenant, ces contacts accidentels ne lui apportaient que du réconfort.

La grande salle bourdonnait d'activité. Sur les pas de Henry, elle traversa une véritable foule composée d'adjoints, de civils, et d'un journaliste appartenant à la chaîne de télé locale qui occupait le bâtiment voisin. Henry ne s'arrêta pas avant qu'ils soient dans le couloir qui desservait les bureaux principaux. La voix de Suzy leur parvint par la porte ouverte de son bureau. La première adjointe semblait agacée, mais Cassie entra sans hésiter.

— ... Pouvez dire à Dean Carver que s'il veut que tout le monde sache que c'était un acte délibéré et déclencher un mouvement de panique, alors qu'il le fasse ! Qu'il ne nous facilite surtout pas le travail !

Suzy abattit sa main ouverte sur son bureau pour ponctuer ses dires, et le capitaine Dane Jones acquiesça. Tous deux semblaient avoir vieilli de plusieurs années depuis que Cassie et Henry avaient quitté le bureau, le matin même.

Henry s'éclaircit la gorge.

Le comportement de Suzy changea si rapidement qu'il se demanda quelle était la meilleure façon de présenter la situation.

— Où est-ce que vous étiez passés, tous les deux ? demanda Suzy.

Elle les dévisageait sans chercher à masquer son inquiétude.

— Cassie ? Mills dit qu'il vous a vue partir à toute vitesse dans votre voiture.

Cassie espéra que Suzy ne devinerait pas à quel point elle était embarrassée. Avec le recul, elle se rendait compte qu'elle n'avait pas pris la meilleure initiative qui soit. Mais elle se refusa à mentir.

— L'homme qui m'a donné la bague, Michael, était dans le parking. L'adjoint Ward a voulu lui parler, mais il s'est enfui.

Elle haussa les épaules, feignant l'indifférence.

— Alors, je les ai poursuivis tous les deux.

Suzy ouvrit la bouche mais Henry intervint avant qu'elle puisse prononcer un mot.

— Il est monté dans une voiture conduite par un autre homme, se hâta-t-il de dire. Nous les avons suivis jusqu'au lotissement de Westbridge. Là, je suis parti à leur recherche et je me suis fait assommer.

— Mais pas avant d'avoir identifié le second homme comme étant Calvin Fitzgerald, précisa Cassie.

Dane haussa les sourcils et dit :

— Vous voulez parler de Calvin...

— Lui-même, coupa Henry.

Cassie passa donc directement à l'élément qu'elle ne comprenait pas.

— Nous avons essayé de signaler l'incident, mais apparemment aucun téléphone ne fonctionnait au bureau, dit-elle. Et toutes les lignes personnelles que j'ai essayé d'appeler étaient soit coupées, soit occupées.

Ces mots semblèrent ranimer la fureur de Suzy mais ce fut Dane qui répondit, d'une voix vibrante de colère :

— Les fibres optiques qui vont jusqu'au bâtiment ont été sectionnées. Ça a mis notre Internet et nos téléphones hors service.

— Tout le monde, tant nos collègues que nos concitoyens, a commencé à nous appeler sur nos lignes personnelles, ajouta Suzy. Je n'ai pas pu appeler James et les enfants avant une bonne vingtaine de minutes.

— Attendez, remarqua Henry. La fibre optique est enfouie dans le sol. On ne peut pas la sectionner par accident.

Suzy et Dane se crispèrent, et ce dernier serra le poing.

— Pour ma part, je dirais que c'est intentionnel, répondit-il. À moins que la pelleteuse que nous avons retrouvée derrière le bâtiment et qui a été utilisée pour sectionner la fibre y soit arrivée par accident, comme vous dites.

Ils réfléchirent tous en silence pendant un moment.

D'abord le shérif Reed, ensuite Calvin et Michael, et maintenant ceci...

Que se passait-il donc dans le comté de Riker ?

Si un véritable déluge s'était abattu sur le lotissement de Westbridge et que la pluie était tombée avec assez de force aux alentours du bureau du shérif pour que personne ne remarque ni n'entende la pelleteuse, il n'était pas tombé une seule goutte chez Cassie. Dans les suspensions qu'elle avait accrochées de part et d'autre de la porte d'entrée, ses fleurs pendaient lamentablement.

— Si on peut affirmer une chose au sujet du temps dans l'Alabama en juillet, c'est qu'on ne peut être sûr de rien, se dit-elle en se garant dans son allée.

Elle soupira. La journée ne s'était pas déroulée comme elle l'aurait dû. Pas du tout. Ce matin, elle avait espéré apporter un peu de réconfort à ses collègues et amis. Et ce soir, le bureau essayait de garder la tête hors de l'eau malgré l'absence de moyens de communication, tandis que des fantômes se baladaient tranquillement dans la ville, animés d'intentions néfastes. Pour couronner le tout, le siège de sa voiture était couvert de lasagnes.

Elle se frotta le ventre.

Et en plus, elle avait encore faim.

Ce fut un mouvement, à l'extérieur de la voiture, qui la persuada enfin d'en descendre. À la liste d'événements inattendus, elle devait ajouter une entrée : l'apparition régulière de l'adjoint Henry Ward. Elle le regarda tandis qu'il examinait sa petite maison de plain-pied, aux murs peints d'un bleu clair apaisant. Cela faisait cinq ans qu'elle y vivait, et elle lui convenait parfaitement. Mais quand le bébé serait là, elle pourrait regretter que la maison qu'elle aimait ne comporte qu'une seule chambre.

Elle rejoignit Henry et expliqua :

— Ce quartier est l'un des plus récents de Carpenter.

Leurs vêtements avaient eu le temps de sécher un peu. Au moins, ils ne dégoulinaient plus. Mais Cassie aurait parié qu'à l'intérieur la voiture de Henry était aussi trempée que la sienne.

— Sur le papier, il devait être une sorte de ville miniature, avec une piscine et un club-house, un peu comme ce qu'on trouve en Floride. Mais le promoteur a jeté l'éponge, faute d'argent.

Elle tendit le bras vers la rue. Le lotissement ne comportait que six maisons, et beaucoup de parcelles vides dans lesquelles étaient plantés des panneaux annonçant : « À vendre ».

— Seule une poignée d'inconscients a décidé de courir le risque. À la réflexion, je crois que nous étions surtout intéressés par la piscine.

Henry sourit, mais ne rit pas. Elle savait très bien qu'il ne pensait pas au petit lotissement demeuré au stade embryonnaire. Et ça l'embêtait.

— Est-ce que tu habites à Carpenter ? hasarda-t-elle. Ou est-ce que tu viens chaque jour d'une autre ville ?

— Je vis à l'hôtel en attendant d'avoir trouvé quelque chose.

Il débita cette phrase comme s'il l'avait apprise par cœur. Elle devina que ce n'était pas la première fois qu'on lui posait cette question.

— L'hôtel est parfaitement situé, et bien plus confortable que ce que j'ai connu dans le Tennessee. Les missions d'infiltration ont au moins un avantage : elles t'apprennent à apprécier à leur juste valeur les joies simples d'une vie à peu près normale.

Cassie haussa vivement les sourcils. Est-ce qu'elle avait bien compris ? Il avait travaillé sous couverture ?

L'attitude de Henry changea aussitôt.

— Mais tu sais, ce n'est qu'une solution temporaire, se hâta-t-il d'ajouter. Mais je ne me plains pas, d'autant qu'on y mange très bien. Alors, est-ce que ta sœur vit ici avec toi ? Tu m'as bien dit qu'elle vivait à Carpenter, non ?

Il essayait de changer de sujet. En temps normal, Cassie aurait refusé de le suivre. Mais à l'évocation de sa sœur Kristen, elle lui répondit volontiers.

— Elle ne vit pas avec moi, mais elle habite tout près, dit-elle en désignant la maison qui faisait face à la sienne. Et comme elle travaille surtout chez elle, il vaudrait mieux que nous nous dépêchions d'entrer avant qu'elle nous voie par la fenêtre. En plus, si je ne mange pas quelque chose très vite, je risque de devenir dangereuse pour toi et toutes les personnes qui passeront à proximité.

Cassie pensait que son trait d'humour suffirait à dérider Henry, suffisamment en tout cas pour que la muraille qu'il avait érigée tout autour de lui s'effondre. Ou du moins, pour qu'y apparaisse une brèche, par laquelle elle pourrait se glisser. Mais à peine eut-il passé le seuil qu'il s'arrêta net, comme s'il venait de poser les pieds sur une dalle de béton frais.

Sa mâchoire était crispée à l'extrême, comme s'il venait de se rendre compte qu'il avait fait une erreur.

Cassie trouva cette attitude extrêmement blessante.

— Je ne peux pas rester, dit-il d'une voix ferme. Il faut que je retourne au bureau. Je voulais seulement m'assurer que tu rentrais bien. Je n'oublie pas que je t'ai promis que nous discuterions, et je tiendrai ma promesse.

Toutes les questions que Cassie voulait lui poser traversèrent son esprit, l'une après l'autre. Elle savait ce qu'elle voulait lui demander, mais quand son regard se perdit dans ces yeux d'un bleu tellement limpide qu'ils semblèrent faire baisser de plusieurs degrés la chaleur qui les avait suivis à l'intérieur, elle n'eut plus qu'une envie : le toucher, l'embrasser, pour savoir si ce qu'elle avait ressenti sept mois plus tôt était réel, ou relevait du rêve.

Mais il ne lui laissa pas le temps de prononcer un seul mot.

— Je ne peux pas avoir cette discussion avec toi maintenant. Mais avant de quitter cette maison, je dois te demander...

Il se défit du moule invisible qui le protégeait, assez longtemps pour faire un pas vers elle.

Aussitôt, les pensées de Cassie s'éparpillèrent, la laissant complètement démunie devant la seule question qu'elle aurait dû voir venir.

Henry carra les épaules et, avec un regard où se lisait une vulnérabilité totale, il la posa enfin.

— Cassie, est-ce que je suis le père de l'enfant que tu portes ?

Et ce fut alors qu'elle se tenait à la porte de sa maison, devant une montagne de questions, que Cassie décida qu'il était temps qu'ils aient au moins une réponse. Même si c'était elle qui devait la donner.

— Oui.

9

Un mot.

Un seul mot suffit à éloigner l'esprit de Henry de la réapparition inattendue de Calvin, des inquiétudes qui le taraudaient à la pensée des deux hommes, toujours en fuite, qui avaient saboté les moyens de communication — et même des pensées électrisantes que lui inspirait la femme qui lui faisait face.

La femme qui portait son enfant. Son fils.

Henry aimait à se considérer comme un homme honorable, qui disait et faisait ce qu'il fallait. Ou du moins, il pensait avoir un mode de fonctionnement qui pouvait éventuellement l'amener à être cette personne. Quand il était plus jeune, il croyait savoir ce qu'il voulait faire de sa vie. Il voulait être policier, défendre les personnes qui ne pouvaient pas le faire elles-mêmes, rencontrer une femme merveilleuse, se marier et fonder une famille.

Ses aspirations n'avaient pas changé, à un détail près : maintenant, il était certain de ne rien mériter de tout cela. Il avait travaillé sous couverture pendant bien trop longtemps, enchaînant les missions qui l'amenaient à tutoyer la frontière entre le bien et le mal, toujours au nom de la justice. Le mal... Il l'avait vu à l'œuvre, et pire encore. Il lui était arrivé d'y céder lui-même quand il n'avait pas d'autre moyen de préserver sa couverture. Il avait fermé les yeux sur certains délits afin de monter le dossier qui ferait tomber des criminels plus importants. À ses côtés, Calvin avait dû faire les mêmes choix, mettre en balance les conséquences du mal et l'importance du bien.

Henry s'était parfois senti déchiré, entre autres quand il avait dû faire semblant d'être exactement comme les membres des bandes qu'il devait infiltrer. Ces hommes et ces femmes étaient cruels, cupides et égoïstes. Habités par une colère perpétuelle.

Parfois, il avait eu l'impression qu'il se perdait, qu'il se noyait en jouant à faire semblant — dans la version adulte du jeu, où chaque action avait des conséquences potentiellement dangereuses.

Mais d'autres fois, il lui avait été tellement facile de jouer le rôle du « méchant » qu'il semblait encore plus authentique que certaines des personnes qu'il cherchait à faire tomber.

Bien trop facile, même.

Et c'était à cause de ces moments-là qu'il sentait maintenant la honte consumer sa poitrine. Même sans la connaître depuis des années, il savait que Cassie faisait partie des bons. Elle savait où se situaient les frontières et les respectait.

Avec sa peau si douce, ses lèvres si roses et ses yeux si verts, qui cherchaient sans doute toujours à voir le meilleur en tout le monde, Cassie Gates était trop bien pour lui.

Alors, comment pouvait-il espérer être assez bien pour leur enfant ?

Le tourbillon de pensées contradictoires qui se déchaînait dans son esprit retomba en quelques secondes. S'il était franc avec lui-même, il devait s'avouer qu'il avait su qu'il était le père de son enfant dès qu'il avait remarqué son ventre arrondi. L'entendre de sa bouche lui donnait seulement l'autorisation d'écouter enfin les pensées que son esprit lui avait déjà soufflées la veille au soir.

Le silence étouffant qui s'était fait entre eux se prolongea, jusqu'à ce que Cassie en ait assez. Son visage se ferma, ses narines enflèrent et ces lèvres qu'il ne pouvait chasser de son esprit se pincèrent.

— Je te l'aurais dit plus tôt si j'avais su où tu étais.

D'un geste gracieux, elle tendit le bras et ouvrit de nouveau la porte d'entrée.

Henry savait qu'il aurait dû dire quelque chose, n'importe quoi, mais aucun mot ne parvint à passer ses lèvres. Alors, obéissant à l'injonction muette de Cassie, il partit, le cœur lourd de regrets.

Travis Newman se fit prendre alors qu'il se laissait glisser, tel un singe de cirque, le long de la descente d'eau de pluie d'un immeuble de bureaux. L'officier Maria Medina n'eut qu'à tendre le bras pour le cueillir par le fond de son pantalon et le projeter au sol. L'homme se débattit, mais sans grande conviction. Il était difficile de se bagarrer avec un pantalon déchiré aux fesses.

La pelleteuse que Travis avait utilisée pour sectionner la fibre optique derrière le bureau du shérif appartenait à une société de construction de Darby. Le responsable administratif avait pu se procurer les bandes enregistrées par une caméra de surveillance bien cachée, sur lesquelles on voyait le vol nocturne. C'était d'ailleurs la seule caméra à ne pas avoir été détruite par la complice de Travis, une femme qui portait une cagoule et des bottes. Elle était restée en dehors de la propriété pendant que Travis faisait le gros du travail, pour ainsi dire.

De là, retrouver Travis avait été chose facile. Il était ce que le bureau du shérif appelait un habitué. Ils connaissaient son visage, son nom, et son adresse, sans parler de sa prédilection pour les antalgiques vendus sur ordonnance et de son habitude de se retrouver en état d'ivresse sur la voie publique et d'exercer des violences conjugales sur Sara, la femme qui vivait avec lui par intermittence.

— Et tout à coup il décide d'amener une pelleteuse derrière le bureau du shérif ? demanda Henry en secouant la tête. Ça ne colle pas avec tout ce que vous m'avez dit sur cet homme.

Il était assis sur le rebord du bureau qui lui avait été attribué dans la salle commune, en compagnie de deux autres adjoints. D'eux trois, c'était Caleb Foster qui arborait l'expression la plus soucieuse. Il savait que ça ne collait pas, lui aussi. Caleb se tourna vers son coéquipier, Dante Mills, et fronça les sourcils.

— Je sais bien que je suis ici depuis moins longtemps que toi, mais est-ce que tu crois que Travis sait ce qu'est la fibre optique ? Et où il faut creuser pour l'atteindre et la sectionner ?

Dante secoua la tête.

— C'est une initiative assez surprenante, confirma-t-il. Il faudrait interroger sa copine. Elle pourrait l'avoir entendu dire quelque chose.

À ces mots, Caleb haussa les sourcils.

— Aux dernières nouvelles, Sara a plaqué Travis pour le fils McGinty, de Bates Hill. Tu sais, celui qui a traversé le défilé en courant nu comme un ver, l'an dernier.

Dante secoua de nouveau la tête.

— Non, contredit-il. Ma grand-mère m'a dit que la sœur de Rebecca, celle du salon de beauté, avait entendu dire qu'on avait vu Sara se faire peloter par l'un des frères Marlow au drive-in de Darby.

— Oh ! tu parles des Marlow qui ont ouvert la nouvelle quincaillerie, à Kipsy ?

— Ceux-là, oui.

Caleb sembla impressionné.

— C'est une bonne chose pour Sara, dit-il d'un ton approbateur. J'ai entendu dire que les deux frères étaient des types bien. Alyssa les a rencontrés dans le cadre de son travail. Elle les a trouvés très polis et compétents.

Henry suivait cet échange comme il aurait suivi un match de tennis. Il ne reconnaissait aucun de ces noms, hormis celui d'Alyssa, qui était la femme de Caleb. Ce genre de dialogue était monnaie courante dans les communautés aussi réduites que le comté de Riker. Les villes étaient de taille modeste, leurs habitants étaient soudés, et les ragots circulaient avec autant de force et de régularité que l'eau d'une rivière. Un jour, il pourrait se joindre avec aisance à ce genre de conversation mais pour le moment, il lui rappelait sans ménagement son statut de nouvelle recrue. Une recrue médiocre, pour ne pas dire inutile, qui avait déjà violé le protocole ce matin en entraînant la régulatrice enceinte dans une course-poursuite dangereuse.

Il n'aurait sans doute pas pu empêcher Cassie de faire ce qu'elle avait fait... Mais il aurait quand même dû essayer.

Il toussota et se leva.

— Nous pouvons donc logiquement penser que Travis n'a fait qu'exécuter des ordres, suggéra-t-il.

Les deux hommes acquiescèrent.

— Il a bien une sœur, mais elle vit dans un autre État, reprit Caleb. Dans le Tennessee, je crois.

Il s'interrompit en voyant le capitaine Jones apparaître à l'autre bout de la pièce. Autant le shérif était charismatique et avenant, autant le capitaine Jones était bourru et taciturne. Il tenait une boîte dans les mains et avançait, tête basse, évitant de regarder les officiers et le personnel qui s'affairaient autour de lui. Il était clair qu'il avait l'esprit ailleurs, et Caleb semblait curieux de savoir à quoi il pensait. Ce fut par-dessus son épaule qu'il conclut :

— Mais Matt la recherche quand même. Maggie doit l'aider depuis chez eux, puisque notre Internet et nos téléphones sont HS... Hé, Jones !

Caleb s'éloigna, Dante sur les talons. Henry laissa errer son regard tout autour de la salle principale, mais ses pensées allaient vers l'extérieur du bâtiment, jusqu'à une petite maison cubique, posée sur une rue qui comportait cinq autres petites maisons cubiques.

Cassie Gates. Une peau soyeuse, des lèvres aussi délicieuses au goût qu'au toucher, et une masse de cheveux dans laquelle il s'était perdu avec délices. Une femme qui avait affiché son humour, sa compassion et sa vivacité d'esprit sans la moindre retenue le soir où ils s'étaient rencontrés.

Une femme qui avait pris l'homme accablé de chagrin qu'il était, et lui avait permis d'espérer qu'il pouvait encore trouver le bonheur.

Si seulement il l'avait mérité...

Henry secoua la tête, furieux contre lui-même. Non seulement il ne pensait pas mériter qu'une femme aussi pure que Cassie le touche, mais le moment était mal choisi pour s'abandonner à ce genre de réflexions. Le bureau du shérif, qu'il s'était engagé à servir, était en train de basculer dans le chaos.

Il fallait qu'il se reprenne. C'était à cause d'un manque de concentration qu'il avait perdu son meilleur ami et coéquipier...

Du moins l'avait-il cru. Maintenant que Calvin avait réapparu, il ne pouvait que se demander ce qui avait bien pu lui échapper à l'époque où ils travaillaient ensemble.

Le tonnerre gronda au-dessus du bâtiment, mais le vacarme produit par les engins de chantier qui, à l'extérieur, essayaient de réparer les dégâts provoqués par Travis, ne faiblit pas pour autant. Tous les appels passés vers le bureau du shérif avaient été temporairement redirigés vers ceux de la police locale de chacune des villes du comté, et les adjoints en patrouille gardaient leurs téléphones portables à portée de main. Mais tout le monde, y compris les ouvriers qui travaillaient d'arrache-pied derrière le bâtiment, savait combien la situation était précaire.

S'il était pénible d'être privé de moyens de communication, savoir que les forces de l'ordre qui étaient chargées de protéger les populations en étaient également démunies était carrément angoissant.

— Hé, Ward !

L'inspecteur Walker se tenait à la porte de son bureau. D'un signe, il l'invita à approcher, tout en secouant la tête.

— L'inspecteur Ansler et quelques officiers viennent de finir de fouiller Westbridge, lui dit-il. La seule personne qu'ils y ont trouvée est une squatteuse que nous connaissons bien. Elle dit qu'elle n'a rien vu, et qu'elle ne savait même pas que Cassie et toi étiez là-bas tout à l'heure. J'aurais tendance à la croire, parce qu'elle a toujours été honnête avec nous. Mais Ansler la ramène quand même. Elle pourrait savoir quelque chose sans même s'en douter.

Matt posa les yeux sur le portable qu'il tenait à la main.

— Quant à Suzy, elle ne devrait pas tarder à amener notre ami Travis dans la salle d'interrogatoire pour le deuxième round. Je n'ai pas pu assister au premier, mais cette fois je veux être là pour voir sa réaction quand Suzy lui parlera de Calvin.

— Elle ne lui a pas encore demandé s'il le connaissait ? demanda Henry, surpris.

— Non. Mais Suzy a une méthode bien à elle pour faire parler les gens.

Matt lui donna une tape rassurante sur l'épaule.

— Elle n'a pas son pareil pour énerver quelqu'un. Elle a une fille de neuf ans. Je suis à peu près sûr que c'est d'elle que lui vient la moitié de son talent d'interrogatrice.

Il sourit, sans doute à un souvenir que Henry ne pouvait pas partager, mais retrouva aussitôt sa gravité.

— Si tu venais avec moi ? J'aimerais que tu sois là quand elle mentionnera le nom de Calvin. Je refuse de croire que c'est par simple coïncidence qu'un idiot comme Travis s'en est pris au bureau le jour même de la réapparition de Calvin. S'il y a un lien entre ces deux événements, je veux être certain que nous ne le raterons pas.

— J'aimerais être là, convint Henry. Merci.

Matt lui adressa un sourire rapide, mais qui paraissait sincère, et ils retournèrent dans la salle commune.

— Je ne sais pas quelles étaient tes méthodes quand tu travaillais sous couverture mais ici, il n'y a pas de loup solitaire.

Un rire monta derrière eux.

— Je confirme, pas de loup solitaire dans ce bureau, lança Suzy Simmons, pince-sans-rire.

La première adjointe et Matt échangèrent un regard entendu. Suzy approcha et reprit :

— Je n'arrive même pas à me souvenir que l'un d'entre nous a décidé de résoudre seul une affaire.

Matt leva les mains, reconnaissant sa culpabilité.

— D'accord. Certains d'entre nous ont parfois gardé des informations pour eux jusqu'à mieux comprendre la situation, avoua-t-il.

Il fronça les sourcils avec une sévérité feinte et tendit un doigt vers Henry, qu'il agita comme l'aurait fait un professeur devant un élève dissipé.

— Mais quand ces personnes ont senti que la situation devenait trop dangereuse, elles ont toujours su qu'il fallait appeler la cavalerie. Il ne faut pas être très intelligent pour affronter seul un danger quand tu as un bâtiment plein de gens qui ne demandent pas mieux que de te venir en renfort.

Henry ne put s'empêcher de sourire.

— On dirait une phrase sortie d'un biscuit chinois.

Suzy eut un reniflement moqueur et Matt haussa les épaules.

— Elle n'en est pas moins vraie, répliqua-t-il.

Mais quand ils s'engagèrent dans le couloir qui menait à la salle d'interrogatoire, leur jovialité disparut. Comme s'ils avaient enfilé des manteaux invisibles et s'apprêtaient à sortir dans un froid glacial.

— L'avocat de Travis devrait arriver d'ici une heure, dit Suzy à mi-voix. D'ici là, écoutez bien tout ce qu'il dira. Travis n'est pas le gars le plus futé du comté, mais après le tour qu'il nous a joué ce soir, je me demande si nous ne l'avons pas toujours sous-estimé.

Henry allait acquiescer quand son attention fut captée par des voix et un bruit de pas qui résonnaient à l'autre bout du couloir. L'adjointe Medina apparut, accompagnée d'un homme. Elle leur fit un petit signe de la tête, sans remarquer le changement d'expression du malfaiteur.

Un flot d'adrénaline se rua dans les veines de Henry quand le regard de l'homme croisa le sien.

— Gage ? demanda Travis d'une voix rauque.

Il ne se lisait sur son visage ni suspicion, ni rancune, ni colère. Seulement de la surprise, et cette surprise n'était pas feinte.

Et ce fut cette surprise qui déclencha plusieurs événements simultanés.

D'abord, Henry pensa à ses vêtements. Il portait un jean qui, selon son frère, lui donnait des airs de cow-boy dans une pub pour Levi's. Plusieurs femmes lui avaient fait des remarques similaires, avec des intentions plus sensuelles que purement analytiques. Henry appréciait à sa juste valeur le pouvoir de séduction de ce jean mais s'il l'aimait autant, c'était uniquement parce qu'il s'y sentait bien, que son bleu délavé lui plaisait, et qu'il s'accordait à merveille avec une paire de bottes.

Il possédait ce jean depuis des années, mais il n'avait jamais eu l'intention de le porter dans l'exercice de ses fonctions. S'il l'avait mis, c'était à cause de Cassie — ou du moins de ses lasagnes. Une fois de retour au bureau, il avait ôté son uniforme taché pour passer ses vêtements civils. Personne ne lui avait demandé de se changer. Il y avait des problèmes bien plus importants à régler.

Ce concours de circonstances tombait à pic, parce qu'il n'aurait jamais pu faire ce qu'il s'apprêtait à faire s'il avait porté son uniforme.

Il s'arrêta net, si brusquement que Matt heurta son coude et que Suzy, qui le suivait à un pas, marcha sur le talon de sa botte.

Il n'avait pas le temps de s'expliquer.

Il ne lui restait plus qu'à espérer qu'il n'allait pas se faire renvoyer... Ou même tirer dessus.

Profitant de la confusion qui régnait dans le couloir, Henry fit volte-face et serra le poing.

Matt ne vit pas le coup venir.

10

— Quoi ?

Kristen Gates demeurait bouche bée. Quelques secondes plus tôt, un son lui avait échappé, que Cassie ne parvenait pas exactement à décrire. Ce n’était pas tout à fait une exclamation, mais ce n’était pas non plus un hurlement.

Plutôt un cri strident.

Quoi qu’il en soit, Cassie dut prendre sur elle pour ne pas se boucher les oreilles.

Elle aurait peut-être mieux fait de s’abstenir de raconter sa journée à quelqu’un... Ou du moins, de choisir sa sœur aînée comme confidente. Déjà que Kristen avait tendance à dramatiser au moindre incident...

— Je vais bien, assura-t-elle de nouveau.

Elles étaient installées dans son salon, devant leurs tasses de thé déthéiné et sucré, auxquelles elles n’avaient pas touché. La pluie avait épargné leurs maisons, mais Cassie savait que Kristen aurait bravé un véritable déluge pour traverser la rue et sonner à sa porte. C’était comme si sa sœur aînée possédait un sixième sens qui lui permettait de détecter les événements importants, même s’ils ne la touchaient pas directement.

D’un geste ample du bras, Cassie engloba tout son corps et répéta :

— Nous allons bien, je te le promets.

Kristen, qui était toute en bras, en jambes et en cheveux blonds, et affublée d’un nez qui lui avait valu le surnom de

Mme Beaks au collège, semblait avoir le plus grand mal à contenir les flots déchaînés de son instinct protecteur. Elle ouvrit la bouche, la referma et l'ouvrit de nouveau. Son visage commençait à s'empourprer.

Cassie songea qu'elle ressemblait à une femme qui essaye de gronder un enfant turbulent avec une tranche de citron dans la bouche.

Elle ne savait pas si elle devait se sentir effrayée, flattée ou les deux.

À vrai dire, elle n'était ni l'un ni l'autre.

Si elle n'avait pas été émotionnellement vidée par l'humeur sombre de l'adjoint Ward et son absence totale de réaction quand il avait appris qu'il était le père de son enfant, elle aurait pu être amusée par la réaction de sa sœur. Mais elle se sentait tellement épuisée qu'elle se borna à s'enfoncer un peu plus profondément dans son fauteuil et à attendre que l'orage passe.

— Comment as-tu pu penser que c'était une bonne idée de pourchasser ces hommes ? demanda enfin Kristen d'une voix vibrante de colère. Ils auraient pu avoir des revolvers ! Te tirer dessus ! Et il a fallu que tu les prennes en chasse avec ta petite Honda pourrie, en plus ! Est-ce que tu as déjà oublié le jour où elle a pris feu ? Tu roulais dans le quartier de papa et maman, à moins de vingt kilomètres/heure ! C'est un véritable miracle qu'elle n'ait pas brûlé à quatre-vingts !

Le visage de Kristen avait viré au cramoisi, et elle respirait avec force. C'était de mauvais augure. Elle était officiellement entrée dans l'état de colère mêlée d'inquiétude dont Cassie était régulièrement l'objet, à cause de son statut de bébé de la famille. Elle avait souvent vu ses frères se mettre dans cet état, quand elle sortait avec un garçon qu'ils n'aimaient pas, par exemple, ou qu'ils la surprenaient en train de faire le mur pour aller à une soirée. Pourquoi avoir des parents, quand on avait des grands frères qui étaient toujours prêts à vous faire la morale ?

Cassie devait bien reconnaître que, pour une fois, cet état de colère matinée d'inquiétude n'était pas sans fondement. Mais la part d'elle qui détestait être maternée, surtout par une sœur qui n'avait qu'un an de plus qu'elle, montra le bout de son nez le temps de se défendre.

— C'est arrivé une seule fois et elle n'a pas pris feu. Elle a surchauffé et s'est mise à fumer. C'est tout.

— J'ai vu des flammes !

Cassie ouvrit la bouche pour riposter, même si c'était sans grande conviction. Une fois que Kristen Gates avait trouvé un sujet de conversation, elle ne s'arrêtait pas avant d'avoir vidé son sac.

D'ailleurs, elle ne lui laissa pas le temps de répondre.

— Là n'est pas la question, Cassie, assena-t-elle. Qu'il y ait eu des flammes ou pas ce jour-là, tu n'aurais pas dû suivre ces hommes. Tu aurais dû laisser cet adjoint y aller seul.

À ces mots, toute l'angoisse qui avait assailli Cassie quand elle avait retrouvé Henry inanimé à Westbridge s'abattit de nouveau sur elle. Si elle n'avait pas été là ? Que se serait-il passé ?

Mais d'un autre côté, si elle n'avait pas bondi dans sa voiture pour le rejoindre et le conduire jusqu'au lotissement ?

Chacun de ces « si » l'emplissait d'une culpabilité croissante qui, par ricochet, augmentait son inquiétude.

L'une de ces émotions au moins dut se refléter sur son visage, parce que Kristen s'accorda une pause — ce qui lui demanda un effort manifeste. Elle inspira longuement et s'assit sur le bord de la table basse avant de souffler. Son visage perdit un peu de sa rougeur.

— Cassie, reprit-elle.

Leurs genoux se touchaient. Comme si ce contact était le point d'ancrage dont Kristen avait besoin, elle reprit, avec plus de douceur :

— Tu as toujours été la plus tendre, la plus gentille des enfants Gates. Tu tiens sans doute ton caractère de papa. Si nous te surnommons la fille à papa, ce n'est pas sans raison. Tout comme lui, tu veux toujours voir le bon côté des gens, et même les encourager à le développer. Tous les deux, vous nous faites toujours passer avant vous.

Elle sourit et poursuivit :

— Même quand nous étions petits, tu t'assurais toujours

que nous étions heureux avant même de penser à ton bonheur. Quelle fille de dix-huit ans peut rater son bal de promo pour organiser une fête d'anniversaire surprise à sa sœur, qui reconnaît volontiers qu'elle n'a pas toujours été très gentille avec elle ? Tu as aussi refusé un rendez-vous avec le si séduisant pompier Marcus Guiles pour faire une heure de route, parce que tu savais que Davie n'avait personne pour l'aider à déménager. Au mieux, ton bon cœur, ton don pour l'empathie et ton désir d'aider les gens qui t'entourent t'ont souvent empêchée d'obtenir ce que tu voulais.

Elle tendit la main et toucha la cicatrice, dans le cou de Cassie.

— Mais ils ont aussi failli te coûter la vie.

Elle laissa retomber sa main et Cassie en profita pour effleurer la cicatrice du bout des doigts, elle aussi.

— C'était différent, et tu le sais, rappela-t-elle à Kristen. J'essayais de protéger la fille de Billy.

— Je sais, oui, répondit sa sœur. Mais pour aujourd'hui ?

Le silence se fit dans la pièce. Cassie ne voulut pas le rompre. Elle ne voulait pas avouer pourquoi elle avait agi comme elle l'avait fait, pourquoi elle avait tenu à aider Henry.

D'abord, Kristen crut qu'elle réfléchissait. Mais quand elle finit par comprendre qu'elle ne répondrait pas, ce fut elle qui reprit :

— Tu ne peux pas aider tout le monde, Cassie, et encore moins un étranger au passé trouble.

Elle lui lança un regard débordant de tendresse.

— Vous êtes deux, maintenant. Tout ce que tu fais en devient deux fois plus dangereux.

Vaincue, Cassie laissa échapper un soupir.

La force de caractère à laquelle elle se raccrochait depuis qu'elle avait découvert sa grossesse venait de se fissurer. Elle n'avait jamais caché à sa famille et à ses amis qu'elle était enceinte, mais elle ne leur avait pas parlé de son aventure d'une nuit avec un parfait étranger. Elle leur avait simplement dit que le père était l'un de ses amis. Comme il ne souhaitait pas fonder de famille, ils avaient décidé d'un commun accord d'en rester là et s'étaient séparés en bons termes.

Mais ses frères, et la plupart de ses amis et collègues du bureau du shérif, s'étaient mis en colère et avaient promis toutes sortes de souffrances au père de son enfant. Même son père, d'habitude si doux, avait eu des mots très durs pour l'homme mystérieux dont elle refusait de dévoiler l'identité.

Mais maintenant qu'elle avait retrouvé Henry ? Maintenant qu'ils habitaient la même ville, travaillaient dans le même bâtiment ?

La situation était totalement différente.

— Son nom est Henry et ce n'est pas un étranger pour moi, Kristen. Je le connais bien... Très bien, même.

Elle baissa les yeux vers son ventre, et Kristen fit de même. Quand elle comprit enfin, elle écarquilla les yeux.

— Oh.

Après un long silence, Kristen se leva, prit son verre de thé glacé et se dirigea vers la cuisine. Cassie craignit que la nouvelle n'ait anéanti sa sœur.

— Qu'est-ce que tu fais ? demanda-t-elle.

— J'échange ce verre de thé contre deux de vin, lança-t-elle par-dessus son épaule.

Elle était déjà dans la cuisine quand Cassie lança :

— Kristen, je suis enceinte de sept mois !

La tignasse de sa sœur apparut à la porte.

— Je sais bien ! Je vais boire pour deux.

La joue de Henry était douloureuse. Il allait avoir un bleu, s'il n'en avait pas déjà un. S'il l'avait pu, il aurait touché sa mâchoire. Comme c'était impossible, il dut se contenter de la faire jouer de droite à gauche, avec un grognement.

Il sentait le goût du sang sur sa langue. Suzanne Simmons avait une sacrée droite.

— Ils n'ont pas le droit de faire ça, tu sais, dit Travis.

Henry leva les yeux vers Travis qui, assis de l'autre côté de la table d'interrogatoire, regardait la porte qui donnait sur le couloir où Suzy avait bondi et frappé Henry après qu'il eut donné un coup de poing à son inspecteur en chef. Tout s'était passé tellement vite que Henry n'avait pas eu le temps d'esquiver le coup.

Sous le coup de la douleur et de la surprise, il avait titubé. À peine avait-il recouvré son équilibre que Matt, qui s'était relevé, s'était jeté sur lui pour le neutraliser. Henry avait opposé une farouche résistance. Il s'était débattu tout le long du couloir, et n'avait arrêté que quand Matt l'avait forcé à s'asseoir devant la table d'interrogatoire avant de lui menotter les mains derrière le dos.

Là, il avait continué à se battre, mais par la parole. Il avait envoyé toutes sortes de noms d'oiseaux à Matt et à Suzy.

Il espérait qu'ils avaient compris ce qu'il venait de faire. Sinon, il allait être renvoyé, c'était sûr et certain.

Voire se retrouver pour de bon en état d'arrestation.

— Ils ne peuvent pas te frapper comme ça et t'enfermer, précisa Travis.

Ses yeux se posèrent sur le grand miroir auquel Henry tournait le dos. Henry était certain que Suzy, Matt et l'adjointe Medina étaient en train de les observer.

— C'est ce qu'ils ont fait à Ricky, tu te souviens ? Ils lui ont sauté dessus et ils sont devenus fous quand il s'est défendu.

Travis secoua la tête, dégoûté.

— De la légitime défense ! Voilà ce que c'était ! Comment est-ce qu'ils ont pu le mettre en taule à cause de ça ? Tu peux me dire ?

Travis secoua de nouveau la tête, avec tant de vigueur que ses cheveux, qui étaient pourtant plus courts que la dernière fois que Henry l'avait vu, balayèrent les côtés de son visage.

— Ces porcs se croient tout permis, renchérit-il en forçant son accent du Sud. Ils se croient au-dessus des lois.

Travis mordit à l'hameçon. Cette fois, il hocha la tête si vigoureusement que ses menottes tintèrent contre sa chaise.

— Tout homme est censé être innocent jusqu'à ce que la preuve de sa culpabilité soit faite, vitupéra-t-il. Attends un peu. Mon avocat va arriver et tout arranger.

Les premières questions qui auraient dû surgir dans l'esprit de Travis quand une personne qui appartenait à son passé était apparue devant lui semblèrent enfin s'imposer à lui. Son visage mince se plissa sous l'effet de la perplexité, avec tant de force qu'il sembla sur le point de se retourner sur lui-même.

— Attends, qu'est-ce que tu as fait ? Pourquoi est-ce que tu es ici ? demanda-t-il à voix basse, sans quitter le miroir des yeux. Aux dernières nouvelles, tu avais un nouveau boulot.

Pendant une fraction de seconde, Henry eut peur que Travis ait compris qu'il était un membre des forces de l'ordre, et non un simple petit passeur de drogue nommé Gage Coulson. Mais il le connaissait assez bien pour savoir qu'il n'était pas assez futé pour dissimuler ce qu'il savait.

Pour Travis, Henry était un homme avec lequel il avait travaillé pendant un an. Il ne savait pas que Gage Coulson n'était qu'un personnage créé de toutes pièces par les forces de l'ordre, dans le but d'empêcher une organisation criminelle de s'implanter dans le Tennessee.

Suzy se trompait. Travis n'était pas assez malin pour bluffer, et il n'était pas non plus assez intelligent pour saboter les moyens de communication du bureau du shérif. Pas de lui-même.

C'était le genre de gars qui suivait les ordres… et il lui arrivait quand même de se planter, Henry en avait été témoin.

Mais il fallait quand même qu'il soit prudent, puisque la dernière fois qu'il avait vu cet homme, c'était juste avant l'embuscade.

— Tu as appris ce qui s'était passé au hangar ? demanda-t-il en scrutant son visage.

— Après l'incendie ?

Travis hocha la tête et haussa les épaules.

— Tout le monde l'a appris, répondit-il.

Il regarda de nouveau le miroir sans tain. Il avait été arrêté assez souvent pour savoir qu'on l'épiait. Mais il n'était pas assez intelligent pour savoir que même s'il chuchotait les personnes qui se trouvaient de l'autre côté l'entendraient, et qu'il aurait mieux fait de se taire, tout simplement.

— On m'a dit que c'était un piège, et que le hangar avait été investi par les flics juste après mon départ. Il paraît qu'ils ont attrapé plusieurs d'entre vous, et même quelques-uns des gars de Richland.

Il cracha une insulte à l'adresse des Richland avant de reprendre.

— Ça, ça m'a fait plaisir.

Ce fut avec un regard presque triste qu'il ajouta :

— Mais j'ai été désolé d'apprendre ce qui était arrivé à Parker. Brûler vif comme ça, ce n'est pas une façon de mourir. J'ai entendu dire qu'on n'avait jamais retrouvé son corps.

À l'évocation de ce souvenir, Henry n'eut pas besoin de feindre la tristesse. Pour que leur binôme puisse continuer à fonctionner pendant la durée de leur mission d'infiltration, Calvin et lui s'étaient fait passer pour deux frères, Gage et Parker Coulson. Ils s'étaient liés d'amitié avec les malfaiteurs qu'ils cherchaient à faire tomber, et avaient fini par travailler avec eux. D'eux deux, c'était Calvin qui s'était montré le plus cordial. Peut-être que c'était ce qui lui avait permis d'échapper aux flammes.

Parce que ce n'était certainement pas Travis qui l'avait aidé. Le voyou semblait sincèrement persuadé que Henry n'était pas un flic et que Calvin était mort dans l'incendie du hangar.

Autrement dit, il n'était pas impliqué dans le plan de Calvin — ou alors, indirectement.

— Ils ont dit que le feu avait détruit son corps, dit Henry en choisissant ses mots avec soin. Il ne restait rien du hangar, sauf des cendres.

Travis secoua la tête avec une empathie qui fut rapidement remplacée par de la curiosité.

— Et qu'est-ce que tu es devenu ? J'ai entendu dire qu'on t'avait relâché et que tu avais quitté la ville.

— Ouais, les flics n'ont rien trouvé sur moi.

Il plissa le nez, comme s'il sentait une odeur pestilentielle.

— Ils ont bien essayé, mais tu sais que Parker était malin. Mort ou vivant, jamais il n'aurait permis que son petit frère finisse en taule.

Il baissa la voix, à tel point qu'il se demanda si Suzy et le reste de leur auditoire parviendraient à l'entendre de l'autre côté du miroir.

— J'avais assez d'alibis pour sauver ma peau. Mais pas les Richland.

Travis laissa échapper un gloussement. Ses menottes tintèrent une fois encore contre le métal de la chaise.

— Alors, reprit Henry, je suis venu dans l'Alabama en me disant que ça ne me ferait pas de mal de changer d'air. J'étais en train de me renseigner sur les flics locaux quand bam ! Je me suis fait pincer. Il paraît que je suis suspect. Ils m'accusent d'être un voleur et un conspirateur.

Il buta volontairement sur ce dernier mot, qu'il prononça avec un accent du Sud assez marqué pour laisser croire qu'il comprenait à peine ce qu'était un conspirateur, et qu'il était par là même bien incapable d'en être un. Il n'atteindrait son but — découvrir pourquoi Travis avait attaqué le bureau du shérif — qu'en restant fidèle au principe de base qui avait fait de lui un parfait Gage Coulson.

Il fallait que Travis puisse s'identifier à lui, se sentir sur la même longueur d'onde. Henry devait lui montrer que même si le temps avait passé, même si leurs situations respectives avaient changé, il était resté le même.

Et qu'il était toujours dans le même camp que lui.

— Ils ont dit que quelqu'un avait saboté leurs téléphones, ajouta-t-il sur un ton admiratif. Ils sont tous en train de courir dans tous les sens, comme des poulets auxquels on a coupé la tête.

Travis sourit avec arrogance.

Il ne suffisait pas toujours de se mettre au niveau d'un malfaiteur obtus. Parfois, il fallait aussi flatter son ego. Henry ne put pas résister.

— Je leur ai dit que je n'y étais pour rien, mais je vais te dire un truc : pour faire ça, il faut être sacrément futé.

Henry cligna de l'œil.

— Ça les a complètement fait paniquer. Tu peux me croire, j'aimerais bien bosser avec le type qui a fait ça.

Travis se rengorgea. Mais Henry ne s'attendait absolument pas à ce qui arriva ensuite.

La manifestation d'orgueil du malfaiteur fut de courte durée. Son visage exprima soudain une inquiétude sincère, qui se mua aussitôt en peur. Son front se plissa, son corps s'affaissa.

— Tu as toujours été sympa avec moi, Gage. Alors, je vais être réglo avec toi.

Travis se pencha vers lui, autant qu'il le put. Henry fit de même. De nouveau, l'adrénaline se déversait à flot dans ses veines.

Quand Travis parla, sa voix était tellement basse que Henry eut presque du mal à l'entendre.

— Tu ferais peut-être mieux de quitter la ville. Les gens qui dirigent cette opération ont un plan, qui va toucher tout le monde ici. Dès qu'il fera noir, l'enfer va se déchaîner. Tu ferais mieux de ne pas être dans le coin quand ça arrivera.

Ce n'était pas une menace.

C'était une promesse.

11

— Travis n'est pas idiot à ce point.

Henry se laissa tomber dans l'un des nombreux sièges disposés autour de la table de conférence. Heureusement, il n'était ni menotté ni licencié. Pas encore, du moins.

— Il sait qu'il en a trop dit, poursuivit-il. Vu la vitesse à laquelle il l'a bouclée, je pense qu'on ne tirera plus rien de lui.

Matt, Caleb, Dante et l'adjointe Medina s'assirent, tandis que Suzy restait debout en bout de table.

— Je pense que vous avez raison, convint la première adjointe. J'ai eu la nette impression que cet homme avait peur. Je ne sais pas s'il a peur des personnes dont il suit les ordres ou du reste de leur plan, ou des deux, mais je suis d'accord avec vous. Il ne nous dira rien de plus.

— Et même s'il devait parler, son avocat le forcerait à se taire, ajouta Medina. Heureusement qu'il a été retardé par les embouteillages. Sinon, nous n'aurions pas pu mettre cette petite comédie en scène.

Henry était on ne peut plus d'accord avec elle. L'avocat de Travis était arrivé juste après que son client avait refusé de continuer à parler. Quand il avait voulu savoir pourquoi Henry se trouvait dans la même pièce que lui, Medina avait invoqué le chaos qui régnait dans le bureau du shérif, où les hommes essayaient de faire leur travail malgré l'absence de leurs outils habituels. L'explication manquait de logique, mais Maria s'était exprimée sur un ton assez rageur pour que l'avocat de Travis cesse de s'intéresser à Henry pour s'occuper de son client.

Henry avait quand même pris soin de se débattre quand Caleb et Dante étaient venus le chercher.

— Au fait, dit-il, je m'excuse de t'avoir frappé.

Il y avait une ecchymose sur la joue de Matt, à peu près à l'endroit où sa propre joue le faisait souffrir.

— Quand j'ai reconnu Travis et que je me suis rappelé que je n'étais pas en uniforme, j'ai pensé que mon ancienne couverture pourrait nous être utile, dit-il avec un sourire forcé. Et Gage Coulson n'avait pas la réputation d'un homme qui se laisse emmener sans opposer de résistance.

L'inspecteur Walker renifla avec dédain.

— Tu plaisantes ? Suzy t'a presque mis KO. Rien que pour voir ça, ça valait le coup.

Matt se tourna vers les deux adjoints qui n'avaient pas assisté à l'incident.

— Elle l'a frappé tellement fort que c'est moi qui ai failli voir trente-six chandelles !

Le côté comique de l'incident leur apparut, et ils éclatèrent tous de rire. Henry se joignit volontiers à eux. À vrai dire, il avait été impressionné par la force physique de Suzy, et surtout par la rapidité avec laquelle elle avait compris ce qui se passait. Elle connaissait ses antécédents, mais ignorait tout des personnes qu'il avait pu côtoyer à son précédent poste.

Elle avait choisi de lui faire confiance, et ça avait payé.

— « L'enfer va se déchaîner », cita-t-elle d'une voix dure et froide. Ce n'est pas par accident que nos moyens de communication ont été coupés. Cet incident n'est qu'une partie d'un plan bien plus vaste et menaçant, dirigé non par une seule personne, mais par plusieurs.

Elle se tourna vers Henry.

— Je ne connais pas Travis aussi bien que vous, mais je pense que s'il était en contact avec Calvin, il saurait déjà que vous êtes policier. Est-ce que je me trompe ?

Henry acquiesça.

— Comme vous l'avez sans doute déjà deviné, Calvin travaillait sous couverture en tant que Parker Coulson, expliqua-t-il. Le frère de Gage Coulson, c'est-à-dire moi. Même si Calvin avait déjà rencontré Travis, mais sans lui dévoiler ma véritable identité, je suis à peu près sûr que Travis m'aurait dit qu'il avait vu mon frère que tout le monde croyait mort. Calvin et moi étions coéquipiers, mais aussi amis. Nous voulions que notre couverture reflète autant que possible la réalité. Nous faire passer pour deux frères était la solution parfaite. Dans le milieu, tout le monde savait que Parker et Gage étaient très proches.

Une fois encore, son cœur se serra sous le coup de la douleur familière provoquée par la perte d'un homme qu'il avait considéré comme un frère. Il regarda Caleb et Dante, qui étaient assis face à lui. Tout le monde savait qu'ils étaient devenus très proches depuis qu'ils travaillaient ensemble. De coéquipiers, ils étaient devenus amis, puis frères. À tel point que Dante avait été le témoin de Caleb à son mariage.

Henry fut traversé par l'envie de les mettre en garde, de leur dire qu'ils ne se connaissaient peut-être pas aussi bien qu'ils le pensaient, mais il n'en fit rien. Il ne devait pas projeter son passé sur eux. Ce serait injuste, et cela ne les aiderait en rien à gérer la crise qu'ils traversaient en ce moment.

Donc, il poursuivit :

— Quoi qu'il en soit, si Travis avait vu Calvin, il me l'aurait dit, ne serait-ce que pour s'attirer un peu de ma gratitude. D'ailleurs, je pense qu'il aurait été incapable de garder le secret, même s'il l'avait voulu.

— Mais la réapparition de Calvin n'en est pas moins inquiétante, remarqua Matt. J'ai encore du mal à croire qu'il n'y a aucun lien entre lui et Travis. Est-ce que toute cette histoire peut avoir un rapport avec la mission d'infiltration que vous avez menée ensemble dans le Tennessee ?

Henry avait déjà longuement réfléchi à cette possibilité, mais il était revenu les mains vides.

— Notre dernière mission d'infiltration avant que Calvin soit tué — ou que nous pensions qu'il avait été tué —, a été assez longue. Nous avons infiltré une bande composée de passeurs d'armes et de trafiquants de drogue, basée dans un ranch de loisirs du Tennessee. Calvin s'est fait engager comme agent de sécurité, et moi comme simple employé du ranch. Comme les forces de l'ordre n'avaient pas encore déterminé qui était à la tête de cette bande, nous avons choisi de diviser pour mieux régner : nous les avons montés les uns contre les autres jusqu'à ce que Calvin soit recruté par la bande. Nous avons découvert que nous n'avions pas affaire à un petit réseau d'une vingtaine d'hommes, comme nous le pensions, mais à deux factions rivales qui luttaient pour prendre le dessus dans la région.

— D'après la réaction de Travis, je suppose que les Richland faisaient partie de la faction opposée, dit Suzy.

Henry acquiesça.

— Je ne déborde pas d'affection pour Travis — que nous connaissions sous le nom de Glen, au fait —, mais je comprends très bien sa réaction. La famille Richland est composée d'un ramassis d'hommes et de femmes abominables qui n'hésitent pas à commettre des atrocités. J'ai souvent regretté de ne pas pouvoir les arrêter sur-le-champ en les entendant parler de ce qu'ils avaient fait.

Sa fureur s'éveilla et il serra le poing sur la table.

— Mais nous nous sommes rendu compte que le membre le plus influent de la famille, Arnold Richland, était notre poule aux œufs d'or. Si nous pouvions le prendre sur le fait ou établir un lien entre lui et les armes que ses hommes expédiaient, nous pourrions tuer dans l'œuf une véritable guerre des gangs, qui semblait imminente. Et nous empêcherions une grosse quantité d'armes très dangereuses et non enregistrées d'inonder les rues.

Dante, qui l'écoutait attentivement, se pencha vers lui.

— Et la faction opposée ? Elle ne se livrait pas au trafic d'armes ? demanda-t-il.

Henry savait qu'il éveillait l'intérêt de ses collègues quand il évoquait les missions d'infiltration auxquelles il avait pris part. Surtout ici, dans le comté de Riker, où il était rare que les agents soient contraints d'opérer sous couverture.

— Ils étaient dans la drogue, surtout dans la meth et les pilules, répondit-il. Mais la matriarche, Nora, a voulu diversifier ses activités. D'abord, elle a cherché à négocier avec les Richland dans l'espoir que les deux bandes unissent leurs forces. Mais les négociations ont mal tourné, et c'est ce qui a attiré notre attention sur le ranch.

— Apparemment, il y a eu pas mal d'agitation, commenta Suzy. Dans le mauvais sens du terme.

— Nous pensions que nous comprenions enfin ce qui se passait, poursuivit Henry.

Il partit d'un petit rire dénué d'humour.

— Mais nous avions tort. Le soir où nous pensions que nous allions enfin pincer Arnold et sa famille pendant qu'ils étaient en pourparlers avec Nora et ses larbins, avec leurs marchandises comme preuves, tout est parti en vrille. En un éclair. Quelques hommes de la bande des Richland ont attaqué les forces de police avant qu'elles aient eu le temps de se positionner. Ils n'ont pas hésité à ouvrir le feu. Il y a eu un véritable effet domino et, au final, Nora a essayé de détruire les preuves et de filer en vitesse. Avant que j'aie compris ce qui se passait, le hangar dans lequel nous nous trouvions a été englouti par les flammes. Nous étions pris au piège. J'ai perdu connaissance avant que nous ayons pu trouver un moyen d'en sortir, et je ne me suis réveillé qu'à l'hôpital. L'un des membres de notre équipe m'avait sorti du bâtiment juste avant qu'il soit trop tard. Il m'a dit qu'il n'avait pas vu trace de Calvin.

— Et tu n'as jamais revu Calvin avant aujourd'hui, dit Matt, cherchant une confirmation. C'est pour ça que tu pensais qu'il était mort dans l'incendie.

Henry acquiesça.

— Oui. Mais ce n'est pas tout : l'un des hommes de Richland s'est retrouvé piégé en même temps que nous et lui a logé trois balles en pleine poitrine avant que l'incendie se déchaîne et que je m'évanouisse.

— J'aurais été convaincu de sa mort, moi aussi, commenta Matt.

Henry serra le poing.

— Mais je me trompais, gronda-t-il. Et pas seulement sur sa mort, mais sur l'homme qu'il était.

Son esprit fut traversé par une idée qui ne l'avait jamais effleuré jusqu'à cet instant. C'était une pensée tellement accablante que sa colère redoubla, mêlée à l'impression insupportable d'avoir été trahi.

— Quand j'ai vu Calvin aujourd'hui, je n'ai remarqué aucune cicatrice de brûlure.

Henry leva les yeux vers Suzy, la meneuse de leur petit groupe, qui se tenait bien droite en bout de la table. Son expression s'adoucit. Elle avait déjà compris ce qu'il voulait dire, mais le laissa l'exprimer à voix haute.

— Autrement dit, si la mort de Calvin n'était qu'une mise en scène et qu'il a fui le bâtiment avant que nos hommes puissent y entrer et me tirer de là, il m'a abandonné à une mort certaine.

Le silence s'abattit sur la pièce. Ce fut Matt qui le brisa, avec un regard empreint d'empathie.

— S'il a mis sa mort en scène, il est très possible que ce soit lui qui ait prévenu les Richland de l'arrivée des forces de l'ordre.

Chaque nouvelle théorie était comme un coup de poignard dans le flanc de Henry, non seulement parce qu'il ne les avait jamais envisagées mais aussi parce que, si elles se vérifiaient, cela voulait dire qu'il n'avait rien vu des motivations qui étaient celles de Calvin à l'époque. Il avait été aveugle.

Ce qui l'amenait à se poser une question : comment les personnes présentes à cette table pouvaient-elles faire confiance à son jugement ? Comment pouvaient-elles lui faire confiance, à lui ?

— Certaines personnes sont mauvaises, et c'est tout.

Ils se tournèrent tous vers la porte, qui était restée ouverte. Cassie Gates les regardait. Ou, plus précisément, elle regardait Henry avec son intensité coutumière. Ses yeux étaient semblables à deux sphères vertes qui attiraient et retenaient irrésistiblement son attention.

— Nous pouvons expliquer beaucoup des comportements que nous observons dans ce métier mais, au final, certaines personnes choisissent tout simplement d'être mauvaises.

Elle avança d'un pas, tranquillement, interrompant leur réunion sans le moindre scrupule.

— Et nous ne pouvons rien y faire. Nous pouvons seulement

nous remettre au travail, et travailler dur pour ceux qui ne sont pas mauvais. Ton coéquipier a fini par basculer dans le camp des méchants. Mais ça ne veut pas dire que tu ne fais plus partie de celui des bons. D'accord ?

Henry aurait pu se perdre dans ces yeux. D'ailleurs, cela lui était déjà arrivé une fois.

— D'accord, répondit-il.

Cassie hocha la tête une seule fois, comme si elle jugeait qu'elle avait accompli la mission qu'elle s'était fixée, et se tourna vers Suzy.

— Pour être franche, j'ai écouté la quasi-totalité de votre conversation.

Il fallait une bonne dose d'audace pour le reconnaître. Mais Suzy ne sembla pas fâchée. Au contraire, se doutant qu'une explication allait suivre, elle attendit que Cassie poursuive.

Henry commençait à voir que les règles habituelles ne s'appliquaient pas toujours au bureau du shérif du comté de Riker. Les personnes qui y travaillaient formaient un groupe soudé, presque une famille, et se serraient les coudes.

— Mais la porte était entrebâillée, et... je pense devoir vous apprendre une nouvelle, qui n'est sans doute pas très bonne.

Suzy désigna la chaise la plus proche de Cassie. Elle s'assit un peu gauchement, en faisant bien attention à ne pas cogner son ventre.

Et ce fut à cause du bébé que ce qu'elle dit ensuite lui fit bouillir le sang.

— Un homme est venu chez moi.

Elle leva la main, comme si elle savait qu'ils étaient sur le point de la bombarder de questions.

— Ce n'était pas Calvin. C'était Michael.

Un brouhaha de voix emplit soudain la pièce. Les nerfs de Cassie, déjà tendus à l'extrême, menaçaient de se rompre. Elle se passa une main dans les cheveux en espérant que personne ne remarquerait le léger tremblement qui l'agitait.

Elle s'exhorta au calme avant de reprendre.

— Je vais bien. Il n'a rien fait, il m'a seulement parlé. Je ne sais pas si c'est parce que je suis enceinte ou parce que Kristen était là, mais il est reparti aussitôt après. J'ai pu joindre l'inspecteur Ansler sur son portable. Il m'a dit qu'il allait prévenir la police locale.

Les yeux baissés, elle poursuivit :

— Mais j'ai quand même eu assez peur pour demander à Kristen de m'amener ici. Elle est dans la salle de repos. J'espère que ça ne vous dérange pas.

Suzy la rassura d'un signe de la tête. Du coin de l'œil, Cassie vit Henry s'avancer sur sa chaise, l'air anxieux.

— Qu'est-ce qu'il a dit ?

Maintenant, sa voix était tendue, comme s'il prenait sur lui pour ne rien montrer de ce qu'il ressentait vraiment. Cassie se demanda si les autres percevaient son changement de ton. D'ailleurs, avait-il vraiment changé ? Ou se trompait-elle en prenant son inquiétude pour tout autre chose ?

— Qu'est-ce qu'il voulait, Cassie ? pressa Henry.

Elle souffla, posa ses doigts en éventail sur son ventre et le frotta doucement. Ce simple geste la réconforta un peu.

— Franchement, avoua-t-elle, je ne le sais pas. Mais il s'est excusé de m'avoir entraînée dans la « course-poursuite » de ce matin. Il a dit qu'il n'avait pas prévu que j'y prendrais part, mais il m'a félicitée sur mes talents de conductrice.

Cette petite conversation lui avait paru complètement innocente. Michael s'était montré calme, poli et, à moins qu'elle ne l'ait mal jugé, sincère. Mais ensuite, son attitude et le ton de sa voix avaient changé.

— Il m'a aussi dit que je ferais peut-être mieux de quitter la ville pendant quelques jours pour aller voir mes parents. Il a ajouté que ça me ferait du bien… et au bébé aussi.

Cette fois, Cassie hasarda un regard vers Henry. Il était si tendu qu'elle aurait sans doute pu jouer de ses nerfs comme d'un instrument à cordes si elle l'avait voulu. Mais elle aurait préféré de loin connaître les pensées qui devaient se bousculer dans son esprit.

— Ensuite, il est monté dans la même voiture que ce matin et il est parti. C'est là que j'ai appelé l'inspecteur Ansler.

Henry plissa le front, et il ne fut pas le seul.

— Il t'a menacée, dit Matt.

Elle eut un geste de dénégation.

— Non. Il avait l'air sincèrement inquiet, au contraire, avoua-t-elle.

Comme Henry ouvrait la bouche, elle se hâta de terminer d'exposer sa pensée.

— Je sais que c'est parfaitement illogique, mais j'ai vraiment eu l'impression qu'il ne s'agissait que d'une mise en garde.

— Qui ressemble beaucoup à celle que Henry a reçue de la part de Travis Newman.

La voix de Suzy était d'une dureté d'acier, pleine de pragmatisme. Un danger bien réel virevoltait autour d'eux, bien plus menaçant qu'un orage qui s'annonce à l'horizon. Ils ne comprenaient pas encore tout à fait en quoi consistait ce danger, mais il fallait absolument qu'ils le découvrent.

Malgré sa colère, ou peut-être grâce à elle, ce fut la voix de Henry qui s'éleva, claire et ferme, dans la salle de conférences.

— Nous ne savons pas qui tire les ficelles, mais je pense que les agissements de Travis n'étaient qu'un prélude à autre chose, qui va faire mal. « Les gens qui dirigent cette opération ont tout un plan, qui va toucher tout le monde ici. » Je ne pense pas que le « ici » de Travis désigne le comté, ni même la ville, d'ailleurs. Je pense qu'il parlait du bureau du shérif, ou peut-être des personnes qui y travaillent.

Cassie laissa échapper un hoquet étouffé.

— Billy, comprit-elle.

Henry hocha la tête.

— Je pense que nous sommes sur le point de subir une attaque totale, dit-il. Comment auraient-ils pu mieux la débuter qu'en éliminant le shérif avant de saboter nos moyens de communication ?

Il martela la table du bout du doigt, comme s'il ressentait le besoin d'attirer l'attention de tous ceux qui l'entouraient, et qui étaient déjà pendus à ses lèvres, et cita les paroles de Travis :

— « Dès qu'il fera noir, l'enfer va se déchaîner. »

Suzy se redressa de toute sa taille.

— Donc, qui que soient nos ennemis, ils vont frapper ce soir.

Sa voix vibrait de colère. Ce n'était pas une question.

12

— Vous plaisantez ? demanda Suzy.

Cela faisait une vingtaine de minutes que leur réunion avait pris fin. Un tel vacarme régnait dans le bureau du shérif que Henry ne prit pas la peine de répondre à voix basse.

— Vous venez de dire vous-même qu'il y avait de gros risques pour que le bureau soit attaqué ce soir. Et vous voulez me renvoyer chez moi ? Je sais bien que je suis nouveau, mais vous avez vu mon CV ! Vous savez ce que j'ai fait.

Il agita les mains devant lui, laissant libre cours à sa frustration.

— Vous savez ce que je *peux* faire.

Le visage de Suzy exprimait un mélange de tension et de prudence. Elle était en mode organisation. Il l'avait interceptée alors qu'elle s'apprêtait à quitter son bureau et à rejoindre ses troupes pour leur donner le plan de bataille.

Des troupes auxquelles il n'appartenait pas.

— Écoutez-moi bien. Je sais que vous pourriez nous apporter une aide précieuse, mais à mon sens, c'est en vous tenant à l'écart de nos bureaux que vous nous rendrez le plus de services.

Elle tendit le doigt vers la porte de son bureau, et Henry crut pendant un instant qu'elle lui ordonnait de partir.

Elle reprit :

— Jamais Travis Newman ne nous aurait dit quoi que ce soit. Du moins, il ne nous aurait pas parlé à temps pour que nous puissions nous organiser en vue de l'attaque, si elle doit vraiment se produire. Mais il a parlé à Gage Coulson. Imaginons que d'autres protagonistes de cette affaire ignorent quelle est votre vraie identité. Plus vous passez de temps ici, plus vous augmentez le risque que nous ne puissions pas recourir à votre fausse identité si nous avons besoin de le faire. J'admire ce que vous avez fait par le passé, je suis vraiment désolée que vous ayez traversé des moments difficiles, mais pour l'instant, le bureau a besoin de Gage. Sans lui, nous ne saurions absolument rien de ce qui risque de se produire.

Henry se passa une main dans les cheveux et lâcha un juron, que Suzy ne releva pas.

— Et Calvin ? demanda-t-il. Et Michael ? Ils savent tous deux que Gage Coulson n'est qu'un personnage forgé de toutes pièces. Imaginons que Travis soit le dernier à ignorer qui je suis en réalité. Même chez les criminels, il y a certaines personnes à qui on préfère ne pas confier les détails importants. Pour autant que nous sachions, nous pourrions nous trouver devant un piège, et vous me demandez de tous vous laisser y foncer tête baissée.

Il n'allait pas tarder à comprendre que jusqu'ici Suzy s'était montrée conciliante. Elle se pencha en avant, serra les poings et les posa sur son bureau, dans une démonstration d'autorité parfaitement exécutée.

— Je ne vous demande pas de faire quoi que ce soit. Je vous *ordonne* de partir. S'il s'agit réellement d'un piège, la présence d'hommes et de femmes sur le terrain ne nous aidera qu'à long terme. Mais vous avez raison sur un point : Travis ne sait peut-être pas ce qui se trame exactement. Nous pourrions tous tirer des conclusions hâtives de ce qu'il nous a dit. Voilà pourquoi il faut que vous endossiez une fois de plus le rôle de Gage. Il nous permettra peut-être de comprendre exactement ce qui se passe. Vous allez donc laisser votre uniforme de côté et faire profil bas jusqu'à ce que nous puissions démêler la situation.

Henry était bien trop furieux pour répondre. Parce qu'il était bel et bien mis sur la touche... et parce que le raisonnement de Suzy était logique.

— C'est bien compris ?

Il planta son regard dans celui de Suzy et acquiesça.

— Mais je ne laisserai pas Cassie seule.

Ces mots avaient jailli de sa bouche avant même qu'il ait su qu'il allait les prononcer. Mais il maintint résolument sa position.

— Michael sait où elle habite. Autrement dit, Calvin le sait peut-être lui aussi. S'il pense pouvoir m'atteindre en s'en prenant à elle, il pourrait le faire. Nous ne pouvons pas courir ce risque.

Suzy haussa les sourcils.

— Je vous rappelle que Cassie nous a démontré qu'elle pouvait parfaitement se débrouiller seule. Elle n'a pas besoin d'un héros ou d'un sauveur pour veiller sur elle. C'est elle qui est allée à votre secours, ce matin. Elle est intelligente, vive et pleine de ressources quand il le faut.

Henry avait ouvert la bouche et s'apprêtait à réitérer sa requête — alors qu'il était résolu à faire ce qu'il avait décidé, avec ou sans la permission de Suzy —, mais elle leva une main pour le faire taire.

— Quoi qu'il en soit, il y a beaucoup trop de pièces inconnues sur l'échiquier, et cela ne me plaît pas du tout. J'aimerais donc que nous y placions nous aussi quelques pièces, que nous pouvons contrôler. Cassie n'a pas d'ordres à recevoir de moi, mais je lui suggérerai de rester avec vous jusqu'à ce que nous sachions exactement ce qu'il se passe.

Pour Suzy, cette conversation était terminée. Elle se leva, prit un dossier sur son bureau et se dirigea vers la porte.

— Et si elle refuse que je veille sur elle ?

La première adjointe Suzy Simmons répondit sans la moindre hésitation.

— Vous le ferez quand même.

Le ciel était un panaché de bleu et de gris, qui créait une atmosphère à la fois sereine et maussade. Par contre, l'air était toujours chargé d'une humidité désagréable. Cette moiteur impitoyable faisait coller les vêtements à la peau et aigrissait les caractères.

Et Cassie n'avait vraiment pas besoin de ça pour être d'une humeur massacrante.

Elle détacha son regard du ciel. D'après les bulletins météo, des averses étaient possibles, mais sans certitude. En tout cas, le changement de pression atmosphérique lui agaçait les sinus. Elle allait sans doute finir la journée avec un bon mal de crâne — un désagrément de plus à supporter.

Mais à côté des autres problèmes auxquels elle était confrontée, celui-ci était bien insignifiant.

Au moins, on pouvait comprendre l'apparition d'un mal de tête. Mais le reste ?

Les manigances de Calvin et Michael ? La possible imminence d'une attaque contre le bureau ?

Et que penser de cet homme, à peine plus qu'un étranger pour elle, qui semblait doté du pouvoir de faire dérailler ses pensées avec la plus grande facilité ?

Autant de choses qui étaient bien plus incompréhensibles.

Quand elle lui avait fait part de sa décision de la faire mettre sous protection, Suzy avait soulevé un argument qui lui avait autant plu que déplu. Un argument qui avait la forme de l'énigme vivante dont le jean moulait les jambes de façon très intéressante. Henry avait assisté à leur échange avec un stoïcisme digne d'un garde du corps du Sud, attendant de voir si elle allait chercher à argumenter ou à prendre la fuite.

Sa réaction s'était située quelque part entre ces deux extrêmes.

— Il peut me raccompagner chez moi, inspecter la maison et y rester pendant que je prends quelques affaires, mais j'irai passer le reste de l'après-midi et la nuit chez Kristen, avait-elle dit. Ensuite, il pourra rester devant chez moi dans sa voiture si bon lui semble.

Bien qu'elle soit pressée par le temps, Suzy avait pris quelques instants pour ajouter un nouvel argument — utilisant même le surnom que Cassie se donnait parfois :

— Mieux vaut prévenir que guérir, petite maman.

Ensuite, elle était partie, le visage sombre, mais prête à tout affronter. Henry arborait un visage tout aussi grave, mais vigilant. Sans mot dire, il la précéda jusqu'à la salle de repos, où Kristen les attendait. Ce qui convenait très bien à Cassie. Il lui suffit de faire deux pas dans la salle de repos pour être victime d'une crise de conscience tellement intense qu'elle ne put dire un seul mot pendant un bon moment.

Ce soir, le bureau serait peut-être attaqué par un ancien flic infiltré que tout le monde croyait mort, un homme qui se proclamait camelot du renseignement, ainsi que par d'autres hommes dont les visages leur étaient encore inconnus, et dont les motivations demeuraient obscures. Tout comme celles de Calvin et de Michael, d'ailleurs.

Que pouvait leur apporter un assaut contre le bureau du shérif du comté de Riker ? Quel était le but qu'ils poursuivaient ?

Cassie aurait aimé poser cette question à sa sœur, qui avait toujours été sa meilleure amie, passer toutes les possibilités en revue avec elle, mais quel bien cela aurait-il fait ? Elle avait raconté tout ce qui s'était passé à Kristen, mais comment lui annoncer les événements qui pouvaient encore se produire ?

Il lui suffit d'un seul regard vers sa sœur, qui posait un regard inquiet sur son téléphone, pour savoir qu'elle n'en ferait rien.

Sa sœur, ainsi que le reste de la famille, avait traversé bien assez d'épreuves au cours des deux dernières années. Certaines relevaient du domaine privé. Mais la plupart étaient en rapport avec la cicatrice que Cassie avait au cou, et qui ne disparaîtrait jamais.

C'était la cicatrice laissée par une balle qui avait bien failli la tuer, une balle tirée par un homme qui avait manqué sa cible.

Qu'adviendrait-il si quelqu'un la visait vraiment ?

Elle posa une main, doigts écartés, sur son ventre. Pour protéger son fils à naître et juguler sa nervosité.

Il valait mieux passer certains « si » sous silence.

— Tout va bien, Kristen ?

Sa sœur sursauta mais se ressaisit aussitôt et la regarda de travers.

— Oui, mais non.

Elle se leva et expliqua, d'une voix agitée :

— Il y a un drame au travail. Apparemment, les Danvers ont enfin décidé de visiter la Maison Banane à Darby. Quand j'ai demandé que la visite soit reportée, Candice a fondu sur moi, toutes griffes dehors.

— La Maison Banane ? demanda Henry tandis qu'ils sortaient tous dans le couloir.

Une intense agitation régnait toujours dans le bureau, où on essayait de rétablir les moyens de communication. Cassie avait du mal à imaginer le chaos qui régnerait quand Suzy demanderait à ses hommes de se préparer pour une éventuelle bataille.

— C'est une affreuse maison jaune, à une heure de route d'ici, répondit Kristen. Elle est sur le marché depuis trois ans. Un couple de Floride a exprimé son intérêt pour cette maison il y a quelque temps. Depuis, j'essaie de les convaincre d'aller la visiter, et voilà qu'ils ont décidé que ce serait une excellente idée de le faire aujourd'hui.

— Et Candice est l'ennemie jurée de ma sœur, ajouta Cassie.

— Imaginez que je suis Luke Skywalker, dit Kristen en écartant les bras d'un geste théâtral. Et Candice est mon Darth Vador, dont le seul but dans la vie est de me prendre tous mes clients.

Henry renifla.

— Avant que tu poses la question, oui, elle a vu tous les films de « Star Wars », intervint Cassie.

Henry éclata de rire mais sans faire le moindre commentaire. Quand ils sortirent du bâtiment, Cassie vit tout son corps se tendre. La réalité venait les frapper de plein fouet. La prochaine fois qu'ils poseraient un pied dans ce même parking, tout pouvait être différent.

Cassie pensa à Billy, qui était en sécurité à l'hôpital.

Elle se frotta de nouveau le ventre et reprit :

— Tu sais quoi, Kristen ? Rappelle les Danvers et dis-leur que tu arrives.

Elle avait parlé d'une voix égale, sans rien laisser paraître de ses peurs.

Mais Kristen secoua la tête.

— Il est hors de question que je te quitte, surtout après que ce type est venu sonner à ta porte. Que la Maison Banane aille au diable !

Cassie tendit le pouce vers l'adjoint qui marchait derrière elles.

— Il n'est pas là que pour faire joli, dit-elle d'une voix neutre. Il va me suivre comme mon ombre pendant les vingt-quatre prochaines heures, mais ce n'est qu'une mesure de précaution. Tout ce qu'il va faire, c'est s'ennuyer à mourir. En plus, tu as déjà fait ton devoir en m'amenant jusqu'ici.

Ils étaient arrivés à la voiture de Kristen. Cassie avait déjà pris sa décision. Elle ne repartirait pas avec sa sœur. Au contraire, elle allait trouver un moyen de l'éloigner de Carpenter.

Mais Kristen ne s'en laissa pas conter.

— Cassie, dit-elle fermement, cet homme sait où tu habites. Qu'est-ce qui peut l'empêcher de revenir ? Non, je ne vais pas te quitter alors que tu es toute prête à rentrer chez toi comme si tu avais oublié ce détail.

Cassie ouvrit la bouche, mais aucune réponse ne lui vint. De tous les membres de sa famille, seule Kristen vivait dans la même ville qu'elle. Cassie se refusait à passer la nuit chez des amis, d'autant plus que beaucoup d'entre eux étaient soit ses collègues, soit des personnes auxquelles ils tenaient. Et si les malfaiteurs la prenaient vraiment pour cible ?

Elle refusait catégoriquement de mettre ses amis et leurs familles en danger.

— Elle peut venir chez moi jusqu'à ce que vous en ayez fini avec votre travail.

Le mélange de certitude et de surprise qu'elle entendit dans la voix de baryton de Henry fit fuser un frisson dans tout son corps. Elle se plaqua un sourire sur le visage, en espérant qu'il suffirait à dissimuler son trouble.

— Seules quelques personnes dans le bureau savent où je vis, poursuivit-il. Même mon frère ne sait pas exactement où j'ai choisi de m'installer. Je doute que quelqu'un puisse me retrouver facilement, même Michael.

Kristen les regarda tour à tour, hésitante.

— Mais s'ils vous retrouvent quand même ? demanda-t-elle d'une voix vibrante d'instinct protecteur.

Ce fut avec autant de force qu'elle que Henry répondit :

— Alors, je ferai en sorte de bien les accueillir.

Cassie crut à cette promesse, de tout son être. Kristen sembla aussi la prendre pour argent comptant, parce qu'elle acquiesça avant de prendre Cassie dans ses bras.

— Je veux que tu m'envoies un texto toutes les demi-heures, lui dit-elle à l'oreille. Compris ?

Cassie sourit dans les cheveux fous de sa sœur.

— Compris.

Elles s'embrassèrent une dernière fois, et Kristen monta dans sa voiture. Côte à côte, Cassie et Henry la regardèrent s'éloigner en silence. Ce ne fut que quand ils furent assis dans sa voiture personnelle qu'il reprit la parole.

— Tu as peur d'être prise pour cible. C'est pour ça que tu veux qu'elle soit loin de toi.

Il posa les yeux sur sa gorge, et elle eut de nouveau l'impression que sa cicatrice la brûlait. Pour la première fois depuis qu'elle avait rencontré cet homme, elle comprit qu'il n'avait peut-être pas la moindre idée de l'origine de cette cicatrice. Elle avait failli le lui dire, sept mois plus tôt, après qu'ils s'étaient rapprochés, quand elle avait cru qu'ils allaient devenir plus proches encore.

Mais elle s'était ravisée, parce qu'elle n'avait pas voulu de sa pitié.

Et parce qu'elle n'avait pas voulu revivre ces moments.

Mais maintenant, elle se rendait compte qu'elle voulait qu'il connaisse l'histoire, et pour deux raisons. D'abord, elle voulait qu'il sache pourquoi elle avait cette affreuse cicatrice. Mais elle voulait aussi qu'il comprenne la gravité des événements qui pouvaient se produire quand les endroits mêmes où l'on se sentait le plus en sécurité devenaient le théâtre d'une colère et d'une violence aveugles.

En caressant lentement la cicatrice circulaire du bout des doigts, elle entreprit de raconter son histoire, malgré la boule qui s'était formée dans sa gorge.

— Avant que Billy épouse Mara, elle a été prise pour cible par d'horribles individus. Ils ont outrepassé toutes les règles de décence élémentaire et ont cherché à s'en prendre à leur fille. Pendant que les hommes du shérif essayaient de démêler la situation, je me suis proposée pour la garder. Nous étions toutes les deux dans la salle de conférences quand un tireur a fait feu sur un témoin, qui se trouvait dans nos bureaux.

Cassie tapota doucement la cicatrice. En revivant la peur qui l'avait assaillie ce jour-là, elle craignait de voir s'effondrer toutes ses défenses. Mais elle tint bon.

— C'est moi qui ai pris la première balle. J'ai réussi à entraîner Alexa dans un coin et à la protéger de mon corps jusqu'à ce que Billy et Mara puissent la mettre en lieu sûr. Ensuite, j'ai perdu connaissance et j'ai failli me vider de tout mon sang.

La mâchoire de Henry se crispa, ses yeux s'étrécirent et ses narines se dilatèrent. Ce fut cette réaction qui aida Cassie à poursuivre.

— Mais j'ai survécu, et je ne regrette absolument pas d'avoir aidé Billy et Mara. Tu vois, je les aime, ainsi que les autres membres du bureau. Ce sont mes amis. Ma famille. Ce que je regrette, par contre, c'est...

Comme elle laissait sa phrase en suspens, Henry conclut à sa place, à sa grande surprise.

— Ce que ta famille a dû endurer.

Il avait vu juste.

— Mes parents ne l'avoueront jamais, mais ça les a presque détruits. Ils sont restés à mes côtés pendant des mois, jusqu'à ce que je sois guérie. Mes frères et sœurs n'étaient jamais bien loin, eux non plus. Ils ont tous essayé de me convaincre de quitter le comté de Riker. Ils sont même allés jusqu'à proposer de me laisser leurs maisons respectives. Mais je n'ai pas voulu m'en aller. Cette ville est devenue ma ville. C'est là que je veux vieillir, entourée de ma famille.

Elle détourna les yeux pendant une seconde. Est-ce que Henry faisait partie de cette famille, maintenant ? Voulait-il en faire partie ? Elle soupira avant de finir son histoire.

— Ce n'est que quand Kristen est revenue vivre à Carpenter qu'ils ont tous laissé tomber. Si tu lui demandes pourquoi elle est venue s'installer ici, elle te répondra qu'elle voulait changer de vie, et qu'elle est tombée amoureuse de Carpenter quand nous étions petites. Elle te dira aussi qu'elle est bien trop égocentrique pour bouleverser son existence dans le seul but de pouvoir garder un œil sur sa petite sœur — ce qu'elle était la seule à pouvoir faire, puisque tous mes autres frères et sœurs sont mariés ou qu'ils ont des emplois qu'ils ne peuvent pas quitter. Mais je suis sûre d'une chose : après que j'ai failli mourir, quelque chose a changé dans ma famille, et c'est Kristen qui a eu le plus de mal à s'y faire. Je pense qu'elle ne me quittera jamais.

Elle se redressa sur son siège et s'éclaircit la gorge.

Elle avait enfin dit tout ce qu'elle avait sur le cœur, même si elle ne savait pas précisément où elle allait quand elle avait commencé à parler.

— Certaines personnes peuvent commettre des actes atroces qui font tout basculer en l'espace d'un instant. Je ne sais pas ce que Calvin, Michael, et leurs complices potentiels ont derrière la tête, mais je ne les laisserai pas faire du mal à ceux que j'aime. Et si je dois pour cela faire profil bas et cacher la vérité aux membres de ma famille, je le ferai. Je ne m'opposerai pas à toi.

Henry voulut parler, mais elle l'interrompit.

— Mais je tiens à te dire que je n'ai rien de la demoiselle enceinte en détresse, ajouta-t-elle avec fougue.

Le seul fait de prononcer ces paroles renforça sa détermination. Elle plongea son regard dans les yeux bleu acier de l'homme qui lui avait fait le plus beau cadeau qu'elle ait jamais reçu de toute sa vie et délivra son ultimatum.

— Quoi que tu choisisses de faire au sujet de notre enfant, je soutiendrai ta décision. Si tu veux faire partie de sa vie, je serai de ton côté. Si tu ne veux pas être père, je m'arrangerai. Mais à une seule condition : je veux que tu m'aides à comprendre ce que Calvin Fitzgerald fait dans ma ville, pourquoi il veut ta mort, et ce que vient faire le bureau du shérif dans toute cette histoire avant que quelqu'un d'autre soit blessé. Marché conclu ?

Henry lui opposa un visage dénué de toute expression. Elle ne pouvait pas deviner ses pensées, et encore moins les sentiments que ces mots avaient éveillés en lui. Mais c'était sans importance. Elle n'avait besoin de rien, sinon de sa parole.

Et elle l'eut.

— Marché conclu.

13

— C'est ici que tu vis ? demanda Cassie.

Henry s'engagea dans le parking de l'hôtel et roula jusqu'à l'arrière du bâtiment, laissant l'Eagle derrière eux. Les lèvres de Cassie se rejoignirent en une moue boudeuse. Même sans rouge à lèvres, elles étaient terriblement attirantes. Il se souvint de la soirée où il avait fait connaissance avec elles, dans ce même hôtel.

— Je m'y suis senti bien, la dernière fois, répondit-il. Je n'ai pas vu l'intérêt d'en chercher un autre et de courir le risque d'être déçu.

Cassie ne répondit pas. D'ailleurs, elle n'avait pas dit un mot depuis qu'elle avait tenu son grand discours avant qu'ils quittent le parking du bureau. Lui non plus, d'ailleurs. Elle avait le don de lui faire perdre tous ses moyens.

Elle avait commencé par lui dévoiler l'origine de la cicatrice sur laquelle il s'était toujours interrogé. Cette histoire l'avait fait bouillir de rage. Quand le calme serait revenu à Carpenter, il chercherait le rapport de police, qu'il tenait à lire lui-même. Mais après avoir raconté son histoire, elle avait changé d'attitude avec une telle rapidité qu'il avait eu bien du mal à conserver un visage impassible.

« Si tu veux faire partie de sa vie, je serai de ton côté. Si tu ne veux pas être père, je m'arrangerai. »

En deux petites phrases, elle lui permettait de choisir : faire partie de la vie de son fils, ou non.

Était-ce aussi simple ?

Il savait de quel côté penchait son cœur... Mais il avait aussi un cerveau, qui penchait résolument de l'autre.

Au cours des années précédentes, il avait mené une vie dangereuse et le plus souvent solitaire. Et les conséquences de cette vie menaçaient maintenant sa nouvelle existence.

Calvin.

Henry serrait le poing quand il descendit de voiture. Cassie avait raison. Il fallait qu'ils comprennent de quoi était fait le présent avant d'envisager l'avenir. Le choix qu'il avait fait coulait de source : il allait protéger la femme qui se tenait à quelques mètres de lui, ainsi que l'enfant qu'elle portait, et empêcher Calvin de mener ses projets à bien, quels qu'ils soient.

L'hôtel occupait un bâtiment de cinq étages dénué de charme. Il n'y avait ni piscine dans la cour ni bonbons à la menthe sur les oreillers, et les membres du personnel étaient peu nombreux. Autrement dit, l'établissement n'avait rien de luxueux. Pourtant, Henry s'y plaisait, essentiellement parce qu'il était proche de l'Eagle et situé dans une rue où l'on trouvait plusieurs restaurants et boutiques. Le soir, le son plaisant des bavardages montait jusqu'à sa fenêtre. Rien à voir avec ce qu'il avait connu quand il travaillait sous couverture.

Cassie le suivit en regardant droit devant elle, comme si elle portait des œillères. Quand ils traversèrent le hall, elle n'accorda pas le moindre regard au réceptionniste. Mike, qui écoutait sa station de musique classique préférée, leur fit un geste amical, que seul Henry lui rendit. Tout comme le personnel de l'Eagle, de l'autre côté de la rue, Mike ne dissimulait pas son attachement aux forces de l'ordre locales. Il avait même fait un prix à Henry sur sa chambre.

Henry comprit soudain que c'était peut-être aussi pour cela que Cassie se renfrognait encore plus. Son intuition fut confirmée quand elle regarda l'affiche placardée en travers des portes closes de l'ascenseur et lança, pince-sans-rire :

— « En panne ». Est-ce que je vais devoir monter cinq étages à pied ?

Elle posa une main sur son ventre et ses joues rosirent, sans que Henry puisse dire si c'était à cause de la chaleur étouffante ou de tout autre chose.

— Si c'est ce qui te préoccupe, je ne suis pas dans la même chambre que la dernière fois.

Des souvenirs à la fois doux et torrides menacèrent d'emplir son esprit quand il repensa à la chambre 504.

Ce n'est pas le moment, Ward, se dit-il. Mais il ne put s'empêcher de se demander si Cassie luttait pour refouler les mêmes pensées.

À moins que la sécheresse de sa voix ne signifie que les souvenirs qu'elle conservait du moment qu'ils avaient passé ensemble n'étaient pas aussi bons que les siens.

Encore une pensée très inconfortable.

— J'ai une chambre plus spacieuse, cette fois, dit-il en la guidant vers l'escalier qui occupait un coin du hall. C'est une suite, au deuxième étage.

Cassie hocha la tête, et il se hasarda à la regarder. Les plis qui creusaient son front commençaient à s'estomper.

— Parfait. Parce que si tu me demandais de monter plus haut, je pourrais refuser et rester ici.

Elle poussa un petit grognement et donna un coup de pied dans le vide.

— Parmi les joies de la grossesse, il y en a une dont je continue à bénéficier. Mes pieds sont tellement gonflés qu'on dirait qu'ils essaient de s'échapper de mes chaussures comme deux détenus qui veulent s'évader de prison.

Henry étouffa un éclat de rire. Même s'il n'avait aucune expérience des femmes enceintes, son petit doigt lui disait qu'il était formellement interdit de rire des désagréments liés à leur grossesse.

Alors, il se contenta d'attraper sa clé, sans mot dire.

Dès qu'ils s'engagèrent dans le couloir du second étage, ils furent accueillis par les odeurs d'un produit d'entretien parfumé au citron. Si Henry avait décidé de descendre dans cet hôtel le temps de trouver un endroit où habiter, c'était aussi parce que l'établissement était propre. Après des années à travailler sous couverture, pendant lesquelles il avait habité dans des endroits qui n'étaient guère plus que des taudis, il avait découvert combien il était agréable de pouvoir se reposer dans un lieu bien tenu. En plus, l'hôtel était relativement sûr, essentiellement grâce à sa disposition : chaque étage comportait un long couloir rectiligne, avec des chambres de part et d'autre et une cage d'escalier à chaque bout.

Il était plus facile d'échapper à une embuscade quand on pouvait englober les lieux d'un seul regard.

La chambre 201, parce qu'elle occupait un coin du bâtiment, comportait trois fenêtres — et non deux, comme les autres suites. Il y en avait deux dans le salon. La première, au-dessus de la télévision, donnait sur le parking des employés et sur l'immeuble de bureaux voisin. La seconde, percée dans l'autre mur, offrait une vue parfaite sur l'Eagle, de l'autre côté de la rue — tout comme la troisième, dans la chambre, petite mais fonctionnelle. Cassie prit un moment pour regarder par les deux fenêtres du salon, mais s'arrêta net sur le seuil de la porte de la chambre et bifurqua pour aller s'asseoir sur le canapé.

Quand elle leva de nouveau les yeux vers lui, son regard était dubitatif.

— Maintenant, dit-elle, parlons de Calvin.

Henry se surprit à sourire.

— Tu ne veux pas plutôt boire ou manger quelque chose ?

Il tendit le bras vers le petit réfrigérateur installé à côté du meuble télé.

— Je n'ai que de l'eau en bouteille, mais je pensais faire monter quelque chose à manger.

Aussitôt, son estomac se mit à gronder. Il frappa doucement les muscles fermes de son abdomen.

— Pour être franc, je n'ai rien mangé de la journée.

Le visage de Cassie s'éclaira un peu. Elle se tapota le ventre, elle aussi, et répondit :

— Moi, j'ai déjà mangé... Mais je suis toute prête à recommencer.

Ses joues rosirent une fois de plus.

— Est-ce que tu crois que tu pourrais nous commander une pizza ?

Il acquiesça.

— Oui, m'dame.

Cassie s'était apprêtée à bombarder Henry de questions dès qu'ils avaient passé la porte de la suite, mais elle décida finalement de ne pas chercher à en savoir plus sur Calvin avant que leur pizza soit livrée. Pour tout dire, l'ultimatum qu'elle avait posé à Henry l'avait elle-même prise de court, et ce retour sur les lieux du crime, pour ainsi dire, avait achevé de la déstabiliser.

Cette suite était plus spacieuse que la chambre 504 et ne se situait pas au même étage, mais elle était quand même assaillie de toutes parts par des souvenirs torrides. D'abord, il y avait eu l'ascenseur. Ensuite, la porte, de la même couleur bleu ciel. Et que dire du grand lit qu'elle avait entrevu dans la chambre ? C'était comme s'il était surplombé d'une enseigne au néon, et indiqué par une flèche lumineuse clignotante.

Elle avait dû s'asseoir pour ancrer ses pensées, stabiliser son corps.

Parce que si son esprit ne lui soufflait pas que du bien au sujet de Henry Ward, ses hormones n'avaient pas changé d'avis.

Cet homme était sacrément attirant... avec ou sans vêtements.

Elle faillit bien se mettre à baver en repensant à son corps nu. Quand il s'était penché sur elle, elle avait promené ses mains sur son ventre, goûtant la fermeté de ses muscles. Ensuite, elle avait gémi quand ses lèvres avaient effleuré le côté de son cou, là où la peau était la plus sensible. Sous sa braguette, elle avait senti sa chair gonflée, pressée contre son propre désir...

— Ils m'ont dit qu'il y en avait pour une quinzaine de minutes, annonça Henry en revenant dans le salon. Mike m'appellera quand le livreur arrivera. Je lui ai dit que je voulais que personne ne sache où j'habitais. C'est un vieux réflexe, mais jusqu'ici, il nous est utile.

Cassie sentit son corps s'embraser, et une chaleur torride gagna ses joues. Elle avait laissé ses hormones prendre le dessus et, bon sang ! Elles avaient fait du bon boulot. Il lui avait suffi de repenser au tout début de la nuit qu'ils avaient passée ensemble, sept mois plus tôt, pour que tout son corps soit assailli par le désir.

Et ce désir ne faiblissait pas, alors même que son esprit lui hurlait que les circonstances étaient différentes. Que le moment était différent.

Avant qu'elle ait pu trouver une réponse, il demanda :

— Ça va ?

Une farouche bataille se livrait dans tout son être. Elle était déchirée entre l'envie de tendre le bras vers l'homme qui se tenait tout près d'elle et celle de fuir loin de cet hôtel sans un regard en arrière.

— Oui... J'ai un peu chaud, c'est tout.

Elle se leva vivement en cherchant ses mots.

— Avant, je supportais bien les étés ici mais... plus maintenant. Si tu veux bien m'excuser, je pense que je vais aller passer quelques minutes dans la salle de bains.

Henry haussa les sourcils. Devant son expression inquiète, elle sentit quelques foyers d'incendie supplémentaires se déclencher en elle.

Elle avait envie qu'il la prenne dans ses bras. Qu'il la réconforte. Qu'il la caresse.

Ce fut pour cela qu'elle courut presque jusqu'à la salle de bains, dont elle referma la porte un peu trop violemment. Elle alla droit vers le lavabo, ouvrit le robinet, et s'éclaboussa le visage d'eau froide pendant une bonne minute.

Ce qui eut pour effet d'amoindrir l'intense désir qui la traversait de part en part, mais sans parvenir à l'éteindre complètement.

— C'est à cause des hormones de grossesse, et c'est tout, chuchota-t-elle. C'est une réaction biologique parfaitement normale.

Mais ce raisonnement ne suffit pas à calmer les remous qui agitaient sa poitrine. À la seule pensée de la façon dont les doigts de Henry avaient effleuré sa peau, n'interrompant leur mouvement que pour taquiner les zones les plus sensibles de son corps, son cœur se mit à battre la chamade. Ensuite, quand sa langue avait remplacé ses doigts, elle avait senti ses tétons devenir aussi durs que des perles... Et elle avait bien failli basculer dans le gouffre avant même qu'ils en soient arrivés à l'événement principal.

Sa chair brûlante et gonflée par le désir avait bougé contre la sienne. Quand il s'était emparé de sa bouche, elle s'était arquée sous lui. Elle avait eu envie de plus. Besoin de plus.

Elle se souvenait encore qu'elle avait empoigné les draps à pleines mains quand il s'était pressé contre son intimité en un mouvement provocateur.

Ensuite, il s'était lentement glissé en elle, juste assez pour leur donner à tous les deux un aperçu des moments merveilleux qu'ils pouvaient vivre ensemble. Mais il s'était retiré et avait dit, d'une voix vibrante et lourde de désir :

— Pas tout de suite.

Cassie avait posé les mains sur ses biceps et les avait fait glisser sur ses épaules, puis dans sa nuque, jusqu'à enfouir ses doigts dans ses cheveux, s'assurant une assez bonne prise pour attirer sa bouche jusqu'à la sienne.

Il ne s'était pas attendu à ce geste, et il n'avait pas pu résister.

Tout en répondant aux mouvements de sa langue, il l'avait saisie par les hanches pour plonger profondément en elle.

Cassie avait gémi quand son va-et-vient avait commencé à ralentir. Sa chaleur et sa fermeté emplissaient son corps et la poussaient de nouveau de plus en plus près de l'orgasme. Quand il avait accéléré, elle avait à peine pu se retenir.

Ils n'avaient plus été que deux corps, chacun nourrissant son désir de celui de l'autre, comprenant et se délectant de son plaisir.

Quand ils avaient lâché prise, ils l'avaient fait ensemble.

Pour Cassie, rien n'avait existé cette nuit-là sinon cette chambre.

Et maintenant ?

Elle leva les yeux vers le miroir et étudia son reflet. Il était facile d'y lire ce qu'elle voulait. Et très difficile de se cacher que l'attirance que Henry exerçait sur elle ne faiblirait pas, hormones de grossesse ou non.

Un coup fut frappé à la porte. La chaude voix de baryton qui avait naguère enveloppé son corps s'éleva.

— Cassie ?

Ses doigts se crispèrent sur les rebords du lavabo et elle sentit ses tétons se tendre sous son soutien-gorge.

Comment cet homme pouvait-il avoir un tel effet sur elle ? Sa voix, à elle seule, semblait tendre chacune des fibres de son corps.

Avant qu'elle eût le temps de trouver une réponse, il y eut un autre coup. Cette fois, il ne provenait pas de la porte de la salle de bains, mais de plus loin.

— Éteins la lumière et ne bouge pas de là, dit Henry.

Sa voix était rude, habitée par l'urgence. Le désir qui emplissait Cassie reflua d'un coup, les questions que lui inspirait le territoire inconnu dans lequel ils se trouvaient tous deux se turent.

Elle éteignit la lumière et se retrouva dans le noir.

Son cœur battait toujours follement, mais de peur, cette fois.

Elle retint sa respiration et tendit l'oreille. La réaction de Henry devait être disproportionnée. Peut-être que la pizzeria était tout près d'ici, et que le livreur était déjà arrivé.

Son ventre se noua.

Leur visiteur pouvait aussi être un membre du bureau du shérif… Mais Henry avait dit que peu de personnes savaient où il habitait.

À moins qu'il ne s'agisse de Kristen ? Mais non : ils lui avaient dit qu'ils allaient dans un hôtel, mais sans préciser lequel.

Gagnée par un mauvais pressentiment, elle fit un pas vers la porte et y colla son oreille, espérant contre toute logique que sa peur était infondée, que sa grossesse amplifiait et éparpillait ses émotions.

Un bruit retentissant résonna dans la suite et la porte vibra contre son visage. Elle dut se plaquer une main sur la bouche pour étouffer un cri.

Sa deuxième main rejoignit la première quand un nouveau bruit sourd se fit entendre de l'autre côté de la porte.

Quelque chose de lourd venait de tomber.

Quelque chose… Ou quelqu'un.

14

Le monde se mit à tournoyer follement et Henry s'effondra. La porte de la chambre lui tomba dessus, le plaquant au sol. Elle heurta violemment sa tête, et des taches noires se mirent à danser devant ses yeux. Il allait perdre connaissance.

L'homme dont la silhouette monumentale emplissait la totalité de l'embrasure inspirait et soufflait bruyamment, comme un taureau prêt à charger. Le blanc de ses yeux exorbités ressortait d'autant mieux que sa peau était tout aussi sombre que ses vêtements. Ses pieds étaient chaussés de bottes de randonnée, ce qui lui avait permis de décocher dans la porte un coup assez violent pour l'arracher de ses gonds. Si l'hôtel avait été plus récent, peut-être aurait-elle résisté. Mais l'établissement était assez ancien pour que Henry se retrouve coincé sous un gros panneau de bois.

Il fallait qu'il se sorte de là, et sans tarder.

— Où est-ce qu'il est ? gronda l'homme. Où est Matt Walker ?

Henry y voyait double, mais il ne s'arrêta pas à ce détail. Il repoussa la porte de ses deux pieds, eux aussi chaussés de bottes, et tendit la main vers son holster. Son geste n'échappa pas à son adversaire. Henry roula sur le côté alors que Goliath se ruait en avant. L'homme planta un pied dans le sol à l'endroit même où sa tête se trouvait un instant plus tôt, comme s'il essayait d'écraser un insecte.

Henry se sentit une fois de plus glisser vers les ténèbres de l'inconscience, mais il parvint à se ressaisir. Un flot continu d'adrénaline déferlait dans ses veines. Il défit l'attache de son holster et sortit son arme. Goliath poussa un nouveau rugissement et abattit son poing massif sur la mâchoire de Henry, à l'endroit même où Suzy l'avait frappé. Une douleur fulgurante traversa son menton.

— Je vous ai vus ensemble tous les deux hier soir ! hurla Goliath, en projetant son autre poing avec la vigueur d'un boxeur professionnel ambidextre. Où est-ce qu'il habite ?

Henry n'avait pas le temps de répondre à ses questions. Il roula vers la droite pour éviter un autre coup. Il ne savait pas qui était cet homme, mais sa détermination ne faisait aucun doute.

Par contre, il n'aurait su dire ce que Goliath désirait le plus : le réduire en bouillie, ou obtenir des réponses à ses questions.

Mais il n'avait pas le temps de se livrer à ce genre de considération. Il se releva et recula vivement de deux pas, pour se mettre hors d'atteinte des poings rageurs de la brute.

Il n'allait plus se contenter d'esquiver. Il allait rendre la monnaie de sa pièce au colosse.

Avec autant de force qu'il le put, il projeta son poing non dominant vers l'avant. Le coup fut assez violent pour faire tituber Goliath, mais pas assez pour le faire tomber.

Néanmoins, il fournit à Henry une fenêtre suffisante pour lui permettre de passer à l'action.

Il dégaina son arme, aiguillonné par un tel déferlement d'adrénaline qu'il avait presque l'impression de pouvoir neutraliser l'homme d'une seule main.

Mais Cassie était cachée dans la salle de bains. Il ne voulait pas prendre de risques.

— Ne bouge plus ou je tire ! lança-t-il.

Goliath rugit de nouveau, et eut une réaction à laquelle Henry ne s'attendait pas du tout.

Haletant, les yeux semblables à deux étangs noirs agités par les remous d'une fureur incontrôlable, le colosse planta son regard dans celui de Henry et obéit.

— Est-ce que tu es armé ? demanda Henry en se campant fermement sur ses jambes.

Si l'homme esquissait le moindre geste dans sa direction, il l'abattrait. Plus question de prendre le moindre risque.

— Je *suis* une arme, répondit-il avec suffisance.

Cet homme avait assez d'ego pour étouffer un cheval.

— Un couteau, un revolver ? insista Henry.

L'homme souffla bruyamment par le nez, évoquant une fois encore un taureau furieux prêt à se ruer sur le chiffon rouge qu'était Henry.

— Où est Matt Walker ? demanda-t-il.

Chacune de ces syllabes suintait la haine.

Henry ne comprenait pas cette question — ou plutôt il ne comprenait pas pourquoi c'était à lui que Goliath la posait, et le rapport entre elle et cette effraction dans sa chambre d'hôtel.

— En quoi ça te regarde ?

Goliath sembla sur le point de laisser libre cours à sa fureur, attisée par l'adrénaline et, à en juger par ses yeux légèrement vitreux, la consommation d'une drogue quelconque. Henry connaissait bien ce genre de rage destructrice. Il l'avait souvent côtoyée dans le ranch où il travaillait sous couverture, et l'avait ressentie lui-même, une fois ou deux.

Il savait que l'homme qui ne se tenait qu'à quelques pas de lui n'allait plus pouvoir se maîtriser bien longtemps, qu'il le menace ou non de son arme.

Il se tenait sur un terrain qui devenait de plus en plus instable à chaque instant.

— Il a bousillé ma vie, répondit Goliath. Je veux lui rendre la monnaie de sa pièce.

— Et pourquoi es-tu ici ? ne put s'empêcher de demander Henry.

Les yeux de Goliath se posèrent sur la fenêtre, derrière lui, mais il n'allait certainement pas tourner le dos à cet homme.

— Je n'arrive pas à le trouver. Il a déménagé. Je t'ai vu avec lui hier, mais je n'ai pas pu vous suivre. Toi, tu sais où il habite maintenant.

Il reposa les yeux sur Henry. Son regard exprimait un léger ennui, comme si Henry ne représentait pour lui qu'un désagrément mineur.

— Et le moment est presque venu de...

— Vous parlez vraiment beaucoup, les garçons.

Pendant un moment insensé, Henry crut que c'était Cassie qui les avait interrompus. Mais la femme qui surgit dans la chambre en se pavanant et vint se planter à côté de Goliath n'avait rien à voir avec celle qui occupait ses pensées depuis sept mois.

Henry n'avait jamais vu cette femme. Elle devait avoir entre vingt-cinq et trente ans. Elle était grande et mince et arborait une expression dédaigneuse. Deux tresses d'un noir de jais encadraient son visage. Elle portait un débardeur noir assez court pour dévoiler son nombril orné d'un piercing et un jean, noir également, et tellement moulant qu'il laissait peu de place à l'imagination. Mais Henry ne s'attarda pas sur ces détails. Toute son attention était concentrée sur le revolver qu'elle pointait vers lui, d'une main qui ne tremblait pas.

Il dirigea aussitôt le canon de son arme vers elle, mais elle ne broncha pas. Au contraire, elle lui adressa un « tsss » réprobateur et sa moue dédaigneuse s'accentua.

— Je suis rapide, dit-elle. Et même si je ne le suis pas assez...

Un mouvement attira le regard de Henry, mais ce fut sans dévier son arme de sa cible qu'il jeta un rapide coup d'œil vers le nouvel inconnu qui venait de pénétrer dans la chambre. Cette fois, il s'agissait d'un homme. À côté de Goliath et de la femme, il avait l'air insignifiant. Petit et maigre, il suait à grosses gouttes. Le revolver qu'il braquait sur Henry tremblait dans sa main.

— Jason ne sert peut-être pas à grand-chose, mais il sait appuyer sur une détente, compléta la femme.

Si le nouveau venu fut vexé par cette remarque, il n'en montra rien.

Henry continua à tenir la femme en respect.

Ils étaient trois contre un, maintenant. Il aurait dû neutraliser Goliath quand il en avait l'occasion.

— Et maintenant ? Qu'est-ce qu'il va se passer ? demanda-t-il d'une voix égale.

C'est la femme qui semblait être aux commandes, c'est pourquoi il lui avait posé la question.

— Vous menacez de me tuer si je ne vous donne pas Matt ?

Goliath sourit, comme s'il était heureux de voir que Henry parlait enfin le même langage que lui. La femme, pour sa part, éclata carrément de rire.

— Je me fiche pas mal de l'inspecteur Walker, expliqua-t-elle. D'ailleurs, je me fiche aussi de toi. Il faut juste que tu restes ici et que tu te tiennes tranquille pendant un petit moment. Alors, je te demande de poser ton arme si tu ne veux pas que je laisse Kevin te mettre en pièces. Il a l'air d'en mourir d'envie.

Goliath, qui répondait donc au doux nom de Kevin, tourna vivement la tête et répliqua, d'une voix vibrante de colère :

— Il a dit que je pouvais avoir Matt, et ce type sait où il est. Il est à moi.

Le sourire suffisant de la femme s'effaça, remplacé par une expression de dégoût à peine voilé.

— C'est moi qui dirige cette opération. Ce type va rester ici, et en vie, jusqu'à ce que je dise le contraire.

Elle renifla avec dédain.

— Tu aurais dû te mettre au boulot plus tôt, Kevin. Tu devrais avoir déjà fait ce que tu avais à faire, comme tous les autres. Ce n'est pas ma faute si tu es un crétin.

Kevin se jeta sur la femme si rapidement que Henry eut à peine le temps de comprendre que le bruit assourdissant qui claqua soudain avait été produit par son arme. Sa balle se logea dans le torse du colosse. Mais la femme ne s'était pas suffisamment préparée à tirer. Le recul de son arme la projeta en arrière et elle s'effondra sur les verres posés sur une étagère près de la porte. Le corps de Kevin fut projeté dans la direction opposée.

Malgré le son qui emplissait ses oreilles, Henry ne laissa pas passer l'occasion. Il pointa son arme vers Jason. Le petit homme était peut-être nerveux, mais sa patronne avait raison : il savait appuyer sur une détente. Il fit feu, mais sa main tremblait tellement qu'il rata sa cible.

Henry aurait pu l'abattre sur-le-champ, mais il n'en fit rien. Son angle de tir n'était pas bon. Si sa balle ratait l'homme ou le traversait, elle terminerait sa course dans le mur de la salle de bains. Il était hors de question qu'il mette Cassie ou son fils en danger.

Son fils…

Cette pensée déclencha dans son esprit un instinct protecteur d'une telle violence qu'il se reprit encore plus vite. Il aurait affronté n'importe qui, n'importe quoi, pour que son enfant soit en sécurité.

Alors, il choisit de se jeter sur le petit homme, qui semblait sur le point de s'effondrer.

Henry se rua en avant avant que Jason ait eu le temps de faire feu une seconde fois. Il saisit son poignet et le tira d'un coup sec. L'homme poussa un cri étranglé et laissa tomber son revolver. Henry saisit son arme par le canon et lui assena un violent coup de crosse. Étourdi, Jason tomba à genoux. Henry recula et ajusta son dernier coup. L'homme s'effondra au sol avec un gémissement.

— Aaah !

Henry se retourna juste à temps. Le revolver de la femme était par terre, dans le coin de la pièce, mais elle s'était relevée. Le visage tordu par une haine destructrice, elle se jeta sur lui en brandissant un couteau. Henry hurla quand la lame se planta dans son épaule. Il saisit le manche pour l'empêcher de l'enfoncer plus profondément.

— Je… ne peux pas… te tuer…, grogna-t-elle contre lui. Mais… je peux… te faire mal !

Quand elle lui décocha un coup de pied dans l'entrejambe, il leva son revolver pour lui enfoncer le canon dans le ventre, mais elle ne lui en laissa pas le temps.

Avec un cri sauvage, elle lui donna un violent coup de tête.

Sous le coup de la douleur, Henry lâcha son revolver. Mais il n'allait pas laisser cette folle avoir le dessus. D'un coup violent de son épaule valide, il la repoussa assez loin de lui pour pouvoir lui décocher un coup de pied. Le corps mince de la femme fut projeté en arrière et elle s'effondra sur le sol.

Henry se pencha pour reprendre son arme, mais la femme se releva souplement. Peut-être Kevin n'était-il pas le seul à être sous l'influence de drogues. S'il ne la maîtrisait pas rapidement…

Un nouveau coup de feu résonna dans la suite. La femme s'effondra de nouveau sur la moquette. Cette fois, elle ne se releva pas. Elle poussa un cri et porta la main à son bras.

Henry serra fermement la crosse de son arme de service et se retourna pour voir qui était le nouvel intervenant. Décidément, les membres de cette bande ne semblaient pas avoir beaucoup d'estime les uns pour les autres.

Mais cette fois, le tireur était quelqu'un qu'il connaissait.

Dans une posture presque parfaite, Cassie tenait l'arme d'une main qui ne tremblait pas, les yeux toujours rivés à sa cible.

— Si tu t'en prends encore une fois à lui, ce n'est pas ton bras que je viserai.

— Cause toujours, rétorqua la femme.

Elle ne chercha pas à se relever, mais elle poursuivit :

— Bon sang, Henry, c'est ce que j'appelle des renforts ! Une femme enceinte qui attendait le moment d'entrer en scène ! Franchement, je n'ai rien vu venir.

Bien qu'elle soit dans une situation épineuse, elle éclata de rire. Henry empoigna le couteau qui était toujours planté dans son épaule, le dégagea d'un geste sec et le jeta derrière lui. Il était furieux.

— Pour qui est-ce que tu travailles ?

La femme serrait toujours son bras de sa main valide. Le sang suintait entre ses doigts. Mais ce fut en souriant qu'elle répondit :

— Ne me dis pas que tu as déjà oublié l'existence de ton coéquipier. Parce que tu peux me croire : lui, il ne t'a pas oublié.

Elle inclina la tête vers le cadavre qui gisait au milieu de la pièce, et ajouta :

— Toute cette petite mise en scène t'était vraiment destinée.

Un roulement de tonnerre gronda au loin. Dehors, il faisait plus sombre qu'avant que Kevin enfonce la porte. Le mauvais pressentiment niché au creux du ventre de Henry s'intensifia. Que se passait-il ? Quel était le plan de Calvin ?

— Je ne comprends pas, avoua-t-il. Comment tout ceci peut-il m'être destiné ? Et quel rapport avec Matt ?

La femme éclata de rire et ne put réprimer une grimace de douleur.

— Walker était la cible de Kevin. Sa chance de se venger.

Elle haussa les épaules et grimaça de nouveau.

— Tu n'es pas le seul à avoir piétiné quelques plates-bandes au cours de ta carrière.

Un autre coup de tonnerre se fit entendre. Plus proche, cette fois. La femme se tourna vers la fenêtre, et Henry jeta un coup d'œil dans la même direction.

Une chape de nuages s'était formée au-dessus de l'Eagle et du reste de la ville. Le ciel était plus menaçant que lors du précédent orage. Apparemment, celui-ci allait s'attarder sur la ville.

Henry comprit brusquement. Aussitôt, son sang se glaça dans ses veines.

— « Dès qu'il fera noir, l'enfer va se déchaîner », dit-il, citant les mots prononcés par Travis dans la salle d'interrogatoire.

La femme se tourna vers lui. Un sourire jouait sur ses lèvres.

— Vous n'attendiez pas la nuit, reprit-il. Vous attendiez un orage.

— Et voilà pourquoi tout ceci t'est destiné, dit-elle.

Elle rayonnait littéralement d'une espèce de satisfaction écœurante. L'anxiété que Henry ressentait déjà s'en trouva accrue. Tous ses muscles se tendirent en prévision de ce qui allait se passer.

— Il a dit que ce serait le cauchemar parfait pour toi.

Un éclair fusa. Henry se rapprocha de Cassie, mais sans quitter la femme des yeux.

— Cassie, il y a une lampe torche dans le tiroir du haut de la table de nuit, dit-il d'une voix rauque. Va la chercher. Tout de suite.

Il sentit qu'elle hésitait. Et le sourire de la femme lui faisait redouter que la moindre hésitation puisse leur être fatale.

— Ah ! s'extasia la femme. Tu as enfin compris ce qui allait se passer.

Elle tourna la tête vers la fenêtre, comme si de rien n'était.

— Ça va être le chaos, dehors. Ne dis pas que je n'ai pas essayé de te protéger, adjoint Ward.

Henry entendit Cassie ouvrir le tiroir de la table de nuit, dans la pièce voisine. Elle devait se trouver à quatre mètres derrière lui. Bien trop loin.

Un nouveau bruit sourd fit légèrement trembler les vitres. Mais cette fois, ce n'était pas le tonnerre.

Impuissant, Henry regarda la ville de Carpenter plonger lentement dans le noir.

— Cassie ?

Mais il était trop tard.

Les lumières ne vacillèrent même pas. Elles s'éteignirent d'un seul coup.

15

La climatisation s'arrêta avec un ronronnement. L'air si frais de la suite devint étouffant en une seconde à peine. Il régnait un silence tellement profond que Cassie s'arrêta net à côté du lit. Les simples prémices d'un orage en approche s'étaient muées en une obscurité qui se glissait à travers les fenêtres, créant comme un trou noir qui menaçait de l'engloutir.

Le pic d'adrénaline qui l'avait poussée à agir quand Henry avait crié de douleur commençait à retomber.

Elle eut soudain l'impression d'être redevenue une enfant terrifiée par le noir.

— Cassie ?

Elle ne pouvait pas voir Henry, mais le son de sa voix suffit à la délivrer de la peur qui enserrait sa poitrine tel un étau. Elle sentit un poids, dans sa main, et se souvint de ce qu'elle tenait. Elle alluma la lampe torche qui, bien que petite, était assez puissante pour qu'elle distingue nettement le visage tendu par l'inquiétude de Henry.

Sans qu'il le lui demande, elle lui lança la lampe. Il la braqua aussitôt vers la femme qui l'avait attaqué. L'inconnue n'avait pas bougé, et souriait toujours.

Un frisson parcourut le dos de Cassie.

— Si tu continues à m'éclairer, il te retrouvera plus vite, remarqua-t-elle d'un ton faussement effarouché.

On aurait dit qu'elle cherchait à flirter avec Henry, ce qui agaça Cassie, pour plus d'une raison.

— Cassie, est-ce que tu peux la tenir en respect pendant que j'attrape mes menottes ? demanda-t-il d'une voix dure.

Son attitude tout entière était celle d'un homme décidé à faire respecter la loi.

Sans un mot, Cassie leva son arme et se campa de nouveau fermement sur ses jambes écartées. Elle savait comment tirer, et pas seulement parce qu'elle travaillait au bureau du shérif. Trois ans plus tôt, son frère aîné, Davie, lui avait offert des leçons de tir pour Noël, ainsi qu'à ses sœurs. Ensuite, il avait financé l'examen qu'elles avaient dû passer afin d'obtenir un permis de port d'arme. Il faudrait qu'elle pense à le remercier une fois de plus.

Henry posa la lampe torche sur la table basse, de sorte qu'elle éclaire la femme et s'empressa de la menotter au pied du meuble télé. Il laissa son bras blessé libre, mais Cassie doutait que cela lui soit d'un grand secours. Pour se libérer, il faudrait qu'elle renverse le meuble et la télé. Vu la position dans laquelle elle se trouvait, il y avait peu de risques qu'elle y parvienne.

Et si d'aventure elle y parvenait, elle ferait assez de bruit pour les alerter.

La femme se laissa menotter sans opposer de résistance, ce qui rendit Cassie encore plus nerveuse. Cette femme était beaucoup trop sûre d'elle.

Calvin allait arriver, accompagné de Dieu seul savait qui d'autre.

Est-ce qu'elle serait capable de lui tirer dessus ?

Elle eut un haut-le-cœur. C'était la première fois qu'elle tirait sur quelqu'un. Pour l'amour du ciel, elle n'était qu'une régulatrice ! La seule fois où elle s'était retrouvée dans une situation aussi tendue, c'était elle qui s'était fait tirer dessus.

Soudain, elle commença à distinguer ce qu'il y avait au-delà du cercle de lumière projeté par la lampe torche. Deux corps gisaient au sol, devant elle. L'un des hommes était inconscient, l'autre mort. Elle se sentit prise de vertige.

— Je... Je dois sortir d'ici.

Le silence qui régnait dans la pièce était tellement profond que la fragilité de sa propre voix lui apparut pleinement. Non, elle n'était plus la femme qui avait tiré dans le bras de quelqu'un.

Henry et l'inconnue se tournèrent tous deux vers elle. La femme arborait un petit sourire suffisant.

— Je pense que ton amie vient de se rendre compte qu'elle était près du corps de Kevin, dit-elle. Si elle doit tomber dans les pommes, il vaudrait mieux que ce soit vers l'arrière et pas vers l'avant.

Cassie chercha une repartie spirituelle, mais en vain. La femme avait raison. Elle était au bord de l'évanouissement. Grâce à la lumière projetée par la lampe torche, elle se rendit compte que sa vision commençait à s'obscurcir, en même temps que son corps tout entier se couvrait d'une pellicule de transpiration glacée.

Henry se porta aussitôt à ses côtés, la lampe torche à la main. Les mouvements saccadés décrits par le faisceau de lumière ne contribuèrent pas à atténuer son malaise.

— Pourquoi est-ce que tu ne retournes pas dans la salle de bains ? Je vais appeler le bureau. Je viendrai te chercher dès que quelqu'un arrivera.

Il essaya de la pousser doucement vers la minuscule salle de bains, ce qui fit naître en elle un sentiment d'angoisse presque insurmontable.

— Je ne veux pas me retrouver enfermée là-dedans une fois de plus, chuchota-t-elle. C'est trop petit. J'ai l'impression d'être prise au piège.

Elle posa une main sur l'avant-bras de Henry. La chaleur de son corps se propagea à elle, ce qui l'aida à reprendre un peu ses esprits.

— D'ailleurs, j'ai déjà essayé de les appeler, quand j'étais là-dedans. Personne n'a répondu.

Elle pressa son bras. Une terreur croissante s'accumulait dans son ventre.

— Personne, répéta-t-elle.

Soudain, elle sentit les muscles de Henry se crisper sous sa main. Par le trou béant laissé par la porte, ils entendaient nettement des cris résonner quelque part dans le bâtiment.

— N'ayez pas l'air aussi étonnés, commenta la femme. Je ne suis peut-être pas l'une des têtes pensantes de l'opération, mais il y a un homme qui tient beaucoup à moi.

— Oh, mon Dieu, ils viennent pour elle ! comprit Cassie.

Voilà pourquoi la femme n'avait pas peur. Elle pensait que Henry et Cassie n'étaient pas de taille à lutter contre ses comparses. Cassie pensa à son enfant à naître et demanda :

— Qu'est-ce qu'on fait ?

Mais Henry avait déjà pris sa décision. Il braqua une dernière fois sa lampe torche sur le visage de la femme et répliqua, d'une voix basse et chargée de colère :

— Tu diras à Calvin de ma part que j'ai passé l'âge de jouer à ce genre de petits jeux.

Ensuite, il prit Cassie par la main et l'entraîna derrière lui. Quand ils furent dans le couloir, il tourna aussitôt à droite et se mit à courir dans les ténèbres. Le faisceau lumineux projeté par la lampe torche ne suffisait pas à apaiser la peur qui taraudait Cassie. Un bruit de pas résonna dans l'escalier, derrière eux. La personne qu'ils avaient entendue crier dans le hall approchait.

Heureusement, elle ne les verrait pas.

Henry ouvrit la porte qui donnait sur la seconde cage d'escalier et y poussa Cassie. Il s'arrêta pendant quelques instants et tendit l'oreille. Cassie voulut l'imiter, mais son cœur tambourinait dans sa poitrine avec une telle violence qu'elle ne savait pas si c'était lui qu'elle entendait ou le tonnerre, au loin.

Henry sembla satisfait de ce qu'il avait, ou n'avait pas entendu, parce qu'il chuchota :

— L'Eagle. Est-ce que Hawk y conserve des armes ?

Cassie fut étonnée qu'il connaisse le surnom du propriétaire du bar, mais elle répondit :

— Oui, et il n'hésitera pas à s'en servir.

Henry la tenait toujours par la main. Il dirigea le faisceau de la lampe devant eux et s'engagea dans l'escalier, en prenant garde à ne pas aller trop vite. Heureusement, parce qu'elle commençait à être vraiment essoufflée. Depuis l'annonce de sa grossesse, elle faisait du yoga prénatal et des exercices destinés à la maintenir en forme, mais courir pour sauver sa vie n'était pas au nombre des activités quotidiennes recommandées à une femme enceinte.

Un nouveau roulement de tonnerre fit vibrer le bâtiment. Cette fois, la pluie n'était pas bien loin. Henry jura à voix basse mais ne ralentit pas l'allure. Mais quand ils atteignirent la porte qui donnait sur l'extérieur, il s'arrêta et se tourna pour lui faire face. Les ombres qui dansaient sur son visage empêchaient presque Cassie de distinguer le bleu de ses yeux.

— Est-ce que tu as confiance en moi ?

C'était une question étrange, tout à la fois très simple et très compliquée. Y répondre par « oui » ou par « non » changerait drastiquement l'avenir de leur relation.

Est-ce que Cassie faisait confiance à Henry Ward ?

Cet homme avait volé son cœur, et ne semblait pas avoir la moindre intention de le lui rendre.

Il n'avait pas dit un seul mot sur l'enfant qui grandissait dans son ventre, et qui était aussi le sien.

Elle ne le connaissait que depuis quelques jours... mais elle se sentait liée à lui par le sentiment le plus fort qu'elle ait jamais éprouvé.

La réponse coulait de source.

— Oui. J'ai confiance en toi.

— Parfait. Parce que j'ai un plan, et je pense qu'il ne va pas te plaire.

La porte donnait sur une allée couverte, qui menait jusqu'à l'arrière de l'hôtel. Comme le trottoir, sur l'avant, ne faisait qu'une trentaine de centimètres de large, c'était le chemin qu'empruntaient tous les clients de l'hôtel. Autrement dit, dès qu'ils auraient quitté l'auvent qui les abritait pour le moment, ils se retrouveraient sous une pluie battante.

Leur visibilité en serait d'autant plus limitée.

— Est-ce que tu penses pouvoir courir encore un peu ? demanda Henry.

Il avait parlé à voix haute. Inutile de chuchoter alors que Mère Nature se déchaînait tout autour d'eux. Les éclairs zébraient le ciel et le tonnerre grondait sans discontinuer. L'orage était bien trop près à leur goût — tout comme les sbires de Calvin, à l'intérieur de l'hôtel.

Ils étaient coincés...

Dans le noir.

— Oui, mais je ne pourrai sans doute pas aller très vite.

Elle soutenait son ventre d'une main et tenait le revolver de l'autre. Ce spectacle avait quelque chose de dérangeant, mais Henry ne put s'empêcher de ressentir une pointe de fierté. Elle lui avait sans doute sauvé la vie alors qu'elle était enceinte de sept mois.

— Je vais te laisser passer la première, juste au cas où ils décideraient de surgir derrière nous. D'accord ?

Cassie hocha la tête. Il y eut un autre coup de tonnerre, qui lui arracha une grimace. Elle prit la lampe torche qu'il lui tendait. L'orage était assez violent, mais il n'avait pas encore atteint sa puissance maximale. Avec les réverbères hors service, ils ne pouvaient compter que sur la lumière naturelle. Si Henry ne s'était pas senti à l'aise à l'Eagle, il n'aurait peut-être même pas tenté de s'y rendre. Il posa une main sur l'épaule de Cassie. Ensemble, ils quittèrent l'abri de l'auvent et se retrouvèrent sous la pluie.

Cassie avançait plus vite qu'il l'aurait cru, mais elle prenait le temps de regarder chaque rue avant de traverser, bien que le quartier soit désert. L'Eagle n'était que peu fréquenté avant 19 heures, et l'hôtel était dans l'un de ses mois les plus calmes. En plus, apparemment, tout Carpenter était privé de courant. S'il y avait des clients à l'hôtel, Henry espérait qu'ils s'étaient enfermés dans leurs chambres après avoir entendu les coups de feu. Il espérait aussi que Mike, le réceptionniste, était encore en vie. Il ne lui semblait pas être le genre d'homme à laisser n'importe qui gagner les étages sans opposer de résistance.

Maintenant, la question était de savoir si Hawk, le propriétaire du bar, se trouvait à l'Eagle, et s'il accepterait de les aider.

Ils arrivèrent devant la porte vitrée à deux battants sans avoir croisé quiconque, que ce soit à pied ou en voiture. Comme tout le reste du pâté de maisons, le bar était plongé dans l'obscurité.

Cassie agita la lampe torche devant les carreaux et posa sa main sur la poignée, mais Henry la retint. Il l'attira contre lui, de façon à ce que son oreille soit tout près de sa bouche, et dit :

— Si quelque chose tourne mal, je veux que tu coures te cacher.

La pluie avait intensifié l'odeur de son shampooing. Agrumes et épices se combinaient pour composer un parfum enivrant.

— D'accord, Cassie ?

Elle hocha la tête. Ses cheveux étaient de plus en plus mouillés. Elle laissa Henry pousser la porte et l'entraîner derrière lui. De sa main libre, elle levait la lampe torche pour éclairer leur chemin, par-dessus son épaule. Quant à Henry, il gardait son revolver pointé vers le sol, prêt à riposter s'ils tombaient dans une embuscade.

Une de plus.

Comme la suite de l'hôtel, l'Eagle était plongé dans un silence tellement total qu'il en était presque assourdissant. L'air était encore frais dans la grande salle, mais avait quelque chose de figé. Cassie dirigea le faisceau de sa lampe vers le comptoir. Il n'y avait personne, que ce soit là ou ailleurs. La grande salle était vide.

Maintenant qu'il n'y avait plus le fracas de la pluie pour couvrir le bruit de leurs voix, ce fut en chuchotant qu'elle remarqua :

— La porte n'était pas fermée à clé. Hawk doit être à l'arrière.

Henry se retourna et, d'un geste, lui intima de se taire. Cassie obéit aussitôt, en ouvrant de grands yeux.

Il était prêt à parier que Hawk se trouvait effectivement à l'arrière du bar, mais il s'inquiétait de savoir dans quel état. Et si la femme et ses sbires étaient d'abord venus le chercher ici, à l'Eagle ?

Il conduisit Cassie jusque dans un coin, de sorte que personne ne puisse la voir par les fenêtres si le courant était rétabli, et posa de nouveau un doigt sur ses lèvres pour bien lui faire comprendre qu'elle devait rester parfaitement silencieuse. Il voulait que sa présence demeure secrète, tout comme dans la suite. L'équation comportait beaucoup trop d'inconnues. Si le chaos s'abattait sur eux, jamais il ne parviendrait à la protéger.

D'ailleurs, c'était cette seule pensée qui l'avait convaincu de courir jusqu'à l'Eagle.

Cassie lui tendit la petite lampe torche. Il la cala dans sa bouche et saisit la crosse de son revolver des deux mains. En se déplaçant aussi silencieusement que possible sur le parquet, il alla jusqu'à une porte, percée derrière le comptoir, qui donnait dans la cuisine.

Personne ne se jeta sur lui, aucune voix ne s'éleva. Là aussi, le silence était total. Il passa à côté d'un gril et d'un réfrigérateur et atteignit une autre porte, qui débouchait dans un petit couloir. Henry passa la tête par cette porte et regarda vers l'avant du bâtiment. Le couloir desservait deux WC. Il tourna la tête de l'autre côté, et sa lampe torche éclaira deux portes. L'une devait ouvrir sur la ruelle, derrière le bâtiment. Quant à l'autre, logiquement, elle devait donner sur un bureau. Et elle était ouverte.

Le fracas de la pluie qui s'abattait avec force sur le toit du bâtiment de plain-pied s'intensifia. Henry avança dans le couloir. Tous ses muscles s'étaient bandés, se préparant pour ce qui allait suivre. La voix de son frère résonna dans son esprit.

« Tu es doué pour beaucoup de choses, Henry, mais la discrétion n'est pas ton fort. »

Il espérait s'être amélioré depuis que Garrett avait fait cette remarque. Mais quand il se planta vivement face à la porte ouverte, son revolver et sa lampe torche pointés droit devant lui, il comprit que la remarque de son frère était encore d'actualité.

— Ne bouge pas ou je te fais un trou dans la poitrine, dit l'homme, plissant les yeux dans la lumière.

Henry avait renoncé à compter le nombre de fois où quelqu'un lui avait pointé une arme dessus depuis l'avant-veille.

Mais bon sang, ça commençait à devenir lassant.

16

Henry abaissa lentement son arme et, tout aussi lentement, attrapa la lampe torche qu'il tenait dans la bouche. Tapi dans l'obscurité, Hawk avait guetté son arrivée. L'homme ne semblait pas disposé à changer d'attitude. Mieux valait ne pas l'effrayer.

— Je m'appelle Henry Ward, dit-il en gardant la lampe braquée droit devant lui. Je suis le nouvel adjoint du bureau du shérif. Je suis venu ici il y a plusieurs mois et…

— Et tu as aidé Gary à monter dans son taxi en échange d'un verre, coupa l'homme d'une voix bourrue. Je suis peut-être chauve, mais je ne suis pas idiot. Pourquoi est-ce que tu rôdes dans mon bar avec ton revolver à la main ?

Henry fit un geste vers le couloir et opta pour la franchise. Puisque le shérif et les membres de son bureau faisaient confiance au barman, il allait suivre leur exemple. Après tout, son propre passé était là pour lui rappeler qu'il n'avait pas toujours accordé sa confiance aux personnes qui en étaient dignes.

— J'habite dans l'hôtel, de l'autre côté de la rue. Il y a quelques minutes, nous avons été attaqués par trois malfaiteurs, juste avant que le courant soit coupé. L'un d'eux est mort et les deux autres ont été neutralisés, mais plusieurs de leurs complices sont entrés dans l'hôtel. Je n'ai pas voulu courir le risque qu'une fusillade éclate, parce que mon amie est enceinte. J'ai pensé qu'elle serait plus en sécurité ici jusqu'à ce que nous comprenions exactement ce qui se passe.

L'attitude de Hawk changea légèrement. Il ne baissa pas

son arme, certes, mais son regard se porta par-dessus l'épaule de Henry.

— Qui est ton amie ?

— Cassie Gates.

Ce fut comme s'il avait prononcé un mot magique. Le gros dur qui lui faisait face abaissa aussitôt son arme, et son visage trahit une telle inquiétude que Henry se sentit traversé par une déferlante d'adrénaline.

— Est-ce que Cassie va bien ? demanda Hawk.

Il se pencha pour attraper quelque chose, et Henry fut soulagé de voir qu'il s'agissait d'une lampe de campeur, petite, mais puissante. Une douce lumière inonda la pièce.

— Il faudrait sans doute lui trouver un endroit pour qu'elle se repose un peu, mais je crois qu'elle va bien.

Ensemble, ils sortirent de la pièce et se dirigèrent vers la grande salle.

— Il m'a bien semblé entendre quelques coups de feu, dit Hawk, derrière lui, mais avec le temps qu'il fait, j'ai pensé que ce n'était que le tonnerre. Mais ensuite, je n'ai plus eu de réseau sur mon portable et le courant a été coupé. Là, j'ai compris qu'il se passait quelque chose d'anormal.

— C'était intentionnel, dit Henry entre ses dents serrées.

Une fureur brûlante éclata dans son ventre. C'était Calvin qui avait fait ça, ou qui avait ordonné à quelqu'un de le faire. Quoi qu'il en soit, ce chaos était son œuvre.

Et il allait le payer.

— C'est ce que je me suis dit, répondit Hawk. Je crois que le ciel n'est pas le seul à être en colère, ici.

Henry entra dans la salle principale au moment où un éclair illuminait la pièce. Cassie se leva de la banquette où il l'avait installée.

— J'ai trouvé Hawk, se hâta-t-il de dire. Il va bien et tu avais raison : il est prêt à ouvrir le feu si besoin est.

Hawk leva sa lampe pour que Cassie ait assez de lumière pour venir les rejoindre. Pendant ce temps, Henry surveillait les fenêtres et la porte d'entrée.

— J'ai fermé la porte à clé, dit Cassie en embrassant rapidement le barman. J'espère que ça ne te dérange pas, Hawk.

— Non, tu as bien fait. Il vaut sans doute mieux que tout le monde pense qu'il n'y a personne à la maison, pour le moment.

Henry acquiesça.

Cassie lui semblait bien trop exposée, dans cette pièce. D'épais rideaux de pluie limitaient toujours la visibilité, mais il y avait quand même un risque que l'on puisse voir la lumière projetée par la lampe de Hawk depuis la rue. Il aurait préféré qu'ils aillent tous se réfugier dans une autre pièce.

— Est-ce que tu pourrais me donner un peu d'eau ? demanda Cassie au barman. Il y avait longtemps que je n'avais pas couru comme ça.

— Bien sûr. J'ai des bouteilles d'eau minérale dans la cuisine. Et je dois avoir quelques serviettes dans la réserve, si tu veux te sécher un peu.

Henry aurait voulu aller lui chercher de l'eau lui-même, la sécher lui-même. Il aurait voulu s'asseoir à côté d'elle et s'assurer qu'elle allait vraiment aussi bien qu'elle le prétendait. Mais si Calvin était à ses trousses, ils étaient en danger.

Elle était en danger. Et leur fils aussi.

— Allez-y, déclara-t-il sans quitter des yeux l'obscurité qui s'étendait derrière la porte et les fenêtres. Je reste ici.

Il n'eut pas besoin de voir le visage de Cassie pour savoir qu'elle hésitait.

— Tu penses qu'ils savent que nous nous sommes réfugiés ici ? demanda-t-elle.

— Tous ces gens semblent suivre un plan bien défini, que je n'arrive pas encore à comprendre. Je ne peux pas deviner ce qu'ils vont faire, parce que je ne sais pas exactement quelles sont leurs motivations.

— C'est après Matt que le grand type en avait, lui rappela-t-elle, pas après toi. Et la femme voulait que tu restes dans cette chambre, à l'écart de tout danger.

Henry hocha la tête, bien qu'il doute que Cassie et Hawk puissent voir son geste.

— Deux objectifs différents, une coupure d'électricité générale et Calvin tapi quelque part, en train de mijoter Dieu sait quoi.

Il sentit ses narines enfler. La colère le gagnait de nouveau.

— Comment est-ce que je pourrais prévoir ce qui va arriver, alors que j'essaie encore de comprendre ce qui vient de se passer ?

Hawk émit un grommellement vaguement approbateur, et Cassie ne dit rien. Ils se dirigèrent tous deux vers la cuisine. Henry éteignit sa lampe torche et la posa sur le comptoir, devant lui. La pièce se retrouva plongée dans une obscurité totale.

Il n'avait pas voulu alarmer ses compagnons en exprimant ses craintes à voix haute, mais le fait que Calvin soit à ses trousses était une très mauvaise nouvelle. Cet homme n'était pas seulement intelligent : il était futé, et avait le don de s'adapter rapidement à n'importe quelle situation. Il réfléchissait aussi vite que Henry. C'était l'une des raisons qui avaient incité leurs supérieurs à les faire travailler en équipe et exécuter des missions sous couverture. Si c'était vraiment Calvin qui tirait les ficelles, il pouvait guider ses marionnettes jusqu'à l'Eagle.

Parce que c'était là qu'il serait allé s'il avait voulu mettre une femme enceinte en sécurité. Du moins, c'était ce que le Calvin qu'il avait connu aurait fait.

Était-il toujours le même homme ? Henry avait-il seulement été trop aveugle pour voir qui il était en réalité ?

Il serra les poings sur le comptoir — celui-là même devant lequel il était assis quand il avait entendu pour la première fois la voix douce de Cassie Gates.

Si seulement il avait su ce qui allait se passer ensuite...

Il se serait quand même levé, aurait marché vers elle et fait semblant de la connaître.

Encore une révélation qui le prit de court.

Mais son étonnement fut de courte durée. Un éclair fusa à l'extérieur. Puis un autre.

Henry se tendit.

Il s'était trompé. Ce n'étaient pas des éclairs. Deux faisceaux de lumière perçaient l'obscurité, devant le bâtiment, et ils se rapprochaient.

Est-ce que les malfrats avaient déjà deviné où ils s'étaient réfugiés ?

Henry se baissa et passa la porte de la cuisine.

— Hawk ! Éteins ta lampe ! siffla-t-il.

Le barman obéit sans poser de question. Henry courut jusqu'à Cassie et lui prit la main.

— Ça devient lassant, marmonna-t-elle.

Hawk entra le premier dans son bureau. Il se saisit de son pistolet, ralluma sa lampe, dont il baissa la lumière, et la posa dans un coin. Henry conduisit Cassie jusqu'à une chaise.

— La femme a été très claire, dit-elle. Calvin te veut vivant. Si elle est dans leur bande, c'est une bonne nouvelle, non ?

— Non, répliqua-t-il. Ce n'en est pas une.

Cassie leva vers lui un regard interrogateur. Il se prépara pour l'explication qu'il devait lui donner, et qui ne lui plaisait pas du tout.

— Elle n'a parlé que de moi. Pas de toi.

Cassie se laissa pénétrer par la réponse de Henry.

Il avait raison. La femme n'avait pas parlé de la garder en vie, ni elle ni personne d'autre.

Non. C'était Henry que Calvin voulait vivant, et seulement lui.

Elle se frotta distraitement le ventre tandis que Hawk et Henry préparaient leurs armes. Ils parlaient rapidement, d'une voix trop basse pour qu'elle les entende. Mais elle était certaine qu'ils abordaient tous les « et si » qui pouvaient se présenter.

Elle se sentait un peu inutile, mais se garda bien de protester. Elle avait peut-être fait preuve de réactivité et d'héroïsme au cours des vingt dernières minutes mais maintenant elle n'en pouvait plus. Elle était trempée jusqu'aux os, avait épuisé toutes ses réserves d'adrénaline et ne pouvait plus ignorer le fait qu'elle était enceinte de sept mois. Elle ne pouvait pas continuer à courir ainsi. Ce n'était bon ni pour elle ni pour le bébé.

Quand les hommes lui semblèrent prêts à passer à l'action, elle appela :

— Henry !

Même dans la faible lumière dispensée par la lampe de campeur, elle fut frappée par sa beauté. Il était bâti pour l'action, moulé par sa détermination. Tout en muscles fermes et lèvres douces. Dans ses yeux, au regard tellement intense qu'elle ne pouvait en arracher le sien, une tempête aussi violente que celle qui s'était abattue sur la ville faisait rage.

— Faites attention, dit-elle. Tous les deux.

Hawk inclina la tête, mais Henry répondit à son ordre par un autre.

— Si quelqu'un d'autre que nous passe cette porte, tire.

Ensuite, ils prirent la petite lampe torche et quittèrent la pièce, dont ils refermèrent la porte derrière eux.

Cassie souffla longuement, lentement, dans l'espoir de se calmer les nerfs. Elle empoigna le revolver et pria pour ne pas avoir à l'utiliser de nouveau. Elle ne s'en était servie qu'une seule fois, mais cela lui suffisait pour le restant de ses jours.

La pluie s'abattait avec toujours autant de force sur le toit, l'empêchant d'entendre ce qui se passait dans la grande salle.

Peut-être qu'il n'allait rien se passer, que la réaction de Henry était disproportionnée, qu'il ne péchait que par excès de prudence.

Elle repensa à la façon dont il l'avait prise par la main pour l'entraîner derrière lui, tout à l'heure. Sa poitrine s'emplit de chaleur.

Il faisait tout son possible pour qu'elle soit en sécurité, ainsi que leur enfant.

Devait-elle en déduire qu'il voulait faire partie de leur vie, ou se bornait-il à accomplir son devoir de membre des forces de l'ordre ?

Soudain, il y eut un bruit dans la grande salle. Le fil de ses pensées s'en trouva brisé, et elle eut une impression de déjà-vu.

Cette fois, elle reconnut ce bruit. C'était celui du verre qui vole en éclats.

Cassie leva son arme. Elle était peut-être frigorifiée, fatiguée et morte d'inquiétude, mais elle ne laisserait personne lui faire du mal, pas plus qu'à son enfant.

Henry et Hawk étaient encore séparés par une épaisse couche d'obscurité, mais deux faisceaux de lumière se rapprochaient du comptoir. Les inconnus avaient brisé le panneau vitré qui formait la moitié supérieure de la porte d'entrée, et des éclats de verre crissaient sous leurs chaussures. Ils continuèrent à avancer tout en inspectant la salle. Le plancher grinça sous leurs pas.

Henry n'était peut-être pas un as de la discrétion, mais ces deux hommes non plus. Les faisceaux de lumière balayèrent la porte de la cuisine et le couloir, et ils se mirent à parler d'une voix forte, sans la moindre retenue.

— On dirait bien qu'il n'y a personne ici, gronda une voix grave.

— Ouais, ils se seraient déjà montrés, répondit une autre voix, masculine elle aussi.

Henry ne reconnut ni l'une ni l'autre.

— S'il était là, le chauve nous serait déjà tombé dessus, c'est sûr.

— Alors, qu'est-ce qu'on fait ?

Il y eut un silence. Le second malfrat devait réfléchir.

Henry distinguait à peine la silhouette de Hawk, qui était tapi derrière le comptoir, à quelques pas de lui, mais il savait que le barman se jetterait dans la bataille dès qu'il donnerait le signal.

L'homme répondit enfin.

— Je n'ai aucune envie d'aller dire à Paula que nous n'avons pas fouillé le bar de fond en comble. Elle est déjà assez en rogne d'avoir pris une balle dans le bras.

Son complice poussa un grognement d'approbation.

Henry tendit le bras et toucha le coude de Hawk. Sans attendre que le barman réponde, il attrapa une chope de bière, derrière lui, et commença à se relever lentement. Il allait lancer la chope aussi loin que possible, pour créer la diversion qui leur permettrait de prendre l'avantage.

Les lampes torches des deux hommes étaient toujours braquées sur le couloir. Henry ramena son bras en arrière et banda tous ses muscles. Il se concentra jusqu'à se représenter mentalement la disposition de la grande salle, l'endroit où il voulait lancer le verre...

Et ce fut à cet instant que, sans crier gare, le courant revint.

Soudain, le bruit emplit l'espace : le ronronnement de la climatisation qui se remettait en marche se mêlait aux accents du rock alternatif qui se déversait de la stéréo du bar et au son de la télévision accrochée au-dessus de leurs têtes et qui diffusait un match de foot. Henry et sa chope de bière se retrouvèrent nez à nez avec deux hommes armés.

— Voilà qui est embarrassant, déclara-t-il.

Mais il ne dévia pas de son plan, et lança la chope avec force. Les deux hommes firent un bond de côté pour l'éviter, mais seul l'un d'eux tira. Sa balle fusa au-dessus des tables de billard, sur la gauche du comptoir, et alla se loger dans le mur. Quand la chope explosa sur le sol, le second homme s'apprêta à faire feu lui aussi.

Mais Hawk fut plus rapide.

Il tira, visant la jambe du malfaiteur, tandis que Henry s'occupait de son comparse. Il lui logea une balle dans le bras, comme Cassie l'avait fait à la femme qui se nommait donc Paula.

L'homme hurla de douleur et laissa échapper son revolver.

— Lâche ton arme ou je tire une seconde fois, ordonna Hawk à son acolyte.

L'homme obtempéra et s'effondra sur le sol en jurant.

— Éloignez les revolvers ! hurla Henry. Tous les deux !

Les deux hommes obéirent sans discuter. Le premier laissa échapper un gémissement de douleur en donnant un coup de pied dans son arme. Quant au second, il continua à jurer.

Henry et Hawk attrapèrent des liens en plastique derrière le comptoir et se mirent au travail sans tarder. Quand les deux hommes furent pieds et poings liés, Henry commenta, sur le ton de la plaisanterie :

— C'était du bon travail, le chauve.

Hawk se borna à renifler avec dédain.

— Maintenant, essayons de joindre le bureau.

L'homme qui avait pris une balle dans la jambe cracha sur le côté, ce qui lui valut un regard noir de la part de Hawk. Ensuite, il réprima un rire.

Henry comprit qu'il n'allait pas aimer ce que le malfrat s'apprêtait à dire.

Pas du tout, même.

— Je suis à peu près sûr qu'ils ne viendront pas, dit l'homme, trop calmement. Ils ont déjà bien assez d'ennuis comme ça.

17

La coupure de courant avait duré quinze minutes, durant lesquelles le bureau du shérif du comté de Riker, déjà handicapé par les dysfonctionnements dans ses moyens de communication, s'était préparé à essuyer une attaque.

Mais elle ne s'était pas produite. Pas là où ils l'attendaient, du moins.

Henry pressa doucement la bande que l'infirmière des urgences avait posée sur son épaule. Il ne ressentit aucune douleur. Alors, il tâta son nez. Il était gonflé et meurtri, mais pas cassé. Il lui faisait mal, mais cette douleur n'était rien à côté de ce qu'il ressentait.

Il n'était pas en colère, non. Il était positivement furieux.

Et il n'était pas le seul.

Suzy donna un coup de poing dans le flanc du distributeur à côté duquel ils se tenaient. Personne ne sembla remarquer son geste. Le personnel de l'hôpital s'affairait autour d'eux. Quand le courant avait été coupé, les groupes électrogènes de l'hôpital avaient rapidement pris le relais. Mais l'obscurité qui enveloppait le reste de la ville avait entraîné un afflux de nouveaux patients. La plupart d'entre eux avaient été victimes d'accidents de voiture, d'autres avaient été blessés en voulant donner une leçon aux deux petits malins qui avaient profité du chaos pour essayer de piller quelques boutiques. Ils étaient venus s'ajouter aux patients dont l'état s'était dégradé le temps que le groupe électrogène se mette en marche.

Billy faisait partie de ces derniers. Vers midi, il avait été victime d'une complication qui aurait pu lui être fatale. Heureusement que son médecin avait été prompt à réagir.

Mais ce n'était pas à cause de cet incident que Suzy était aussi furieuse.

— Jamais ils n'ont eu l'intention de s'en prendre à nous, lança-t-elle d'un ton rageur.

Elle se passa les mains dans les cheveux, puis sur le visage.

— Dire que nous avions tellement peur qu'ils attaquent le bureau… et c'est à nos familles qu'ils s'en sont pris !

Henry était déjà au courant de ce dernier rebondissement. Après avoir neutralisé les deux malfrats avec l'aide de Hawk, il était parvenu à joindre le bureau. L'un des adjoints lui avait tout raconté. Il avait ajouté que ceux parmi les adjoints qui avaient encore du réseau sur leur téléphone portable malgré la coupure de courant avaient commencé à recevoir des appels les informant que l'on s'en prenait à leurs familles.

Au cours des quatre heures qui avaient suivi, ils avaient appris qu'un homme s'était introduit chez Caleb et avait agressé sa femme. L'homme avait essayé de l'entraîner jusqu'à sa voiture, mais le chien de Caleb l'avait attaqué. Sa femme avait pu fuir et se cacher. On avait dû lui faire quelques points de suture, mais elle était à l'hôpital maintenant, en sécurité.

D'autres personnes avaient été agressées, mais avaient réussi à s'échapper ou à mettre leur agresseur en déroute : la mère de Suzy, la nièce de Dante Mills, le frère de l'inspecteur Ansler et le père du capitaine Jones. Tous les agresseurs avaient été identifiés. Il s'agissait d'hommes et de femmes qui avaient toutes les raisons d'en vouloir à Caleb, Dante, Ansler et Jones, soit parce qu'ils les avaient arrêtés et envoyés derrière les barreaux, soit parce qu'ils avaient fait incarcérer un membre de leur famille.

— Œil pour œil, dent pour dent, avait dit l'agresseur d'Alyssa en essayant de la forcer à monter dans sa voiture.

Ensuite, les attaques avaient cessé. Cependant, tout le bureau était encore sur les dents parce que Maggie, la fiancée de Matt, demeurait introuvable.

Bien que Goliath ait été tué, elle avait quand même été enlevée.

Quand son agresseur avait surgi, son jeune fils était avec elle. Elle s'était battue comme une lionne pour lui permettre de s'enfuir avant que l'homme ait réussi à la mettre dans le coffre de sa voiture et à filer.

Le garçon était maintenant à l'hôpital, avec un bras cassé. La mère de Suzy lui tenait compagnie.

Quant à Maggie, elle avait tout simplement disparu.

Henry essaya de canaliser sa colère.

— Quel est notre plan, maintenant ?

— Le bureau local du FBI nous a rejoints et nous aide à rechercher les responsables de cette opération, y compris l'agresseur de Maggie. Pour le moment, c'est le chef de la police locale qui s'occupe du bureau du shérif. Je vais aller prendre des nouvelles de Billy et de Mara avant de retourner là-bas pour rencontrer Matt. Nous avons appelé tous nos adjoints de réserve. Ils aideront Ansler à retrouver les membres de la bande que nous avons déjà identifiés.

La tension qui habitait Suzy ne raidissait pas que ses épaules, mais son corps tout entier.

— Cela fait moins de deux jours que je suis shérif, et regardez où nous en sommes : le bureau est complètement paralysé, nos familles ont été agressées et la ville tout entière tourne au ralenti.

Elle leva une main, comme si elle avait senti qu'il allait chercher à la réconforter. Parce que, après tout, c'était à cause de lui que la ville avait basculé dans le chaos. Il lui avait déjà rapporté tout ce qu'il avait appris depuis l'épisode de la chambre d'hôtel : que c'était très probablement Calvin qui avait orchestré la coupure de courant, et qu'il avait chargé Paula de s'assurer qu'il restait à l'écart de tout danger.

D'ailleurs, ce dernier détail le laissait toujours aussi perplexe. Si Calvin avait recruté un groupe de personnes en colère qui ne cherchaient qu'à se venger des adjoints du shérif, pourquoi voulait-il s'en prendre à lui ?

C'était l'une des nombreuses questions qu'ils se posaient tous, mais ils n'avaient pas le temps d'y réfléchir.

— Nous ne pouvons rien changer à ce qui s'est passé, reprit Suzy. Maintenant, nous devons nous concentrer sur l'avenir.

Nous allons faire tout notre possible pour ramener Maggie saine et sauve et arrêter nos malfaiteurs. Et nous allons nous préparer au cas où nous serions victimes d'une nouvelle attaque.

Elle sortit quelque chose de sa poche. Henry fut étonné de voir qu'il s'agissait d'une clé.

— Vous semblez constituer une cible de premier choix, et Cassie aussi, maintenant. Si Calvin compte vraiment faire de Carpenter son échiquier personnel, je refuse de poursuivre la partie et je vais reprendre quelques-unes de mes pièces.

La pluie continua à s'abattre avec force pendant toute la soirée. Elle ne commença à faiblir que quand ils eurent quitté la ville, traversé Kipsy et furent enfin arrivés à Bates Hill.

— C'est la plus petite ville du comté, annonça Cassie d'une voix où perçaient la fatigue et l'inquiétude.

Henry la comprenait parfaitement. L'homme qu'il avait été n'aurait jamais quitté Carpenter, pas alors que l'un de ses collègues était en train de traquer l'homme qui avait enlevé celle qu'il aimait, et que le bureau pouvait être la cible d'une nouvelle attaque.

Mais à chaque fois que Cassie laissait échapper un soupir, ou se frottait le ventre, Henry se rappelait qu'il n'était plus le même homme. Maintenant, il devait protéger une femme et un enfant à naître. C'était le moins qu'il puisse faire : si Cassie était en danger, c'était parce que la folle qui répondait au nom de Paula les avait vus ensemble.

Tout en conduisant, il repensa aux événements des dernières heures.

Les hommes qu'il avait neutralisés avec l'aide de Hawk ne leur avaient dit que deux choses avant de se murer dans le silence. Primo, qu'on avait tiré sur Paula. Deuzio, que c'était une femme enceinte prénommée Cassie qui avait pressé la détente.

Une fois les renforts arrivés au bar, Henry avait tenu à retourner à l'hôtel avec eux avant qu'on l'emmène à l'hôpital. Il avait été soulagé de voir que Mike, le réceptionniste, était encore en vie. Cependant, il avait été blessé en luttant contre les malfaiteurs. Jason, le petit homme nerveux qui était arrivé après Paula, gisait toujours dans la suite, sans connaissance. Quant à Goliath, il était mort et bien mort.

Par contre, Paula et ses menottes avaient disparu. On avait interrogé les rares clients qui résidaient à l'hôtel, mais ils n'avaient vu personne monter au second ou en descendre après que le courant était revenu.

C'était l'unique raison qui avait poussé Henry à accepter de rester sur la touche une fois de plus. Cette fois, il espérait que Calvin et sa bande ne le retrouveraient pas. Il avait toujours surveillé les alentours pour s'assurer que personne ne les suivait, et ne comprenait toujours pas comment Paula et ses sbires avaient pu découvrir aussi rapidement qu'il était à l'hôtel.

À moins qu'ils n'aient retrouvé sa trace grâce à son téléphone portable. Il était neuf et presque vide de toute information, mais Calvin pouvait s'être procuré la liste des appels qu'il avait passés ou reçus ces derniers jours et en déduire qu'il se trouvait dans cet hôtel. Ensuite, il avait pu charger Paula de le surveiller, et peut-être aussi Goliath...

Cette pensée le fit grincer des dents. Quel déchaînement de folie meurtrière avait-il amené avec lui dans le comté de Riker ?

— Bates Hill est peut-être une petite ville, mais elle s'est bien développée ces dix dernières années, intervint Kristen depuis la banquette arrière.

Quand Henry avait exposé son plan à Cassie, elle avait refusé d'aller où que ce soit sans sa sœur, d'autant plus que Michael les avait vues ensemble.

Kristen les avait donc rejoints à l'hôpital. Dès qu'elle s'était installée dans la voiture de Henry, Cassie lui avait tout raconté. Ensuite, Kristen s'était murée dans le silence. C'était la première fois qu'elle parlait depuis qu'ils avaient traversé Kipsy.

— L'un des habitants est un millionnaire beau comme un dieu, et il a beaucoup contribué à ce que la ville devienne un petit paradis. De plus en plus de gens me contactent pour que je les aide à y trouver un logement. D'ailleurs, il m'est même arrivé d'envisager de venir m'installer ici.

— Je suis certaine que cette idée n'avait rien à voir avec la présence de ce fameux millionnaire beau comme un dieu... qui devait être célibataire, à l'époque.

Cassie était peut-être fatiguée, mais son sens de l'humour n'était pas émoussé pour autant. À moins qu'elle ne cherche seulement à changer les idées de sa sœur.

Kristen renifla.

— Je te mets au défi de me montrer une seule femme dans tout le comté qui n'aurait pas volontiers troqué son adresse pour celle de James Callaghan, riposta-t-elle.

Henry jeta un rapide coup d'œil vers Cassie. Ce petit échange lui rappelait qu'il ne savait pas grand-chose d'elle et de sa vie amoureuse. La pensée était très déplaisante. Elle aurait très bien pu fréquenter quelqu'un sans qu'il le sache.

Il grinça de nouveau des dents en l'imaginant avec un autre homme et dut prendre sur lui pour ne pas crisper ses doigts sur le volant.

— Tu marques un point, concéda Cassie. James est un beau parti. Mais je peux aussi te montrer la seule femme de tout le comté qui existe à ses yeux.

Kristen souffla avec exaspération.

Cassie sourit et jeta un regard vers Henry. Elle dut avoir pitié de lui et de sa méconnaissance totale des enchevêtrements amoureux qui jalonnaient le comté de Riker, parce qu'elle ajouta :

— Cette femme n'est autre que notre intrépide première adjointe.

— Suzy ?

Cassie acquiesça.

— Et à mon avis, c'est précisément parce qu'elle est première adjointe du bureau du shérif qu'aucune des admiratrices de James n'a essayé de les séparer. De toute façon, je pense qu'aucune d'entre elles n'y parviendrait.

Son sourire perdit soudain de son éclat, comme si une ombre venait de s'abattre sur elle. Aussitôt, l'atmosphère qui régnait dans la voiture changea.

— C'est dans le chalet de James que nous allons. Suzy et lui gardent son existence secrète. James a même acheté les terres au nom du petit ami de sa sœur pour que personne ne puisse remonter jusqu'à lui. En dehors des gens du cru, des amis de James et de sa famille, je pense que personne ne sait que ce chalet existe. Même moi, je l'ignorais jusqu'à ce soir.

Henry espéra qu'elle ne se trompait pas.

Ils retombèrent dans le silence tandis que Henry continuait à conduire en suivant les instructions que lui donnait le GPS de Kristen. Ils traversèrent Bates Hill avant de s'engager dans un chemin de terre qui s'enfonçait dans une forêt touffue de grands chênes et de pins. Le front collé à leur vitre, les deux femmes scrutaient les alentours avec autant d'attention que lui pour s'assurer qu'aucun véhicule n'était dissimulé dans la végétation et qu'aucun sentier ne débouchait dans le chemin. Pour sa part, il ne vit ni l'un ni l'autre.

Au bout de deux minutes, la forêt se fit plus clairsemée. Henry négocia un dernier virage et déboucha dans une petite clairière où était nichée une cabane en rondins. Aucune lumière n'était allumée à l'intérieur, et aucune voiture n'occupait le petit espace gravillonné aménagé tout contre la cabane.

Henry laissa le moteur tourner, prit la clé que Suzy lui avait remise et pénétra dans la cabane pour l'inspecter rapidement. Bien que l'intérieur en soit moins pittoresque que l'extérieur, l'atmosphère y était accueillante. Et surtout, elle était vide de toute menace. L'endroit était idéal pour que Cassie puisse prendre un peu de repos. Les cernes qui creusaient son visage et la lenteur avec laquelle elle parcourut les quelques mètres qui séparaient la voiture du salon trahissaient son état d'épuisement.

À l'entendre, elle avait également besoin de prendre un bain bien chaud.

— Je me suis retrouvée deux fois sous la pluie, je me suis cachée dans la salle de bains d'un hôtel et la réserve d'un bar et j'ai pris part à une fusillade, proclama-t-elle en croisant les bras. Si je ne passe pas au moins cinq minutes dans un bain chaud, je vais piquer une crise.

Elle posa sur Henry, puis sur Kristen, un regard acéré.

— Si vous avez quelque chose à faire dans la salle de bains, faites-le tout de suite.

Kristen et Henry répondirent en chœur.

— Oui, m'dame.

L'aînée des Gates se rua vers la salle de bains en brandissant sa brosse à dents pendant que Henry allait chercher les bagages qu'elle avait préparés avant de les rejoindre à l'hôpital et les apportait dans la chambre.

Cassie s'assit sur le bord du lit et soupira.

— Est-ce que tu crois que Maggie va bien ?

Henry ne fut pas surpris de l'entendre poser cette question. Il l'attendait depuis qu'ils avaient appris son enlèvement.

— Je pense que s'ils l'ont emmenée, c'est parce qu'ils avaient des raisons de le faire.

Il se tourna vers elle. Quand elle leva vers lui ses yeux frangés de longs cils, habités par une intense inquiétude, il fut choqué de voir à quel point ils étaient proches.

Et de se rendre compte qu'il aurait aimé qu'ils le soient encore plus.

— Il vaut parfois mieux être enlevé par quelqu'un qui a des raisons de le faire que par un homme qui agit sur une impulsion, compléta-t-il.

— Il y a donc des chances qu'elle soit encore en vie, suggéra Cassie.

Il acquiesça.

— Mais si l'unique moteur de ces gens est la vengeance, reprit-elle, les raisons qui les ont poussés à enlever Maggie ne peuvent qu'être horribles.

Sa voix se brisa sur ce dernier mot et ses épaules s'affaissèrent.

Henry s'assit à côté d'elle et l'attira doucement contre lui. Elle se laissa faire sans résister. Une fois encore, il fut enveloppé par le parfum enivrant de son shampooing.

Mais tout ce qu'il voulait faire, en cet instant, c'était la réconforter.

— Après l'incendie qui a ravagé l'entrepôt, sur le ranch, mes supérieurs ne m'ont plus confié aucune mission d'infiltration pendant quelques mois. Pour beaucoup de raisons, mais surtout parce que j'avais un peu perdu les pédales. J'estimais que les forces de l'ordre avaient accompli leur mission à la perfection, mais je n'avais rien à offrir à mes supérieurs en dehors de quelques criminels derrière les barreaux et d'un coéquipier mort. Je trouvais que c'était injuste.

Cassie laissa sa tête sur son épaule mais leva le visage vers lui pour lui montrer qu'elle écoutait.

— Pendant quelque temps, j'ai fait n'importe quoi. J'ai commencé à boire plus que de raison. J'ai tout remis en question : ma vie, ma carrière, les raisons qui m'avaient poussé à faire ce que j'avais fait. J'ai touché le fond, et l'atterrissage a été rude. Mais, comme je te l'ai dit le soir où nous nous sommes rencontrés, je suis le bébé de la famille, comme toi. J'ai l'habitude qu'on me dise ce qu'il faut que je fasse au lieu de se contenter de me le suggérer. C'est exactement ce que mon frère a fait. Il a roulé pendant dix-huit heures, a débarqué chez moi, m'a forcé à faire mes valises et m'a fait conduire pendant les dix-huit heures qu'a duré le trajet du retour.

Il sourit.

— Nous avons parlé de tout et de n'importe quoi. Quand je refusais de répondre à l'une de ses questions, il insistait. Il m'a poussé à parler de choses que je n'avais jamais racontées à personne. Il m'a forcé à affronter la douleur qui ne me quittait pas depuis que j'avais perdu Calvin. Et ensuite, il m'a forcé à m'affronter moi-même. Tu vois, quand un agent travaille sous couverture comme nous le faisions, Calvin et moi, l'essentiel n'est pas qu'il sache mentir. C'est qu'il sache amener les gens à le croire.

Sa main libre se crispa jusqu'à former un poing. Si Cassie le remarqua, elle n'en dit rien.

— J'ai fait des choses dont je ne suis pas fier pour préserver ma couverture, et je vais devoir vivre avec. Mais ce qui est arrivé à Calvin... c'était différent. Ça m'a profondément changé. Finalement, mon frère m'a demandé ce que je voulais faire de ma vie.

Cassie rejeta la tête en arrière pour croiser son regard. Ses yeux étaient brillants de larmes contenues.

— Je lui ai dit que je voulais protéger les gens, poursuivit-il. Jamais je n'ai eu d'autre aspiration. J'ai toujours voulu aider mes semblables et rétablir la justice pour le compte de ceux qui ne pouvaient pas le faire eux-mêmes. C'est alors que mon frère m'a parlé d'un bureau du shérif dont il avait entendu parler aux infos, et qui n'était pas trop loin du Tennessee.

Il sentit ses lèvres s'étirer en un sourire.

— Je n'ai attendu que quelques jours avant de leur faire parvenir ma candidature. Et la semaine d'après, je suis allé passer un entretien d'embauche.

Il s'arrêta. Est-ce qu'il devait poursuivre ? Un seul regard à ces grands yeux limpides suffit à l'en persuader. Il n'avait pas raconté cette histoire pour obtenir l'absolution de Cassie, mais pour la réconforter.

— Je voulais vraiment décrocher ce poste, parce que la part de moi qui a toujours voulu faire le bien, assurer la sécurité des gens, faire son boulot, tout simplement, a vu que c'était exactement ce que faisait le bureau du shérif du comté de Riker au quotidien. Et ils le font bien. Ils assurent la sécurité de leurs concitoyens. Ils font leur boulot. Même si quelque chose, ou quelqu'un, essaie de les en empêcher. Tu comprends ?

Un sourire, hésitant mais sincère, releva les coins de la bouche de Cassie. Elle hocha la tête.

— Et maintenant, conclut-il, puisque tu n'avais pas l'air de plaisanter quand tu as dit que tu avais besoin de prendre un bain, je vais te laisser y aller.

Il se leva et lui sourit.

— J'ai vu aujourd'hui que tu étais une excellente tireuse. Je ne veux surtout pas te donner envie de me montrer à quel point tu veux prendre ce bain.

Il fit quelques pas vers la porte, mais s'arrêta en entendant Cassie prononcer son nom. Il se retourna. Elle ne souriait plus.

— Tu m'as donné un faux nom, tu m'as dit que tu n'avais pas de numéro de téléphone et tu as disparu pendant sept mois. Et quand tu es revenu, tu as fait comme si tu ne me connaissais pas.

Ses paroles étaient dénuées de toute passion, de toute colère. Elle ne faisait qu'exposer des faits, d'une voix posée. Sa déclaration en avait bien plus de force que si elle avait hurlé.

— Je sais que tu m'as promis que nous reparlerions de tout ça mais maintenant, cela ne me semble plus aussi important.

Pour la première fois, Henry la vit serrer le poing.

— Je voulais seulement te remercier pour tout ce que tu as fait ces derniers jours. Mais je tiens aussi à te dire que je t'en veux toujours autant, et que rien de ce que tu pourras dire n'y changera rien.

Il y eut un toussotement. Henry se retourna et vit Kristen devant la porte, sa brosse à dents à la main, les sourcils froncés. Il s'effaça pour la laisser passer. Quand elle referma la porte de la chambre derrière elle, elle semblait presque avoir pitié de lui.

18

L'eau refroidissait et les bulles de savon disparaissaient les unes après les autres. Kristen avait éclaté de rire en voyant le flacon de bain moussant pour enfant, mais Cassie avait été ravie. Elle aimait rester longtemps dans la baignoire et avec de la mousse, c'était encore plus amusant.

Elle s'installa confortablement et, du bout des doigts, déplaça la mousse qui flottait encore sur l'eau, comme elle aurait rajusté une couverture sur son corps. La chaleur avait contribué à détendre ses muscles, mais son esprit tournait toujours à plein régime.

Elle repensait à l'attaque et à l'enlèvement de Maggie. À la peur qui l'avait assaillie quand Henry avait été blessé, et à cet instant où elle avait été contrainte de faire feu sur une femme.

Mais elle pensait aussi au moment où Henry s'était livré à elle, et où elle, en contrepartie, lui avait dit ce qu'elle avait sur le cœur.

Ce qui faisait beaucoup d'événements à digérer. Et en plus, ses hormones de grossesse détraquaient complètement ses émotions.

Elle était partagée entre l'envie d'aller se réfugier dans un lit et d'y pleurer jusqu'à s'endormir, et celle de bondir dans une voiture pour partir elle-même à la recherche de Maggie.

Mais il y avait aussi une petite voix impérieuse qui réclamait quelque chose à manger. Il était maintenant près de 1 heure du matin, et elle n'avait rien avalé depuis qu'ils avaient quitté l'hôpital, quelques heures plus tôt.

Un coup léger frappé à la porte l'arracha à ses pensées.

— Entre !

Mais ce ne fut pas Kristen qui passa la tête par la porte, mais la dernière personne qui aurait dû avoir envie de lui parler en ce moment. Malgré la volte-face émotionnelle qui l'avait fait passer de la gratitude à la colère, suite au petit discours qu'avait délivré Henry, elle sentit un frisson parcourir son corps. Elle s'enfonça un peu plus dans l'eau.

Henry la regarda droit dans les yeux et dit, d'une voix un peu tendue :

— Je voulais juste vérifier que tout allait bien. Cela fait un moment que tu es là-dedans. J'avais peur que tu te sois endormie.

Elle soupira, et la mousse ondula contre sa poitrine.

— Je ne suis pas aussi fatiguée que je le pensais. En tout cas, je le suis moins que tout à l'heure. Maintenant je suis seulement inquiète, furieuse et affamée. C'est comme si mon corps et mon esprit refusaient de se synchroniser. Comment est-ce que je peux prendre tous ces événements au sérieux alors que je ne rêve que d'un beignet ?

Henry brandit un doigt.

— Peut-être que je peux t'aider.

Il ressortit de la salle de bains et Cassie en profita pour inspecter ses bulles. Son ventre bombé dépassait de la mousse, mais Henry ne pouvait rien voir du reste de son corps... À moins qu'il ne décide de venir tout près de la baignoire.

Devant la possibilité qu'il puisse de nouveau se trouver aussi près d'elle alors qu'elle était nue, elle fut parcourue par un frisson de désir.

Encore une réaction qu'elle mit sur le compte des hormones de grossesse.

Elle voulait continuer à être furieuse contre lui, parce qu'il lui avait menti avant de disparaître de sa vie, et qu'il n'y était revenu que pour lui mentir de nouveau. Elle voulait garder ses distances avec lui afin de pouvoir mettre de l'ordre dans ses sentiments et décider de ce qu'elle devait faire.

Mais était-ce seulement possible ? Pouvait-elle oublier Henry Ward ?

Quand son corps viril réapparut dans l'embrasure de la porte, tout son être fut parcouru par une nouvelle onde de désir. Ses yeux si bleus, au regard si franc, brillèrent quand il agita les sachets qu'il tenait à la main. Cassie en oublia temporairement sa fureur.

— Avant de quitter l'hôpital, j'ai pris quelques trucs dans le distributeur. Si j'en crois Suzy, ce sont tes préférés.

Il tenait un sachet de chips dans une main et des M & M's dans l'autre. Jamais cet homme ne lui avait semblé aussi sexy.

Elle aurait pu en pleurer.

— Tu viens d'exaucer mes prières, dit-elle, et elle était sincère.

Il éclata de rire et lui tendit les chips en la regardant droit dans les yeux, sans laisser son regard s'égarer sur le reste de son corps. Elle s'installa confortablement et déchira le sachet. Ce ne fut qu'après avoir humé l'odeur des chips qu'elle sentit une rougeur gagner son cou.

— Je dois avoir l'air d'une vraie fainéante, plaisanta-t-elle.

— Non, répondit Henry. Seulement d'une femme qui a eu une dure journée.

Il n'aurait pu trouver de réponse plus habile.

— Et cette journée a vraiment été mouvementée, poursuivit-il. S'il y avait une autre baignoire, je pourrais aller m'y installer avec ça.

Il agita le sachet de bonbons qu'elle lui avait laissé et se dirigea vers la porte. Mais elle n'avait pas envie qu'il s'en aille, ce qui raviva sa colère. Elle fut d'abord furieuse contre elle-même, puis contre lui, puis contre elle-même de nouveau en se rendant compte qu'elle était furieuse.

— Attends, lança-t-elle. Tu peux rester un peu, si tu veux.

Elle sentit ses joues s'embraser, mais elle poursuivit quand même.

— Je ne dirais pas non à un peu de compagnie.

Henry referma la porte sans répondre et s'assit par terre, adossé au panneau. Ils mangèrent en silence pendant quelques minutes, ce qui laissa le temps à Cassie de remettre de l'ordre dans ses pensées. Quand elle eut fini les chips, elle posa le sachet vide sur son ventre. Avec un profond soupir — elle avait souvent soupiré, ces sept derniers mois —, elle décida d'aller au fond des choses, d'exprimer ce qui la tarabustait vraiment.

Et tant pis si elle choisissait de le faire alors qu'elle était dans une baignoire.

— D'accord. Je pense que tout est de ma faute.

Le regard de Henry se planta dans le sien. Il haussa les sourcils.

— Qu'est-ce qui est de ta faute ?

Elle souffla longuement avant de répondre.

— J'ai été naïve, commença-t-elle.

Elle agita doucement la main pour faire bouger un amas de bulles qui flottait près de son ventre. Étrangement, ce geste l'apaisa.

— Tu vois, mes parents sont ensemble depuis qu'ils ont quinze ans. Ils ont eu six enfants. Quatre de ces six enfants sont en couple, et amoureux fous de leurs conjoints respectifs. Et quand je dis qu'ils sont amoureux fous, je n'exagère pas. Ils feraient n'importe quoi. L'un des couples dont je te parle est allé jusqu'à se faire tatouer des motifs assortis. Tu sais, ces trucs complètement ringards. Il suffit d'être auprès d'eux pour ressentir l'amour qu'ils se portent. C'est comme s'ils avaient trouvé leur raison de vivre en se rencontrant. Tout comme nos parents. Je sais que c'est ridicule, mais tous les couples que je vois autour de moi me renvoient la même image : celle d'un amour sincère et éternel.

Elle lui décocha un sourire en coin pour lui montrer qu'elle se rendait compte que ses paroles devaient sonner affreusement fleur bleue. En voyant son expression circonspecte, elle se demanda s'il la prenait pour une folle. Si elle n'avait pas commencé à le connaître, elle se serait même demandé s'il avait écouté un traître mot de ce qu'elle venait de dire.

— Bien sûr, je suis sortie avec des hommes, j'ai déjà fait l'amour, mais... Je n'ai jamais éprouvé cet attachement particulier, ce sentiment que décrivent les membres de ma famille. Et puis... je t'ai rencontré.

Le courage dont elle s'était sentie emplie commença à s'effilocher. Elle détourna le regard, mais seulement pour quelques instants.

— Ce soir-là, je me suis sentie reliée à toi par quelque chose de vrai. Comme s'il y avait eu une étincelle entre nous. C'est pour ça que j'ai accepté de te suivre dans ta chambre, que je t'ai donné mon numéro de téléphone et que j'ai partagé ton lit. Pour la première fois de ma vie, je suis allée à l'encontre de mes principes parce que j'ai cru que je m'engageais sur une route invisible qui me mènerait jusqu'à ce qui faisait le bonheur de ma famille depuis des décennies. Je ne te connaissais que depuis quelques heures, mais cela n'avait aucune importance.

Un nœud se forma dans sa gorge et les larmes lui montèrent aux yeux, mais elle refusa de s'arrêter.

— Oui, j'ai été naïve. J'ai attendu de recevoir un coup de fil, ou seulement un texto. Bon sang, je me serais même contentée d'une invitation sur Facebook. Mais je n'ai rien eu de tout ça. C'est là que j'ai compris que ma famille n'était pas ordinaire, que ce qu'ils vivaient était magnifique et hors du commun.

Maintenant, elle ne pouvait plus retenir ses larmes.

— J'ai été très fière d'eux, très fière d'être issue d'une telle famille. Mais j'ai aussi eu l'impression d'être une petite fille à qui l'on vient de dire que le Père Noël n'existe pas. J'ai compris que l'amour n'était pas qu'un lien qui se forme par magie. C'est bien plus compliqué que ça. Et ensuite... Ensuite, j'ai découvert que j'étais enceinte et il s'est passé quelque chose d'extraordinaire. Alors que je commençais à avoir peur de ne jamais trouver personne à aimer, je suis tombée amoureuse d'un être que je n'avais pas encore rencontré.

Elle posa une main sur son ventre. Aussitôt, l'amour qu'elle portait à son enfant irradia en elle. Elle sourit à travers ses larmes.

— Pendant les mois qui ont suivi, j'ai compris que même si ma vie avait pris un chemin différent de celui qu'avaient suivi mes parents et mes frères et sœurs, un chemin qui peut aussi sembler moins conventionnel, cela ne l'empêchait pas d'être spécial, à sa façon.

Henry fronça vivement les sourcils. Sa mâchoire se crispa.

— Cassie, je...

Elle secoua la tête pour le faire taire. Elle n'avait pas encore fini. Elle n'avait pas encore exprimé la vraie raison de sa colère, qu'elle venait tout juste de découvrir elle-même.

— J'ai aussi profité de ces sept mois pour me faire à l'idée que je ne te reverrais sans doute jamais. Je m'y suis même habituée. Et, un beau jour, voilà que tu rentres dans le restaurant avec un badge d'adjoint flambant neuf. En te voyant, j'ai été ramenée au soir de notre rencontre, je me suis revue à la table de billard, en train de rire de tes plaisanteries.

Henry se leva et avança vers elle. Elle était incapable de déchiffrer son expression, mais c'était sans importance. Il fallait qu'elle dise ce qu'elle avait à dire. Ce n'était qu'ainsi qu'il comprendrait quelle était la vraie nature de ses sentiments, et qu'elle en prendrait elle-même pleinement conscience. Le temps pressait : bientôt, ils ne seraient plus deux, mais trois.

— Ensuite, tout a basculé dans le chaos. Et tes yeux bleus étaient là et me souriaient par-dessus la table de billard. Et je crois que c'est à ce moment-là que j'ai cessé de pouvoir nier l'évidence.

Henry s'agenouilla sur le carrelage, tout près de la baignoire. Il lui aurait suffi de baisser les yeux pour la voir tout entière, mais elle savait qu'il n'en ferait rien. Il n'était pas ce genre d'homme. Il ne prenait pas sans demander. Mais... Peut-être qu'elle se fourvoyait, après tout.

Il était tellement près d'elle qu'elle ne put se retenir de tendre le bras pour caresser sa mâchoire volontaire. Elle reprit :

— Même si mon fils s'était emparé de mon cœur, il restait quelque chose en moi qui ne pouvait se résoudre à te laisser partir.

À peine eut-elle fini de parler que Henry se pencha vers elle pour l'embrasser. Elle n'eut pas à bouger d'un centimètre pour le rejoindre. D'ailleurs, elle ne pouvait pas bouger. Elle n'avait pas dit tout ce qu'elle venait de dire pour provoquer un geste tendre de sa part. Elle avait seulement voulu qu'il sache ce qu'elle ressentait. Son univers avait basculé dans une telle folie qu'elle avait trouvé un certain réconfort à exprimer des certitudes.

Tout comme ses lèvres, si fermes sur les siennes, étaient

une certitude, ainsi que le picotement de sa barbe naissante sous ses doigts. Elle entrouvrit la bouche afin que la langue de Henry puisse y plonger plus profondément.

Et fut aussitôt emplie d'une autre certitude : certains baisers pouvaient vous toucher jusqu'à faire vibrer chacune des fibres de votre être.

Henry encadra son visage de ses mains. Leur baiser se fit plus tendre. Enfin, il se recula et sourit.

— Cassie Gates, je veux te montrer quelque chose.

Il la relâcha, et elle ne put dissimuler sa surprise en le voyant sortir son portefeuille en cuir usé. Il l'ouvrit, glissa un doigt derrière son permis de conduire et sortit un petit bout de papier, arraché à une feuille de papier à lettres d'hôtel.

Elle le savait parce que c'était elle qui l'avait déchiré.

— Le jour où tu m'as donné ça, reprit-il, j'ai passé un entretien d'embauche. On m'a immédiatement offert le poste. Je l'ai accepté et je suis directement rentré chez moi. J'ai commencé par démissionner, avant de régler tous les détails nécessaires. Si je t'ai donné un faux nom, c'était uniquement au cas où tu aurais cherché à me joindre avant que j'en aie fini avec tout ce que j'avais à faire. Je ne voulais pas que tu te retrouves mêlée à mon ancienne vie. J'avais décidé qu'une fois que j'aurais tout réglé et obtenu un nouveau numéro, une fois que j'aurais officiellement clos le chapitre de cette ancienne vie, alors je t'appellerais.

Son sourire vacilla. Cassie attendit qu'il poursuive.

— Mais mon patron m'a appelé pour me demander de reprendre du service le temps d'accomplir une dernière mission. Selon lui, l'intervention de Gage Coulson était indispensable pour la mener à bien. Il m'a dit que ce serait rapide, mais il se trompait. J'ai fini il y a un mois.

Il tendit la main et ramena une mèche de cheveux derrière son oreille. Ensuite, il la regarda comme personne ne l'avait jamais regardée.

— J'aurais quand même dû t'appeler, ou agir différemment quand je t'ai enfin revue. Mais il a fallu que je me comporte comme le dernier des imbéciles.

Son sourire reprit de l'assurance.

— Tu es la plus belle femme que j'aie jamais vue, et j'ai gardé ce bout de papier avec ton numéro de téléphone parce que j'ai toujours espéré que je te reverrais. Ne serait-ce que pour t'embrasser au moins une fois de plus.

Cassie posa les yeux sur le bout de papier où elle avait gribouillé son numéro. Il l'avait vraiment gardé. Pendant sept mois, il n'avait pas quitté son portefeuille.

— Je sais bien que tu as dit que tu étais furieuse contre moi, et que rien de ce que je pourrai dire n'y changera rien, poursuivit-il à mi-voix. Je comprends ta réaction. Mais je ne pouvais plus me taire. D'ailleurs, j'aurais dû te dire tout ceci depuis longtemps.

Pour une fois, son expression n'était pas indéchiffrable. Les murailles derrière lesquelles il se retranchait étaient toutes tombées. Il lui avait enfin ouvert son cœur, et il attendait maintenant qu'elle décide du tour que prendrait leur relation. Il scruta longuement son visage. Au bout de quelques instants, il esquissa une moue, comme s'il pensait qu'elle allait choisir de s'éloigner de lui. Ce fut alors que Cassie décida du chemin qu'elle voulait emprunter.

En s'efforçant de conserver une expression aussi neutre que possible, elle dit :

— Si je comprends bien, après sept mois d'attente, tu as décidé qu'il n'y avait pas de meilleur moment pour m'embrasser que celui où je suis nue, dans un bain qui refroidit, entourée de bain moussant parfumé à la fraise, avec un sachet de chips vide posé sur le ventre et des hormones qui me travaillent. Je vais te dire une chose, adjoint Ward : je sais bien que jusqu'ici notre relation progresse à l'envers, mais à l'avenir, j'aimerais que ma vie connaisse quelques moments romantiques.

Henry éclata de rire.

— Bien, m'dame.

19

Cela faisait maintenant vingt minutes que Henry, planté devant la fenêtre, surveillait les bois qui entouraient la cabane. Cassie en profita pour le regarder tout à loisir.

Ses épaules étaient presque aussi larges que la fenêtre, et ses bras tellement musclés que sa chemise en flanelle était presque trop étroite pour ses biceps. Elle aurait parié qu'il avait passé beaucoup de temps en salle de musculation, ces derniers mois. Et qu'il avait souvent porté ce jean. Il était d'une nuance de bleu que l'on ne trouve pas dans les magasins, et qui ne s'obtient qu'avec le temps. Et elle était toujours aussi étonnée de voir que Henry arrivait seulement à y loger ses fesses.

Après avoir contemplé son fessier pendant quelques instants, elle laissa glisser son regard jusqu'à ses cuisses, puis ses mollets. Elle connaissait ses jambes aussi intimement que tout le reste de son corps tonique et musclé.

En fait, elle se demandait s'il y avait une seule partie du corps de cet homme qui ne soit pas ferme.

Son regard remonta le long de sa silhouette, jusqu'à son menton hérissé d'une barbe naissante. Enfin, ses yeux se posèrent sur la seule partie de son corps qu'elle n'avait pas encore vraiment admirée.

Ses lèvres. Elles étaient d'une douceur délicieuse. Après qu'ils s'étaient confiés l'un à l'autre, dans la salle de bains, ils étaient allés s'installer sur le canapé du salon. Là, ils avaient abordé à peu près tous les sujets possibles et imaginables, et il lui avait donné plus que sa part de baisers doux et tendres. Des baisers qui l'avaient réconfortée, lui avaient redonné espoir, et lui avaient insufflé une telle impression de sécurité qu'elle avait fini par s'endormir.

Cela faisait maintenant presque deux heures qu'elle était réveillée, et elle voyait bien que, tout comme son regard, l'esprit de Henry était ailleurs. Elle aurait aimé pouvoir le réconforter, tout comme elle aurait aimé pouvoir aider les hommes et les femmes du bureau du shérif qui, lui avait-il appris, n'avaient toujours pas retrouvé Maggie, pas plus que le reste des malfaiteurs.

Elle réprima un soupir et laissa son regard danser sur le corps de l'homme qui pouvait incendier le sien, même quand il ne faisait rien de plus que se tenir debout devant elle.

Cet homme qui ne devait pas être aussi déconnecté de son environnement qu'elle le pensait, parce qu'il dit soudain :

— Si tu continues à me regarder comme ça, je vais devoir te le facturer.

En voyant un muscle tressaillir dans sa joue, elle devina qu'il réprimait un sourire taquin.

Elle sentit la chaleur naître dans sa poitrine et remonter vers son cou. Pas tellement parce que Henry l'avait surprise tandis qu'elle l'admirait qu'à cause de la réaction qui avait traversé son corps quand elle s'était souvenue du contact de celui de Henry. Son ventre s'était embrasé, et il en voulait déjà plus.

Cet homme était un vrai pyromane, qui portait le denim tellement bien que c'en était presque criminel.

— Je me demandais seulement jusqu'à quand tu allais bouder, dit-elle d'un ton léger. Tu ressembles à un petit garçon qui attend d'être choisi pour jouer dans l'équipe de foot, et tu sais que ce n'est pas le cas.

Le muscle tressaillit de nouveau, et elle comprit que son trait d'humour avait fait mouche. Mais il reprit aussitôt son air renfrogné. Même si leur relation évoluait, petit à petit, tout un comté continuait à souffrir, hors des murs de la cabane.

— J'ai passé des mois à m'assurer que je laissais mon ancien poste et mon ancienne vie derrière moi. Et pourtant, je ne suis pas ici depuis une semaine que mon passé m'y rattrape.

Elle se leva, et il fit un pas de côté pour lui faire une place. Une légère bruine tombait encore sur la cabane mais le ciel, au loin, était maintenant d'un bleu presque limpide. Si un nouvel orage était en chemin, il prenait son temps.

— Dans ce métier, on est toujours rattrapé par son passé.

Elle lui toucha l'épaule pour appuyer ses dires.

— Le tien t'a peut-être rattrapé, mais Caleb, Suzy et beaucoup d'autres personnes ont été rattrapés par le leur, eux aussi. Ce sont les risques de ce métier. Si tu fais assez de bien, tu es condamné à récolter une partie du mal que tu cherches à arrêter.

— Mais Calvin est mon mal. Et si c'est vraiment lui qui a orchestré les attaques d'hier…

Cassie vit son front se plisser d'angoisse et tout son corps ployer sous le poids de la culpabilité. Plus encore, elle ressentit ces deux émotions, dans tout son être. Elle voulut les effacer ou, au moins, les atténuer.

— Personne ne te rendra responsable des actes de Calvin. Quoi qu'il fasse, c'est lui qui le fait. Pas toi. C'est aussi simple que ça.

Henry baissa les yeux vers elle.

— Dans le comté de Riker, vous avez l'habitude de parler comme des biscuits chinois. D'abord « Certaines personnes sont mauvaises, et c'est tout » et maintenant, « Dans ce boulot, on est toujours rattrapé par son passé ».

Cassie répondit à son sourire narquois en tirant la langue.

— Loin de moi l'idée de me moquer de vous, reprit-il, mais vous devriez peut-être envisager de fabriquer des affiches inspirantes comme on en trouve dans tous les bureaux. Tu sais, celles avec des photos de petits chats ou de couchers de soleil et de belles phrases en guise de légende. Le bureau pourrait se faire un peu d'argent de poche.

Cassie ne put retenir un reniflement dédaigneux, qui lui valut un petit sourire de la part de Henry.

Mais ce sourire s'estompa aussi rapidement qu'il était venu. Sans qu'il ait besoin de dire un seul mot, Cassie savait qu'il était toujours comme dévoré de l'intérieur par les souvenirs de son ancien coéquipier, les inquiétudes qu'il nourrissait pour ses nouveaux collègues, et l'angoisse qu'il éprouvait devant les profondeurs insondables qui reliaient les deux.

— Attends, dit-elle. Je sais ce qui pourrait nous faire du bien.

Elle prit sa main. Malgré le tourment intérieur qui l'agitait, il emprisonna la sienne, en un geste protecteur. Ses doigts étaient chauds et forts.

En l'entraînant derrière elle, Cassie traversa le salon, puis la cuisine, et ouvrit la porte de derrière. La température avait baissé, mais une fois que la bruine aurait cessé de tomber, la chaleur reviendrait les envelopper, poisseuse et étouffante.

Sans lâcher la main de Henry, elle traversa la courette et s'enfonça dans la forêt.

— On ne devrait pas être dehors, remarqua-t-il.

Il regardait tout autour de lui, comme si sa tête était montée sur pivot. Elle l'entendit distinctement dégainer son pistolet de sa main libre.

— Personne ne connaît cet endroit, dit-elle. Cela fait des heures que nous sommes arrivés. Si tu penses que Calvin, ou Michael, ou qui que ce soit d'autre, va venir nous chercher ici, pas moi.

Comme il ralentissait l'allure au nom de Calvin, elle tira légèrement sur sa main.

— Et d'ailleurs, qu'est-ce que tu tiens à la main ? C'est bien un revolver, non ? Si quelqu'un nous saute dessus, tu n'auras qu'à le descendre !

Elle l'entendit glousser de rire mais continua à avancer.

— Tu sais, dit-il d'un ton détaché, tous ceux que je croise depuis que je suis arrivé ici me disent que tu es la douceur et le calme incarnés. Je commence à croire qu'ils ne te connaissent pas vraiment. Ils te prennent pour un petit pot de miel alors que tu es un flacon de sauce piquante. L'un de ces flacons qu'on vend dans un joli petit emballage pour tromper son monde.

Ils continuèrent à progresser entre les arbres, et Cassie dégagea sa main pour mieux garder son équilibre. Le sol était traversé d'épaisses racines. Elle ne voulait surtout pas se retrouver à plat ventre devant cet homme.

L'homme qui venait de la comparer à un flacon de sauce épicée caché dans un joli petit emballage.

— Tu ne me trouves pas douce ? demanda-t-elle d'un ton faussement offensé.

Elle s'appuya sur le tronc d'un arbre pour enjamber ses racines, mais son pied dérapa. Le poids de son ventre acheva de la déséquilibrer. Elle n'eut que le temps de pousser un glapissement.

Elle sentit aussitôt un bras puissant enserrer sa taille et se retrouva le dos plaqué contre le torse de Henry. À travers le tissu de son chemisier, elle sentit la chaleur de son corps, les battements de son cœur. Elle voulut éclater de rire pour chasser sa gêne et la chaleur qu'elle sentait naître dans son corps, mais elle fut incapable d'émettre le moindre son.

Henry ne la relâcha pas, mais il ne chercha pas non plus à la faire se retourner. Cassie posa une main sur sa manche.

— Ça va ? demanda-t-il.

Sa voix était grave et sa bouche tellement près de son oreille qu'elle sentait le souffle de son haleine sur sa peau. Aussitôt, les sentiments qui couvaient en elle s'embrasèrent. Ce n'était pas le moment.

— Cassie.

Ce n'était pas une question. Plutôt une déclaration.

Du bras qui enserrait sa taille, il la força à se retourner lentement. Un seul regard à ses lèvres suffit pour qu'elle sente les siennes s'entrouvrir. Henry rengaina son arme et approcha lentement son visage du sien.

Tout autour d'eux, la forêt se tut.

Plus rien n'existait au monde que deux êtres à la respiration haletante, en quête d'une chose que l'autre pouvait être en mesure de leur donner. Au diable le passé et l'avenir, Cassie ne voulait rien sinon l'homme qui lui avait donné son fils, ici et maintenant.

Tout son corps se tendit d'impatience. Elle ferma les yeux et offrit son visage à l'homme qui se penchait vers elle.

Le cœur de Henry battait sur un rythme effréné. Tout son corps se préparait pour la femme qu'il tenait encore par la hanche. Ils s'étaient embrassés, la nuit dernière, mais ce baiser-ci était différent. Il était la manifestation d'un sentiment presque charnel, un besoin qui touchait à l'irrépressible.

Son corps décida d'y céder.

Il pressa ses lèvres contre celles de Cassie, tellement attirantes, chaudes et douces. Il entremêla ses doigts dans ses cheveux pour maintenir fermement sa tête. Un gémissement s'éleva entre leurs bouches jointes, qui balaya toutes ses dernières réserves.

D'un geste empli de prévenance et de détermination, il poussa Cassie vers l'arrière jusqu'à ce qu'elle soit adossée au tronc de l'arbre le plus proche. D'une main, il prit appui contre l'écorce. Sa langue s'enfonça dans la bouche de Cassie et rencontra la sienne, prolongeant le baiser avant de l'approfondir. Il était en terrain familier, mais il allait quand même poursuivre son exploration.

Il laissa glisser son autre main de ses cheveux jusqu'à sa hanche afin de l'attirer plus près encore de lui, pour lui prouver que l'attirance qu'elle exerçait sur lui n'avait rien perdu de sa force pendant qu'ils étaient séparés. Il désirait tellement cette femme que son jean commençait à le serrer douloureusement au niveau de l'entrejambe.

Mais elle avait encore de l'avance sur lui.

Elle plaqua les deux mains sur ses fesses et y crispa les doigts, usant de toute sa force pour essayer de l'attirer tout contre elle. Henry fut tellement surpris par ce geste qu'il ne put retenir le petit rire qui était né dans sa gorge.

Cassie rejeta la tête en arrière pour le regarder, mais sans retirer ses mains de ses fesses. Ses paupières étaient mi-closes, ses lèvres gonflées par les baisers, et ce fut d'une voix un peu essoufflée qu'elle demanda :

— Quoi ?

— Jamais je n'ai été malmené comme ça par une femme.

Elle ne sembla pas le moins du monde contrite. Au contraire, elle haussa les sourcils et répliqua :

— Comment peux-tu être étonné que j'admire ta plastique

alors que tu portes un jean comme celui-là ? Je ne te croyais pas aussi pudique, adjoint Ward. Ni aussi bête.

Elle s'interrompit, se redressa de toute sa taille et leva le menton d'un air décidé.

— En plus, les effets des hormones de grossesse ne sont pas un mythe.

Un autre rire lui échappa. Un rire sonore et franc cette fois, qui sembla ravir Cassie. Les commissures de ses lèvres se relevèrent en un sourire magnifique.

Il ne put s'empêcher d'embrasser ce sourire.

— Tu vois ? dit-il en se reculant. Tu es un flacon de sauce épicée.

Soudain, un craquement se fit entendre quelque part derrière eux, et l'atmosphère changea du tout au tout. Cassie relâcha Henry, qui fit volte-face en prenant garde de la protéger de son corps. Il avait déjà dégainé son arme.

Kristen leva vivement les mains en signe de reddition.

— Voilà qui est embarrassant, se hâta-t-elle de dire.

Cassie laissa échapper un soupir.

— Qu'est-ce que tu fais ici ? demanda-t-elle à sa sœur, d'une voix lourde d'irritation.

Henry remit son revolver dans son étui et fit un pas de côté afin que Cassie puisse mieux voir sa sœur aînée. La jeune femme les regarda tour à tour, l'air entendu.

— Je pourrais vous demander ce que vous faites ici, vous aussi, mais je pense que c'est évident, rétorqua-t-elle. Pour ma part, je me suis inquiétée en vous entendant sortir. Nous sommes pourtant censés nous cacher, non ?

Le claquement caractéristique de plusieurs portières de voiture résonna soudain derrière eux, dans la direction de la cabane. Henry ressortit aussitôt son arme de son étui. Personne n'était susceptible de venir ici.

Et même si Suzy Simmons ou James Callahan en avaient eu l'intention, jamais ils n'auraient amené autant de monde avec eux.

Le temps que Henry pousse Cassie derrière l'arbre contre lequel ils étaient appuyés quelques instants plus tôt, il avait compté au moins six claquements de portières.

— Calvin ? chuchota-t-elle.

Il y eut un bruit de verre brisé, qui rendait toute réponse superflue : qui que soient leurs visiteurs, ils n'étaient pas animés des meilleures intentions.

— Nous devons partir, dit-il.

Déjà, il avait saisi la main de Cassie. Kristen accourut auprès de sa sœur.

— Essayez de ne pas faire de bruit.

Henry sentait les battements effrénés de son cœur résonner à ses oreilles. Il pouvait affronter un homme, voire deux ou trois, si les circonstances lui étaient favorables. Mais cinq ou six ?

S'il était vaincu, Cassie et Kristen seraient les prochaines victimes des malfaiteurs.

Non. Il allait d'abord essayer de les mettre en sécurité et ensuite...

— Hé ! Je vois quelque chose ! lança une voix.

Il devait trouver un plan de secours. Il lâcha un juron et fit volte-face en relâchant la main de Cassie.

— Partez, ordonna-t-il par-dessus son épaule. Je vais les retenir.

Cassie s'arrêta net et secoua la tête.

— Je ne te quitterai pas !

— Je serai juste derrière vous, mentit-il. Je vais seulement leur faire peur pour vous laisser le temps de prendre un peu d'avance.

Le visage de Cassie se tordit sous l'effet d'une émotion qu'il ne put reconnaître. Il n'en avait pas le temps.

— Kristen, emmenez-la, ordonna-t-il d'une voix dure.

Au loin, deux silhouettes approchaient entre les arbres.

— Viens, Cassie.

Elle dut résister, parce que la voix de Kristen aussi se fit cassante.

— Pense à ton fils.

Henry ne quitta pas des yeux les hommes qui venaient vers lui à travers les arbres, mais c'étaient les bruits qui s'élevaient derrière lui qu'il écoutait.

Les bruits produits par Cassie qui s'éloignait en courant.

20

L'un des hommes était tout de noir vêtu. Le visage de l'autre était dissimulé par une cagoule de ski. Tous deux étaient armés, mais ils n'étaient pas plus prêts l'un que l'autre à se retrouver face à Henry.

Il vérifia rapidement son revolver et courut droit vers les hommes. Apparemment, ils ne s'y attendaient pas.

L'homme cagoulé hésita, trébucha et tomba en poussant un glapissement. Son camarade sut mieux contenir sa surprise. Il écarquilla les yeux, mais leva son revolver d'une main qui ne tremblait pas. Il fit feu, deux fois, en même temps que Henry.

Henry vit des fragments d'écorce voler tout près de sa tête, et une vive brûlure zébra le côté de sa jambe. Mais toute son attention était concentrée sur son adversaire. Touché en plein ventre, l'homme s'effondra au sol.

Il ne restait plus à Henry qu'à s'assurer que son ami cagoulé ne se relèverait pas.

Il ferma un œil, visualisa le point exact qu'il voulait atteindre et pressa la détente.

La Cagoule laissa échapper un autre glapissement. De douleur, cette fois.

Henry se jeta sur lui et lui prit son arme. De son côté, l'homme en noir avait perdu connaissance, mais Henry préféra ne pas prendre de risques. Il fourra le revolver de son comparse dans la ceinture de son pantalon et courut vers celui que l'autre homme avait lâché. Pressant son épaule de la main, la Cagoule laissa libre cours à sa fureur.

— Espèce de sal...

Un coup de feu claqua, quelque part dans les bois, et Henry s'accroupit derrière l'arbre le plus proche. Il devait réviser sa stratégie. Toute personne se trouvant dans la cabane ou dans les bois devait avoir entendu les coups de feu. Même si le tireur qui approchait maintenant était seul, d'autres pouvaient rapidement le rejoindre.

Henry inspira vivement. Il sentait l'adrénaline se déverser à flots dans ses veines. Il baissa la tête et passa de l'autre côté de l'arbre. Il ne reconnut pas le nouveau tireur, mais cet homme était bien plus adroit que ses deux comparses.

Une douleur fulgurante irradia dans son bras, mettant sa précision à mal. Sa balle passa assez près de l'homme pour le contraindre à se mettre à couvert, mais trop loin pour l'atteindre.

— Descends-le ! hurla la Cagoule.

Henry lâcha un juron sonore et regretta de ne pas l'avoir assommé. L'exhortation suffit à stimuler le troisième homme. Cette fois, Henry esquiva sa balle de justesse en se jetant vivement sur le côté.

S'il ne trouvait pas un meilleur endroit pour se mettre à couvert, il n'allait pas tarder à se retrouver dans un sérieux guêpier.

Il leva de nouveau son arme, prêt à stopper l'homme pour de bon, en ignorant les protestations de son bras qui n'appréciait guère d'être ainsi sollicité alors qu'il venait de prendre une balle.

Mais il n'en eut pas le temps.

Un autre coup de feu déchira l'air. L'homme qui lui avait tiré dessus s'effondra sans un cri. La balle lui avait transpercé le crâne. Henry s'immobilisa, abasourdi.

Calvin se tenait à quelques mètres du corps du troisième tireur.

Et, bien qu'il pointe son arme sur Henry, il cria un ordre qui résonna dans la forêt.

— Si quelqu'un d'autre tire sur Henry Ward, je le tue lui aussi. Compris ?

Henry ne s'était donc pas trompé en supposant que la

situation était déséquilibrée. Il avait neutralisé deux hommes, mais il en restait d'autres.

Des cris d'acquiescement résonnèrent au loin, vers la cabane. Mais d'autres provenaient du seul endroit où il n'aurait surtout pas voulu en entendre.

De la forêt, derrière lui.

— Je sais que tu vas essayer d'abattre autant de mes hommes que possible, lança Calvin. Mais tu peux me croire, je suis prêt.

Un cri de femme s'éleva soudain, glaçant le sang de Henry. Il fit volte-face, en se moquant pas mal de tourner le dos à Calvin. Paula apparut entre les arbres, un sourire aux lèvres. Elle poussait Kristen devant elle en la menaçant de son arme.

Les yeux de la jeune femme étaient écarquillés par la terreur.

— L'autre jour, tu te planquais dans un hôtel avec une femme enceinte. Et maintenant, tu te balades en forêt avec une autre, commenta Paula en secouant la tête. Et moi qui espérais que j'aurais l'occasion de remercier ta copine pour ma nouvelle cicatrice.

Elle désigna son épaule entourée d'un bandage. Henry échangea un regard avec Kristen, mais ne lut rien dans ses yeux.

— Et maintenant que nous avons tout ce qu'il nous faut, je pense qu'il est temps de nous mettre au boulot, dit Calvin.

Henry se tourna à temps pour voir son sourire satisfait disparaître.

— Comme tu l'as dit, nous avons passé l'âge de ces petits jeux. Il est temps que nous nous comportions en adultes.

L'esprit de Henry n'était plus qu'un tourbillon confus de questions, de craintes et de plans visant à les sauver.

Mais une question surnageait, plus poignante que les autres.

Où était Cassie ?

— Arrêtez de me mordre !

Michael parvint à libérer sa main, mais Cassie était prête à tenter de nouveau sa chance à la première occasion. Ses mains étaient attachées derrière son dos, mais elle était traversée par un tel torrent de rage mâtinée d'adrénaline qu'elle était certaine de pouvoir faire mal à ce type.

— Oh ! désolée ! hurla-t-elle. Est-ce que je vous embête ?

Sa voix se répercuta sur les murs qui les entouraient. Elle avait mordu l'homme alors qu'il venait de lui ôter le morceau de tissu avec lequel il lui avait bandé les yeux, quelques minutes plus tôt. Elle baissa un peu les paupières pour ne pas être aveuglée par le soleil qui entrait par la fenêtre la plus proche et conclut :

— Compte tenu du fait que c'est vous qui m'avez enlevée, bandé les yeux, bâillonnée et ligotée à une chaise, je vous trouve plutôt gonflé.

Elle lutta contre la corde qui lui enserrait les poignets. Le nœud était assez lâche. Peut-être pouvait-elle libérer l'une de ses mains... Et là, elle aurait une chance de se battre.

Michael ôta son veston. La pièce où ils se trouvaient était vide de tout meuble, et dénuée de tout système de climatisation.

— Il fallait que je vous emmène aussi rapidement et silencieusement que possible, dit-il. J'ai pensé que vous ne me croiriez jamais si je vous disais que j'essayais de vous sauver.

Cassie haussa les sourcils et eut un petit reniflement dubitatif.

— Vous essayiez de me sauver ? Vraiment ?

Michael leva les yeux au ciel avant de les poser sur sa main, qui portait encore la marque en demi-lune de ses dents. Ensuite, il soupira.

— Malgré ce que vous pouvez penser de moi, je ne suis pas un bandit sans cœur. On m'a payé pour retrouver Henry Ward et l'amener jusqu'à Calvin. Je savais que Calvin voulait se venger, mais j'ignorais jusqu'où il était prêt à aller. Il vous a vue traîner Henry jusque dans la maison pour le mettre à l'abri, hier matin. C'est ce qui lui a donné l'idée de se servir de vous pour l'atteindre. J'ai bien essayé de vous prévenir, de vous convaincre de vous éloigner de lui, mais on dirait que mes mises en garde ont eu l'effet contraire.

Cassie inclina la tête sur le côté. Elle ne comprenait plus rien.

— Mais pourquoi ? demanda-t-elle. Pourquoi tenez-vous autant à veiller sur moi ? Nous ne nous connaissons même pas.

Michael posa les yeux sur son ventre et son expression s'adoucit.

— Ma femme est enceinte, dit-il simplement.

Cassie savait qu'elle pouvait parfois se montrer naïve et beaucoup trop gentille. Pourtant, il avait suffi que l'homme prononce ces quatre mots pour qu'elle le croie. Mais elle n'était pas entièrement soulagée pour autant.

— Pourquoi est-ce que vous n'avez pas aussi emmené ma sœur ? Et aidé Henry ?

La peur comprima soudain sa poitrine.

— Qu'est-ce qui leur est arrivé ? reprit-elle. Est-ce que vous savez où ils sont ? Et nous, où sommes-nous ? Et qu'allons-nous faire ?

Michael secoua la tête.

— Paula a bien failli vous attraper toutes les deux. Je suis certain qu'il lui aurait suffi de poser les yeux sur vous pour oublier qui était son patron. N'oubliez pas que vous lui avez tiré dessus. Elle veut vous le faire payer. Par contre, elle n'a rien contre votre sœur. D'ailleurs, je pense que personne dans la bande ne sait qu'il s'agit de votre sœur, à moins qu'elle ou l'adjoint ne le leur aient dit. Je suis le seul à le savoir. C'était mon boulot de chercher ce genre de renseignements.

Un profond désespoir envahit Cassie.

— Donc Kristen est avec Paula et Calvin ? Et Henry aussi ?

Le visage de Michael fut traversé par une émotion que Cassie ne put identifier, mais qui l'effraya.

— Oui, répondit-il. Calvin et sa bande de joyeux lurons les ont emmenés tous les deux. Pour autant que je sache, ils sont encore en vie. Mais...

Il regarda vers la fenêtre.

— Quand je vous ai emmenée, il a repéré ma voiture qui s'éloignait. Je savais qu'il enverrait quelqu'un à nos trousses si j'essayais de fuir. Alors, je suis revenu jusqu'à notre planque. Heureusement qu'il semblait préoccupé. Sinon, il aurait pu remarquer que j'attendais que lui et ses hommes soient hors de vue pour vous conduire à l'intérieur.

Cassie comprenait de moins en moins les agissements de cet homme.

— Attendez… Vous m'avez donc enlevée pour ne pas qu'ils m'enlèvent, ou pire, et vous m'avez emmenée à l'endroit où ils m'auraient emmenée s'ils m'avaient enlevée ?

Michael passa une main dans ses cheveux roux. La frustration se lisait sur son visage.

— Personne n'est parfait, mademoiselle Gates.

Henry tomba lourdement au sol. Un filet de sang coulait le long de son bras et tombait en grosses gouttes sur le plancher, à côté de lui. De la poussière vola et vint se coller sur son visage. Il gémit.

— Ce qui est marrant, c'est que ce sont tes menottes que tu as aux poignets, dit Calvin avec un rire. Celles que je t'ai prises hier, à quelques pas d'ici.

Henry roula sur le flanc, puis sur le dos. Il reconnaissait cette pièce pour y être déjà venu. Mais la veille, c'était le visage d'une belle femme qui se penchait vers lui. Aujourd'hui, c'était celui d'un dément.

Il n'espérait plus qu'une chose : que Cassie était en sécurité, où qu'elle se soit cachée.

— Où as-tu emmené Kristen ? demanda-t-il.

Il était tellement furieux qu'il était à peine capable de former les mots. Les bandits avaient fait monter Kristen dans la même voiture que lui et l'avaient utilisée comme moyen de pression pour qu'il n'oppose aucune résistance. Dès que la voiture était arrivée dans le vieux lotissement de Westbridge et s'était garée devant la maison même où Cassie et lui s'étaient réfugiés la veille, Paula avait emmené Kristen. Henry avait profité de l'occasion pour se rebeller, ce qui lui avait valu de se faire violemment frapper par l'un des innombrables malfrats que Calvin avait enrôlés — et de se retrouver avec les mains menottées dans le dos.

— Qu'est-ce que tu vas faire d'elle ?

Calvin s'adossa au mur et, d'un signe de la tête, ordonna à

l'homme qui avait amené Henry de sortir. Il ne parla pas avant que l'homme ait refermé la porte derrière lui.

— Pour le moment, elle va bien.

Il ne s'était pas départi du large sourire satisfait qu'il arborait depuis qu'il avait ordonné à Henry de monter dans la voiture.

— Mais tu sais comment ça se passe, poursuivit-il. Si tu fais l'imbécile, j'irai la chercher et je ferai en sorte qu'elle n'aille pas si bien que ça.

Henry se mit en position assise en prenant appui sur le mur le plus proche. Même si la balle n'avait fait que traverser son bras, la douleur était vive. Mais il n'avait pas le temps de se plaindre. Il fallait qu'il trouve un moyen de retrouver Kristen et de s'échapper avec elle. S'il arrivait quelque chose à sa sœur, jamais Cassie ne lui pardonnerait, et il ne se le pardonnerait pas non plus. Surtout si elle mourait des mains de Calvin.

— Je ne comprends pas, annonça-t-il.

Il devait gagner du temps pour recouvrer un peu de ses forces. Il décida d'en profiter pour essayer d'obtenir les réponses à quelques-unes de ses questions.

— Je t'ai vu te faire tuer dans ce hangar. Et pourtant, tu es bien là, accompagné de toute une bande de criminels dont le seul but est de faire régner la terreur dans une petite ville de l'Alabama. Pourquoi ?

De nouveau, Calvin éclata de rire. Cette fois, Henry distingua son amertume.

— Je vais te dire une chose, répondit-il. La première fois que nous nous sommes rencontrés, j'ai pensé que nous avions le potentiel pour former un duo de choc. Quand nous avons commencé à travailler ensemble, j'en ai été certain. Que ce soit pour mettre fin à une bagarre, pour rattraper un idiot qui pensait pouvoir nous échapper ou pour essayer de distinguer le vrai du faux dans ce que nous racontait un pauvre camé, nous agissions avec une totale symbiose. Et là, bam ! Nous avons commencé à travailler sous couverture.

Il frappa dans ses mains.

— Et tu sais quoi ? Je me suis rendu compte que nous étions aussi doués pour être méchants que pour être gentils !

Ces mots emplirent Henry d'un mélange de rage et de honte.

— Ce n'était que de la mise en scène, répliqua-t-il. C'était un boulot, rien de plus !

Le visage de Calvin se tordit sous l'effet de la colère. Il donna un coup de poing dans le mur, avec assez de force pour faire vibrer les carreaux de la fenêtre.

— Ce n'était pas qu'un boulot ! hurla-t-il. C'était un but ! Et j'ai très vite compris que nous pouvions l'atteindre !

Il écarta les mains.

— J'en ai vite eu assez de passer mes journées à regarder des hommes et des femmes bien moins intelligents que nous faire fortune en fournissant un minimum d'efforts. C'est là que j'ai vu l'objectif que je pouvais viser. Il m'a été d'autant plus facile de l'atteindre que je n'avais même pas besoin de faire semblant de le vouloir.

Henry crut qu'il allait vomir. Comment avait-il pu ne pas remarquer le changement qui s'était produit en Calvin ?

Comment avait-il pu ne rien deviner ?

— Et après ? demanda-t-il. Tu es devenu un cliché de série policière ? Le flic qui a passé tellement de temps à travailler sous couverture qu'il ne distingue plus la frontière qui sépare le bien du mal ?

Calvin éclata de rire, mais son visage ne reflétait aucune joie. Henry était dérouté par ses sautes d'humeur perpétuelles. Il commençait à se demander si cet homme était mentalement stable, ou s'il était tellement fou qu'il était devenu impossible de trouver un quelconque sens à ses actes.

— Tu vois, Henry, c'est tout toi, dit-il. Je sais très bien que tu as un millier de pensées en tête, mais que tu ne diras rien de ce que tu penses vraiment à moins qu'on t'y oblige. Voilà pourquoi tu excellais dans les missions sous couverture. Tu pouvais rester assis et réfléchir à ce que tu allais faire, et tout le monde prenait ton mutisme pour de la bêtise. Je parie que tu es en train d'essayer de comprendre pourquoi je suis comme je suis. Tu te demandes ce qui s'est passé, quels sont les signes qui auraient pu t'indiquer que j'entamais ma descente vers...

Il se désigna des deux mains avant de conclure.

— Vers ce que je suis maintenant.

Il traversa la pièce et ne s'arrêta que quand ses bottes touchèrent presque celles de Henry. Là, il se pencha et fendit l'air du doigt.

— Maintenant, reprit-il d'un ton plein de hargne, je veux que tu m'écoutes attentivement. Ça n'a rien à voir avec ce que tu as fait, ou pas fait. Ça ne vient que de moi. Tu vois, jamais je n'ai eu la moindre difficulté à distinguer la frontière dont tu viens de parler. Aucune mission en particulier ne m'a fait basculer de l'autre côté. D'ailleurs, il n'y a jamais eu d'autre côté. Tu veux savoir pourquoi ?

Henry ne dit mot. Il avait serré les poings et sentait le sang de sa blessure se figer sur sa peau.

Le visage de Calvin était cramoisi. Quand il se remit à parler, il postillonnait.

— Dès que j'ai commencé à travailler sur le terrain, j'ai su précisément ce que je voulais devenir. Je voulais être méchant. Il m'a seulement fallu un peu de temps pour le comprendre.

— Alors, pourquoi es-tu venu ici ? demanda Henry. Pourquoi t'en prendre à moi ? Tu aurais pu continuer à te planquer. Personne ne se doutait que tu puisses être ressorti vivant de ce hangar, et certainement pas moi.

Calvin lui répondit par une autre question.

— Est-ce que tu te rappelles pourquoi les forces de l'ordre se sont intéressées à Arnold Richland pour la première fois ?

Henry connaissait la réponse.

— Il est devenu beaucoup plus puissant, et très rapidement.

Calvin claqua des doigts.

— Exactement ! Et tu te souviens comment il a fait pour y arriver ?

Cette fois, l'ancien coéquipier de Henry n'attendit pas qu'il réponde.

— Arnold Richland savait inspirer la loyauté chez tous ceux qui travaillaient pour lui, ou presque, reprit-il. Il leur promettait l'argent et le pouvoir, et il tenait parole. Alors oui, bien sûr, son ascension a attiré notre attention. Mais il y a aussi gagné la loyauté d'une véritable petite armée, dont la plupart des membres sont encore en activité.

Henry grinça des dents.

— Et c'est grâce à toi, je suppose.

Calvin se fendit d'un nouveau sourire narquois.

— Je me suis demandé si tu allais comprendre que c'était moi qui avais renseigné les Richland, cette nuit-là, même si j'étais censé appartenir à leur bande depuis quelques mois. D'ailleurs, j'ai eu beaucoup de mal à convaincre Arnold de ne pas te tuer.

Henry y voyait rouge.

— Si tu avais l'intention de me laisser mourir dans ce hangar, pourquoi monter toute une mise en scène pour me faire croire à ta mort ?

Il avait hurlé, mais Calvin ne broncha pas.

— Un soir, reprit-il, Arnold m'a raconté les débuts de son ascension vers le pouvoir. À l'en croire, certains de ses premiers partisans se demandaient jusqu'où il serait prêt à aller pour asseoir la puissance de sa bande. Ils s'inquiétaient surtout de l'influence de son petit frère, Reggie. Tu te souviens de lui ?

Henry était bien trop furieux pour répondre. Sans se laisser démonter, Calvin poursuivit :

— Reggie était prêcheur. Il était humble et gentil… Autrement dit, l'exact opposé de ce qu'Arnold voulait être. Reggie était le yin de son yang. Alors, il a compris ce qu'il devait faire : tuer Reggie pour fournir à ses partisans la preuve de sa détermination.

Henry fut gagné par la nausée.

— Et à tes yeux, c'est ce que je suis pour toi ? demanda-t-il. Tu me vois comme ton contraire, et tu te sens obligé de me tuer pour illustrer un concept complètement tordu ?

Calvin se borna à acquiescer.

— Quand tu étais coincé dans ce bâtiment en flammes, je me suis dit : « Tout compte fait, c'est facile. » Mais ensuite, j'ai appris que tu étais en vie, et que tu étais parti dans l'Alabama pour essayer de commencer une nouvelle vie.

Il haussa les épaules.

— Je n'aurais pas pu rêver meilleur endroit pour entamer ma propre ascension vers le pouvoir. Le bureau du shérif cristallisait tellement de haines et de rancunes qu'il m'a presque été trop facile de trouver des recrues. Je n'ai eu qu'à leur promettre qu'ils pourraient assouvir leur vengeance. J'ai même réussi à les convaincre de patienter et de suivre à la lettre les directives que je leur donnerais en améliorant mon offre. Je leur ai promis un plan leur garantissant que leur vengeance serait accompagnée de souffrance.

— Mais ça n'a pas marché, remarqua Henry. Du moins, pas aussi bien que tu le leur avais promis.

Calvin haussa les épaules avec la plus totale indifférence.

— Je leur ai juste promis de leur fournir l'occasion d'obtenir ce qu'ils voulaient. S'ils ont échoué dans l'exécution de mon plan, c'est uniquement de leur faute. Tout ce que je leur proposais, c'était de leur fournir les outils qui leur permettraient de tenter leur chance. Ce n'est pas de ma faute si cet idiot de Darrel n'a pas pu attendre avant de s'en prendre au shérif. Certains esprits sont trop étriqués pour englober un tableau dans son ensemble.

— Et maintenant ? demanda Henry. Tu attends un nouvel orage ?

Calvin secoua la tête.

— Ma petite démonstration m'a valu leur intérêt. Ta mort me gagnera leur loyauté.

Les muscles de Henry commencèrent à se tendre. Un tourbillon de pensées agitait toujours son esprit. Il pensait à Cassie et à son fils, à Kristen, à Maggie et Matt, à Caleb et Alyssa. Il pensait à toutes les autres personnes qu'il avait rencontrées depuis son arrivée dans le comté de Riker. Il pensait aussi à Hawk, qui s'était battu à ses côtés, à Suzy, qui devait le fardeau qu'elle portait maintenant à son statut de première adjointe, et à Billy et sa famille. Il eut même une pensée pour Gary, le client de l'Eagle qui avait été trop ivre pour voir combien la blonde qui lui demandait de lui payer un verre était merveilleuse.

Mais surtout, il pensait à Calvin Fitzgerald.

Cet homme avait fait partie intégrante de sa vie pendant des années. En ce temps-là, il était drôle, futé, parfois ridicule, gentil quand il le fallait et prévenant quand c'était nécessaire. Et il ne tenait pas du tout l'alcool, surtout la vodka.

Jamais Henry n'avait eu de meilleur ami. Et pour lui, les choses étaient claires : Calvin Fitzgerald n'était jamais ressorti de ce hangar, dans le Tennessee.

Au lieu d'être de nouveau terrassé par le chagrin qui avait provoqué sa chute après l'incendie, Henry sentit une tout autre émotion se propager en lui.

— Tu viens de dire que je ne t'ai jamais vraiment connu, souffla-t-il, et c'est peut-être vrai.

Ce n'était ni une remarque ni l'entame d'un discours. Il n'avait même pas l'impression qu'il s'agisse de mots. Lentement, Henry ramena ses jambes sous lui et se releva. L'homme qui lui faisait face, ce Calvin qui s'était construit sur un ego démesuré et un sens moral complètement détraqué, recula d'un pas.

Il n'avait pas encore compris. Malgré tout son talent et son expérience, Calvin Fitzgerald n'avait pas décelé les signes avant-coureurs.

Il ne savait pas qu'il avait déjà perdu la partie.

— On peut trouver beaucoup de choses dans la malle aux souvenirs, dit Henry.

Son esprit était maintenant vide de toute douleur et de toute colère. Il ne ressentait plus que la promesse d'une justice imminente, qui attendait qu'il tende la main vers elle pour la concrétiser.

— Je ne te connais peut-être pas, mais toi tu me connais.

Cette fois, ce fut lui qui sourit.

— Alors, partenaire, je vais te poser une question : en temps normal, que ferait Henry Ward dans cette situation ?

Sa question fut suivie d'une seconde de silence. Et soudain, le visage de Calvin se décomposa. Toute allégresse, toute suffisance quittèrent ses traits. Son visage se creusa de rides d'inquiétude et la peur se glissa dans ses yeux exorbités.

Mais il répondit quand même :

— Il se battrait comme un forcené.

Henry rejeta les épaules en arrière.

— Je crois que tu me connais vraiment bien.

Et il chargea.

21

Cassie poussa rudement Michael, qui leva les yeux au ciel.

— J'essaie de vous aider, femme, chuchota-t-il. Laissez-moi entrer le premier.

Ils se tenaient au bout d'une terrasse décrépite, hors de vue des éventuels occupants de la voiture garée devant la maison. Michael tenait un revolver à la main. Cassie n'était armée que de ses hormones de grossesse, mais elles étaient plutôt féroces.

Michael lui avait fait promettre qu'elle n'essaierait pas de s'échapper ou, pire encore, de s'en prendre seule à Calvin. Ensuite, il l'avait libérée et lui avait donné le choix entre deux options.

Soit elle restait cachée dans cette maison et attendait que Calvin et ses gorilles s'en aillent pour se glisser à l'extérieur, soit il la faisait monter discrètement dans sa voiture et trouvait un prétexte pour partir.

Cassie avait riposté en lui proposant elle aussi de choisir entre deux scénarios.

Soit il se comportait comme le dernier des trouillards en laissant deux femmes et un homme de valeur se faire tuer, soit il donnait l'exemple à son enfant à naître en l'aidant à sauver le père du bébé qu'elle-même attendait.

Michael avait proféré quelques paroles assez peu élégantes, mais il avait fait le bon choix. Quelques minutes plus tard, ils s'apprêtaient à se glisser dans la maison où Kristen avait été emmenée.

Et elle refusait de le laisser entrer le premier.

— Cassie, lui rappela-t-il. Souvenez-vous que ces hommes croient que je suis encore dans leur camp.

Elle inspira profondément avant d'acquiescer malgré son agacement. Michael cacha la main qui tenait le revolver dans son dos, se redressa et frappa à la porte. Cassie se plaqua contre le mur. Quand un bruit de pas résonna à l'intérieur, elle ne prit pas le temps de se demander si elle devait avoir peur. Une seule pensée emplissait son esprit : personne ne priverait son fils d'une partie de sa famille.

La personne qui ouvrit la porte n'avança pas suffisamment pour qu'elle voie de qui il s'agissait. Mais Michael ne sortit pas son arme : donc, il la connaissait.

— Hé, Paula, lança-t-il, comment va ton bras ?

Son interlocutrice eut un reniflement dédaigneux.

— Il ira encore mieux quand je verrai le cadavre d'une certaine nana enceinte devant moi.

Cassie sentit son sang se glacer dans ses veines, mais Michael demeura impassible.

— On dirait que tu as quelques problèmes à résoudre, répondit-il avec irritation. Mais ça va devoir attendre. Calvin m'a dit de venir ici pour voir si j'arrivais à tirer quelque chose de la blonde.

Paula souffla.

— Bonne chance. J'ai eu beau lui cogner dessus, pas moyen de lui faire entendre raison. Elle ne veut rien dire.

Cassie se sentit aveuglée par la rage.

— Je sais parler aux femmes, dit Michael en avançant d'un pas.

Paula émit un petit son excédé. Cassie aurait parié qu'il était accompagné d'un roulement d'yeux.

— Comme tu veux.

Elle avait dû tourner les talons parce que Michael passa le seuil d'un bond. Cassie décida qu'elle n'allait pas rester plus longtemps sur la touche. Elle se rua derrière lui, plus que disposée à lui prêter main-forte, mais n'eut pas besoin d'intervenir.

Michael avait déjà cravaté Paula, et plaqué sa main libre sur sa bouche. Cassie se hâta de refermer la porte en espérant que personne n'avait été alerté par le bruit. La femme aux cheveux noirs se débattait contre l'homme, luttant tout à la fois contre lui et contre l'inconscience qui menaçait de l'engloutir. À force de ruer et de lui décocher des coups de talon, elle finit par toucher son point le plus sensible.

Michael étouffa un gémissement de douleur et relâcha légèrement sa prise sur la femme. Cassie n'allait pas rester là sans rien faire. Elle se rua en avant et décocha un violent coup de poing dans le bras de la femme, à l'endroit même où sa balle l'avait atteinte la veille.

Cela fit l'affaire.

Paula poussa un cri étouffé par la main de Michael et ses forces l'abandonnèrent. L'homme en profita pour reprendre l'avantage.

Quand la femme eut perdu connaissance, il la lâcha. Son corps flasque s'affaissa sur le sol.

— Je n'ai jamais vraiment aimé cette femme, dit-il, hors d'haleine.

Cassie allait renchérir quand un mouvement, dans un coin de la pièce, attira son attention.

C'était Kristen, ligotée sur une chaise, mais vivante.

Cassie s'élança vers sa sœur aînée et arracha le scotch qui lui couvrait la bouche. Elle aurait pu pleurer de soulagement.

— Tu vas bien ? demanda-t-elle à voix basse.

— Est-ce qu'il y a d'autres membres de la bande dans cette maison ? demanda Michael, derrière elle.

Kristen avait un bleu et des traces de sang sur la joue. Elle allait également avoir un œil au beurre noir. Mais quand elle répondit, sa voix ne tremblait pas.

— Je n'ai vu personne en dehors de cette affreuse bonne femme. Tous les autres sont retournés à la voiture, ou repartis.

Elle posa les yeux sur Cassie.

— Maggie est dans la pièce à côté.

Michael hocha la tête et se dirigea vers la porte.

— Laissez plutôt Cassie y aller, se hâta de conseiller Kristen. Maggie a déjà tabassé deux hommes. S'ils ne l'ont pas tuée, c'est uniquement parce que Calvin est intervenu.

Elle reposa sur Cassie des yeux qui s'emplissaient de larmes.

— Ils nous ont séparés, Henry et moi. Je ne sais pas où il est, mais il a vraiment tout fait pour essayer de me sauver.

Cassie embrassa rapidement sa sœur sur la joue.

— Tout va bien. On va le sauver, lui aussi, dit-elle sur un ton sans réplique. Michael, détachez-la, s'il vous plaît. Je vais chercher Maggie.

L'homme obéit sans discuter.

L'énergie qui gonflait la poitrine de Henry, conjuguée à sa masse musculaire et à sa prise d'élan, lui permit de projeter Calvin dans la fenêtre avec tant de force qu'ils passèrent tous deux à travers le carreau.

Ils flottèrent dans l'air pendant un instant avant que le sol monte à leur rencontre. Henry atterrit sur son ancien coéquipier, et entendit l'air quitter ses poumons sous la force de l'impact.

Il était temps pour lui de finir ce qu'il avait commencé.

Il roula sur lui-même pour se mettre à genoux dans l'herbe parsemée d'éclats de verre. Peut-être Calvin avait-il été pris par surprise, peut-être souffrait-il, mais Henry était certain d'une chose : son ancien coéquipier le connaissait bien.

Autrement dit, s'il n'agissait pas très vite, il allait perdre la partie.

Calvin roula sur le flanc. Sa respiration était encore laborieuse, mais Henry savait qu'il allait attraper le pistolet qu'il portait dans le dos, glissé sous la ceinture de son pantalon — et qui devait lui avoir fait un mal de chien quand il avait atterri dessus.

Henry se pencha vers sa cheville. Même si ses mains étaient menottées, il pouvait atteindre la seule chose que Calvin ne lui avait pas prise.

Il était déjà debout, son couteau à la main, quand Calvin acheva de se relever en essayant de dégainer son arme.

Une fois encore, Henry se rua vers son ancien coéquipier, l'épaule en avant, et le percuta violemment. Ensuite, il fit volte-face. Calvin comprit ce qu'il allait faire, mais il était trop tard. Henry lui planta son couteau dans le flanc. Sous le coup de la douleur et de la terreur, l'homme lâcha son revolver, que Henry écarta d'un coup de pied.

Calvin laissa échapper un glapissement sauvage et voulut lui décocher le même coup de poing que l'avant-veille, celui qui l'avait mis KO. Mais cette fois, Henry ne se laissa pas surprendre. Il esquiva le coup, mais sans s'éloigner, et s'apprêta à exécuter l'un de ses cinq mouvements préférés, celui-là même dont il avait été victime la veille : le coup de tête.

Son crâne percuta le visage de Calvin avec une telle violence qu'il entendit son nez se briser.

Calvin tomba de nouveau en arrière. Et cette fois, il ne se releva pas.

Henry aurait aimé pouvoir s'accorder un moment pour savourer cette victoire qui lui avait permis de mettre un terme aux agissements d'un fou, mais une phrase qu'avait prononcée Calvin lui revint en mémoire : cet homme avait tout fait pour gagner la loyauté de ses complices.

En entendant des pas résonner sur le trottoir, de l'autre côté de la maison, il espéra qu'il avait échoué.

Il était désarmé, ses mains étaient menottées derrière son dos, et sa chemise était imprégnée du sang qui coulait de ses nombreuses blessures.

Mais il lui restait deux femmes à sauver, une troisième à retrouver... et un fils à élever.

Il fit volte-face. Pour mener à bien tous ces projets, il était prêt à remporter autant de combats qu'il le faudrait.

— Henry !

C'était Cassie qui courait vers lui, suivie de sa sœur et de Maggie. Michael était là, lui aussi, son arme à la main.

Cassie dut remarquer le regard qu'il posait sur lui parce qu'elle s'empressa d'ajouter :

— Il est dans notre camp.

Maintenant, Cassie n'était plus qu'à quelques pas de lui. Henry allait lui faire part de ses doutes quant à la loyauté de Michael quand le rouquin leva son arme et la pointa vers lui.

Henry fit un pas en avant, afin de passer derrière Cassie pour la protéger de son corps, quand le monde se mit soudain à tourner au ralenti.

Les yeux de Cassie, ces yeux de la couleur de la forêt après une bonne averse purifiante, s'agrandirent d'effroi. Mais ce n'était pas lui qu'ils regardaient, mais un point derrière lui.

Il n'eut pas besoin de se retourner pour comprendre que Calvin l'avait berné, une fois de plus.

L'homme qui avait fait semblant de mourir criblé de balles dans un hangar du Tennessee avait fait mine de perdre ce dernier combat.

Henry entreprit de se retourner. Il savait que Calvin ne presserait pas la détente avant d'avoir vu son visage. Il voulait savourer l'instant où Henry comprendrait qu'il avait perdu la bataille. Quand il l'aurait abattu, il pointerait son arme sur Cassie. Tout serait fini avant que Michael ait eu le temps d'intervenir.

Et Henry refusait que quiconque souffre à cause du passé qu'il avait voulu laisser derrière lui.

Cassie hurlait déjà quand Henry se retourna et se rua vers Calvin, qui était assis mais armé, comme il l'avait déjà deviné.

Un coup de feu claqua dans l'air. Henry sentit la morsure de la balle dans son épaule, mais il ne ralentit pas pour autant.

En rassemblant jusqu'à la dernière once de fureur, de remords et de culpabilité qui l'habitait encore, Henry fit voler le pistolet de la main de Calvin d'un violent coup de pied, avant de le frapper au visage.

Il y eut un craquement, et Henry sut aussitôt que l'existence de son ancien partenaire était arrivée à son terme.

Calvin retomba en arrière, sur l'herbe parsemée d'éclats de verre. Son cou formait un angle étrange avec son torse, et ses yeux grands ouverts fixaient le ciel sans le voir.

Henry espéra que son vieil ami avait enfin trouvé la paix, même si c'était là une clémence qu'il ne méritait pas.

— Henry !

Un ventre protubérant effleura ses mains toujours menottées.

Sa vision commençait à s'obscurcir, tout un assortiment de blessures par balle, de coupures et d'ecchymoses semblaient se liguer pour essayer de le terrasser, mais à cet instant il sut qu'il avait trouvé la paix.

Épilogue

Cassie baissa les yeux et soupira. Le tissu blanc moulait étroitement son ventre qui, s'il n'était plus aussi gonflé, n'était pas non plus redevenu plat. Elle effleura des doigts le collier de perles que Kristen avait tenu à ce qu'elle porte et soupira. Sa robe était somptueuse, mais ses formes l'étaient nettement moins.

Kristen rit depuis la porte.

— Tu sais, si tu le lui demandais gentiment, je suis sûre que ton mari mettrait volontiers un autre bébé dans ton ventre.

Cassie leva les yeux au ciel, mais elle ne pouvait nier que l'idée était attrayante.

— Je pense qu'il serait de bon ton d'attendre au moins que le mariage ait eu lieu, répondit-elle. Pas toi ?

Kristen balaya ses objections d'un geste de la main.

— Techniquement, il a eu lieu.

Elle tendit le bras vers la fenêtre. À travers les fentes des persiennes, Cassie vit tout un groupe de gens flâner à l'extérieur.

— La réception a déjà commencé, ajouta Kristen.

Cassie sentit ses lèvres s'incurver en un franc sourire. Elle avait beaucoup souri, tout au long de cet après-midi.

Six mois déjà s'étaient écoulés depuis que Calvin Fitzgerald était mort dans l'herbe, entre deux maisons du lotissement de Westbridge. Six mois depuis le jour où, terrifiée, elle avait serré un Henry couvert de sang dans ses bras jusqu'à ce qu'une ambulance arrive. Six mois depuis le jour où elle avait craint de perdre l'amour de sa vie pour toujours.

Ce jour-là, alors que les moyens de communication du bureau du shérif étaient toujours hors service, l'inspecteur Matt Walker avait décidé de suivre son instinct, ou peut-être son cœur, et de retourner fouiller le lotissement de Westbridge dans l'espoir de retrouver sa fiancée. Quand il était arrivé, Maggie était dans la rue, en compagnie de Kristen et de Michael, qui tenait en respect les deux malfrats qu'ils avaient neutralisés. Matt avait appelé les renforts et les premiers secours dès qu'il avait aperçu le petit groupe. Henry, qui était toujours allongé dans l'herbe derrière la maison, était resté conscient jusqu'à ce qu'ils arrivent. Il avait même trouvé la force de gronder Cassie.

— J'aimerais que tu arrêtes d'essayer de me sauver la vie, avait-il dit en souriant.

Cassie l'avait fait taire.

— Je suis une dame du Sud, et les dames du Sud oublient toute leur bonne éducation si quelqu'un s'en prend à ce qui leur appartient. Et il se trouve que tu m'appartiens, adjoint Ward. Si tu as des ennuis, sache que je serai toujours là pour essayer de t'en tirer.

Il avait éclaté de rire avant d'avouer :

— Ça pourrait me plaire.

Elle l'avait accompagné à l'hôpital, Kristen en remorque, et avait passé toutes ses journées à son chevet jusqu'à ce qu'il se rétablisse. Deux mois plus tard, les rôles s'étaient inversés. C'était elle qui s'était retrouvée dans un lit d'hôpital, Henry à son chevet — grâce à l'arrivée d'un petit garçon aux cheveux blonds et aux yeux bleus prénommé Colby.

Si quelqu'un avait demandé à Henry s'il avait pleuré en voyant son fils pour la première fois, il aurait répondu que non. Mais Cassie savait que ça aurait été un mensonge.

Dès le premier instant, il avait été aussi malléable que de la pâte à modeler dans les mains minuscules de Colby.

Cassie revint au présent en voyant que sa sœur Denise allait droit vers l'homme qui avait volé son cœur. Elle soupira et dit :

— Je pense que je ferais mieux d'aller arracher ce pauvre homme aux griffes de Denise.

Kristen s'approcha d'elle et passa un bras autour de ses épaules.

— Tu sais, si tu voulais vraiment qu'elle revienne s'installer ici, je te parie qu'il suffirait de le lui demander, remarqua-t-elle. C'est elle, la grande sœur responsable. Et comme elle a plein d'enfants, je suis sûre qu'elle pourrait t'aider.

Cassie secoua la tête et poussa sa sœur du coude.

— Je l'aime, comme je sais que tu l'aimes toi aussi, mais je pense que la seule sœur dont j'ai besoin vit déjà en face de chez moi.

Un large sourire s'épanouit sur le visage de Kristen, faisant apparaître ses fossettes. Elle pressa les épaules de Cassie et, tout aussi rapidement, se rabattit sur la taquinerie.

— Très bien, madame Ward. Maintenant, arrête un peu d'être aussi fleur bleue. Allons sauver ton mari des mains de la merveilleuse terreur qu'est notre Denise.

Les invités se pressaient sur la piste de danse et autour des nombreuses tables. Cassie avait proposé un mariage intime, mais Henry avait refusé parce qu'il savait à quel point sa famille comptait à ses yeux. D'ailleurs, elle était tellement étendue qu'elle composait la moitié de la foule des invités. Quant à l'autre moitié, elle rassemblait les quelques parents de Henry et les membres du bureau du shérif du comté de Riker. Presque tous ceux de leurs collègues qui étaient en service avaient pu se libérer pour venir les féliciter. Certains étaient allés jusqu'à demander un jour de congé pour assister au mariage.

Cassie, qui avait besoin de se reposer un peu, s'assit à une table, au bord de la piste de danse. Elle regarda Billy danser avec sa fille tandis que Mara dansait avec leur fils. Non loin d'eux, Matt, Maggie et leur fils avaient l'air de s'amuser comme des petits fous, tout comme Suzy, James et leur grande famille.

Cassie aperçut Kristen. Elle se demandait si sa sœur soupirait toujours après le séduisant millionnaire quand elle s'aperçut que toute son attention était concentrée sur un autre homme.

— Oh ! bon sang ! marmonna-t-elle pour elle-même.

Kristen usait de son sourire séducteur sur Garrett, le frère de Henry. Voilà qui promettait d'être intéressant, d'autant que Garrett venait tout juste de faire part à Henry d'une nouvelle surprenante : il était transféré à Darby.

— Est-ce que je peux vous demander de m'offrir un verre ? dit soudain une voix, tout près de son oreille.

Le sourire de Cassie s'élargit encore.

— Je devrais plutôt vous demander de faire semblant de m'en offrir un, poursuivit-il.

Elle avait l'impression que toute une éternité s'était écoulée depuis qu'elle avait dit ces mêmes mots à Gary, au comptoir de l'Eagle.

— Je ne sais pas si mon mari serait d'accord, répondit-elle.

Il vint s'asseoir à côté d'elle. Il tenait dans ses bras le seul homme qui puisse porter le costume avec autant d'élégance que lui.

— Je pense qu'il le serait. D'autant qu'il en mérite un. Il vient d'affronter une couche particulièrement dangereuse.

Il ponctua sa phrase du petit sourire narquois qui mettait toujours tout son être au garde-à-vous. S'il avait porté son jean, Cassie aurait pu fondre complètement.

Henry lui passa Colby et déplaça sa chaise de façon à pouvoir regarder lui aussi les danseurs.

Cassie passa la main dans les cheveux soyeux de son fils pendant que Henry lui caressait l'épaule du pouce.

— Je pourrais m'habituer à tout ça, dit-elle enfin.

La perfection du bonheur qu'elle ressentait à être entourée des deux hommes de sa vie et de toute sa famille explosa dans sa poitrine.

Henry sourit.

— Tant mieux. Parce que je n'ai pas l'intention de te laisser partir. Je suis peut-être idiot, par moments, mais pas à ce point.

Encore ce petit sourire narquois.

Peut-être qu'elle pouvait se passer de ce jean, tout compte fait.

REGAN BLACK

Une femme aux abois

Traduction française de
GAËLLE BRAZON

BLACK ROSE

HARLEQUIN

Titre original :
PROTECTING HER SECRET SON

Ce roman a déjà été publié en 2019.

1

Shannon Nolan avait toujours aimé cette étape d'un projet de construction. Plus la fin d'un chantier approchait, plus l'adrénaline s'emparait de l'équipe, plus l'effervescence était palpable. Elle trempa son pinceau dans un petit pot de laque grise et appliqua une nouvelle couche sur les encadrements des portes et des fenêtres. En plus d'être un as de la conception, son chef avait un sens aigu du détail. Elle était d'autant plus pressée d'en finir qu'elle savait ce qui l'attendait ensuite : elle allait participer au projet d'entraide entamé par son employeur le mois dernier.

C'était une des nombreuses raisons pour lesquelles elle aimait travailler pour Jennings Construction. D'une part, ses missions étaient régulières et bien rémunérées, supervisées par des personnes fantastiques qui simplifiaient sa vie de mère célibataire. D'autre part, l'entreprise était à l'écoute de la communauté et donnait souvent un coup de main en cas de besoin. Une association caritative avait demandé de l'aide au chef de Shannon, Daniel Jennings, et au père de celui-ci, le propriétaire de l'entreprise, pour rénover une maison : elle devait être aménagée pour un policier blessé en mission.

— Dis donc, Shannon, ça avance bien.

En parlant du loup, pensa-t-elle en souriant. Après un ultime coup de pinceau, elle se tourna vers Daniel. Depuis qu'il avait intégré la brigade des sapeurs-pompiers de Philadelphie, il faisait passer sa carrière dans le BTP au second plan. Avec ses cheveux noirs, ses yeux bleus et son physique athlétique, il devait faire battre plus d'un cœur partout où il allait, qu'il soit vêtu de sa tenue d'uniforme ou d'un jean, d'un T-shirt et d'une ceinture porte-outils comme maintenant.

— On apprécie beaucoup que tu sois venue travailler un samedi, dit-il.

— Pas de problème. Les heures supplémentaires de cette semaine tombent vraiment bien.

Sa paie était majorée de cinquante pour cent, et Shannon savait déjà ce qu'elle allait faire du bonus : une partie irait sur le compte réservé aux études universitaires de son fils, une autre servirait pour les fêtes de fin d'année. À quatre ans, Aiden avait demandé au Père Noël un vélo de grand, un train électrique et des Lego, sans oublier le chiot qui était une requête récurrente. Pour l'instant, ils vivaient dans un logement où les animaux domestiques étaient interdits, mais dès qu'ils emménageraient dans une maison avec un petit jardin — encore deux ans avant d'atteindre cet objectif — elle comptait bien exaucer ce souhait-là.

Plus son fils grandirait, plus les listes de Noël seraient longues et coûteuses. Pourtant, malgré les difficultés financières, elle n'avait jamais regretté sa décision de l'élever seule. Les défis étaient nombreux, et elle rêvait parfois d'une conversation entre adultes, mais elle savourait sa vie avec Aiden, tout en tirant parti du moindre dollar gagné.

— Tu fais du bon boulot, reprit Daniel. Si tu es encore disponible au cours des prochaines semaines, je suis preneur.

Shannon ne répondit pas tout de suite. Elle mourait d'envie d'accepter, mais elle devait d'abord s'organiser avec Rachel, son amie et voisine qui gardait Aiden quand elle travaillait.

— Tu veux parler du chantier caritatif ?

— Oui, répondit-il en s'approchant de la fenêtre pour observer l'équipe. Le planning va être très serré, mais on doit terminer la maison du policier avant que la météo ne change.

Vers la fin du mois d'octobre, les journées allaient raccourcir et fraîchir. L'automne était la saison préférée de Shannon. Elle se voyait déjà aller au parc avec Aiden pour ramasser les feuilles mortes aux couleurs rouges et dorées. Allait-elle devoir renoncer à leurs sorties pour gagner plus d'argent ?

— J'ai l'impression que tu me proposes plus que de la peinture, remarqua-t-elle.

— Tu es l'une des meilleures en matière de carrelage. Cette nouvelle douche accessible est immense, sans oublier le revêtement de sol. Tu pourrais aussi t'occuper des rénovations dans la cuisine. J'ai l'intention de sortir du cadre purement pratique. Je veux aboutir à quelque chose de spécial, conclut-il avec détermination.

Autrement dit, cela ajouterait de nombreuses heures à ses tâches habituelles de peinture et de finition, songea Shannon. Quand Daniel se tourna face à elle, le soleil qui brillait à travers la vitre sembla se fondre dans ses épais cheveux sombres et miroiter dans ses yeux bleus. Avec un temps de retard, elle remarqua son sourire patient. Il attendait toujours une réponse.

— Je peux m'occuper de tout ça, acquiesça-t-elle.

Elle se remit à peindre, profitant de l'occasion pour refréner ses hormones et sa curiosité. Il était beau et sexy, mais il était son chef. Même si elle n'était pas tout à fait fermée aux rencontres, son statut de mère célibataire compliquait cet aspect de sa vie.

— As-tu quelque chose de prévu pour le reste du week-end ? demanda Daniel.

— Rien de très palpitant.

Du moins, rien que lui trouverait palpitant. Aiden et elle faisaient la même chose tous les samedis : virée au parc pour profiter des toboggans et des balançoires puis, le soir, grosse pizza au fromage devant un marathon de dessins animés de super-héros. Une fois Aiden couché, Shannon prévoyait de faire un peu de peinture.

— Je vais donner un petit coup de jeune à ma cuisine.

— Tu as besoin d'aide ?

Avec précaution, elle posa le pinceau en travers du pot et chercha une façon polie de refuser. Daniel devait bien savoir qu'elle avait un fils. Elle n'en faisait pas mystère auprès de ses collègues. Pour les quatre ans d'Aiden, l'équipe lui avait même offert une ceinture avec des outils en plastique. Elle l'avait amené avec elle à plusieurs reprises pour observer les gros camions de livraison ou les bétonnières, et son chef était dans les parages au moins une ou deux fois.

Elle fut tirée de ses pensées par la sonnerie de son téléphone portable. La vieille mélodie annonçait un appel inconnu ou un SMS. Shannon sortit l'appareil de sa poche, puis fit glisser son doigt sur l'écran pour ouvrir le message.

Seule une photo de son fils s'afficha. Il était attaché dans un siège auto, ses cheveux blond clair étaient ébouriffés et ses joues étaient rouges. Il avait les yeux gonflés, des larmes perlaient à ses cils et sa lèvre inférieure ressortait.

Que s'était-il passé ? se demanda-t-elle. Pourquoi sa voisine lui envoyait-elle cette photo au lieu de l'appeler ? Elle comprit alors ce qu'elle regardait, et son cœur bondit dans sa poitrine. Le tissu du rehausseur ne lui était pas familier et les garnitures du monospace de Rachel n'étaient pas en cuir noir.

Bouleversée, elle lâcha le portable et se plia en deux, les bras croisés autour de son ventre comme si elle avait reçu un coup de poing. Daniel rattrapa le téléphone au vol et la prit par le coude pour la stabiliser.

— Shannon ? Que se passe-t-il ?

— Je... Je ne sais pas.

Lorsque le portable sonna à nouveau, Shannon s'en empara à la hâte. Elle avait reçu un autre SMS.

Si tu veux revoir ton fils, dis à son père de coopérer.

Son ventre se noua, et elle se couvrit la bouche de la main. Celui qui était aux manettes avait mal choisi son moyen de pression. Elle n'avait jamais eu la moindre influence sur le père d'Aiden. Bien sûr, le numéro de l'expéditeur était masqué, mais elle appuya quand même sur l'icône pour rappeler. Les sonneries s'enchaînèrent sans que personne ne décroche.

— Je dois y aller, annonça-t-elle, les yeux pleins de larmes.

Elle fit défiler son historique d'appels et choisit le portable de Rachel. Pas de réponse. Tout en sortant de la maison en travaux d'un pas hésitant, elle essaya le téléphone fixe.

— Attends, lança Daniel.

— Je ne peux pas.

Elle devait se rendre sur place et retrouver son fils. Tandis qu'elle courait vers sa voiture, les pires scénarios se succédaient dans son esprit. Comment avait-on pu faire le rapprochement entre Aiden et son père ? Toutes les précautions qu'elle avait prises n'avaient donc servi à rien.

— Shannon !

La voix de Daniel semblait étouffée, comme si elle provenait du bout d'un long tunnel. Trop paniquée pour attendre, Shannon ignora son chef et sortit sa clé de voiture de la poche de son pantalon. Alors qu'elle venait d'appuyer sur le bouton d'ouverture, Daniel l'attrapa par le poignet, puis s'empara de la clé.

— Lâche-moi, protesta-t-elle.

— Tu n'es pas en état de conduire, répliqua-t-il calmement.

— Lâche-moi !

Elle essaya de se dégager, sans y parvenir. Il la contempla d'un air inquiet.

— Que s'est-il passé ?

— Mon fils est… est…

Elle ne pouvait pas finir sa phrase, pas avant d'avoir la preuve que ce n'était pas une plaisanterie de mauvais goût. Elle devait vérifier qu'Aiden n'était pas en sécurité, là où elle l'avait laissé ce matin.

— La baby-sitter a appelé, improvisa-t-elle.

— Je prends le volant.

— Non.

C'était son fils, sa responsabilité.

— Je vais bien. J'ai seulement besoin d'un peu de temps.

Elle prit une profonde inspiration, puis expira.

— J'ai été surprise par son appel, c'est tout. Je vais bien, affirma-t-elle en tendant la main, paume vers le haut. Il faut que j'aille là-bas. Je reviens tout de suite.

Une vague de peur la submergea. Pourvu que rien ne l'oblige à rompre cette promesse…

Les yeux plissés, la bouche pincée, son chef l'observa avec attention. Il finit par lui tendre la clé, visiblement à contrecœur.

Elle esquissa un sourire, mais il ne sembla pas convaincre Daniel, à en juger par sa mine renfrognée.

— Je reviens tout de suite, répéta-t-elle.

Tout en s'engageant sur la chaussée, elle appuya sur la touche mains libres pour rappeler Rachel.

À chaque sonnerie, elle maudit le père d'Aiden, puis se maudit elle-même pour avoir succombé aux apparences séduisantes qui dissimulaient sa sombre nature. Certes, sans lui, elle n'aurait pas Aiden, l'amour de sa vie, admit-elle. Mais sans lui, elle ne serait pas morte de peur pour son fils en ce moment. C'était un paradoxe sans fin, qui ne faisait pas avancer la situation.

Dans sa hâte d'arriver chez la baby-sitter, Shannon dépassa la limitation de vitesse, passa aux feux orange et ne prêta qu'une attention distraite au pick-up qui la suivait.

Elle avait quitté son mari presque cinq ans plus tôt, après ce qui avait dû être le divorce le plus rapide dans l'histoire de New York. Pour une fois, les fréquentations de son ex avaient servi à quelque chose. Après mûre réflexion, elle avait choisi Philadelphie pour repartir de zéro. Elle avait donné la vie au moment où elle recommençait la sienne.

Comment avait-on pu relier Aiden et son père ? Elle avait changé de nom et n'avait pas mis celui de son ex sur l'acte de naissance de son fils, refusant de lui imposer un tel fardeau.

Après s'être garée devant la maison de la baby-sitter, elle s'élança sur la pelouse en criant :

— Rachel ! Aiden !

Elle tapa à nouveau le numéro de portable de son amie et tendit l'oreille avant de contourner la maison. En voyant le portillon, elle se figea un instant. Il battait au gré du vent à cause du loquet cassé. Elle le franchit à la hâte sans cesser d'appeler.

Le jardin était beaucoup trop silencieux. Les balançoires, la cabane et le bac à sable étaient inoccupés. Ce matin, quand elle l'avait déposé, Aiden avait foncé en direction des jeux. Les jumeaux de Rachel, qui avaient un an de plus que lui, jouaient dans le sable avec leurs camions bennes.

Alors que Shannon se tournait vers l'entrée de la cuisine, elle sentit son cœur faire un bond dans sa poitrine. La porte avait été forcée. Alors qu'elle hésitait à appeler à l'aide, son portable sonna.

— Allô !

— Si tu contactes la police, je te renvoie ton gamin en petits morceaux, avertit une voix masculine.

— Maman !

Aiden était là, à l'autre bout du fil. Une bouffée de soulagement envahit Shannon, tempérée par la douleur de savoir qu'un inconnu retenait son fils en otage.

— Laissez-moi lui parler, supplia-t-elle.

— Pas de souci. Dès que son père aura fait le nécessaire. Je veux ce qui m'appartient, et les excuses qui vont avec.

Il raccrocha. La cruauté dans cette voix inconnue anéantit les espoirs de Shannon. Elle n'allait pas trouver Aiden ici.

Submergée par l'émotion, elle laissa échapper un sanglot. Son fils était hors d'atteinte, mais il était toujours vivant. Qu'en était-il de Rachel et ses fils ? Si son amie devait pâtir de son horrible passé, elle ne se le pardonnerait jamais.

— Shannon !

Elle fit volte-face et écarquilla les yeux, incapable de s'expliquer la présence de son chef ici.

— Daniel ? Comment as-tu...

Elle ne termina pas sa phrase, comprenant ce qui s'était passé.

— Je t'ai suivie, répliqua-t-il. Qu'est-ce que tu fais ici ?

— Mon fils, fit-elle d'une voix étranglée. Il devrait être ici. Mais il n'y est pas.

Daniel connaissait un certain nombre de policiers. Elle devait se montrer prudente. La vie d'Aiden en dépendait.

— La baby-sitter devrait être à l'intérieur.

Elle pointa un doigt tremblant vers la porte défoncée.

— Je dois aller vérifier.

— Attends un peu, protesta-t-il en lui barrant le chemin. On doit d'abord appeler la police.

— Non ! On ne doit pas appeler qui que ce soit, sinon il fera du mal à Aiden.

— Qui ça, « il » ? Que se passe-t-il ?

— Je ne sais pas encore, admit-elle. Attends une minute

avant de contacter la police, le temps que je trouve la baby-sitter et ses enfants. J'entre.

Elle poussa la porte du coude et se remit à crier le nom de Rachel. Daniel lui emboîta le pas, silencieux comme une ombre. Elle trouva le portable de son amie sous l'îlot de cuisine. L'écran était fendu.

Alors que la sonnerie s'interrompait et que la messagerie se déclenchait, Shannon entendit des pleurs d'enfants en provenance de la cave. La poignée de la porte était cassée, ce qui bloquait la sortie.

— Rachel ? Les garçons ? Vous allez bien ?

Elle entendit quelqu'un faire « chut », puis demander :

— Shannon, c'est toi ?

— Oui.

Soulagée, Shannon sentit son pouls ralentir un peu. Son amie avait une voix faible et plaintive, mais elle était vivante.

— Vous êtes blessés ? J'appelle une ambulance ?

— Non. Pas de police !

Rachel toussa, avant de reprendre :

— Je vais bien, les petits aussi. Ils ont dit : pas de police.

« Ils ». Ainsi, le ravisseur d'Aiden n'avait pas agi seul.

— Je sais, répondit Shannon. Elle a l'air faible, murmura-t-elle à Daniel. Comment les fait-on sortir de là ?

Il passa les mains sur les charnières.

— Je m'en occupe. Donne-moi une seconde.

Il sortit de la maison au pas de course.

Shannon échangea quelques phrases avec les enfants, qui confirmèrent ne pas être blessés. *Pourvu qu'il en soit de même pour leur mère*, songea-t-elle.

Daniel revint, muni de sa ceinture porte-outils. En quelques instants, il fit sauter les gonds, et la petite famille put sortir de la cave.

Pendant un long moment, Rachel s'accrocha à Shannon, agitée de tremblements incontrôlables. Elle finit par s'asseoir à la table de cuisine et les observa tour à tour. Ses yeux marron étaient pleins d'inquiétude et de chagrin.

— Tu n'as pas appelé la police ? demanda-t-elle à Shannon. Il n'est pas policier ?

— Non. C'est mon chef, Daniel Jennings. Il m'a suivie quand je suis partie du chantier.

— Dieu merci, s'exclama Rachel en serrant ses fils contre elle. Oh ! c'est horrible, je sais.

Elle se prit le visage dans les mains, avant d'enlacer à nouveau les garçons. Ses joues ruisselaient de larmes.

— Ils ont pris Aiden. Je suis désolée. Ils ont promis de revenir si jamais on appelait quelqu'un. De toute façon, je n'avais pas mon portable. Comment as-tu su ?

Incapable de parler, Shannon se contenta de lui montrer les SMS. Elle tourna ensuite le téléphone vers Daniel. Cela ne servait à rien de lui cacher la vérité plus longtemps. Il fixa l'écran en fronçant les sourcils, mais garda le silence.

Rachel croisa le regard de Shannon, et ses larmes redoublèrent. Daniel lui tendit un rouleau d'essuie-tout.

— Ils avaient pris Aiden avant même que je me rende compte de quoi que ce soit, déclara-t-elle. Je suis vraiment désolée, Shannon. Tu sais que je l'aime comme mon propre fils.

— Je sais.

Elle s'assit et prit son amie dans ses bras, autant pour la consoler que pour se réconforter elle-même.

— Ils n'ont pas fait de mal à tes garçons ?

— Ça a l'air d'aller, remarqua Daniel d'une voix douce.

Il avait installé les jumeaux sur des tabourets et leur avait donné des briquettes de jus de fruit. Il tendit une bouteille d'eau à Rachel.

— Racontez-nous ce qui s'est passé.

— J'ai entendu un grand fracas près du portillon, puis deux hommes surgis de nulle part se sont rués dans le jardin.

Elle repoussa une mèche derrière son oreille et se tamponna les yeux.

— Ils ont tout cassé comme Hulk, affirma un des jumeaux tandis que son frère opinait du chef.

— J'étais devant l'évier, poursuivit Rachel. Je regardais les petits jouer tout en faisant la vaisselle après le petit déjeuner. Et...

Elle toussa à nouveau.

— Prends ton temps, conseilla Shannon en lui faisant signe de boire.

Rachel obéit, avant de continuer :

— L'un des hommes tenait mes garçons. L'autre a tiré Aiden de la balançoire et l'a traîné vers le portillon. Je n'ai pas eu le temps de réagir. J'ai attrapé mon portable pour appeler les secours, mais il était trop tard. Celui avec les jumeaux a défoncé la porte et est rentré en force avec eux.

Elle se leva et posa la main sur la tête de ses fils.

— Il les a poussés dans la cave. Quand j'ai crié, il m'a vaporisé quelque chose sur le visage. Il m'a frappé sur le bras pour que je lâche le téléphone.

— C'était il y a combien de temps ? demanda Daniel.

— Je dirais… il y a deux heures ?

Elle jeta un coup d'œil sur l'horloge du four.

— Non, un peu plus que ça. On venait de petit-déjeuner.

Les yeux de Shannon se remplirent de larmes. Les ravisseurs avaient une bonne longueur d'avance.

— Ils m'ont appelée il y a quelques minutes seulement. Ils peuvent être n'importe où.

— Qu'est-ce qu'ils t'ont dit ? demanda Daniel.

— De ne pas contacter la police… Sinon…

Elle vit ses narines frémir. Il semblait réprimer quelques mots bien sentis qui n'étaient pas pour les oreilles des petits garçons.

— Est-ce qu'ils vous ont parlé ? demanda-t-il aux enfants.

— Ils donnaient plein d'ordres, répondit le premier jumeau.

— Et ils étaient méchants, ajouta son frère. Ils sentaient les spaghettis.

— Vraiment ? s'étonna Daniel.

Les deux enfants hochèrent la tête à l'unisson. Rachel haussa les épaules.

— Peut-être. Le spray qu'il a utilisé m'a coupé le souffle et m'a sonnée. J'ai repris connaissance en haut des marches, avec les petits en larmes qui essayaient de me réveiller.

— Tu te réveilles toujours quand on pleure, déclara l'un des garçons.

— On peut vous emmener à l'hôpital, suggéra Daniel. Pour faire un bilan.

— Je vais bien, affirma Rachel.

— Cette vilaine toux est peut-être due au spray. Mieux vaudrait ne pas prendre de risque.

— Pas maintenant. Que vas-tu faire ? demanda-t-elle à Shannon.

— Je n'en sais rien... En tout cas, je ne vais pas le signaler à la police, promit-elle à Rachel.

— Si, il le faut, intervint Daniel. Les kidnappeurs sont partis, ce ne serait pas malin de leur part de revenir.

Rachel laissa échapper une exclamation effrayée tandis que Shannon secouait la tête.

— Je trouve ces menaces crédibles, alors je refuse de mettre ces trois-là en danger. J'ignore pourquoi c'est arrivé, mais je ne veux pas que tu sois mêlée à tout ça, lança-t-elle à son amie.

— Les responsables, ce sont ces hommes. Tu es l'une de mes meilleures amies. Toi et Aiden, vous êtes de la famille. Si vous avez besoin de quoi que ce soit, on vous aidera.

Très émue, Shannon la serra à nouveau contre elle. Daniel sortit son portable de sa poche.

— Je vais appeler un des gars de l'équipe pour qu'il s'occupe de la porte et du portillon.

Il se tourna vers Rachel.

— Une fois qu'il aura terminé, y aura-t-il quelqu'un pour rester avec vous ?

— Mon mari est en voyage d'affaires. Il ne rentrera pas avant la semaine prochaine.

Surprenant une étincelle d'inquiétude dans les yeux de Daniel, Shannon intervint :

— Je me sentirais mieux si vous alliez ailleurs pendant au moins quelques jours. Vous ne pouvez pas rester seuls ici.

Rachel acquiesça. Pendant que Daniel et l'un des menuisiers de Jennings Construction réparaient les dégâts, elles firent les bagages. Shannon attendait un autre SMS du ravisseur, contenant une preuve de vie ou une exigence quelconque, mais rien n'arriva.

Appuyée contre la portière, elle s'efforça de sourire tout en saluant les jumeaux de la main. La famille allait rendre visite à la mère de Rachel, qui vivait à quelques heures de là dans le New Jersey.

— Au moins, ils sont hors de danger. Et maintenant ? murmura-t-elle, complètement perdue.

— Tu dois appeler la police, répondit Daniel sans détour.

— Je ne peux pas. Tu as entendu ce qu'a dit Rachel.

— Ils ont enlevé ton fils, s'exclama-t-il.

— Je sais !

Elle se mordit la lèvre pour s'empêcher de continuer.

— Qu'est-ce que tu me caches ? demanda-t-il.

— Il a appelé. Quand je suis arrivée ici. Quand je suis entrée dans le jardin, il a appelé et il a dit... Il a dit qu'il me renverrait Aiden en petits morceaux si je contactais la police.

— Oh ! Shannon, murmura-t-il en lui serrant l'épaule.

Bouleversée par son ton plein de compassion, elle hésita entre s'appuyer contre lui ou s'enfuir en courant.

— Merci d'avoir aidé Rachel et d'avoir tout réparé.

— Je t'ai suivie pour t'aider *toi*, répliqua-t-il, un soupçon d'impatience dans la voix. Tu dois tout raconter à la police.

— Si je fais ça et qu'ils font du mal à mon bébé, ce sera ma faute. C'est hors de question.

— Que se passe-t-il vraiment ?

— Je n'en sais pas beaucoup plus que toi.

Daniel la prit dans ses bras, et Shannon sentit le tissu sous sa joue devenir humide. Elle s'était remise à pleurer sans même s'en rendre compte.

— Es-tu prête à me faire confiance ? demanda-t-il lorsqu'elle se fut un peu calmée.

Apparemment, c'était déjà le cas. Elle s'écarta de sa chaleur rassurante, pour tenter de prendre du recul et de regagner un peu de dignité.

— Je ne parlerai pas à la police. Pas encore, pas après ces menaces.

— Et des anciens policiers, tu en penses quoi ?

Elle secoua la tête.

— Daniel…

— Tu habites tout près d'ici, n'est-ce pas ?

— Au coin de la rue, répondit-elle.

Le changement de sujet la prit au dépourvu. Daniel devait avoir vu son adresse dans son dossier personnel.

— On va laisser ta voiture là-bas, puis tu m'accompagneras, déclara-t-il.

— Tu dois retourner travailler.

— Ed a la situation en main.

À la mention de son supérieur direct, Shannon grimaça. Ed Scanlon était chef de projet sur le chantier qu'ils étaient en train d'achever. C'était un homme patient et accommodant en général, un peu plus âgé qu'elle. Au cours des dernières années, elle en était venue à le considérer comme le grand frère qu'elle n'avait jamais eu.

— Je dois l'avertir que je ne vais pas revenir, s'exclama-t-elle en fourrageant dans ses cheveux. Qu'est-ce que je vais lui dire ?

Ed adorait Aiden. Si elle lui racontait tout, il allait insister sans relâche pour qu'elle appelle la police.

— Je m'en suis occupé, répondit Daniel. N'oublie pas que je suis son supérieur.

Ed était aussi un ami et elle ne voulait pas le blesser.

— Tu ne lui as pas dit la vérité, quand même ?

— Non. Et l'employé qui m'a aidé à réparer a eu droit à une histoire de tentative de cambriolage. Allez, viens.

— Je ne parlerai pas à la police.

— Crois-moi, j'ai bien compris le message.

Il lui ouvrit la portière.

— D'abord, on passe chez toi. Je te suis.

Tout en conduisant, elle refoula ses larmes. Si seulement son téléphone sonnait… Que ce soit pour des menaces ou des exigences, elle s'en moquait, tant que celui qui détenait Aiden lui donnait un autre aperçu de son fils en vie.

— Je vais te retrouver, mon bébé, affirma-t-elle en s'adressant au siège auto à l'arrière. Tu rentreras bientôt à la maison.

Elle concentra toutes ses pensées sur la célébration du

retour d'Aiden et parvint presque à bloquer les scénarios les plus dramatiques.

Daniel la suivit jusqu'à un petit immeuble situé dans une autre rue tranquille du quartier familial. À en juger par l'aspect extérieur de l'appartement en duplex, le propriétaire en prenait grand soin, à moins que ce ne soit Shannon.

C'était sûrement elle. Elle faisait preuve d'une éthique professionnelle et d'une attitude positive qui motivaient son entourage. Pour l'avoir vue sur plusieurs chantiers, il savait combien les équipes l'appréciaient.

Il avait trouvé son adresse et son numéro de téléphone dans les dossiers du personnel. Elle vivait dans la région depuis presque cinq ans et à cette adresse depuis quatre. Aucune mention d'un conjoint ou d'un ex. D'après les commérages de chantier, elle fréquentait peu les hommes.

Jennings était son seul employeur depuis la naissance de son fils. Ses deux références antérieures étaient un petit restaurant où elle avait travaillé comme serveuse et un magasin de carrelage où elle avait été assistante démonstratrice. Shannon avait jonglé avec les deux emplois pendant presque toute sa grossesse.

Sa capacité à se souvenir en un instant de tout ce qu'il avait lu mettait Daniel mal à l'aise. Il n'avait jamais consulté les dossiers des employés pour des raisons personnelles avant Shannon Nolan. Et il ne le referait plus jamais. S'il voulait sortir avec une femme, il ferait mieux d'utiliser l'une des applications dont parlaient ses collègues à la caserne.

Mais quelque chose chez Shannon lui avait plu dès la première fois qu'il l'avait vue. Ce jour-là, elle peignait les balustres du perron d'un projet de rénovation extérieure.

C'était un bel après-midi de printemps, se souvint-il. Elle tenait le pinceau d'une main sûre, aux longs doigts et aux ongles courts, non vernis. Tout en travaillant, elle berçait du pied le bébé allongé dans son transat. Les rayons du soleil avaient souligné les différentes nuances de ses cheveux clairs. À cette époque, elle les avait longs. Elle les portait désormais courts, avec une frange qui encadrait son visage aux traits fins et ses grands yeux marron.

Cette scène était restée gravée dans la mémoire de Daniel. Pendant des années, il avait rêvé d'inviter Shannon à sortir avec lui, mais s'était trouvé des excuses pour ne pas passer à l'acte : en tant qu'employée, elle était intouchable. Et le jour où il se décidait enfin, la catastrophe frappait.

— Redescends sur terre, marmonna-t-il. Certaines choses ne sont pas censées arriver.

Il pouvait tirer un trait sur l'idée de l'inviter. À vrai dire, il n'aurait pas pu choisir plus mal son moment. Shannon l'associerait toujours à la disparition de son fils, quelle que soit l'issue de cette crise. Et il espérait de tout son cœur que tout se terminerait au mieux. Les gens bien méritaient les dénouements heureux.

Depuis le pick-up, il regarda Shannon sortir de sa voiture et marcher vers lui. Au moins, il n'aurait pas à la pourchasser pour la faire monter avec lui. Même s'il ne pouvait pas lui reprocher de vouloir coopérer avec le kidnappeur, il était incapable de prendre ses distances et de la laisser affronter cette épreuve seule. Ce n'était pas dans sa nature.

Elle s'assit à côté de lui, puis boucla sa ceinture sans piper mot. Ne sachant que dire, il garda lui aussi le silence et prit la direction de l'Escape Club.

Le propriétaire des lieux, Grant Sullivan, avait ouvert sur le quai du fleuve Delaware un club pour les groupes locaux et les amoureux de la musique. Les affaires marchaient bien, tout comme les activités annexes. À force de patience et de discrétion, Grant s'était forgé la réputation d'aider les gens de la communauté grâce à son établissement.

Retraité de la police, il avait commencé par donner des petits boulots à d'anciens collègues et à d'autres premiers intervenants. Peu à peu, le concept s'était élargi, tout en devenant plus souple.

Quand une affaire passait à travers les mailles du filet de la loi, Grant et ses contacts intervenaient avec une efficacité indéniable. À plusieurs reprises, le personnel de l'Escape Club avait aidé des concitoyens à se sortir du pétrin. Récemment, deux des amis pompiers de Daniel avaient pris part à des opérations : avec l'assistance de Mitch, un harceleur meurtrier avait été arrêté, et grâce à Carson, un réseau de drogue avait été démantelé.

Il n'attendait pas de Shannon qu'elle le croie sur parole à propos de l'efficacité de Grant. Il allait laisser son ami présenter ses arguments. Avec un peu de chance, elle allait au moins écouter et décider ensuite.

Shannon se pencha en avant tandis qu'il se garait sur le parking de livraison près de la cuisine.

— L'Escape Club ?

— Tu en as entendu parler ?

— Rachel et son mari viennent parfois passer des soirées en amoureux ici, répondit-elle, le visage tourné en direction du fleuve. Ils disent que la musique est très bonne.

— Ils ont raison.

Il défit sa ceinture et se tourna vers Shannon.

— Le propriétaire, Grant Sullivan, est un ancien policier. Attends, attends...

En voyant la lueur apeurée dans ses yeux, il leva la main.

— *Ancien*, répéta-t-il. Il a des contacts et des ressources dans la police et en dehors. Crois-moi, je comprends pourquoi tu veux coopérer avec le ravisseur.

— Tu as des enfants ?

— Non.

Il n'avait pas vraiment le cœur à en rire. Il s'était toujours imaginé marié et père de famille. À trente-deux ans, il aurait pensé être en bonne voie. Au fond de son esprit flottait une image de dîners animés, où se retrouvaient enfants et grands-parents gâteaux, ainsi qu'une femme tendre et forte à la fois. Mais il ne l'avait pas encore rencontrée, cette femme qui l'aimerait et le soutiendrait malgré son métier de pompier.

— Ça ne veut pas dire que je ne vois pas l'enfer que tu vis.

Shannon essuya une larme sur sa joue, puis se frotta les mains sur son jean déchiré et taché de peinture.

— Qu'est-ce que Grant peut faire ?

— C'est toujours une surprise, répondit Daniel avec optimisme. Allez, viens.

Il jeta un coup d'œil aux alentours, mais aucune voiture ne rôdait dans la rue et personne ne semblait leur prêter attention. Le club, qui grouillait généralement de monde dès le samedi midi, n'ouvrirait qu'à 16 heures en raison d'un concert spécial. Daniel était censé arriver à 19 heures pour aider au bar jusqu'à la fermeture.

Dès qu'il ouvrit la porte de derrière, les sons de la batterie leur parvinrent. C'était sûrement Grant qui jouait avant l'arrivée du groupe.

Daniel guida Shannon dans le couloir, puis dans le club, avant de s'arrêter au bout du comptoir.

— C'est Grant qui est sur scène.

— D'accord..., dit-elle d'un ton dubitatif.

Daniel essaya de voir le propriétaire du club à travers ses yeux. Avec ses cheveux sombres aux tempes grisonnantes, sa silhouette trapue et son parfait sens du rythme, Grant ressemblait plus à une rock star défiant les années qu'à un chef d'entreprise doué pour les enquêtes privées.

— Il sait se montrer discret, affirma-t-il.

Les lèvres pincées, Shannon croisa les bras et regarda autour d'elle. Grant avait transformé l'entrepôt délabré en un night-club étincelant. Daniel regrettait de ne pas avoir participé aux travaux.

À la fin du morceau, Grant enleva son casque, puis agita la main dans leur direction.

— J'arrive tout de suite.

Il se leva et glissa les baguettes dans la poche arrière de son pantalon. Il disparut un instant, avant d'émerger des coulisses. Il les rejoignit d'un pas vif, avec un boitement à peine perceptible.

— Daniel, dit-il en échangeant une poignée de main amicale avec lui. Tu es en avance.

Son regard attentif se posa brièvement sur Shannon.

— On dirait que ce n'est pas une visite de courtoisie.

— En effet, répondit Daniel. Voici Shannon Nolan. Elle a eu quelques ennuis aujourd'hui et on a besoin de tes conseils.

Grant haussa ses épais sourcils poivre et sel, puis serra la main de Shannon.

— Quel genre d'ennuis ?

Elle commença à répondre, mais s'interrompit en secouant la tête.

— Je devrais y aller.

— Pas toute seule, intervint Daniel.

Il attendit qu'elle lève les yeux vers lui pour répéter :

— Pas toute seule.

Elle faisait trop de choses par elle-même, or ce n'était pas une situation gérable sans aide, même si le ravisseur exigeait le contraire.

— Venez dans mon bureau et racontez-moi tout, déclara Grant d'un ton amical.

Il les précéda dans le couloir, puis leur fit signe d'entrer dans la pièce.

— Asseyez-vous, lança-t-il en refermant la porte.

Daniel apprécia cet égard. Même si le club était vide pour l'instant, les techniciens n'allaient pas tarder à arriver, ainsi que le groupe à l'affiche et les artistes de première partie. Mieux valait que personne n'entende ce que Shannon allait dire.

Lorsqu'ils eurent pris place sur les chaises dépareillées devant le bureau, Grant s'assit dans son fauteuil et adressa un sourire circonspect à Shannon.

— Que s'est-il passé ?

— Mon fils a été kidnappé chez sa baby-sitter ce matin.

Les yeux de Shannon étaient pleins de larmes, mais sa voix resta ferme tandis qu'elle racontait son histoire.

Daniel n'intervint que lorsque Grant demanda des détails sur les dégâts et le timing des événements. Pendant qu'elle parlait, Grant lut les premiers SMS qu'elle avait reçus et consulta le journal d'appels entrants.

— C'est répugnant, de se servir d'enfants comme pions, grommela-t-il.

Il lui rendit l'appareil en fronçant les sourcils.

— Qui est le père du petit ?

Les épaules voûtées, Shannon s'agita sur sa chaise.

— Je n'ai aucune influence sur lui. La seule fois où il a collaboré avec moi, c'est quand il m'a accordé le divorce. Je ne suis même pas retournée à New York depuis.

— Vous ne lui avez jamais dit qu'il avait un fils ?

— Non, murmura-t-elle.

Daniel sentit son cœur se serrer. À deux reprises maintenant, par SMS et au téléphone, le ravisseur lui avait dit qu'elle ne récupérerait Aiden que si le père coopérait. Si elle n'avait vraiment aucune influence sur cet homme, son pessimisme était compréhensible.

— Le père de l'enfant pourrait-il être le kidnappeur ? demanda Grant, évoquant une théorie à laquelle Daniel avait pensé. Il a peut-être tout appris et brusquement décidé d'assumer sa paternité.

— Non, répondit Shannon en se redressant. Il aurait été furieux d'apprendre que j'étais enceinte. Je l'ai quitté... J'ai quitté la ville... avant qu'il ne le découvre.

— Pourquoi ? la pressa Grant. Vous aviez peur de lui ?

— Oui.

Elle ferma les yeux et serra les poings sur ses genoux jusqu'à s'en faire blanchir les jointures.

— Il a changé du tout au tout après notre mariage.

Elle voulait s'en tenir là, comprit Daniel, mais Grant n'allait sûrement pas renoncer maintenant.

— Qui est le père de l'enfant ?

— C'est sans importance, répliqua-t-elle, une larme roulant sur sa joue.

Grant se renfonça dans son siège.

— Je ne crois pas, non.

— Pouvez-vous m'aider à retrouver mon fil ou pas ?

Daniel avait envie de la serrer contre lui et de la laisser pleurer tout son soûl. Il reconnaissait son expression abattue et impuissante. Il avait vu la même sur le visage des personnes convaincues qu'elles allaient mourir alors même que les secouristes faisaient leur maximum pour les sauver.

— On aura de meilleures chances de réussir si vous parlez.

Grant tambourina sur son bureau sans la quitter des yeux.

Comme elle refusait de fournir plus d'informations, il tourna son regard pénétrant vers Daniel.

— Comment as-tu rencontré Shannon ?

— C'est une de nos employées, répondit-il, déconcerté.

— Comment t'es-tu retrouvé mêlé à tout ça ?

Daniel n'apprécia pas le ton de la question.

— *Tout ça* n'est pas sa faute. J'étais en train de lui parler sur le chantier ce matin quand le ravisseur a pris contact avec elle.

— Alors tu lui fais confiance ?

— Oui.

— Je suis toujours là, fit observer Shannon d'un ton sec.

— Je sais, répondit Grant en la regardant froidement. En n'étant pas franche, vous m'obligez à attaquer le problème autrement. Comment vous aider si vous ne nous aidez pas ?

— Le kidnappeur a dit pas de police.

— J'ai un night-club, déclara-t-il, avant de désigner Daniel. Il est pompier et entrepreneur. Je ne vois pas de policiers ici.

Elle resta muette. En voyant Grant ouvrir la bouche, Daniel se douta de ce qu'il allait dire et parla le premier :

— Pas si vite. Elle a besoin de nous, lança-t-il à son ami, avant de se tourner vers Shannon. Je ne veux pas te manquer de respect. Tu as l'air de t'être toujours bien débrouillée toute seule, mais là il s'agit d'autre chose. Tu as affaire à des criminels qui, selon moi, ont déjà fait ça auparavant.

— Je suis d'accord, à en croire ce que dit la baby-sitter, renchérit Grant.

— Shannon, tu as besoin des contacts de Grant pour récupérer ton fils.

— Ils me renverront Aiden en petits morceaux, gémit-elle en se remettant à pleurer. Peu importe qui a des contacts. Je n'ai aucune influence sur le père d'Aiden. Quand les kidnappeurs s'en rendront compte, mon fils ne leur sera plus d'aucune utilité.

Grant se leva et se pencha par-dessus le bureau, envoyant son fauteuil rouler derrière lui. Daniel ne l'avait jamais vu se montrer aussi intimidant avec une personne demandant de l'aide.

— Dites-moi qui est le père.

Les yeux baissés, les épaules tremblantes, Shannon finit par répondre :

— Bradley Stanwood.

— Nom d'un chien, s'exclama Grant.

Il remit son fauteuil en place et se laissa tomber dessus.

— Stanwood de New York. Je savais bien que votre visage me disait quelque chose.

Interloqué, Daniel les regarda tour à tour. Shannon avait-elle été une célébrité ? Ou en avait-elle épousé une ? Il ne se tenait pas au courant de ces choses-là.

— Tu la connais ? Comment ça se fait ?

— Son ex-mari a des liens avec le crime organisé tout le long de la côte Est.

Grant se frotta le front.

— Quand j'étais encore dans la police, Stanwood et ses associés moins raffinés étaient soupçonnés de plus d'un crime ici à Philadelphie. D'après moi, l'un de ses ennemis veut se servir de leur fils comme moyen de pression.

Maintenant qu'il avait le contexte, Daniel se souvint du nom. Il retint un juron de justesse.

Shannon se balança doucement et renifla.

— Vous ne pouvez pas m'aider du tout, en fait ?

— Au contraire, répondit Grant en tambourinant à nouveau sur le bureau. Maintenant que je sais à qui on a affaire, j'ai quelques petites idées.

2

Shannon aurait voulu que la terre s'ouvre et l'engloutisse. C'était la première fois depuis son départ de New York qu'elle se retrouvait face à quelqu'un qui comprenait à quel point son mariage avait été une énorme erreur. En s'installant à Philadelphie, elle avait changé de nom et réussi à faire table rase d'un passé encombrant. Apparemment, l'ancien policier connaissait mieux son ex-mari qu'elle-même avant la cérémonie.

Certes, elle avait négocié un divorce avant leur deuxième anniversaire de mariage, mais cette victoire lui semblait bien dérisoire à présent.

— Quel genre d'idées ? demanda-t-elle.

Elle était partagée entre l'espoir et la prudence. Apparemment, son ex avait le bras long et un réseau de grande ampleur. Elle avait été naïve de croire que Philadelphie était hors de portée de son cercle de pouvoir new-yorkais.

Grant l'observait attentivement. Sur son visage, la colère avait laissé place à la compassion. Shannon s'en voulait d'en être irritée. Son orgueil blessé ne serait d'aucune utilité à Aiden. Pour secourir son fils au plus vite, elle avait besoin de l'aide et des plans de Grant.

L'ex-policier répondit à sa question par une autre :

— Il n'y a pas eu de demande de rançon ?

Elle secoua la tête tandis que Daniel répondait par la négative. Elle lui jeta un coup d'œil, incapable de comprendre ce qu'il faisait encore là.

— Tu ne devrais pas retourner sur le chantier ?

Cette fois, les deux hommes dirent non en même temps.

Grant se pencha en avant. La lueur bienveillante dans ses yeux marron donna à Shannon des envies de hurler. Certes, elle avait été stupide d'épouser un désaxé, mais elle avait changé. Cette expérience douloureuse l'avait fait mûrir. La perspective d'être vue comme une femme vulnérable, même si c'était le cas, lui donnait envie de taper dans un mur.

— J'ai toujours des contacts dans la police, enchaîna Grant sans lui laisser le temps de protester. Je vais me renseigner discrètement sur votre ex-mari. Je saurai s'il est venu dans le coin, s'il y a des ragots sur les dernières enquêtes en cours, ce genre de choses... Je m'arrangerai pour que ça semble en rapport avec le club. Tous ceux qui font des affaires près du fleuve ne sont pas forcément réglo.

Sans cesser de tripoter son portable, Shannon demanda :

— Et moi, je fais quoi ? Je rentre chez moi et j'attends ?

— J'aimerais autant que vous ne restiez pas chez vous.

Elle surprit le regard qu'il échangeait avec Daniel. Celui-ci leva les yeux au ciel.

— D'accord.

— Comment ça, d'accord ?

Elle n'appréciait pas qu'on prenne des décisions pour elle, sans même la consulter. Même si les deux hommes étaient honorables, aux antipodes de son ex-mari, la sensation de ne pas participer et de ne rien contrôler était une source d'angoisse supplémentaire.

— On parle de la vie de mon fils.

— Et aussi de la vôtre, rétorqua Grant sans ambages. J'aimerais que vous restiez près de Daniel au cours des prochains jours. Je sais que ce n'est pas commode, mais c'est une précaution nécessaire.

— J'ai besoin d'être chez moi ou au travail.

Si elle restait inactive, l'inquiétude allait la rendre folle.

— Je ne devrais pas plutôt être là où ils pensent me trouver ? Au cas où ils ramèneraient Aiden...

Elle ne voulait pas chambouler la vie de Daniel avec ses problèmes. Il avait déjà bien assez à faire.

— Seule, vous serez une cible facile, expliqua Grant. Ils pourraient vous enlever sur un coup de tête, et on risquerait de vous perdre tous les deux.

Daniel jaillit de sa chaise et se mit à faire les cent pas, une main dans ses cheveux noirs.

— C'est mieux que d'être un fardeau, protesta Shannon. Il a déjà une vie et deux métiers. Il n'a pas le temps de faire du baby-sitting.

— C'est bon, lança son chef. J'ai posé des congés auprès de la brigade pour pouvoir superviser le chantier caritatif. C'est là que j'allais t'affecter. On gagnera du temps et on économisera de l'essence si on reste ensemble.

Quelques heures plus tôt, Shannon s'était réjouie à l'idée de travailler sur ce projet. À présent, tout cela lui semblait insignifiant.

— Tu as insisté pour avoir la meilleure équipe sur ce chantier. Avec ce qui se passe, je ne crois pas faire partie du lot. Je sais que ça m'aiderait de travailler, mais je suis incapable de me concentrer.

— Je te trouverai quelque chose, promit Daniel.

Mais elle n'irait pas mieux tant qu'elle n'aurait pas retrouvé son bébé. Dans les documentaires qu'elle avait vus, les enfants enlevés étaient rarement rendus. Alors ceux qui étaient kidnappés pour manipuler les ex-maris fous... Elle ne voulait pas calculer les probabilités.

Grant se racla la gorge, la tirant de ses pensées.

— Il est essentiel que vous soyez tout le temps accompagnée. Je peux désigner quelqu'un d'autre, mais Daniel est disponible. Il vous connaît, vous et votre fils. Il a de bonnes raisons de venir ici, sans éveiller les soupçons.

— Et interroger la police, ça ne va pas sembler suspect ? demanda Shannon.

Un jour, elle avait surpris son ex se vantant auprès d'un ami d'avoir dans sa poche tous les membres d'une brigade des stupéfiants. Cette révélation lui avait ouvert les yeux. Les choses avaient mal tourné pour elle quand il l'avait compris.

— Ça ne risque pas de revenir aux oreilles de Bradley ou de celui qui a enlevé Aiden ?

— Il est possible que Stanwood ou ses contacts à Philadelphie aient des policiers à leur botte, admit Grant. C'est dans la nature même de ces organisations criminelles. Mais ces derniers temps, elles ont perdu de leur influence. Je vous promets que je serai prudent. Je ne mentionnerai pas votre nom tant que ça ne me semblera pas nécessaire.

Shannon se sentit plus rassurée par sa franchise que par des promesses faciles. Il comprenait que son ex et ses activités représentaient un grave danger pour tous ceux qui se montraient trop curieux.

Elle baissa les yeux sur son portable. Elle n'avait toujours pas reçu de nouvelle photo ni d'exigence à satisfaire.

— Je n'ai pas d'argent, murmura-t-elle.

Mais elle avait des secrets. Des secrets qu'elle ne pouvait révéler sans les mettre dans le collimateur de Bradley.

— N'oubliez pas, votre fils est un moyen de pression, déclara Grant. Les kidnappeurs le traiteront en conséquence.

Il avait raison, songea Shannon en repensant au siège enfant qu'ils avaient utilisé.

— Le crime organisé ne fait pas bon ménage avec les entreprises respectables. Ce serait mieux pour toi et Jennings Construction que je prenne tous mes jours de vacances.

— Tu ne dois pas rester seule, répliqua Daniel.

Elle reconnut le ton catégorique qu'il adoptait lorsqu'il devait prendre une décision difficile sur un chantier. Argumenter ne servirait à rien, mais elle essaya quand même.

— Grant devrait peut-être choisir quelqu'un d'autre pour me suivre comme mon ombre. Pourquoi forcément toi ?

Il croisa les bras sur son torse et lui lança un regard noir.

— Tu as un problème avec moi, maintenant ?

En quelque sorte, se dit Shannon. Elle l'appréciait et le respectait. Il avait déjà un rôle important au sein de l'entreprise et de la brigade de pompiers. Comment pourrait-il *vouloir* cette responsabilité supplémentaire ?

Bien sûr, n'importe qui pouvait être renversé par un bus en traversant la rue, mais elle s'était fait rattraper par son passé. Les risques qu'elle soit blessée — ou pire — avaient augmenté. Ceux qui restaient à ses côtés couraient aussi un plus grand danger.

— Tu as d'autres choses à faire. Si on apprend que j'ai été un jour Mme Stanwood, ça pourrait devenir délicat.

— On avisera le moment venu, répondit-il.

Cela n'aurait rien de facile, maintenant que son ex resurgissait dans sa vie. Grant savait de quoi Bradley était capable, mais peu d'autres personnes pouvaient imaginer son côté menaçant et incontrôlable.

— Satisfaite ?

Même si ce n'était pas vraiment le cas, elle leva les mains en signe de capitulation.

— D'accord, je ne reste pas seule. Mais mon fils l'est, lui. Vous estimez peut-être qu'il ne risque rien, mais je veux être mise au courant du moindre détail de vos plans de sauvetage.

Grant fit basculer son fauteuil d'avant en arrière.

— Il faudra un certain temps pour poser nos questions et obtenir des réponses. Une fois que les ravisseurs auront émis des demandes spécifiques, on saura quoi faire.

Shannon comprenait le raisonnement. Mais comment allait-elle tenir le coup s'ils ne retrouvaient pas vite Aiden ? Dans ses bons jours, Bradley était arrogant et antipathique avec les gens qui se mêlaient de ses affaires. Ses ennemis avaient manifestement les mêmes principes. Comment son fils allait-il être traité ? s'interrogea-t-elle avec inquiétude. Qu'allait-il voir et entendre ?

— Que dois-je dire s'ils appellent ?

— Enregistrez l'appel dès que possible, répondit Grant. On cherchera des indices dans les bruits de fond. Faites de votre mieux pour coopérer sans rien promettre. Je resterai en contact par l'intermédiaire de Daniel.

Il devait bien savoir qu'il demandait l'impossible. Elle était prête à promettre n'importe quoi pour récupérer Aiden.

— Shannon.

Distraite de ses pensées, elle croisa le regard de Grant.

— J'essaierai.

— Vous y arriverez, affirma-t-il avec une confiance qu'elle n'éprouvait pas. Vous avez été assez forte pour quitter Stanwood. Ça n'a pas dû être facile. Vous êtes assez forte pour bien gérer la situation. On est là pour vous aider.

Sa sincérité était manifeste, de même que la détermination de Daniel lorsqu'il l'aida à se lever.

— Merci pour tout, murmura Shannon, la gorge nouée.

Elle était à nouveau au bord des larmes. Ils ne connaissaient pas son ex comme elle. Bradley pouvait être un monstre de cruauté. Avec le recul, elle s'estimait très chanceuse de lui avoir échappé. Sans l'aide inattendue de l'ami et avocat de Bradley, elle ne serait peut-être jamais arrivée à Philadelphie. Elle aurait dû y penser plus tôt.

— Il y a quelqu'un que je pourrais appeler. C'est un vieux numéro de téléphone, mais ça pourrait être une piste, n'est-ce pas ? Il sait peut-être où est mon ex et quels sont ses projets.

— Ça dépend de qui vous parlez.

— Gary Loffler, répondit-elle.

Grant leva les yeux au ciel.

— L'avocat personnel de Stanwood.

— Tu le connais aussi ? demanda Daniel.

— J'ai déjà entendu son nom. Pourquoi pensez-vous qu'il pourrait vous aider ?

Shannon hésita un instant avant de révéler :

— Il s'est montré gentil avec moi.

Quand son mariage avait viré au cauchemar, Gary avait été la seule personne amicale dans l'entourage de Bradley.

— Il a été plus que correct quand il s'est occupé du divorce.

— Donnez-moi son numéro, déclara Grant en poussant un bloc-notes vers elle. Je vais l'ajouter à la liste des choses à faire. Réfléchissons... Vous allez rester ensemble, mais où ? On a besoin d'un endroit sûr pour Shannon. Je sais que vous avez du travail, et cette situation complique les choses.

— Tout va bien, affirma Daniel. Je suis déjà en congé et il

m'en reste encore. Il y a une maison en cours de rénovation qu'on pourrait utiliser pendant un jour ou deux.

Shannon les écouta planifier ses prochaines quarante-huit heures. Elle n'imaginait pas subir un tel tourment aussi longtemps. Chaque minute semblait durer une éternité, alors deux jours... Daniel passa doucement la main sur son épaule tandis que la conversation se poursuivait sans elle. Elle avait envie de se confondre en excuses, même si rien de tout cela n'était sa faute.

— Je viens ce soir comme prévu ? demanda-t-il à Grant.

— Non.

Le patron du club plongea la main dans le tiroir de son bureau et leur tendit deux billets pour le concert.

— Je vais trouver quelqu'un pour te remplacer au bar. Shannon et toi pourrez vous asseoir avec tes amis.

— Hors de question que je sorte ce soir, protesta-t-elle.

— Pas la peine de rester longtemps. Avec un peu de chance, j'aurai du nouveau dans quelques heures.

Il les observa en pinçant les lèvres, puis croisa le regard de Shannon.

— Quoi qu'il en soit, j'aurai sûrement d'autres questions. Je préfère faire ça en personne plutôt que par téléphone. Le concert fournit un excellent prétexte.

Elle était à nouveau vaincue par la logique, songea Shannon. Frustrée, ses émotions à vif, elle acquiesça. Que pouvait-elle faire d'autre ? Elle n'espérait qu'une chose : que son téléphone sonne. Elle voulait entendre la voix de son fils et savoir ce que les kidnappeurs voulaient. À ce moment-là, ils auraient enfin une piste sérieuse.

Alors que Daniel sortait dans le couloir pour passer quelques coups de fil, Grant interrogea Shannon sur Bradley et New York, ainsi que sur les habitudes de son ex-mari.

Elle répondit de son mieux, même si elle avait refermé ce chapitre de sa vie bien des années auparavant. Mais tout au long de la discussion, un cercle vicieux de questions plus essentielles pour elle ne cessa de tournoyer dans sa tête.

Où était Aiden ? Avait-il peur ou faim ? À quatre ans, il ne devait pas avoir la capacité de concevoir qu'elle était en train de le chercher, songea-t-elle, le cœur lourd.

— Allons-y, Shannon.

Elle reconnut la voix grave de Daniel. Trop absorbée par ses pensées, elle avait manqué son retour dans le bureau. Il tendit la main vers elle, une main forte et calleuse, signe d'un travail dur et honnête. Celles de Bradley avaient toujours été douces et bien manucurées.

— Allez, viens, répéta-t-il gentiment.

Que pouvait-elle faire d'autre à part l'accompagner ? Ce n'était pas en sanglotant qu'elle allait sauver son fils. Elle repensa à sa grossesse. Pendant des jours et des nuits, elle avait eu les nerfs à fleur de peau. Il y avait eu des moments d'espoir et d'impatience de voir son bébé, suivis de périodes d'anxiété à propos de la maternité et de sa situation financière. Pour passer le temps, elle avait fait des recherches, pris des cours et économisé le moindre sou. Elle s'était préparée de son mieux.

Elle ferait la même chose pour Aiden. Attendre ne signifiait pas se morfondre. Elle allait se concentrer sur le retour de son fils. Entre-temps, elle se renseignerait sur son ex et se préparerait pour les embûches.

Résignée, elle plaça sa main dans celle de Daniel et le suivit hors du club.

Tout en roulant vers l'appartement de Shannon, Daniel l'observa du coin de l'œil. Elle n'avait pas dit un mot depuis leur départ. Même si son silence le mettait mal à l'aise, il n'avait aucune raison de le rompre. Elle avait tous les droits de se rouler en boule dans un coin jusqu'à ce qu'ils trouvent une piste valable. Elle ne le ferait sûrement pas, mais ce serait compréhensible. N'importe qui aurait du mal à élever un enfant seul. Alors le fils de Bradley Stanwood ? Cela demandait encore plus de courage.

En entrant dans le club, il était plein d'espoir. Il en était ressorti déstabilisé. Il se souvenait de quelques manchettes nationales à propos des pratiques commerciales plus que douteuses de Stanwood. L'ex de Shannon échappait à la justice à chaque fois. Même si Daniel n'avait pas tous les faits, une conclusion s'imposait : elle avait été l'épouse d'un criminel. Ce genre d'erreur ne ressemblait pas à la femme raisonnable, intelligente et enjouée qu'il employait.

Elle n'avait probablement aucune influence sur son ex-mari, songea-t-il. À moins que les kidnappeurs ne réclament autre chose, tout cela allait mal finir.

Il ravala ses doutes. Après tout, il avait déjà assisté à des miracles. Au cours de ses missions de pompier, il avait vu des gens s'en sortir contre toute attente. La force de conviction était essentielle à la survie, aussi efficace que les échelles, les lances à eau et les soins médicaux. Dans le cas présent, son objectif était de protéger Shannon pendant que Grant s'efforçait de retrouver son fils.

Il se gara dans la ruelle derrière le véhicule de Shannon. Il scruta une dernière fois les environs, puis la suivit à l'intérieur. La décoration qu'elle avait choisie donnait à l'ensemble une ambiance claire, conviviale et confortable. Les meubles étaient d'occasion, propres et en bon état. Elle les avait sûrement rénovés et retapissés elle-même. Un parquet lustré recouvrait le sol du petit salon et de l'espace salle à manger.

Sans un mot, Shannon prit l'escalier qui menait à l'étage.

Il devait exister ici des règles bien claires, songea Daniel en regardant autour de lui. Telles que ranger ses affaires, faire son lit et manger ses légumes. Rien de tout cela ne le surprenait. Au sein de l'équipe, Shannon avait la réputation d'être rapide, soignée et amicale. Elle faisait plus que sa part de travail et tolérait les taquineries jusqu'à un certain seuil.

Plusieurs signes indiquaient qu'un petit garçon vivait ici : un siège rehausseur sur une chaise, un panier rempli de livres d'enfant sous le lampadaire vitrail près du canapé et une table minuscule dans un coin du salon. Daniel sourit en voyant la rangée de camions — poubelle, bétonnière, transport — attendant le retour de leur propriétaire. Peut-être y avait-il un camion de pompiers quelque part ailleurs ?

— Est-ce que je devrais aussi prendre des affaires pour Aiden ? demanda Shannon.

Dissimulant sa surprise, il se tourna vers l'escalier. Ravi que sa voix semble plus assurée, il lui sourit.

— Seulement si ça t'aide. Quand il sera libéré, je suis sûr que vous pourrez rentrer à la maison tous les deux.

— Oui.

Son ton dubitatif attrista Daniel. Alors qu'il hésitait à lui offrir quelques mots de réconfort, elle retourna à l'étage. Il en profita pour vérifier les fenêtres et les portes. Dix minutes plus tard, préoccupé par son absence et le silence prolongé, il partit à sa recherche.

Les chambres étaient de part et d'autre des marches, séparées par une salle de bains spacieuse.

— Shannon ?

Il la trouva dans la plus petite chambre, à l'arrière de la maison. Assise dans un rocking-chair, elle agrippait un lapin en peluche et fixait le petit lit de son fils.

— Shannon, on doit y aller.

— Pourquoi ?

La force qu'elle avait manifestée quelques minutes plus tôt avait disparu.

— On devrait rester ici et attendre qu'ils le ramènent à la maison.

Il reconnut le choc et le déni qui survenaient souvent au milieu d'une crise ou d'une situation désespérée. Il s'agenouilla devant elle et posa les mains sur les siennes.

— C'est son doudou ?

— Il ne peut pas dormir sans, murmura-t-elle, les yeux brillants de larmes.

Elle leva le lapin jusqu'à son visage, inhala profondément, puis le reposa sur ses genoux.

— Il devient grognon quand il ne dort pas.

— Tout va bien se passer, affirma Daniel.

Il ne voulait pas lui donner de faux espoirs, mais il n'avait rien d'autre à offrir.

— Prends-le avec toi. Vous vous sentirez mieux tous les deux de l'avoir quand vous serez réunis.

— Tu as l'air tellement confiant.

Elle essaya de sourire, mais ses lèvres tremblaient.

— Ça me fait du bien.

À force d'encouragements, il la persuada de se lever. Elle rassembla des vêtements et des affaires de toilette pour passer quelques jours loin de chez elle. De temps en temps, elle se figeait, un objet dans les mains et une expression absente sur le visage. En voyant son regard terrifié, Daniel regrettait de ne pas avoir le pouvoir de tout effacer d'un claquement de doigts.

Même si Grant le jugeait capable de suivre et de protéger Shannon, il n'était ni garde du corps ni enquêteur. Il ignorait même comment inciter Shannon à se conformer au plan ou comment expliquer sa présence sur le chantier le lendemain. Elle était trop inquiète pour travailler.

Pour l'instant, il ne devait pas la laisser seule, décida-t-il, se fiant à son instinct. Il se lança dans un monologue centré autour de ses idées pour le chantier caritatif. Tout en parlant, il remplit la valise et plaça les objets que Shannon lui tendait depuis la salle de bains dans un petit fourre-tout.

— Et pour ce soir ? demanda-t-il.

Elle n'avait rien choisi de particulier pour le club.

— Le concert, lui rappela-t-il. Grant aura peut-être du nouveau.

Avec un gros soupir, elle retourna au placard. Elle fit glisser les cintres d'un côté, puis de l'autre, et finit par sortir une robe noire. Après quelques secondes de recherche, elle prit une paire de talons hauts, qu'elle laissa tomber sur le lit. Elle s'assit sur le tabouret devant la coiffeuse, rassembla son maquillage et le laissa tomber dans le fourre-tout.

Une fois les bagages terminés, Daniel les prit et précéda Shannon dans l'escalier, puis vers le pick-up.

— Où comptes-tu m'emmener ? demanda-t-elle.

Il rangea la valise et le fourre-tout derrière les sièges.

— Je suis en train de retaper une maison à Francisville. On va passer la nuit là-bas. Après t'avoir installée, on passera par chez moi avant le concert.

Shannon pinça les lèvres. Apparemment, elle n'appréciait toujours pas d'être suivie à la trace.

— Tu vas retourner sur le chantier aujourd'hui ?

— Non, répondit-il en démarrant. Ed a la situation en main.

Alors qu'il slalomait entre les voitures garées des deux côtés de la rue, elle poussa un grognement.

— Comment as-tu justifié mon départ ?

— Je lui ai seulement dit qu'il y avait eu confusion à propos du garçon blessé sur la balançoire chez la baby-sitter. Il a des enfants, il comprend.

— J'ai horreur de lui mentir.

— La bonne nouvelle, c'est que les travaux sont terminés. Ça me donne une raison valable de les emmener au concert pour fêter ça.

Shannon semblait encore plus abattue. Elle tira sur sa ceinture comme si elle étouffait.

— Je ne suis pas sûre de pouvoir faire ça. Je crois que je n'ai pas pris la bonne décision en allant voir Grant et en te mettant dans cette position délicate.

— Ne t'en fais pas pour moi, la rassura Daniel. Prévenir Grant, c'était mon idée, tu te souviens ?

— Quand il commencera à poser des questions...

— Tu n'as pas désobéi. Les kidnappeurs interdisent toujours d'appeler la police. À mon avis, c'est la première étape de base dans leur manuel.

— Dans les films, peut-être.

Elle avait posé son téléphone sur sa cuisse et tapotait l'écran du bout des doigts, comme pour invoquer les ravisseurs.

— Grant te soutiendrait si tu voulais porter plainte et lancer des recherches officielles, remarqua Daniel.

— C'est vraiment ça que je veux. Des recherches officielles, je veux dire.

Elle essuya la larme qui coulait sur sa joue.

— Si les ravisseurs sont comme mon ex, ça m'étonnerait que ça nous avance à quoi que ce soit. Bon sang... Je veux que mon fils soit à la maison, sain et sauf, endormi dans son lit. Je veux revenir à hier et figer le temps. Ou avancer en accéléré à demain ou après-demain, quand il sera rentré.

— Tu dois continuer à croire que tu vas le revoir.

— C'est ce que je veux le plus au monde. Je suis même prête à céder à leur exigence concernant la police.

— Très bien.

Même s'il ne pouvait pas la conseiller dans un sens ou dans l'autre, il appréciait qu'elle se soit remise à parler et qu'elle partage ses idées.

— Tu ne penses quand même pas que c'est une erreur de coopérer après m'avoir encouragée à faire mes bagages ? demanda Shannon.

— Je n'ai pas dit ça.

— Ah non ?

Daniel jeta un coup d'œil vers elle et aperçut la lueur combative dans son regard.

— Non.

Il refusait de se laisser entraîner dans une dispute.

— Tu as mal, tu es perdue et tu as peur pour ton fils. Tu attends une réaction de ceux qui le détiennent. C'est normal d'avoir des doutes.

— Toi, tu ne doutes de rien.

Il tourna à nouveau la tête vers elle. Elle n'avait aucune idée de ce qui se passait dans son cerveau, et c'était aussi bien. Elle risquait de mal réagir s'il lui disait avoir eu l'intention de l'inviter à sortir avec lui.

— Obéir aux ordres, ça fait partie de mon travail.

— D'habitude, c'est toi qui donnes les ordres.

— Hein ? s'exclama Daniel en fronçant les sourcils. Ah... Oui. J'attribue les tâches sur les chantiers.

— Tu fais plus que ça. Tu gères les emplois du temps, les fournitures et le personnel.

— Tu ne serais pas en train de me traiter de petit chef ?

Les lèvres de Shannon frémirent légèrement.

— Il n'y a que la vérité qui blesse

Il se racla la gorge.

— Pour en revenir aux ordres... Je parlais de la brigade.

— Tu es lieutenant.

Elle avait dû l'apprendre grâce aux ragots entre collègues, songea-t-il en crispant ses doigts sur le volant.

— Oui. Un lieutenant est un des maillons d'une longue chaîne de commandement.

Heureusement, ils étaient arrivés à destination, ce qui lui permit de changer de sujet facilement.

— Voilà la maison.

Il se gara sur la place réservée devant la bâtisse. Une fois qu'elle ne leur servirait plus de planque, il la revendrait avec un gros bénéfice à la clé.

Lorsqu'ils étaient à l'Escape Club, il avait passé un coup de fil au service de *home staging* qu'ils utilisaient pour les journées portes ouvertes. Il n'avait pas demandé la formule complète, incluant les détails de style et d'ambiance, mais il ne voulait pas dormir par terre. Pour les repas, ils devraient se contenter de plats à emporter.

— On ne peut pas rester ici, déclara-t-elle en balayant la rue du regard. On a fini cette maison la semaine dernière.

Il ne pouvait pas l'emmener chez lui. Il venait de s'installer dans un autre logement en rénovation, plein de poussière et de débris.

— Les gars vont arriver d'une minute à l'autre pour mettre les meubles, répondit-il.

— Ce n'est pas le problème. Tu dois la mettre en vente.

Il ouvrit la porte et poussa Shannon à l'intérieur.

— Elle le sera bien assez tôt.

Il se moquait de repousser la mise sur le marché. La sécurité de Shannon comptait plus pour lui que le profit.

Il agirait de même pour n'importe lequel de ses employés, se dit-il. Il faillit rire tout haut. Même s'il était ami avec les principaux membres de l'équipe, Shannon était différente. Il rêvait d'autre chose avec elle, et ce depuis longtemps.

Il ignorait comment il allait pouvoir réprimer son attirance pour elle dans un environnement neutre.

Shannon tourna lentement sur elle-même pour mieux apprécier les détails. Comme Ed l'avait affectée ailleurs, elle n'avait pas encore vu le résultat des travaux. La maison était raffinée et moderne ; elle se vendrait en un rien de temps.

— C'est une mauvaise idée.

— Comment ça ? s'étonna Daniel.

Elle haussa les épaules. Comment décrire ce qu'elle ressentait ? Rester chez elle sans Aiden, à se demander si elle le reverrait jouer avec ses camions, était un calvaire. Elle n'était pas plus soulagée d'être loin de son foyer.

— Et si jamais il s'enfuit et essaie de rentrer à la maison ?

Daniel ouvrit la bouche, puis la referma en fuyant son regard. Elle savait ce qu'il essayait de ne pas dire.

— Je sais, c'est une illusion de mère. Il n'a que quatre ans, et ils ont eu des heures pour l'emmener loin de la ville avant qu'on n'apprenne le kidnapping. On n'a pas de pistes. Je sais, conclut-elle en repoussant rageusement ses cheveux.

— Pas *encore* de pistes, corrigea Daniel. Tu le reverras, il faut que tu y croies. C'est ta tâche principale pour l'instant.

Elle y croyait. Mais le doute s'immisçait dans la moindre de ses pensées. Le doute et l'angoisse.

— J'y crois… J'y crois, je t'assure. C'est ce sentiment d'impuissance que je n'arrive pas à gérer.

Elle traversa la cuisine et effleura le plan de travail en quartz.

— On ne peut pas rester ici. Si tu payes pour que la maison soit aménagée, tu dois la mettre en vente.

Il fronça les sourcils.

— Tu as parlé avec mon père ?

— Pas depuis le mois dernier, répondit-elle en s'engageant dans le couloir. Je n'étais pas d'accord quand Ed a installé le panneau de lambris, mais ça fonctionne.

— C'était ma décision, répondit Daniel. Sur le papier, ça ne plaisait à personne. Reviens en arrière une seconde. Quand et pourquoi exactement as-tu parlé avec mon père ?

Elle se tourna face à lui. En voyant son expression étonnée, elle oublia un instant son propre chagrin.

— Tu te souviens que je travaille pour lui ?

Pour le moment, en tout cas. Si Bradley était derrière tout cela, elle devrait partir dès qu'elle aurait récupéré Aiden.

— Il signe mes chèques. Il vient sur place et fait le point avec chacun de nous au moins une fois pendant un projet.

— Non, il laisse ça à ses chefs de projet, insista Daniel. Surtout sur des chantiers comme celui-ci, que je choisis.

Elle pencha la tête sur le côté, surprise par sa réaction.

— Je croyais que vous vous entendiez bien, tous les deux.

— C'est le cas, répliqua-t-il sans desserrer les dents. On n'avait pas le même point de vue sur le chantier caritatif, c'est tout.

Il semblait vraiment contrarié, songea Shannon.

— J'ai eu l'impression qu'il n'était pas content que tu assumes toutes les responsabilités financières. Je suis sûre qu'il sera ravi de la bonne publicité pour Jennings.

— Oui, sûrement, admit-il en enfonçant les mains dans ses poches. Je ne m'étais pas rendu compte qu'il fourrait son nez dans les projets dont je m'occupe.

— Il ne fourre pas son nez, il montre de l'intérêt.

Daniel manifesta son désaccord d'un grognement. Sans insister, Shannon commença à faire le tour de la maison. Tout en déambulant, elle s'imagina vivre ici avec Aiden. Cet exercice mental l'avait toujours aidée à garder le bon état d'esprit : heureuse et impatiente de faire le maximum pour le futur propriétaire.

— Être engagée à plein temps par Jennings est ce qui m'est arrivé de mieux après la naissance d'Aiden, déclara-t-elle.

— C'est papa qui t'a embauchée ?

— Pas directement.

Elle repensa à ses premiers mois à Philadelphie. Elle partageait son temps entre le magasin de carrelage et le restaurant, mettant de côté le moindre pourboire. Plus sa grossesse avançait, plus elle avait mal au dos et aux pieds. Elle avait perdu plus d'une nuit de sommeil à se demander ce qu'elle allait faire après l'accouchement.

— Au moins une fois par semaine, Ed venait au *diner* où je travaillais. Il passait commande pour toute l'équipe et on discutait pendant qu'il attendait. J'avais des idées pour rénover mon appartement, il m'a donné des conseils et j'ai tout fait valider par le propriétaire. Environ une semaine avant que j'accouche, il m'a demandé si ça m'intéresserait de gagner un peu d'argent en faisant des retouches après l'arrivée du bébé. Et de fil en aiguille...

Elle fit rouler ses épaules. Dès qu'elle récupérerait Aiden, son passé les obligerait à prendre un autre nouveau départ. Aurait-elle la chance de retrouver un bon travail ? Elle avait son fonds d'urgence et de solides économies. Pour faire durer l'argent, elle devrait commencer par explorer les villes les moins chères dans les environs.

— On rénovait une maison victorienne, se rappela Daniel. Tu as peint toutes ces moulures avec une patience d'ange.

Elle sourit.

— Aiden avait environ un mois. Je commençais à tourner en rond, toute seule chez moi. Ed m'a évité de devenir folle. Le petit a somnolé dans son siège auto presque tout le temps. Le grand air avait cet effet-là sur lui.

Elle éprouvait toujours des sentiments doux-amers en repensant à cette période, au soulagement et à la joie infinie d'être mère et d'élever son enfant comme elle le souhaitait.

— Ed a bien fait de t'engager, affirma Daniel. Tu as fait de l'excellent travail sur ce chantier. Et sur tous les autres depuis.

— Merci.

Ainsi, il l'avait observée dès le début. Que devait-elle en penser ? Elle aussi l'avait remarqué, bien sûr, et pour plusieurs raisons qui n'avaient rien de professionnel.

— Je demanderais bien une lettre de recommandation pour quand je partirai, mais je ne pourrai pas m'en servir.

— Partir ? De quoi parles-tu ? Ta vie est ici.

— Simple question de bon sens. Une fois que j'aurai retrouvé Aiden, je devrai déménager. Il y a peu de chance que mon ex ou ses ennemis me laissent tranquille après tout ça. Il est hors de question qu'il approche mon fils.

— Tu as l'intention de t'enfuir ?

— De déménager, répéta-t-elle obstinément.

Elle refusait d'appeler cela une fuite. Elle ne laisserait pas Bradley avoir ce genre de contrôle sur elle, même si ce n'était que dans son esprit.

— Tu ne trouves pas que ce qui se passe aujourd'hui prouve que personne ne devrait savoir à qui j'étais mariée, qui est le père de mon fils ?

— Tu veux t'enfuir, fit-il en se renfrognant. Ce n'est pas une vie pour Aiden et toi.

Elle n'apprécia pas son ton critique et la désapprobation dans ses yeux bleu foncé. Elle lui tourna le dos et s'éloigna pour visiter les trois chambres et les deux salles de bains.

Comme si elle avait envie de quitter Philadelphie, songea-t-elle. Elle s'était reconstruit une identité ici, elle subvenait à ses besoins. Il n'y avait aucune raison qu'elle se retrouve dans la ligne de mire d'un des ennemis de son ex, pourtant quelqu'un avait enlevé son fils dans le but de le faire chanter.

— Shannon, je suis désolé, déclara Daniel en s'immobilisant sur le seuil de la salle de bains du couloir. Je ne voulais pas t'offenser. Mais je trouve injuste que ces événements t'obligent à renoncer à une vie stable et agréable.

— Je suis d'accord.

— Alors arrête de planifier ton départ. Concentre-toi sur les façons de rester.

Face à sa véhémence, Shannon recula. Il ne comprenait pas ce qu'il suggérait, mais elle était trop lasse pour lui expliquer la situation. Elle ne projetait pas de quitter la ville parce qu'elle s'avouait vaincue ou s'apitoyait sur son sort. C'était simplement sa réalité. Seul quelqu'un qui avait été proche de Bradley pouvait comprendre la peur qu'il suscitait chez ceux qui le décevaient ou qui allaient contre sa volonté.

— C'était déjà un miracle qu'il m'ait accordé le divorce. S'il décide qu'il veut connaître Aiden, tous mes efforts n'auront servi à rien.

Alors que Daniel s'apprêtait à répondre, ils entendirent des voix dans le salon.

— C'est sûrement l'équipe de *home staging*, remarqua-t-il. Je vais leur parler. Toi, continue à penser de façon positive.

Shannon pensait surtout une chose : elle allait devoir passer à l'action, sinon elle n'aurait plus jamais l'esprit tranquille.

Elle ne pouvait pas élever son fils en étant constamment sur ses gardes.

Après avoir réglé le volume de la sonnerie au maximum, elle rangea son portable dans sa poche. Pourquoi les ravisseurs n'avaient-ils pas appelé ? Cela faisait presque six heures sans le moindre contact.

Incapable d'attendre sans rien faire, elle aida les décorateurs. Comme elle était parfois venue avec Aiden visiter les maisons que Daniel retapait, elle connaissait le style simple qu'il préférait.

— Tu ne tiens pas en place, hein ? remarqua Daniel.

— Tu y arriverais, toi ?

— Absolument pas, admit-il. Tu as le coup d'œil.

— Hum... Ce n'est pas compliqué de savoir ce que tu recherches, répondit-elle sans réfléchir.

— Ah bon ?

— Au bout de quelques années à travailler pour Jennings, j'ai remarqué deux, trois choses.

Comme il haussait un sourcil, elle lui fournit la première raison qui lui vint à l'esprit.

— C'est plutôt simple de préparer une maison à la vente. L'objectif, c'est de donner l'impression d'un foyer et de valoriser l'espace sans rebuter les acheteurs potentiels.

— Laisse-moi deviner... Tu as travaillé comme décoratrice à une période de ta vie.

Son ton léger et amical la fit sourire.

— Non, mais j'ai vu plusieurs exemples à la télévision.

Pour laisser le champ libre aux employés, ils passèrent du salon à la cuisine.

Shannon n'osait pas lui dire combien elle appréciait son style raffiné. Quand il rénovait une maison, il garantissait un travail de qualité. Elle admirait l'implication et le sens de l'organisation des Jennings père et fils. Les équipes étaient motivées et les chantiers, bien encadrés. Daniel en particulier disposait d'un excellent chef de projet en la personne d'Ed, qui gérait tout pendant qu'il était de garde à la caserne.

Elle devrait peut-être suivre son exemple et être plus audacieuse quand elle emménagerait ailleurs. Avec ses quatre ans d'expérience, elle pouvait accélérer le processus pour avoir une maison et une entreprise.

— En combien de temps as-tu obtenu ton diplôme d'entrepreneur ?

Il plissa les yeux.

— On n'en a pas besoin pour rénover et revendre une maison si on a un associé raisonnable et fiable. De toute façon, mieux vaut ne pas débourser tout le capital, surtout si on est nouveau dans le métier ou dans la région.

Une fois encore, rien ne lui échappait, songea Shannon. Elle se mordit la lèvre pour ne pas poser plus de questions.

— Ils ont presque fini, reprit-il. Tu vas bientôt pouvoir défaire ta valise. Installe-toi dans la plus grande chambre.

La sonnerie stridente de son téléphone empêcha Shannon de répondre. Elle jeta un coup d'œil sur l'écran, qui affichait « appel anonyme », puis le montra à Daniel. Il lui fit signe de décrocher et de lancer l'application d'enregistrement.

— Allô ?

— Ton fils est sain et sauf.

C'était la voix de l'homme qui l'avait contactée plus tôt.

— Je veux le voir, s'exclama-t-elle. Faites une autre vidéo.

— Pas encore.

Daniel s'empressa de faire sortir les décorateurs et referma la porte d'entrée derrière eux. Quand il revint dans la cuisine, elle enclencha le haut-parleur.

— Qu'est-ce que vous voulez ?

— Tout, répondit l'interlocuteur. Tout ce que tu as, en fait.

Terrifiée, elle sentit ses genoux se mettre à trembler. Bradley lui avait dit exactement la même chose lors de leur troisième rendez-vous. À l'époque, elle avait trouvé cela romantique, puisqu'il avait promis de se donner à elle aussi. Pourquoi n'avait-elle pas vu clair dans son jeu ? Comment avait-elle pu confondre sa possessivité avec de l'amour ?

— Mon fils est tout ce que j'ai, répondit-elle, la bouche sèche, la gorge serrée. Et vous l'avez.

— Bien.

Shannon réprima un gémissement face à la cruauté contenue

dans cette simple syllabe. Malgré son envie de bombarder l'homme d'exigences, de menaces et de promesses, elle se mordit la langue pour le laisser poursuivre. Mais son inquiétude maternelle l'emporta sur la patience.

— Je peux lui parler ?

— Non. Ce que tu vas faire, c'est suivre mes instructions.

— Oui, acquiesça-t-elle en cherchant un papier et un stylo dans son sac.

— D'abord, tu suivras ta routine habituelle, comme si tout allait bien.

Il articulait chaque mot avec précaution, comme s'il lisait un script. Shannon, qui venait d'écrire le chiffre 1, se figea, le stylo en l'air.

— Quoi ?

— Tu m'as bien entendu, répliqua-t-il sèchement. Suis ta routine au détail près. Au moindre écart, ton fils te sera renvoyé un morceau après l'autre.

Elle ne put retenir un cri de désespoir primal.

— La ferme ! hurla-t-il.

Elle sursauta. Cet accès de fureur lui rappelait la première fois que Bradley l'avait giflée. Ce n'était pas la voix de son ex, mais c'était son vocabulaire. Elle plaqua la main sur sa bouche et tenta de rassembler son courage.

— Je ferai n'importe quoi pour vous, supplia-t-elle, comme au temps de son mariage. Je vous en prie, relâchez mon fils.

Daniel agita la main devant sa gorge. Le message était clair : elle ne devait pas faire ce genre d'offres.

— Suis ta routine habituelle, et je rappellerai avec d'autres instructions.

L'homme parlait de façon plus naturelle, ses mots s'enchaînant avec plus de fluidité.

— C'est compris ? Oui ou non ?

— Oui.

L'appel s'acheva sans que Shannon n'ose demander une preuve de vie. La main crispée sur le téléphone, elle courba les épaules et fondit en larmes. Daniel la prit aussitôt dans ses bras. Il lui parla, mais submergée par le chagrin et la peur, elle ne parvint pas à distinguer les mots.

Son portable sonna, signalant l'arrivée d'un nouveau SMS. Il contenait un seul mot :

Routine.

Un second message suivit, avec le lien vers un site Internet. Elle cliqua aussitôt dessus. C'était une vidéo d'Aiden. Il était assis sur un lit une place dans une petite pièce.

Pendant quinze secondes, elle regarda son fils agiter la main en direction de la caméra et dire « Coucou, maman » lorsqu'une personne située hors champ le lui ordonna.

Shannon battit des paupières pour chasser ses larmes. Elle enregistra la vidéo sur son téléphone, au cas où l'expéditeur la supprimerait du site. Puis elle la repassa encore et encore, pour s'imprégner de la moindre nuance du visage de son fils.

— Il est troublé. Il a toujours un pli entre les sourcils quand il est troublé.

Elle tapa sur l'écran pour mettre sur pause.

— Tu ne trouves pas qu'il a l'air effrayé ? demanda-t-elle en tournant le portable vers Daniel. Qu'est-ce qu'ils ont pu lui dire, à ton avis ?

— Aucune idée. Tu pourras lui demander quand il sera rentré. Donne-moi une minute pour prévenir Grant.

— Non, protesta-t-elle, sentant la panique monter en elle. Il a dit « routine ». Je ne suis jamais allée à l'Escape Club, je ne t'ai jamais aidé à décorer une maison.

Elle bondit sur ses pieds et attrapa son sac.

— Je dois y aller.

— Du calme.

Il la poussa doucement sur la chaise et posa les mains sur ses épaules pour l'obliger à rester assise.

— J'ai entendu ce qu'il a ordonné. Ne t'en fais pas, on va reprendre ta routine. Grant a besoin de cette vidéo pour demander à un pro d'analyser le lien et le contenu.

Il avait raison, songea-t-elle en hochant la tête. Elle envoya la vidéo à l'adresse électronique qu'il lui donna.

— Bradley est derrière tout ça, murmura-t-elle tandis que Daniel échangeait des messages avec Grant. Ça n'a aucun sens. Mais il est derrière tout ça. Le type utilisait ses mots.

— Il avait l'air de lire, c'est vrai, reconnut Daniel. Mais s'il veut son fils, pourquoi...

— Ne dis pas ça. Il ne peut pas vouloir Aiden.

Elle n'avait pas les moyens de se lancer dans une bataille pour la garde de son enfant.

— Il ne peut pas l'avoir.

Sa respiration s'accéléra de façon incontrôlable et ses bras se mirent à picoter. Elle était trop jeune pour faire une crise cardiaque, pensa-t-elle tandis que la pièce commençait à tourner autour d'elle.

— Hé, tout doux, s'exclama Daniel. Tu fais de l'hyperventilation.

Désespérée, elle se raccrocha à lui.

— Aide-moi, siffla-t-elle.

— Ce sont des choses qui arrivent, murmura-t-il gentiment. Respire comme ça.

Il arrondit les lèvres et expira. Elle l'imita, tandis qu'il continuait à parler :

— C'est ça... Calme-toi... Ça va aller. Plus lentement... Tu te débrouilles très bien.

Sa voix douce et assurée était agréable, mais Shannon se sentait toujours très mal. Daniel se baissa vers elle.

— Tu me laisses t'aider ?

Elle hocha la tête et riva son regard au sien. Il avait des yeux vraiment magnifiques. Elle se concentra sur leur couleur bleue tandis qu'il lui prenait la main, la plaçait devant sa bouche et la recouvrait de la sienne. Il appuya ensuite sur l'une de ses narines.

— Continue à respirer. Comme ça, c'est super.

L'étrange méthode l'aida à reprendre peu à peu haleine. Daniel relâcha doucement la pression sur son nez tout en gardant la main sur sa bouche.

— Ça va mieux ?

— Hum, hum...

Le vertige passa et ses bras cessèrent de picoter.

— Tu en es sûre ?

Mortifiée, elle se renfonça sur sa chaise.

— Combien de fois vas-tu me sauver de moi-même aujourd'hui ?

Il lui adressa un large sourire qui l'apaisa, et elle le remercia.

— Ça va aller, répondit-il en lui serrant les épaules.

— Je ne veux pas rester ici. Pas après cet appel.

— On s'en va. On va retourner chez toi.

Son téléphone bipa, et il jeta un coup d'œil sur l'écran, avant de le lui montrer. C'était la réponse de Grant.

— Tu vois ? Il a déjà quelqu'un sur le coup.

— D'accord. Merci.

Elle se leva, accepta son aide une seconde, le temps de retrouver l'équilibre, puis regarda sa montre.

— Normalement, à cette heure-ci, un samedi après-midi, je serais à la maison avec Aiden.

— Alors c'est là qu'on va aller.

Alors qu'il sortait ses clés, son portable sonna.

— C'est Grant, annonça-t-il avant de décrocher.

— Je vais éteindre les lumières

Shannon traversa les chambres et revint dans la salle de bains, où elle s'arrêta pour s'asperger le visage avec de l'eau froide.

Les crises de larmes et d'hyperventilation ne faisaient pas partie de sa routine. Elle devait prendre sur elle, sinon elle ne tiendrait pas le coup face à Bradley. Elle ignorait comment elle allait feindre que tout allait bien alors que son fils était retenu en otage. Mais elle allait devoir se montrer convaincante. La vie d'Aiden dépendait de sa prestation au cours des prochaines heures ou des prochains jours.

Quand Bradley décidait de contrôler quelque chose ou quelqu'un, rien ne pouvait l'arrêter. Sept ans plus tôt, quand il l'avait aperçue au bar lors d'une conférence à Miami, ce quelqu'un avait été elle. Elle avait aussitôt succombé à son charme apparent.

— Tu as été naïve, reprocha-t-elle à son reflet. Plus maintenant.

Elle sécha son visage gonflé avec son T-shirt, puis se lança un autre long regard.

— Il t'a bernée, il avait toutes les cartes en main.

Et elle s'en était sortie.

— Plus maintenant. Tu es plus forte qu'il ne le croit.

Elle se passa les mains dans les cheveux. Pour ses yeux bouffis, la seule solution était des lunettes de soleil noires.

— Il faut que tu y croies.

D'après Daniel, c'était sa tâche principale pour l'instant.

— Aiden va rentrer à la maison. Il faut que tu y croies.

3

En entendant Shannon dans la salle de bains, Daniel fit marche arrière vers la cuisine. Il n'avait pas eu l'intention de l'espionner, mais il s'était inquiété en ne la voyant pas revenir. Le plafonnier du couloir s'éteignit et elle apparut sur le seuil de la cuisine.

— Tu te sens mieux ? demanda-t-il.

— Un peu.

Il avait transmis tout ce qu'elle avait dit à Grant, bien qu'il ait du mal à croire à sa théorie sur l'implication de son ex. Pour l'instant, aucune piste ne s'était présentée, même si la vidéo pouvait s'avérer utile. En étant plongé dans le monde de la construction depuis tout petit, il avait fait l'apprentissage de la patience, mais Shannon aurait peut-être du mal à supporter l'attente. Il allait devoir trouver un moyen de l'aider.

— Est-ce qu'il t'arrive de sortir avec des amis le samedi soir ? demanda-t-il.

Elle fronça les sourcils de la même façon que son fils.

— Pardon ?

Il l'observa attentivement tout en réfléchissant aux tâches qui les attendaient. Son expérience avec la brigade de pompiers de Philadelphie l'avait entraîné à trouver des solutions mais il n'avait jamais pensé devoir apporter son aide pour un kidnapping.

— Comment peuvent-ils me demander d'agir normalement ? murmura-t-elle d'une voix rauque, les yeux baissés sur son portable. Comment ma vie peut-elle être normale tant qu'ils ont Aiden ?

À en juger par la tension dans ses épaules, elle était encore sur le point de craquer. Il lui prit le téléphone des mains et les saisit lorsqu'elle voulut le récupérer d'un geste paniqué.

— Du calme... Je vais t'aider, Shannon, affirma-t-il en sentant ses mains trembler dans les siennes.

— Je dois être seule. Ils ont dit routine habituelle.

Elle prit une brusque inspiration, la retint quelques instants, puis expira lentement.

— Je ne vais pas encore péter les plombs.

— Ce n'est pas grave si ça arrive.

Il la lâcha à regret.

— Non, répondit-elle. Non, je sors rarement. En général, le samedi soir, c'est plutôt Aiden, moi, une pizza et un film.

Elle parvint à finir sa phrase sans verser une autre larme.

— Bravo, la félicita-t-il, plein d'admiration devant son courage et sa détermination. Rachel et toi, vous ne sortez jamais ?

— Si, si. Deux ou trois fois par an.

— Ils ne connaissent pas ta routine, supposa-t-il. C'est un autre obstacle qu'ils veulent t'imposer, qui leur permet de gagner du temps.

— Ça ressemble aux méthodes de Bradley.

— On doit en tenir compte, dit-il en attrapant ses clés. Et maintenant, allons-y. On va retourner chez toi, et je vais y passer la nuit. Ce soir, on va sortir, comme des gens normaux qui ont fait des projets.

— Comme un rendez-vous galant, tu veux dire ?

Elle se désigna d'un geste de la main.

— Tu m'as vue ? Je ne peux pas faire ça.

Il ravala une protestation. À ses yeux, elle était superbe. Elle était sûrement capable de réussir tout ce qu'elle entreprenait. La tristesse et le stress ne masquaient pas les qualités qui l'avaient attiré chez elle. Elle avait trouvé un équilibre entre son fils et un travail exigeant, gérant les deux avec engagement et ténacité. Son joli visage et ses courbes voluptueuses étaient la cerise sur le gâteau.

— J'essaie d'aider, Shannon.

— Je sais, murmura-t-elle. Les rendez-vous galants ne font pas vraiment partie de ma routine. Et sortir avec *moi* ne fait pas partie de la tienne.

Que voulait-elle dire par là ? se demanda Daniel. Il lui demanderait plus tard. Pour l'instant, ce n'était pas essentiel.

— On doit gagner du temps pour Grant, expliqua-t-il. Et je ne vois pas de meilleure option que le club. C'est un endroit sûr, et on sera entourés d'amis. Dommage pour ces types qu'ils aient enlevé Aiden au moment même où tu commençais à sortir avec quelqu'un.

Elle leva les yeux au ciel et secoua la tête.

— Non. Mon ex est derrière tout ça... Non, vraiment, répéta-t-elle en se séchant les yeux avec sa manche. Ramène-moi chez moi, et je trouverai un moyen de m'occuper de lui toute seule.

— À mon tour de dire non.

Il se prépara pour une dispute. Il connaissait son tempérament indépendant et sa fierté dans le cadre professionnel. Après avoir vu son foyer, il était conforté dans son opinion.

— Ce n'est pas une situation dont tu peux « t'occuper ». Routine ou pas, tu ne traverseras pas ça toute seule.

— Daniel...

Son ton exaspéré ne fit que le motiver davantage.

— Souviens-toi de ce que Grant a dit. Seule, tu es une cible facile. Comment est-ce que ça pourrait aider Aiden ?

Il n'avait jamais été aussi heureux de voir une femme le fusiller du regard.

— C'est mesquin, ça.

— Je sais être créatif quand des vies sont en jeu.

Elle entrouvrit les lèvres, puis les referma. D'un léger coup de coude, elle le poussa sur le côté, passa devant lui et éteignit la lumière de la cuisine. Pour Daniel, c'était une petite victoire, même s'il leur restait sûrement plein de batailles à livrer.

— On va faire un saut chez moi, déclara-t-il en roulant dans les petites rues du quartier. Je suis un rapide, en matière de bagages. On sera chez toi très vite. Ensuite, on retrouvera Ed et les autres à l'Escape Club pour le concert. On écoutera un morceau, on fera le point avec Grant et on rentrera.

— Chez moi, précisa Shannon en tambourinant du bout des doigts sur son téléphone.

— C'est ça.

— Tu devrais peut-être mettre un lit dans ta valise. Celui d'Aiden sera trop petit pour toi.

Tout en attendant que le feu passe au vert, il la regarda longuement.

— Le canapé, ça m'ira très bien.

Elle ne répondit pas. Comme elle avait le visage tourné vers la vitre, il ne pouvait pas lire son expression. Il fut tiré de sa contemplation par la sonnerie de son téléphone. Le nom d'Ed s'afficha sur l'écran de la radio du pick-up.

— Je le rappellerai.

— Tu devrais décrocher. Ça concerne sûrement le chantier caritatif.

Il suivit son conseil. Pourvu que les nouvelles soient bonnes, songea-t-il. Il avait relevé un gros défi en prévoyant de terminer le projet avant de reprendre ses gardes à la caserne. Les fournisseurs avaient les matériaux à disposition et Daniel avait choisi les meilleurs employés. Malgré les doutes de son père, il était persuadé de pouvoir y arriver.

— Quoi de neuf ?

— Je suis passé par la maison de l'agent Caldwell, répondit Ed. J'ai trouvé une fuite sous la baignoire.

— On se doutait qu'on allait devoir refaire la tuyauterie.

— Oui, mais le processus a été long et lent. Le sous-plancher est presque complètement pourri.

Shannon lui adressa une grimace compatissante. Daniel soupira. La construction était vraiment une école de l'humilité.

— Tu as transmis la commande de matériaux au bureau ?

— Je l'ai terminée, je m'apprête à l'envoyer, répondit Ed. Je voulais seulement te prévenir.

Daniel s'obligea à sourire, dans l'espoir de rendre sa voix plus assurée.

— C'est sympa, merci.

— Tu nous retrouves au concert ce soir ?

— Je ne raterais ça pour rien au monde, affirma-t-il en haussant les sourcils vers Shannon.

Elle leva les pouces d'un geste ironique.

— Super, s'exclama leur collègue. Ma femme ne parle que de ça depuis que tu nous as donné les billets.

— Et la première tournée est pour moi, même si je ne m'occupe pas du bar, lança Daniel avec un sourire plus naturel. Tu as rencontré la femme d'Ed, je crois ? demanda-t-il après avoir raccroché.

— Elle est très sympa, répondit Shannon. Ça ne va pas être facile de lui mentir.

Il consulta l'heure sur l'écran de la radio. Heureusement, c'était samedi. Il devait avoir un quart d'heure avant que son père ne l'appelle à propos de la commande imprévue. En semaine, il aurait eu droit à cinq minutes maximum. Il avait amplement le temps de faire sa valise.

— On est arrivés.

— Tu vis ici ?

— Tu n'aimes pas ?

— C'est superbe.

Elle sauta du pick-up et observa les maisons voisines.

— Ce n'est pas vraiment ce que j'imaginais pour toi.

Il choisit d'en rire, mais ne put s'empêcher de s'interroger : que voyait-elle quand elle le regardait ?

— Un de ces jours, il faudra que tu m'expliques...

Il lui fit contourner la bâtisse et sortit la clé de la porte latérale.

— C'est à court terme, indiqua-t-il.

Il la vit observer l'escalier de chantier et le revêtement fissuré qui laissait le vide sanitaire mal isolé.

— Et c'est dans un état lamentable pour l'instant.

— J'ai déjà vu pire, répondit Shannon.

— Moi aussi.

Quand il ouvrit la porte, une odeur de sciure et de transpiration leur sauta aux narines.

— Et je suis sûr qu'on verra encore pire que ça.

Le rez-de-chaussée avait été mis à nu et semblait plus prêt à être démoli qu'à être rénové.

— Fais attention à ta tête si tu te déplaces, recommanda Daniel. J'en ai pour une minute.

Il hésita. Était-ce vraiment sage de la laisser seule ?

— Il y a un problème ? s'étonna-t-elle.

— Promets-moi que tu seras là à mon retour ?

Elle était bien capable d'appeler un taxi et de partir sans prévenir. Il le savait, elle irait directement chez elle. Mais l'idée qu'elle soit seule en ville alors que quelqu'un lui voulait du mal lui donnait des sueurs froides.

— Promis, affirma-t-elle en traçant une croix sur son cœur.

Décidant de lui faire confiance, il monta les marches quatre à quatre jusqu'à la chambre où il dormait. Il remplit son sac, vérifia qu'il avait une chemise et un jean propre pour la soirée et redescendit au pas de course.

À en juger par son expression désolée, Shannon était en train de se repasser la vidéo.

— Il y a du nouveau ? demanda-t-il.

Elle releva la tête et rangea son portable d'un air coupable.

— Non.

Daniel ne supportait pas de la voir souffrir. Il voulait la serrer contre lui et promettre qu'ils sauveraient son fils. Mais il ne pouvait pas le faire. Si les choses tournaient mal, elle ne lui ferait plus jamais confiance et il ne se le pardonnerait pas.

— Si je me souviens bien, Ed m'a dit que tu sortais parfois avec l'équipe après le travail.

— Rien à voir avec des rendez-vous, insista-t-elle. Aiden passe la nuit chez Rachel de temps en temps.

— Je trouve que ça s'en rapproche.

— Ça n'explique pas comment on est passés en un jour d'une relation de travail à ton emménagement chez moi.

— Je n'ai pas l'intention d'expliquer quoi que ce soit à l'enfoiré qui t'a pris ton fils. On a besoin d'une histoire plausible pour les collègues ce soir.

— Sauf si on n'y va pas, rétorqua-t-elle en relevant le menton d'un air buté.

Ce n'était pas un appel au baiser, se fustigea-t-il, même si c'était ce qu'il avait aussitôt pensé. Avec des gestes mesurés, il la guida hors de la maison et vers le pick-up. C'était compliqué pour lui de veiller sur une femme avec qui il avait espéré sortir. Cela l'aurait été de toute façon, étant donné qu'elle travaillait pour son entreprise, mais jusqu'à ce matin il avait cru avoir de bonnes chances.

Plus maintenant.

— Personne n'a besoin de savoir qu'on loge au même endroit, lança-t-il lorsqu'ils arrivèrent dans son allée.

Elle renifla, puis mit son téléphone dans sa poche. Elle avait de nouveau regardé la vidéo en chemin.

Du point de vue de Daniel, elle ne faisait que se torturer en se repassant sans arrêt ces images. Mais qu'en savait-il ? Il n'avait pas d'enfant. Toute la compassion du monde ne lui permettrait pas de comprendre pleinement ce qu'elle traversait. Rien de ce qu'il dirait ou ferait ne pourrait soulager le chagrin qu'il lisait dans ses yeux.

Ils sortirent du pick-up en silence et il porta leurs bagages à l'intérieur. Il posa la valise et le fourre-tout de Shannon devant sa chambre, puis rangea ses sacs dans le placard du rez-de-chaussée. S'il restait à l'écart et se faisait discret, elle finirait peut-être par se détendre.

— Je vais dormir un peu, dit-elle. Fais… ce que tu veux.

Alors qu'il commençait à répondre, elle leva la main.

— Je sais qu'on doit aller au concert. Je vais mettre une alarme pour être prête à l'heure.

Lorsqu'il alla jeter un œil sur elle, il la trouva roulée en boule sur le lit, le lapin bleu d'Aiden sous le menton, le téléphone en charge sur la table de nuit. Elle avait les yeux fermés et la respiration régulière. Le sommeil était sûrement sa meilleure défense.

Incapable de tenir en place, il fit le tour du rez-de-chaussée. Dans la cuisine, il aperçut trois carrés de nuancier collés sur le mur et les contempla d'un œil critique. Il hésitait entre deux bons choix de peinture lorsque son portable sonna. Il décrocha sans regarder l'écran.

— Daniel Jennings.

— Tu ne peux pas te servir en douce et t'en laver les mains, Danny.

Matthew Jennings appelait pour lui remonter les bretelles.

— Salut, papa.

Daniel retint de justesse un soupir. Tout en se pinçant l'arête du nez, il sortit sur le petit porche à l'arrière. Leurs conversations avaient tendance à être bruyantes, et il ne voulait pas réveiller Shannon.

— J'ai vérifié le stock..., commença-t-il.

— Tu n'as pas vérifié les bons de commande pour la semaine prochaine, répliqua son père sèchement. Je ne peux pas te laisser le sous-plancher. Tu vas devoir le commander.

Le temps d'être livrés, son équipe allait devoir attendre sans rien faire lundi matin. Une décision coûteuse pour un projet bénévole qu'il devait achever dans les deux semaines. En général, son père et lui avaient tous les deux en partie raison lorsqu'ils s'affrontaient sur ce genre de choses. Malgré sa lassitude à être constamment déprécié, Daniel essaya de mettre un peu d'enthousiasme dans sa voix.

— Et si mes gars venaient aider ton équipe à poser le sous-plancher ? Ensuite, ils peuvent récupérer les chutes et...

— Non. Quand il y a trop de monde, on se marche dessus.

— Bien sûr, grogna Daniel.

La coopération ne faisait pas partie du vocabulaire de son père quand ses fils étaient concernés.

— Tu as vu trop grand. Tu as pensé avec ton cœur, pas avec ta tête.

— Arrête, aboya Daniel.

Il connaissait le discours par cœur, il l'avait entendu toute sa vie d'adulte.

— C'est mon projet. J'ai commis une erreur en pensant que je pouvais me servir dans le stock disponible.

— Je n'ai pas dit ça.

— Tu viens de le faire.

— Tu n'as même pas demandé ! cria Matthew.

À quoi servait une commande de fournitures sinon à cela ?

voulut crier Daniel en retour. Mais il pensa à la réaction de sa mère si elle apprenait qu'ils s'étaient encore disputés. En imaginant sa déception, il perdit de son mordant.

— Désolé, papa. Je préviendrai l'équipe de ce changement de programme.

— Très bien.

— On a bouclé le chantier de Garden Court.

— J'ai appris ça.

Même si son père semblait contrarié, Daniel refusa de mordre à l'hameçon.

— Et j'ai fait aménager la maison de Francisville.

Son père émit un son qui pouvait être interprété de bien des façons. Daniel décida de le prendre de façon positive, ne serait-ce que pour ennuyer son père.

— Moi aussi, je suis content. Elle devrait se vendre vite.

— On aura besoin de cet argent, avec ta manie de distribuer le sous-plancher à tout-va.

Daniel laissa échapper un rire sans joie.

— Bon... La journée a été longue, papa. Fais un bisou à maman.

Matthew s'éclaircit la voix.

— Tu ne viens pas manger avec nous demain soir ?

Même si Shannon n'avait pas eu besoin de son aide, Daniel n'aurait eu aucune envie de se retrouver face à son père aussi vite.

— La semaine prochaine, peut-être.

Lorsqu'il ouvrit la moustiquaire, il trouva Shannon dans la cuisine. Elle avait les yeux cernés et semblait perdue.

— Si c'est une espèce de punition..., commença son père en haussant le ton.

— Pas du tout. Salut.

Daniel raccrocha sans prêter garder aux protestations de Matthew et ferma la porte à clé.

— Ça va ? demanda Shannon.

— C'est plutôt à moi de te poser la question. Je vais bien. C'était un grand moment de complicité père-fils, c'est tout.

En la voyant se mordre la lèvre pour l'empêcher de trembler, il se figea.

— C'était maladroit. Je suis désolé.

— Ne le sois pas. Tu n'as pas à marcher sur des œufs avec moi.

— Tu as de la peine.

— C'est vrai, admit-elle, avant de lui lancer un long regard. Toi aussi.

Daniel enfonça les mains dans ses poches.

— C'est ma conversation qui t'a réveillée ?

— Non, répondit-elle en posant la main sur son ventre. C'est la faim. Mais maintenant que je suis levée, rien ne me tente.

Il traversa la cuisine et fit signe à Shannon à s'asseoir sur une chaise à la table placée sous la fenêtre.

— Je m'en occupe.

Il fouilla dans la cuisine et trouva une boîte de soupe à la tomate, du pain, du fromage et du beurre. Il mit la soupe à chauffer et fit dorer les sandwichs dans une poêle tandis que Shannon contemplait le jardin. Elle avait enfin cessé de regarder la vidéo en boucle, même si elle gardait son téléphone à portée de main.

— Et voilà, simple, mais réconfortant, déclara-t-il en posant les plats sur la table.

— Merci.

Ils parlèrent peu au cours du repas, mais elle mangea, ce qui était le plus important. Elle se leva pour débarrasser, puis il prit le relais. Pendant qu'il s'attaquait à la vaisselle, elle monta s'habiller pour le concert.

Lorsqu'elle redescendit, elle portait la robe noire et les escarpins qu'elle avait rangés dans sa valise plus tôt. L'ourlet s'arrêtait juste au-dessus de ses genoux. Le tissu la moulait des épaules jusqu'à sa taille fine, avant de s'élargir sur ses hanches. C'était beaucoup plus joli sur elle que sur le cintre. S'il s'était agi d'un rendez-vous normal, Daniel lui aurait fait un compliment. Ce soir ? Il ignorait si elle l'entendrait et en apprécierait la sincérité.

— Tu es très chic, remarqua-t-elle.

Avec un jean propre, une chemise bleu marine et des mocassins, il n'était pas sûr de soutenir la comparaison avec elle.

— Je ferai mieux la prochaine fois, répondit-il sans réfléchir.

Son ébauche de sourire lui donna l'impression d'avoir remporté une petite victoire.

Il s'arrangea pour qu'ils soient les derniers à arriver au club, afin que les autres soient distraits par la musique. Il n'avait pas d'autre idée pour que cette sortie soit moins pénible pour Shannon. Pendant que la foule sautait au rythme endiablé du groupe sur scène, ils firent le tour de la piste pour rejoindre leurs collègues. Ed et sa femme Toni étaient assis à une table haute tandis que Lou et Craig se tenaient debout à proximité. Ils étaient tous les deux célibataires et observaient les femmes qui dansaient non loin.

Aucune actrice oscarisée n'aurait pu égaler Shannon lorsqu'elle salua tout le monde avec son enthousiasme habituel. Par quelque miracle féminin, elle avait effacé toute trace de stress et de larmes de son visage. Son sourire n'était pas aussi lumineux, mais Daniel ne vit aucun autre signe de l'épreuve qu'elle traversait.

— Comment va Aiden ? demanda Toni, manifestement soucieuse. Ed m'a dit qu'il y avait eu une urgence.

— Un malentendu téléphonique, répondit Shannon. J'ai cru qu'Aiden était blessé...

Elle marqua une pause pour s'éclaircir la voix.

— Mais c'était l'un des jumeaux de Rachel. Il va bien maintenant. Je ne voulais inquiéter personne, termina-t-elle d'une petite voix.

— On s'imagine tout de suite le pire, pas vrai ?

— Constamment, confirma Shannon.

— Ed dit que je dramatise trop, lança Toni en adressant un sourire à son mari. Mais les appels du genre « il faut venir tout de suite » vous prennent par les tripes et ne vous lâchent pas tant qu'on n'a pas vu par soi-même que son bébé va bien.

Le sourire de Shannon trembla brièvement, mais elle poursuivit d'une voix assurée :

— Ils devraient vraiment mettre une étiquette de mise en garde sur les enfants, ou au moins aborder le sujet dans les livres de maternité.

Toni et Ed acquiescèrent en riant.

Oui, elle méritait vraiment un oscar, songea Daniel. Il commanda un pichet de bière quand la serveuse passa près d'eux. Puis il orienta la conversation vers le travail.

Ed secoua la tête et invita Shannon à danser. Elle sauta de son tabouret avec enthousiasme, comme si elle s'amusait follement.

Daniel avait très envie de danser avec elle, mais décida d'attendre des jours meilleurs. Shannon avait sûrement besoin de s'éloigner un peu de lui, d'échapper à la présence constante qui lui rappelait ses ennuis. Jusqu'à ce matin, il ne savait rien de son ex et de ses activités. Ce soir, il détestait cet homme.

Lorsque le groupe fit une pause, Grant fit le tour de la salle pour parler avec les gens, puis s'approcha de leur table.

— Je peux vous l'emprunter un instant ? demanda-t-il après les avoir salués. J'ai besoin d'un avis professionnel.

Sans cesser de sourire, il expliqua :

— Il y a eu une bagarre derrière le club hier soir. Les risques du métier… Ton amie peut se joindre à nous.

Daniel ignora le regard étonné d'Ed tandis qu'ils suivaient Grant dans son bureau.

— Bien joué, lança-t-il une fois la porte fermée.

— Vous avez des pistes ? demanda Shannon.

Le front plissé par l'inquiétude, elle serra ses mains l'une contre l'autre.

Daniel aurait voulu la rassurer, mais c'était mission impossible tant qu'elle n'avait pas récupéré son fils.

— On n'a pas encore d'indices pour trouver où est Aiden, répondit Grant. J'ai mis du monde sur la vidéo. D'après eux, elle est trop courte pour qu'on puisse en tirer grand-chose.

— Tu penses qu'ils l'ont fait exprès ? demanda Daniel.

— C'est très probable. Comme ça, Shannon a une preuve de vie, mais ceux qui l'aident n'ont presque rien à se mettre sous la dent. On n'écarte aucune hypothèse. Pour l'instant.

— Pourquoi ? protesta-t-elle, les yeux embués. Je sais que Bradley est derrière tout ça. Ce n'était peut-être pas sa voix, mais c'étaient ses mots. Daniel vous l'a dit, n'est-ce pas ?

— En effet. Mon ami policier dans l'unité contre le crime

organisé se renseigne discrètement pour localiser Stanwood ou pour savoir si un kidnapping a été commandité.

— Il n'est pas à New York, insista-t-elle. Il ne séjourne peut-être pas à Philadelphie, mais il doit être tout près. Il n'aurait pas envoyé ce genre de script par mail ou SMS.

— Vous avez raison. Cela dit, il est possible qu'il tire les ficelles à distance. J'ai écouté l'appel que vous avez enregistré et j'ai regardé la vidéo. Personne n'élimine aucun scénario pour l'instant, Shannon.

Il se tourna vers Daniel.

— Tu es bien installé chez elle ?

— Tout va bien, répondit-il en haussant les épaules, peu enclin à s'étendre sur le sujet. Quelle est la prochaine étape ?

Il voulait entendre toutes les idées susceptibles de résoudre la situation rapidement.

— Il faut être patient, conseilla Grant. Suivez votre routine autant que possible. On veut que les ravisseurs croient que vous coopérez pendant qu'on œuvre en coulisse.

Shannon prit une grande inspiration et cligna rapidement des yeux.

— Vous avez toute une équipe derrière vous, c'est promis, affirma Grant en s'appuyant à son bureau. Et je veux votre avis sur d'autres nouvelles. J'ai appris que Gary Loffler était venu deux fois à Philadelphie au cours des trois derniers mois. Vous a-t-il contactée ?

— Non, répondit Shannon, les sourcils froncés. Gary m'a escortée hors de la maison le jour où je suis partie. Je ne lui ai pas parlé depuis que le divorce a été finalisé. Je pense toujours qu'il nous aiderait à coincer Bradley si je l'appelais. Si je lui disais...

Ils savaient tous les trois comment la phrase se terminait.

— Alors il ignore que vous avez un fils ? demanda Grant.

— Je ne le lui ai jamais dit, murmura-t-elle. Même s'il était au courant, Gary ne ferait pas ça.

— Pas même pour son meilleur ami, son meilleur client ?

— Gary était la seule chose qui restait de la conscience de Bradley. En admettant qu'il en ait eu une au départ.

— Bon, c'est une autre possibilité. Apparemment, l'unité

chargée du crime organisé et du renseignement a entendu des rumeurs à propos d'une grosse transaction en préparation. Jusqu'à ce que votre fils soit enlevé, personne n'avait le moindre indice sur la nature, le pourquoi ou la date du deal.

Grant marqua une pause, avant de poursuivre.

— Vous devez être consciente que vu de l'extérieur le kidnapping d'Aiden laisse à penser que vous détenez ou savez quelque chose qui aurait un impact sur l'opération menée par Stanwood.

— Je sais de quoi ça a l'air, reconnut Shannon. Croyez-moi, je révélerais volontiers tout ce que je sais sur Bradley et ses affaires si ça me permettait de récupérer Aiden.

— Les kidnappeurs croient que tu coopères, lui rappela Daniel. La police aura bientôt des résultats.

— L'ordre de suivre votre routine m'amène à me demander si le ravisseur…

— Bradley, intervint Shannon. Je sais que ça ne semble pas logique, mais il *est* impliqué.

Grant inclina la tête.

— Bradley. Je me demande s'il ne vous a pas ordonné ça pour venir fouiller chez vous quand vous n'y êtes pas.

— Il a eu amplement le temps aujourd'hui pendant qu'on roulait à travers toute la ville, fit observer Daniel. Elle était au travail quand ils ont enlevé Aiden et ils ont attendu deux heures avant de prendre contact.

— Quoi qu'il en soit… Pour l'instant, la patience est le maître mot, conclut Grant.

Shannon pinça la bouche d'un air frustré. Le besoin d'agir lisible dans ses yeux s'opposait à la logique constante de leur conseiller.

— J'avais espéré davantage de cette réunion, admit-elle.

— Je sais.

— Avez-vous des enfants ?

— Je n'ai pas encore ce bonheur. Ça ne veut pas dire que je ne suis pas totalement engagé à vous ramener votre fils.

— Je suis désolée.

Elle se leva pour arpenter le petit bureau.

— Le timing, marmonna-t-elle. Un deal ? Votre ami policier

a-t-il une idée de qui Gary venait voir lors de ses récentes visites à Philadelphie ?

— Il passait au cabinet d'avocats Marburg. Nos contacts là-bas sont en train de se renseigner.

Daniel voyait presque les rouages tourner dans le cerveau de Shannon.

— À quoi penses-tu ?

— Entre les visites de Gary, l'enlèvement et les rumeurs que vous avez entendues, le timing me perturbe. Quand je suis partie de New York, Gary m'a donné son numéro personnel. Il m'a dit de l'appeler si j'avais des ennuis. Je sais que c'était sincère ; ce n'était pas un stratagème pour que Bradley puisse garder un œil sur moi. Bradley était heureux de m'envoyer faire mes valises. Je l'avais déçu. Sans Gary...

Elle s'interrompit un instant avant de reprendre :

— Bref, Gary a été la seule source de compassion quand mon mariage a tourné au fiasco. De façon inattendue, j'ai pu compter sur sa gentillesse.

— Vous étiez amis ? demanda Daniel.

Du coin de l'œil, il surprit le regard pensif de Grant.

— En quelque sorte, murmura-t-elle, plongée dans ses souvenirs. Je crois qu'on était tous les deux surpris de trouver dans la sphère impitoyable de Bradley quelqu'un ayant des vues similaires. Une fois la lune de miel finie, quand j'ai commencé à chercher un moyen de tenir le coup, Gary et moi avons discuté plusieurs fois des passe-temps que Bradley m'autoriserait à avoir.

— Par exemple ? voulut savoir Grant.

— Les sections locales d'organisations caritatives nationales, répondit-elle, citant trois noms familiers. L'immobilier.

Elle émit un rire amer qui fit frissonner Daniel.

— Vous imaginez les pots-de-vin que Bradley aurait empochés si je m'étais lancée là-dedans ?

La façon dont son ex l'avait manipulée avait laissé des traces. Daniel rêvait de se retrouver face à lui, ne serait-ce que pour lui mettre son poing dans la figure. Le fait qu'elle ait réussi à lui échapper et à bâtir une belle vie pour elle et son fils était admirable.

À l'idée qu'elle doive à nouveau fuir pour refaire sa vie ailleurs, il sentit la colère l'envahir. Pour qui se prenait Stanwood, à croire qu'il pouvait agir en toute impunité ? Et quel genre de monstre pouvait infliger un tel tourment à une jeune maman ?

— Quel que soit l'endroit où ils détiennent Aiden, on le trouvera. Pas vrai, Grant ?

— Oui. Il y a des yeux et des oreilles partout, qui ratissent la ville pour trouver des indices. Ce qui veut dire que vous devriez retourner à votre soirée, histoire de préserver les apparences.

— L'apparence de la normalité, marmonna Shannon en plaquant un sourire un peu effrayant sur son visage.

— Il faut y croire, affirma Daniel.

Il la prit par la main lorsqu'ils sortirent du bureau. Tout en l'entraînant vers la foule, elle demanda :

— Et s'il faisait un test de paternité ? J'y ai pensé toute la journée.

La question le surprit. De l'autre côté du mur, le public chantait en chœur avec le groupe sur scène. Daniel devait se pencher vers elle pour l'entendre. L'odeur citronnée de son shampoing lui titillait les narines. Avec une autre femme — avec Shannon si les circonstances avaient été différentes —, il en aurait profité pour voler un baiser.

— Pourquoi ferait-il ça ?

— Je ne sais pas, admit-elle. J'essaie seulement de comprendre qui veut obtenir quoi. Bradley, ou quelqu'un qui le connaît bien, a écrit ce script.

— Loffler, peut-être ?

Elle se mordilla la lèvre et secoua la tête.

— Découvrirait-il quelque chose d'inattendu ? poursuivit-il.

— Il serait choqué d'apprendre qu'il est père. S'il a commandité le kidnapping dans le but de manipuler quelqu'un d'autre, je ne sais pas ce qu'il ferait à Aiden s'il découvrait que c'est son fil.

— Tu as dit que la paternité ne l'intéressait pas.

— Il a toujours eu de l'intérêt pour ce qui pouvait lui servir de moyen de pression, répondit-elle en regardant par-dessus son épaule en direction de la salle. Il n'en a jamais eu pour réaliser mes vœux.

— Détends-toi, conseilla-t-il, sachant que c'était mission impossible. S'il était ici, les hommes de Grant l'auraient déjà intercepté.

— D'accord.

Il lui serra la main pour regagner son attention.

— Y a-t-il quelque chose que tu ne me dis pas ?

— Non. J'essaie de brusquer les choses, et tout ce que j'arrive à faire, c'est me rendre folle. Toi aussi, probablement. Mon cerveau tourne en rond comme un hamster dans sa roue. Bradley ou la personne qui est derrière tout ça finira bien par faire connaître ses exigences.

Après avoir rejoint leur table, Daniel repensa aux remarques de Shannon sur le timing et la raison des visites de Loffler à Philadelphie. L'avocat était-il venu l'observer afin de déterminer des cibles potentielles pour son patron ? Il y avait forcément autre chose en jeu. Pourquoi voler un enfant qu'il n'avait jamais voulu ou harceler une femme qu'il avait été ravi de chasser de sa vie ?

— Tu ne devrais pas rester dormir, protesta Shannon lorsqu'il se gara derrière sa voiture. Ça ne fait pas partie de la routine.

— Ça l'est jusqu'à ce que ton fils soit rentré, répliqua Daniel. Grant veut que je reste à proximité et que je veille sur toi. Tu n'as jamais eu à lui obéir, ajouta-t-il dans l'espoir de détendre l'atmosphère. Il est peut-être un peu plus vieux que moi mais, crois-moi, il est capable de me flanquer par terre.

— C'est quoi, son histoire ? demanda-t-elle tandis qu'ils marchaient vers la maison.

— Il a été blessé en service, son coéquipier est mort, et il a dû partir à la retraite pour raisons de santé. Il a acheté le night-club et il adore ça. Mais il ne peut pas s'empêcher d'aider les gens.

Une fois à l'intérieur, elle s'adossa à la porte d'entrée.

— Il a quelque chose de particulier.

— En bien ou en mal ?

— Il est solide.

Elle ôta son manteau, puis mit ses clés dans son sac, qu'elle posa sur le plan de travail de la cuisine.

— Rassurant. Comme toi, en fait. Ça doit être une qualité commune aux premiers intervenants.

Un peu désorienté par le tour que prenait la conversation, Daniel se balança sur ses talons.

— Tout a l'air normal ici. Ça t'embête si je vais faire un brin de toilette ?

— Non, bien sûr. Je vais sortir des draps pour le canapé.

— Super, merci.

— Daniel ?

Un pied posé sur la première marche, il tourna la tête pour la regarder. En voyant la gratitude qui brillait dans ses yeux marron, il se prit à souhaiter l'impossible. À regret, mais avec détermination, il cacha le désir qu'elle éveillait en lui. Si elle savait qu'elle avait le rôle principal dans ses fantasmes depuis presque un an, elle le mettrait à la porte.

— Merci, dit-elle, rompant le silence. Je ne voulais pas de ton aide. Je ne voulais de l'aide de personne. Merci d'avoir insisté malgré tous mes efforts pour te repousser.

Troublé et embarrassé, il sourit pour donner le change.

— Ça doit être une qualité de premier intervenant.

Il interrompit ce moment chargé d'intensité en disparaissant dans l'escalier, puis s'enferma dans la salle de bains. Il avait besoin d'une bonne douche froide.

4

L'esprit et le cœur de Shannon avaient fonctionné à plein régime tout au long de la nuit. Elle n'avait pas dormi plus de quelques minutes par-ci par-là, trop occupée à prier pour que son ex ou les ravisseurs la contactent enfin.

Des images horribles l'assaillaient dès qu'elle se réveillait en sursaut. Le silence était terriblement pesant. Elle n'avait pas reçu de SMS menaçant lui reprochant d'être sortie un samedi soir, pas de nouveau lien pour une autre vidéo confirmant qu'Aiden était toujours sain et sauf.

Et s'il n'était déjà plus en ville ? se demanda-t-elle, le ventre noué. Elle avait vu les ressources de Bradley en action. Cela faisait presque vingt-quatre heures qu'il lui avait volé son fils, il avait pu le cacher n'importe où.

Elle comprenait le raisonnement de Grant et Daniel, qui estimaient que l'enfant était un moyen de pression. Les kidnappeurs avaient tout intérêt à s'occuper de lui pour qu'elle coopère. C'était logique. Mais si les deux hommes connaissaient Bradley Stanwood de réputation, elle avait vécu avec lui. Son ex se passait de logique quand cela lui convenait.

Pour quelle raison avait-il décidé de faire kidnapper Aiden ? s'interrogea-t-elle en serrant la peluche de son fils contre sa poitrine. Il n'y avait rien de logique là-dedans. Qui d'autre pouvait connaître Bradley assez bien pour écrire les scripts que l'homme au téléphone avait lus ? Et pourquoi choisir ce genre de manœuvre ? La police douterait sûrement de l'implication de son ex tant qu'il n'y aurait pas d'explication sensée.

— Il faut y croire, déclara-t-elle à voix haute, en écho à la voix de Daniel dans sa tête.

Malgré son envie de rester blottie sous les couvertures pour se complaire dans son chagrin, elle se leva et alla se doucher. Tout compte fait, son ex lui rendait peut-être service en exigeant un comportement routinier. Pleurer ne lui ramènerait pas son fils et ne l'aiderait pas à mieux comprendre ce qui se passait.

Le dimanche était un jour de repos obligatoire pour les employés de l'entreprise. Aujourd'hui, cela tombait bien. Elle allait en profiter pour se pencher sur l'actualité récente à New York, et peut-être appeler Gary Loffler, même si Grant le déconseillait. Vêtue d'un legging et d'un T-shirt ample, elle descendit dans la cuisine pour préparer le petit déjeuner.

Daniel dormait paisiblement sur le canapé, un genou relevé, un pied nu dépassant de la couverture. Il avait un avant-bras sur les yeux, comme pour se protéger de la lumière, pourtant la pièce était toujours plongée dans l'obscurité. Shannon s'obligea à avancer avant d'écouter son instinct maternel en lui couvrant le pied.

Daniel était son patron. Il avait passé la nuit chez elle parce qu'il lui rendait service, pas parce qu'il avait besoin d'une mère poule. Mieux valait penser qu'il était là pour assister Grant.

Tout en attendant que le café coule, elle lui jeta un nouveau coup d'œil furtif. Son fils dormait avec le même laisser-aller, songea-t-elle. Pendant son sommeil, Aiden agitait ses bras et ses jambes dans tous les sens. Pourtant il parvenait toujours à garder son lapin bleu à portée de main. Avait-il réussi à dormir sans lui la nuit dernière ?

Son cœur semblait battre de façon irrégulière : lentement, puis trop vite dès qu'elle pensait à son fils. Elle devait quand même pouvoir faire autre chose que coopérer. Si elle jouait en respectant les règles que son ex avait fixées, elle ne gagnerait jamais.

La colère lui fit l'effet d'un coup de fouet, la tirant de sa léthargie. Comment son ex l'avait-il retrouvée ? Pourquoi s'en prendre à son fils ?

Bradley Stanwood n'agissait jamais sans un plan et dans un but désintéressé. Avec le recul, il était clair que son ex avait masqué sa véritable nature au début de leur relation. Au bout d'un mois de mariage, elle avait compris à quel point il était brutal et calculateur. La première gifle avait été un choc. La marque s'était vite estompée, mais la fois suivante le gros hématome l'avait forcée à peaufiner ses techniques de camouflage.

Ses pensées se détournèrent des douleurs du passé pour revenir au point de départ : Bradley ne se serait pas encombré d'un enfant sans avoir un objectif en tête.

Son café à la main, elle contempla les échantillons de peinture sur le mur. Son propriétaire avait approuvé les trois et lui avait donné la permission de peindre. Peut-être qu'elle s'y attellerait en attendant que les ravisseurs la recontactent.

Elle alluma son ordinateur portable et commença à passer en revue la presse de Philadelphie et des zones proches. Si elle trouvait des informations à transmettre à Grant ou à son ami enquêteur, ce serait la faute de Bradley. Elle avait reçu l'ordre d'agir comme si tout était normal. Or le dimanche matin, Aiden faisait la grasse matinée, et elle en profitait pour se tenir au courant de l'actualité.

Elle cliqua sur quelques gros titres concernant le marché immobilier, les parcourut rapidement, puis passa aux nécrologies et aux rapports de police. Bradley allait être surpris. Elle n'était plus la femme timide et soumise qu'il avait connue. La maternité l'avait transformée, muant sa détermination habituelle en une force et un désir de faire plus que simplement survivre. Elle s'était installée à Philadelphie pour construire une vie épanouissante pour elle et son fils.

Même si elle avait le cœur dans un étau, elle ne devait pas arrêter de penser pour autant. La police avait ses pistes, elle avait les siennes. Certes, elle ignorait tout de la vraie nature de Bradley quand elle était devenue Mme Stanwood, mais elle avait toujours appris vite. Le kidnapping d'Aiden, qui visait à la ramener sous son contrôle, signifiait une intersection entre le passé et le présent.

Elle regarda par-dessus l'écran. Daniel était en train de se redresser. Il frotta sa mâchoire râpeuse et tourna le buste. En la voyant, il agita mollement la main.

— Il y a du café ?

— Il n'attend plus que toi.

Il hocha la tête, bâilla et se leva pour s'étirer. Après avoir plié la couverture, il la posa sur l'oreiller, puis monta à l'étage. Shannon entendit la douche couler et attendit quelques minutes avant d'aller lui préparer son café.

Quand il revint dans la cuisine, il était vêtu d'un jean délavé et d'un T-shirt blanc qui mettait en valeur sa carrure et sa peau mate, dorée par des heures de travail au soleil. Cet homme était une œuvre d'art, se dit Shannon en le regardant avaler la moitié de son café d'un trait.

— Merci, lança-t-il, avant de boire une autre gorgée.

Cette fois, il la savoura lentement, les yeux fermés. Puis il riva son regard intense sur elle.

— As-tu réussi à dormir un peu ?

— J'ai si mauvaise mine que ça ? Non, ne t'excuse pas, ajouta-t-elle en le voyant pâlir. Je ne cherche pas les compliments. Je me suis vue dans le miroir.

Les cernes sombres et les plis autour de sa bouche n'allaient sûrement pas disparaître tant qu'Aiden ne serait pas rentré à la maison.

— J'ai somnolé. Ça a été, le canapé ?

— Il est très confortable, répondit-il en préparant une nouvelle cafetière.

Elle laissa échapper un petit rire.

— Tu ne mens pas très bien.

— Merci.

Il l'étudia pendant que le café coulait.

— J'ai connu pire ces derniers temps. Que se passe-t-il ?

Il se tapota la tempe, puis tendit le doigt vers Shannon.

— Tu as l'air dans un autre état d'esprit aujourd'hui. Il s'est passé quelque chose ?

Ce qu'elle éprouvait devait se voir sur son visage aussi clairement que les cernes, pensa Shannon. Elle non plus n'avait jamais été douée pour mentir. Échapper à Bradley sans dévoiler sa grossesse avait tenu du miracle.

— Il ne s'est rien passé. Après m'être retournée toute la nuit, j'ai fini par retrouver ma détermination. Je ne vais pas m'effondrer. J'ai décidé que je pouvais prendre certaines mesures pour ramener Aiden à la maison.

Le regard de Daniel glissa par-dessus son épaule en direction de l'ordinateur.

— Quel genre de mesures ?

— Des recherches, pour l'instant. Je ne suis pas stupide.

Il poussa un soupir de soulagement, qu'elle choisit de ne pas relever.

— La clé de tout ça est le timing. Je cherche tout ce qui pourrait lier les rumeurs dont Grant a parlé, les visites de Loffler à Philadelphie et le script qu'a lu mon interlocuteur.

Daniel but une longue gorgée et lui fit signe de poursuivre.

— Je dois encore trouver le dénominateur commun, mais je connais Bradley. Je vais y arriver.

— Comment puis-je t'aider ?

— Tu en fais déjà bien assez.

Un frisson de honte la parcourut. Elle ne voulait pas que quelqu'un d'autre fouine dans son passé et la voie au plus bas à l'époque terrible de son mariage.

— Foutaises, répliqua-t-il.

— Pardon ?

Prise au dépourvu, elle le fixa plusieurs secondes. S'il décidait d'être impoli, elle se débrouillerait seule et il expliquerait le changement de plan à Grant.

Sur le point de l'envoyer paître, elle serra les lèvres et essaya de retrouver son calme. Ce n'était pas juste de passer sa colère sur lui alors que Bradley était le véritable problème.

— Je ne sais pas ce que tu penses pouvoir faire.

Daniel s'appuya contre le plan de travail.

— Si tu me parles, tu pourrais être agréablement surprise.

— Il n'y a rien à dire, assura-t-elle d'un ton froid qui l'agaça elle-même. J'ai faim. Qu'est-ce que tu veux pour le petit déjeuner ?

— Tu ne vas pas me faire à manger comme si j'étais un parent éloigné de passage pour les vacances.

Elle ne le voyait pas du tout de cette façon. S'ils avaient été dans l'un de ses fantasmes secrets, Aiden aurait passé la nuit chez sa baby-sitter et eux deux seraient en train de dévorer un copieux petit déjeuner après une nuit d'ébats passionnés.

— Je peux te rappeler que tu es mon patron et que tu me rends déjà un immense service ?

Elle essaya de le contourner, mais renonça très vite : avec lui dedans, sa cuisine semblait minuscule. Les yeux perdus dans le vague, il lui bloquait l'accès au réfrigérateur.

— Daniel ?

Il reporta son attention sur elle.

— Je réfléchis.

Elle secoua la tête, puis tenta de franchir le barrage de ses longues jambes sans rien demander. Il l'attrapa par le bras. Malgré la légèreté du contact, elle tressaillit et eut un mouvement de recul. Il la lâcha aussitôt.

— C'était quoi, ça ?

— Rien, mentit-elle, le regard rivé sur ses pieds nus.

— Je ne te ferai jamais de mal.

— Je le sais.

Du moins, elle le supposait, à en juger par ses interactions avec lui sur les chantiers. Il n'avait jamais semblé du genre à évacuer sa colère de façon physique.

— C'est mon problème, ça n'a rien à voir avec toi.

Il posa son mug sur le plan de travail d'un geste précis. Il parvint à s'extirper du coin cuisine sans la toucher et s'assit à la table.

— Je crois que c'est notre problème, corrigea-t-il. J'ai besoin que tu me fasses confiance.

— Et c'est le cas.

Elle ouvrit le réfrigérateur, mais il était presque vide. Elle n'était pas passée au supermarché la veille, son jour de courses habituel. Irritée, elle referma la porte et chercha de quoi s'occuper.

— Tu veux encore du café ?

Imperturbable, il ignora la question.

— Il t'a fait du mal.

Elle aurait voulu protester contre cette affirmation. D'une main tremblante, elle versa de l'eau dans la cafetière.

— C'est si évident que ça ?

— Non, mais j'ai eu une formation sur le problème.

Elle maudit son ex et les cicatrices invisibles qu'il avait laissées dans son cœur et dans son âme. Elle ne voulait pas être un problème à résoudre. Pas pour Daniel. Pas après avoir travaillé si dur pour être forte et montrer l'exemple à son fils.

— Tu peux me parler, insista-t-il gentiment.

— C'est du passé.

Si elle lui racontait ce qui s'était passé, il la verrait toujours comme une victime.

— Je suis exténuée, c'est tout.

— Et malheureuse parce que Aiden n'est pas avec toi. Écoute, deux avis valent mieux qu'un. Donne-moi quelque chose à chercher, teste tes théories sur moi. Je peux t'aider, Shannon.

Elle pouvait se débrouiller toute seule. Elle connaissait Bradley et ses affaires, presque aussi bien que ses avocats. Mais la réplique qui faillit jaillir de sa bouche s'effaça sous la douce chaleur qui l'envahit quand il murmura son nom.

Elle ouvrit le réfrigérateur d'un geste brusque et en sortit le carton d'œufs. Il en restait quatre.

— On se partage une omelette ?

Elle pouvait la compléter avec des restes de légumes coupés en morceaux.

— Ça me fait bizarre que tu cuisines pour moi, remarqua-t-il. Un brunch, ça me paraît mieux.

D'une voix pleine de gentillesse, il ajouta :

— D'habitude, vous faites quoi le dimanche ?

Shannon sentit sa gorge se serrer. Le dimanche était souvent son jour préféré de la semaine. Quand son fils rentrerait à la maison, elle trouverait une façon de rattraper le temps perdu. Cela ne faisait qu'un jour. Bradley s'attendait à ce qu'elle cède à la peur et à l'inquiétude. Elle devait continuer à croire que tout finirait bien.

— On lit les bandes dessinées dans le journal. Je fais des pancakes ou des gaufres, puis on alterne les visites de maisons portes ouvertes et les jeux dans les parcs du coin.

Aujourd'hui, elle n'entendrait pas le rire d'Aiden ni le crissement du papier journal. Elle ne sentirait pas sa main dans la sienne en entrant dans les bâtisses à vendre et ne le verrait pas s'élever de plus en plus haut sur la balançoire.

Daniel haussa les sourcils.

— Vous faites les portes ouvertes le dimanche ?

— Presque toutes les semaines. Pourquoi ?

— Moi aussi, répondit-il en souriant. Je connais un super endroit qui sert des brunchs. On peut prendre le journal ou l'ordinateur et préparer un plan d'attaque pour cet après-midi.

Il pointa le pouce vers son torse.

— Et je te donnerai mon avis sur toutes tes théories.

Fallait-il qu'il ait toutes les réponses, en plus de ce sourire sexy qui provoquait un serrement d'anticipation dans son ventre ? Daniel n'était pas pour elle. C'était impossible. Il méritait une femme qui serait présente à ses côtés, or elle avait l'intention de s'enfuir dès qu'ils retrouveraient son fils.

Elle monta à l'étage pour prendre ses chaussures. Sans réfléchir, elle s'approcha de la chambre d'Aiden, prête à l'informer de leurs projets. Une fois près de la porte, elle s'arrêta, et sa vision se brouilla à nouveau. À l'impuissance et au chagrin s'ajoutait cette fois une bonne dose de culpabilité. Quel genre de mère se laissait distraire par son attirance pour un homme au point d'oublier que son fils était détenu par des inconnus ?

Elle ne se rendit compte qu'elle sanglotait que lorsque Daniel la serra contre lui en murmurant des mots sans suite.

— Chut… Il va bien. Il va revenir. Tout va bien se passer.

— Tu ne peux pas le savoir, hoqueta-t-elle, la joue pressée contre son torse. Et si jamais ils… Et s'il…

Il lui massa le cou, puis remonta la main dans ses cheveux.

— Pas de « et si » aujourd'hui. On va sortir et on va passer le meilleur dimanche possible.

Les doigts crispés sur son T-shirt, Shannon se blottit contre lui, rassurée par sa solidité.

— Pendant le brunch, poursuivit-il, tu me diras ce qui a fait briller tes yeux tout à l'heure. Je te promets de ne pas rouvrir de vieilles blessures, mais reconnais que tu as besoin de quelqu'un pour évaluer tes théories. Autant que ce soit la personne avec qui tu es forcée de cohabiter.

Elle acquiesça à contrecœur. Il avait raison sur toute la ligne, admit-elle, même si cela la blessait dans son orgueil.

Elle enfila un jean, un haut à manches longues et des ballerines. Serrant contre elle son sweat à capuche décoré du logo de l'équipe de hockey locale, elle s'assit à sa coiffeuse. Ses yeux étaient tellement gonflés qu'il était inutile de les maquiller. Tant pis, elle mettrait ses lunettes de soleil, se résigna-t-elle en appliquant un peu de gloss.

Le temps radieux était à l'opposé de son humeur. Tandis que Daniel roulait en direction du restaurant dont il avait parlé, elle se concentra sur le soleil pour tenter de réprimer son chagrin. Elle y parvint presque.

Avec son ordinateur et les annonces immobilières dans son sac à main, elle le suivit jusqu'à une table. Une fois assis, ils commandèrent des œufs, du bacon, des saucisses, des pommes de terre sautées, des fruits et des pancakes.

— Avoue que tu as douté de moi, lança-t-il en versant du sirop sur son pancake.

— Je l'admets. Toutes mes excuses.

Le petit *diner* ne payait pas de mine de l'extérieur, mais la salle était d'une propreté exemplaire, et il y flottait des odeurs appétissantes.

— C'est absolument délicieux.

Il leva sa tasse pour marquer son accord.

— Je laisse les boutiques de donuts aux policiers. Pour de la vraie nourriture, fais confiance aux pompiers.

— J'en prends bonne note, affirma Shannon, appréciant son humour et sa façon d'orienter la conversation vers des sujets plus légers. Quand Aiden rentrera, je l'amènerai ici.

— Bonne idée et excellente attitude. Je pourrai venir ?

— Bien sûr.

— Je suis sûr que son visage s'illuminerait en voyant un pancake de cette taille.

Elle se mit à rire.

— Les pancakes, c'est ce qu'il préfère.

Pendant quelques instants, elle se laissa aller à imaginer cette scène heureuse, puis la rangea dans sa boîte mentale de fantasmes peu susceptibles de se réaliser. La même boîte où elle avait remisé ses rêves de preux chevaliers et de licornes.

— Je peux te poser une question idiote ? demanda Daniel en se servant une autre tranche de bacon dans le plat entre eux.

— Je t'écoute.

— Ton fils aime les camions.

— Oui.

Après avoir attendu une seconde, elle remarqua :

— Ce n'est pas une question.

— Pourquoi n'a-t-il pas de camion de pompiers dans sa collection ?

Elle s'appuya au dossier de sa chaise et sourit.

— Tu es offensé.

Il planta sa fourchette dans ses œufs. Quand il releva la tête, un sourire plein d'autodérision flottait sur ses lèvres.

— Oui, un peu.

— Tu ne devrais pas. Il y a une très bonne raison à ça.

— Je suis tout ouïe, répondit-il en se renfonçant dans son siège et en croisant les bras.

— Il a plusieurs camions bennes, une bétonnière et un gros camion à plateau qui transporte les autres de temps en temps.

— Je suis au courant de ce qu'il a, Shannon.

Elle ne se laissa pas intimider par son air faussement renfrogné. Cet échange de taquineries la surprenait et la ravissait tout à la fois.

— Tous les camions de sa collection proviennent de ses visites sur les chantiers Jennings.

— C'est une bonne raison, en effet. Et ça compense un peu l'absence de camions de pompiers.

— Même son pick-up est de la même couleur que les camions officiels de Jennings Construction. Tu n'avais pas remarqué ?

— Ça m'avait échappé, rétorqua Daniel.

— Tu n'imagines pas tout ce que j'ai dû apprendre sur les moteurs, les pneus et les différents types de camions au cours des six derniers mois. Certaines mamans deviennent calées en dinosaures. On dirait bien que j'élève un futur mécanicien.

Rattrapée par la réalité, elle soupira.

— Et si ses camions lui manquent autant que je le crois, il doit être insupportable avec ses ravisseurs.

À moins qu'ils ne l'aient enfermé quelque part tout seul, songea-t-elle en se décomposant.

Daniel parvint à la distraire en la soumettant à un véritable interrogatoire sur les camions. Quand il l'eut déclarée experte, ils changèrent de sujet. Tout en finissant leur brunch, ils choisirent les maisons qu'ils allaient visiter.

— Je m'occupe de l'addition si tu envoies un SMS à Grant, déclara-t-il.

Il lui tendit son portable et sortit du box.

— Transmets-lui nos projets pour la journée.

— Ça marche.

Elle s'occupa du message, puis termina son café en attendant qu'il revienne de la caisse au fond de la pièce.

Une fois dans le pick-up, il demanda :

— Tu peux dire à Grant que personne ne semble nous filer ?

Elle obéit, puis posa le téléphone dans le rangement central.

— Et maintenant ?

— Maintenant, on visite notre première maison de la journée, répondit-il en tournant à l'angle de la rue. Elle est à quelques centaines de mètres.

Il n'avait pas tapé l'adresse dans le GPS, releva Shannon.

— En tant que pompier, tu dois savoir te repérer en ville assez vite.

— C'est le cas pour la plupart d'entre nous. Et puis, au fil des années et des interventions, j'ai appris à me faire une opinion rapide sur les quartiers. Ça me sert quand je cherche un endroit à retaper et revendre.

Il se gara le plus près possible de la maison et fit le tour du pick-up pour lui ouvrir la portière.

— On dirait que ça défile, remarqua-t-elle.

Après avoir bavardé un instant avec l'agent immobilier, ils se mêlèrent au flot des curieux. Shannon commença à prendre des notes mentales sur les choix de conception. Elle ressentait cruellement l'absence de son fils. L'une des chambres était peinte en couleurs vives et contenait un lit superposé avec un cadre en bois rustique. C'était exactement ce que réclamerait Aiden d'ici un an ou deux.

Un jour, se promit-elle. Un jour, elle aurait une maison avec un grand jardin quelque part loin des griffes de Bradley. Elle ajouta un système de sécurité à la liste qui ne cessait de s'allonger dans sa tête.

Quand ils eurent rejoint le pick-up, elle récupéra son ordinateur derrière le siège.

— Tu peux attendre une seconde avant de démarrer ? Je veux prendre quelques notes.

Si elle était censée se comporter normalement alors que son fils était retenu en otage, elle s'y emploierait de son mieux. De cette façon, quand il reviendrait, elle serait prête.

— Quel genre de notes ? demanda Daniel.

— À propos des matériaux et des choix de style. Ce que j'ai aimé, ce que je ferais différemment selon que je dispose d'un budget restreint ou illimité. Je tiens souvent compte de ce qui a plu à Aiden.

Elle sauvegarda le fichier, puis rabattit l'écran.

— D'habitude, j'écris tout ça pendant qu'il se défoule dans le parc le plus proche.

Daniel ne mit pas le contact tout de suite. Il regardait à travers le pare-brise l'enfilade de maisons le long de la rue.

— Est-ce que ton fils aime les balançoires autant que les camions ?

Shannon sourit en repensant aux cris aigus que poussait Aiden quand il ne savait pas s'il allait trop haut ou pas assez.

— Oui.

— Il a déjà fait le grand saut quand il est tout en haut ?

— Pas encore.

Elle ferma les yeux et plissa le nez. La cascade était inévitable, elle le savait.

— Il s'en rapproche.

— C'est un rite de passage, affirma Daniel avec un sourire en coin. Ne t'inquiète pas, il va assurer.

— Tu as l'air plutôt sûr de toi pour quelqu'un qui ne l'a jamais rencontré.

— Je t'ai rencontrée, toi.

Il se tourna vers elle, un bras sur le volant, et l'étudia de ses yeux calmes et sérieux.

— Je parie qu'il tient son courage de sa mère.

Il avait trouvé les mots justes, et Shannon s'en trouva réconfortée. Dans le cadre professionnel, il était un patron consciencieux. Elle avait entendu plus d'une histoire sur ses actes de bravoure en tant que pompier. Elle n'aurait jamais pensé bénéficier un jour de sa prévenance.

— Merci, répondit-elle.

Elle rouvrit l'ordinateur, afficha la liste des maisons et montra à Daniel l'adresse de la prochaine étape.

Il démarra et contrôla ses rétroviseurs. Tout en gardant un œil sur son téléphone, elle discuta avec lui de la première visite et du quartier vers lequel ils roulaient. En regardant par la vitre, elle reconnut l'endroit où ils se trouvaient.

— On a fait un chantier à deux pâtés de maisons d'ici l'an dernier.

Les embouteillages dans l'après-midi avaient compliqué ses trajets.

— En effet, acquiesça-t-il. Tu es arrivée avec une heure d'avance presque tous les jours.

Elle n'aurait su dire ce qui l'étonna le plus : qu'il l'ait remarqué ou qu'il se souvienne d'un détail aussi anodin.

— Comment peux-tu savoir ça ? Tu ne venais qu'une fois par semaine sur ce chantier.

Daniel lui lança un regard oblique.

— Je suis toujours mes projets de près, déclara-t-il d'une

voix tendue. Je connais tous les coûts et le personnel engagé. C'est comme ça que le travail est bien fait.

Elle leva les mains en signe d'apaisement.

— Holà... Je ne pensais pas à mal.

— Désolé, soupira-t-il en se garant. C'est un sujet sensible.

Cette fois, Shannon sauta du pick-up avant que Daniel ne vienne lui ouvrir la portière. Mieux valait éviter de se retrouver à nouveau au niveau de ses yeux.

— Tu es un bon manager. Excellent, même.

— Ma famille est convaincue que je n'exprimerai pas pleinement mon potentiel en tant qu'entrepreneur tant que je ne m'y consacrerai pas à plein temps. C'est une source de discorde.

Tandis qu'ils longeaient le trottoir, il lui effleura le bras et changea de sujet.

— Je connais l'équipe qui a fait les travaux ici, fit-il à mi-voix. Je veux voir tes notes quand on sera sortis.

Pendant qu'ils visitaient les deux étages de la maison mitoyenne fraîchement rénovée, Shannon tenta de se concentrer sur l'aménagement, le matériel et la qualité d'exécution. Elle s'efforça d'oublier son inquiétude en observant le moindre détail, mais en vain. Les faits étaient là : elle était une mère dont l'enfant avait disparu et dont le téléphone ne sonnait pas.

— Finitions correctes, chuchota-t-elle à Daniel en passant de la chambre principale à la salle de bains adjacente. Conception classique.

Elle passa la main sur l'élégant plan de travail en quartz, qui imitait du marbre beaucoup plus coûteux.

— Pas très élogieux, comme critique, remarqua-t-il, ce qui lui valut un coup de coude.

— Garde les commentaires narquois pour plus tard.

— Oui, très chère, répliqua-t-il avec un signe de tête discret en direction de l'agent immobilier dans le couloir.

Elle l'ignora et ouvrit l'armoire. Les corbeilles en fil et les penderies en plastique étaient disposées de façon très rudimentaire. Dans cette gamme de prix, elle se serait attendue à quelque chose de plus recherché.

Un autre couple, visiblement enthousiaste, les dépassa.

— Les acheteurs normaux ont l'air impressionnés, murmura-t-elle en les écoutant s'extasier sur les autres pièces.

— Ils ne savent pas ce qu'ils manquent, marmonna Daniel. Tu n'as pas l'air impressionnée du tout.

— Je ne suis pas de très bonne humeur.

Ils descendirent dans la cuisine. Comme ils étaient seuls dans la pièce, elle se montra plus attentive aux détails. Après avoir ouvert un placard, elle pencha la tête sur le côté et chuchota :

— Je parie que l'entrepreneur a acheté ça le mois dernier quand c'était en solde. Je trouve que, dans l'ensemble, ça ne remplit pas le contrat.

Pour une raison ou une autre, sa réflexion fit sourire Daniel. De retour au pick-up, elle lui demanda pourquoi.

— J'ai perdu l'enchère sur cette maison, lui apprit-il pendant qu'elle prenait des notes et vérifiait son téléphone. Il se peut que je sois un peu amer. Qu'est-ce que tu écris quand tu n'es pas convaincue ?

— Ce qu'il ne faut pas faire, répondit Shannon sans cesser d'ajouter à sa liste. Et ce que j'aurais fait à la place.

— Je peux voir ?

Elle lui tendit l'ordinateur, puis s'assura que la sonnerie et le vibreur de son portable étaient bien réglés. Toutes ses pensées étaient à nouveau tournées vers son fils. Lorsqu'elle travaillait dans ce quartier l'an dernier, Rachel et elle s'étaient souvent retrouvées dans le parc au coin de la rue. Les trois garçons adoraient les poutres de l'aire de jeux, où ils testaient leur équilibre et faisaient rouler les camions d'Aiden.

— Waouh, s'exclama Daniel. Ces changements auraient permis d'atteindre l'objectif. Ils auraient fait grimper le prix de départ et la marge bénéficiaire.

— Oui, à première vue. On ne sait pas ce qu'ils ont trouvé, s'ils ont dû ajuster les finitions à cause de problèmes qui nous échappent.

— En faisant le tour de la maison, j'ai fait une inspection minutieuse. S'il a eu des problèmes, il ne peut s'en prendre qu'à lui-même.

Il secoua la tête et relut la liste.

— Tu gaspilles tes talents en te cantonnant à la peinture et au carrelage.

Elle récupéra l'ordinateur en fronçant les sourcils. Daniel lui tapota l'épaule.

— J'ai dit quelque chose de mal ?

— Non, répondit-elle en rangeant l'appareil le temps du trajet. Je suis contente de faire ce qu'Ed me dit de faire.

— Eh bien, tu m'as tout l'air d'être douée pour l'aspect commercial de la construction.

Il démarra et prit la direction de la maison suivante.

— Je sais que cet entrepreneur a rogné sur les coûts, qu'il ait trouvé ou pas des problèmes structurels. Si tu cherches du travail plus intéressant et plus stable, tu devrais envisager d'évoluer vers le poste de chef de projet. Avec quelqu'un de bon, pas avec ce gars-là.

Elle l'observa un instant, puis reporta son attention sur le quartier coquet qu'ils traversaient. Des familles se promenaient sur les trottoirs arborés. Des parties de hockey de rue et de football américain simplifié étaient en cours. L'odeur de burgers en train de griller lui parvint à travers sa vitre ouverte.

Face à ce spectacle, ses yeux s'embuèrent, mais elle sourit en même temps. Cela représentait ce dont elle avait toujours rêvé : fonder une famille et créer des souvenirs avec un mari aimant. La réalité s'en était mêlée, mais sa famille, aussi petite soit-elle, n'en était pas moins précieuse. *Il faut y croire*, songea-t-elle.

— Shannon ? Tu veux qu'on arrête pour aujourd'hui ?

— Non, ça va.

Elle inspira profondément et reprit part à la conversation.

— Je n'ai aucune expérience pour gérer un projet.

A priori, elle ne resterait pas en ville assez longtemps pour en acquérir. Jennings Construction lui offrait de bonnes chances d'avancement mais, une fois qu'elle aurait récupéré Aiden, elle devrait partir. Elle repensa au plan de fuite qu'elle avait remis à jour chaque année, au cas où son ex la rattrape. Elle avait tout prévu, malgré son espoir fou de ne jamais avoir à s'en servir.

— Ce n'est pas grave si tu n'es pas intéressée, fit Daniel.

Surprise, elle tourna la tête vers lui. Trop occupée à réfléchir à la façon de dire à Aiden qu'ils allaient déménager, elle l'avait complètement oublié.

— J'ai eu une absence, désolée. Qu'est-ce que tu disais ?

— Pas de problème. Tu as de bonnes raisons d'être distraite. Ce n'est peut-être pas le meilleur moment d'en parler. Promis, je ne m'attends pas à ce que tu prennes une décision aujourd'hui.

Quelle décision ? s'interrogea Shannon, avant de se tourner sur son siège, à la recherche d'un panneau.

— On est où ?

— À Poplar. La semaine dernière, j'ai choisi le projet que je veux faire après le chantier Caldwell. Je disais seulement qu'on pouvait visiter la maison. Si tu es intéressée et qu'on se met d'accord, je te laisserai gérer les travaux.

— Oh...

Elle ne savait pas quoi dire. Comment la vie pouvait-elle être cruelle au point de lui offrir un travail de rêve et une promotion alors qu'elle ne pouvait pas accepter ? Elle avait envie de dire à Daniel ce qu'il voulait entendre, mais il ne méritait pas cela.

Plus le temps passait sans nouvelles des ravisseurs, plus sa frustration grandissait. Elle secoua violemment son portable.

— Pourquoi est-ce qu'il n'appelle pas ? J'ai du réseau !

Résistant à l'envie de jeter l'appareil par la fenêtre, elle s'agrippa à la poignée de la portière.

— Personne ne sait mieux que mon ex-mari infliger le plus de douleur avec le minimum d'effort.

Honteuse de son éclat, elle se renfonça dans son siège.

— Désolée, marmonna-t-elle en essayant de maîtriser ses émotions. On ferait peut-être mieux de rentrer.

Elle ne voulait pas découvrir son nouveau projet et se remplir la tête d'idées qu'elle ne serait pas là pour réaliser.

— Allez, insista Daniel. Ce sera notre dernier arrêt. Je sais que tu as des choses plus importantes à l'esprit.

Il posa la main sur la sienne.

— Il n'y a pas d'urgence ici. Mon père et moi avons acheté ça pour une bouchée de pain. Ça pourrait être exactement le travail dont tu auras besoin une fois qu'Aiden sera de retour.

Son optimisme était admirable, songea-t-elle en observant

la bâtisse. C'était une maison individuelle d'un étage, dont la structure semblait bonne. Mais pour le reste, elle avait connu des jours meilleurs. Shannon pouvait compatir.

— On y va ? demanda Daniel avec enthousiasme.

Elle était curieuse de voir ce qui avait mis cet éclat dans ses yeux. Comme il avait promis qu'elle n'aurait pas à donner de réponse aujourd'hui, elle ouvrit sa portière.

— Bon... Fais-moi faire le tour du propriétaire.

Daniel faillit sauter de joie quand Shannon claqua la portière et gravit le perron. Il comprenait sa mauvaise humeur et ne lui en voulait pas. Elle tenait le coup bien mieux qu'il ne s'y attendait, même si elle peinait à prétendre que tout allait bien.

Chaque fois qu'il apercevait ses yeux derrière les lunettes noires, il remarquait les efforts qu'elle faisait pour retenir ses larmes. Ici, elle n'aurait pas besoin de faire semblant. Pour cette visite, ils ne seraient que tous les deux, dans une maison qui avait besoin d'une conception bien pensée et d'une équipe qualifiée pour retrouver tout son lustre.

Daniel déverrouilla la porte et la poussa vigoureusement.

— Ça coince un peu.

Shannon entra, et il l'entendit prendre une brusque inspiration. La tête penchée en arrière, elle observait la rangée de vitraux dans l'entrée.

— Pas mal, hein ? demanda-t-il en souriant.

— Magnifique.

Elle fit un tour complet sur elle-même.

— Et tellement inattendu. Tu imagines ce parquet bien ciré par une journée ensoleillée ?

— Tu veux que je te dise un secret ?

Il sentit son cœur manquer un battement quand elle le regarda, une lueur ravie dans les yeux.

— C'est à cause de ça que j'ai insisté pour que Jennings l'achète.

La visite le conforta dans son opinion. Shannon était la personne idéale pour chapeauter le projet. Cette maison était plus qu'une rénovation dans le but de faire un bénéfice, c'était presque une restauration. C'était l'argument qui avait convaincu son père.

Ce ne serait pas évident, mais il trouverait une bonne raison de repousser la date de début des travaux jusqu'à ce qu'il soit sûr que Shannon accepte sa proposition. Même s'il était prêt à confier sa vie et ses maisons à Ed, celle-ci était particulière. Sans vraiment savoir pourquoi, il voulait partager cette aventure avec Shannon.

À l'étage, elle continua à le bombarder d'idées. Sa vision correspondait à la sienne, autant dans la conception que dans l'agencement, constata-t-il avec joie. Les notes qu'elle prenait sur les maisons lui avaient montré qu'elle avait les capacités organisationnelles de relever ce genre de défi, malgré son inexpérience.

Il tiendrait sa promesse de ne pas insister pour le moment. De toute façon, pendant le trajet, elle n'avait pas entendu la moitié de ce qu'il lui disait. Il allait se taire et la laisser parler. Quand elle aurait récupéré son fils, il lui ferait une offre qu'elle ne pourrait pas refuser, du moins il l'espérait.

Une fois de retour au rez-de-chaussée, Shannon reprit son évaluation, imaginant à voix haute comment les gens utiliseraient cette maison. Comme lui, elle voyait au-delà du papier peint défraîchi et décollé, des parquets rayés et des moulures en mauvais état.

Les yeux levés vers le plafond, elle posa la main sur le mur qui séparait la cuisine et la salle à manger.

— C'est porteur ?

— Oui.

Jusqu'à présent, Daniel n'avait pas réussi à se décider entre ouvrir l'espace, ce qui obligerait à poser une poutrelle d'un prix conséquent, ou laisser les murs en place, avec l'espoir que cela reviendrait à la mode.

— Tu pourrais mettre des colonnes pour faire des économies, suggéra Shannon en revenant dans la cuisine. Ce qui aurait aussi le mérite de faciliter les travaux et d'accélérer la mise sur le marché.

— En tant qu'acheteuse, ça te plairait ? Ou tu préférerais le côté resserré des murs ?

— On a déjà établi que je n'étais pas une acheteuse lambda, répondit-elle d'une voix distraite.

Plantée au milieu de la pièce, elle secoua la tête.

— Tout l'espace doit être reconfiguré dans l'optique d'un plan de circulation moderne. Surtout si tu n'enlèves aucun mur.

Elle croisa à nouveau son regard.

— Quel que soit le choix que tu feras, cette maison a trop de charme pour correspondre à mon budget. J'ai pris l'habitude de ne pas rêver aussi grand.

Sa déclaration irrita Daniel. Elle avait autant le droit que n'importe qui d'avoir sa part du rêve américain.

— Pourquoi pas ?

— Pardon ?

— Les rêves ne sont-ils pas censés être grands ?

Elle fronça les sourcils. Il n'aurait su dire ce qu'elle foudroyait du regard : lui, l'agencement de la cuisine ou l'idée d'un grand rêve. Il ouvrait la bouche pour lui poser la question lorsqu'elle le prit de vitesse :

— Quel est ton cœur de cible ?

— Comme il y a de bonnes écoles dans le coin, je compte m'adresser à des familles qui veulent emménager dans une maison plus grande.

— Futé. Il faudra des finitions qui ne seront pas trop contraignantes à entretenir.

— Bien vu.

Il n'avait pas pensé à cela. Pour un professionnel de la construction, l'entretien était loin d'être un problème.

— Tu évites ma question...

— Oui. Si tu insistes, je vais pleurer, et j'en ai vraiment assez de pleurer.

Quel argument pouvait-il opposer à cela ?

— D'accord, admit-il en glissant ses pouces dans ses poches arrière. Ton cerveau a l'air de mouliner. Qu'est-ce que tu vois ici ?

Alors qu'il l'écoutait exposer ses idées, une vision étrange lui traversa l'esprit. Shannon était là, dans cette cuisine. Son fils était perché sur un tabouret à l'îlot qu'elle décrivait, tenant dans une main un camion — un camion de pompiers — et dans l'autre un cookie. Elle souriait de façon détendue, comme quand elle déjeunait avec l'équipe pendant la pause.

Plus choquant, il se voyait entrer après une garde à la caserne et être accueilli par le même sourire chaleureux.

Adossé au mur, il laissa les images et les possibilités l'envahir. Cela lui arrivait de temps en temps quand il faisait des choix pour une maison. Comme son père le lui avait appris, visualiser le projet terminé faisait partie du travail. Mais il n'avait encore jamais eu ce genre de vision-là.

Était-ce une bonne ou une mauvaise chose ? se demanda-t-il en suivant Shannon dans le jardin à l'arrière. Ici aussi, elle eut d'excellentes idées, aménageant une oasis de tranquillité en plein cœur de la ville.

— Un espace vert privé, résuma-t-il.

— Exactement ! Ça va demander du temps et de la main-d'œuvre, mais ça devrait payer. Imagine la fête des voisins qu'ils pourraient organiser ici.

— Je vais noter tout ça.

Il lui tint la porte, rentra à son tour et tourna la clé. Après avoir vérifié les fenêtres du rez-de-chaussée, il verrouilla l'entrée principale et descendit le perron.

— Là aussi, tu pourrais choisir la voie de la facilité avec la suite parentale, déclara-t-elle. Ça dépend de...

Elle se figea sur place, les yeux dans le vide.

— Shannon ?

Il regarda à gauche et à droite dans la rue, mais ne vit rien qui puisse la faire paniquer.

— Qu'est-ce qui ne va pas ?

— Il n'est pas avec Aiden, lança-t-elle soudain. Pas encore.

— Ton ex ? demanda-t-il en l'aidant à s'asseoir sur une des marches. De quoi parles-tu ?

— Bradley n'est pas du genre à se salir les mains. C'est d'une évidence... Un petit garçon ? Il ne voudrait surtout pas être mêlé à ça. Trop compliqué. Oui, je suis prête à parier qu'il n'était pas avec l'équipe qui a enlevé Aiden chez Rachel. Mais Bradley n'est pas non plus avec ceux qui détiennent mon fils.

Tremblant de tout son corps, les mains crispées sur son téléphone, elle laissa tomber sa tête sur l'épaule de Daniel.

— Calme-toi, murmura-t-il.

— Il n'est pas ici. C'est un détail qui me soulage énormément. Cet ordre de suivre ma routine...

Elle tapota l'écran noir de son portable.

— Si quelqu'un me surveille, ou surveille ma maison, ce n'est pas lui. C'est un immense soulagement.

Ne sachant que dire, Daniel se contenta d'écouter, l'entourant de son bras jusqu'à ce qu'elle cesse de trembler.

— La maison n'a pas été fouillée, parce qu'il n'est pas en ville. Je suis sûre qu'il est derrière tout ça et qu'il a écrit ce script, mais il n'est pas avec Aiden.

— C'est une bonne nouvelle pour le petit, n'est-ce pas ?

Il ignorait ce que son ex aurait pu trouver chez elle, mais garda la question pour une autre fois.

— Absolument, répondit Shannon. Je ne souhaite à personne de passer du temps avec mon ex.

— Si Stanwood n'est pas à Philadelphie, à qui aurait-il confié le kidnapping ?

— Il aurait fait appel à des talents locaux. Si l'ami policier de Grant n'entend aucune rumeur sur le sujet, c'est que mon ex a fait pression sur les bonnes personnes. Il enverrait ses ordres par le biais de ses avocats.

— Comme Gary Loffler ? Tu as entendu Grant mentionner ses récentes visites.

— Je sais pourquoi tu penses ça, répliqua-t-elle en se dégageant pour lui faire face. Je ne crois pas que Gary ait fait ça. Pas avec Aiden.

— Pourquoi as-tu soudain une telle foi en Loffler ?

— Il m'a aidée quand j'en avais le plus besoin.

L'histoire ne s'arrêtait sûrement pas là, mais Daniel ne voulait pas être indiscret. Les victimes n'avaient souvent aucune envie de revivre les pires moments de leur passé. Elle ne le connaissait pas assez pour lui confier ses secrets.

Il se leva et déverrouilla le pick-up.

— Allons-y. J'espère que tu as raison.

— Moi aussi, dit-elle en s'installant sur le siège passager. Je me rends compte qu'on n'est pas plus près de comprendre pourquoi il enlèverait Aiden maintenant.

— Grant se renseigne au cabinet d'avocats Marburg. On va finir par démêler tout ça. Je te demanderais bien d'être patiente, mais ça me semble cruel vu les circonstances.

Il la surprit en train de lui sourire.

— Quoi ?

— J'ai du mal à imaginer que tu puisses être cruel.

Il savoura le compliment pendant tout le trajet retour. Selon lui, le temps qu'ils avaient passé loin de chez elle avait été productif. Shannon réfléchissait à nouveau aux décisions criminelles de son ex-mari.

Daniel était fasciné par son esprit autant que par sa force. Il le savait, une partie d'elle voulait s'effondrer, mais sa volonté farouche lui permettait de se battre.

5

Shannon tenait le décompte mental du nombre d'heures où elle avait été séparée d'Aiden. Le temps filait, et personne ne semblait savoir où se trouvait son fils.

Le lundi avait ressemblé au dimanche, avec la même absence de nouvelles. Seule différence : Daniel et elle étaient allés travailler sur le chantier caritatif. Elle avait fait de son mieux, mais elle avait eu du mal à manger et n'avait pas réussi à dormir.

Mardi, pendant qu'ils prenaient leur petit déjeuner, elle avait reçu une autre vidéo. Aiden tenait le journal du matin en s'agitant et en geignant qu'il voulait rentrer à la maison. Cette preuve de vie avait fait battre son cœur plus vite. Comme la première, cette vidéo ne leur fournissait aucune information sur le lieu de détention. Cela n'empêchait pas Shannon de se la repasser à la moindre occasion.

Ses recherches concernant les activités de Bradley n'avaient rien donné. Loffler n'était pas retourné au cabinet d'avocats et Grant n'avait pas pu lui parler. Elle avait eu beau étudier l'actualité new-yorkaise passée et présente, elle n'avait rien trouvé sur ce qui pouvait motiver son ex. C'était forcément lié à ses affaires, puisque rien d'autre ne comptait pour lui. Les longs échanges de mails sécurisés avec Grant et son ami policier n'avaient débouché sur rien de concret.

Elle risquait de devenir folle avant que son fils ne soit secouru.

Le mercredi après-midi, comme elle était à bout de nerfs, Daniel annonça à l'équipe qu'il l'emmenait déjeuner. Ed haussa un sourcil, mais garda ses questions pour lui. Ils se rendirent à l'Escape Club pour faire le point avec Grant. D'après un tuyau reçu par l'unité contre le crime organisé, Bradley était à Philadelphie. Ils n'en savaient pas plus sur Gary Loffler ou sur la localisation d'Aiden.

Ce soir-là, en rentrant chez elle, ils découvrirent que le verrou de la porte de derrière avait été forcé. Ils le signalèrent à Grant, même si aucun objet de valeur n'avait été dérobé. Sa chambre avait été fouillée, mais l'ordinateur portable qu'elle avait laissé sur la commode était toujours là. Daniel remplaça les serrures tandis qu'elle installait un système de surveillance sans fil. Une fois sa chambre rangée, elle céda au désespoir et pleura longuement avant de s'endormir.

Il lui était de plus en plus difficile de croire qu'elle allait revoir Aiden un jour. Elle était hantée par la menace que son fils lui serait rendu en morceaux si elle ne se comportait pas normalement.

Quand arriva le jeudi midi, elle agissait comme un zombie, et tout le monde autour d'elle l'avait remarqué. Elle ne parvenait pas à se concentrer plus de quelques minutes d'affilée. Ses collègues inquiets lui proposèrent leur aide. Elle n'en pouvait plus de prétendre qu'Aiden était souffrant.

En entendant une scie à l'extérieur, elle regarda par la fenêtre de la salle de bains. Daniel et Lou étaient en train de réaménager le perron en y ajoutant une rampe d'accès.

Elle le savait, Daniel planifiait les travaux à l'heure près et comptait sur sa meilleure équipe pour terminer le projet dans les temps. Il avait besoin qu'elle se ressaisisse, pour aider ses collègues à abattre le travail avant qu'il ne reprenne ses gardes à la caserne la semaine suivante. Il ne lui fit aucun reproche, mais c'était évident qu'il avait mis son planning en péril en ne la remplaçant pas.

Puisque son ex était apparemment en ville, elle comprenait pourquoi Grant voulait que quelqu'un garde un œil sur elle. Daniel refusait de la quitter des yeux. Elle ferait aussi bien de travailler lentement ici plutôt que de l'obliger à essayer de gérer le projet depuis chez elle.

À chaque minute, elle luttait pour retenir son envie de hurler. C'était une torture d'être à la maison sans son fils. Le silence et la solitude étaient intenables, malgré la présence constante de Daniel. Quand Aiden rentrerait à la maison, elle ne serait plus jamais irritée par ses bavardages incessants et son flot de questions. Chaque matin, son cœur se serrait lorsqu'elle passait devant la maison de la baby-sitter. Même si Daniel était derrière elle, l'éventualité que Bradley était en train de l'observer la faisait frissonner.

Pour s'exercer à ressentir la confiance que Daniel tentait sans cesse de lui insuffler, elle gardait le kart miniature d'Aiden dans son sac à main. Le camion benne préféré de son fils, des vêtements de rechange et le lapin bleu étaient rangés dans un sac à dos qui ne la quittait jamais, prêt à servir dès l'instant où ils seraient réunis.

Elle jeta un coup d'œil sur le sac, posé à l'entrée de la salle de bains qu'elle était censée terminer. *Il faut y croire*, s'ordonna-t-elle, retenant ses larmes à grand-peine.

Lentement et soigneusement, elle s'attela au carrelage mural de la douche. La veille, elle avait dû défaire le tiers du bas, après s'être trompée dans l'ordre de pose sans le remarquer. Si Ed ne le lui avait pas signalé quand il lui avait apporté son déjeuner, une journée entière de travail aurait été perdue, sans compter le matériel. Daniel s'était contenté de hausser les épaules quand elle l'avait prévenu, mais elle s'était sentie très coupable.

Ses derniers vestiges de fierté la poussaient à mieux faire aujourd'hui. Elle ne voulait pas qu'ils prennent du retard par sa faute. Ce chantier était très important pour Daniel, et il méritait d'être là quand les Caldwell verraient la maison pour la première fois. Le retard qu'elle avait causé compromettait cet objectif. Elle était déjà un fardeau pour lui. Le moins qu'elle puisse faire était d'accomplir sa tâche en temps voulu, comme la professionnelle qu'elle était.

— *Toc toc.*

Shannon releva les yeux et aperçut Ed sur le seuil.

— Coucou, répondit-elle.

Craignant de s'être à nouveau trompée, elle étudia le mur de la douche.

— C'est très réussi, déclara-t-il, comme s'il avait lu dans ses pensées. J'ai la liste des commandes pour le déjeuner.

— Oh…

Elle se leva et s'essuya les mains sur son jean.

— C'est vrai, on est jeudi. C'est mon tour.

Elle pouvait le faire. Elle avait une routine à suivre, pour le bien d'Aiden. Elle esquissa un sourire, mais qui devait plutôt tenir de la grimace, à en croire le léger mouvement de recul d'Ed.

— Avant que tu y ailles, je… n'ai pas pu m'empêcher de remarquer…

Elle résista à l'envie de l'interrompre. La Shannon normale garderait son calme et resterait amicale.

— Allez, crache le morceau, Ed. On est amis.

— Justement.

Il entra dans la salle de bains et jeta un coup d'œil par-dessus son épaule.

— Samedi dernier, tu étais bouleversée quand tu es partie du chantier.

— J'avais mal compris le coup de fil de la baby-sitter.

— Oui. Tu nous l'as dit au club. Mais… heu…

Il regarda à nouveau derrière lui et baissa la voix.

— J'y ai réfléchi.

Il hésita un instant, avant de poursuivre d'un ton déterminé :

— J'en ai parlé avec Toni. Si Daniel — ou qui que ce soit d'autre dans l'équipe — te fait des misères, dis-le-nous, d'accord ? Je me moque de qui c'est, il faut que ce soit un espace de travail sûr pour tout le monde.

Étonnée, elle le dévisagea sans savoir quoi répondre.

— Je suis sincère, Shannon, insista-t-il en serrant les poings. Si tu as besoin de partir, je t'aiderai. Ne me raconte pas que tu as besoin de ce travail pour subvenir aux besoins de ton fils ou je ne sais quoi. Je peux te faire engager par un autre entrepreneur. Quelqu'un de bien.

— Ed…

Shannon avait envie de le serrer dans ses bras.

— C'est vraiment gentil. Tu es adorable. Et Toni aussi. Dis-lui merci de ma part. Je te promets que Daniel n'est pas le problème.

Ed l'observa en plissant les yeux.

— Il ne te lâche pas depuis la sortie du week-end dernier. On l'a tous remarqué. Ça serait différent si ça avait l'air de te faire plaisir. Et ça a un impact sur ton travail, ajouta-t-il. En général, sur un chantier, il est plus facile...

Il était hors de question que la réputation de Daniel soit écornée à cause de sa situation.

— Je te jure que Daniel ne fait rien de mal. Aiden...

Sa voix se fêla, et elle dut faire un effort pour se reprendre.

— Aiden se sent patraque... Mais ça va aller. Il a une vilaine toux qui me préoccupe. Tu sais ce que c'est. Le médecin dit que ce n'est pas grave. Il a quand même demandé des analyses, par précaution.

Son ton inquiet était naturel, même si ce n'était pas pour les raisons qu'elle avait données à Ed.

— D'accord, répondit-il en desserrant les poings. C'est une épreuve, l'attente des résultats, quand ils sont petits.

— Exactement. Daniel s'est montré très compréhensif, à la fois en tant que patron et en tant qu'ami, affirma-t-elle avec sincérité. Toi aussi.

— Je ne voulais pas croire qu'il te harcelait, mais bon... Il fallait que je te pose la question. Quand on ignore les changements de comportement, ça mène à de plus gros problèmes par la suite.

— C'est vrai. Je te remercie d'avoir demandé.

Elle saisit la liste qui dépassait de la poche de sa chemise.

— Je vais me concentrer, c'est promis.

Cheesesteaks, lut-elle sur le papier. Elle entendait déjà le débat inévitable entre collègues sur la bonne façon de préparer le fameux sandwich au steak de Philadelphie. Elle prit son téléphone et ouvrit l'application pour trouver les *food trucks* les plus proches.

— Je peux tout aller chercher à Cheese Wheelies. Ils sont dans le coin aujourd'hui.

Ed désigna une ligne qu'elle n'avait pas vue en bas de la liste.

— Lou nous a rebattu les oreilles avec les frites coupées à la main de chez Jack. Il nous a fallu beaucoup de volonté pour ne pas lui agrafer les lèvres.

Elle éclata de rire.

— Va pour Jack. J'appelle, et puis je file.

— Tu es mon héroïne, s'exclama Ed avec sincérité.

Daniel la retrouva à sa voiture.

— Je t'accompagne.

Elle secoua la tête et aperçut Ed derrière la fenêtre.

— Je peux faire le trajet jusqu'au restaurant sans escorte.

— On ne va pas prendre le moindre risque. Et puis tu connais les gars. Tu auras besoin d'aide pour réussir à tout porter.

En tendant le bras vers la portière, il se pencha et lui murmura à l'oreille :

— Grant a appelé.

— Super.

Elle se plaqua un sourire sur le visage et fit le signe OK en direction d'Ed dans le dos de Daniel.

— Est-ce qu'ils ont retrouvé Aiden ?

— Non. Ils ont trouvé Loffler.

Une bouffée d'espoir envahit Shannon.

— Ça, c'est intéressant. Ils savent où il séjourne ?

— Tu veux que je conduise ? demanda-t-il tandis qu'elle slalomait entre les voitures.

— Dis-moi ce que tu sais, rétorqua-t-elle avec impatience.

— D'après Grant, Loffler est allé au cabinet Marburg ce matin. Il a eu un rendez-vous avec un avocat qui a déjà travaillé pour Stanwood, ainsi que pour quelques sociétés écrans. A priori, la visite d'aujourd'hui était d'ordre personnel pour Loffler.

— Personnel... Qu'est-ce que ça peut vouloir dire ?

— Testaments et successions, c'est ce qui m'est tout de suite venu à l'esprit, déclara Daniel.

— Marburg n'est pas spécialisé en droit pénal ?

— Ils touchent un peu à tout. Sais-tu si Loffler serait susceptible de gérer les aspects juridiques personnels pour Stanwood ?

— Oui, répondit Shannon. Gary maîtrisait bien la façon dont Bradley menait ses affaires. Il ne négligeait pas les choses importantes comme ce qui concerne l'argent. Ces détails ont été réglés avant qu'on échange nos vœux, se souvint-elle. Comme j'étais sa femme, j'ai été sa principale bénéficiaire dans un premier temps.

— Vous aviez signé un contrat prénuptial ?

— Oui, répondit-elle en se garant devant le restaurant. Est-ce que la source chez Marburg sait si Loffler s'est marié récemment ?

— Aucune idée. Je crois qu'ils essaient encore de découvrir avec précision ce qu'il a fait pendant sa visite.

— Je pourrais peut-être parler à Gary ? Si je lui disais ce que Bradley a fait, je pense qu'il nous aiderait, ne serait-ce que pour le kidnapping d'Aiden.

— En admettant qu'il sache quelque chose, serait-il prêt à livrer son chef sans preuves tangibles ? On n'a rien qui lie directement ton ex à la disparition d'Aiden.

Frustrée et épuisée, elle baissa les yeux sur le volant. Si Daniel n'adhérait pas à sa théorie, s'il renonçait à secourir Aiden, elle était perdue. Décidément, elle s'était vite habituée à avoir quelqu'un à ses côtés, prêt à l'écouter, à la soutenir et lui remonter le moral.

— Je te crois, poursuivit-il. Tout ce que je demande, c'est si l'avocat de ton ex te croira.

— Il sait de quoi Bradley est capable. J'ai gardé un vieux numéro de portable. Dis à Grant que je veux voir Loffler.

Elle sortit de la voiture et claqua la portière.

— On doit aller chercher les commandes avant qu'Ed ne perde patience avec Lou.

— Les frites coupées à la main sont sa faiblesse, remarqua Daniel en lui tenant la porte du restaurant. Donne-moi ton téléphone, demanda-t-il lorsqu'elle passa devant lui.

— Pourquoi ?

— Parce que tu veux passer cet appel, que Grant soit d'accord ou pas. Tu devrais probablement le faire.

Ils rejoignirent la file d'attente des commandes à emporter.

— Je voudrais seulement que tu prennes une heure pour réfléchir à ce que tu veux retirer de cette conversation.

— En admettant qu'il décroche.
— En effet.
Il avait raison, songea Shannon. Étant donné le stress extrême et le manque de sommeil dont elle souffrait, elle devait être sûre de sa décision. Elle sortit son téléphone de sa poche, mais ne le tendit pas tout de suite à Daniel.
— Tu le laisseras allumé ?
— Oui.
— Tu me diras si quelqu'un appelle ou envoie un SMS ?
— Absolument.
— Tu me le rendras après le déjeuner ?
Il leva la main comme pour prêter serment.
— Je le jure solennellement.
Elle s'étonna elle-même en plaçant le portable au creux de sa paume. Elle n'avait pas témoigné autant de confiance envers quelqu'un, à part Rachel, depuis son arrivée à Philadelphie.
— Je ne te décevrai pas, déclara-t-il en empochant l'appareil.
— Tu ne l'as pas encore fait.
Elle prit sa main entre les siennes et la serra.
— Tu ne peux pas savoir comme je te suis reconnaissante. Les derniers jours auraient été insupportables sans toi.
Mary Ellen, cofondatrice du restaurant et femme du Jack qui lui avait donné son nom, s'activait au comptoir pour emballer les sandwichs. Elle était allée à l'école avec Daniel et d'autres employés de Jennings Construction. En appelant Shannon à la caisse, elle remarqua leurs mains jointes et adressa un sourire rayonnant à Daniel.
— Eh bien, il était grand temps. Ravie pour toi, Danny.
Elle saisit le montant de la commande, puis inséra la carte de crédit de Shannon dans la machine.
— Tu ne pouvais pas trouver mieux que lui, c'est notre héros local. Il faudra tout me raconter quand je serai moins surchargée.
Elle leur donna un bon valable pour deux dîners gratuits.
— Amène aussi le petit.
— C'était quoi, ça ? demanda Shannon tandis qu'ils sortaient du restaurant.
— Rien.

Il dissimula ses yeux derrière ses lunettes de soleil.

— Elle voit toujours tout en rose. Elle est comme ma mère, à vouloir jouer les entremetteuses. Tu me tenais par la main. Ça a été mal interprété.

— Il faudra qu'on clarifie les choses.

— Et quand on le fera, on perdra nos repas gratuits, remarqua-t-il, faussement déçu.

Sa réaction fit rire Shannon, l'aidant à rester à flot au lieu de sombrer dans la mélancolie.

Le repas avec l'équipe fut aussi chaleureux que d'habitude, mais les conversations avec Ed et Mary Ellen avaient alerté Shannon. Elle commença alors à remarquer les coups d'œil et les échanges silencieux entre les employés qui les observaient. Se pouvait-il que Daniel ait eu un faible pour elle avant d'être enrôlé comme baby-sitter ? C'était peu probable.

Même s'il éprouvait de l'intérêt pour elle à cette époque, ce n'était sûrement plus le cas après avoir vécu avec elle pendant ce cauchemar. Dans ses bons jours, elle pouvait être têtue et susceptible, voire intransigeante, à en croire Rachel, et la semaine qui venait de s'écouler avait été atroce.

Il avait été d'une patience infinie pendant qu'elle cherchait à relier l'enlèvement d'Aiden à l'une des affaires passées de Bradley. Nuit après nuit, il la laissait explorer ses théories jusqu'à ce qu'elles s'écroulent, sans la juger ni l'orienter vers une activité plus productive. Il l'avait encouragée à parler de son fils et de ce qu'elle allait faire dès qu'il serait de retour.

Après des années à ne partager sa vie qu'avec Aiden, elle trouvait la présence de Daniel à la fois rassurante et déroutante. Elle ne pouvait oublier pourquoi il était là, pourtant elle se surprenait à rêver d'avoir un jour une relation avec un homme ayant l'intégrité et le tempérament de Daniel. Autant l'admettre, son visage était celui qu'elle associait à cet homme-là, mais elle était beaucoup trop pragmatique pour croire que cela pourrait arriver.

Il avait une vie, deux carrières, une famille et un cercle d'amis proches. Elle avait de bons amis, qui ignoraient tous qu'elle élevait le fils d'un truand. Il y avait trop de points d'interrogation dans les ombres de son passé pour pouvoir parier sur l'amour.

Pendant que l'équipe débattait comme toujours du meilleur fromage à mettre dans un *cheesesteak*, elle concentra ses pensées sur Gary. Si le numéro de téléphone qu'elle avait ne fonctionnait pas, comment pourrait-elle le localiser ? En admettant qu'il ignore vraiment ce que son ex avait fait d'Aiden, l'avocat aurait peut-être une idée de la raison pour laquelle Bradley s'en prenait à l'enfant à ce moment précis.

Une fois le repas terminé, les employés s'éloignèrent pour reprendre leurs tâches respectives. Alors qu'elle saisissait ses deux sacs, son téléphone sonna. Dans la poche de Daniel.

Il lui tendit le portable sous les yeux surpris d'Ed. Elle ignora son collègue et se concentra sur l'écran. Il affichait le nom d'une entreprise de plomberie dont elle n'avait jamais entendu parler. Elle fit quelques mètres sur le trottoir et décrocha.

Sur ses talons, Daniel se tapota l'oreille. Elle déclencha l'application d'enregistrement et tint le téléphone de façon à ce qu'ils entendent tous les deux la personne au bout du fil.

— Je sais où est ton fils, chuchota l'interlocuteur. Rendez-vous à Old City Hall dans une heure.

Elle s'était attendue à entendre la voix rauque et méchante des appels précédents ou celle de Bradley, enfin prêt à dicter ses exigences. Surprise, elle demanda :

— Gary ?

— Pas de police, sinon ils tueront ton fils. Tu vas bientôt manquer de temps, Shannon.

— Gary, attends !

La communication s'interrompit. Elle releva la tête et croisa le regard intense de Daniel. Ce tuyau provenant d'une source digne de confiance était presque trop beau pour être vrai.

— Je dois y aller. Trouver une place peut prendre autant de temps que traverser la ville.

— C'était Loffler ? demanda Daniel. Tu en es sûre ?

— Certaine.

Il allait sûrement lui faire remarquer qu'elle s'était trompée quant à l'implication de Gary, songea-t-elle en vérifiant l'heure.

— Tu n'y vas pas toute seule, lança-t-il. Je vais prévenir Ed qu'on doit partir.

Il fallut plusieurs secondes à Shannon pour comprendre qu'il ne critiquait pas son erreur de jugement.

— Oui, d'accord.

Le cœur battant la chamade, elle se frotta les mains sur son jean tandis qu'il faisait quelques pas vers la maison.

— Dépêche-toi.

Daniel lui coula un long regard, puis revint vers elle et la prit par la main.

— Si je te laisse hors de ma vue, tu vas y aller sans moi.

Ce n'était pas juste qu'il la connaisse aussi bien après une aussi brève cohabitation.

— Ed ! cria-t-il en gravissant le perron à moitié terminé. Ed, où es-tu ?

— Je suis là.

Le chef de projet apparut en haut des marches.

— Qu'est-ce qu'il y a, patron ?

— Shannon nous a trouvé un rabais sur des placards pour la prochaine maison. Je l'emmène pour les chercher. On ne reviendra pas aujourd'hui. Tu peux faire en sorte que sa voiture soit ramenée chez elle ?

Il se tourna vers elle.

— Donne-lui tes clés.

Elle ne perdit pas de temps à protester ou à s'inquiéter des regards de l'équipe sur leurs mains jointes. Quand ils atteignirent son pick-up, il l'empêcha d'ouvrir sa portière.

— Qu'est-ce que tu...

Il la fit taire d'un baiser. Stupéfaite, elle le laissa presser doucement sa bouche sur la sienne avant de reculer.

— C'était quoi, ça ?

— Un baiser, répondit-il en lui caressant le bras. Pour la chance.

Il soutint son regard, une lueur de curiosité et d'attente dans ses yeux bleus. Elle ne savait pas ce qu'il espérait, mais n'avait aucun doute sur ce qu'elle voulait. Elle l'attrapa par son T-shirt et l'attira à nouveau vers elle.

Elle savoura le baiser dont elle avait rêvé et qui alimenterait ses fantasmes pendant des années. Durant quelques secondes délicieuses, les lèvres chaudes et fermes de Daniel firent reculer la peur qui la tenaillait.

Elle recula, le souffle court. Lui aussi semblait affecté, constata-t-elle avec ravissement.

— Pour qu'on ait beaucoup de chance.

— Comme tu dis, marmonna-t-il en lui ouvrant sa portière.

Une fois au volant, il lui tendit son portable, puis démarra.

— Transfère l'enregistrement à Grant et dis-lui qu'on est en route.

— Gary a dit pas de police. Tu ne crois pas que Grant va contacter son ami dans l'unité contre le crime organisé ?

— Il a aussi dit que le temps pressait.

Daniel grilla un feu orange et serra les mâchoires.

— On ne va pas encore avoir cette discussion. Tu ne me fais toujours pas confiance ?

— Si, répondit Shannon avant de prendre une grande inspiration. Si, je t'assure.

Elle envoya l'enregistrement puis, par précaution, utilisa aussi le téléphone de Daniel pour appeler Grant au club.

— Mets-le sur haut-parleur, demanda Daniel.

— Tu ne me fais pas confiance ?

Il lui lança un regard perplexe.

— Ça permet de gagner du temps.

— Oui, bien sûr.

À force de se concentrer sur son ex, elle en devenait paranoïaque.

À la troisième sonnerie, Grant n'avait toujours pas décroché. Elle commençait à se demander si elle avait raison d'aller au rendez-vous sans que personne ne sache où ils étaient lorsque sa voix résonna dans l'habitacle. Comme elle s'était attendue à tomber sur la messagerie, elle hésita un instant.

— Allô ! Allô ! Daniel ? demanda Grant avec une note d'inquiétude dans la voix.

— C'est Shannon. Et Daniel. Gary Loffler vient d'appeler. Je vous ai envoyé l'enregistrement.

— Depuis un numéro correspondant à une entreprise de plomberie, précisa Daniel.

— Il n'a pas essayé de cacher qui il était, poursuivit Shannon.

Elle donna à Grant les détails de l'appel, y compris l'ordre de ne pas appeler la police, et indiqua le temps qu'il restait sur l'heure dont ils disposaient.

— Je vais alerter les policiers en uniforme dans le coin et on enverra une équipe en civil pour vous protéger tous les deux. On n'a pas le temps d'installer une surveillance digne de ce nom. Il y a plein de caméras dans cette partie de la ville. On va en profiter.

— Merci, répondit-elle, en proie à un mélange d'impatience, d'espoir et de peur.

— Shannon, vous devez vous concentrer sur Loffler. Vous le connaissez mieux que nous. On compte sur vous pour savoir s'il ment. Ne vous laissez pas distraire et évitez de lui faire peur. Concentrez-vous sur lui, on s'occupera du reste. Est-ce qu'il a dit si Aiden serait là ?

— Non, répondit Daniel.

— D'accord. Bon sang… Je vais devoir tenir compte de ça, déclara Grant d'un ton frustré. Soyez prudents.

Elle apprécia le conseil, tout en sachant qu'elle prendrait n'importe quel risque pour récupérer son fils.

— Loffler sait quelque chose, lança-t-elle à Daniel une fois l'appel terminé. J'aurais dû le contacter dès le début.

— Avec le recul, on croit toujours qu'on aurait pu agir différemment. Tout ce que tu as fait, c'était pour protéger Aiden et le retrouver. Garde ça à l'esprit et continue à croire qu'on va y arriver.

— Tu avais pris option psychologie pendant tes études ? Je n'arrive pas à décider si ton calme olympien pendant une situation de crise est rassurant ou agaçant.

— Un peu des deux, admit-il en souriant. En tout cas, c'est ce qu'on m'a dit.

Alors qu'ils étaient bloqués à un feu rouge à quelques centaines de mètres de Old City Hall, Shannon s'agita nerveusement.

— Je ne sais pas si je vais réussir à être calme avec Loffler. Je veux tellement récupérer Aiden.

Elle n'avait pas été autant à cran depuis ses derniers jours à New York. Gary l'avait cachée dans un motel de Jersey City jusqu'à ce que les détails soient finalisés. Elle avait eu si peur pour elle et son bébé que le moindre bruit de pas, la moindre voix dans le couloir semblait annoncer l'irruption des sbires de Bradley, prêts à la ramener sous son contrôle.

— Si Loffler est un ami, il comprendra que ton amour pour ton fils te rende distraite ou désespérée.

— Grant a dit de ne pas lui faire peur, remarqua-t-elle. Et si je fais un faux pas avant qu'il ne dise où est détenu Aiden ?

— Es-tu sûre qu'il n'était pas au courant de ta grossesse quand tu as quitté New York ?

— Oui. Non.

Elle secoua la tête, les yeux rivés sur le feu tricolore.

— Peut-être ? Je ne sais pas. Je me sentais mal le matin où il a apporté les derniers documents. J'ai prétendu que j'avais la gueule de bois, mais il ne m'a peut-être pas crue.

Penser à cette période sombre la rendait encore plus nerveuse. Elle changea de sujet.

— Pourquoi as-tu dit à Ed qu'on allait chercher des placards ?

— C'est la première chose qui m'est venue à l'esprit. Pendant que tu faisais des recherches sur ton ex, j'ai déniché des éléments pour la cuisine de la prochaine maison. Je veux en faire quelque chose de spécial.

— Si ça, ça ne sème pas le doute dans son esprit...

— Comment ça ?

Elle jeta un coup d'œil vers lui. Il la taquinait sûrement, il ne pouvait pas être aussi obtus.

— D'abord, il sait que ce n'est pas mon travail. Et ensuite, quelle prochaine maison ?

— Celle dans le quartier de Poplar qu'on a visitée dimanche. Je pense qu'on devrait s'y attaquer dès que possible. Elle sera vraiment superbe quand on en aura terminé.

Shannon s'accorda une minute de rêverie. Elle s'imagina avoir son fils auprès d'elle et gérer un projet de cette envergure du début jusqu'à la fin. Elle ferait son rapport à Daniel au moins une fois par semaine, probablement plus souvent. Et il passerait vérifier les progrès et donner son avis.

Elle ne pouvait pas céder à ce fantasme. Une fois Aiden sauvé, elle devrait quitter la ville et se mettre hors d'atteinte de Bradley, et vite.

— Je n'essaie pas de te mettre la pression, poursuivit Daniel. Je sais que tu voudras passer un peu de temps avec Aiden avant qu'on ne commence. Et on doit boucler le chantier Caldwell avant mon retour à la caserne.

Il changea de voie pour dépasser un camion de livraison.

— J'image que je suis impatient, si c'est la première explication à laquelle j'ai pensé.

Shannon éprouva une bouffée de regret. Comment s'était-elle attachée à Daniel aussi vite ? Quitter son emploi aurait dû être simple, mais elle appréciait ses collègues. Ils étaient devenus sa famille de cœur. Déménager ne serait pas aussi simple que prévu.

Maudit soit Bradley pour lui voler à nouveau son bonheur, songea-t-elle, saisie d'un frisson.

Après s'être garé, Daniel posa la main sur la sienne. Son contact la réchauffa aussitôt.

— Merci, déclara-t-elle. Pour tout.

— Ça va marcher, Shannon.

Elle sentit son optimisme grandir en lisant la détermination dans ses yeux.

— Je te crois.

— Loffler s'est-il déjà montré violent avec toi ?

— Non.

Cela avait été la spécialité de Bradley.

— Bien, répondit Daniel. Je devrais savoir autre chose ?

— C'est un riche avocat. Arrogant. Je suppose qu'il ne sera pas ravi que je t'aie amené.

— Tant pis pour lui. Allons-y.

Main dans la main, ils remontèrent la rue en direction de Old City Hall. Tout en marchant, Shannon examinait les personnes autour d'elle. Elle finit par apercevoir Gary debout près d'un panneau d'information. Il avait choisi le bon endroit pour observer les gens qui allaient et venaient autour du bâtiment historique. Sa tenue décontractée — jean foncé et chemise ivoire froissée — changeait de son habituel trois-pièces sur mesure. Ses chaussures en cuir italien étaient plus conformes à ses goûts classiques.

Alors qu'elle s'apprêtait à s'élancer vers lui et à exiger des réponses, Daniel la retint.

— Doucement...

Il avait raison, et elle était heureuse de l'avoir à ses côtés.

— Je vais y arriver.

Aiden avait besoin qu'elle garde son sang-froid.

— Je n'en ai jamais douté, murmura-t-il.

Gary s'assit sur un banc et fit un léger signe du menton pour l'inviter à le rejoindre.

— Il devrait partir, déclara-t-il quand ils approchèrent.

— Il reste, répliqua Shannon.

Les questions se télescopaient dans son esprit, mais elle s'en tint à la plus essentielle.

— Où est Aiden ?

— Pas ici. Ton fils est en sécurité, ajouta-t-il à la hâte. Je n'ai rien à voir avec tout ça, Shannon. Tu dois me croire.

Le fait que Gary soit au courant pour Aiden n'avait rien de très étonnant. Il jonglait déjà avec tous les secrets de Bradley, alors il n'aurait pas eu de mal à découvrir le sien. Elle s'assit à côté de son vieil ami.

— Pas de petits jeux, Gary. Où est mon fils ?

— Je vais tout te raconter, c'est promis. Il faut que tu saches que Bradley a tout organisé.

Cela confirmait ce qu'elle savait, mais cela n'expliquait pas les scripts. Pourquoi son ex avait-il réclamé la coopération du père en échange de la vie du fils ?

— Il est devenu fou, Gary. Tu dois le dénoncer à la police.

— Pour quels motifs ? Avec quelles preuves ? ironisa l'avocat. Il est plus glissant qu'une anguille.

— Commençons par l'enlèvement, suggéra Daniel. Je suis sûr qu'avec le bon informateur la police trouvera de quoi avancer.

— Mais pas les preuves pour le garder sous les verrous.

Gary se tourna vers Shannon, les yeux voilés par l'inquiétude et la tristesse.

— La seule chose qu'ils aient réclamée, c'est la coopération du père d'Aiden, n'est-ce pas ?

Elle hocha la tête. Elle aurait aimé se soucier de ce qui troublait Gary, comme il s'était occupé de son bien-être pendant son bref mariage, mais Aiden était plus important.

— Marchons, déclara l'avocat en mettant ses lunettes de soleil. Ça me rend nerveux d'être à l'air libre.

Il se leva et commença à s'éloigner du bâtiment.

— Pourquoi jouez-vous avec la vie de mon fils ? demanda Shannon d'un ton suppliant.

— Ce n'est pas ce qui se passe ici.

— Alors arrête de me faire perdre mon temps et dis-moi où le trouver.

— Je le ferai, mais d'abord promets-moi de m'écouter.

Il ne cessait de tourner la tête à droite et à gauche pour voir les passants qui marchaient autour d'eux.

— Qui es-tu en train de chercher ? s'exclama-t-elle.

Elle s'arrêta sous un arbre et serra la main de Daniel, en proie à une nouvelle peur.

— Il cherche Bradley.

— Non, la rassura Gary. Ça fait longtemps qu'il me fait surveiller, tu le connais. Je jure que je suis venu seul.

Elle jeta un coup d'œil vers Daniel tandis que l'avocat s'agitait nerveusement.

— Qu'est-ce que tu veux ?

— Être pardonné, répondit-il d'une voix lasse. Bradley a engagé une équipe pour enlever ton fils. J'ai dû passer quelques appels et menacer quelques personnes. J'ai découvert qu'ils le détenaient sur les quais.

— C'est un peu vague, remarqua Daniel.

Gary cita un nom d'entreprise qu'elle ne reconnut pas, ainsi qu'une adresse.

— C'était une holding détenue par l'une des sociétés écrans. Ils géraient de l'espace d'entrepôt et des unités de stockage.

— Je transmets l'info, lança Daniel, son téléphone à la main.

Avec une fébrilité grandissante, Gary entraîna Shannon quelques pas plus loin.

— Et maintenant, cette histoire de faire coopérer le père...

Elle retint son souffle. Il en savait trop pour ne pas être impliqué directement.

— Il croit que je suis le père. Je suis désolé que ton fils et toi vous retrouviez pris entre deux feux.

Shannon écarquilla les yeux. Elle n'avait jamais trompé Bradley.

— C'est complètement dingue.

— Comme lui, affirma Gary en hochant la tête avec vigueur. Il a perdu les pédales.

— Pourquoi ? Quel a été l'élément déclencheur ?

— Le divorce, pour commencer. Il a perdu la face quand tu as réussi à lui échapper. L'année dernière, un de ses ennemis à Philadelphie t'a reconnue. Je ne sais pas où ni comment. Il se trouve que j'étais en ville pour les affaires de Bradley. C'était une coïncidence. Mais tu sais comment il est... Il en a tiré ses propres conclusions. Ces derniers mois, deux de ses opérations ont échoué, et il est parti en vrille un peu plus à chaque fois.

— Il n'a aucun droit sur Aiden.

— Légalement, si. Un simple test de paternité le prouverait.

— Non, souffla-t-elle, le cœur serré. Il ne ferait pas ça. Il n'a jamais voulu d'enfant.

Si elle était restée avec lui, il l'aurait obligée à avorter, de gré ou de force.

— Il veut toujours plus de pouvoir d'influence, rétorqua Gary. Quand j'ai appris que tu avais eu un bébé, j'ai pris des mesures pour vous protéger, toi et ton fils, et pour priver Bradley de tous droits parentaux. Moins d'un an après le divorce, j'ai compris qu'il regrettait de t'avoir laissée partir.

— Que veux-tu dire ?

Elle avait besoin de le savoir, même si elle n'avait pas envie de l'entendre. Elle s'était libérée de Bradley et elle refusait d'être entraînée à nouveau dans sa vie.

— J'ai essayé, Shannon. Je t'en prie, crois-moi, supplia Gary. Au lieu de ça, j'ai aggravé la situation.

Visiblement tourmenté, il se rapprocha d'elle.

— Quand tu auras sauvé Aiden, as-tu l'intention de fuir ?

Elle ne put s'empêcher de jeter un coup d'œil vers Daniel.

— Oui, murmura-t-elle.

Gary suivit son regard.

— Mais tu l'aimes.

Ce constat venant du plus vieil ami de Bradley la surprit.

— Ça n'a pas d'importance, répondit-elle, malgré la petite voix dans sa tête qui la traitait de menteuse. La sécurité d'Aiden l'emporte sur tout le reste.

Même sur le cœur brisé qu'elle laisserait à Philadelphie...

L'amour. Elle ignorait à quel moment précis son cœur s'était mis à battre pour Daniel, libéré des murs qu'elle avait élevés tout autour. Elle avait été sous le charme dès leur première rencontre, puis son attirance pour lui n'avait fait que grandir. Le fait de le côtoyer de près cette semaine et d'apprendre à le connaître avait offert un étrange et agréable contrepoint à son angoisse pour son fils.

— Si, ça a de l'importance, la contredit Gary. Tu n'as jamais regardé Bradley comme ça.

Sans décoller le portable de son oreille, Daniel se tourna vers eux et leva le pouce en l'air.

— Ne t'en va pas, lança l'avocat avec brusquerie.

— Je n'ai pas le choix.

— Reste en ville pendant au moins quelques jours. J'ai...

Lorsque Daniel les rejoignit, il s'interrompit, pinça les lèvres, puis demanda :

— Est-ce qu'ils vont à l'entrepôt ?

— Ils envoient une équipe vérifier, répondit Daniel.

Il passa le bras autour de la taille de Shannon et murmura :

— On devrait y aller.

Gary acquiesça.

— Soyez prudents, dit-il à Daniel. Stanwood ne lâchera pas l'affaire comme ça.

Il enlaça brièvement Shannon.

— Tu as été une lumière dans l'obscurité, murmura-t-il. Et un rappel à l'ordre. Merci.

La tristesse et la résignation lisibles sur son visage la mirent mal à l'aise. Elle mit ces émotions sur le compte de cet étrange rendez-vous et des choses qu'il avait décidé de garder pour lui.

— Tu devrais partir d'ici, conseilla-t-elle en commençant à reculer. Merci de m'avoir aidée. À l'époque et maintenant.

— Mais je ne l'ai pas fait.

Elle s'arrêta net.

— Attends...

Submergée par une nouvelle vague de panique, elle explora le parc du regard. Lui avait-il tendu un piège, après tout ?

— Que veux-tu dire ?

Gary ôta ses lunettes de soleil et s'avança vers elle.

— J'ai attendu trop longtemps, déclara-t-il d'une voix fêlée. Trop longtemps pour tourner le dos à cette vie.

— Ce n'est pas son problème, intervint Daniel. Bonne chance à vous.

— Écoute, poursuivit l'avocat en lui serrant le bras assez fort pour la faire tressaillir.

— Attention, prévint Daniel.

Il s'interposa pour tenir Gary à distance d'elle.

— Vous devriez aller vous occuper de vos affaires.

— Je n'ai fait qu'empirer les choses pour toi.

Son regard cessa de papillonner autour de lui et se fixa sur Shannon.

— Pour vous protéger, toi et ton fils, j'ai confirmé ses folles accusations.

— De quoi parle-t-il ? demanda Daniel.

— Je n'ai jamais trompé Bradley, s'exclama Shannon. Tu sais qu'il m'aurait tuée.

— Le fait que j'agisse en faveur d'un divorce précipité et que je la conseille pendant la procédure... Il a tout déformé pour soutenir sa théorie.

Elle savait ce qui arrivait quand Bradley entrait dans une rage aveugle et irrationnelle. S'il apprenait la vérité à propos d'Aiden, personne ne pouvait prévoir ce qu'il leur ferait, à elle ou à son fils.

— C'était ta stratégie de repli, de venir ici et de me mêler à ça ?

— Pas exactement, répondit Gary, les yeux baissés. J'avais l'intention de te laisser un message, pour que tu puisses te préparer. Il a changé mes plans avec ce kidnapping.

Le portable de Daniel bipa, signalant l'arrivée d'un SMS.

— Le site a l'air prometteur, résuma-t-il. Ils se rapprochent et prennent une position tactique.

Il poussa doucement Shannon vers la sortie du parc.

— Il faut qu'on y aille.

— N'oubliez pas que ce sont des pros, lança Gary. Je te recontacte bientôt.

— Et si vous veniez avec nous ? suggéra Daniel. Vous pourrez parler, ça vous fera du bien.

Gary fit un pas vers eux. Une détonation bruyante déchira l'air, suivie d'une autre, puis d'une autre. Trois coups de feu, comprit Shannon un peu tard.

Quelqu'un cria : « Tireur ! », tandis que la foule s'éparpillait à la hâte. Horrifiée, Shannon regarda le sang qui s'étalait sur la chemise de Gary.

— Non ! cria-t-elle.

Son cri se perdit dans les hurlements autour d'elle, et ce qui avait été un lieu idyllique sombra dans le chaos. Daniel la poussa derrière un banc et la protégea de son corps. Le tireur fit à nouveau feu, touchant le banc et l'arbre derrière eux.

Gary s'effondra par terre, le visage gris sous l'effet du choc et de la douleur. À quelques pas de là, Shannon aperçut le visage du tireur.

— Bradley !

Son ex-mari jeta l'arme vers sa victime. Il agita les doigts vers Shannon en un petit salut ironique, puis rabattit sa capuche sur sa tête et se fondit dans le flot des fuyards.

— Oh ! Gary...

Shannon pressa les mains sur son torse, dans l'espoir de ralentir l'hémorragie.

— Tiens le coup, supplia-t-elle, avant de lever les yeux vers Daniel. C'était Bradley. Je l'ai vu.

— J'appelle le central.

— Trop tard, marmonna Gary, avant de tousser, crachant du sang. Pardonne-moi.

Téléphone à l'oreille, Daniel résumait ce qui s'était passé et réclamait une ambulance. Des policiers en uniforme arrivaient de tous côtés, arme au poing.

— J'ai vu le tireur, déclara Shannon dès que les premiers furent à portée de voix. C'était Bradley Stanwood. Il a abattu cet homme.

Heureusement que son ex s'était enfui. Elle se sentait prête à le tuer à mains nues.

— Tiens bon, Gary, ordonna-t-elle d'un ton féroce, sentant la vie le quitter. Tiens le coup. Je suis sérieuse.

— Non...

Daniel, agenouillé en face d'elle, vérifia le pouls de Gary et la regarda d'un air sombre. En entendant les sirènes, elle reprit :

— Tiens le coup. Les secours arrivent.

— Shan..., fit Gary, avant de tousser à nouveau. Non... résolue...

Il ouvrit les yeux. Sa vision s'éclaircit, et il parut à nouveau lucide.

— L'affaire. Ne le laisse pas s'en sortir.

— Non, c'est promis, affirma-t-elle, même si elle n'avait aucune idée de quoi il parlait.

Daniel se releva d'un bond et fit signe aux ambulanciers.

— Tu sais, ânonna Gary.

— Chut... Respire, supplia-t-elle.

Il saisit sa main et la serra avec une force inattendue.

— Tu sais.

Son regard se fixa, déjà voilé, sur un point derrière elle. Les secours arrivaient trop tard, il était mort.

Tandis que les autorités sécurisaient la zone, Daniel guida Shannon à l'écart. Elle enfouit le visage contre son épaule, mais ne pleura pas.

— Il a été mon seul ami pendant mon mariage.

Il passa la main dans son dos pour la réconforter.

— Je crois que je n'ai plus de larmes, murmura-t-elle. C'était Bradley. Il portait un sweat à capuche gris.

— Tu donneras sa description à la police.

Son contact rassurant et sa voix calme lui permirent de reprendre ses esprits.

— Et sur les quais, ça en est où ? Ont-ils trouvé Aiden ?

— L'opération est toujours en cours, répondit Daniel en faisant signe à un policier à proximité.

Elle passa plus de temps à faire sa déposition initiale que prévu. Après avoir décrit le meurtre et le tireur, elle dut expliquer comment elle connaissait à la fois l'assassin et la victime. Comment eux deux se connaissaient. Pourquoi ils étaient dans le parc. Pourquoi ils devaient partir.

Enfin, un coup de fil provenant de la hiérarchie les libéra. Alors qu'ils marchaient vers le pick-up de Daniel, le choc rattrapa Shannon. Ses jambes se mirent à trembler, même si ses yeux restèrent secs.

— Il a tué son ami, bredouilla-t-elle tandis que Daniel lui ouvrait la portière.

Elle contempla le sang sur ses paumes avec stupéfaction. Après avoir aperçu son reflet dans le rétroviseur, elle refusa de s'asseoir.

— Mon ex ne s'est toujours pas sali les mains. Non, il m'a rendue responsable.

— Chut…

Il prit une bouteille d'eau derrière le siège, lui en versa sur les mains et frotta le plus gros du sang. Il lui sécha les mains avec une serviette, puis trouva une veste pour couvrir son T-shirt maculé de taches.

— Il a essayé de te dire quelque chose à la fin, déclara-t-il en quittant sa place de parking.

— Je n'ai pas tout compris. Il a parlé d'une affaire non résolue. Il a dit que je savais, mais ça ne m'évoque rien.

Daniel lui pressa gentiment l'épaule.

— Laisse la police se charger de Bradley. Ils vont le retrouver. Notre objectif, c'est de ramener Aiden ce soir.

— J'y crois, répondit-elle, récompensée par un sourire.

Ce serait un tel bonheur de voir ce sourire fréquemment, ne serait-ce que sur les chantiers. Pourrait-elle rester à Philadelphie avec son fils quand cette épreuve serait finie ? La réponse dépendait de son ex. Si la police le capturait, elle pourrait enfin dormir tranquille.

Son téléphone sonna. Encore un numéro masqué, constata-t-elle, les doigts crispés sur l'appareil.

— C'est lui. Bradley.

Ce ne pouvait être que lui. Les kidnappeurs devaient se concentrer sur l'attaque à venir.

— Haut-parleur, ordonna Daniel.

— Et enregistrement.

Elle était devenue une pro, même si elle se serait bien passée d'avoir ce talent-là.

— Bonjour, Shannon, fit la voix suave de Bradley. Comment se passe ta journée ?

— Tu n'échapperas pas à la justice. Ni pour le meurtre ni pour le kidnapping.

— Chérie, c'est déjà fait. Tout ce qui compte pour toi est sous mon contrôle. Tu l'as dit toi-même.

— C'est vrai, j'ai dit ça.

Elle avait honte de l'admettre devant Daniel, mais elle avait bien dit ces mots peu de temps avant d'épouser ce fou.

Bradley avait raison pour ce qui était d'Aiden. Mais il avait tort à propos d'autre chose, songea-t-elle en jetant un coup d'œil vers Daniel. Ces derniers jours, elle s'était attachée à l'homme chargé de veiller sur elle. Il comptait pour elle. Gary avait vu juste : elle était amoureuse de Daniel. Jamais Bradley ne mettrait la main sur lui.

Et surtout, elle avait changé. Elle avait appris à s'apprécier. Elle n'était plus la femme timide et effacée que Bradley Stanwood avait sous sa coupe. Son ex n'avait aucune idée de qui elle était désormais ni de ce qu'elle pouvait accomplir.

— Aimerais-tu savoir comment récupérer ton fils ?

— Je refuse de négocier avec toi.

— Tu n'as pas à le faire. Il a rempli son rôle.

Son ton moqueur l'irrita au plus haut point. Autrefois, elle se serait recroquevillée sur elle-même. Aujourd'hui, elle avait envie de se battre.

— Tu pourriras en prison pour le kidnapping et le meurtre. Cette fois, avec les charges qui pèsent contre toi, tu ne pourras pas t'en sortir.

Elle marqua une pause, le temps de s'assurer que sa voix ne se briserait pas :

— Ramène-moi mon fils et livre-toi à la police.

— Hors de question, mon amour. Et si je te disais que je l'ai vendu pour pouvoir m'enfuir tranquille ?

— Une sale histoire racontée par un sale type, répliqua-t-elle en essayant de cacher la peur causée par cette éventualité.

— J'étais bon pour toi. Tu n'étais rien jusqu'à ce que je t'épouse.

C'était encore vrai, admit-elle avec un frisson. Elle avait cédé son identité lors d'une courte cérémonie et en avait payé le prix chaque jour de leur mariage. Elle était si furieuse qu'elle en oublia presque que tous ses défauts étaient étalés devant Daniel.

— Je suis heureuse de ne plus être mariée à un meurtrier.

— Tu sais, je ne m'attendais pas à ce que tu sois aussi cupide, déclara-t-il d'un ton songeur. Ou aussi maligne.

Daniel la regarda en arquant un sourcil. Cupide ? articula-t-il en silence. Elle haussa les épaules, incapable d'interpréter les propos de Bradley pour l'instant.

— Laisse tomber. Je veux mon fils.

Il se mit à rire.

— On veut tous quelque chose, n'est-ce pas ?

— C'est fini, répliqua-t-elle sèchement. Donne l'ordre de relâcher Aiden et laisse tes avocats s'occuper du reste.

— Les avocats... On ne peut pas leur faire confiance. Ils sont plus cupides que les épouses, tous autant qu'ils sont. Ton fils, lança-t-il d'un ton hargneux, n'attend plus que toi.

Il ricana à nouveau, puis raccrocha.

— Ça va ? demanda Daniel quelques centaines de mètres plus loin. On est presque arrivés.

— Je le déteste.

— Il est détestable.

— Je ne vais pas m'attarder là-dessus, c'est promis. Il fallait juste que ça soit dit.

Tout en transférant l'enregistrement à Grant, elle tenta de faire le rapport entre sa conversation avec Gary et les moqueries de Bradley.

— Il semble aussi un peu fou, remarqua Daniel.

— Une autre facette qu'il avait cachée avant la cérémonie.

— Et après ?

Elle apprécia sa gentille invitation à se confier. Il l'écouterait, la laisserait se défouler, avant de la remettre sur les rails. Elle secoua la tête. Elle ne voulait pas gâcher la moindre minute à penser à Bradley.

— C'est le passé, affirma-t-elle. Je dois me concentrer sur Aiden et sur notre avenir.

Cet avenir était encore flou. Elle n'avait pas décidé combien de distance elle devait mettre entre elle et son ex.

— Un jour, j'imagine que je devrai lui dire qui est son père.

Daniel poussa un léger sifflement.

— Si jamais ce jour arrive, tu sauras trouver les mots justes.

À trois cents mètres de l'adresse citée par Gary, un policier vêtu d'un gilet jaune se tenait près d'un panneau de déviation au milieu du carrefour. Derrière lui, ses collègues installaient des barricades.

Refusant de tourner, Daniel baissa sa vitre. Le policier s'approcha à grands pas du pick-up, visiblement agacé. En voyant Daniel, il se détendit.

— Ça ne m'étonne pas de toi, Jennings. Toujours incapable de suivre les règles.

— Je suis avec la mère du petit garçon qui a été enlevé, répondit Daniel.

Le policier communiqua leur arrivée par radio avant de les laisser passer. Lorsqu'ils se garèrent un peu plus loin, Shannon avait le cœur au bord des lèvres. Le pick-up s'ajoutait à la longue file de voitures de police et de véhicules d'urgence aux gyrophares allumés. Une ambulance attendait à une cinquantaine de mètres des entrepôts.

Shannon ferma les yeux, priant pour que personne n'ait

besoin de soins. Elle s'arrêta au milieu de la rue et saisit la main de Daniel. Les mots de Bradley résonnaient dans sa tête, et elle eut brusquement peur que la situation tourne mal. Elle ne voulait pas passer quoi que ce soit sous silence.

— Merci.

Elle releva ses lunettes de soleil dans ses cheveux. Elle ne voulait aucune barrière entre eux, ni aucune ambiguïté.

— Je ne serais pas ici, en un seul morceau, sans ton aide et ta compassion.

— Ce n'est pas vrai. Shannon, tu es la femme la plus forte et la plus courageuse que je connaisse.

On ne lui avait jamais dit ce genre de chose, songea-t-elle.

Il lui sourit.

— Allons chercher Aiden.

— Un instant.

Elle se haussa sur la pointe des pieds et posa les lèvres sur les siennes.

— Pour la chance, murmura-t-elle.

Son cœur, lui, murmura « pour l'amour ».

6

Main dans la main, ils s'approchèrent prudemment du point de convergence entre secouristes et policiers. En dehors de l'enfer qu'elle avait dû vivre pendant son mariage, Shannon venait d'endurer les jours les plus sombres de sa vie, songea Daniel. Pourtant sa détermination avait semblé se renforcer au fur et à mesure de l'épreuve.

Il comprenait la mort, pour la côtoyer de près un peu trop souvent. Il avait perdu des amis et des collègues. Au lycée, un de ses camarades de classe s'était suicidé. À ses débuts de pompier, l'une de ses premières interventions avait concerné un accident de voiture. Le conducteur était mort sur le coup, bien avant l'arrivée des secours. Daniel avait même perdu un mentor lorsqu'un feu les avait pris à revers pendant qu'ils évacuaient un immeuble.

Cette journée avait été terrible pour lui, mais ce n'était rien comparé à ce que Shannon avait vécu. À quoi pouvait-elle penser après l'assassinat de son ami par son ex-mari ? Daniel ignorait à quel point Gary et elle avaient été proches, mais quand elle lui avait dit ne plus avoir de larmes, il aurait voulu étrangler Bradley de ses propres mains.

— Voilà Grant, déclara-t-elle en tendant le doigt.

Le propriétaire du night-club s'avança vers eux et serra Shannon dans ses bras. Après l'avoir lâchée, il l'étudia.

— Vous tenez le coup ?

Elle tourna les yeux vers l'entrepôt au bout de la jetée.

— Je n'arrête pas de me dire qu'il y a des caméras partout dans le parc. Daniel et moi sommes sûrs que la police le retrouvera.

— Absolument. Il faut y croire.

Elle reprit la main de Daniel et entrelaça leurs doigts.

— C'est ce qu'on m'a dit.

— Rapide, comme intervention, remarqua Daniel. Et il y a plus d'unités que je ne m'y attendais.

— Le lieutenant Hertz et moi étions prêts. En cherchant Aiden, on a passé en revue toutes les rumeurs. On a eu un tuyau sur cet endroit hier, et la police de Philadelphie nous a procuré plus de monde.

— Ça donne quoi, pour l'instant ?

Grant désigna la jetée.

— Un bâtiment d'entreposage libre-service, c'est idéal pour multiplier les allées et venues en toute discrétion. En se fiant à ce que Loffler a dit, la police s'apprête à entrer dans cet entrepôt tout au bout. Ils viennent de le scanner avec une caméra thermique et ont vu trois adultes dans le bureau au premier étage.

— Bradley nous a dit qu'il avait vendu Aiden, fit Shannon.

Grant eut l'air sidéré.

— Quand ?

— Il a appelé peu de temps après notre départ de Old City Hall. Shannon t'a envoyé l'enregistrement.

Grant ouvrit le message et pâlit en l'écoutant.

En réentendant la conversation, Daniel s'interrogea sur l'état mental de Stanwood. Son intuition lui soufflait que les derniers mots du truand cachaient quelque chose. Celui-ci jubilait, comme s'il ne s'inquiétait pas du tout d'être arrêté pour meurtre ou kidnapping. Bien sûr, il avait essayé de bouleverser Shannon en prétendant avoir vendu Aiden, mais l'équipement infrarouge était assez précis pour montrer la différence entre un adulte et un enfant. Si le petit garçon n'était pas dans l'entrepôt, où l'avaient-ils déplacé ?

Daniel regarda autour de lui et aperçut une équipe de pompiers non loin de la jetée.

— Vous me donnez une seconde ? Je veux leur dire un mot.

— Elle est en sécurité avec moi, promit Grant.

— Prends ton temps, ajouta Shannon avec un sourire tendu.

Il s'éloigna au pas de course, en essayant de ne rien lire de plus dans son expression. Tout ce qui comptait, c'était que Shannon et Aiden rentrent chez eux ce soir et ne soient plus jamais séparés.

La dernière vidéo des kidnappeurs montrait qu'Aiden était de plus en plus mécontent de son sort. Il s'ennuyait, réclamait sa mère, refusait de manger plus de nuggets de poulet. Il ne devait pas faciliter la vie de ses ravisseurs.

Même si les équipes présentes n'étaient pas de sa caserne, il en connaissait plusieurs membres. Il les salua sans s'arrêter et rejoignit le chef de bataillon. Son métier de pompier lui manquait, songea-t-il, un peu étonné d'avoir le cœur aussi lourd. Le chantier Caldwell était important pour lui, la situation de Shannon l'était encore plus, mais il était prêt à reprendre ses gardes à la caserne.

— Vous avez des infos pour moi, Jennings ?

— Il devrait y avoir un enfant à l'intérieur. Le fils d'une de nos employées.

— Soupçon de kidnapping, acquiesça le chef. On nous a prévenus. Aucun signe d'un enfant sur les lieux.

À en juger par le regard direct de l'homme, Daniel avait intérêt à parler ou à passer son chemin. Pour le moment, il était techniquement un civil, censé se tenir à l'écart. Il se décida.

— J'ai peur que le ravisseur ait piégé l'endroit.

— C'est pour ça que les équipes tactiques interviendront en premier, répondit le chef. On a aidé à évacuer la jetée, et là, on se tient prêts.

Quelque chose clochait, se dit Daniel.

— Le ravisseur présumé a appelé la mère de l'enfant pendant le trajet jusqu'ici. Après avoir commis un meurtre sous ses yeux. Ses complices à l'intérieur ne savent peut-être pas que le bâtiment est saboté. C'est une intuition, je ne peux rien vous donner de concret. Je ne veux pas vous faire perdre votre temps.

— Vous suggérez que quelqu'un est en train de faire le ménage.

Daniel eut une pensée pour le cadavre de Loffler.

— En effet.

Le chef étudia l'entrepôt d'un air songeur, puis se tourna pour observer les autres locaux sur la jetée.

— Je veux revoir les plans, demanda-t-il en claquant des doigts vers un jeune pompier. Comme on leur bloque la voie de ce côté, leur seule porte de sortie, c'est l'eau. Les gars de l'équipe tactique le savent. Ils sont allés se mettre en position.

— Bien, approuva Daniel distraitement.

Il pensait aux déclarations contradictoires de Stanwood, disant d'abord qu'il avait vendu l'enfant, puis qu'il l'avait laissé sur place. D'après l'équipement technique, Aiden n'était pas ici. Tout ce que Daniel avait vu jusqu'ici indiquait qu'ils affrontaient un homme capable de n'importe quoi, dépourvu de conscience et de morale. Aurait-il pu doubler ceux qui détenaient Aiden ? C'était tout à fait possible.

— Je veux parler avec quelqu'un du bureau de l'urbanisme, déclara le chef. Jennings, savez-vous s'il a les compétences pour piéger l'entrepôt ?

Daniel secoua la tête.

— Je sais seulement qu'il a de l'argent à profusion et des liens avec la mafia.

— Personne ne m'a parlé de mafia, s'exclama le chef.

— C'est une hypothèse. Ce n'est pas comme si je pouvais vous donner un dossier plein de preuves.

— Avant-hier, il y a eu un incendie à Camden. Un vieil entrepôt abandonné. Pas de victime ni de pertes matérielles supplémentaires. Le bâtiment était de la même taille et de la même époque que celui-ci. Il s'est effondré et a brûlé.

— Le fleuve était la seule issue ?

— Oui.

Daniel marmonna un juron. Ce n'était pas la première fois qu'un incendiaire prenait le temps de s'exercer avant sa véritable cible. Tandis qu'il essayait de voir l'entrepôt à travers les yeux d'un criminel, le chef examina les plans.

— Pas besoin d'être un pro pour détruire ce bâtiment. Un gamin avec un pétard artisanal et quelques notions de géométrie pourrait y arriver.

— On n'a pas affaire à un gamin.

La radio sur l'épaule du chef crépita, puis l'équipe tactique annonça qu'il n'y avait rien à signaler aux sorties avant, latérale et arrière. Daniel mourait d'envie de se rapprocher et de voir par lui-même ce qu'il en était.

S'il avait eu le moindre doute sur son retour à la caserne, il n'en avait plus. Il n'était pas prêt à se contenter d'une simple carrière d'homme d'affaires. Une fois le chantier Caldwell terminé, il devrait en discuter avec son père.

L'équipe tactique se mit en place. Des snipers positionnés en hauteur sur des bâtiments voisins braquaient leurs viseurs sur les sorties tandis qu'un hélicoptère de la police surveillait la zone de jonction entre la jetée et le fleuve.

Aucun des occupants ne pourrait sortir sans être vu. En toute logique, Daniel aurait dû être satisfait. Pourtant il était anxieux. C'était peut-être la conséquence du meurtre dans le parc, mais il ne serait pas tranquille tant que Shannon et Aiden ne seraient pas chez eux, protégés par le nouveau système de sécurité.

Un peu plus loin, à une centaine de mètres de l'entrepôt, Shannon se balançait d'un côté à l'autre, les bras serrés autour du torse. Il aurait dû être auprès d'elle, afin de la soutenir, se dit Daniel. Il avait fait son maximum en prévenant le chef. Il devait désormais attendre que les spécialistes fassent le plus gros du travail.

Il sentit le choc de la première explosion sous ses pieds. Lorsque des flammes émergèrent d'un côté de l'entrepôt, le chef fit volte-face et donna des ordres à ses pompiers.

Partout autour d'eux, les radios grésillèrent, et les agents à l'intérieur firent leur rapport. Quelqu'un évoqua des marches manquantes et une sortie bloquée. Vint ensuite la nouvelle étrange que, hormis l'équipe tactique, le bâtiment était vide. Les passagers de l'hélicoptère indiquèrent que personne n'était monté sur le toit.

Comment était-ce possible ? Il y avait trois personnes au premier étage. Où étaient-elles passées ?

Tout à coup, la vitre de la grande porte d'entrée explosa. De la fumée noire s'en échappa et s'éleva en une épaisse colonne dans le ciel bleu.

Daniel s'élança pour participer à l'intervention.

— Jennings ! appela le chef derrière lui. Vous restez ici.

Il s'arrêta en dérapant. L'adrénaline bouillonnait dans ses veines, sans qu'il ne puisse l'évacuer. Si lui se sentait impuissant, Shannon devait être dans tous ses états. Il se hâta de la rejoindre.

— Je suis sûr qu'Aiden va bien.

En passant le bras autour de ses épaules, il sentit l'appréhension qui la faisait trembler de tout son corps. Elle ne pleurait pas, mais elle était sous le choc.

— Ils ont les choses en main, affirma-t-il.

— Grant et le lieutenant Hertz sont allés discuter, déclara-t-elle en les désignant. Je les ai entendus évoquer une « chasse à l'homme ».

— Ils vont faire leur maximum pour trouver Stanwood.

Tandis qu'il lui massait le cou et les trapèzes pour tenter de la détendre, les pompiers aidèrent les membres de l'équipe tactique gênés par l'épaisse fumée.

— Il y a beaucoup de monde ici, rien que pour ton ex. Tu as entendu Grant dire qu'ils avaient reçu un tuyau à propos de cet endroit, avant même que Gary ne nous donne l'adresse.

Shannon détourna les yeux de l'entrepôt en flammes pour regarder les autres bâtiments.

— Quelque chose ne tourne pas rond. Tu sais qu'Aiden n'est pas à l'intérieur.

— Il n'y a personne, d'après les derniers scanners.

— L'incendie doit empêcher la caméra infrarouge de fonctionner.

— Les pompiers utilisent d'autres variantes..., commença Daniel, avant de s'interrompre quand elle secoua la tête.

— Aiden n'était pas ici et le fleuve est le meilleur moyen de s'enfuir.

— Je n'ai pas entendu de bateau, remarqua-t-il. Les gardes-côtes sont à proximité en cas de besoin.

— Non.

Elle tourna le dos à l'entrepôt et tira Daniel à sa suite.

— Il a Aiden depuis presque une semaine. Il a envoyé des professionnels enlever mon fils chez sa baby-sitter alors qu'ils auraient pu le faire chez moi.

— S'ils l'avaient pris chez toi, ils auraient perdu leur avance.

Il observa à son tour les bâtiments voisins. Shannon lui avait dit plus d'une fois que son ex aimait exhiber les avantages qu'il avait sur les autres. Sans rentrer dans les détails sordides de son mariage, elle en avait assez dit pour brosser une image déplaisante du personnage.

Bradley Stanwood punissait les gens qui le contrariaient. Loffler en était le parfait exemple. En incendiant un entrepôt pendant un sauvetage d'enfant, il s'arrangeait pour que de nombreux professionnels soient trop occupés pour participer à la chasse à l'homme.

— Il est convaincu qu'il est tiré d'affaire, murmura Shannon. Il n'aurait pas appelé aussi vite après avoir tué Loffler s'il avait eu peur d'être capturé.

Daniel s'en remettait entièrement à son jugement.

— Tu ne crois pas qu'il a vraiment vendu Aiden ?

— Bradley est capable de n'importe quoi. Il a préparé tout ça depuis plus longtemps que je ne le pensais.

Elle s'éloigna un peu plus de l'entrepôt.

— Gary nous a fait venir ici. Il ne m'aurait pas menti.

— Il était le meilleur ami de Stanwood.

— Et il a été trahi par lui au fil des années. À la fin, il n'y avait plus d'amitié ni de confiance. Ces choses-là ne sont pas dans les cordes de Bradley.

Était-elle en état de choc ? se demanda Daniel, déstabilisé par son calme. Après tout, un ami était mort sous ses yeux.

Quand elle se mit à courir, il l'imita, convaincu qu'elle avait enfin craqué.

— Qu'est-ce que tu fais ?

— Gary nous a donné la holding, pas l'entrepôt.

— Il nous a donné une adresse.

— Regarde, lança-t-elle en s'arrêtant et en tendant le doigt au-dessus d'elle. Tu vois ?

— Les bureaux.

Même si un logo d'entreprise tout neuf était visible sur la porte d'entrée du petit bâtiment d'un étage, il y en avait un autre, désormais obsolète, sur le côté. La peinture était écaillée et délavée, mais il correspondait au nom de la société écran mentionnée par Gary. Malgré le panneau « ouvert », l'endroit semblait désert.

— Bien sûr..., marmonna Daniel. Les pompiers ont évacué tous les occupants de la jetée.

Pour faire au plus vite, les équipes avaient sûrement frappé aux portes, crié deux ou trois fois, avant de passer au bâtiment suivant si personne ne répondait. C'était l'endroit idéal pour se cacher et attendre la fin des recherches. Quand les autorités partiraient, les ravisseurs pourraient s'enfuir en toute tranquillité.

Après un bref échange de regards, Shannon et lui se dirigèrent vers la porte. Une pluie de balles déferla alors du toit d'un autre bâtiment, situé entre l'entrepôt et le bureau, et ils s'arrêtèrent brusquement.

Il jeta un coup d'œil autour d'eux. Pour atteindre l'entrée, ils devraient marcher à découvert. Le tireur, avec sa position en hauteur, avait l'avantage. Il se trouvait sur la gauche, estima Daniel en tendant le cou pour mieux voir. Une autre salve les renvoya d'où ils venaient.

Bon sang, il s'occupait d'incendies, pas de fusillades. C'était la mission des policiers. Mais pour l'instant, ils étaient occupés ailleurs. Il n'avait pas le choix. Shannon ne partirait pas à moins d'être sûre qu'Aiden n'était pas là.

— Il doit être à l'intérieur, lança-t-elle en se penchant.

Il la tira aussitôt en arrière.

— Ça cache quelque chose, c'est sûr. Attends une seconde.

Tout en évaluant l'angle, il patienta un peu pour s'assurer que le tireur en avait fini. Quand il n'entendit plus d'autres bruits que ceux provenant de l'entrepôt incendié, il propulsa Shannon en direction des ombres sur le côté du bâtiment, croisant les doigts pour qu'il n'y ait qu'un seul sniper.

— On est au bon endroit, affirma-t-elle, tremblante, tandis

que l'écho d'une nouvelle rafale s'interrompait. Comment fait-on pour entrer ?

— On compte sur la chance.

Daniel jeta un regard de l'autre côté du mur, à la recherche d'un chemin dégagé.

— Malheureusement, le ou les types à l'intérieur sont prévenus qu'on arrive.

Elle posa un doigt sur ses lèvres et inclina la tête vers le bâtiment. Il entendit des voix, ainsi que les pleurs d'un enfant sur le point de piquer une crise. Cela suffit à le décider. Il valait mieux essayer maintenant, quitte à se tromper, plutôt que de tergiverser et de laisser les ravisseurs se volatiliser avec Aiden.

Shannon s'était montrée forte, mais s'ils ne sauvaient pas son fils, elle en mourrait. Son cœur continuerait peut-être à battre, mais la perte d'Aiden la minerait jour après jour jusqu'à ce qu'elle ne soit plus qu'une coquille vide.

Il ne pouvait l'imaginer sans sa fougue, son humour, l'affection qu'elle avait pour ses proches. À l'idée que cette étincelle puisse disparaître de ses yeux, une puissante envie de la protéger l'envahit. Son objectif à chaque mission était de sauver des vies, mais cette fois, c'était personnel.

Il regarda autour de lui, à la recherche d'un objet pouvant servir d'arme, et aperçut une brique ébréchée. Il la saisit, la soupesa et passa le doigt sur le bord tranchant. Cela ferait l'affaire.

— Qu'est-ce que tu fais ? demanda Shannon.

S'il passait par une porte de service, il risquait de se retrouver face à un pistolet. S'il y avait un sniper surveillant l'entrée, il devait aussi y en avoir un à l'arrière. La solution était peut-être de passer par la baie vitrée à l'avant avant d'être repéré par le tireur.

— Appelle Grant, ordonna-t-il. Avec le remue-ménage près de l'entrepôt, ils n'entendent probablement pas les coups de feu. Il enverra des renforts.

Lorsqu'elle l'attrapa par le bras en lui demandant de rester, il se dégagea.

— Pas le temps. Appelle Grant.

Il avança doucement vers la façade avant, veillant à rester hors de vue le plus longtemps possible. Après avoir pris une profonde inspiration, il tourna à l'angle. Il abattit la brique au coin de la fenêtre et brisa la vitre. Le sniper recommença à tirer au moment où Daniel se faufilait par l'ouverture.

Il resta courbé et attendit la fin de la salve. Une fois le calme revenu, il suivit les voix — toutes adultes, cette fois — qui s'élevaient et aboyaient des ordres contradictoires. Il traversa le bureau en longeant le mur et se cacha derrière les marches. Tapi dans l'ombre, il écouta la conversation entre les ravisseurs et le tireur à l'extérieur.

Il y avait deux hommes avec Aiden, cela ne faisait plus aucun doute, songea-t-il, tandis qu'ils débattaient sur la façon de procéder. Sûrement des sbires de la mafia locale. Cela cadrait avec les méthodes de Stanwood.

— Oublie le gamin, déclara l'un des hommes d'un ton las. Il faut qu'on se tire d'ici.

— Le petit est le seul atout qui nous reste, rétorqua une voix plus grave.

Après un message radio brouillé, les deux complices poussèrent un juron.

— C'était quoi, ça ? La police va débarquer.

Shannon avait fait vite, pensa Daniel avec satisfaction. Ils continuèrent à se disputer, mais l'homme à la voix plus grave, le leader de l'équipe, ne comptait pas changer d'avis.

— On n'est pas assez payés pour supporter tout ça, protesta le geignard. Moi, je ne prends pas le gamin.

Daniel entendit un enfant pousser un cri perçant et réclamer sa mère.

— Où est passé le type qui est entré par la fenêtre ?

— Il est peut-être mort.

— Ça nous arrangerait bien.

Daniel entendit une marche grincer au-dessus de lui.

— Et la femme ?

Il retint son souffle.

— Eh bien ?

Il était aussi impatient que le geignard d'avoir des nouvelles sur la situation de Shannon.

— Peu importe, grommela le leader. On doit sortir, aller à gauche, puis encore à gauche.

Daniel se représenta le trajet qu'ils prévoyaient de suivre. Ils allaient contourner le bâtiment, à l'opposé de la position de Shannon. Si elle se montrait, le tireur n'hésiterait sûrement pas à l'abattre.

Aiden gémit qu'il voulait rentrer à la maison.

— Tu le tiens ?

— Ouais.

— Reste derrière moi et ne le lâche pas.

Dehors, le sniper se mit brusquement à tirer des salves de trois tirs. Des tirs de couverture, comprirent Daniel et les kidnappeurs en même temps.

Les deux hommes descendirent l'escalier en trombe. S'ils franchissaient la porte, la chance allait tourner en leur faveur. Daniel se moquait de ce qui arrivait aux ravisseurs. Il voulait seulement le petit.

Sa brique à la main, il fonça dans les genoux du leader et le projeta contre le mur opposé. L'homme tenta de lever son arme, mais Daniel se servit du poids de la brique pour lui faire lâcher le pistolet. Il enchaîna avec un coup de poing lesté dans le ventre de l'homme, puis se dirigea vers celui qui tenait Aiden.

Figé sur la dernière marche, le gangster observait ce qui se passait. Comme l'enfant s'agitait dans ses bras, il ne pouvait pas attraper son arme sur sa hanche.

— Pose-le par terre, ordonna Daniel. Doucement.

L'homme obéit.

— Tiens, le voilà ! Il est insupportable.

— Viens ici, Aiden, dit Daniel.

Daniel tendit la main vers lui. Le petit garçon s'éloigna aussitôt de son ravisseur. Il hésita, la lèvre inférieure tremblante, au lieu de se précipiter vers Daniel.

— Tout va bien, bonhomme. C'est ta maman qui m'envoie. Allons la retrouver.

Aiden se rua vers lui. Du coin de l'œil, Daniel aperçut le

leader qui bougeait à nouveau et entendit de nouveaux cris sortir des radios. Il vit le pistolet se lever vers eux.

Il souleva l'enfant et s'élança dans le couloir en direction de la porte de service. Au même instant, la police prit d'assaut l'avant du bâtiment.

Lorsque la porte s'ouvrit en claquant, le couloir étroit fut inondé de lumière. Daniel se plaqua contre le mur et tourna la tête du petit garçon vers lui, au cas où des gaz lacrymogènes seraient utilisés.

— Jennings ?

Deux silhouettes en tenue tactique surgirent à l'intérieur.

— Manifestez-vous !

— Ici ! J'ai le petit avec moi.

— Par ici.

Ébloui par le soleil, il plissa les yeux. Les policiers les encerclèrent, afin de les protéger d'éventuelles menaces, et les escortèrent loin du bâtiment. Sur le quai, les cris et les vivats se succédèrent. Le soulagement et la joie ressentis par la foule étaient audibles.

Daniel prit enfin le temps de contempler l'enfant qui était dans ses bras. Il avait le visage sale et sentait la cigarette, la bière et le graillon.

— Tu es en sécurité, maintenant. Est-ce qu'ils t'ont fait du mal ? demanda-t-il en marchant vers les véhicules d'urgence.

Aiden secoua la tête, les yeux écarquillés, ses petites mains crispées sur le T-shirt de Daniel.

— Elle est où, maman ?

Daniel chercha Shannon du regard. Il n'en revenait pas que quiconque ait réussi à l'arracher de son poste près du bâtiment où elle pensait que son fils se trouvait.

— Où est la mère ? demanda-t-il au groupe en général.

— En sécurité, répondit le policier le plus proche. On l'a éloignée pour sa protection.

Cette réponse ne rassura pas vraiment Daniel. Il l'avait laissée là-bas avec un tireur à la gâchette facile. Pour sauver son fils, mais quand même...

— Qu'est-ce qu'elle a fait ?

L'homme haussa un sourcil.

— On dirait que vous la connaissez.

C'était le cas, et il était fier de le dire.

— Elle a passé une semaine difficile.

— J'imagine, répondit le policier avant de sourire à Aiden. Ça va, toi ?

Aiden posa la tête sur le torse de Daniel et acquiesça.

— Elle est là-bas, indiqua l'homme au petit garçon. Et elle est impatiente de te voir.

Plusieurs véhicules de police encerclaient une ambulance. Là, au milieu, Shannon se balançait d'un pied sur l'autre, visiblement impatiente. Quelqu'un lui avait donné un T-shirt propre et un coupe-vent pour lutter contre l'air frais.

À côté d'elle, Grant tenait une radio entre eux. Il avait dû la rassurer et la tenir informée le mieux possible.

Et rien de tout cela n'aurait d'importance tant qu'elle ne serrerait pas son fils contre elle.

— Maman !

Aiden s'agita contre le torse de Daniel, pressé de descendre.

— Maman ! cria-t-il.

Shannon se tourna vers eux. Lorsqu'elle vit son fils, son visage s'illumina.

— Une seconde, fit Daniel en évitant de justesse un coup dans l'entrejambe.

Dès que ses pieds touchèrent le sol, Aiden se mit à courir. Shannon se précipita vers eux, se mit à genoux et le laissa se jeter sur elle à pleine vitesse. Il noua les bras autour de son cou tandis qu'elle le serrait contre elle.

Elle le berça sans cesser de répéter son nom. Son visage était inondé de larmes de joie, qui tombaient dans les cheveux blonds d'Aiden. Quand elle leva ses grands yeux sur Daniel, il fut bouleversé. Il n'avait jamais rien vu d'aussi beau.

— Bien joué, le félicita Grant en lui tapant sur l'épaule.

— Tout est bien qui finit bien, c'est ce qui compte.

Daniel essuya une larme du revers de la main.

— Que s'est-il passé à l'entrepôt ?

— Le feu était impressionnant, mais personne n'a été

gravement blessé. Les trois hommes à l'intérieur sont passés par une trappe pour rejoindre le fleuve. Les gardes-côtes les ont attrapés. On va bientôt savoir s'ils étaient liés à Stanwood ou juste au mauvais endroit au mauvais moment.

— Ce n'est pas moi qui vais les plaindre.

— Le petit a l'air d'aller bien, remarqua Grant.

— Il m'a dit qu'il n'avait mal nulle part.

Les yeux rivés sur la mère et l'enfant, Daniel se racla la gorge. Aiden bavardait, puis enfouissait sa tête dans le cou de Shannon, avant de se remettre à parler.

— Ils vont quand même l'emmener à l'hôpital.

— C'est aussi ce qui t'attend, on dirait.

Grant souleva le poignet de Daniel pour mieux voir la coupure sur son avant-bras.

— Tu sais que ce n'est pas pour rien qu'on impose l'équipement de protection.

— Je l'avais laissé dans mon autre portefeuille, ironisa Daniel. Je vais faire soigner ça, promit-il, remarquant seulement maintenant la douleur due à l'entaille. Et là-bas, que s'est-il passé ?

— Le tireur a essayé de se frayer un chemin. Ça a mal tourné pour lui.

— Une autre bonne nouvelle.

Daniel regarda Shannon installer Aiden sur un brancard, pour que les secouristes puissent évaluer son état de santé. Elle ne cessait de passer la main dans les cheveux du petit garçon, autour de son oreille. Sa mère avait fait pareil quand lui et son frère avaient été malades ou blessés.

— Tu crois qu'il a quelque chose ? demanda-t-il.

— Non. Elle fait ça autant pour se rassurer que pour calmer le gamin. Daniel, ils ont arrêté les hommes qui ont détenu Aiden, mais Stanwood est toujours dans la nature. Peux-tu garder un œil sur elle le temps qu'on le trouve ?

— Aucun problème.

En voyant qu'ils montaient Aiden dans l'ambulance, Daniel commença à marcher, puis s'arrêta.

— Tu veux bien me rendre un service ?

— Bien sûr.

— Envoie les policiers à l'hôpital, pour qu'ils prennent les dépositions là-bas. Elle préférera sûrement éviter l'intrusion de tout ça chez elle.

— Je ferai de mon mieux. Allez, file, déclara Grant en désignant l'ambulance du menton. On dirait qu'elle ne veut pas partir sans toi.

— Tu veux bien conduire mon pick-up à l'hôpital ?

Il lui envoya ses clés, puis fit volte-face rapidement et manqua percuter Shannon. Quand il posa les mains sur ses épaules, elle se blottit contre lui avec gratitude. Comme elle l'avait fait avec Aiden, il la tint contre lui un long moment.

— Merci. Oh ! Daniel...

Elle s'écarta et lui serra les mains sans le lâcher du regard.

— Je n'ai pas assez de mots.

— Il est hors de danger. Vous êtes tous les deux en sécurité.

Le sourire radieux de Shannon tremblota tandis que ses yeux se remplissaient à nouveau de larmes de joie.

— Ils ont dit que tu pouvais nous accompagner.

Elle remarqua alors le sang sur ses mains. Celui de Daniel, cette fois.

— Je crois que c'est une excellente idée.

— C'est juste une égratignure, répondit-il en montant à l'arrière de l'ambulance.

Les yeux d'Aiden ressemblaient tellement à ceux de sa mère que Daniel eut l'impression de connaître l'enfant depuis plus longtemps que quelques minutes.

— Tu vas bien ?

Le petit garçon hocha la tête et prit la main de sa mère.

— Maman ?

Il recourba le doigt pour lui demander de se rapprocher.

— Il m'a sauvé, murmura-t-il. C'est un gentil. Comme Superman.

— Exactement.

Elle déposa un baiser sur ses cheveux et s'empara à nouveau de la main de Daniel.

— Il s'appelle Daniel.

Aiden l'observa par-dessus l'épaule de sa mère.

— Bonjour, Daniel.

— Enchanté de te rencontrer, Aiden, déclara Daniel en tendant le poing pour faire un check. Il paraît que tu aimes les camions.

Le visage crasseux de l'enfant s'éclaira.

— Les camions bennes, c'est ce que je préfère !

— Tu es déjà monté dedans ?

— Non, répondit Aiden en étirant le mot.

— C'est cool. Ça secoue pas mal quand ça va vite. Et les camions de pompiers, tu en penses quoi ?

Shannon éclata de rire, avant de se joindre à leur conversation sur les camions qui dura tout le trajet jusqu'à l'hôpital.

La semaine avait été très difficile pour eux tous, songea Daniel, mais il savait que la joie de cet instant serait ce dont ils garderaient le plus beau souvenir.

7

Ce soir-là, Shannon resta un long moment sur le seuil à regarder son fils dormir. À la lueur diffuse de la lune, elle observa avec contentement son torse qui se soulevait et s'abaissait au rythme de sa respiration. Aiden poussa un léger soupir, serra son lapin en peluche bleu contre son visage et se renfonça sous les couvertures.

La douce odeur d'innocence qui émanait de sa peau, ses cheveux soyeux après le bain... Tout cela lui avait tellement manqué. Grâce au soutien de Daniel, elle y avait cru de son mieux, même si elle avait toujours eu peur de ne jamais revivre ces merveilleux petits moments du quotidien.

— Ça va ? murmura Daniel derrière son épaule.

— On ne peut mieux, répondit-elle sur le même ton. Je crois que je vais passer la nuit sur le pas de cette porte.

Elle respira le parfum épicé de l'homme derrière elle. La gratitude qu'elle éprouvait ne l'avait pas quittée depuis qu'il avait émergé de cette zone de combat en portant son fils dans ses bras.

— Tu devrais peut-être garder ça pour demain, suggéra-t-il. Toi aussi, tu as besoin de dormir.

C'était valable pour lui comme pour elle. Même si la police surveillait sa maison, Shannon était heureuse qu'il soit prêt à passer une nuit de plus sur son canapé plutôt que dans un vrai lit.

— Daniel, je ne pourrai jamais assez te remercier. En le ramenant, tu nous as sauvés tous les deux.

— C'était un travail d'équipe.

Il avait dit la même chose à l'hôpital. Il avait attendu avec elle pendant que les médecins examinaient le petit garçon et confirmaient qu'il n'avait rien de grave.

En plus d'être légèrement déshydraté, Aiden avait un gros hématome sur le tibia, une marque de main multicolore sur le haut du bras et un genou écorché. Tout compte fait, étant donné qu'il avait passé presque une semaine avec deux hommes violents qui n'avaient pas l'habitude de s'occuper d'un enfant de quatre ans, le bilan n'était pas si négatif.

Quant à Daniel, l'entaille sur son bras avait été nettoyée et refermée par une rangée de sutures adhésives blanches qui ressortaient sur sa peau mate.

Shannon avait embrassé tous les bobos, y compris celui de Daniel. Pendant que les médecins administraient des liquides à Aiden, le lieutenant Hertz avait pris leurs dépositions. Il avait montré des photos à Daniel et à son fils, qui avaient identifié les ravisseurs. À son grand soulagement, Aiden n'avait reconnu ni Bradley, ni Gary, ni les hommes capturés par les gardes-côtes.

— Je veux mettre sur Bradley chacune des marques qu'il y a sur mon petit, déclara-t-elle sans desserrer les dents. Au centuple.

— Tu devras peut-être attendre ton tour, répliqua Daniel d'un ton sombre.

Elle n'aurait pas dû être amusée, et encore moins excitée, par cette remarque. Elle tourna les yeux vers lui et sourit.

— Et moi qui pensais que je serais la première dans cette file, si l'occasion se présentait.

— Je te laisserai y aller en premier, concéda-t-il. Si tu me promets de me laisser de quoi me défouler.

— Ça marche, alors on se donne rendez-vous.

— On aurait déjà dû, marmonna-t-il.

Elle le poussa dans le couloir, avant de rabattre la porte de la chambre d'Aiden.

— Tu peux m'expliquer ?

Il secoua la tête et enfonça les mains dans ses poches.

— Une autre fois. Peut-être.

— Tu sais quoi ? Maintenant, ça me semble parfait.

Daniel soupira.

— Si tu te mets à utiliser ta voix de maman… Tout ce que je voulais dire, c'est que le jour où Aiden a été kidnappé, j'avais l'intention de t'inviter à sortir avec moi. Alors je trouve que je devrais être le premier en lice, étant donné que ton ex a fichu mes plans par terre.

— Bon, d'accord.

Elle repensa à leur conversation et esquissa un sourire.

— Tu peux commencer, je ferai le reste.

— Je suis sûr que tu en es capable, affirma-t-il. Je suis convaincu que tu peux tout faire.

Si seulement c'était vrai… Si c'était le cas, elle resterait ici avec lui.

Avant que la mélancolie ne puisse s'enraciner, elle l'embrassa au coin de la bouche, là où il souriait, puis écrasa ses lèvres sur les siennes.

Il répondit aussitôt au baiser et remonta les mains le long de son dos en un mouvement fluide tandis qu'elle s'agrippait à ses épaules. Une vague de chaleur la submergea, balayant tout vestige de peur, ne laissant plus que le désir palpiter dans son bas-ventre.

Shannon aurait pu rester ainsi, à échanger des baisers passionnés dans l'obscurité, pendant longtemps. Si seulement… Elle recula le visage et essaya de reprendre son souffle.

— J'aurais sûrement refusé ton invitation.

— Je n'aurais pas insisté, répondit Daniel. À ce moment-là.

Un frisson de ravissement la traversa.

— Les choses ont changé ?

— Si elles ont changé ?

Il lui caressa les hanches.

— Oh oui. On vit ensemble depuis presque une semaine. Je vais devoir insister pour qu'on ait ce rencard. J'ai en tête un dîner calme et normal dans un restaurant au-dessus de la moyenne, suivi d'un film.

— Quel genre de film ?

— Une comédie romantique, répondit-il avec un large sourire. On a eu notre dose d'action et de drame.

Elle étouffa son rire dans ses mains. C'était tellement bon d'être à la maison et de pouvoir plaisanter sur ce qui était arrivé. Elle adorerait partager un repas et un film avec Daniel avant de quitter la ville et de changer à nouveau de nom. Elle ne pouvait pas rester à Philadelphie, sauf si Bradley était arrêté et emprisonné.

Ce rappel à la réalité refroidit son enthousiasme. Au moment où ils étaient sortis de l'hôpital, personne n'avait vu Bradley depuis le meurtre de Loffler.

— On pourrait commencer par aller boire une bière en bas, suggéra-t-elle.

— Avec plaisir.

Il repoussa la frange de Shannon sur le côté, puis traça du pouce le contour de son visage.

S'ils ne descendaient pas très vite, elle allait le traîner dans sa chambre, sans se soucier des conséquences et des regrets. La main crispée sur la rampe, elle s'obligea à descendre les marches.

Une autre femme serait peut-être capable de dormir avec Daniel et de partir quand même. Shannon n'était pas sûre de pouvoir le faire, pas après tous ces mois à l'idéaliser, à espérer mieux le connaître. À rêver d'avoir quelqu'un de spécial dans sa vie, un homme qui soit à la fois un ami et un amant, un homme prêt à servir de modèle pour son fils.

Elle ne pouvait empêcher son cœur de fantasmer, mais son esprit savait ce qu'il en était. Peu importaient les circonstances qui les avaient réunis, peu importait comme leurs baisers l'embrasaient, c'était temporaire. Elle n'avait pas le choix. Même si Daniel lui avait apporté un soutien sans faille, elle ne pouvait pas le mener en bateau. Elle n'était pas libre de lui promettre une relation durable alors que Bradley était dans la nature.

Dans la cuisine, il s'ouvrit une bière tandis qu'elle se versait un verre de vin et s'asseyait à table. Elle ne pouvait pas s'asseoir sur le canapé à côté de lui comme les autres soirs. Elle ne pourrait sans doute pas résister à l'envie de le toucher, tant les émotions la submergeaient : gratitude, amour et soulagement, sans oublier une joie immense. Mieux valait ne pas tout gâcher, maintenant qu'Aiden était rentré et risquait de percevoir une ambiance étrange.

Si jamais ils finissaient au lit, il ne devait pas y avoir le moindre doute sur ce qui les avait décidés. Pour elle, le sexe n'était pas une arme ou une façon d'exprimer sa reconnaissance. Entre deux adultes consentants, l'intimité et le plaisir devaient être le plus important, un sanctuaire privé à l'écart du monde extérieur.

— Je n'ai pas arrêté de me plaindre de cette histoire de routine, mais j'ai hâte qu'Aiden retrouve la sienne, déclara Shannon. Je vais avoir du mal à ne pas le gâter jusqu'à la fin de ses jours.

— Tu ne ferais pas ça, ça gâcherait l'éducation impeccable que tu lui donnes.

— Tu as peut-être raison, répondit-elle en sirotant son vin. J'espère que la normalité va l'apaiser et lui montrer que le pire est derrière nous.

Daniel retourna une chaise et s'assit à califourchon.

— Tu n'envisages quand même pas d'aller travailler demain ?

Elle haussa les épaules en évitant son regard. Depuis leur départ de l'hôpital, elle n'avait cessé d'y réfléchir. Elle aimerait retourner sur le chantier. Seul inconvénient : elle devrait déposer Aiden chez sa voisine, or elle n'était pas prête à le quitter du regard. Et si la police avait besoin de lui parler du kidnapping ou de la mort de Loffler ? De plus, les médecins l'avaient prévenue que son fils risquait d'être angoissé ou troublé en retournant à l'endroit où il avait été enlevé. Dans un cas comme dans l'autre, elle devrait abandonner ses collègues.

— J'espère que les ravisseurs vont coopérer, déclara-t-elle, changeant de sujet.

— Tu veux mon avis ?

— Volontiers.

— On s'accorde un jour ou deux pour se détendre. Tout le reste peut attendre.

C'était raté pour le changement de sujet, songea Shannon.

— Tu n'as plus à jouer les baby-sitters. Et tu dois vraiment aller sur le chantier. Ce sera mieux pour l'équipe, ajouta-t-elle lorsqu'il commença à protester. Je culpabilise déjà assez comme ça de t'avoir fait prendre autant de retard.

Daniel couvrit sa main de la sienne.

— Procédons étape par étape. D'abord, on profite de cette soirée. Si Aiden se sent bien demain, on ira sur le chantier Caldwell ensemble et on fera le bilan. On ajustera le planning pendant que les collègues feront des câlins à Aiden. Tu sais qu'ils ne vont pas le lâcher, surtout maintenant qu'ils savent ce qui s'est passé. Ça lui fera autant de bien qu'à eux.

— J'espère qu'ils comprendront pourquoi j'ai menti.

— On a menti tous les deux, lui rappela Daniel. Ne t'en fais pas, ils vont comprendre. Ils vous aiment.

Alors qu'elle hésitait à se resservir du vin, Daniel se leva, attrapa la bouteille et lui remplit son verre.

— Il voudra aller au parc, remarqua-t-elle, rompant enfin le silence. Rachel et ses fils auront envie de le voir.

Ses paumes devinrent moites.

— Elle n'y est pour rien, je le sais bien. L'idée de le laisser chez elle me terrifie. Je ne peux pas dire ça à Rachel, conclut-elle en serrant les genoux contre sa poitrine.

— Elle le sait probablement, répondit Daniel. Ce que tu ressens est normal. On va passer chez elle et tu vas bavarder avec ton amie pendant que vos garçons joueront ensemble.

Tout semblait si facile avec lui, pensa Shannon.

— Comment se fait-il que tu sois si compréhensif ?

— Ce n'est pas ma première crise.

Il sourit à nouveau, et ses yeux bleus pétillèrent.

— Ce n'est même pas ma première crise avec toi, la taquina-t-il. Laisse-toi le temps de récupérer.

— D'accord.

— Tu as dit que les pancakes étaient ce qu'Aiden préférait pour le petit déjeuner.

— Oui.

— Tu crois que tu peux en préparer assez pour rivaliser avec nous deux ?

— Évidemment, rétorqua-t-elle, heureuse à l'idée d'essayer.

— Quelle arrogance... Ça me plaît. Tu ferais mieux d'aller te reposer, conseilla-t-il en levant un sourcil d'un air sceptique. Demain, ça sera un spécial pancakes garçons contre fille.

Il termina sa bière.

— Après, on fera en sorte qu'il passe du temps avec ses copains, on ira sur le chantier Caldwell, puis au parc.

— Drôlement remplie, cette journée.

— Tu crois que ça ferait trop pour lui si on passait par la caserne ? Pour une petite visite guidée ?

— Tu plaisantes ? Il serait aux anges.

Elle marqua une pause, puis demanda :

— Tu essayais vraiment de m'inviter ? Samedi dernier ?

— Ça n'aurait pas été un vrai rencard, admit-il en lui caressant doucement les doigts. J'étais censé tenir le bar et fermer après le concert.

Il se leva et remit la chaise à sa place.

— J'espérais que tu viendrais, que tu t'assiérais au bar et que tu me laisserais t'offrir un verre. Et flirter un peu.

— C'est...

Étonnant. Fou. Tentant. Elle n'arrivait pas à choisir.

— Flatteur ? suggéra-t-il en souriant.

Elle hocha la tête.

— Oui.

Les mains autour de son verre, elle échafauda plusieurs agréables scénarios de rencards avec lui.

— Vas-tu laisser Stanwood t'obliger à fuir la ville ?

La question de Daniel la tira de sa rêverie. Il se rapprochait de la vraie raison pour laquelle elle gardait ses distances. Shannon se leva et rejoignit le salon, à la recherche d'une réponse raisonnable. La frustration avait remplacé la gratitude et la joie. Le seul choix possible était celui qui protégerait son fils. Pourquoi ne le comprenait-il pas ?

— Tu as quitté New York, poursuivit-il.

— Je n'ai pas eu le choix.

Rester aurait été un suicide émotionnel, sans parler du danger pour Aiden.

— Pour nous protéger, mon bébé et moi.

— Je comprends. J'essaie seulement de te montrer que les

choses sont différentes. Tu n'as pas besoin de partir. Tu as une vie stable et des amis qui te soutiennent.

— J'ai aussi un ex-mari qui rôde quelque part, prêt à détruire ma vie et à faire du mal aux gens. À tuer des gens. Aiden a servi de pion une fois. Je ne peux pas rester ici, à courir le risque que ça se reproduise.

Le lieutenant Hertz lui avait expressément ordonné de ne pas quitter la ville. Grant lui avait dit la même chose. Gary aussi, d'ailleurs. Pourtant, rien de tout cela ne l'avait décidée à rester ici ce soir. Daniel était la seule raison. Si elle avait eu le choix, elle aurait laissé un numéro pour le policier, fait sa valise et pris le premier car en direction de l'ouest.

La fatigue s'abattit sur elle d'un coup. Shannon se laissa tomber sur le canapé et se prit la tête dans les mains.

— Je comprends, dit Daniel d'une voix douce. Comment faire autrement ? Tu es une excellente mère.

Il s'assit dans le fauteuil en face d'elle.

— Féroce, dévouée. N'en doute pas.

Elle releva les yeux.

— Mais ?

— Mais rien, Shannon. Tout ce que je demande, c'est que tu fasses confiance à ceux qui tiennent à vous. Ce n'est pas une faiblesse de s'appuyer sur un ami en temps de crise.

— Je n'ai fait que ça toute la semaine, répliqua-t-elle, exaspérée.

Elle voulait se sentir comme la femme qu'il décrivait. Si elle devait fuir pour retrouver son indépendance et se débarrasser de son passé, elle le ferait.

— C'est un bon départ, approuva-t-il en souriant. Allez, monte te coucher. Une grosse journée nous attend demain.

Cela aurait dû être facile après presque une semaine de nuits sans sommeil. En haut des marches, tourner à droite, se mettre au lit et dormir. Son esprit et son corps étaient prêts à suivre ce programme, mais son cœur la fit s'arrêter en haut des marches. Elle marcha jusqu'à la chambre d'Aiden et poussa la porte. Sur la pointe des pieds, pour ne pas faire grincer le parquet, elle alla vérifier le verrou sur la fenêtre.

Elle déposa un baiser sur les cheveux de son fils, puis

s'agenouilla à côté du petit lit. Tout en respirant son odeur, elle exprima sa gratitude en silence, remerciant Daniel, Grant et tous ceux qui avaient contribué à sauver Aiden.

La tête posée sur ses bras repliés au bord du lit, Shannon s'endormit enfin.

C'était mieux ainsi, songea Daniel. Il avait fait ce qu'il fallait en la laissant monter seule sans l'embrasser à nouveau. Du moins, il tenta de s'en convaincre. Tout en faisant son lit sur le canapé, il réfléchit aux événements récents. Il se passa les mains dans les cheveux, s'assit lourdement et regarda l'escalier obscur. Que faisait-il encore ici ?

Techniquement, sa mission était terminée, ou presque. Malgré la requête de Grant, rien ne l'obligeait à passer toutes les nuits ici, pas avec la surveillance policière dehors et le nouveau système de sécurité. Daniel se fiait aux autorités pour attraper Stanwood. Le fils de Shannon était en sécurité et ses ravisseurs étaient en garde à vue.

Comme elle, il espérait qu'ils allaient coopérer et charger Stanwood. Plus vite ils le feraient, plus vite Grant le libérerait. En vivant avec elle, la tentation devenait trop grande. C'était un rappel de ce qu'il voulait, mais ne pouvait pas avoir. Il était accro, même en sachant qu'elle allait s'enfuir, disparaître avec Aiden, à la première occasion.

Voilà pourquoi il était ici, à dormir sur le canapé et à l'aider à faire des projets pour le lendemain. Il voulait passer plus de temps avec elle et son fils. Il avait déjà demain, il trouverait bien quelque chose pour avoir le jour d'après. Il n'était pas prêt à renoncer.

Sur le coussin à côté de lui, son téléphone vibra. Il répondit sans regarder l'écran. À cette heure, ce ne pouvait être que Grant avec des nouvelles, probablement mauvaises.

— Vous avez l'air épuisé, monsieur Jennings.

Ce n'était pas Grant.

— Stanwood.

Daniel déclencha aussitôt l'application d'enregistrement.

— Comment avez-vous eu mon numéro ?

— Elle vous fait marcher, lança le gangster avec mépris. Je ne pensais pas qu'elle en était capable, ajouta-t-il d'un ton vaguement admiratif. Vous croyez-vous amoureux d'elle ?

— Vous avez mis vos mains sur l'enfant.

— Je n'ai rien fait de tel, protesta le criminel avec indignation.

— Rentrez chez vous, Stanwood.

Daniel dut se contrôler pour ne pas crier.

— Retournez dans votre tanière, laissez Shannon et le petit tranquilles.

L'homme émit un rire rauque et grinçant.

— Encore une fois, elle s'est dégoté un champion. Je m'attribue le mérite de lui avoir appris ce talent-là.

Malgré son envie de la défendre, Daniel parvint à tenir sa langue. Shannon s'était battue, avait fait des sacrifices et pris les décisions nécessaires pour devenir la mère, l'employée et la femme qu'il respectait et, autant l'admettre, qu'il aimait. Son ex-mari n'avait rien à voir là-dedans.

— Elle n'a pas pressé la détente, mais elle a tué Loffler, continua Stanwood. Vous étiez là, vous le savez. Je vous ai vu lui ramener le gamin. Vous avez gagné cette bataille, mon ami. Profitez-en, parce que vous ne serez pas de taille dans la guerre à venir.

Pendant que le truand discourait, Daniel marcha jusqu'à la fenêtre. Il s'attendait presque à ce que l'homme soit là, près de la maison, ou dans une voiture à proximité. Mais il n'y avait personne sur le perron et les véhicules dans son champ de vision étaient vides.

— Vous parlez toujours autant ? demanda-t-il.

Stanwood rit à nouveau.

— Demandez-lui, champion. Demandez-lui où elle a eu l'argent pour venir dans votre belle ville.

Cela ne concernait en rien Daniel.

— Elle ne vous le dira pas. Quand elle refusera de s'expliquer, quand elle vous regardera avec ses grands yeux de biche, demandez-lui qui elle est prête à sacrifier pour garder ce qui ne lui appartient pas.

Daniel regarda derrière lui pour s'assurer que Shannon n'était pas sur les marches.

— Laissez tomber et quittez la ville, ordonna-t-il à mi-voix. Si vous restez, je ferai tout pour que vous soyez arrêté pour meurtre.

— Je vais rester, merci, jusqu'à ce que cette garce me rende ce qui est à moi. Et si je tombe, je l'entraînerai avec moi.

Sur ces mots, il raccrocha. Les yeux rivés sur son portable, Daniel sentit la fureur l'envahir. Si Stanwood restait dans les parages, Shannon allait s'enfuir. Il l'avait vu dans ses yeux et entendu dans les mots qu'elle n'avait pas dits sur le fait d'avoir un avenir à Philadelphie. Elle s'enfuirait, à juste titre, et ne reviendrait jamais.

À cette perspective, son ventre se nouait.

Il lui avait offert un meilleur poste, un rôle qui profiterait à tout le monde, de son père à Aiden, et elle ne voulait pas s'engager. Il comprenait mieux pourquoi. L'obstination de Stanwood, son influence et ses manipulations avaient de quoi effrayer n'importe qui.

Daniel se rassit et contempla le plafond. Une question le taraudait : pourquoi le gangster pensait-il que Shannon avait quelque chose à lui ? Il ne devait pas parler d'Aiden. Il était trop fou pour être en quête de paternité.

« Demandez-lui », avait dit Stanwood. Daniel secoua la tête. Il irait lui-même acheter deux billets pour envoyer Shannon ailleurs avant d'écouter les ordres ou les conseils de son ex.

Si elle avait en sa possession quelque chose que voulait Stanwood, elle l'avait pris à juste titre pour échapper à un mari violent.

Il se leva et alla chercher une autre bière dans la cuisine. Qu'espérait-il vraiment, à rester ici, à prétendre faire partie de la famille ? La réponse était simple : tout. Mais c'était idiot de sa part. Après une journée aussi tumultueuse, il ne pouvait plus réfléchir de façon rationnelle.

Oui, il avait envie d'embrasser Shannon à nouveau. Il rêvait de l'avoir, corps et âme. Si elle ne voulait pas de lui, ce n'était pas grave, il n'insisterait pas. Mais il ne laisserait pas Stanwood les séparer et les empêcher de découvrir ce qu'ils pouvaient devenir l'un pour l'autre.

Son téléphone sonna. Il posa la bouteille et attrapa l'appareil avant que le bruit ne réveille Shannon ou Aiden.

— Écoute, espèce de...

— Daniel ?

C'était la voix de sa mère.

— Maman ? Tout va bien ?

— Mieux que toi, on dirait. On vient de te voir aux infos.

Daniel entendit son père ronchonner dans le fond. Nul besoin d'entendre les mots précis pour percevoir sa désapprobation.

— Tu as été impliqué dans ce qui s'est passé au bout d'une des jetées ? demanda-t-elle. Tu as déjà repris tes gardes à la caserne ?

— Pas encore.

Aucun doute, elle devait être en train d'agiter la main pour faire taire son père ou de marcher vers une autre pièce. Que ce soit à cause de l'adrénaline ou de la frustration, il se mit à rire sans pouvoir s'arrêter.

— Le journaliste a dit que tu avais joué un rôle primordial dans le sauvetage de ce petit garçon.

— Est-ce qu'ils ont cité mon nom ?

C'était peut-être comme cela que Stanwood avait obtenu son numéro de portable.

— Je ne crois pas. Tu avais fière allure, mon chéri. On s'est inquiétés, c'est tout.

— Je vais bien, maman. Pas de blessures, la rassura-t-il, sans mentionner la coupure sur son avant-bras. La journée a été longue, c'est tout.

— Ton père est passé par la maison où tu as dit loger en ce moment. Il a déploré l'absence de progrès.

« Déploré »... Autrement dit, en rentrant, son père avait hurlé pendant une demi-heure sur le manque d'engagement de Daniel envers l'entreprise.

— Je rends seulement service à un ami. Il n'y a pas de planning pour celle-ci. Le chantier Caldwell est prioritaire.

— Comme il se doit, répondit-elle, un sourire audible dans sa voix. On est très fiers que tu te donnes autant de mal pour cette famille. La maison est magnifique. Ton équipe s'en occupe à merveille.

— Tu l'as vue ?

— Ton père me l'a montrée cet après-midi.

Il étouffa un grognement. Évidemment, son père passait le seul après-midi où il n'était pas sur le chantier.

— Et si tu me parlais de ce projet à Poplar ? demanda-t-elle. Je ne veux pas que tu t'épuises à la tâche. Tu n'as pas besoin de faire tes preuves aux yeux de qui que ce soit.

« Qui que ce soit » voulait dire son père.

Il n'aimait pas mentir, mais il était content de ne pas avoir confié à Ed qu'il allait aider une employée à récupérer son fils. Son père en aurait piqué une crise. Daniel n'avait pas l'intention de le faire mourir prématurément.

Il parla encore quelques minutes avec sa mère et finit sa bière. Il lui promit de revenir sur le chantier Caldwell dans la matinée, puis lui souhaita bonne nuit.

Sans un bruit, il monta dans la salle de bains. Le thème jungle du rideau de douche et de la décoration murale le faisait sourire à chaque fois.

Avant de redescendre, il décida tout naturellement d'aller jeter un œil sur Aiden. Il trouva Shannon endormie, à moitié allongée sur le petit lit, la main serrée sur celle de son fils.

Quoi de plus normal qu'elle veuille rester près de lui après cette semaine angoissante ? Mais elle avait besoin de se reposer autant qu'Aiden. Si Daniel la laissait ici, elle aurait mal partout lorsqu'elle se réveillerait.

Il la secoua doucement par l'épaule et chuchota son nom, mais elle dormait à poings fermés. Il la souleva et la ramena dans sa chambre, puis rabattit les couvertures sur elle pour qu'elle n'ait pas froid.

— Dors bien.

Incapable de résister, il l'embrassa sur le front.

Elle se blottit sous les draps, le visage détendu. Sa sérénité eut un impact sur Daniel. Quand il posa la tête sur l'oreiller du canapé, il s'endormit profondément, les soucis de la journée faisant place à des rêves plus plaisants.

8

Shannon se réveilla d'excellente humeur. Pas de doute, c'était le meilleur vendredi matin de sa vie. Elle ne se rappelait pas s'être mise au lit, mais elle se leva sans se poser de question. À pas de loup, elle se faufila dans la chambre d'Aiden. Même s'il se levait souvent tôt, aujourd'hui il dormait toujours à poings fermés. C'était tant mieux pour elle, songea-t-elle. Elle se lava à la hâte, puis s'habilla d'un pantalon de yoga et de son sweat préféré.

Elle avait un concours de pancakes à gagner.

Une fois en bas, elle prépara la pâte et du café, pendant que Daniel montait prendre sa douche. Après avoir avalé une demi-tasse, il appela Ed.

— Ça se passe comment là-bas ? demanda Shannon quand il eut raccroché.

— Ils avancent bien. Ils sont impatients de vous voir.

Elle but quelques gorgées, anxieuse à l'idée de faire face à tout le monde dans quelques heures.

— On ne devrait peut-être pas surcharger l'emploi du temps d'Aiden aujourd'hui.

— Tu es inquiète.

— Un peu.

Apparemment, il la connaissait assez bien pour s'en rendre compte… et pour oser le lui faire remarquer.

— J'ai de bonnes raisons de l'être, ajouta-t-elle.

— C'est vrai.

Sa réponse la surprit. Où était passé le Daniel attentionné des autres jours ? Il semblait avoir changé de personnalité en une nuit. Shannon sentit ses vieilles angoisses resurgir, mais elle les chassa aussitôt. Elle ne se laisserait pas faire. Elle était chez elle et elle pouvait lui demander de partir.

— Tu n'as pas la moindre chance de rivaliser avec le nombre de pancakes qu'Aiden et moi allons engloutir, affirma-t-il.

Elle mit plusieurs secondes à comprendre qu'il la taquinait. Déstabilisée, elle tapota la pâte avec la cuillère.

— Shannon ?

Avant qu'elle ne puisse répondre, le parquet craqua au-dessus d'eux. Quelques secondes plus tard, la porte de la salle de bains claqua.

— Il est debout, déclara-t-elle, le cœur battant. Pas de cauchemars. Il a dormi d'une traite, se réjouit-elle.

— Toi aussi.

— En parlant de ça... Est-ce que tu m'as bordée ? demanda-t-elle en se sentant rougir.

— Je plaide coupable.

Aiden entra dans la cuisine en courant, son lapin bleu à la main, et fonça vers Shannon.

— Coucou, maman !

Elle le souleva et le serra fort dans ses bras. Elle le couvrit de baisers jusqu'à ce qu'il se mette à pouffer de rire. Une fois le rituel terminé, il remarqua l'autre occupant de la pièce et posa la tête sur l'épaule de Shannon.

— Bonjour, Aiden, fit Daniel.

L'enfant les regarda tour à tour.

— Dis bonjour, murmura-t-elle.

— Bonjour, Daniel, fit-il timidement.

— C'est bien.

Comme il se tortillait pour descendre, elle le posa par terre. Même si l'idée la tentait, elle ne pouvait pas rester cloîtrée dans cette maison et le couver pour toujours.

— Daniel a eu une bonne idée pour le petit déjeuner, lança-t-elle en lui versant un verre de jus de fruit.

Aiden but une gorgée, les yeux rivés sur Daniel.

— Est-ce qu'il vit ici, maintenant ?

— Il est resté avec moi et m'a beaucoup aidée pendant qu'on était séparés, toi et moi.

L'enfant fronça les sourcils.

— Tu as aidé maman pendant que les méchants m'avaient ?

— Oui. Ça a été très dur pour elle.

— Tu m'as aidé aussi.

Aiden attendit une autre longue seconde, puis s'approcha de lui et se pressa contre son genou.

— Toi, tu es le gentil.

Daniel caressa les cheveux de son fils.

— Toi aussi, mon grand.

Les yeux remplis de larmes de joie, Shannon suggéra d'une voix légèrement fêlée :

— Dis-lui ton idée.

— Ta maman m'a dit que tu aimais les pancakes.

— C'est ce que je préfère ! s'exclama Aiden.

— Moi aussi. Et si on jouait à un jeu ?

— Avec des pancakes ?

— Oui. Tous les deux, on va manger autant de pancakes qu'on peut en avaler pendant que ta maman essaie d'en faire assez pour suivre le rythme.

— Oui !

Aiden se mit à sautiller sur place.

— Concours de pancakes ! fredonna-t-il tandis qu'ils apportaient du beurre, du sirop et des assiettes sur la table.

Après une lutte acharnée, ils finirent par déclarer un match nul quand tous les estomacs furent remplis et qu'il ne resta plus que deux pancakes dans la poêle.

— Tu les mangeras demain, déclara-t-elle à Aiden.

— Ou ce soir ?

Elle rit en entendant son ton plein d'espoir.

— On verra. On a beaucoup de choses à faire aujourd'hui.

— Comme quoi ?

— Je me suis dit qu'on pouvait aller voir Rachel et les garçons. Tu leur as manqué.

Les yeux d'Aiden se remplirent de larmes.

— Je ne veux pas y aller. Je veux aller au travail avec toi.

Elle le serra contre elle et le berça doucement.

— On va aller leur rendre visite ensemble.

Comment allaient-ils surmonter cette épreuve ? se demanda Shannon en l'embrassant dans les cheveux.

— Rachel est mon amie. On a envie de parler de trucs de filles pendant que tu joues avec les jumeaux.

— Ils sont partis, les méchants ? demanda-t-il, inquiet.

— Oui. Et ils ne reviendront jamais.

Elle l'étreignit à nouveau et lança un regard suppliant à Daniel.

— Je viens, moi aussi, intervint-il en empilant les assiettes.

— Tu resteras pendant que maman et Rachel parlent comme des filles ?

— Oui, je vais rester.

— OK.

— Ensuite, poursuivit Daniel, je pense qu'on devrait passer par le chantier où ta maman travaille.

— Nous trois ? demanda Aiden en triturant l'oreille de son lapin.

— Oui, répondit Shannon. Et si on allait s'habiller ?

— OK.

Il se dirigea vers l'escalier en faisant des bonds.

— On revient tout de suite, lança-t-elle en suivant Aiden.

Dans la salle de bains, pendant qu'elle lui lavait le visage, il montra de nouveaux signes d'inquiétude.

— Je n'ai pas pu aller visiter les maisons avec toi dimanche.

— Tu vas voir celle sur laquelle on travaille aujourd'hui, répondit-elle pendant qu'il se brossait les dents.

Un peu apaisé, il se mit à parler camions tandis qu'elle l'aidait à enlever son pyjama et à s'habiller.

— Pas de chaussettes, affirma-t-il en agitant les pieds.

— Chaussettes, répliqua-t-elle. On est en octobre.

Après avoir résisté pour la forme, il la laissa lui enfiler ses chaussettes et lacer ses chaussures.

Quand ils redescendirent, la cuisine était immaculée. Même la poêle et les saladiers avaient été lavés, séchés et rangés. Shannon contempla Daniel en silence.

— Je n'aurais pas dû ? demanda-t-il.

— Si, si.

Cette semaine, ils avaient tout nettoyé ensemble. Elle ne s'était pas attendue à ce qu'il gère seul la corvée de cuisine.

— Merci.

— Tu dois te laver la figure, annonça Aiden à Daniel.

— Son visage m'a l'air propre, remarqua-t-elle. Allons chercher ton manteau.

— Il n'est pas propre, insista l'enfant en se tapotant les joues. Moi, oui.

Daniel s'agenouilla et lui fit signe d'approcher.

— Ce n'est pas de la saleté, c'est de la barbe. Viens toucher.

Aiden gloussa en sentant les poils lui chatouiller la paume.

— Tu sais quoi ? poursuivit Daniel. Demain, je la ferai disparaître comme par magie. Tu pourras m'aider.

— C'est vrai ?

En écoutant l'homme et l'enfant discuter de barbe, de rasoir et de rasage, Shannon se prit à rêver à nouveau. Elle ne pouvait pas les interrompre, ils étaient trop adorables. Cela ferait un souvenir heureux qu'elle et son fils garderaient dans leurs cœurs. Pouvait-elle rester ? se demanda-t-elle. Existait-il une solution leur permettant de rester à Philadelphie si son ex échappait à la police ?

Elle y réfléchissait encore lorsqu'ils se garèrent devant chez Rachel un quart d'heure plus tard. Avant le kidnapping, Aiden aurait couru vers la maison, muni d'un de ses camions. Aujourd'hui, il s'accrocha à sa main et ne la lâcha pas.

— Tu restes.

Ce n'était pas une question, cette fois.

— On reste tous, répondit-elle d'une voix douce. Et seulement pour quelques minutes.

— OK.

Aiden se cramponnait nerveusement à elle. La brève visite commençait mal. Mais il retrouva son entrain habituel lorsque les jumeaux les rejoignirent au portillon, enthousiastes à l'idée de jouer. Dans la cuisine, Shannon et Rachel bavardèrent autour d'une tasse de café, tandis que Daniel se joignait aux garçons. Il poussa les balançoires et pilota les voitures dans le bac à sable, ressemblant à un grand enfant qui s'amusait comme un fou.

— Tu as trouvé la perle rare, remarqua Rachel avec un regard appréciateur. J'ai trouvé que ton chef était épatant le jour... eh bien, le jour où c'est arrivé. Et maintenant ? Il faut que tu le gardes. Vingt sur vingt, ma belle.

— Ne t'emballe pas trop, répliqua Shannon, sans pouvoir s'empêcher de repenser à leurs baisers. Il a été incroyable pendant toute cette épreuve, mais il a une vie à lui.

— Une vie avec plein de place pour toi et Aiden, je parie.

Rachel ne faisait que rendre ce que Shannon allait dire plus difficile.

— Je ne vais peut-être pas rester à Philadelphie très longtemps. Aiden et moi, on va peut-être déménager.

Comme le regard de Rachel se durcissait, elle ajouta :

— On n'a peut-être pas le choix. Tu es ma meilleure amie. Tu es comme ma famille.

— Pour moi, la famille, ça ne se quitte pas. On n'a pas eu d'autres problèmes ici. Et même si ça avait été le cas, je trouve que fuir n'est pas la solution.

Pour Shannon, c'était au contraire la seule solution tant que Bradley n'était pas en prison et condamné à y rester.

— Ça ne peut pas toujours être toi et Aiden, seuls contre tous, insista son amie. J'ai appris que les ravisseurs avaient été arrêtés. Aux infos, ils ont montré Daniel en train de marcher vers toi avec Aiden dans les bras.

— Quoi ? Je ne suis pas au courant.

Si son ex avait vu les images, Daniel risquait de devenir une plus grande cible, songea Shannon. Le café lui brûla soudain l'estomac.

— J'aurais dû enregistrer le reportage, s'exclama Rachel. On aurait pu le diffuser à votre réception de mariage.

— Tu exagères...

À cette idée, son cœur fit un bond dans sa poitrine, malgré tous les autres facteurs. Des facteurs qui, si elle les ignorait, risquaient d'entraîner d'autres morts.

Après avoir promis à Rachel qu'elle ne ferait rien d'imprudent ou qu'elle ne quitterait pas la ville sans dire au revoir, elles sortirent. Elle détestait mentir, mais elle n'avait pas le choix. Elle souleva Aiden, tendit les clés de la voiture à Daniel et installa le petit garçon dans le siège auto.

— Vous avez bien discuté ? demanda Daniel.

— Oui. J'ai vu que tu t'amusais bien de ton côté.

— Je n'ai pas pu m'empêcher de remarquer que les fils de Rachel ont un camion de pompiers.

— Une erreur que je vais rectifier immédiatement.

Il lui prit la main.

— Attends un peu pour ça, d'accord ?

Il avait quelque chose en tête, comprit-elle, prête à le sermonner sur le fait de soudoyer les enfants. Mais ce serait grossier. Et déplacé. Daniel et Aiden se comportaient comme s'ils se connaissaient depuis des années.

Sur le chantier, l'équipe fit une pause pour venir offrir une ovation à Daniel et un accueil chaleureux à Aiden.

— On a des cupcakes ! annonça Lou en brandissant une boîte pâtissière.

Comme Aiden était là, Shannon et Daniel ne rentrèrent pas dans les détails du kidnapping.

— Je savais que tu n'allais pas bien, déclara Lou en tendant un doigt recouvert de sciure et de glaçage dans sa direction.

Ed darda un œil vigilant sur Daniel et elle. Pourvu qu'il ne fasse pas comme Rachel et garde pour lui ses théories sur leur relation personnelle.

Tandis qu'Aiden montait et descendait la rampe neuve en courant, il les informa des progrès accomplis :

— Le parquet devrait arriver un peu plus tard dans la journée. Tout est sous contrôle.

— Daniel peut revenir cet après-midi, suggéra Shannon. On reviendra tous demain

— Peut-être, corrigea Daniel. Ça dépend d'Aiden.

— Prenez le week-end, conseilla Ed. Vous avez tous vécu un enfer. On est vendredi. Si vous ne fêtez pas ça, à quoi ça sert d'être en vie et ensemble ?

Ces mots trottèrent dans la tête de Shannon, jusqu'à ce qu'ils s'arrêtent tous les trois déjeuner dans le *diner* où Daniel l'avait emmenée le samedi précédent.

— Qu'est-ce qu'il y a à manger ici ? demanda Aiden.

Il était distrait par l'illustration sur le menu enfant et la boîte de crayons de couleur que la serveuse lui avait donnée.

Shannon lui lut la carte, remarquant son déplaisir manifeste quand elle mentionna les nuggets de poulet. Une semaine plus tôt, c'était son plat préféré.

— Tout est bon, répondit Daniel. Je crois que je vais prendre des macaronis au fromage.

— Tu ne peux pas ! s'exclama Aiden. Tu es un adulte.

— C'est une règle stupide.

Ils débattirent en riant des plats appropriés par catégorie d'âge, puis passèrent commande. Le repas se passa mieux qu'elle ne l'avait craint. Aiden mangea de tout, même s'il avait moins d'appétit que d'habitude et semblait fatigué. Elle ne voulait pas le materner, mais elle ne voulait pas trop lui en demander non plus.

— On devrait peut-être rentrer à la maison, suggéra-t-elle lorsqu'ils sortirent du parking du restaurant. Il s'est endormi.

Daniel jeta un œil dans le rétroviseur et sourit.

— C'est la combinaison du grand air et d'un bon repas. On pourrait juste rouler un peu.

C'était un bon compromis, étant donné qu'Aiden se réveillerait sûrement dès qu'ils s'arrêteraient. La journée était magnifique, et elle avait bien l'intention d'en profiter. Comme son fils n'avait eu que quelques réactions un peu vives témoignant de ce qu'il avait vécu, il devrait vite se remettre de cette épreuve.

— Je sais que je vais devoir garder l'œil sur lui pendant quelque temps. Mais il a l'air plutôt heureux et serein. J'ai bon espoir que tout ça n'aura pas d'effets durables sur lui.

— Il a une maman qui l'aime et de bons amis. Il va s'en sortir, affirma Daniel en lui prenant la main.

Quand Aiden se réveilla au bout d'une heure de sieste, encore ensommeillé et un peu grincheux, ils arrivaient à la caserne. Ils iraient au parc plus tard si le petit garçon était assez en forme.

Ici aussi, Daniel reçut une ovation pour sa bravoure, même

s'il fit de son mieux pour faire taire ses collègues. Après avoir fait les présentations, il emmena Aiden et Shannon faire le tour de la caserne tandis qu'elle essayait de se souvenir des noms et des visages.

Comme Aiden avait les jambes fatiguées, il demanda à Daniel de le porter pendant le reste de la visite. Ils déambulèrent dans la cuisine, les salles de repos et les dortoirs répartis sur deux étages. Shannon n'avait jamais considéré le métier de pompier de ce point de vue. Elle découvrit un esprit de famille auquel elle ne s'attendait pas. Le sens de l'engagement caractéristique de Daniel était visible chez tous les gens qu'elle rencontrait.

— Tu veux voir les camions ? demanda-t-il à Aiden.

— Oui, s'il te plaît !

Ébahi par tout ce qu'il voyait, son fils le bombarda de questions. Daniel y répondit avec une patience extraordinaire.

— Normalement, il y a une ambulance, ici. Elle est en intervention en ce moment.

— On a déjà roulé en ambulance, marmonna Aiden en se blottissant contre lui et en bâillant. Je ne veux pas le refaire.

— Ça peut se comprendre. Tu crois que tu peux supporter une surprise de plus avant qu'on rentre à la maison ?

— Je ne sais pas...

— S'il te plaît ?

— Jennings, je peux vous dire deux mots ?

En entendant la voix du chef Anderson, ils se tournèrent. Le supérieur de Daniel se tenait sur le seuil de son bureau et les regardait en souriant.

— Promis, je ne le garderai pas longtemps, madame Nolan.

— Pas de souci.

Daniel tendit Aiden à Shannon, puis regarda autour de lui et désigna un autre pompier.

— Hé, mon grand... Tu peux poser toutes tes questions à Mitch, d'accord ?

— OK, répondit le petit garçon.

Shannon suivit Daniel des yeux et eut une sorte de déclic. Une sensation de paix l'envahit. Dans la partie construction de sa vie, Daniel était un patron formidable. Mais le fait de le voir ici était révélateur. Il lui montrait qu'au fond de lui il était un pompier, et elle s'en sentait honorée.

Il avait toujours confiance en lui, quel que soit le domaine, mais ici il respirait la joie. C'était l'évidence même. Quoi qu'il se passe entre eux, elle ressentait une profonde satisfaction à l'avoir vu dans son élément.

Lorsque son téléphone sonna, elle fit passer Aiden sur son autre hanche pour pouvoir le sortir de sa poche. En voyant le nom sur l'écran, elle décrocha, pleine d'espoir.

— Bonjour, Grant !

— Salut ! Comment va tout le monde aujourd'hui ?

— Super, répondit-elle en baissant les yeux sur son fils. Avez-vous... trouvé l'homme que vous cherchiez ?

Mitch lui fit signe de s'asseoir sur le canapé, puis murmura quelque chose à propos de cookies à Aiden. Quand son fils sourit, le pompier commença à le guider vers la cuisine, tout en demandant à mi-voix à Shannon :

— C'est d'accord ?

Soulagée, elle hocha la tête. Elle ne voulait pas qu'Aiden entende quoi que ce soit qui l'effraie davantage ou qui lui fasse poser des questions auxquelles elle n'avait pas de réponse.

— La chasse à l'homme continue, indiqua Grant. Les caméras ont perdu sa trace une heure après le meurtre. Mais on a obtenu des informations intéressantes sur ce que faisait Loffler à Marburg.

— Ça a été vite. Je croyais que les avocats avaient tendance à faire traîner les choses, d'habitude.

— Apparemment, Loffler a bousculé ces conventions, à commencer par votre divorce avec Stanwood.

— En effet...

— Comme ma source savait qu'on était à l'affût, quand le dossier « en cas de décès » est sorti ce matin, elle m'a prévenu en premier. Sachant que je pouvais vous joindre. J'espère que ça ne vous dérange pas.

— Pas du tout.

— Bien. En cas de décès, l'avocat de Loffler devait vous

contacter immédiatement. Vous et Aiden êtes désignés comme ses bénéficiaires.

Grant marqua une pause et poussa un sifflement.

— D'après ce que je vois, vous n'avez pas d'inquiétude à avoir concernant les frais de scolarité universitaires d'Aiden.

Shannon n'aurait pas pu être plus choquée.

— Pardon ? Pourquoi a-t-il fait ça ?

— D'après le test de paternité que j'ai sous les yeux, il subvient aux besoins de son fils.

— C'est impossible, murmura-t-elle. Je n'ai jamais... On n'a jamais...

Elle se racla la gorge et baissa encore la voix.

— Je n'ai pas trompé Bradley.

Tout à coup, elle comprit les propos étranges de Gary.

— Oh.

— Oh ? répéta Grant.

— Hier, Gary m'a demandé de lui pardonner. Il a dit qu'il avait aggravé les choses en essayant de protéger Aiden de Bradley. Il devait parler du test.

Un frisson glacé la parcourut.

— Il a dû demander à quelqu'un du labo associé à son cabinet de fabriquer ce rapport.

Et Bradley avait dû découvrir les résultats du test. Il avait kidnappé Aiden pour les punir tous les deux et tué Gary pour l'avoir trahi. Elle était la suivante sur la liste. Le ventre noué, elle dut respirer par le nez pour retenir une nausée.

— Je ne peux pas avoir cette conversation ici, marmonna-t-elle d'une voix rauque.

— Pas de souci. Vous devrez parler avec son avocat, signer quelques documents, ce genre de choses. J'ai les détails les plus importants ici, alors vous n'avez pas à découvrir tout ça à froid devant des inconnus au cabinet. Appelez-moi quand vous pourrez parler, ou passez au club.

Tremblant de tout son corps, elle raccrocha.

Le rire d'Aiden attira son attention. Elle s'obligea à sourire en voyant Mitch et un autre pompier l'aider à décorer des cookies.

La vie qu'ils s'étaient bâtie ici lui manquerait, de même que les amis qui étaient devenus sa famille.

Elle n'avait pas le choix, résolut-elle avec fermeté. Si Bradley avait décidé de se venger, il n'allait pas renoncer. Ils devaient fuir. Il était peut-être déjà trop tard.

Le chef Anderson fit signe à Daniel de le précéder dans la pièce, puis ferma la porte et s'assit sur un coin de son bureau.

— Désolé d'interrompre la visite.

— Pas de problème. Vous avez trouvé le camion ?

— Oui, c'est bon. On a même fait un joli paquet-cadeau.

— Super, merci, répondit Daniel en sortant son portefeuille. Il va adorer.

— Rangez-moi ça. Tout le monde a été ravi de participer.

Malgré son envie de protester, il se contenta de demander :

— Qu'est-ce que vous vouliez me dire, chef ?

— Comment ça se passe, sur le chantier Caldwell ?

— Ça avance, répondit Daniel. On va être un peu juste, mais je pense qu'ils pourront emménager dimanche en huit.

Ce serait son dernier jour de congé. Il avait hâte de reprendre du service une fois le projet achevé, ne serait-ce que pour échapper aux remontrances de son père.

— Le petit a l'air de tenir le coup après cette épreuve, remarqua son supérieur.

— Il est solide, comme sa mère. Au début, ça a été un peu compliqué chez la baby-sitter. Il va s'en remettre. Sa mère s'y prend bien. Elle a envie de le couver, mais se retient. La plupart du temps, en tout cas.

Elle avait réussi à gérer le moindre signe de stress tout au long de la journée.

— Les camions semblent désamorcer toutes les crises.

— Ça, c'est une bonne nouvelle.

— Merci de m'avoir autorisé à leur faire faire le grand tour.

Il semblait y avoir autre chose en jeu, pensa Daniel.

— Vous auriez pu me dire tout ça devant eux.

— Vous nous avez manqué ici. J'ai hâte que vous reveniez.

— Moi aussi. Ce temps passé loin de la caserne m'a servi de confirmation : c'est ici que je veux être.

— Je ne parle pas de la semaine prochaine, corrigea le chef Anderson. Je sais que votre congé a été approuvé, mais y a-t-il la moindre chance que vous reveniez plus tôt ?

Oui. Non. Daniel se tapota la cuisse.

— J'ai vraiment besoin de cette semaine.

Tiraillé entre deux engagements, trois s'il incluait Shannon et Aiden, il ne savait que répondre.

— Que s'est-il passé ?

— Incendie dans un immeuble, répondit son supérieur. Quelques blessés sans gravité, mais on manque de monde. Je peux faire appel à quelqu'un d'autre, mais c'est vous que je veux, lieutenant.

Ed et l'équipe du chantier Caldwell avaient besoin de lui. Et la situation de Shannon était loin d'être résolue. Daniel ne pouvait pas prendre une garde ce soir, ni même demain, sans en discuter avec elle. Ce n'était pas une conversation qu'il avait hâte d'avoir. Avec Stanwood en liberté, il ne pouvait pas la laisser sans protection. Grant aurait besoin de plus de quelques heures pour trouver quelqu'un pour veiller sur eux.

— Vous voulez dire aujourd'hui ?

— Demain ? demanda son chef d'un ton plein d'espoir.

Tout en réfléchissant, Daniel prit une profonde inspiration.

— Je dois être sur le chantier Caldwell le matin.

Il passa en revue les membres de l'équipe qui pouvaient garder un œil sur Shannon en son absence.

— Je peux venir dans la nuit de samedi à dimanche.

Entre le nouveau système de sécurité de Shannon et les ressources de Grant, ils pourraient s'en sortir.

— Après, je vais devoir passer quelques coups de fil.

— Je prendrai tout ce que vous pourrez me donner, déclara le chef en se levant. Et si vous me disiez ce qui se passe vraiment avec elle ?

— Tout a été dit aux infos, je n'ai pas grand-chose à ajouter, éluda Daniel.

Le chef le contempla, les mains sur ses hanches.

— Elle est jolie.

— C'est vrai, mais ça n'a rien à voir.

— Vous mentez très mal, répliqua le chef Anderson en riant. Est-ce qu'elle est bien pour vous ?

— Oui.

Et c'était vrai, comprit Daniel. Même en temps de crise, il aimait l'avoir dans sa vie. Le défi serait de la convaincre qu'elle pouvait compter sur lui pour les choses du quotidien. Le fait de reprendre du service plus tôt que prévu permettrait de tester la capacité de Shannon à tolérer le rythme décalé de son métier. Ses ex-petites amies n'avaient pas supporté. Il préférait le savoir avant de s'attacher à Aiden.

— Je suis ravi de l'entendre, approuva le chef en se levant. Je vous souhaite bonne chance, lieutenant. Allons voir si le petit aime votre cadeau.

Il tendit à Daniel une longue boîte rectangulaire emballée dans du papier à motif de super-héros.

Quand ils arrivèrent dans la cuisine, tout le monde admirait une assiette de cookies, qui avaient apparemment été préparés par Aiden. Daniel croisa le regard du petit garçon et sentit son cœur se gonfler lorsqu'il l'interpella :

— Viens voir, Daniel ! On a fait des cookies.

— Génial.

— Celui-ci, il est pour toi, expliqua-t-il en désignant un cookie posé sur une serviette en papier.

— Super. Merci, mon grand. Nous aussi, on a quelque chose pour toi.

Quand il lui tendit la boîte, Aiden écarquilla les yeux.

— Allez, ouvre-la.

Par-dessus la tête de l'enfant, il surprit l'expression de Shannon. Elle se mordillait la lèvre. Réprimait-elle un sourire ou des larmes ? Il lui demanderait plus tard. Aiden déchira le papier et poussa un cri de joie.

— Un camion de pompiers ! Regarde, maman !

Sa réaction euphorique dépassa les espérances de Daniel. Aiden se précipita vers lui, lui passa les bras autour du cou, puis fit le tour de la pièce pour taper dans les mains et remercier tout le monde.

9

Pendant tout le trajet retour, Aiden fit rouler le gros camion de pompiers sur ses genoux en imitant la sirène. Une fois à la maison, il commença un nouveau jeu sous les yeux amusés de Shannon et Daniel.

— C'était vraiment super, murmura-t-elle.

— Il lui fallait un camion de pompiers, à ce petit.

Le jouet les accompagnerait lors de leur départ, se promit-elle. Elle lui proposa une bière et en prit une. Au lieu de distraire Daniel comme elle l'espérait, elle ne fit qu'attirer son attention.

— Aiden veut manger ses pancakes ce soir, déclara-t-elle. Je nous commande une pizza ?

— Ça me va... Mais en accompagnement, je veux un peu de conversation. Qu'est-ce qui te trotte dans la tête ?

Elle ne voulait pas lui dire, mais si elle partait sans explication, elle le regretterait pendant des années. Elle lui enverrait une lettre une fois loin d'ici, décida-t-elle.

— La lessive. Si tu t'occupes de la pizza, je vais lancer une machine.

— Marché conclu, répondit-il en souriant.

En triant les vêtements, elle tomba sur le T-shirt que la police lui avait donné sur la jetée pour remplacer celui qu'elle portait, taché du sang de Gary. Personne n'avait voulu que son fils voie cela. Elle repensa au moment où Daniel avait marché vers elle, Aiden dans les bras, puis ferma les yeux. La situation était des plus frustrantes. Il les avait tellement aidés, elle et son fils. Elle ne pouvait pas rester ici et mettre plus de vies en danger, pourtant elle se sentait incapable de disparaître la conscience tranquille.

Elle examina son jean de la veille, à la recherche des taches et des accrocs dus à une journée normale de travail. Quand elle trouva du sang incrusté dans les coutures, là où elle s'était agenouillée près de son ami, elle roula le pantalon en boule, prête à le jeter.

Quelque chose atterrit sur le sol avec un léger cliquetis et glissa vers la cuisine. Daniel, qui arrivait avec son linge sale, ramassa l'objet.

— Qu'est-ce que c'est ?

— Je ne sais pas. C'est tombé d'une poche.

Elle observa le petit rectangle noir au creux de sa large paume.

— On dirait une clé USB, mais je ne l'ai jamais vue auparavant.

— Où l'as-tu eue ?

— Je viens de te le dire, rétorqua-t-elle sèchement, avant de lever les mains, aussitôt contrite. Pardon. Je ne sais vraiment pas d'où elle vient.

Elle ajouta les affaires de Daniel dans le lave-linge et lança le cycle. Après avoir étudié l'objet, il trouva le mécanisme coulissant qui protégeait le connecteur USB.

— Tu ne crois pas qu'on devrait y jeter un œil ?

— Probablement, répondit-elle en essayant de sourire. Tu as commandé la pizza ?

— Elle arrive dans quarante-cinq minutes. J'ai aussi pris une pizza au fromage toute simple pour Aiden.

— Super. Merci.

— Shannon...

Il lui barra le passage lorsqu'elle essaya de retourner dans la cuisine.

— Tu es tendue depuis la caserne. Ça t'a déplu d'être là-bas ?

— Non.

Une lueur d'inquiétude brillait dans ses yeux sombres. Il s'attendait à ce que la réponse soit oui, comprit Shannon. Malheureusement, elle avait trop de choses en tête pour commencer à explorer la question.

— Alors..., insista-t-il.

— Ma mauvaise humeur n'a rien à voir avec toi ou la caserne.

Elle ne retrouverait jamais un homme comme lui, qui voyait clair en elle, qui avait un lien affectif adorable avec son fils.

— Je pourrais t'aimer, avoua-t-elle avec difficulté, la gorge serrée par le chagrin.

Il baissa le menton et lui lâcha les bras.

— Pardon ?

Elle savait qu'il l'avait entendue.

— Je pourrais... Et je ne peux pas.

Elle haïssait Bradley avec une intensité inédite. L'obsession perverse de son ex allait la séparer de Daniel avant même qu'ils aient une chance de tenter quelque chose.

— Ce n'est pas juste, et je suis désolée.

— On s'en fout, de ce qui est juste ou pas.

Daniel se figea en se souvenant qu'Aiden était tout près.

— Ça ne sera pas la première fois qu'il entend ça, le rassura-t-elle.

Il ne répondit pas à sa déclaration et ne donna aucun indice sur ses sentiments pour elle. À vrai dire, c'était aussi bien que le sujet soit abandonné.

Daniel la prit dans ses bras.

— Parle-moi, Shannon.

— Je ne sais pas par où commencer.

À côté, Aiden recommença à faire des sons de sirène.

— Grant m'a appelée pendant que tu parlais avec ton chef.

Après avoir vérifié d'un coup d'œil qu'Aiden ne l'entendait pas, elle continua à mi-voix :

— Gary a fait faire un faux test de paternité pour que Bradley ne puisse jamais revendiquer le moindre droit.

— Bon sang...

— Comme tu dis. Il a laissé des instructions et des documents à un avocat. Et il nous a donné de l'argent. Une belle somme, d'après Grant.

Daniel brandit la clé USB.

— Tu crois que Gary a glissé ça dans ta poche hier ?

Shannon s'en moquait. Elle haussa les épaules et se concentra sur le pire aspect de la situation.

— Je dois quitter la ville. Si je reste, Aiden et moi sommes des cibles faciles.

— Pas ce soir. Pas avant de parler avec cet avocat et d'étudier ces documents.

Elle leva les yeux au ciel.

— Bradley est dingue, Daniel. Il doit sûrement surveiller le cabinet jour et nuit.

— Bien vu.

Il sortit son téléphone et envoya un SMS à Grant.

— Le lieutenant Hertz peut envoyer quelqu'un vérifier.

— Daniel, ne rends pas les choses plus dures qu'elles ne le sont.

Il l'attira contre lui et s'empara de ses lèvres. Elle s'agrippa à lui, et leurs corps se moulèrent l'un à l'autre, unis par le même désir intense. Quand il releva la tête, elle gémit de frustration. Il l'embrassa à nouveau, tout en glissant les mains sur ses hanches et en la pressant contre son érection.

— C'est plutôt dur pour moi aussi, souffla-t-il contre sa gorge, la faisant trembler d'anticipation. Tu ne pars pas. Pas ce soir. Accorde-moi au moins ça.

Incapable de parler, elle hocha la tête.

— Si on en arrive là, je t'aiderai à faire tes bagages, poursuivit-il d'une voix rauque. Promets-moi.

— Je te promets.

La sonnette retentit et Aiden cria :

— Maman ! Le livreur est là.

— J'y vais, fit Daniel.

Une fois seule, elle parvint à reprendre ses esprits. Après le dîner et un dessin animé, ils durent unir leurs efforts pour mettre Aiden au lit. Quand elle fut sûre qu'il n'allait pas réclamer une histoire de plus ou un verre d'eau, elle alluma son ordinateur portable pour accéder au contenu de la clé.

— Fais d'abord une sauvegarde, suggéra Daniel. C'est plus prudent.

— Je doute que Gary ait eu pour objectif de détruire mon ordinateur, remarqua-t-elle en suivant quand même son conseil.

Elle ouvrit les dossiers et y trouva des documents électroniques confirmant ce que Grant avait dit. Daniel poussa un sifflement.

— Mince alors.

— Quoi ? demanda-t-elle en tournant la tête vers lui.

— Si je te dis que je t'aime maintenant, tu vas croire que j'en ai après ton argent.

Elle lui donna un coup de coude, peu désireuse de reprendre cette conversation. Il se contenta de l'embrasser sur la main et lui fit signe de continuer.

Ils ouvrirent et lurent chaque fichier. Lorsqu'ils eurent fini, elle comprit enfin les derniers mots de Gary.

— Il parlait bien d'une affaire non résolue.

Tandis qu'elle faisait défiler le document, Daniel se pencha vers l'écran et plissa les yeux.

— Une déclaration sous serment ?

— Il raconte avoir vu Bradley commettre un meurtre à New York, résuma-t-elle en relisant le texte. On était mariés depuis trois mois, il m'avait emmenée dans les Hamptons.

Elle se souvenait de la victime mentionnée par Gary.

— J'avais espéré trouver quelque chose reliant Bradley à un crime. Gary l'a fait pour moi.

— Et pour Aiden.

Daniel lui caressa le dos, puis lui massa le cou.

— Tu dois donner ça au lieutenant Hertz.

— Oui, répondit-elle en sauvegardant les fichiers. Je ne veux pas envoyer ça par mail, au cas où Bradley aurait un informateur au sein de la police.

— D'accord, mais je préviens Grant qu'on passera le voir demain après-midi.

Elle secoua la tête, ôta la clé et éteignit l'ordinateur.

— Encore un jour loin du chantier Caldwell ? Ce n'est pas bon pour les affaires.

— On se débrouillera. Pour ce soir, j'ai une solution pour te faire oublier tout ça.

— Ah oui ?

Il tourna sa chaise vers lui, l'attira sur ses genoux et l'embrassa. Il partit à la découverte de son corps, prouvant sans mal que le plaisir était une distraction efficace contre les problèmes de l'extérieur.

À bout de souffle, tous les sens en éveil, Shannon sentit son cœur s'arrêter en entendant son fils crier à l'étage.

— Cauchemar, déclara-t-elle en se levant. On remet ça à plus tard ?

— Tu peux en être sûre.

Il l'attrapa par le menton et lui donna un baiser rapide avant qu'elle ne s'éloigne.

Les yeux fermés, Daniel se pencha et posa les coudes sur ses genoux, le temps de retrouver son self-control. Il ne pouvait pas la laisser partir. Ces documents contenaient forcément quelque chose qui les aiderait à trouver Stanwood et à l'emprisonner jusqu'à la fin de ses jours.

En écoutant Shannon fredonner une berceuse à son fils, il sentit le calme le gagner peu à peu. Quand le sèche-linge sonna, il alla plier et trier les vêtements en trois tas différents. Quand était-ce devenu naturel de faire cela pour quelqu'un d'autre ? La réponse importait peu et ne changeait rien à sa résolution : il n'allait pas la laisser partir.

Sans cesser d'y penser, il fit son lit sur le canapé et mit longtemps à s'endormir. Il avait eu l'intention de parler de sa garde à Shannon, mais l'occasion ne s'était pas présentée. Il devrait le faire demain matin.

Et le matin arriva bien trop tôt. Réveillé par l'odeur du café et les bruits qu'elle faisait dans la cuisine, il se traîna dans l'escalier et s'imposa une douche froide. Quand il la rejoignit, il lui en voulut aussitôt d'avoir l'air aussi reposée alors qu'il se sentait si mal.

— Salut.

— Bonjour, répondit-elle d'un ton enjoué en lui tendant un mug rempli de café. On va t'accompagner aujourd'hui. Tu as besoin de tout le monde pour terminer le chantier Caldwell.

Il vida la tasse en quelques gorgées.

— Tu n'es pas prête à laisser Aiden chez la baby-sitter, comprit-il, les idées éclaircies par la caféine.

Il avait rêvé d'elle toute la nuit. Il avait rêvé de caresser ses seins pendant qu'elle s'empalait sur lui. Il avait rêvé de journées au parc, à regarder son fils sauter de la balançoire. Il s'était vu jouer un rôle dans son éducation. Son cœur ne lui appartenait plus. Maintenant qu'il les connaissait mieux, il ne supportait pas l'idée de les laisser partir.

Si Hertz et ses hommes n'arrêtaient pas Stanwood bientôt, Daniel tiendrait parole et aiderait Shannon à faire ses bagages. Il conduirait même la voiture pour quitter la ville, du moment qu'elle l'incluait aussi dans son projet.

Elle s'opposerait à sa décision de les accompagner et lui exposerait les raisons pour lesquelles il devait rester, mais il saurait contrer ses arguments. Il savait comment construire de bonnes fondations, assez solides pour ses rêves à elle, les siens et ceux d'Aiden.

— Tu as l'air assez… remonté aujourd'hui, remarqua Shannon en commençant à préparer le petit déjeuner. Est-ce qu'il s'est passé quelque chose ?

— Ça ne saurait tarder.

Il posa les mains sur ses hanches et la fit tourner vers lui. Il lui leva le menton d'un doigt, puis posa les lèvres sur les siennes.

— Et voilà. Maintenant, la journée a bien commencé.

Le bonheur mêlé d'étonnement dans ses grands yeux acheva de lui rendre sa bonne humeur.

Il sourit en entendant la porte de la salle de bains claquer à l'étage. L'eau circula dans les canalisations lorsque la chasse fut tirée, le robinet du lavabo s'ouvrit et se referma. Puis il y eut les bruits de pas dans l'escalier.

Daniel releva chaque son, but une autre gorgée de café et posa le mug une seconde avant qu'Aiden entre comme une tornade, les yeux brillants.

— Tu apprends vite, murmura Shannon.

— En effet.

Lorsque le petit garçon sauta vers lui, Daniel l'attrapa au vol, le serra dans ses bras et lui chatouilla le cou avec sa mâchoire râpeuse. Aiden poussa un cri de joie, puis lui prit le visage entre les mains.

— Bonjour, Daniel.

— Bonjour, mon grand.

Aiden frotta ses paumes sur la barbe de trois jours.

— On peut aller se raser ?

— Ça devrait continuer à pousser pendant qu'on mange, répondit Daniel. Va faire un bisou à ta maman pour qu'elle veuille bien cuisiner pour nous.

Il le fit sauter dans ses bras, avant de le tendre à Shannon. Aiden la serra fort et l'embrassa. Une fois le menu décidé, elle cassa des œufs dans une poêle, pendant que l'enfant, juché sur l'escabeau, glissait le pain dans le grille-pain. Daniel mit la table, puis s'assit avec son café, appréciant la scène domestique plus qu'il ne l'aurait dû.

— Tu ferais mieux de manger, conseilla-t-il quand Aiden se laissa distraire par le camion de pompiers qu'il avait posé sur la quatrième chaise. Maman a dit qu'on allait au travail aujourd'hui.

Le petit garçon écrasa ses œufs brouillés avec sa fourchette et regarda Shannon.

— Nous trois ?

Elle hocha la tête.

— Il faudra que tu m'écoutes bien aujourd'hui. On a beaucoup à faire avant que les Caldwell puissent emménager.

— Ed et Lou seront là, eux aussi ?

— Oui. Tu préférerais jouer chez Rachel ?

Il fronça les sourcils et posa le menton sur sa main.

— Pas de coudes sur la table, ordonna-t-elle.

Aiden avança sa lèvre inférieure d'un air rebelle, mais obéit.

— On a besoin de toutes les bonnes volontés pour remettre la maison de M. Caldwell en état, lança Daniel. Ta maman m'est d'une grande aide. Tu crois que tu pourrais l'être ?

— Je peux apporter mon nouveau camion ?

— Bien sûr.

Daniel étala de la confiture sur son toast et le plia en deux. Il l'aurait mis en entier dans sa bouche si Aiden n'avait pas regardé. À la place, il prit une grosse bouchée, rattrapant la confiture avec sa langue.

Aiden prit une cuillerée de confiture dans le pot et la mit sur son toast. Il le plia, puis mordit dedans. Une giclée de confiture coula sur son menton.

— Finis ton assiette, déclara Daniel. C'est parti pour l'opération rasage.

Dans la salle de bains, le petit garçon l'amusa énormément : il se mit de la mousse sur le visage, imita le mouvement du rasoir avec son doigt en faisant des grimaces. Ils enchaînèrent avec le brossage de dents, sans qu'Aiden ne cesse de parler.

Ils décidèrent de prendre les deux véhicules pour aller sur le chantier. Le petit devrait retourner chez sa baby-sitter, mais cela pouvait encore attendre. Si Daniel n'avait pas eu besoin de l'aide de Shannon, il lui aurait donné une semaine de congés payés, à condition que Grant ait trouvé quelqu'un pour veiller sur elle.

Daniel devait retourner à la caserne ce soir et n'avait toujours pas prévenu Shannon. Il ne voulait pas qu'elle se sente exclue, alors qu'ils étaient censés planifier les choses ensemble. Seul inconvénient : il n'était pas plus prêt que la veille à les perdre de vue, elle et Aiden.

Après les avoir salués gaiement, Ed envoya la mère et le fils s'occuper des salles de bains.

— Que se passe-t-il ? demanda Daniel une fois seul avec lui. Toute cette bonne humeur à cette heure-ci m'inquiète.

— Tu as remarqué ?

— Ed ?

— C'était presque bon, répondit-il en tripotant son marteau. Je sais que tu voulais finir ici avant de reprendre tes gardes.

— Il nous reste encore une semaine. Que s'est-il passé ?

— Pas de parquet, expliqua Ed. C'est comme si la commande avait disparu. Je ne peux pas avoir ce que tu voulais avant deux bonnes semaines.

Daniel regarda la rampe neuve et le perron élargi. Aujourd'hui, Lou devait teindre le bois et peindre les portes. La famille était censée réemménager chez elle dimanche en huit, dans l'après-midi.

— Deux semaines ? Continuons à avancer sur ce qu'on peut, décida-t-il en sortant son téléphone. Je vais trouver une solution.

Il s'éloigna de quelques pas et commença à passer des coups de fil.

Personne ne put lui expliquer pourquoi sa commande avait disparu. Pire encore, il eut beau cajoler et négocier, rien ne put accélérer la commande de remplacement.

Frustré, il rejoignit Shannon et Aiden. Le petit garçon jouait avec le camion de pompiers sur une bâche devant la salle de bains.

— J'ai un problème, annonça-t-il à Shannon. Je peux avoir ton avis ?

Tout en lui expliquant la situation, il feuilleta le classeur de projet où il gardait trace de tout, des offres d'ouverture à la conception jusqu'au produit fini.

— C'est la première fois que je vois ça, remarqua-t-elle en lui jetant un coup d'œil admiratif. Bon travail.

— Merci. Le parquet n'arrivera pas à temps. Je l'ai pourtant commandé largement en avance. Ça aurait dû être livré jeudi, ça a été reporté à hier, mais on n'a rien reçu.

Au moment où il le dit, il se rendit compte de son erreur. Shannon le regarda d'un air effrayé.

— Arrête, lança-t-il. Ça n'a rien à voir avec *ça*.

Elle haussa les sourcils. Ils savaient tous les deux qu'il parlait de *lui*. Il refusait de l'envisager.

— J'ai besoin d'une solution. Les fournisseurs disent que je peux avoir quelque chose qui se rapproche de ça.

Quand il tapota l'image d'un modèle de chêne blanc, elle fronça le nez.

— On est bien d'accord, poursuivit-il. Une idée ?

Shannon apporta les échantillons dans ce qui allait devenir le salon.

— Tu voulais ce produit pour sa durabilité.

Ils semblaient vraiment au diapason, pensa Daniel, émerveillé, avant d'ajouter :

— Et pour sa facilité d'entretien.

— D'accord...

Elle fit quelques pas, puis revint près du classeur.

— Pendant que tu réfléchis, déclara-t-il, il y a autre chose que j'oublie sans arrêt de te dire. Le chef a besoin de moi ce soir, pour toute la nuit.

Elle releva la tête et croisa son regard.

— Pour une garde ?

— Je serai de retour pour le brunch. On pourra aller visiter quelques maisons.

Il se crispa, prêt à lire sur son visage de la désapprobation, de l'inquiétude, voire de l'excitation à l'idée d'avoir embrassé un homme qui se ruait dans les immeubles en flammes.

— Tu reprends le travail en avance ? demanda-t-elle en baissant à nouveau les yeux sur les échantillons.

— Pas si je peux faire autrement. Je veux être ici pour le reste. En admettant qu'on puisse poser le parquet.

— Si le chef Anderson t'a demandé de revenir plus tôt, ça doit être important. Ed, Lou et moi, on peut terminer.

— En fonction du parquet.

Shannon feuilleta le classeur jusqu'à une page vierge.

— Peux-tu me donner une liste des gens que tu as appelés ?

— À quoi penses-tu ? demanda-t-il en écrivant les noms.

Après avoir fermé le classeur, elle s'approcha de lui et lui caressa le bras.

— Je pense que tu m'attires beaucoup, murmura-t-elle avant de reculer. On a tous les deux du pain sur la planche. Si tu as besoin des défis et de l'esprit de camaraderie de la caserne, s'ils ont besoin de toi, ne t'oblige pas à rester pour nous.

Sa façon de tout accepter semblait trop belle pour être vraie. Puis ses mots le frappèrent de plein fouet.

— Shannon. Tu ne...

Daniel fut incapable de terminer sa phrase.

— Non, répondit-elle d'un air surpris qui lui donna de l'espoir. Non. J'y ai réfléchi, à ça aussi.

Et avec un sourire sexy qu'il rêvait de voir tous les jours pour le reste de sa vie, elle retourna à son carrelage.

Il se mit au travail avec ardeur. Juste avant midi, alors qu'il prenait les commandes pour le déjeuner, le lieutenant Hertz appela pour organiser une réunion d'urgence avec Shannon à l'Escape Club.

Daniel marmonna un juron. Le policier n'avait pas semblé optimiste. Il tendit la liste et de l'argent à Ed, puis alla prévenir Shannon et Aiden qu'il fallait partir.

Quand Daniel se gara devant le club, Shannon sentit sa nervosité monter d'un cran. Pourvu qu'il y ait des bonnes nouvelles, qui lui permettraient de rester.

En approchant de l'entrée, elle entendit quelqu'un jouer de la batterie. Elle baissa les yeux sur Aiden et sourit en voyant la curiosité dans son regard.

— Ça doit être Grant, déclara Daniel en frappant à la porte. Il considère la batterie comme une séance d'exercice.

— Ça te plaît ? demanda-t-elle à Aiden.

Il hocha la tête et leva les bras.

— Je veux voir.

— Il n'y a pas grand-chose à voir pour l'instant, répondit-elle en le soulevant. Tu pourras demander à M. Sullivan de te montrer sa batterie avant qu'on ne parte.

Comme s'il avait attendu d'entendre son nom, Grant ouvrit la porte avec un large sourire.

— Bienvenue, bienvenue, lança-t-il joyeusement. Entrez.

Une fois à l'intérieur, il ferma la porte et réenclencha le système de sécurité. Puis il tendit la main vers Aiden.

— Je ne crois pas qu'on se connaisse. Tu es Aiden Nolan ?

Le petit garçon acquiesça timidement, s'appuya contre l'épaule de Shannon et observa le haut plafond de ce qui avait été un entrepôt.

— Je suis Grant. Daniel et moi sommes amis.

— Tu étais là, se souvint Aiden. Quand Daniel m'a trouvé.

— En effet. Je suis content que tu sois ici. Ta maman m'a beaucoup parlé de toi. Elle dit que tu es très courageux.

Aiden desserra sa prise sur le sweat de Shannon.

— C'est toi qui faisais tout ce bruit ?

— Du bruit ? s'exclama Grant en riant. C'était bien moi. Tu veux m'aider à en faire encore plus ?

Shannon laissa Aiden se tortiller pour descendre et accompagner Grant. Cela l'occuperait pendant que Daniel et elle parlaient avec le lieutenant.

Hertz attendait à l'autre bout du bar, hors de vue d'Aiden.

— Merci d'être venus.

Shannon coula un regard vers son fils. Grant maîtrisait la situation. Le club était verrouillé, le système anti-intrusion était branché, pourtant elle ne parvenait pas à se détendre.

— Les ravisseurs se sont-ils retournés contre Bradley ? demanda-t-elle en entrant dans le bureau.

— Non. Les deux hommes ont été retrouvés morts ce matin.

Hertz ferma les yeux, avant de continuer :

— Ils ne nous ont rien donné. Il ne faudra pas longtemps avant que les chaînes d'information apprennent que deux prisonniers sont morts cette nuit.

Shannon se laissa tomber sur une chaise. Gary étant mort, les kidnappeurs étaient le dernier lien avec Bradley. Rien n'allait pouvoir l'arrêter maintenant, même pas la déclaration sous serment laissée par l'avocat.

— Ça veut dire que vous ne le trouverez pas près du cabinet Marburg, fit observer Daniel. Vous n'avez aucune piste ?

— Non, admit le policier. D'après nos informateurs, il est toujours en ville. Mes homologues à New York confirment que personne ne l'a vu là-bas depuis plus d'une semaine.

— Il est en mode vengeance, affirma Shannon.

Son ex-mari avait assassiné son ami de sang-froid pour apaiser son ego meurtri.

— Et il s'appuie sur de fausses informations.

Elle ignorait ce qui était le pire : que son ex soit pris de folie parce qu'il pensait qu'Aiden n'était pas de lui ou qu'il sache la vérité sur sa paternité ?

— Je suis la suivante sur la liste.

— Attends un peu, intervint Daniel en posant la main sur son épaule. Ça ne se passera pas comme ça.

— Il ne s'arrêtera pas. Pendant notre mariage, la moindre vexation l'obsédait pendant des jours.

— A priori, je suis d'accord, répondit le lieutenant. On pense que Gary essayait de quitter le milieu.

— C'est ce qu'il a dit, murmura Shannon.

Hertz poursuivit :

— Alors Stanwood l'a fait sortir du bois en kidnappant l'enfant dont Gary était soi-disant le père.

Même si elle n'avait pas falsifié le test de paternité, elle s'en sentirait toujours coupable, sachant que Gary était mort pour avoir agi comme un être humain honorable.

— Est-il possible qu'il ait appris la vérité et qu'il veuille son fils ? demanda le policier.

Shannon sentit un frisson d'angoisse courir dans son dos.

— Aiden ne l'intéresse pas. En tout cas, pas pour jouer les pères. Si je ne l'avais pas quitté, il m'aurait obligée à avorter.

Après toutes ces années, elle avait encore du mal à dire les mots à voix haute. Daniel grommela un juron.

— Il enlèverait Aiden pour te punir.

— Non, articula-t-elle avec effort. Il est plutôt du genre à nous tuer tous les deux pour faire le ménage.

Elle leva les yeux vers Daniel, regrettant déjà ce qu'ils n'auraient jamais.

— On doit partir.

Il secoua la tête.

— Il y a un autre moyen. Une autre raison à sa présence ici.

Le chagrin envahit Shannon. Son seul espoir était que Bradley s'autodétruise avant de la briser.

— Tout ce qu'il veut, c'est se venger et faire souffrir les autres.

— Avez-vous la moindre idée de qui pourrait l'aider ici ? demanda Hertz.

— Je ne fais plus partie de sa vie depuis bientôt cinq ans. Et ce n'est pas comme s'il parlait affaires avec moi à l'époque où on était ensemble.

— Vous savez forcément quelque chose qui nous aidera à le retrouver, insista-t-il. Propriétés, actifs, n'importe quoi.

Shannon n'avait plus qu'une seule chose en tête : survivre.

Il était temps de quitter Philadelphie et de tout recommencer ailleurs. Elle jeta un coup d'œil à Daniel, puis détourna le regard. Malgré tout ce qu'elle avait tenté pour protéger son cœur, elle s'en irait en nourrissant de nombreux regrets.

À partir de maintenant, pour survivre et sauver Aiden, elle devait fuir, le plus vite et le plus loin possible. Plus elle retardait leur départ, plus elle donnait un avantage à Bradley.

Il l'avait toujours considérée comme une entité jetable. Elle avait su en signant les papiers du divorce que la fuite ferait toujours partie de sa vie. Elle s'y était préparée.

— Donnez-moi quelque chose, la pressa Hertz. Essayez.

— Et si vous faisiez votre boulot ? intervint Daniel d'un ton sec. Elle ne peut pas vous donner ce qu'elle n'a pas.

Le policier l'ignora et implora Shannon.

— Venez au poste, et on vous montrera ce qu'on a. Ça pourrait vous rappeler quelque chose. Vous ne vous rendez peut-être pas compte de ce que vous savez.

— Et la protection policière, c'est une option ? demanda-t-elle.

Aiden venait d'échapper à son rôle de pion. Elle ne lui ferait pas revivre une telle épreuve.

— Oui, si on a des preuves tangibles utilisables pour intenter une action.

— Et la déclaration que Loffler lui a donnée ? lança Daniel. Ça doit bien compter pour quelque chose.

Hertz la regarda.

— Vous étiez là ?

— Oui. C'était dans les Hamptons, comme Gary l'a indiqué.

— Avez-vous vu quelque chose ?

Elle secoua la tête. Gary avait dit qu'elle savait, mais même après avoir exploré les fichiers sur la clé, elle ne comprenait toujours pas ce qu'elle était censée savoir.

Daniel jura à nouveau.

— Elle est témoin oculaire du meurtre de Loffler. Ça doit bien lui valoir une protection.

— Je garde une voiture de patrouille dans la zone.

— Alors là, super, merci, ironisa Daniel.

— C'est bon, murmura Shannon en lui touchant la main.

Il a tué son ami en étant persuadé que j'étais infidèle. Aucun de nous n'aurait dû croire qu'il allait me laisser tranquille. Si je continue à vivre ma vie, il perd la face.

C'était d'ailleurs comme cela qu'elle avait réussi à le quitter. Suivant les conseils de Gary, elle avait menacé de détruire la réputation de Bradley devant témoins. Elle avait réussi à entrer dans sa tête assez longtemps pour prendre ses distances.

— Tu n'as pas été infidèle, signala Daniel.

Sa façon spontanée de la défendre lui réchauffa le cœur, même si cela ne changeait rien à la situation.

— Quand Bradley est sur le pied de guerre, la vérité importe peu.

Les yeux fermés, elle écouta le rythme régulier de la batterie.

— Vous surveillez les hôtels de luxe ? Il ne sacrifierait pas son confort même pendant sa mission pour me punir.

— J'ai du monde qui ratisse la ville. D'après mes informateurs, il est là, mais personne ne semble l'avoir vu depuis que Loffler a été tué.

— Autre possibilité : les maisons à louer. De là, il pourrait donner des ordres sans être dérangé.

— On ne m'a rien signalé de ce genre.

À l'idée de devoir tout recommencer, Shannon sentait l'angoisse l'envahir. Où aller pour échapper à Bradley ? Les ressources de son ex dépasseraient toujours les siennes, même si elle acceptait l'héritage de Gary.

— L'un de vos experts a-t-il trouvé quelque chose d'utile dans les fichiers de la clé USB ?

— Rien qui nous aide à le localiser, répondit Hertz.

— Tu veux t'enfuir, déclara Daniel en croisant les bras.

En lisant les accusations et la déception dans ses yeux, le cœur de Shannon se serra.

— « Vouloir » n'est pas le bon terme.

— Ne le fais pas, demanda-t-il en s'agenouillant et en lui prenant les mains. Si tu fuis maintenant, tu fuiras toute ta vie. Si tu fuis, Loffler sera mort pour rien.

— Tu ne prends pas de pincettes, dis donc.

— Si ça fait mal, c'est parce que tu sais que c'est vrai.

Il essaya de sourire, sans succès. Elle aimerait tellement pouvoir se reposer sur lui et oublier tout le reste, songea-t-elle en soupirant.

— Je suis là pour Aiden et toi, mon cœur. Tu n'es pas seule.

Elle n'avait jamais entendu de mots plus doux. Avant Daniel, elle avait beaucoup souffert de solitude. Tout à coup, elle comprit.

— Quel enfoiré, s'exclama-t-elle en serrant les mains de Daniel. Il aurait pu me tuer quand il a tiré sur Gary.

— Qu'est-ce que tu veux dire ?

Elle jura à nouveau et repoussa ses cheveux en arrière.

— Il a écrit cette exigence ridicule à propos de ma routine pour voir qui était important pour moi.

Elle aurait dû se rendre compte de cette tactique plus tôt.

— Il est entré chez moi ce jour-là pour jouer au plus malin.

— Mais il a dit que tu lui avais pris quelque chose, fit observer Daniel.

Elle reporta son attention sur lui.

— Quoi ?

Le policier répéta la question, et Daniel jura à son tour.

— Stanwood m'a appelé, expliqua-t-il en sortant son téléphone. Après le sauvetage d'Aiden. Je voulais transférer l'enregistrement, mais ma mère m'a appelé. Je suis désolé.

Après avoir écouté la conversation, Shannon rit avec amertume.

— J'ai seulement pris ce que Gary avait négocié. J'ai même laissé ma bague, ajouta-t-elle avant de secouer la tête. Peu importe. Il est capable de te tuer rien que pour me torturer.

— Ça ne va pas arriver.

— Pas si je m'en vais.

Au moment où elle terminait sa phrase, elle eut une idée.

— Écoutez-moi, ordonna-t-elle alors que les deux hommes protestaient. Imaginons que je décampe, en montrant bien que c'est la panique qui me fait fuir. Ça veut dire que je ne serai pas ici pour voir mes amis mourir. Il me suivrait.

— Tu en es sûre ?

— Pour un homme comme Bradley, sauver la face est aussi vital que respirer.

— Et s'il joue juste au plus malin, comme tu le disais ?

— Ce n'est pas le cas. Il nous propose un grand classique de chez Stanwood : le jeu du chat et de la souris.

Les yeux bleus de Daniel se durcirent et sa mâchoire se serra, mais elle conclut :

— Si vous voulez l'attraper, il faut que je le guide ailleurs.

Les deux hommes gardèrent le silence.

— Inutile de faire traîner les choses, insista-t-elle. Plus longtemps Bradley reste ici, plus il est une menace pour tous ceux qui me connaissent.

Daniel croisa les bras.

— On t'écoute. Comment envisages-tu les choses ?

— Je rentre chez moi avec Aiden. On fait nos bagages, en ne prenant que le strict nécessaire, et on met deux valises dans la voiture. Je passe au bureau de la construction, je démissionne, je me fais payer et je prends la route.

Elle venait d'exposer son vrai plan, omettant simplement d'évoquer sa fausse identité, le compte bancaire alternatif et le fonds d'urgence réservé à l'achat de dernière minute des billets d'avion pour quitter le pays.

— C'est un gros risque, maugréa-t-il en faisant la grimace.

— Ça ne fera que donner l'impression que je suis seule, lui rappela-t-elle avec plus d'assurance qu'elle n'en ressentait.

— Vous devriez d'abord aller au cabinet Marburg, déclara Hertz, qui semblait favorable à son idée.

Shannon jeta un coup d'œil sur sa montre.

— Jusqu'à quelle heure sont-ils ouverts le samedi ?

— Croyez-moi, ils prendront le temps.

— Allons-y.

Elle avait échappé aux griffes de Bradley une fois, mais elle n'était pas assez naïve pour croire qu'il serait facile de recommencer. En s'exposant ainsi, elle prenait de gros risques. La présence de son fils augmentait le danger.

— On doit essayer, sinon Aiden n'aura jamais la chance de mener une vie normale.

— Hors de question qu'il soit dans la voiture avec vous, déclara Hertz. Je ne mettrai pas un enfant en danger.

— Si Aiden reste ici, ça donne l'impression que tu vas faire demi-tour, remarqua Daniel. Je peux vous retrouver sur une aire de repos. Comme ça, je pourrai te ramener ici, là où est ta place, conclut-il sans la lâcher du regard.

Comment pouvait-elle protester quand il disait ce genre de choses ? Cela dit, elle ne voulait pas qu'il se retrouve dans la ligne de mire.

— Je ferai demi-tour à la minute où la police l'aura capturé.

Daniel n'eut pas l'air entièrement convaincu, mais n'insista pas. Ils passèrent les quelques minutes suivantes à peaufiner le plan et le timing. Ils déterminèrent le meilleur itinéraire en s'aidant des caméras de circulation routière, qui leur permettraient de surveiller comment elle avançait et si quelqu'un la suivait.

Daniel se tourna vers Hertz.

— Ça ne me plaît pas qu'elle soit toute seule pendant que vous et vos collègues regardez sans rien faire. Quand il a tiré sur Loffler, Stanwood s'y est pris rapidement et de près. Il n'a pas de raison de changer d'approche avec Shannon.

— Daniel..., fit-elle.

— On ne peut pas utiliser un leurre ? demanda-t-il. Shannon fait une partie du trajet, puis quelqu'un d'autre fait le reste. On procède à l'échange au bureau de la construction. Stanwood ne s'attend pas à ce qu'elle s'enfuie, il ne connaît pas son plan, alors aucun de ses sbires ne doit surveiller cet endroit.

— Et où comptez-vous cacher Shannon ?

— Elle peut rester chez mes parents.

Le policier poussa un grognement.

— C'est parfait, poursuivit Daniel avec un enthousiasme grandissant. Quartier sécurisé enclos, appartement au-dessus du garage. Elle peut rester là, à l'abri, jusqu'à ce que vous jetiez vos filets sur Stanwood.

— Laissez-moi donner quelques coups de fil, déclara Hertz en passant derrière le bureau de Grant et en décrochant le téléphone fixe.

Une demi-heure plus tard, le plan était finalisé. Pleins d'espoir, Shannon et Daniel allèrent chercher Aiden et commencèrent à mettre les choses en mouvement.

10

La mission dut attendre le lundi après-midi à cause de la garde de Daniel et du repos dominical imposé par le bureau de la construction. Ils profitèrent de cette journée supplémentaire pour s'assurer que l'échange se passerait bien. Ils avaient décidé que Daniel retournerait à la caserne dès que le leurre aurait quitté la ville, sans doute parce que Shannon n'aurait plus besoin de sa protection.

Le lundi matin, il s'occupa d'Aiden pendant que Shannon rencontrait l'avocat de Gary et prenait les dispositions voulues pour accepter l'héritage. Nul doute qu'elle en avait aussi profité pour actualiser son testament et prévoir le sort d'Aiden si Bradley arrivait à ses fins. Elle avait rapporté à la maison le journal et les autres documents que Gary lui avait légués, pour les lire plus tard. Les derniers mots de Loffler la hantaient, songea Daniel. Elle était frustrée par son incapacité à comprendre ce qu'il avait voulu lui montrer.

Si Aiden avait remarqué quelque chose d'inhabituel au bureau de la construction — ils étaient arrivés dans la voiture de sa mère et étaient repartis avec Daniel dans son pick-up —, il n'en sembla pas perturbé. À en croire Shannon, il avait fait un autre cauchemar le samedi soir, mais qui avait duré moins longtemps que celui de la nuit d'avant. La veille, il avait dormi sans même un gémissement. Plus son fils se conduisait normalement, plus Shannon se détendait.

Lorsqu'ils franchirent enfin la barrière du quartier de ses parents, elle remarqua :

— Je sais que ce n'est pas comme ça que tu voulais passer ta dernière journée avant de retourner à la caserne.

D'un coup d'œil, Daniel s'assura qu'Aiden était absorbé par son camion.

— C'est mieux que de m'inquiéter en t'imaginant sur la route, seule avec des caméras, répondit-il à mi-voix.

— Tu es sûr qu'on ne va pas déranger tes parents ?

— Pas le moins du monde. Je suis sûr que ma mère va tomber amoureuse d'Aiden dès qu'elle le verra. Toutes ses amies ont des petits-enfants. Elle n'arrête pas de nous dire de nous dépêcher, à mon frère et moi.

Au détour de l'allée, une bâtisse en pierre de deux étages apparut, et Shannon poussa un soupir. Il n'avait pas vu la maison à travers un regard objectif depuis des années.

— Mon père ne l'a pas construite, mais il a rénové chaque pièce au goût de maman au fil des ans. Le garage est derrière.

— On est où ? demanda Aiden. On peut rentrer chez nous, maman ?

La seconde question s'acheva sur un ton plaintif.

— Bientôt, répondit-elle sans cesser d'admirer la vue.

— J'ai oublié mon camion benne préféré, marmonna-t-il en se frottant les yeux avec son poing.

— On a rangé tes camions dans la valise. Daniel l'a mise à l'arrière du pick-up. Tu le récupéreras quand on entrera.

Tandis que son fils se tortillait sur son siège auto, elle adressa un petit sourire à Daniel.

— Merci. Si on avait oublié l'un des camions, ça aurait fait dérailler mon plan d'évasion.

— C'est quoi, évasion ?

Pas grand-chose n'échappait à son fils, se dit Daniel en riant. Il suivit l'allée et se gara derrière la maison. Après avoir coupé le moteur, il se tourna vers Aiden.

— Pour l'instant, l'évasion, c'est de passer quelques jours dans un autre endroit. Tu es prêt pour une nouvelle aventure, mon grand ?

— Oui ! s'exclama-t-il en tirant sur le harnais. On y va !

— Ça, c'est de l'enthousiasme.

Shannon sourit.

— Quand il avait environ deux ans, j'ai fait un tête-à-queue en essayant de m'arrêter à un feu pendant une tempête de glace. Pendant que j'agrippais le volant, terrifiée, il applaudissait et criait : « Encore ! »

Une fois Aiden sorti du pick-up, Daniel désigna les marches sur le mur latéral d'un garage séparé pour trois voitures.

— On explore d'abord ou on sort les bagages ? Tu choisis.

— On explore ! cria Aiden.

Il fit un bond en avant, puis leva le poing en l'air.

— Chargez !

Daniel les précéda dans l'escalier, puis déverrouilla la porte de l'appartement et l'ouvrit.

— Bienvenue, jeune écuyer.

Aiden se rua en avant. Ce n'était pas aussi grand que chez eux, mais si tout se passait bien, ils ne resteraient pas ici longtemps. Daniel étudia le visage de Shannon quand elle entra. Il se sentait comme un enfant, à espérer son approbation pour un travail bien fait.

— Je vais mettre en place le système de sécurité.

Il avait bâti cet endroit avec son père. Il y avait appris à planifier un projet du début à la fin. Matthew l'avait laissé organiser l'espace et ils avaient ajusté les détails ensemble. Au fil des années, Daniel avait vécu ici, puis son frère et des proches de passage pour les vacances ou en voyage d'affaires y avaient séjourné. Même si ce n'était pas un cinq-étoiles, c'était pratique et, surtout, c'était un lieu sûr.

Un mur percé d'une arche divisait l'espace. D'un côté, le salon et la cuisine avaient vue sur l'allée. De l'autre, deux petites chambres et une salle de bains donnaient sur le jardin.

— Charmant, remarqua Shannon. Conception astucieuse.

Une bouffée de fierté envahit Daniel.

— C'était un projet d'entraînement. Pas beaucoup d'espace.

— C'est plus que suffisant. Pas vrai, Aiden ?

Aiden se jeta sur le canapé et ôta son petit sac à dos.

— Tu peux me lire une histoire ?

— Dans un instant, répondit Shannon. Maman et Daniel doivent parler une minute.

— Pas toi. Daniel.

— Et si on allait d'abord chercher les bagages ? suggéra celui-ci, ravi que l'enfant l'ait réclamé.

— OK.

Aiden se leva d'un bond et courut vers la porte. Quand ils eurent monté les valises, il se rassit et agita le livre.

— J'arrive, lança Daniel.

C'était une folie de s'attacher, mais il ne parvenait pas à garder ses distances, ni avec l'enfant ni avec sa mère.

— Ne te sens pas forcé, murmura Shannon. Tu sais qu'il comprend le travail et les obligations.

— Tout va bien. Il ne devrait pas y avoir de crise dans le prochain quart d'heure.

Il s'installa à côté d'Aiden et ouvrit le livre. Le petit garçon se blottit contre lui pour écouter les aventures d'un ours à l'école. Tout en lisant, Daniel entendait Shannon se déplacer dans les chambres. La politesse aurait voulu qu'il l'aide à défaire les bagages, mais elle s'en chargea avec l'efficacité qu'elle mettait en toute chose.

Alors qu'il finissait l'histoire, quelqu'un frappa à la porte.

— Qui c'est ? demanda Aiden d'une voix un peu effrayée.

Daniel lui tendit la main.

— Allons voir.

Ensemble, ils ouvrirent la porte et tombèrent sur le visage souriant de sa mère.

— Salut, maman.

Quand il la présenta à Aiden, elle s'accroupit pour serrer la main de l'enfant.

— Ravie de te rencontrer, Aiden. Tu peux m'appeler Tess.

Le petit garçon lui adressa un sourire timide sans lâcher Daniel.

— Je vous dérange ? demanda-t-elle.

— Non.

Même s'il avait essayé de la renvoyer, elle ne se serait pas laissé faire, songea-t-il en l'invitant à entrer. Quand Shannon revint dans le salon, il vit ses yeux s'écarquiller, et elle toucha sa frange avec nervosité.

— Merci beaucoup, madame Jennings, déclara-t-elle une fois les présentations faites. J'espère qu'on ne vous envahira pas trop longtemps.

— Ne dites pas de bêtises. Et appelez-moi Tess. Daniel a aménagé ce lieu avec son père il y a des années. Je suis heureuse que ça serve à quelqu'un.

Le fameux regard maternel courut sur eux trois. Daniel pouvait presque voir son cerveau en action. S'il la laissait faire, les faire-part de mariage seraient prêts demain matin.

— Je dois retourner sur le chantier et Shannon...

— Shannon et moi pourrons lier connaissance en ton absence, termina sa mère. Et si vous veniez dîner tous les trois avec nous ce soir ?

Elle avait formulé sa phrase comme s'ils étaient une famille, remarqua Daniel en se raidissant. Il jeta un coup d'œil vers Shannon, mais elle accepta avant qu'il ne puisse trouver une excuse crédible.

— Merveilleux, s'exclama sa mère, avant de s'accroupir à nouveau au niveau d'Aiden. Est-ce que tu aimes le poulet frit ? C'était le plat préféré de Daniel quand il était petit.

Daniel résista à l'envie de lever les yeux au ciel comme un adolescent et esquissa un sourire.

— Ça a l'air super, maman.

Il se tourna vers Shannon et Aiden.

— Je reviens bientôt. Si tu as besoin que je prenne quelque chose en chemin, envoie-moi un SMS.

Il prit sa mère par le coude et la fit sortir de l'appartement.

— Elle est ravissante, remarqua-t-elle.

— C'est une vraie dure à cuire.

— C'est souvent le cas des mères célibataires.

Une fois en bas des marches, il sortit ses clés.

— Ne joue pas les entremetteuses, prévint-il.

Shannon avait dit qu'elle pourrait l'aimer. Il voulait laisser le temps à ses sentiments de se développer sans ingérence.

Tess lui lança un regard espiègle.

— Est-ce que j'ai déjà fait ça ?

Elle n'avait surtout jamais caché son envie qu'il se range et lui donne des petits-enfants. Il n'avait rien contre l'idée d'une femme et d'une famille. Il n'avait tout simplement pas trouvé quelqu'un pour l'accompagner sur cette voie.

— Je mets les choses au clair, c'est tout.

— Oui, oui. Depuis combien de temps la connais-tu ? demanda-t-elle, une lueur malicieuse dans le regard.

— Elle travaille pour nous depuis environ trois ans. Elle fait de l'excellent boulot.

— Et tu aides toujours nos employés à se loger ?

Cette fois, il ne put s'empêcher de lever les yeux au ciel.

— Elle traverse un moment difficile, maman. Je ne peux pas en parler, mais elle avait besoin d'aide.

— Elle avait besoin de toi.

Sa mère lui tapota la joue.

— Tu es quelqu'un de bien, Daniel. Quelle que soit la situation avec Shannon et son fils, je suis sûre que tu fais ce qu'il y a de mieux pour eux. C'est dans ta nature.

Comme si elle percevait sa gêne, elle lui ouvrit sa portière.

— N'oublie pas de penser aussi à ce qui est mieux pour toi.

Ce conseil lui trotta dans la tête tout l'après-midi tandis qu'il faisait le point sur l'avancée du chantier. Le problème de parquet n'était toujours pas résolu. Il devait obtenir la réponse finale de Shannon, parce que rien ne lui plaisait autant que son premier choix.

— Est-ce que Shannon va bientôt revenir ? demanda Ed. Personne n'est aussi rapide qu'elle pour les finitions.

— Je l'espère.

Tout le monde savait qu'il voulait en terminer au plus vite. Ce n'était pas la première fois qu'un projet dépassait la date limite. Malheureusement, cette fois, son père faisait le total des pertes pour chaque heure de retard. Si ce projet stagnait encore quelques jours pendant qu'il était de garde, Daniel n'avait pas fini d'en entendre parler.

— Je ne suis pas sûr qu'elle revienne demain.

Tout dépendait de la capture de Stanwood.

— Sans parquet, on ne peut pas passer aux finitions.

— Non, mais si elle était là, ça nous ferait avancer plus vite, répliqua Ed. L'équipe s'inquiète pour elle et le petit.

— Aiden et elle vont bien.

Il ne rentra pas dans les détails, de peur de compromettre ce qu'ils essayaient d'accomplir.

— Si elle peut passer, elle le fera. Tu sais combien elle aime ce travail.

— D'accord, répondit Ed, avant de faire une pause, semblant chercher ses mots. On ne laisserait rien lui arriver.

Il posa la main sur le marteau dans sa ceinture à outils comme si c'était une arme.

— Si tu dois retourner travailler, tu pourrais nous faire confiance pour veiller sur elle et son fils.

— Il y a trop d'équipement mobile ici pour qu'Aiden y soit en sécurité.

Ed émit un grognement amusé.

— Ça règle la question. Maintenant, je sais que les rumeurs sont vraies.

— Quelles rumeurs ?

— Tu as le béguin pour elle et son fils.

Daniel ravala la protestation immédiate qui ne ferait que conforter Ed dans son opinion.

— Il n'y a pas de souci, déclara le chef de projet en braquant son regard d'acier sur Daniel. C'est super pour vous deux, même si tu n'as pas demandé mon avis.

— Je vais lui dire que vous vous inquiétez pour elle, se contenta-t-il de dire. Elle sera très touchée.

Il n'avait pas besoin que toute l'équipe s'intéresse à sa vie privée. Il tenta d'enfouir ses sentiments au plus profond de lui, mais sans succès.

Il avait vécu avec elle, ils s'étaient embrassés plus d'une fois, mais il avait toujours peur qu'elle s'enfuie. Elle ferait peut-être mieux de partir. Il ne devait pas la retenir si rester était synonyme de danger. Peu importait ce qu'il éprouvait pour elle, elle avait pour priorité de protéger son fils.

Quant à lui, il était pompier dans l'âme. Il ne renoncerait pas à sa vocation, pas même pour préserver l'harmonie familiale. Il avait beau tenir à Aiden, être père exigeait autant d'engagement que son métier. Il ne pouvait pas se démultiplier.

Tous les pompiers qu'il connaissait avaient un emploi à temps partiel en plus de leur carrière. S'il contentait son père en reprenant Jennings Construction, quel serait le résultat ? Pouvait-il limiter son planning pour ne pas s'épuiser à la tâche quand il n'était pas de garde ?

Cela impliquerait de réduire le personnel et le temps de travail. Il refusait d'imposer un tel changement aux familles dont les revenus dépendaient de Jennings Construction. Il ne voulait pas perdre ses meilleurs employés au profit d'autres entrepreneurs. En outre, Ed aurait beau faire un excellent bras droit, il ne souhaitait pas avoir plus de responsabilités, même avec une hausse de salaire substantielle.

Quand Daniel arriva chez ses parents, il n'était pas plus avancé. Exaspéré, il se gara près du garage et monta les marches. Il se sentirait mieux et plus à même de supporter le dîner en famille s'il passait d'abord quelques minutes avec Shannon.

Il frappa à la porte, puis entra. L'appartement était silencieux. Stanwood était-il parvenu à les retrouver ? se demanda-t-il, soucieux. Il ressortit et chercha des traces de lutte qu'il aurait pu manquer.

La porte de derrière de la maison parentale s'ouvrit, et quelqu'un cria. Daniel sentit son cœur s'emballer, avant de comprendre que c'était un son joyeux. Aiden courut dans l'allée et lança bruyamment :

— On est là !

Shannon apparut sur le seuil. Sourire aux lèvres, elle agita la main dans sa direction. Il lui rendit son geste, toutes ses frustrations soudain reléguées au fond de son esprit.

À qui voulait-il faire croire qu'il avait encore des doutes ? Il les aimait déjà, elle et Aiden. Avec eux, il avait trouvé sa place. Shannon lui avait dit qu'il apprenait vite, mais il était tombé amoureux d'eux plus vite encore. Cependant il ne pouvait pas le lui dire et lui demander de rester tant qu'ils ne seraient pas en sécurité.

Sans cesser de glousser, le petit garçon monta les marches aussi vite que possible. Il finit par lâcher la rampe et grimpa à quatre pattes comme un chiot surexcité. Il parlait à toute vitesse, Daniel ne comprenant qu'un mot sur trois.

En entendant « gâteau » et « préféré », il en conclut que sa mère avait proposé à Shannon et Aiden de passer plus tôt. Vu les circonstances, il n'y voyait aucun inconvénient. Tant que son ex était dans la nature, Shannon ne devait pas rester seule. C'était bien pour cette raison qu'il l'avait amenée ici.

Il pouvait peut-être suggérer à sa mère de rester avec elle le lendemain pendant qu'il était de garde.

Quand Aiden le rejoignit, Daniel le prit dans ses bras.

— Tu as parlé de gâteau ?

— Oui, répondit l'enfant en lui tapotant les joues. Le genre de gâteau que tu faisais quand tu étais petit.

Il plissa le visage.

— Tu as vraiment été petit ?

— Il y a très longtemps...

— Comme dans les histoires, s'exclama Aiden en se tortillant pour pouvoir descendre. On t'attend pour manger.

Daniel se pencha et lui enfonça un doigt dans le ventre.

— Dis donc, j'ai l'impression que tu as faim, toi.

— Ça oui alors, acquiesça le garçon en hochant la tête avec vigueur. Allez, viens !

Il se lança dans un monologue qui dura jusqu'à ce qu'ils arrivent à la porte. En passant devant sa mère, il déclara d'une voix forte que Daniel était arrivé et qu'ils pouvaient manger.

Tess vint à la rencontre d'Aiden dans le couloir et lui tendit une corbeille de petits pains.

— Va poser ça sur la table, et on sera prêts.

— OK, répondit-il avec le plus grand sérieux. Comment est le gâteau, Mimi ?

— En train de cuire à la perfection.

Une fois Aiden hors de vue, Daniel adressa un regard sévère et interrogatif à sa mère.

— Madame Jennings, c'est trop long, murmura-t-elle. Quand il m'a appelée Tess, ça ne m'a pas plu. Va chercher ton père.

Elle baissa les yeux sur ses mains.

— Non, d'abord, va te laver. Shannon peut...

— Je vais dire à Pop que c'est bon, s'exclama Aiden en les dépassant à toute allure.

— Pop et Mimi...

Daniel secoua la tête. Ce n'était pas grave. Du moins le pensait-il jusqu'à ce qu'il voie le voile mélancolique dans les yeux de Shannon. Ses parents avaient-ils rencontré Aiden ? Elle ne parlait jamais d'eux. Encore un mystère qu'il voulait éclaircir. Il mit la question de côté pour le moment. Il pourrait lui demander quand ils mettraient le petit au lit.

Même s'il s'opposait parfois à ses parents, il ne pouvait imaginer sa vie sans eux. Shannon avait sûrement choisi de protéger les siens en s'éloignant d'eux.

Quand Aiden revint avec Matthew, ils s'assirent à table. Sa mère n'avait pas été jusqu'à sortir la porcelaine, mais tout le reste indiquait une occasion importante.

Daniel grimaça intérieurement. Même sans l'indice supplémentaire donné par « Mimi et Pop », il voyait clair dans le jeu de sa mère : elle considérait Shannon comme une bru potentielle. S'il avait invité Shannon à sortir avec lui plus tôt, les choses se seraient peut-être déroulées ainsi. À présent, ils devaient consolider une fondation fissurée avant même de songer à construire dessus.

La salade avait à peine fait le tour de la table que son père commençait à bombarder Shannon de questions sur son passé. Dans ces moments-là, Daniel repensait avec gêne à toutes les remarques qu'on lui faisait sur sa ressemblance avec son père. S'il dirigeait une entreprise de construction, allait-il devenir lui aussi un vieil homme bourru et entêté ?

— Papa, dit-il en secouant la tête. Pas ce soir, d'accord ?

— Quoi ? J'aime connaître les gens avec qui je mange. Elle m'a déjà dit qu'elle venait de New York.

Daniel leva un sourcil vers Shannon ?

— Ah bon ?

Elle hocha la tête et haussa une épaule.

— Elle a déjà le travail, remarqua Tess avec diplomatie.

Daniel jeta un coup d'œil vers sa mère, qui regardait son mari avec une affection exaspérée. La lueur d'amour qui brillait dans ses yeux était la même qui illuminait leurs photos de mariage.

— Mon entretien d'embauche avec Ed remonte à un moment, répondit Shannon avec un sourire poli. J'ai travaillé sur des chantiers tous les étés quand j'étais au lycée. Dès ma première expérience avec des entrepreneurs, j'ai été mordue. C'était une mission avec mon groupe de jeunes de l'église.

— Qu'avez-vous construit ? demanda Matthew.

— On est allés dans un quartier populaire pour faire des réparations de toutes sortes. J'ai commencé par faire partie d'une équipe de couvreurs.

Matthew poussa un sifflement admiratif.

— Pas évident.

Shannon acquiesça.

— Maman, je ne vais pas manger les petits pois, déclara Aiden.

— Si, tu vas les manger.

Elle prit une bouchée pour lui montrer.

— Ils sont très bons.

Il contempla son assiette d'un air renfrogné.

— Ils sont verts.

— Mme Jennings...

— Mimi, interrompit Aiden avec un regard adorateur vers Tess.

— ... nous a préparé un délicieux dîner, poursuivit Shannon. Tu vas goûter de tout comme un garçon bien élevé.

Tandis que l'enfant repoussait les petits pois sur le bord de son assiette, Matthew reprit avec obstination :

— Un job d'été n'a rien à voir avec un plein-temps. Êtes-vous allée à l'université ?

— Papa, laisse tomber, grommela Daniel.

— Oui, monsieur, répondit Shannon du même ton imperturbable qu'elle avait utilisé avec Aiden. Je suis diplômée en commerce international.

— Alors vous êtes surqualifiée pour carreler nos douches.

Elle se mit à rire. Admirant sa retenue, Daniel lança un regard suppliant à sa mère, mais elle l'ignora, trop absorbée par le petit garçon.

— Vous seriez surpris des points communs qui existent entre les deux, déclara Shannon.

Matthew fronça les sourcils.

— Comment ça ?

— Le commerce international exige de la préparation, une fondation solide, du savoir-faire, ainsi que du temps et de la patience pour obtenir un produit fini impeccable.

Il pencha la tête sur le côté et éclata de rire.

— Bien vu, s'exclama-t-il, avant de se tourner vers Daniel. Elle me plaît. Tu pourrais tomber plus mal.

Tess fit claquer sa langue en direction de son mari.

— C'est vrai, protesta-t-il.

— Ce n'est pas ce genre de dîner, déclara Daniel en voyant les joues de Shannon rosir.

Sous la table, il frotta son genou contre le sien pour essayer de la rassurer.

— Et pourquoi ça ne le serait pas ? demanda son père en levant son verre de bière.

— Tu te disputes avec Pop ? demanda Aiden à Daniel.

— Pas du tout, mon grand. Tu as mangé tes petits pois ?

Aiden lança un regard noir à son assiette.

— Non.

Daniel piqua un petit pois sur chaque dent de sa fourchette.

— Je parie que je vais manger tous les miens avant toi.

Face à ce défi, les yeux marron d'Aiden s'illuminèrent, et il se redressa sur sa chaise.

— Comment tu as fait ?

— Des années de pratique. Allez, à toi. Je vais attendre.

Il gagna la première manche et laissa Aiden gagner la suivante. En peu de temps, les petits pois eurent disparu.

Mais le jeu ne fit pas dévier son père de son idée bien longtemps. Matthew croisa le regard de Shannon.

— On peut garder un œil sur le petit si vous et Daniel avez envie de sortir un peu.

— Je dois être à la caserne à la première heure demain matin, papa.

— Une autre fois, peut-être, ajouta Shannon.

— Ce n'est pas une carrière à avoir quand tu as des gens qui dépendent de toi, bougonna son père.

En cet instant, sous les regards entendus de ses parents, il ignorait s'ils pensaient à l'entreprise ou à Shannon et son fils.

Quoi qu'il en soit, ce vieux débat le lassait. Il avait pris sa décision, et même s'il aimait la construction, il n'était pas prêt à abandonner la lutte contre les incendies. Il ne pouvait pas être ce qu'ils voulaient, pas encore, peut-être jamais.

— Comme je ne contenterai jamais tout le monde, autant me faire plaisir à moi-même.

Son père le fusilla du regard.

— C'est égoïste, comme point de vue.

— Daniel a fait faire le tour de la caserne à Aiden l'autre jour, intervint Shannon. Enfin, à nous deux. Ça nous a beaucoup impressionnés.

Matthew ouvrit la bouche, mais Tess parla la première.

— C'est chouette, pas vrai ? demanda-t-elle à Aiden.

Le petit garçon se mit à décrire ce qu'il préférait dans les camions, tandis que Matthew gardait le silence. De mémoire, c'était la première fois que son père abandonnait le sujet aussi facilement.

Il en profita pour commencer à débarrasser. Plus vite ils passeraient au dessert, plus vite ce serait fini. Malheureusement, son père n'en avait pas terminé.

— Il y en a encore pour longtemps, sur ton chantier caritatif ?

Daniel sentit le regard de Shannon sur lui et l'évita.

— Ed s'occupe de tout.

Il n'avait pas l'intention d'évoquer le problème de parquet, même si son père était peut-être déjà au courant. Il posa des tranches de gâteau devant chacun d'entre eux.

— Autrement dit, tu ne sais pas quand ce sera fini.

— On y est presque, papa, répondit-il en soupirant. On ne devrait pas dépasser le délai de plus de quelques jours.

— Ce ne serait pas dépassé du tout si tu restais sur le chantier à gérer tes équipes du début à la fin.

Son père s'échauffait de plus en plus, et Daniel ne savait pas comment contrôler sa déception. Il poussa un grognement lorsque Shannon se jeta dans la mêlée :

— J'ai bien peur que ce ne soit en partie ma faute. J'ai des soucis personnels qui ont distrait Daniel.

— Ça n'a rien à voir.

— Quel genre de soucis ? demandèrent Matthew et Tess à l'unisson.

— J'ai été enlevé, fit Aiden. Par les méchants. Daniel a fait comme Superman et m'a ramené à maman.

Il engloutit une autre bouchée de gâteau, inconscient du silence stupéfait qui s'était abattu autour de lui.

— J'ai eu un bon coup de main, affirma Daniel, avant de suivre l'exemple d'Aiden.

Tout en mâchant, il contempla avec satisfaction l'expression ébahie de son père. Tess regarda Daniel, puis caressa les cheveux blond clair de l'enfant.

— C'était lui le petit garçon.

— Oui.

— On ne s'attend pas à ce que mes problèmes nous suivent ici, expliqua Shannon. On reste ici par précaution. Si ça vous gêne, si vous préférez qu'on parte, on le fera.

Sa mère secouait déjà la tête.

— Vous restez, ordonna-t-elle de ce ton irrévocable qui mettait fin aux disputes pendant son enfance. On est heureux de vous avoir tous les deux.

— Aiden et moi vous en sommes très reconnaissants. Merci.

— Merci, répéta Aiden avec un sourire chocolaté.

— Je peux vous aider pour la vaisselle ? demanda Shannon.

— Ça va aller, répondit Tess en jetant un coup d'œil sur l'horloge du couloir. Je suppose que c'est bientôt l'heure d'aller au lit pour votre bout de chou.

Daniel et Shannon lui accordèrent quelques minutes de plus

avec Aiden en débarrassant la table, puis tous trois retournèrent à l'appartement.

Il aida de son mieux Shannon avec la routine du coucher. Entre le dîner, sa garde à venir et la sensation que son père avait peut-être raison quant à sa décision d'être pompier, il avait le cerveau en ébullition.

Aiden faisait son possible pour retarder le moment d'aller se coucher.

— Pourquoi ça s'appelle un lit de jour si on y dort pendant la nuit ?

— Hum ? Oh. Les filles donnent toujours des noms chics aux choses normales.

Sa réponse lui valut un léger coup de coude de Shannon.

— On aime les noms chics et les coussins. On appelle ça comme ça parce que ça sert aussi pendant la journée.

— À faire quoi ? demanda Aiden en tripotant l'oreille de son lapin.

— À lire et à faire la sieste. On testera peut-être ça demain.

— On fera une course de camions ! Les siestes, c'est pour les bébés.

— On verra, répondit-elle en se penchant pour lui faire un bisou. Dors bien.

— Et maintenant, Daniel, exigea Aiden.

Quand il s'approcha, le petit garçon se redressa et noua les bras autour de son cou.

— Tu restes ici aussi ?

— Absolument, mon grand.

— OK. J'aime bien quand tu restes.

Une fois Aiden à court d'excuses, ils retournèrent dans le salon. Il s'excusa aussitôt pour le dîner désastreux.

— Ne fais pas ça, le tança-t-elle. Tu n'as pas à être désolé pour quoi que ce soit. Je vais faire du thé, tu en veux ?

— Comment peux-tu dire ça ? protesta-t-il en la suivant. Ils ont été grossiers.

— Ils ont agi en parents. Ils t'aiment.

Elle sortit deux mugs du placard.

— Un jour, j'embarrasserai probablement Aiden de la même façon.

— Aucun risque, rétorqua Daniel.

Comme elle haussait les sourcils, il expliqua :

— Ils insistent pour que je démissionne et que je reprenne l'entreprise familiale à la moindre occasion.

Elle se rapprocha lentement, comme pour lui laisser le temps de s'échapper, puis glissa les bras autour de sa taille. Il se noya dans son regard brun tandis qu'elle se haussait sur la pointe des pieds et effleurait ses lèvres des siennes. L'agacement qu'il avait ressenti pendant tout le repas s'évanouit sous la douce caresse.

Il posa la main sur sa tête, enfouissant les doigts dans ses cheveux soyeux, et lui rendit son baiser avec ardeur. Il l'embrassa avec tous les sentiments qu'il n'osait pas encore exprimer à voix haute.

Shannon s'écarta, les yeux brillants et les lèvres rosies, et retourna s'occuper du thé.

Oui, Aiden ne dormait peut-être pas encore, songea Daniel en enfonçant les mains dans ses poches. Il marcha jusqu'à la fenêtre et baissa les yeux sur son pick-up garé dans l'allée.

— J'aurais dû trouver une autre cachette. J'aurais dû me douter qu'ils seraient insupportables. Ils sont comme ça dès qu'une femme approche à trois mètres de moi.

— Ils t'aiment, répéta-t-elle, comme si cela justifiait tous les mauvais comportements.

Derrière lui, il l'entendit ouvrir les sachets et couvrir les mugs avec des soucoupes pour laisser le thé infuser.

— J'ai toujours apprécié ton père. Et ta mère est adorable.

— Elle a tout fait à part appeler Aiden son petit-fils.

Il se tourna vers Shannon. Pour le dîner, elle avait mis une jupe couleur rouille, un chemisier bordeaux et un cardigan jaune d'or. Il ne lui avait pas dit combien elle était jolie.

— Tu es aux couleurs de l'automne ce soir.

Elle s'arrêta pour le regarder.

— Merci ?

Il hocha la tête, résolu à la complimenter plus souvent.

— Tu es toujours belle, mais c'est ravissant. Je voulais te le dire plus tôt.

— Merci, répéta-t-elle en rougissant.

Il oubliait parfois qu'en tant que mère célibataire elle n'avait personne pour lui dire qu'elle était merveilleuse. C'était un rôle qu'il voulait tenir.

— Tes parents sont-ils toujours en vie ?

Shannon sursauta légèrement, avant qu'une lueur de regret ne traverse ses yeux.

— Oui.

— Aiden les connaît ?

— Non.

Elle leva la main.

— C'est une longue histoire et tu dois aller travailler tôt demain matin.

— Je veux l'entendre, affirma-t-il, désireux de découvrir tous ses secrets. S'il te plaît.

Elle sortit les cuillères et prit du miel sur une étagère.

— J'étais sur le point d'avoir mon diplôme quand j'ai quitté la fac pour épouser Bradley. Mes parents le détestaient pour m'avoir détournée de mes objectifs. Ça ne comptait pas qu'il ait remboursé mes prêts étudiants en cadeau de mariage. Ni que j'aie fini mes études en ligne avant le premier anniversaire d'Aiden. Ils n'ont jamais aimé Bradley et ne m'ont jamais pardonné de l'avoir épousé.

Sa profonde tristesse aida Daniel à relativiser.

— Je comprends mieux pourquoi notre dynamique familiale ne t'a pas perturbée.

La remarque lui valut un petit sourire, alors il insista :

— J'ai pensé que tu les tenais à distance pour les protéger.

— J'aurais bien aimé avoir cette option, admit-elle. À ta place, cette histoire de Mimi et de Pop ne me plairait pas. Je n'essayais pas de m'incruster ou d'imposer Aiden.

Il se mit à rire.

— Crois-moi, je n'ai pas cru un instant que ça venait de toi.

Elle lui tendit son mug et prit le sien, avant de se blottir à un bout du canapé en ramenant un pied sous elle.

— Tu es sûr que c'est une bonne idée de rester ici ? Je ne veux pas les mettre dans le collimateur de Bradley.

— C'est l'endroit le plus sûr que je connaisse pendant que je travaille et que la police essaie de le localiser, la rassura-t-il en baissant les yeux. Papa a peut-être raison en disant que je ne finis pas les choses. Demain, je demanderai au chef...

— Ne finis pas cette phrase en parlant de quitter la brigade.

Sa véhémence étonna Daniel. D'autres femmes lui avaient crié dessus — ou pire — et étaient parties quand il avait privilégié sa carrière.

— Tu es la première personne sans lien avec les pompiers qui me dise ça.

— Je ne te crois pas.

Il haussa les épaules.

— Mes oncles, les frères de ma mère, étaient pompiers. Papa leur en a toujours voulu de m'avoir fait croire que tout n'était qu'affaire d'échelles, de lances et de photos de calendrier.

Elle eut un ricanement amusé.

— J'imagine que ta formation à l'académie t'a fait redescendre sur terre.

— Les journées étaient longues et dures, se souvint-il. Mon père aurait préféré que j'aie le même enthousiasme pour les toitures que toi à quinze ans. Je préférais passer le plus de temps possible à la caserne avec mes oncles.

Il regarda autour de lui et sourit.

— C'est à peu près à cette époque-là que mon père a commencé les travaux ici. Il a laissé entendre que je pourrais m'en servir quand je serais plus vieux.

— Ça a été le cas ?

Daniel s'assit à l'autre bout du canapé.

— Je le mets à profit en ce moment même. Rétrospectivement, je sais qu'il essayait de me détourner de la vie de pompier.

— Il est très fier de toi. Ils le sont tous les deux.

— Drôle de façon de le montrer.

Shannon but une gorgée de thé, puis déclara en souriant :

— Les parents veulent que leurs enfants soient heureux et en sécurité. C'est problématique, étant donné que ces deux choses ne vont pas toujours ensemble. Quel que soit le problème de tes parents avec les pompiers, c'est à eux de gérer leurs inquiétudes. Tes oncles ont-ils été blessés pendant une intervention ?

— Ce n'est pas passé loin deux ou trois fois, mais il y a eu d'autres pertes au fil du temps.

— À eux de gérer tout ça, insista-t-elle fermement.

— C'est peut-être la malédiction du premier-né. Ce besoin d'approbation... Mon frère n'a aucun scrupule à vivre sa vie.

Il s'en voulut de tenir de tels propos.

— J'ai une belle vie et je me plains alors qu'on a d'autres soucis. Est-ce que tu as eu des nouvelles de Hertz ?

— Non. Tu sais, c'est universel, de vouloir l'approbation de ceux qui comptent le plus pour nous.

Elle étendit le bras sur le dossier et lui caressa l'épaule.

— Tu veux mon avis en tant que personne extérieure ?

— Je t'écoute.

Elle allait lui dire les choses franchement. Il s'était habitué à son bon sens au cours de ces quelques jours passés ensemble. Ainsi qu'à sa nature pratique, sa sincérité, sa générosité et son humour. S'il n'avait qu'un vœu à faire, ce serait de former une famille avec elle et Aiden.

Il s'apprêtait à le lui dire lorsqu'elle reprit la parole :

— Je pense que toi et ton père avez le même caractère obstiné. Ce n'est pas un manque d'approbation de sa part, c'est un point de vue différent. Tu conçois ta carrière comme un service et une responsabilité, tandis que pour lui ce sont les horaires réguliers et les projets achevés.

— Je crois qu'il a seulement envie de prendre sa retraite et de déménager aux Bahamas. Si j'acceptais de reprendre l'entreprise, il pourrait renoncer aux hivers de Pennsylvanie au profit des palmiers et de l'océan.

Elle sourit avec une douceur et une sensualité qui réchauffèrent le cœur de Daniel.

— Quoi qu'il en soit, poursuivit-il, j'apprécie que tu sois aussi compréhensive à propos du dîner.

— Aiden s'est éclaté avec tes parents. Tu as réussi à lui

faire manger ses petits pois. Tu es Superman, conclut-elle en battant des cils.

Quand ils eurent cessé de rire, elle baissa les yeux sur son mug.

— Je peux te poser une question personnelle ?

— Apparemment, c'est le thème de la soirée.

— Pourquoi n'as-tu pas déjà quelqu'un dans ta vie ?

Il dut se retenir pour ne pas répondre qu'il l'avait elle. Ce n'était pas le moment de lui mettre la pression, alors qu'elle résistait encore à l'envie de fuir.

— Devrais-je me sentir insulté par cette question ?

— Non.

Shannon se mordilla la lèvre, avant de remarquer :

— La famille est une valeur fondamentale pour les Jennings. Tu ne peux pas le nier.

— Je ne le nie pas.

Il appréciait sa sincérité. Il ferait mieux de se concentrer sur cela plutôt que sur son envie de l'embrasser.

— J'ai montré ce palace à deux femmes, déclara-t-il en désignant la pièce. Elles n'ont pas été aussi impressionnées que toi par le fait que je l'ai construit.

Il lui prit la main et la monta jusqu'à ses lèvres. Mieux valait se distraire avec ce baiser que de lui confier son cœur.

Le sujet était délicat, comprit Shannon. Les tentatives de plaisanteries de Daniel ainsi que ce baisemain galant ne faisaient que le prouver.

— J'essaie de te demander s'il y a eu quelqu'un de spécial.

Quand il secoua la tête, elle insista :

— Quelqu'un qui te fasse te méfier des femmes en général.

— C'est un peu sévère, protesta-t-il en fronçant les sourcils.

Elle garda la main dans la sienne tandis qu'il continuait à lui caresser la paume de son pouce.

— Je suis passée par là, c'est tout. Après... eh bien, après avoir repris le contrôle de ma vie, j'ai eu peur de me jeter à nouveau à l'eau. Personne n'a envie d'admettre qu'une relation ratée est un obstacle de taille.

— Est-ce que tu te portes volontaire pour m'aider à franchir cet obstacle ?

Même son ton taquin et son léger sourire narquois ne lui ôtaient pas l'envie de crier : « Oui, s'il te plaît ! »

— Non. J'essaie de ne pas interrompre le cours de ta vie, insista Shannon. Tu en as fait plus pour Aiden et moi que n'importe qui. Je voulais seulement dire que si tu avais besoin d'une amie pour parler ou...

Elle s'interrompit avant de s'enfoncer davantage. Pourquoi ne pouvait-elle s'exprimer sans avoir l'air d'une idiote ? Ou pire encore, d'une mère célibataire qui n'avait pas fait l'amour depuis bien trop longtemps.

Daniel avait abattu ses barrières, et les rêves qu'elle avait enfouis refaisaient surface. Avaient-ils un avenir ensemble ? Il lui avait dit de croire qu'ils retrouveraient Aiden, et à présent, son cœur avait envie de croire... en l'amour.

— Tu n'es pas obligé de rester, lança-t-elle d'un ton brusque en se levant. Si j'avais le choix, je préférerais être chez moi. Je suis sûre que c'est pareil pour toi.

Elle marcha jusqu'à l'évier, rinça son mug et le mit au lave-vaisselle. Elle devait se montrer responsable, ignorer le désir qui la faisait vibrer quand Daniel était à proximité.

Son imagination et son romantisme lui avaient attiré des ennuis avec Bradley. À présent, si elle avait appris à mieux repérer les losers, elle savait surtout reconnaître les qualités qui faisaient d'un homme le partenaire idéal.

Daniel faisait partie de cette catégorie-là. Cela allait au-delà de l'attirance physique qu'elle ressentait pour lui. Elle avait fantasmé sur lui dès leur première rencontre, mais à présent elle le connaissait. Elle avait vu sa prévenance et son implication envers ses collègues et la communauté. Il l'avait aidée parce qu'elle faisait partie de son entourage immédiat, mais elle rêvait d'autre chose.

Quand elle lui avait dit qu'elle pourrait l'aimer, il était déjà trop tard. Elle l'aimait déjà.

— Quels obstacles a-t-il laissés derrière lui ? demanda-t-il.

Elle sursauta. Elle se serait tournée vers lui, mais il était trop près. De toute façon, être face à face serait une erreur. Ses lèvres la picotaient tant elle avait envie qu'il l'embrasse.

— Je t'ai écoutée te faire des reproches. J'ai vu la honte sur ton visage. Dis-moi le reste, Shannon, murmura-t-il tout près de sa nuque.

Son souffle lui fit l'effet d'une caresse. Elle aurait dû se sentir menacée par le contact de son grand corps, pourtant elle n'éprouvait que de l'excitation.

— La confiance, s'entendit-elle répondre. Il m'a fait douter de mon instinct.

— À propos de tous les hommes ?

— La plupart. Pendant un temps.

Daniel était différent. C'était le premier homme en qui elle voulait croire.

— J'ai été aveuglée par les apparences.

— Qu'est-ce qu'*il* a fait ?

Cela faisait longtemps qu'elle ne s'était pas autorisée à rejeter la faute de son mariage sur son ex. Même si elle avait trouvé quelqu'un pour l'écouter, elle n'aurait pas pu rentrer dans les détails sans risquer sa vie, celle de son bébé ou celle de son interlocuteur. Daniel était déjà dans la ligne de mire.

— Il a joué là-dessus. Il a profité de ma naïveté. Quand je repense à sa façon de m'isoler, je voudrais revenir en arrière pour pouvoir alerter cette pauvre fille tout éblouie.

Il posa la bouche sur son cou, la faisant frissonner.

— Deux femmes ont compté pour moi, déclara-t-il d'une voix grave. Assez pour que je les présente à ma famille.

Shannon avait du mal à respirer. Elle dut faire appel à toute sa volonté pour rester ici, prisonnière de ses bras, à le laisser parler, alors qu'elle voulait se retourner et le toucher.

— Une fois leur envie de sensations fortes passée, elles ont compris les réalités et les dangers de mon métier, alors elles sont parties.

Il fit doucement courir ses lèvres le long de son cou.

— Mon père a accusé la brigade, m'a davantage intégré dans l'entreprise. Ma mère a dit que ces femmes étaient faibles, et que je privilégiais la forme au fond.

Avec ces confidences, Daniel lui faisait un inestimable cadeau. Elle le lui rendit.

— Vu de l'extérieur, Bradley était tout ce que je pensais vouloir. Il avait du succès, il était beau et charmant. J'étais déjà séduite par l'intérêt qu'il me portait. Dès qu'il m'a attrapée dans ses filets, il est devenu quelqu'un d'autre. Quelque chose de laid et de méconnaissable.

— Tu as tout abandonné pour lui.

— Je ne savais pas comment exprimer autrement ce que je pensais être de l'amour.

— Il t'a fait du mal.

Elle vit ses jointures blanchir tandis qu'il serrait les poings sur le plan de travail.

— La vie n'est pas toujours une partie de plaisir. Je suis plus forte maintenant.

Elle se tourna face à lui. Il avait besoin de la voir ancrée dans le présent plutôt qu'affaiblie par le passé.

— Aiden est mon trésor, et je ne l'aurais pas sans cette période terrible avec Bradley, déclara-t-elle en posant les mains sur ses épaules. Je l'aurais perdu sans ton aide.

Il l'embrassa tendrement sur le front.

— Je veux rester. Je veux être avec toi, Shannon.

Ses mots et son ton pressant répondaient au désir qui brûlait en elle. Submergée par tous les mots qui remplissaient son cœur, elle décida que l'heure n'était plus à la conversation. Alors qu'il s'apprêtait à parler, elle le fit taire d'un baiser, dans lequel elle se livra tout entière. Elle moula sa bouche à la sienne et se serra contre lui avec ardeur.

Il l'agrippa par les hanches, puis la plaqua contre son bassin. Devant son excitation, elle sentit la passion flamber en elle et s'accrocha à ses épaules pour garder l'équilibre. Les doigts tremblants, elle s'attaqua aux boutons de sa chemise, pendant que la langue de Daniel touchait la sienne, la taquinait, s'enroulait autour d'elle. Enfin, elle lui ôta le vêtement et posa les mains sur son torse ferme.

Avec un gémissement, elle embrassa sa peau chaude, les poils lui chatouillant les lèvres. Daniel lui ôta son cardigan, puis fit lentement passer son chemisier par-dessus sa tête. À la vue de sa poitrine, il poussa un grognement et la débarrassa de son soutien-gorge.

Elle étouffa un gloussement surpris lorsqu'il la souleva sur le plan de travail, puis retint un cri lorsqu'il referma la bouche sur son sein. Il mordit légèrement son téton avec ses dents, l'apaisa avec sa langue et ses lèvres. Elle se cambra contre lui, déjà au bord de l'orgasme.

Elle s'attaqua à sa ceinture, puis défit les boutons de son jean, impatiente de le toucher.

Le contact de sa joue râpeuse sur sa peau était délicieux, et elle en réclama plus. Il prit à nouveau possession de ses lèvres, déclenchant en elle des vagues de désir, intensifiant son besoin d'être unie à lui.

Elle souleva sa jupe et serra les jambes autour de ses hanches. Sans la moindre gêne, elle se frotta contre lui à travers sa culotte. Une onde de plaisir brûlant la traversa, mais c'était loin de lui suffire.

Heureusement, Daniel aussi en voulait plus. Il glissa les doigts sous la dentelle et commença à la caresser. Sans cesser de l'embrasser, il l'amena à nouveau au bord de l'extase.

Elle entendit les coutures se déchirer, mais ne refit pas assez surface pour s'en soucier lorsqu'il la pénétra enfin. Pendant un instant, elle se contenta de le sentir en elle, de savourer comment son corps s'adaptait au sien.

Puis il se mit à bouger, et Shannon sentit son excitation décupler. Il commença par des va-et-vient profonds. Quand il accéléra le rythme, elle s'accrocha à lui. Un nouvel orgasme explosa en elle, et elle étouffa son cri de plaisir contre ses lèvres. Puis il jouit à son tour, tremblant de tout son corps.

Quand elle eut retrouvé son souffle, l'absurdité de ce qu'ils avaient fait, ou plutôt où ils l'avaient fait, l'atteignit.

— Est-ce que tu ris ? demanda Daniel en s'écartant et en reboutonnant son jean.

— Il faut croire que je suis joyeuse.

Après avoir rabattu sa jupe sur ses jambes, il traça les contours de l'ourlet au-dessus de ses genoux. Quand il releva les yeux, elle eut le souffle coupé par son expression.

— Ce plan de travail de cuisine n'est jamais apparu dans un de mes fantasmes à propos de toi. Grossière erreur.

Ses genoux tremblaient lorsqu'il l'aida à descendre.

— Des fantasmes ? À propos de moi ?

— Oui, répondit-il en la regardant sans ciller. Ça fait pervers, non ?

— Pas venant de toi.

Elle lui prit la main entre les siennes.

— Oh ! Daniel...

Marchant à reculons, elle l'entraîna vers la chambre.

— Suis-moi, et je vais te montrer un fantasme récurrent que j'ai à propos de toi.

— Tu es sérieuse ?

Elle fit une pause, faisant mine de réfléchir.

— Sauf si tu trouves que ça fait pervers ?

Il la souleva sur son épaule et se rua dans la chambre. Elle éclata de rire, savourant la joie du moment et leur complicité.

À nouveau éblouie, elle donna vie à ses fantasmes dans les bras forts de cet homme en qui elle avait une confiance absolue. L'homme qu'elle aimait.

11

Quand l'alarme sonna, Daniel s'empressa de l'éteindre, puis se dégagea doucement de l'étreinte de Shannon. Assis au bord du lit, entouré de son parfum, il n'avait aucun regret. Elle en aurait peut-être quelques-uns, songea-t-il en se levant, mais il se pencherait sur ce problème plus tard.

Plein d'énergie, il prit une douche rapide, se rasa puis revêtit son uniforme. Dans la cuisine, il prépara le café et laça ses bottes.

Il avait rempli son grand mug isotherme et tendait la main vers sa veste quand il entendit la porte de la salle de bains se fermer. Que devait-il faire maintenant ? Attendre ou aller travailler ? Il était déjà parti en laissant une femme endormie dans son lit, mais cette fois c'était différent. Il ne trouvait pas correct de quitter Shannon sans un mot, après lui avoir confié ses problèmes de famille et avoir passé la nuit avec elle. Il regarda sa montre et s'accorda cinq minutes supplémentaires.

Pendant qu'il attendait, il entendit le pick-up de son père démarrer. La voix de Matthew résonna dans sa tête, lui reprochant sa relation avec Shannon. Du moins, c'était ce que Daniel supposait. Son père n'approuverait sûrement pas qu'il vive avec une femme et un enfant qui étaient pourchassés par des gangsters. Son opinion sur Shannon en tant que future belle-fille était difficile à décrypter.

Shannon plaisait à Daniel et était l'héroïne de ses rêves érotiques depuis plus d'un an. À présent qu'il la connaissait en tant que femme et en tant que mère, il était encore plus emballé.

Étant donné la folle attirance entre eux, le fait de finir au lit était inévitable. Et le résultat avait été plus que satisfaisant. La suite était moins claire.

Certes, Shannon était une dure à cuire, mais l'était-elle assez pour pouvoir aimer un pompier ?

Les cinq minutes s'étaient écoulées. Il alla jusqu'au tableau blanc sur le réfrigérateur et s'apprêtait à lui laisser un mot quand il la vit approcher.

Elle avait les cheveux ébouriffés et une nuisette arrivant à mi-cuisse. Il maudit le travail qu'il aimait.

— Je dois passer par le chantier. Ça ira ici aujourd'hui ?

— On sera en sécurité, si c'est ce que tu veux dire, répondit-elle en le contournant pour atteindre la cafetière. Je peux aller voir à ta place où l'équipe en est.

— Tu es censée faire profil bas. Ed me tiendra informé.

— Comme tu veux, lança-t-elle par-dessus le bord du mug.

Sa réponse le mit mal à l'aise.

— Qu'est-ce que tu as en tête ?

— Dis à Ed de me tenir au courant aussi, suggéra-t-elle. Mon téléphone marche. Je sais ce que tu veux faire là-bas. On en a parlé et je peux suivre avec ton classeur.

— Tu en es sûre ?

Il lui faisait confiance, mais il ne voulait pas qu'elle soit là-bas toute seule pendant que Stanwood était dans la nature. Tout indiquait qu'il avait bien suivi sa voiture et le leurre vers le nord, mais Daniel n'était pas convaincu. Et Shannon ne l'était pas non plus, même si elle n'en avait rien dit.

Elle inclina la tête vers l'horloge du micro-ondes.

— Tu dois te dépêcher, dit-elle en souriant. Bonne garde.

Sans pouvoir s'en empêcher, il l'attira contre lui et lui donna un long baiser. Avec un peu de chance, elle serait aussi impatiente que lui de reprendre cette activité ce soir.

— Aiden va bientôt se lever, déclara-t-elle en lui caressant l'épaule. Vas-y. Il ne va rien nous arriver.

Daniel s'obligea à partir, étonné d'avoir autant de mal. Il regrettait de ne pas avoir vu Aiden ce matin. L'enfant s'était fait une place dans son cœur. Vivement que Stanwood soit neutralisé pour qu'ils puissent faire les choses correctement.

Était-il prêt pour une famille ? se demanda-t-il en arrivant à la caserne. Si cette famille incluait Shannon et Aiden, la réponse était oui. Il avait bon espoir qu'elle soit bientôt sur la même longueur d'onde que lui. Il rêvait d'un foyer où rentrer le soir, plutôt qu'une maison vide en pleins travaux.

La caserne était une autre sorte de foyer. Les hommes et les femmes qu'il côtoyait ici étaient comme des frères et des sœurs. Même s'il était le vilain petit canard de sa famille et une déception en tant qu'entrepreneur, ici il était à sa place.

Pour mieux se concentrer sur ses tâches, il s'obligea à mettre ses problèmes personnels de côté.

Ils passèrent la matinée à nettoyer et faire des exercices, jusqu'à ce que les haut-parleurs crépitent, signalant une urgence.

— Tu te rappelles comment on fait ? demanda Mitch.

Une fois équipés, ils montèrent dans le camion.

— C'est comme le vélo, répondit Daniel.

Le conducteur fonça dans les rues et atteignit rapidement une maison au cœur d'un quartier déshérité.

— Des squatteurs qui ont dû lâcher une allumette, je parie, déclara Mitch tandis que le groupe se déployait.

— Probablement, acquiesça-t-il en balayant la rue déserte du regard.

Dans la plupart des cas, quelqu'un venait à la rencontre du camion. Au minimum, ils avaient affaire à des passants curieux. L'absence d'animation le rendait nerveux.

— Soyez vigilants, recommanda-t-il à ses collègues au moment d'entrer dans la bâtisse.

Le feu avait une longueur d'avance et tenta de les décourager avec sa chaleur et ses flammes affamées. D'épais nuages de fumée s'accumulaient au plafond. Daniel savait comme les autres que le feu se propageait dans les murs.

Ils n'avaient pas beaucoup de temps.

Avançant en binôme, Daniel et trois autres pompiers se mirent à la recherche de victimes coincées à l'intérieur. Ils aperçurent l'attirail de drogué abandonné près de la porte et en suivirent la trace le long des marches. À la radio, il entendit ses équipiers à l'extérieur tenter de maîtriser l'incendie avant qu'il ne s'étende.

Le chef les informa qu'ils n'avaient pas beaucoup de temps avant que le toit ne s'effondre sur eux. Comme pour confirmer ce constat, la maison se mit à grincer. Daniel et Mitch se hâtèrent de vérifier les pièces du deuxième étage.

Dans le couloir central, Mitch lui tapa sur l'épaule.

— Il faut y aller.

Par radio, leur supérieur leur ordonna de sortir.

— Je te suis, lança Daniel à son collègue. Il en reste une.

Il se dirigea vers une pièce qu'ils n'avaient pas vue. Coincée derrière la cage d'escalier, avec la porte fermée, elle était facile à manquer.

— C'est un placard, protesta Mitch tandis qu'un morceau de plafond en flammes tombait non loin d'eux.

Troublé par cette porte close, Daniel tapa dessus. La police évacuait constamment des adolescents de maisons de ce genre. Toutes les autres portes avaient été ouvertes. Il testa la poignée, mais sans succès. Il crut entendre un cri.

— Il y a quelqu'un là-dedans !

Mitch fit demi-tour.

— Quoi ?

— C'est fermé à clé.

Daniel avait déjà inséré sa barre Halligan entre le battant et le cadre.

— Ce sont les pompiers ! cria-t-il tout en faisant levier.

La porte céda brusquement. Recroquevillée dans un coin, une femme maigre aux cheveux ternes et au visage couvert de larmes toussait.

— Allons-y, dit Mitch en s'approchant d'elle. Vous pouvez marcher ?

Elle tendit une main osseuse et tremblante vers lui. Après avoir signalé qu'ils arrivaient avec une victime, Daniel les précéda. Ils arrivaient sur le seuil du premier étage lorsque le toit céda avec un bruit assourdissant. Le feu, libéré des murs, se remit à flamber furieusement.

Sa radio grésilla, laissant entendre des cris, des ordres et des demandes de compte rendu. Après un coup d'œil vers Mitch, Daniel confirma qu'ils allaient bien. Pour le moment.

Un morceau de toit était tombé dans l'escalier, creusant un trou béant qui les piégeait sur le seuil du premier étage. Daniel observa et écouta le feu pour réévaluer la situation.

— On peut passer par-dessus, décida-t-il.

Mitch acquiesça. Daniel se mit en position en se faufilant sur ce qui restait des marches. Ils se tendirent la jeune femme, qui toussait et s'étouffait à moitié. La qualité de l'air aurait dû être meilleure près de la sortie, mais les nuages de poussière soulevés par les débris du toit s'ajoutaient à la fumée.

Daniel soutint la victime jusqu'à ce qu'ils soient enfin sortis du brasier. Il repoussa son masque et aspira l'air frais avec délectation. Les secouristes se précipitèrent avec un brancard. Ils avaient placé un masque à oxygène sur le visage de la femme quand un bruit sec claqua dans l'air.

Ce n'était pas un des sons de l'incendie, c'était une balle. Deux autres détonations suivirent.

Daniel et Mitch vinrent encadrer la victime tandis que les ambulanciers essayaient de tirer le brancard vers un endroit plus protégé. L'une des roues s'enfonça dans un trou du trottoir et ils tombèrent à terre.

La chute coupa le souffle de Daniel, et il ressentit une violente douleur au niveau des côtes. Mitch poussa un juron. Derrière eux, le chef aboya des ordres alors que le sniper continuait à faire feu. Des policiers qui venaient d'arriver sur les lieux appelèrent des renforts, tout en tirant à leur tour vers l'immeuble décrépit de l'autre côté de la rue.

L'inconnu continua à les mitrailler. Daniel baissa les yeux sur la femme. Qui pouvait souhaiter sa mort à ce point ?

— Déplacez le camion ! cria le chef.

Daniel entendit le moteur vrombir. Le véhicule se rapprocha de la maison et la pluie de balles s'interrompit. Ils redressèrent le brancard, puis donnèrent de l'oxygène à la patiente. Pendant de longues minutes, ils restèrent accroupis, jusqu'à ce que la police annonce avoir trouvé le nid du tireur, à défaut du tireur.

Pendant qu'ils partaient à sa poursuite, les pompiers et les secouristes terminèrent leur travail.

— Dans quel pétrin vous êtes-vous fourrée ? demanda Daniel, inquiet pour la jeune femme.

À en juger par les traces de piqûres sur ses bras, elle avait besoin de soins immédiats. Elle secoua faiblement la tête, puis les désigna, Mitch et lui.

— Il a dit qu'il voulait des pompiers, articula-t-elle avec difficulté.

Un frisson parcourut Daniel.

— On doit y aller, annonça l'un des secouristes en commençant à marcher.

Daniel s'écarta, puis inspira brusquement lorsqu'une douleur aiguë le traversa.

— Tu as besoin de monter avec eux ? demanda Mitch.

— Non. Je suis mal retombé sur le brancard, c'est tout. Tu as entendu ce qu'elle a dit ?

— Oui. J'ai aussi remarqué que les tirs étaient concentrés sur nous. Ça a continué jusqu'à ce que le camion bouge.

— Ce n'est pas un bon signe. Je vais prévenir le chef.

— N'oublie pas de préciser que l'ex de ta copine fait partie de la mafia, remarqua Mitch doucement. Grant m'a mis au courant quand je t'ai remplacé samedi soir.

Daniel ne pouvait pas le nier. Le tireur était peut-être Stanwood. Qu'il ait pressé la détente lui-même ou qu'il ait engagé quelqu'un, l'ex de Shannon ne pouvait pas être éliminé. À contrecœur, il en informa le chef.

Ignorant la douleur dans ses côtes, il aida ses collègues à tout ranger avant de repartir. Une garde qui commençait de cette façon risquait d'être longue.

Il avait vu juste. Ils n'étaient revenus que depuis une heure lorsqu'un autre appel leur parvint. Il s'agissait du même quartier et d'un incendie similaire. Cette fois, à son soulagement, personne n'était piégé à l'intérieur, mais quand ils revinrent à la caserne, le lieutenant Hertz l'attendait.

Selon des témoins, un homme ressemblant à Stanwood était présent dans cette zone et offrait de l'argent liquide.

— Le leurre n'a pas marché ? demanda Daniel.

— Il a tout compris et nous a semés. On ne sait pas si c'est lui, mais vous devez être prudent. J'ai appelé Shannon. Elle et son fils vont bien.

— Alors il vise mon lieutenant ? dit le chef Anderson.

— Si c'est bien Stanwood, et c'est ce que je crois, il n'est pas réputé pour se salir les mains, répondit le policier.

— Il a l'argent pour engager quelqu'un d'autre.

— Ça serait une sacrée coïncidence que ce ne soit pas lui, remarqua Daniel.

— Le meilleur conseil que je puisse donner pour l'instant, c'est d'être prudent, déclara Hertz. La patrouille continue à filer les Nolan. Je vais rajouter des hommes là aussi.

Lorsque le policier fut sorti, le chef dévisagea Daniel, les mains sur les hanches.

— Vous pourriez éviter de monter dans le camion jusqu'à ce qu'on en sache plus.

— Pas si vous me laissez le choix.

Son supérieur regarda la pile de rapports sur son bureau d'un air mauvais.

— On a besoin de vous. Vous ne me servirez pas à grand-chose si le tireur arrive à ses fins.

— J'en suis conscient.

Il ne servirait à personne si Stanwood parvenait à le blesser ou pire. Mais s'il réussissait à attirer l'attention du criminel sur lui plutôt que sur Shannon, il n'avait rien contre.

— S'il allume des feux pour avoir l'occasion de m'atteindre, la police aura une meilleure chance de l'attraper.

— Occupez-vous de ça, alors.

Daniel sortit du bureau, puis vérifia sur son téléphone s'il avait des nouvelles d'Ed ou de Shannon. En entendant du brouhaha dans la cuisine, il alla voir ce que faisaient ses collègues.

Quelque chose n'allait pas, comprit Shannon dès qu'elle arriva à la caserne. Une étrange atmosphère flottait dans l'air. Quand il la vit, Daniel sourit, mais elle remarqua sa légère grimace et entendit son souffle changer quand il souleva Aiden.

— Coucou, mon grand, lança-t-il tandis qu'Aiden passait les bras autour de son cou. Comment se passe ta journée ?

— Mimi nous a emmenés sur le chantier.

Il lui décrivit tous les événements de la journée, du petit déjeuner jusqu'à l'atelier de pâtisserie de l'après-midi, comme seul un enfant de quatre ans pouvait le faire.

À la surprise de Shannon, Daniel semblait absorbé par son récit. Elle se reprocha sa réaction. Elle s'attendait à ce que Daniel se lasse d'Aiden, mais il n'était pas Bradley et ne ressemblait pas non plus aux deux hommes avec qui elle était brièvement sortie.

— Voici les cookies, annonça-t-elle.

— Waouh, s'exclama Mitch en s'emparant de l'assiette et en souriant à Aiden. C'est toi qui les as faits ? Ils ont l'air délicieux.

— Il faut partager, affirma Aiden. C'est maman qui l'a dit.

Daniel le chatouilla, lui arrachant un gloussement idiot.

— Tu en as gardé pour moi à la maison ? demanda-t-il dans un murmure de conspirateur.

Le petit garçon hocha la tête, les yeux brillants. Ils prévoyaient visiblement quelque chose tous les deux. De son côté, Shannon était restée bloquée sur sa réponse. « À la maison »... Un foyer, pour eux trois. Ensemble.

Elle avait enfoui son contentement et ses idées d'avenir en cuisinant avec Aiden. Après deux fournées de cookies aux pépites de chocolat, elle n'avait toujours pas trouvé une façon d'accepter que la relation entre Daniel et elle fût temporaire. Une fois de plus, le sexe avait tout changé, mais elle ne regrettait rien. S'ils n'avaient que cela, elle en profiterait sans leur mettre la pression, ni à l'un ni à l'autre.

L'un des secouristes emmena Aiden explorer un autre endroit, laissant Daniel et Shannon seuls un instant.

Elle voulait lui demander ce qui le faisait souffrir, mais préféra attendre qu'il lui en parle. Un tout petit test pour eux deux, étant donné ce qu'ils avaient eu besoin de surmonter.

— La maison avance bien.

— Super, répondit-il, avant de reculer dans un coin tranquille du couloir. Y a-t-il la moindre chance qu'on ait rattrapé un jour ou deux sur le planning ?

Dire qu'elle avait cru qu'il les avait amenés là pour un baiser, songea-t-elle en sortant le classeur de son sac.

— Une demi-journée, peut-être.

— Tu plaisantes.

— Pas du tout.

Elle baissa les yeux sur les notes qu'elle avait prises.

— J'ai passé deux, trois coups de fil et j'ai trouvé une solution de rechange pour le parquet.

— Je ne voulais pas sacrifier la qualité.

— On ne l'a pas fait. Ou plutôt Jennings ne l'a pas fait, corrigea-t-elle rapidement en le voyant plisser le front. C'est le produit que tu voulais, mais entièrement composé de chutes.

Il haussa les sourcils d'un air à la fois surpris et respectueux, avant de les froncer à nouveau.

— Je n'avais pas pensé à ça.

Par réflexe, elle tendit la main pour le réconforter, mais stoppa son geste de peur de dépasser les limites. Il était sur son lieu de travail.

— Tu as d'autres choses en tête, fit-elle observer.

Son regard bleu énigmatique se riva sur elle.

— Hier soir...

L'alarme retentit, mais l'appel d'urgence ne concernait que l'ambulance. Alors que les secouristes partaient en intervention, Aiden apparut au bout du couloir. Il courut vers Daniel et le percuta au niveau des jambes.

Cette fois, la grimace de Daniel fut plus notable.

— Doucement, lança Shannon à son fils. Tu t'es bien amusé ?

— C'était super. Ce sera ton tour, après ? demanda-t-il à Daniel. Tes sirènes sont plus fortes que celle de l'ambulance ?

— Absolument. Tu les as déjà entendues.

— On doit y aller, déclara-t-elle.

— Je vous accompagne dehors.

Daniel s'accroupit et offrit son dos au petit garçon.

— Grimpe, mon grand.

Aiden s'agrippa aux épaules de Daniel tandis que celui-ci lui tenait les jambes. Elle sourit en les écoutant faire des plans pour le lendemain.

Une fois près de la voiture qu'elle avait empruntée à Tess, Daniel tendit les bras au-dessus de sa tête et fit voler Aiden avant de le poser par terre. En entendant son rire ravi, elle se prit à rêver une fois de plus d'une vie qui n'était sûrement pas possible.

Même si son ex échouait en prison, Aiden et elle seraient sûrement toujours en danger. Il utiliserait la moindre ressource pour l'attaquer à nouveau plutôt que de la laisser témoigner contre lui. Les derniers mots de Gary résonnèrent encore dans sa tête. Voilà pourquoi elle s'était résignée à cuisiner et à livrer des cookies. Elle avait lu le journal qu'il lui avait légué et n'avait rien découvert de plus.

Le rêve d'une vie de famille heureuse avec Daniel n'était que cela. Elle devait se détacher de lui et partir avant qu'Aiden ne s'attache encore plus à lui ou à ses parents.

Un peu triste, elle embrassa Aiden sur la joue, puis boucla son harnais. Quand elle referma la portière, elle était prête à annoncer à Daniel qu'elle aurait quitté l'appartement avant qu'il ne rentre. Elle trouverait bien un moyen d'expliquer leur départ à Aiden.

— Sois prudente en rentrant, déclara-t-il.

Il posa la paume sur sa joue, caressa sa pommette du pouce, sans cesser de l'étudier.

— Daniel.

— Ne le dis pas.

Il s'approcha d'elle et l'embrassa passionnément.

— Et surtout... Ne le fais pas.

— Quoi ?

Elle essayait encore de se remettre de ce baiser en public.

— Tu penses encore à t'en aller, répondit-il. Ne le fais pas. L'appartement est l'endroit le plus sûr pour toi et Aiden.

Il pressa la main contre son flanc.

— Pour nous tous.

Elle attendit, mais il ne lui fournit aucune information sur sa douleur ou ce qui lui était arrivé. Se rappelant la conversation de la veille, elle n'insista pas. S'il était toujours de garde, cela ne devait pas être trop grave.

— D'accord. Je vais rester.

Ils entendirent tous les deux le « pour l'instant » qu'elle ne prononça pas. Étant donné les circonstances, elle ne pouvait rien promettre de plus.

— Dis à tout le monde d'être prudent. J'espère qu'ils aimeront les cookies.

— Shannon, dit-il en lui prenant la main. Si tu as besoin de quoi que ce soit avant mon retour, va voir maman.

Elle hocha la tête, incapable de prononcer un mot.

— On a eu un incident ce matin, expliqua-t-il.

— Un incident ?

— Quelqu'un a tiré plusieurs fois sur notre camion pendant notre première intervention de la journée. Ça arrive.

Il désigna un endroit sur son torse.

— Je suis tombé pendant qu'on se mettait à couvert. J'ai deux côtes contusionnées.

Sachant qu'il ne voudrait pas qu'elle le dorlote, elle ne dit rien. Il avait mal, mais le temps de l'inquiétude était passé.

— La police s'en occupe, poursuivit-il. D'après les témoins, l'assaillant ressemble à Stanwood. Hertz dit que le leurre a échoué.

Le ventre noué, Shannon lutta pour garder son calme.

— As-tu vu le tireur ?

— Non.

Daniel soupira et fourragea dans ses cheveux.

— C'est sûrement sans rapport. Je suis un peu cabossé, c'est tout.

— D'accord.

— Tu n'es pas contrariée ?

— Non. Je l'admets, ça ne me plaît pas que tu sois blessé de quelque manière que ce soit.

Elle l'observa des pieds à la tête avec une attention exagérée.

— Tu es un adulte et tu as l'air de tenir debout.

Cédant à une impulsion, elle l'embrassa sur la joue.

— On sera prudents, tu fais pareil. Marché conclu ?

— Marché conclu, acquiesça-t-il.

Shannon fit le tour de la voiture et s'installa au volant, satisfaite d'avoir réussi à garder le sourire jusque-là. Tandis qu'elle s'éloignait, elle retint un chapelet d'injures. Cela lui déplaisait que Daniel ait été blessé, mais si c'était Bradley qui lui avait tiré dessus, cela faisait d'elle une complice. Pas dans le sens légal, mais dans le sens moral, ce qui pesait lourdement sur son cœur.

Dans ses meilleurs jours, Bradley était un égocentrique violent. Seule l'obsession de la vengeance expliquait pourquoi il était resté en ville après le meurtre de Loffler et pourquoi il s'en prenait à Daniel.

— Il n'abandonnera jamais, déclara-t-elle à voix haute pendant qu'Aiden accompagnait une chanson pour enfants qui passait à la radio.

— Qui ça, maman ?

— Lex Luthor, répondit-elle, pensant aussitôt à l'ennemi juré de Superman.

Où se cachait Bradley ? À l'embranchement, elle tourna vers la maison des Jennings, tourmentée par son incapacité à déchiffrer les propos de Gary. Si la police ne trouvait pas de preuves liant son ex au kidnapping et aux meurtres, elle devait avancer de son côté.

— De quelle affaire parlait-il ?

Après s'être garée dans l'allée, Shannon sortit le journal de l'avocat de son sac et revint aux premières pages.

— Oh ! J'aurai mis le temps. Désolée, Gary.

— C'est qui, Gary ?

— Un vieil ami, répondit-elle, impatiente de parler à Hertz.

Suivant la suggestion de Daniel, elle alla demander de l'aide à sa mère. Tess était aussi ravie qu'Aiden de pouvoir passer du temps ensemble. Émue, Shannon s'éloigna, tandis qu'ils lui faisaient signe du perron. Au cours des quatre dernières années, elle s'était persuadée qu'elle pouvait répondre à tous les besoins de son fils. En deux semaines, ses convictions avaient été balayées. Aiden avait besoin d'autre chose que de sa mère et de la famille de sa baby-sitter. Il avait besoin de liens stables qu'elle ne pourrait jamais lui donner s'ils devaient continuer à se cacher de Bradley.

De la voiture, elle appela Grant. À son soulagement, il accepta de la retrouver au commissariat.

— Il s'est passé quelque chose ? demanda-t-il en la rejoignant devant le poste.

— Vous avez dû entendre que quelqu'un a tiré sur l'équipe de Daniel lors d'une intervention ce matin.

— Non, répondit Grant. Je n'étais pas au courant.

— Daniel a sous-entendu que c'était une coïncidence. Il n'a pas vu le tireur, mais apparemment les témoins décrivent un homme qui ressemble à mon ex.

— Vous pensez que Stanwood les a attaqués.

— Je ne sais pas, admit-elle. Au cours de notre bref mariage, j'ai appris que quand il passe en mode électron libre, il y reste jusqu'à ce qu'il s'estime satisfait.

— Que puis-je faire pour vous ?

— Quand je l'ai quitté, j'ai seulement pris la somme convenue, ainsi que des conseils en investissement de la part de Loffler. Je ne m'étais pas rendu compte qu'il m'avait donné plus que ça.

Shannon tapota le journal.

— Il m'a confié des informations, glissées au milieu des papiers du divorce. J'aurais dû comprendre en voyant le contenu de la clé USB.

— Vous avez quitté cette vie-là depuis un bout de temps, remarqua Grant.

— Et j'ai essayé de bloquer les choses affreuses que j'ai vues.

Elle inspira profondément, avant de poursuivre :

— Grâce au journal de Gary, j'ai de quoi envoyer Bradley à l'ombre pour longtemps. Peut-être pas pour ses crimes récents, mais la police devrait pouvoir l'arrêter pour racket et corruption.

Grant lui pressa l'épaule.

— J'ai entendu dire qu'il était entre deux avocats pour l'instant, alors c'est le moment idéal.

— Humour noir ? lança-t-elle avec un rire étranglé.

— Il paraît que c'est efficace.

Il la guida jusqu'au bureau de Hertz pour faire une déposition officielle. Elle raconta comment elle avait obtenu les informations en question. Grâce au journal, qui contenait la clé pour décoder le contenu des fichiers USB, elle livra propriétés, dates et noms d'invités de premier plan. Elle leur donna même l'adresse d'une maison à Philadelphie que Bradley et elle avaient visitée avant leur mariage. Il y avait versé plus d'un pot-de-vin, même si elle avait été trop innocente pour comprendre l'impact de ces conversations.

Elle pouvait se féliciter à présent d'avoir une bonne mémoire des noms et des chiffres. Le sacrifice de Gary allait enfin permettre d'envoyer Bradley devant la justice. Lorsque Grant et elle partirent, le lieutenant Hertz organisait une fouille de la propriété dans le quartier de Society Hill. Avec un peu de chance, son ex serait aussitôt arrêté.

— Bon boulot, la félicita Grant tandis qu'ils sortaient sur le parking. Vous allez prévenir Daniel, n'est-ce pas ?

— Dès qu'il aura fini sa garde.

Il mit ses lunettes de soleil et lui ouvrit sa portière.

— Il sera heureux que vous ayez mis tout ça derrière vous.

— Pour de bon, cette fois.

Elle n'y avait pas pensé avant. En ayant un plan d'évasion, elle s'était en quelque sorte raccrochée à son ancienne vie et aux souvenirs d'une relation violente. Au début, elle avait eu besoin de ce sentiment de sécurité. À présent, elle se battait pour continuer à vivre la vie qu'elle s'était créée. Il était temps de faire preuve de courage.

Elle avait hâte que Daniel rentre à la maison. Elle avait besoin de lui dire qu'elle l'aimait. Puis elle lui dirait qu'elle avait un nouveau plan : rester à Philadelphie, rester avec lui pour toujours s'il voulait bien d'elle.

12

Cédant aux supplications d'Aiden, elle était restée dîner avec les parents de Daniel. Ils s'inquiétaient peut-être pour leur fils et ne comprenaient pas pourquoi il voulait être pompier, mais il était évident qu'ils l'aimaient malgré tout.

Même sans Daniel, la conversation tourna autour de l'entreprise. Apparemment, Aiden avait raconté ses recherches pour trouver une solution à propos du parquet.

— Des chutes, répéta Matthew, avant d'enfourner une bouchée de rôti.

Tout en mâchant, il ne quitta pas Shannon des yeux.

— J'aurais insisté pour avoir une option de qualité inférieure le même jour. Daniel aurait payé plus ou aurait attendu la commande originale.

Incertaine de la conduite à tenir, elle but une gorgée d'eau.

— Va droit au but, Matthew, le tança gentiment Tess. Avant qu'elle n'oublie combien elle apprécie le repas.

Il arqua un sourcil de la même façon que son fils, et Shannon se détendit. Daniel leur ressemblait beaucoup à tous les deux. C'était sûrement le cœur du problème.

— Est-ce que je peux en ravoir ? demanda Aiden.

Elle hocha la tête et Tess remplit à nouveau son assiette.

— J'aime avoir un jeune homme poli à ma table.

Les yeux un peu embués, elle passa la main dans les cheveux de l'enfant.

— Va droit au but, conseilla-t-elle à nouveau à son mari.

Matthew se servit des haricots verts, puis soupira.

— Je voulais seulement dire que vous avez trouvé une meilleure solution. Vous avez gardé le projet sur les rails.

— Rattrapé une demi-journée, marmonna Aiden, la bouche pleine.

La fourchette suspendue en l'air, Matthew lâcha un petit rire.

— Mâche et avale d'abord, rappela Shannon à son fils.

Il obéit, avant de reprendre :

— Tu as fait la danse de la joie. Je t'ai vue.

— J'en suis sûre, lança Tess en souriant à Shannon.

Aiden continua sur sa lancée :

— Le temps, ça compte, c'est ce que tu as dit.

— Le petit a raison, acquiesça Matthew. Je n'étais pas partant pour entreprendre un projet bénévole de cette ampleur, mais Daniel a insisté.

Après un instant, il regarda Shannon dans les yeux.

— J'apprécie que vous soyez intervenue quand il n'a pas pu aller jusqu'au bout.

Elle refréna l'envie de défendre Daniel en clamant que c'était lui qui prenait les décisions. Elle se contenta d'adresser un doux sourire à Matthew.

— J'aime résoudre les problèmes. C'est génial quand la solution convient à tout le monde, de haut en bas de la voie hiérarchique.

Il l'observa en plissant les yeux. Sa femme se tapota les lèvres avec sa serviette. Ses yeux, du même bleu que ceux de Daniel, pétillaient d'amusement.

Au soulagement de Shannon, il n'insista pas. Le reste du repas fut consacré aux sujets préférés d'Aiden : les camions et les cookies.

À la fin de la soirée, Matthew la raccompagna jusqu'à l'appartement, le petit garçon à moitié endormi dans les bras.

Elle avait déjà rencontré Matthew Jennings, bien sûr, mais c'était autre chose de le voir dans son environnement personnel. Elle le considérait comme un homme d'affaires intelligent et généreux, à la personnalité bourrue. À présent, elle le voyait d'un œil neuf, constatant les ressemblances entre le père et le fils. Ils étaient fiers et solides, avaient l'esprit critique et une intelligence pragmatique, des qualités qui les rendaient appréciables en tant que constructeurs, hommes et soutiens de famille.

— Je pensais que vous alliez être une source d'ennuis, déclara-t-il avec brusquerie.

Shannon choisit de ne pas être offensée.

— Vous n'auriez pas eu tort. J'espère que vous savez que ce n'était pas mon intention d'entraîner votre fils ou qui que ce soit d'autre dans mes problèmes.

— J'ai compris ça maintenant.

Pendant qu'elle déverrouillait la porte, il berça doucement Aiden.

— Vous avez prévu de vous enfuir ?

— Non, répondit-elle en le suivant à l'intérieur. Plus maintenant.

Matthew posa le petit garçon sur le lit, ferma la porte de la chambre et retourna dans le salon.

— Vous envisagiez de fuir, affirma-t-il avec un regard dur.

— Pas plus tard que cet après-midi, admit-elle.

— Qu'est-ce qui vous a fait changer d'avis ?

— Je suis amoureuse de votre fils, monsieur Jennings.

Le fait de le dire à voix haute l'aida à se sentir plus forte. Ses espoirs pour l'avenir prenaient un tour plus réel.

— Plus important, j'aime mon fils. Fuir ses problèmes n'est pas l'exemple que je veux lui montrer.

Elle marqua une pause, avant de continuer :

— Je me souviens à peine de mes parents. Votre femme et vous m'avez rappelé à quoi ressemble le véritable amour, à quoi devrait ressembler une vraie famille.

Matthew rougit, puis enfonça les mains dans ses poches.

— Vous attendez de Daniel qu'il devienne le père de ce petit ?

— Je m'attends à ce que Daniel et moi décidions ensemble de ce dont on a besoin et de ce qui se passera ensuite.

Il fronça à nouveau les sourcils, et elle poursuivit.

— Je ne demanderais jamais à Daniel d'être quelqu'un qu'il n'est pas. Monsieur Jennings, vous avez un fils extraordinaire, qui a plus d'une corde à son arc et dont le cœur le pousse à être pompier.

Matthew fit volte-face et se dirigea vers la porte.

— Il tient ce complexe du héros accro à l'adrénaline du côté de sa mère. De son grand-père et de ses oncles.

— Sans parler de votre contribution.

Comment Matthew pouvait-il ne pas le voir ? s'interrogea-t-elle. Il se retourna vers elle, les yeux étrangement brillants, et l'observa avec sévérité.

— Je lui ai appris à mesurer, couper et construire.

— Votre entreprise a-t-elle toujours bien marché ? N'avez-vous jamais pris de risques ?

— Bien sûr qu'il y a eu des moments difficiles, répliqua-t-il. C'est le cas pour tout le monde.

— Malgré tout, vous avez élevé vos fils en leur offrant plus d'options que vous n'en avez eu. C'est ce qu'on veut en tant que parents.

— Évidemment.

Il se détendit légèrement et la colère sur son visage laissa place à l'étonnement.

— Comment êtes-vous devenue une experte aussi vite ?

Shannon sourit. Elle l'aurait volontiers serré dans ses bras, mais s'abstint pour ne pas le mettre mal à l'aise.

— C'est simplement un point de vue extérieur. Pourriez-vous quitter l'entreprise que vous aimez ?

— J'aimerais bien prendre ma retraite, ça c'est sûr, grommela-t-il.

— Daniel sait que vous voulez qu'il prenne la suite. En tant que responsable de projet, il est excellent. Vous pourriez peut-être engager quelqu'un qui assure l'intérim, en attendant qu'il soit prêt à diriger l'entreprise pour de bon.

— Comme si ça allait arriver…

— Un millier de choses peuvent arriver lors d'une garde. Grâce à vous, Daniel a une solution de repli.

— Sauf s'il meurt en intervention.

Il la testait, comprit Shannon.

— Un millier de choses peuvent arriver n'importe quand sur un chantier.

— Un père veut ce qu'il y a de mieux pour ses enfants, déclara-t-il en baissant les yeux. Est-ce que c'est tellement mal de souhaiter...

Il se laissa tomber à genoux et Shannon paniqua.

— Matthew ?

— C'est chaud, répondit-il, les paumes à plat sur le sol.

— Quoi ?

La petite fenêtre au-dessus de l'évier se fissura et explosa soudain. Shannon se baissa aussitôt, regardant avec horreur les flammes qui léchaient le cadre et se propageaient aux rideaux.

Très vite, la fumée s'accumula au plafond. Le luminaire au-dessus de l'évier grésilla et s'éteignit.

— Sortez d'ici. Je m'occupe du petit, ordonna Matthew en se dirigeant vers la chambre à quatre pattes.

— J'appelle les secours.

Son portable était dans son sac près de la porte. Sans se relever pour rester sous la fumée, Shannon se rapprocha de la porte. Le plancher lui brûlait les mains et les genoux tandis que le son du feu rongeant le toit la faisait trembler. Elle trouva son téléphone et appela les pompiers. Entre deux quintes de toux, elle signala l'incendie et donna l'adresse.

— On est trois ici, annonça-t-elle, la voix rauque.

Alors que le régulateur lui demandait de rester en ligne, une autre lampe s'éteignit au-dessus de sa tête. Les flammes projetaient des ombres étranges sur ce qui avait été un endroit confortable et familier. La chaleur et les émanations la désorientaient, la fumée lui piquait le nez et la gorge. En entendant Aiden l'appeler, elle lâcha son portable et se dirigea vers la chambre.

— Je suis là, mon chéri ! cria-t-elle.

Un instant plus tard, elle distingua la silhouette de son fils.

— Où est Pop ?

— Il est coincé, gémit Aiden, les larmes aux yeux. Il a dit d'aller avec toi. Il a dit de le laisser.

Elle ne pouvait pas retourner aider Matthew tant que son fils n'était pas en sécurité. Tout en le serrant contre elle, elle lui rabattit le T-shirt sur le nez. Elle posa la main sur la poignée de la porte d'entrée et la lâcha aussitôt, la paume brûlée. Le ventre noué par la terreur et la panique, elle tenta de réfléchir. D'un coup d'œil par la fenêtre, elle vit que le seuil était dévoré par les flammes.

Ils étaient piégés. Que faire ? Comment sauver Aiden ? Elle-même ? Le père de Daniel ?

L'incendie se refermait sur eux. Elle pouvait peut-être faire passer Aiden par la fenêtre de la cuisine, puis le faire descendre le long du treillis. Les pompiers étaient en chemin. Elle devait seulement gagner du temps.

— On va s'en sortir tous les trois, affirma-t-elle.

Elle attrapa deux manteaux, déplaça Aiden sur sa hanche, et ils se faufilèrent jusqu'à l'évier. Elle imbiba d'eau les vêtements, ignorant délibérément les flammes au plafond. Elle drapa l'un des deux manteaux sur Aiden, puis fonça à quatre pattes le long du couloir, pressée de trouver Matthew. Ici, la fumée était plus épaisse et les flammes, plus bruyantes.

— Pop ! cria-t-elle à travers la porte fermée.

— Allez-vous-en ! hurla-t-il d'une voix éraillée.

Après avoir poussé le battant, Shannon écarquilla les yeux. Le coin du toit manquait et Matthew était coincé sous une poutre. Soulagée qu'il soit toujours en vie, elle s'accroupit près de lui et posa Aiden. Elle le couvrit du manteau mouillé, sans prêter attention à ce qu'il disait.

— Reste avec Pop, ordonna-t-elle à son fils.

Elle contourna Matthew pour essayer de trouver un moyen de le libérer.

— Les pompiers sont en route.

— Laissez-moi !

— À quel point est-ce grave ? demanda-t-elle en poussant sur la poutre, sans résultat.

— Allez-y !

— On ne peut pas.

Elle s'assit et posa les pieds sur la poutre, dans l'espoir de la faire bouger à la force de ses jambes.

— Les marches sont bloquées.

— Vous ne pouvez pas mourir ici.

— Vous non plus.

Le bâtiment trembla. Shannon se tourna et se couvrit le visage lorsque des flammèches tombèrent du plafond, grésillant sur les vêtements mouillés.

— Oubliez-moi, aboya Matthew. Utilisez l'escalier d'accès sous le placard dans votre chambre.

Elle ignorait son existence. Avant qu'elle ne puisse répondre, le son des sirènes couvrit le ronflement du feu.

Quelques instants plus tard, une échelle apparut dans l'angle qui avait été démoli. Soulagée, Shannon passa Aiden au pompier. Quand il tendit les bras vers elle pour l'aider à son tour, elle recula et désigna Matthew, toujours coincé sous la poutre. L'homme transmit le message par radio. La pause qui suivit sembla durer une éternité.

— Vous d'abord, déclara-t-il.

— C'est le père de Daniel.

— On sait. On ne le laissera pas.

Bloqué au sol, Daniel regardait ses collègues lutter contre le feu. Le chef lui avait imposé de rester avec sa mère en larmes, alors qu'il voulait foncer les sortir de là. Shannon, Aiden et son père étaient coincés près du cœur de l'incendie. Le bâtiment semblait sur le point de s'effondrer.

— Laissez-moi y aller, supplia-t-il. Je connais cet endroit sur le bout des doigts.

— Ne bougez pas. Le petit ne va pas tarder à descendre.

Le cœur battant à un rythme irrégulier, Daniel observa l'évacuation d'Aiden sur l'échelle déployée au-dessus de ce qui avait été sa chambre.

Sa mère et lui marchèrent vers l'ambulance de l'autre côté de la rue, impatients de voir si Aiden allait bien.

Échappant aux secouristes, l'enfant courut vers Daniel et se jeta dans ses bras. Son visage était sale et ses vêtements sentaient la fumée, mais il n'avait pas l'air d'avoir trop souffert.

Seuls ses yeux marron injectés de sang et sa voix râpeuse étaient plus inquiétants.

— Pop et maman sont toujours là-bas, s'exclama-t-il. Va les chercher !

Daniel posa doucement Aiden sur le brancard et mit le masque à oxygène sur son petit visage.

— On y travaille. Regarde... Ta maman est en train d'arriver.

Tess embrassa l'enfant, puis reprit sa place près du chef. Les mains sur la bouche, elle suivit des yeux la descente de Shannon. Tendu comme un arc, Daniel attendit qu'elle mette enfin pied à terre.

— Et Pop ? demanda Aiden, la voix étouffée par le masque.

— Ils s'en occupent.

Ses collègues étaient rapides et plus que capables. Mais le temps passait lentement quand on n'avait aucun contrôle.

— Tu vois ce truc jaune et plat ? demanda-t-il en désignant les pompiers sur l'échelle. Ça s'appelle une planche dorsale.

Expliquer l'opération de sauvetage à Aiden lui permit de garder son calme. D'après les messages radio, son père était coincé sous une poutre. L'équipe luttait contre le feu sur deux fronts, et le temps pressait.

Shannon fit signe aux pompiers qui l'escortaient de retourner aider Matthew, puis se précipita vers Aiden. Daniel dut se retenir pour ne pas la serrer dans ses bras et la couvrir de baisers.

— Tu n'as rien, murmura-t-il.

Quand il essuya la suie qu'elle avait sur la joue, elle lui prit la main et la tint contre son visage un moment.

— Ton père va bien. Je ne crois pas qu'il ait été blessé.

— Tu n'as rien, répéta-t-il sans dissimuler son soulagement. Quand on a reçu l'appel, j'ai...

Il s'interrompit lorsque sa mère les rejoignit. Elles s'étreignirent, puis Shannon la rassura :

— Il va bien. Je disais à Daniel qu'il n'a pas l'air blessé.

— Il est trop ronchon pour se laisser faire. Vous êtes restés avec lui ? demanda-t-elle en caressant les cheveux d'Aiden. Quel petit garçon courageux.

Elle contempla Shannon, les joues baignées de larmes.

— Et sa maman aussi est courageuse.

Une seconde ambulance arriva, et Tess courut vers son mari lorsque les pompiers l'amenèrent.

— Cette tête de mule refusait de partir, déclara Matthew.

Daniel leva les yeux au ciel et Shannon éclata de rire, tout en essuyant quelques larmes.

Il se décala pour que les secouristes puissent l'examiner. Pendant quelques minutes, il la laissa respirer de l'oxygène, puis il tenta de mettre des mots sur ce qu'il ressentait.

— Quand l'appel est arrivé...

La voix lui manqua. *Je t'aime*. C'était trop tôt. Il céda à son envie et la prit dans ses bras.

— Que s'est-il passé ? Pourquoi étiez-vous tous les trois dans l'appartement ? Papa t'assaillait encore de questions ?

Apparemment, c'était possible d'être soulagé et furieux à la fois, découvrit Daniel. Mais il était surtout profondément heureux qu'ils soient toujours en vie.

— Non. Aiden s'est arrangé pour que ta mère nous invite à dîner, commença-t-elle.

Il grogna, sans pouvoir s'empêcher de sourire. Cela n'avait pas dû être très difficile.

— Ça s'est bien passé, poursuivit-elle en s'appuyant sur lui. Aiden a passé un bon moment.

L'enfant approuva de la tête.

— Comme il était fatigué, ton père l'a porté jusqu'à l'appartement et l'a mis au lit.

— Et ? la relança Daniel lorsqu'elle s'interrompit.

Les yeux tournés vers le garage, elle fronçait les sourcils.

— On était en train de discuter lorsqu'il s'est aperçu que le sol était chaud.

Il écouta son récit, impressionné par son courage et toujours aussi terrifié par ce qui était presque arrivé. Il lui prit le menton et l'embrassa doucement.

— Je t'aime.

Même s'il avait murmuré, elle l'avait entendu, à en juger par son expression étonnée. Elle posa la main sur le cœur de Daniel, une lueur éblouie dans les yeux.

— Je t'aime aussi, répondit-elle, avant de sourire. Je voulais le dire en premier. Dès que je t'ai vu.

— Dis-le quand tu voudras.

Il l'embrassa à nouveau.

— Je n'ai vraiment rien contre.

Ce n'était peut-être pas le moment idéal pour ce genre de déclaration, mais maintenant que c'était fait il voulait le crier sur tous les toits.

— Je t'aime, Shannon.

— On est mariés, maintenant ? demanda Aiden.

Alors qu'ils riaient et s'apprêtaient à lui expliquer, les voisins qui s'étaient massés dans la rue se mirent à crier.

Une détonation dispersa la foule. Stanwood, les traits déformés par les gyrophares, ressemblait à un dément au milieu du chaos.

Il braqua son arme sur Shannon.

— Tu m'as ruiné !

Elle bondit devant Aiden, et Daniel l'abrita tandis que Stanwood pressait la détente. Il compta trois détonations et vit un coin du matelas du brancard exploser dans une gerbe de plastique et de mousse. L'équipement qu'il portait n'était pas à l'épreuve des balles, mais était assez imposant pour cacher Aiden et Shannon pendant qu'il les poussait dans l'ambulance. Il claqua les portières, comptant sur les secouristes pour les emmener loin d'ici. Il se tourna vers Stanwood, presque déçu de voir que deux policiers avaient sorti leurs armes et lui ordonnaient de coopérer.

Il ne le ferait pas, c'était évident.

— Baissez votre arme, lança-t-il à son tour en tendant les mains. Vous ne voulez pas faire ça. C'est terminé.

Comme Daniel l'avait espéré, Stanwood se tourna vers lui au lieu de prêter attention à l'ambulance.

— Réfléchissez bien. Pas de précipitation.

Son chef et ses collègues repoussaient les passants et se rapprochaient de Stanwood. Encore quelques secondes, et ils pourraient le maîtriser.

— N'aggravez pas les choses.

— Aggraver ? hurla le criminel. Je suis ruiné !

Il agita son pistolet nerveusement.

— Elle m'a ruiné ! Je n'irai pas en prison. Hors de question.

— Vous avez un bataillon d'avocats, répliqua Daniel. Vous devriez y réfléchir.

L'ambulance où Shannon et Aiden étaient cachés avança, les éloignant du danger. Poussant un autre cri rageur, Stanwood ouvrit le feu et se mit à courir. Daniel se crispa, campé sur ses positions, bien décidé à protéger Shannon et Aiden de la moindre menace.

D'autres détonations retentirent, puis un craquement et un gémissement. Il fit volte-face. Une balle avait touché le gyrophare.

Il se tourna à nouveau et vit Stanwood s'effondrer comme un pantin désarticulé. Il essaya de tirer à nouveau, sur Daniel cette fois, mais son bras tremblait. Puis il s'effondra. Quand la police s'approcha, Daniel comprit. L'homme était mort.

Il reporta son attention sur l'ambulance, à temps pour la voir disparaître au coin de la rue. Rassuré que Shannon et Aiden n'aient pas assisté à la scène, il rejoignit son supérieur.

— Allez-y, déclara le chef Anderson avant même que Daniel ne lui pose la question. Je vais leur demander par radio de vous attendre au bout de la rue.

Après l'avoir remercié, Daniel piqua un sprint pour rattraper le véhicule.

Shannon avait supplié le conducteur de s'arrêter, de faire demi-tour, d'attendre, sans succès. Le secouriste qui se trouvait à l'arrière avec eux, un dénommé Carson, lui offrit des phrases de réconfort qui sonnaient creux.

Daniel les avait protégés, elle et Aiden, et avait affronté son ex-mari. Le geste la touchait, mais elle était furieuse qu'il l'ait écartée du danger. Elle avait enfin découvert le véritable amour. Son cœur et son esprit étaient en accord : Daniel était le bon. Elle n'avait plus d'inquiétude quant à son instinct. Grâce au temps qu'elle avait passé avec lui, sa capacité à espérer et à s'émerveiller avait été restaurée. Il lui avait redonné foi dans le bonheur.

Si son ex touchait à un seul des cheveux de Daniel, elle ferait tout pour qu'il passe sa vie derrière les barreaux.

— Maman ?

— Hum ?

Elle regardait par le pare-brise arrière, tout en essayant de saisir ce que disaient les voix à la radio.

— Tu es fâchée contre Daniel ?

— Quoi ?

Elle reporta toute son attention sur son fils.

— Non, mon chéri.

Comment pouvait-elle expliquer ce qui se passait sans risquer de le traumatiser ?

— Je suis fâchée contre le monsieur qui a tiré.

— C'est un méchant, hein ?

— Oui, répondit-elle en prenant Aiden sur ses genoux. Les gentils vont s'occuper de lui.

— Les gentils comme Daniel ?

— C'est ça, acquiesça-t-elle avec plus de confiance qu'elle n'en ressentait.

Elle serra son fils contre elle et pria pour que l'homme qu'elle aimait soit toujours en un seul morceau.

Alors qu'ils approchaient de l'entrée du quartier, l'ambulance ralentit.

— Que se passe-t-il ?

— On prend un passager, annonça Carson.

Les portières arrière s'ouvrirent, et sa fureur contre son ex s'évanouit lorsqu'elle vit le visage de Daniel.

— Le chef a dit que je pouvais vous accompagner à l'hôpital, expliqua-t-il.

— Tu as battu le méchant !

Aiden sauta de ses genoux et se jeta dans les bras de Daniel. Shannon ne tarda pas à l'imiter.

— Je vais aller m'asseoir devant, déclara le secouriste.

Il descendit et tapa sur l'épaule de Daniel. Lorsqu'ils furent tous en place, l'ambulance repartit.

Shannon savourait les bras de Daniel autour d'elle et ne pouvait s'empêcher de le toucher. Il était vraiment là, sain et sauf. Aiden, coincé entre eux, gigota et pouffa de rire. Quand il commença à tousser, ils finirent par s'écarter.

— Tu es blessé ? demanda-t-elle à Daniel.

— Je n'ai rien. Enfin, rien de nouveau.

— J'étais inquiète...

— Elle était fâchée, déclara Aiden en imitant le visage furieux de sa mère.

Elle sentit ses joues rosir, mais s'en moquait.

— Pas contre toi.

Daniel se mit à rire.

— Tu peux le dire, que tu étais un peu fâchée contre moi.

— Ça m'est passé. À peu près. Tu es pompier, pas policier. Tu n'étais même pas armé.

Elle s'obligea à chasser les pires scénarios de son esprit.

— Il est complètement fou.

— Il l'*était*. Il n'embêtera plus jamais personne.

Elle comprit ce qu'il voulait dire en lisant dans ses yeux et n'éprouva aucune honte à être immensément soulagée.

— Comment tu as gagné sans pistolet ? demanda Aiden.

Shannon tressaillit. Son fils avait vu trop de violence au cours des derniers jours. Pourvu que ces souvenirs s'effacent avec le temps et un modèle de comportement honorable tel celui de Daniel, songea-t-elle.

— De la même façon que je t'ai sauvé avec une simple brique, répondit Daniel en embrassant Aiden sur la tête. J'avais la meilleure arme possible avec moi.

— Un pistolet laser ? demanda-t-il en jetant un coup d'œil sous la veste de Daniel.

— Non.

Tout en caressant les cheveux du petit garçon, il croisa le regard de Shannon.

— L'amour.

Elle sentit son cœur faire un bond dans sa poitrine. Aiden n'eut pas l'air très impressionné.

— Comment ça peut battre les méchants avec des pistolets ?

— L'amour te donne toujours l'avantage sur les méchants.

L'enfant se pencha en avant.

— Comment ?

— L'amour se trouve ici.

Il désigna son cœur, puis celui d'Aiden.

— Ça te motive pour te battre, ça te donne une raison spéciale de gagner quoi qu'il arrive. Et quand quelqu'un t'aime aussi, c'est mieux que n'importe quel pistolet laser.

— Tu l'as battu drôlement vite.

— J'avais de l'aide, admit Daniel. C'était un travail d'équipe. Mais on a fait vite. Tu sais pourquoi ?

Aiden secoua la tête.

— Parce que j'ai deux personnes, toi et ta maman, que j'aime et pour qui je veux me battre. Ça donne de la force.

Les yeux écarquillés, Aiden les regarda tour à tour, puis fixa à nouveau Daniel.

— Tu m'aimes aussi ?

— De tout mon cœur, Aiden.

— Alors, comme on t'aime, tu pourras toujours battre les méchants.

Le petit garçon grimpa sur les genoux de Daniel et se blottit contre lui. Shannon essuya les larmes heureuses qui coulaient sur ses joues.

À l'hôpital, les médecins s'assurèrent rapidement qu'aucun d'entre eux n'avait besoin d'être admis. Aiden dormait à moitié lorsqu'ils montèrent rendre visite à Matthew. Il était gardé en observation à cause d'un traumatisme crânien et d'une côte cassée.

Tess leur fit signe d'entrer.

— Vous allez bien ?

— Absolument, répondit Shannon en la serrant dans ses bras. Ici aussi, ça va ?

— Oui. Je suis contente que vous passiez. Il n'a pas cessé d'insister pour vous parler ce soir.

— Papa, commença Daniel avec un soupir, ça peut attendre demain. On doit rentrer à la maison et mettre ce petit bonhomme au lit.

Shannon lui lança un regard en coin. Jusqu'ici, elle ne s'était pas laissée aller à penser à l'endroit où elle irait. Maintenant que son ex n'était plus une menace, ils pouvaient tous rentrer chez elle sans problème. Daniel le voudrait-il aussi ? Aiden pourrait dormir dans son propre lit. Bien sûr, sa collection de camions adorée était perdue. Ainsi que le lapin bleu. Mais ces problèmes-là seraient facilement résolus.

— Pas toi, répliqua Matthew d'un ton sec. Shannon.

Il lui fit signe d'approcher et releva le dossier du lit. S'il avait besoin de finir leur conversation de tout à l'heure, elle ferait avec.

— Merci, déclara-t-il.

À la surprise de Shannon, il prit sa main entre les siennes.

— Ils n'avaient pas besoin de me dire que j'aurais été dans un sale état si vous n'aviez pas eu l'idée du manteau mouillé.

Elle se pencha et l'embrassa sur le front.

— Merci d'avoir essayé de protéger Aiden.

Il poussa un grognement et regarda Daniel.

— Ils savent que c'est un incendie criminel, n'est-ce pas ?

— Papa, c'est sous contrôle.

Il se balança d'un côté à l'autre avec l'enfant endormi sur son épaule.

— Les enquêteurs pensent que c'est le même incendiaire à gages qui a mis le feu à l'entrepôt sur la jetée. Ils vont le retrouver.

— Bien. Tu es à nouveau pompier à plein temps, n'est-ce pas ? demanda Matthew.

— Tout à fait.

— Et je suis hors service pendant au moins quelques jours.

Il leva les yeux vers Shannon.

— Tess n'arrête pas de me dire de lever le pied. Je commence à être d'accord avec elle.

— C'est une bonne nouvelle, répondit-elle en lui serrant la main.

— Vos soucis... Ils sont finis ?

— Papa...

La voix de Daniel contenait une nuance d'avertissement, mais Shannon coupa court à toute dispute en levant un doigt.

— C'est une question justifiée.

Après avoir vérifié qu'Aiden dormait toujours, elle reprit :

— On m'a dit que mon ex-mari était mort, grâce à Daniel et à la police présente sur le lieu de l'incendie. Il n'y a aucune raison qu'un de ses complices s'en prenne à moi.

— Excellente nouvelle, approuva Matthew en se redressant légèrement. Maintenant qu'on a tiré ça au clair, je vous propose le poste de Daniel au sein de Jennings Construction.

Ce n'étaient pas les mots qu'elle s'était attendue à entendre.

— Pardon ?

— Il faut que quelqu'un gère l'entreprise. Quelqu'un de fiable qui protégera ce que j'ai construit. Temps plein, horaires réguliers et prestations sociales plus que satisfaisantes.

Après quelques secondes de silence, elle bredouilla :

— Il paraît que la nuit porte conseil. Vous ne pouvez pas...

— Je ne vous confie pas une entreprise de construction pour m'en aller sans me retourner. Je vous demande de la gérer, de nous aider à assurer une meilleure transition. On a besoin de votre cerveau et de vos capacités. On fera ça dans les règles, en tenant compte de ce qui se passerait si Daniel ou son frère voulaient changer de rôle. Personne n'aura le droit de vous virer du poste de chef à cause d'un nom de famille.

— Vous avez un traumatisme crânien, protesta-t-elle en lançant un regard suppliant à Tess. Ça peut attendre.

— Acceptez, Shannon, insista la mère de Daniel d'un air radieux. Aiden commencera bientôt l'école et vous avez besoin de stabilité tous les deux. Aucune des équipes n'aura de problème à vous avoir aux commandes.

— Il y a plein de gens qui sont autrement plus qualifiés et plus expérimentés que moi.

— Et aucun d'eux n'avait l'œil sur ce poste, répondit Tess. Ils savent tous qu'on est une entreprise familiale. Matthew a toujours prévu de garder les choses comme ça.

C'était tentant, songea Shannon. La stabilité, le salaire, les défis à relever... C'était là, à portée de main. Jusqu'à présent, elle avait réussi à gagner sa vie correctement, mais là, c'était trop. Elle plaqua la main sur sa bouche. Elle n'avait même pas besoin de cet argent après ce que Gary avait fait pour eux.

Elle se tourna vers Daniel, incertaine de sa réaction. Il ne pouvait pas approuver la décision de son père, mais elle savait combien la brigade comptait pour lui. S'il la convainquait qu'il était d'accord, elle y réfléchirait.

— Regarde-moi, déclara-t-il en lui levant le menton. Est-ce que c'est ça que tu veux ?

— C'est l'entreprise de ta famille. Ça devrait être ce que tu veux toi aussi.

— C'est une excuse, pas une réponse. Et je veux tout un tas de choses.

De son pouce, il lui caressa la pommette, avec une tendresse qui la bouleversa.

— Si rien d'autre n'était en jeu et qu'on te proposait ce travail, est-ce que tu dirais oui ?

Shannon hocha la tête. Son esprit était déjà en ébullition, impatient de découvrir et d'apprendre tout ce qui serait nécessaire pour gérer une entreprise de cette taille.

— Voilà un problème de réglé, reprit-il en montrant son père du menton. Donne-lui ta réponse.

Rayonnante de bonheur, elle entrelaça ses doigts à ceux de Daniel et accepta la proposition de Matthew.

— Bien, approuva celui-ci. Maintenant, filez, que je puisse me reposer. Je m'attellerai aux contrats quand je serai sorti d'ici.

Daniel tira sur la main de Shannon pour attirer son attention.

— Je sais que la situation est un peu folle et que mon timing pourrait être meilleur. Moi aussi, j'ai une question. Une question qui ne devrait pas attendre.

Sous ses yeux fascinés, il mit un genou à terre, tandis qu'Aiden continuait à ronfler doucement sur son épaule.

— Je t'aime, Shannon. Je rêve d'être ton mari et le père d'Aiden. Veux-tu m'épouser ?

— Bon sang, il y a des endroits plus romantiques pour ça, marmonna Matthew, aussitôt réprimandé par sa femme.

Bouleversée, Shannon essaya de dire oui, mais sa voix lui fit défaut.

— C'était quoi, ça ? demanda Daniel.

Elle se laissa tomber à genoux et passa les bras autour de ses deux hommes.

— Oui. Tu es la meilleure chose qui me soit arrivée depuis Aiden. Je serais honorée de devenir ta femme et je sais qu'il veut t'appeler papa. Je t'aime, Daniel. On t'aime très fort.

— Ça règle le problème de garder l'entreprise dans la famille, je suppose, remarqua Matthew en reniflant.

Après avoir salué les Jennings, ils sortirent de l'hôpital, prêts à rentrer à la maison. Ensemble, songea-t-elle, émue. Elle avait enfin un foyer et une famille complète avec Daniel.

Une fois Aiden lavé et mis au lit, Shannon sortit sur le perron et regarda les étoiles. Tous les vœux qu'elle avait eu peur de faire s'étaient exaucés.

— Qu'est-ce que tu fais ? demanda Daniel en l'enlaçant par-derrière.

— Ce que tu m'as appris de mieux.

Elle s'appuya contre son torse chaud et solide.

— J'y crois.